D0708811

LE PAYS DE LA LIBERTÉ

KEN FOLLETT

Le Pays de la liberté

ROMAN TRADUIT DE L'ANGLAIS PAR JEAN ROSENTHAL

LAFFONT

Titre original :

A PLACE CALLED FREEDOM
Crown Publishers, Inc., New York

À la mémoire de John Smith

Quand je me suis installé à High Glen House, j'ai fait beaucoup de jardinage : c'est ainsi que j'ai trouvé le collier de fer.

La maison tombait en ruine et les mauvaises herbes envahissaient le jardin. Cela faisait vingt ans qu'une vieille dame un peu folle habitait ici et qu'elle n'avait même pas donné un coup de peinture. À sa mort, j'avais acheté la propriété à son fils, le concessionnaire Toyota de Kirkburn, la ville la plus proche, à quatre-vingts kilomètres de là.

On pourrait se demander pourquoi quelqu'un va s'encombrer d'une maison délabrée à quatre-vingts kilomètres de nulle part. Mais j'adore cette vallée. Les bois regorgent de cerfs apeurés et, au bord de la corniche, il y a un nid d'aigle. Quand j'étais dans le jardin, je passais la moitié de mon temps appuyé sur ma pelle à contempler les versants des montagnes d'un vert bleuté.

Je bêchais quand même un peu : j'avais décidé de planter des arbustes autour de la petite dépendance. Ça n'est pas un bâtiment bien beau – des murs en planches et pas de fenêtre –, je voulais donc le dissimuler derrière quelques plantations. En creusant, je trouvai une caisse.

Pas très grande : à peu près la taille de celles qui contiennent douze bouteilles de bon vin. Pas belle non plus : du bois brut qui tenait en place avec des clous rouillés. Je fis sauter le couvercle avec le tranchant de ma pelle.

Il y avait deux choses à l'intérieur.

L'une était un vieux livre assez grand. J'étais très excité. C'était peut-être une bible de famille, avec une histoire passionnante rédigée sur la page de garde : les naissances, les mariages et les décès des gens qui avaient vécu dans ma maison cent ans plus tôt. Mais je fus déçu. Quand je l'ouvris, je constatai que les pages étaient tombées en poussière. On ne pouvait pas lire un mot.

L'autre article était un sac en toile cirée. Pourri, lui aussi : quand je le touchai avec mes gants de jardinage, il se désagrégea. À l'intérieur, il y avait un anneau de fer d'une quinzaine de centimètres de diamètre. Très terni, mais la toile cirée l'avait empêché d'être rongé par la rouille.

Il était de fabrication rudimentaire : l'œuvre sans doute d'un forgeron de village. Mais pourquoi quelqu'un l'avait-il soigneusement enveloppé dans de la toile cirée pour le protéger ? Il y avait une cassure dans l'anneau et on l'avait tordu. Je commençai à me dire que c'était un collier qu'on avait obligé un prisonnier à porter. Quand le prisonnier s'était échappé, l'anneau avait été brisé avec un gros outil de forgeron, puis tordu pour permettre de l'ôter.

Je le rapportai à la maison et j'entrepris de le nettoyer. C'était un long travail : je le fis donc tremper pour la nuit dans un produit dérouillant et je m'y attaquai de nouveau le lendemain matin. Comme je le frottais avec un chiffon, une inscription apparut peu à peu.

Elle était gravée dans des caractères moulés à l'ancienne mode et il me fallut un moment pour la déchiffrer, mais voici ce qu'on pouvait lire :

Cet homme est la propriété de
Sir George Jamisson de Fife. – A.D. 1767

Il est là sur mon bureau auprès de mon ordinateur. Je l'utilise comme presse-papiers. Souvent, je le prends dans mes mains et je le retourne en tous sens. Si ce collier pouvait parler, me dis-je alors, quelle histoire raconterait-il?

I

L'Écosse

1

La neige couronnait les crêtes de High Glen et tapissait les pentes boisées de plaques nacrées, comme des bijoux sur le corsage d'une robe de soie verte. Au fond de la vallée, un torrent aux eaux bouillonnantes serpentait entre des rochers glacés. L'âpre vent qui soufflait de la mer du Nord apportait des rafales de neige fondue et de grêle.

Ce matin-là, pour se rendre à l'église, les jumeaux McAsh, Malachi et Esther, suivaient un sentier qui zigzaguait sur la pente orientale de la gorge. Malachi, qu'on appelait Mack, portait une cape écossaise et une culotte de tweed, mais il avait les jambes nues au-dessous du genou et ses pieds, sans chaussettes, gelaient dans ses sabots. Il était jeune, il avait le sang chaud : c'était à peine s'il remarquait le froid.

Ce n'était pas le chemin le plus court pour aller à l'église, mais High Glen le fascinait toujours. Les versants escarpés, les bois silencieux et mystérieux, le gai murmure de l'eau, tout cela formait un paysage dans lequel il se sentait l'âme à l'aise. Il avait vu là un couple d'aigles élever trois couvées d'oisillons. Comme les aigles, il avait happé dans les eaux du torrent le saumon du seigneur. Et, comme le chevreuil, il s'était caché sous les arbres, immobile et silencieux, quand des gardes-chasse étaient arrivés.

Le seigneur était une femme, Lady Hallim, une veuve qui avait une fille. La terre de l'autre côté de la montagne appartenait à Sir George Jamisson, et c'était un monde différent. Des ingénieurs avaient creusé des trous béants au flanc de la montagne. Les collines des crassiers amassés par les hommes défiguraient la vallée. De gros chariots chargés de charbon creusaient des ornières dans la route boueuse. Et le cours d'eau était noir de poussier. C'était là que vivaient les jumeaux, dans un village du nom de Heugh, une longue rangée de petites maisons de pierre qui grimpaient à l'assaut de la colline comme un escalier.

Ils étaient la version masculine et féminine de la même image : tous deux avaient des cheveux blonds noircis par la poussière de charbon et des yeux d'un étonnant vert pâle. Tous deux étaient de petite taille avec de larges épaules, des bras et des jambes à la forte musculature. Tous deux aussi étaient entêtés et discutailleurs. Les discussions, c'était une tradition familiale. Leur père avait été un non-conformiste résolu, toujours prêt à être en désaccord avec le gouvernement, l'Église ou toute autre autorité. Leur mère, avant son mariage, avait travaillé pour Lady Hallim et, comme de nombreux domestiques, elle s'identifiait à l'aristocratie. Par un âpre hiver, alors qu'on avait fermé le puits pour un mois après une explosion, Père était mort de la bronchite noire, cette toux qui avait tué tant de mineurs. Mère avait attrapé une pneumonie et l'avait suivi au bout de quelques semaines. Mais les discussions continuaient, d'ordinaire le samedi soir dans le salon de Mrs. Wheighel, l'endroit qui, dans le village de Heugh, se rapprochait le plus d'une taverne.

Ceux qui travaillaient sur la propriété et les petits fermiers étaient de l'avis de Mère. Ils disaient que c'était Dieu qui avait désigné le roi et que c'était pour cela qu'il fallait lui obéir. Les mineurs, eux, avaient entendu des idées plus neuves. John Locke et d'autres philosophes affirmaient que l'autorité d'un gouvernement ne pouvait venir que du consentement du peuple. C'était une théorie qui séduisait Mack.

Rares étaient les mineurs de Heugh qui savaient lire, mais c'était le cas de la mère de Mack et il l'avait harcelée pour qu'elle lui donne des leçons. Elle avait appris à lire à ses deux enfants, sans se soucier des quolibets de son mari qui disait qu'elle avait des idées au-dessus de sa condition. Chez Mrs. Wheighel, on demandait à Mack de lire tout haut le *Times*, l'*Edinburgh Advertiser* et des journaux politiques comme le *North Briton*, radical. Les journaux étaient toujours vieux de plusieurs semaines, parfois de plusieurs mois, mais les hommes et les femmes du village écoutaient avidement de longs discours reproduits mot pour mot, de violentes diatribes et des récits de grèves, de protestations et d'émeutes.

C'était après une de ces discussions du samedi soir chez Mrs. Wheighel que Mack avait écrit la lettre.

Aucun des mineurs n'avait encore jamais écrit de lettre et chaque mot avait suscité de longues consultations. La missive était adressée à Caspar Gordonson, un avocat de Londres qui écrivait des articles antigouvernementaux dans les journaux. On avait confié la missive à Davey Patch, le colporteur borgne, pour qu'il la poste. Mack s'était demandé si elle parviendrait jamais à destination.

La réponse était arrivée la veille et c'était l'événement le plus excitant qu'avait jamais connu Mack. Cela allait bouleverser son existence, se disait-il. Cela pourrait même faire de lui un homme libre.

Aussi loin que pouvaient remonter ses souvenirs, il avait eu envie d'être libre. Enfant, il avait envié Davey Patch, qui vagabondait de village en village en vendant des couteaux, de la ficelle et des ballades. Ce que le petit Mack trouvait si merveilleux dans l'existence de Davey, c'était qu'il pouvait se lever avec le soleil et s'en aller dormir quand il était fatigué. Depuis l'âge de sept ans, Mack avait toujours été réveillé par sa mère quelques minutes avant deux heures du matin pour travailler quinze heures d'affilée au fond de la mine et terminer à cinq heures de l'après-midi. À ce moment-là, il rentrait chez lui d'un pas chancelant, souvent pour s'endormir le nez dans son porridge du soir.

Mack aspirait à une vie différente. Il rêvait de se construire une maison, dans une vallée comme High Glen, sur un bout de terre qui serait bien à lui. De travailler de l'aube au crépuscule et de se reposer pendant toutes les heures où il faisait noir. Il rêvait de la liberté d'aller pêcher par une belle journée ensoleillée, dans un coin où le saumon n'appartenait pas aux propriétaires mais à quiconque le pêchait. Et la lettre qu'il tenait à la main signifiait que ses rêves allaient peut-être se réaliser.

«Je ne suis pas encore sûre que tu doives la lire tout haut à l'église», dit Esther tandis qu'ils cheminaient sur le sentier glacé.

Mack n'était pas sûr non plus, mais il dit : «Pourquoi pas ?

– Ça va faire des histoires. Ratchett va être furieux.» Harry Ratchett était le contremaître, l'homme qui gérait la mine au nom du propriétaire. «Il pourrait même le dire à Sir George, et alors qu'est-ce qu'on te fera ? »

Il savait qu'elle avait raison et il était plein d'inquiétude. Mais cela ne l'empêchait pas de discuter. «Si je garde la lettre pour moi tout seul, elle ne sert à rien, dit-il.

– Eh bien, tu pourrais la montrer en privé à Ratchett. Il te laisserait peut-être t'en aller discrètement, sans histoire.»

Mack jeta un coup d'œil à sa jumelle. Elle n'était pas d'humeur à argumenter, il le sentait. Elle semblait troublée plutôt que combative. Il sentit monter en lui une vague d'affection pour elle. Quoi qu'il arrivât, elle serait de son côté.

Il secoua quand même la lettre d'un air obstiné. «Je

ne suis pas le seul à être concerné par cette lettre. Il y a au moins cinq gars qui voudraient bien s'en aller d'ici s'ils savaient qu'ils en ont la possibilité. Et les générations à venir ? »

Elle le regarda d'un air songeur. « Tu as peut-être raison… mais ça n'est pas vraiment ça qui te pousse. Tu as envie de te dresser en pleine église pour prouver que le propriétaire de la mine a tort.

– Non, protesta Mack. Pas du tout ! » Puis il réfléchit un moment et sourit. « Bah, il y a peut-être quelque chose de vrai dans ce que tu dis. Nous avons entendu tellement de sermons disant qu'il faut obéir à la loi et respecter nos supérieurs. Et nous nous apercevons maintenant qu'ils nous ont menti, tout le temps, à propos de la seule loi qui nous concerne vraiment. Bien sûr que j'ai envie de me dresser pour protester tout haut.

– Ne leur donne pas une raison de te punir », dit-elle d'un air soucieux.

Il chercha à la rassurer. « Je serai aussi humble et poli que possible, dit-il. Tu verras, tu auras du mal à me reconnaître. »

Ils franchirent une crête et descendirent l'autre versant, pour gagner Coalpit Glen. À mesure qu'ils descendaient, l'air devenait un peu moins froid. Quelques instants plus tard, la petite église de pierre apparut, auprès d'un pont qui enjambait les eaux sales de la rivière.

Autour de l'église s'entassaient quelques masures de fermiers : des cabanes rondes, un feu au milieu du sol en terre battue, avec un trou dans le toit pour laisser passer la fumée. Une pièce unique que partageaient tout l'hiver gens et bestiaux. Les maisons des mineurs, plus haut sur le Glen à proximité des puits, étaient un peu mieux : elles aussi avaient un sol en terre battue et un toit en mottes de gazon, mais chacune avait une cheminée avec un vrai conduit et une vitre sur la petite fenêtre auprès de la porte. Les mineurs n'étaient pas obligés de partager l'espace avec les vaches. Cela n'empêchait pas les fermiers de se considérer comme libres et indépendants et de regarder de haut les mineurs.

Ce n'étaient toutefois pas les cabanes des paysans qui retinrent soudain l'attention de Mack et d'Esther et les firent s'arrêter net. Une voiture fermée, attelée d'une belle paire de chevaux gris, stationnait devant le porche de l'église. Plusieurs dames en robes à crinoline et cols de fourrure en descendaient, aidées par le pasteur.

Esther prit Mack par le bras et lui désigna le pont. Monté sur un grand cheval alezan, courbant la tête sous le vent glacial, s'avançait le propriétaire de la mine, le seigneur du Glen, Sir George Jamisson.

Cela faisait cinq ans qu'on n'avait pas vu Jamisson ici. Il habitait Londres, à une semaine de voyage par bateau, deux semaines par la diligence. Autrefois, racontait-on, à Édimbourg, il n'était qu'un marchand de fournitures pour bateaux près de ses sous, qui vendait des chandelles et du gin dans une petite échoppe, et pas plus honnête qu'il ne fallait. Là-dessus, un de ses parents était mort jeune et sans enfants : George avait hérité du château et des mines. Il avait bâti sur cette base un empire commercial qui s'étendait jusqu'à des endroits aussi incroyablement lointains que la Barbade et la Virginie. Et aujourd'hui il était guindé dans sa respectabilité : baronnet, magistrat et conseiller municipal de Wapping, responsable de l'ordre public sur les docks de Londres.

De toute évidence, il rendait visite à son domaine écossais, accompagné de sa famille et de quelques invités.

« Eh bien, voilà, dit Esther, soulagée.

– Qu'est-ce que tu veux dire ? fit Mack, qui avait déjà deviné.

– Maintenant, tu ne vas pas pouvoir lire ta lettre tout haut.

– Pourquoi pas ?

– Malachi McAsh, ne sois pas stupide ! s'exclama-t-elle. Pas devant le seigneur lui-même !

– Au contraire, dit-il avec entêtement. Ça n'en sera que mieux. »

2

Lizzie Hallim refusa d'aller à l'église en voiture. Cela lui semblait une idée stupide. La route depuis Jamisson Castle était un chemin plein d'ornières et de nids-de-poule. Le trajet allait être épouvantablement cahoteux, la voiture devrait avancer au pas, et les passagers arriveraient transis, meurtris et sans doute en retard. Elle insista pour aller à l'église à cheval.

Une attitude aussi peu digne d'une dame réduisit sa mère au désespoir. « Comment vas-tu jamais trouver un mari si tu te comportes toujours comme un homme ? fit Lady Hallim.

– Je pourrai trouver un mari quand ça me chantera », répliqua Lizzie. C'était vrai : les hommes ne cessaient de tomber amoureux d'elle. « Le problème est d'en trouver un que je puisse supporter plus d'une demi-heure.

– Le problème est d'en trouver un qui sera assez courageux », marmonna sa mère.

Lizzie éclata de rire. Elles avaient toutes les deux raison. Les hommes avaient le coup de foudre en la voyant, puis ils découvraient quel caractère elle avait et s'empressaient de battre en retraite. Ses commentaires scandalisaient depuis des années la société d'Édimbourg. À son premier bal, s'adressant à un trio de vieilles douairières, elle avait fait observer que le juge avait un gros derrière : sa réputation ne s'en était jamais remise. L'année dernière, Mère l'avait emmenée à Londres au printemps pour faire ses débuts dans la société anglaise. Ç'avait été un désastre. Lizzie parlait trop fort, riait beaucoup trop et se moquait ouvertement des manières recherchées et des vêtements moulants des jeunes dandys qui s'efforçaient de lui faire la cour.

« C'est parce que tu as grandi sans un homme dans la maison, ajouta sa mère. Cela t'a rendue trop indépendante. » Là-dessus, elle monta dans la voiture.

Lizzie traversa la terrasse caillouteuse de Jamisson Castle, pour se diriger vers les écuries du côté est. Elle avait trois ans quand son père était mort : c'était à peine donc si elle se souvenait de lui. Quand on lui demandait ce qui l'avait tué, sa mère répondait vaguement : « Le foie. » Il les avait laissées sans un penny. Pendant des années, Mère s'était débrouillée, hypothéquant de plus en plus le domaine des Hallim, en attendant que Lizzie grandisse et épouse un homme riche qui résoudrait tous leurs problèmes. Lizzie aujourd'hui avait vingt ans et le moment était venu pour elle de suivre son destin.

C'était à n'en pas douter pourquoi les Jamisson s'en revenaient visiter leur propriété écossaise après toutes ces années et pourquoi leurs invités d'honneur étaient précisément leurs voisines, Lizzie et sa mère, qui n'habitaient qu'à une quinzaine de kilomètres. Le prétexte de la réception, c'était le vingt et unième anniversaire de Jay, le fils cadet. Mais la vraie raison, c'était qu'on voulait marier Lizzie au fils aîné, Robert.

Mère était favorable à ce projet : Robert était l'héritier d'une grande fortune. Sir George voyait cela d'un bon œil car il voulait ajouter le domaine Hallim aux terres que possédait déjà la famille Jamisson. Robert n'avait pas l'air d'être hostile à cette idée, à en juger par la façon dont, depuis leur arrivée, il avait prodigué ses attentions à la jeune fille : mais on avait toujours du mal à savoir ce que Robert avait au fond du cœur.

Elle l'aperçut, planté dans la cour des écuries, attendant qu'on selle les chevaux. Il ressemblait au portrait de sa mère accroché dans le hall du château : une femme à l'air grave et sans beauté, avec des cheveux fins, des yeux clairs et une bouche au pli déterminé. Il n'y avait rien à reprocher à Robert : il n'était pas particulièrement laid, ni maigre, ni gros, il ne sentait pas mauvais, il ne buvait pas trop, il ne s'habillait pas de façon efféminée. C'était un beau parti, se dit Lizzie et, s'il lui demandait sa main, elle accepterait sans doute. Elle n'était pas amoureuse de lui, mais elle savait quel était son devoir.

Elle décida de badiner un peu avec lui. «C'est vraiment manquer d'égards de votre part que de vivre à Londres, dit-elle.

— Manquer d'égards? répéta-t-il en fronçant les sourcils. Pourquoi donc?

— Vous nous laissez sans voisins.» Il avait toujours l'air intrigué. Il ne semblait pas avoir un grand sens de l'humour. Elle expliqua donc : «Quand vous n'êtes pas là, il n'y a pas une âme entre ici et Édimbourg.»

Une voix derrière elle lança : «À part une centaine de familles de mineurs et plusieurs villages de fermiers.

— Vous savez ce que je veux dire», dit-elle en se retournant. L'homme qui venait de parler lui était inconnu. Avec sa franchise coutumière, elle dit : «D'ailleurs, qui êtes-vous?

— Jay Jamisson, dit-il en s'inclinant. Le frère plus intelligent de Robert. Comment avez-vous pu oublier?

— Oh!» Elle avait entendu dire qu'il était arrivé tard la veille au soir, mais elle ne l'avait pas reconnu. Cinq ans auparavant, il avait une dizaine de centimètres de moins, des boutons sur le front et quelques poils blonds au menton. Il était plus beau aujourd'hui. Mais il n'était pas bien malin en ce temps-là et elle doutait qu'il eût changé sur ce plan.

«Je me souviens de vous, dit-elle. Je reconnais votre suffisance.»

Il eut un grand sourire. «Si seulement, Miss Hallim, j'avais eu à m'inspirer de l'exemple que vous donnez d'humilité et d'effacement.

– Bonjour, Jay, dit Robert. Bienvenue à Jamisson Castle. »

Jay prit soudain un air boudeur. « Laisse tomber tes airs de propriétaire, Robert. Tu es peut-être le fils aîné, mais tu n'as pas encore hérité du domaine. »

Liz intervint pour dire : « Félicitations pour votre vingt et unième anniversaire.

– Je vous remercie.

– Vas-tu venir à cheval jusqu'à l'église avec nous ? » demanda Robert d'un ton impatient.

Lizzie vit la haine dans le regard de Jay, mais il répondit d'un ton neutre : « Oui. J'ai demandé qu'on me selle un cheval.

– Nous ferions mieux de nous mettre en route. » Robert se tourna vers l'écurie et éleva la voix. « Dépêchez-vous là-dedans !

– Tout est prêt, monsieur », répondit de l'intérieur un palefrenier. Quelques instants plus tard, on faisait sortir trois chevaux : un robuste petit cheval noir, une jument baie et un hongre gris.

Jay déclara : « Je suppose qu'on a loué ces bêtes à quelque maquignon d'Édimbourg. » Il avait un ton critique, mais il s'approcha du hongre et lui flatta l'encolure, le laissant fourrer son museau sur l'épaule de sa veste bleue. Lizzie comprit qu'il était à l'aise avec les chevaux et qu'il les aimait bien.

Elle monta le cheval noir, s'installant en amazone, et sortit de la cour au petit trot. Les frères suivirent, Jay sur le hongre et Robert sur la jument. Le vent soufflait une pluie glacée dans les yeux de Lizzie. La neige sur le sol rendait le chemin traître. « Passons par les bois, dit Lizzie. Nous serons abrités et le sol n'est pas si accidenté. » Sans attendre leur accord, elle fit quitter la route à son cheval et s'enfonça dans la vieille forêt.

Sous les grands pins, le sol de la forêt était assez uni. Des ruisseaux et des plaques marécageuses étaient gelés et le sol était saupoudré de blanc. Lizzie poussa sa monture au petit galop. Au bout d'un moment, le cheval gris la dépassa. Levant les yeux, elle vit un sourire de défi sur le visage de Jay : il voulait faire la course. Elle poussa un cri et talonna le poney qui s'empressa de bondir en avant.

Ils foncèrent sous le couvert des arbres, baissant la tête pour éviter des branches basses, sautant par-dessus des troncs abattus et plongeant avec insouciance dans les cours d'eau. Le cheval de Jay était plus grand et il aurait été plus rapide au galop, mais les courtes pattes du poney et son ossature plus légère s'adaptaient mieux à ce genre de terrain et peu à peu Lizzie se détacha. Quand elle n'entendit plus le cheval de Jay, elle ralentit l'allure et fit s'arrêter Jock dans une clairière.

Jay l'eut bientôt rattrapée, mais pas trace de Robert. Lizzie devina qu'il était trop raisonnable pour risquer de se rompre le cou dans une course inutile. Elle et Jay avançaient côte à côte, en reprenant leur souffle. La chaleur qui montait des bêtes réchauffait les cavaliers. « J'aimerais faire une course contre vous, fit Jay, essoufflé.

– À califourchon, je vous battrais », dit-elle.

Il eut l'air un peu choqué. Toutes les femmes bien élevées montaient en amazone. Il estimait vulgaire pour une femme de monter à califourchon. Lizzie trouvait cela stupide et, quand elle était seule, elle montait comme un homme.

Elle examina Jay du coin de l'œil. La mère de celui-ci, Alicia, la seconde femme de Sir George, était une blonde coquette et Jay tenait d'elle ses yeux bleus et son sourire engageant « Que faites-vous à Londres ? lui demanda Lizzie.

– Je suis au troisième régiment des Gardes à pied. » Une note d'orgueil perça dans sa voix et il ajouta : « Je viens d'être promu capitaine.

– Eh bien, capitaine Jamisson, qu'ont donc à faire de braves soldats ? demanda-t-elle d'un ton railleur.

Y a-t-il une guerre à Londres en ce moment? Des ennemis à tuer?

– Il y a beaucoup à faire pour maintenir l'ordre parmi la racaille. »

Lizzie se souvint soudain de Jay: c'était un enfant méchant et brutal. Elle se demanda s'il aimait son travail.

« Et comment maintenez-vous l'ordre? demanda-t-elle.

– Par exemple, en escortant les criminels à la potence et en s'assurant qu'ils ne sont pas délivrés par leurs copains avant que le bourreau ait fait son œuvre.

– Alors, vous passez votre temps à tuer des Anglais, comme un vrai héros écossais. »

Il semblait supporter la taquinerie. « Un jour, j'aimerais donner ma démission et m'en aller à l'étranger, dit-il.

– Oh… pourquoi?

– Personne ne s'occupe d'un fils cadet dans ce pays, dit-il. Même les domestiques y réfléchissent à deux fois quand vous leur donnez un ordre.

– Vous croyez que ce sera différent ailleurs?

– Aux colonies, tout est différent. J'ai lu des livres là-dessus. Les gens sont plus libres, plus faciles à vivre. On vous prend pour ce que vous êtes.

– Que feriez-vous?

– Ma famille a une plantation de canne à sucre à la Barbade. J'espère que mon père me l'offrira pour mon vingt et unième anniversaire, comme ma part d'héritage, en quelque sorte. »

Lizzie se sentait profondément envieuse. « Vous en avez de la chance, dit-elle. Rien ne me plairait plus que d'aller dans un pays nouveau. Ce doit être fascinant.

– La vie est dure là-bas, dit-il. Vous regretteriez peut-être la vie confortable que vous avez ici: les boutiques, les opéras, la mode française, tous ces agréments.

– Je me moque de tout cela, dit-elle avec mépris.

J'ai horreur de ces tenues.» Elle portait une robe à crinoline et un corsage à la taille serrée. «J'aimerais m'habiller comme un homme, avec une culotte, une chemise et des bottes de cheval.

– Même à la Barbade, fit-il en riant, ce serait peut-être aller un peu loin.»

Liz se disait : Si Robert m'emmenait maintenant à la Barbade, je l'épouserais sans hésiter.

«Et on a des esclaves qui font tout le travail», ajouta Jay.

Ils débouchèrent de la forêt à quelques mètres en amont du pont. Sur l'autre rive, les mineurs entraient en file indienne dans la petite église.

Lizzie pensait toujours à la Barbade. «Ça doit être très bizarre de posséder des esclaves et de pouvoir leur faire faire tout ce qu'on veut, comme si c'étaient des bêtes, dit-elle. Ça ne vous donne pas une impression étrange ?

– Pas le moins du monde», fit Jay avec un sourire.

3

La petite église était pleine. Les Jamisson et leurs invités occupaient presque tous les bancs, les femmes avec leurs jupes à crinoline, les hommes avec leurs épées et leurs tricornes. Les mineurs et les fermiers, qui constituaient l'habituelle congrégation du dimanche, laissaient un espace vide à côté des nouveaux venus, comme s'ils craignaient en touchant leurs beaux atours de les salir avec de la poussière de charbon et de la bouse de vache.

Mack avait fait le faraud devant Esther, mais il était plein d'appréhension. Les propriétaires de la houille avaient le droit de fouetter les mineurs et, par-dessus le marché, Sir George Jamisson était un magistrat : cela voulait dire qu'il pouvait faire pendre qui bon lui semblait et qu'il n'y aurait personne pour lui apporter la contradiction. C'était vraiment téméraire de la part de Mack d'encourir la colère d'un homme aussi puissant.

Mais le droit, c'était le droit. Mack et les autres mineurs étaient traités de façon injuste, illégale : chaque fois qu'il y pensait, il en éprouvait une telle colère qu'il aurait voulu la crier sur les toits. Il ne pouvait pas répandre subrepticement la nouvelle comme si elle n'était peut-être pas tout à fait vraie. Il devait se montrer audacieux ou faire machine arrière.

Un moment, il y songea. Pourquoi faire des histoires ? Puis on attaqua l'hymne et les mineurs le reprirent en chœur, faisant retentir l'église de leurs voix vibrantes. Derrière lui, Mack entendit la superbe voix de ténor de Jimmy Lee, le meilleur chanteur du village. Cela le fit penser à High Glen et à son rêve de liberté : il rassembla son courage et résolut de mettre son plan à exécution.

Le pasteur, le révérend John York, était un doux quadragénaire aux cheveux clairsemés. Il parlait d'un ton hésitant, troublé par la présence d'aussi nobles visiteurs. Il fit un sermon sur la Vérité. Comment allait-il réagir quand Mack allait lire tout haut la lettre ? D'instinct, il se rangerait du côté du propriétaire de la mine. Sans doute allait-il déjeuner au château après le service. Mais c'était un clergyman : il serait bien obligé de défendre la justice, malgré tout ce que Sir George pourrait dire, non ?

Les murs de pierre de l'église étaient nus. Il n'y avait pas de chauffage, bien sûr, et le souffle de Mack faisait de la buée dans l'air glacé. Il examina les gens du château. Il reconnaissait la plupart des membres de la famille Jamisson. Quand Mack était enfant, ils passaient ici une grande partie de leur temps. Sir George était bien reconnaissable, avec son visage rougeaud et son gros ventre. Sa femme était auprès de lui, dans une robe rose à petits plis qui aurait peut-être paru jolie sur une femme plus jeune. Il y avait Robert, le fils aîné, au regard dur et à l'air sévère : vingt-six ans, et qui commençait tout juste à prendre de l'embonpoint comme son père. Auprès de lui, un beau jeune homme blond qui avait environ l'âge de Mack : ce devait être Jay, le fils cadet. L'été où Mack avait six ans, il jouait tous les jours avec Jay dans les bois qui entouraient Jamisson Castle, et tous deux avaient cru qu'ils seraient amis pour la vie. Mais, cet hiver-là, Mack avait commencé à travailler au puits et dès lors il n'avait plus le temps de jouer.

Il reconnut certains des invités des Jamisson. Lady Hallim et sa fille Lizzie étaient des visages familiers. Lizzie Hallim avait longtemps fait scandale dans la vallée. On racontait qu'elle se promenait en vêtements d'homme avec un fusil en bandoulière. Elle faisait cadeau de ses bottes à une enfant qui allait nupieds puis exaspérait sa mère en rentrant à la maison avec des chaussures pleines de boue. Mack ne l'avait pas vue depuis des années. Le domaine des Hallim avait sa propre chapelle : elles ne venaient donc pas ici chaque dimanche mais seulement quand les Jamisson résidaient au château, et Mack se rappelait avoir vu pour la dernière fois Lizzie, quand elle avait une quinzaine d'années : habillée comme une belle dame, mais lançant des cailloux aux écureuils comme un garçon.

La mère de Mack avait jadis été femme de chambre à High Glen House, la demeure des Hallim et, après son mariage, elle y retournait souvent le dimanche après-midi pour voir ses vieilles amies et leur montrer ses jumeaux. Mack et Esther jouaient parfois avec Lizzie lors de ces visites – sans doute à l'insu de Lady Hallim. Lizzie était une enfant polissonne : autoritaire, égoïste et gâtée. Mack lui avait donné un baiser un jour : elle lui avait tiré les cheveux jusqu'à le faire pleurer. Elle ne semblait pas avoir beaucoup changé. Elle avait un petit visage espiègle, des cheveux châtain foncé tout bouclés et des yeux très bruns où pétillait une flamme de malice. Elle avait une petite bouche aux lèvres toutes roses. En la dévisageant, Mack se dit : J'aimerais bien l'embrasser maintenant. À l'instant où cette idée lui traversait l'esprit, elle surprit son regard. Il détourna les yeux, gêné, comme si elle avait pu lire ses pensées.

Le sermon se termina. Outre le service presbytérien habituel, il devait y avoir un baptême ce jour-là : Jen, la cousine de Mack, avait donné naissance à son quatrième enfant. Son aîné, Willie, travaillait déjà à la mine. Mack avait décidé que le meilleur moment pour son intervention serait pendant le baptême. L'instant approchait : il se sentait l'estomac serré. Puis il se dit de ne pas être ridicule : chaque jour il risquait sa vie en descendant dans la mine. Pourquoi être nerveux à l'idée de mettre au défi un gros négociant ?

Jen était debout près des fonts baptismaux, l'air fatigué. Elle n'avait que trente ans, mais elle avait mis au monde quatre enfants, elle travaillait depuis vingt-trois ans dans le puits et elle était épuisée. Mr. York aspergea d'eau la tête du bébé. Puis Saul, le mari de Jen, répéta la formule qui faisait du fils de chaque mineur écossais un esclave. « Je m'engage à ce que cet enfant travaille aux mines de George Jamisson, quand il sera enfant et adulte, aussi longtemps qu'il en sera capable ou jusqu'à sa mort. »

C'était le moment que Mack avait choisi.

Il se leva.

À ce moment de la cérémonie, le contremaître, Harry Ratchett, devait normalement s'avancer jusqu'aux fonts baptismaux et remettre à Saul les « arles », le paiement traditionnel pour l'engagement de l'enfant, une bourse de dix livres. Toutefois, à la surprise de Mack, ce fut Sir George qui se leva pour accomplir personnellement ce geste rituel.

Comme il se mettait debout, son regard croisa celui de Mack.

Un instant, les deux hommes se dévisagèrent.

Puis Sir George s'approcha des fonts baptismaux.

Mack s'avança dans l'allée centrale de la petite église et dit d'une voix forte : « Le paiement des arles ne veut rien dire. »

Sir George s'immobilisa et toutes les têtes se tournèrent vers Mack. Il y eut un moment de silence stupéfait. Mack entendait les battements de son propre cœur.

« Cette cérémonie n'a aucune valeur, déclara Mack. On ne peut pas promettre ce garçon à la mine : un enfant ne peut pas être réduit en esclavage.

– Assieds-toi, jeune idiot, dit Sir George, et tais-toi. »

Le ton paternaliste de cette réprimande mit Mack si fort en colère que tous ses doutes se dissipèrent. « *Vous*, asseyez-vous », lança-t-il, et la congrégation resta pétrifiée devant tant d'insolence. Il braqua un doigt sur Mr. York. « Dans votre sermon, monsieur le pasteur, vous parliez de la vérité : allez-vous prendre la défense de la vérité maintenant ? »

Le clergyman regarda Mack d'un air soucieux. « Qu'est-ce que c'est que tout ça, McAsh ?

– De l'esclavage !

– Allons, fit York d'un ton conciliant, tu connais la loi de l'Écosse. Les mineurs de charbon appartiennent au propriétaire de la mine. Dès qu'un homme a travaillé un an et un jour, il perd sa liberté.

– Oui, fit Mack. C'est injuste mais c'est la loi. Je dis, moi, que la loi ne peut pas réduire les enfants en esclavage, et je peux le prouver. »

Saul intervint. « Mack ! protesta-t-il, nous avons besoin de l'argent.

– Prends-le, dit Mack. Ton garçon travaillera pour Sir George jusqu'à l'âge de vingt et un ans, et ça vaut dix livres. Mais…, dit-il en haussant la voix. Mais, quand il aura atteint sa majorité, *il sera libre* !

– Je te conseille de tenir ta langue, dit Sir George d'un ton menaçant. Tu tiens des propos bien dangereux.

– C'est pourtant vrai », dit Mack, obstiné.

Sir George devint cramoisi : il n'avait pas l'habitude d'être mis au défi de façon aussi insistante. « Je m'occuperai de toi quand le service sera terminé », dit-il, furieux. Il remit la bourse à Saul, puis se tourna vers le pasteur et dit : « Continuez, je vous prie, Mr. York. »

Mack était abasourdi. Ils n'allaient quand même pas tout bonnement continuer comme si de rien n'était ?

Le pasteur dit : « Chantons l'hymne final. »

Sir George regagna sa place. Mack resta planté là, ne pouvant croire que tout était fini.

« Le second psaume, dit le pasteur. Pourquoi les païens se déchaînent-ils et pourquoi le peuple imagine-t-il des choses vaines ? »

Une voix derrière Mack dit : « Non, non... pas encore. »

Il se retourna. C'était Jimmy Lee, le jeune mineur qui chantait si bien. Une fois déjà il s'était enfui et, comme punition, il portait autour du cou un collier de fer sur lequel on avait gravé les mots : *Cet homme est la propriété de Sir George Jamisson de Fife*. Dieu soit loué, il y avait Jimmy, se dit Mack.

« Vous ne pouvez pas vous arrêter maintenant, dit Jimmy. J'aurai vingt et un ans la semaine prochaine. Si je dois être libre, je veux le savoir. »

Ma Lee, la mère de Jimmy, dit : « Nous aussi. » C'était une vieille femme coriace et édentée, très respectée dans le village. Quelques autres hommes et femmes exprimèrent leur accord avec elle.

« Tu ne vas pas être libre », tonna Sir George en se relevant.

Esther tira Mack par sa manche. « La lettre ! souffla-t-elle avec insistance. Montre-leur la lettre ! »

Dans son excitation, il l'avait oubliée. « Sir George, cria-t-il en brandissant la lettre, ce n'est pas ce que dit la loi.

— Qu'est-ce c'est que ce papier, McAsh ? fit York.

— C'est une lettre d'un avocat de Londres que j'ai consulté. »

Sir George était si outré qu'on aurait dit qu'il allait éclater. Mack était content que quelques rangs de bancs les séparent : sinon le seigneur aurait bien pu le prendre à la gorge. «*Toi*, tu as consulté un *avocat* ?» balbutia-t-il. Cela parut l'offenser plus que tout le reste.

«Qu'est-ce que dit la lettre ? demanda York.

– Je vais la lire, dit Mack. "La cérémonie des arles n'a aucune base dans la loi anglaise ni écossaise." » Un murmure surpris monta de la congrégation : voilà qui contredisait tout ce qu'on leur avait appris à croire. « "Les parents ne peuvent pas vendre ce qui ne leur appartient pas, à savoir la liberté d'un adulte. Ils peuvent obliger leur enfant à travailler à la mine jusqu'à l'âge de vingt et un ans, mais…" » Mack marqua une pause spectaculaire et lut très lentement la dernière phrase. « "… mais alors, il sera libre de partir !" »

Tout le monde aussitôt voulut intervenir. Dans un grand brouhaha, une centaine de personnes essayèrent de parler, de crier, de poser une question, de s'exclamer. Sans doute la moitié des hommes de l'église avaient-ils été engagés étant enfants et s'étaient-ils toujours considérés comme des esclaves. Voilà qu'on leur disait maintenant qu'on les avait trompés : ils voulaient connaître la vérité.

Mack leva une main pour réclamer le silence, et il l'obtint presque aussitôt. Un instant, il s'émerveilla de son pouvoir. «Laissez-moi vous lire encore une ligne, dit-il. "Dès l'instant où l'homme atteint l'âge adulte, la loi s'applique à lui comme à tout autre en Écosse : quand il a travaillé un an et un jour *en tant qu'adulte*, il perd sa liberté." »

Il y eut des grognements de colère et de déception. Ce n'était pas une révolution, les hommes s'en rendaient compte : la plupart d'entre eux n'étaient pas plus libres qu'avant. Mais leurs fils pourraient s'en tirer.

«McAsh, fit York, laisse-moi voir cette lettre. »

Mack s'avança et la lui tendit.

Sir George, toujours rouge de colère, dit : « Et qui est ce prétendu avocat ?

– Il s'appelle Caspar Gordonson, dit Mack.

– Oh oui, fit York. J'ai entendu parler de lui.

– Moi aussi, ricana Sir George. Un radical, un extrémiste ! C'est un partisan de John Wilkes. » Tout le monde connaissait le nom de Wilkes : le célèbre dirigeant libéral vivant en exil à Paris mais qui menaçait constamment de revenir pour saper l'autorité du gouvernement. Sir George poursuivit : « Si j'y peux quelque chose, cela vaudra la corde à Gordonson. Cette lettre est de la trahison. »

Le pasteur fut choqué de l'entendre parler de pendaison. « Je ne crois guère qu'il s'agisse de trahison...

– Vous feriez mieux de vous limiter au royaume des cieux, dit sèchement Sir George. Laissez aux hommes d'autorité décider ce qui est trahison et ce qui ne l'est pas. » Là-dessus, il arracha la lettre des mains de York.

Les fidèles étaient scandalisés de voir leur pasteur ainsi réprimandé : ils restèrent silencieux, en attendant de voir comment il allait réagir. York soutint le regard de Jamisson. Mack était certain que le pasteur allait défier le seigneur. Mais York baissa les yeux et Jamisson prit un air triomphant. Il se rassit, comme si l'incident était clos.

Mack était outré de la lâcheté de York. L'Église était censée être l'autorité morale. Un pasteur qui prenait ses ordres du seigneur n'avait aucune utilité. Mack lui lança un regard de franc mépris et déclara d'un ton railleur : « Allons-nous respecter la loi ou non ? »

Robert Jamisson se leva, rouge de colère comme son père. « Tu vas respecter la loi et c'est ton seigneur qui va te dire ce qu'elle est, déclara-t-il.

– C'est comme si nous n'avions pas de loi du tout, répliqua Mack.

– C'est aussi bien, en ce qui te concerne, dit Robert. Tu es un mineur : qu'est-ce que tu as à voir avec la loi ?

Quant à écrire à des avocats…» Il prit la lettre que tenait son père. «Voilà ce que je pense de ton avocat.» Il déchira le papier en deux.

Les mineurs sursautèrent. C'était leur avenir qui était écrit sur ces pages, et voilà qu'il les détruisait.

Robert déchira la lettre en petits morceaux qu'il lança en l'air. Ils retombèrent sur Saul et Jen comme des confettis à un mariage.

Mack était aussi accablé que si quelqu'un venait de mourir. La lettre était la chose la plus importante qui lui fût jamais arrivée. Il comptait la montrer à tout le monde au village. Il s'était imaginé la porter à d'autres puits dans d'autres villages, jusqu'à ce que toute l'Écosse en connaisse le contenu. Et dire que Robert l'avait anéantie en une seconde !

On devait lire l'abattement sur son visage, car Robert avait l'air triomphant. Cela mit Mack en rage. Il n'allait pas se laisser si facilement écraser. La colère le rendit provocant. Je ne suis pas encore vaincu, se dit-il. La lettre avait disparu mais la loi était toujours la même. «Vous avez détruit cette lettre», dit-il. Et il fut surpris du mépris cinglant de son ton. «Mais vous ne pouvez pas déchirer la loi du pays. Elle est écrite sur un papier qui ne se lacère pas si facilement.»

Robert était abasourdi. Il hésita puis dit d'un ton furieux : «Sors d'ici.»

Mack regarda Mr. York et les Jamisson se tournèrent aussi vers lui. Aucun profane n'avait le droit de donner l'ordre à un fidèle de quitter l'église. Le pasteur allait-il s'incliner et laisser le fils du seigneur jeter dehors une de ses ouailles ? «Est-ce la maison de Dieu ou celle de Sir George Jamisson ?» interrogea Mack.

C'était un moment décisif et York ne se montra pas à la hauteur. L'air penaud, il dit : «McAsh, vous feriez mieux de partir.»

Mack ne put résister à répliquer, même s'il savait que c'était de la témérité. «Merci pour le sermon sur la Vérité, monsieur le pasteur, dit-il. Je ne l'oublierai jamais.»

Il tourna les talons. Esther le suivit. Comme ils descendaient l'allée centrale, Jimmy Lee se leva et lui emboîta le pas. Un ou deux autres l'imitèrent, puis Ma Lee se leva à son tour et l'exode soudain devint général. Dans un bruyant raclement de bottes et un froissement de vêtements, les mineurs quittèrent leurs places, entraînant leur famille avec eux. Quand Mack arriva sur le seuil, il savait que tous les mineurs du village le suivaient sur le parvis : il fut envahi d'un sentiment de camaraderie et de triomphe qui lui amena les larmes aux yeux.

Ils se rassemblèrent autour de lui dans le cimetière. Le vent était tombé mais il neigeait maintenant : de gros flocons qui tombaient doucement sur les tombes. «Ça n'était pas bien de déchirer cette lettre», fit Jimmy, furieux.

Quelques autres renchérirent. «On écrira encore, dit l'un d'eux.

— Ce ne sera peut-être pas si facile, observa Mack, de faire poster la lettre une seconde fois.» Ce n'était pas vraiment à ces détails qu'il pensait. Il se sentait épuisé et grisé comme s'il avait monté en courant le versant de High Glen.

«La loi est la loi, dit un autre mineur.

— Oui, mais le seigneur est le seigneur», dit un autre, plus prudent.

En se calmant, Mack commença à se demander réellement ce qu'il avait obtenu. Certes, il avait ému tout le monde, mais ce n'était pas cela qui changerait grand-chose. Les Jamisson avaient catégoriquement refusé de reconnaître la loi. S'ils n'en démordaient pas, que pouvaient faire les mineurs ? Cela rimait-il à quelque chose de se battre pour la justice ? Ne vaudrait-il pas mieux saluer bien bas le seigneur en espérant un jour obtenir le poste de contremaître de Harry Ratchett ?

Une petite silhouette en fourrure noire jaillit par le portail de l'église comme un lévrier qu'on vient de détacher. C'était Lizzie Hallim. Elle se dirigea droit vers Mack, les mineurs s'écartèrent aussitôt sur son passage.

Mack la dévisagea. Au repos, elle lui avait paru jolie mais, maintenant que son visage brillait d'indignation, elle était ravissante. Ses yeux noirs lançant des éclairs, elle dit : «Pour qui te prends-tu ?

— Pour Malachi McAsh…

— Je connais ton nom, dit-elle. Comment oses-tu parler au seigneur et à son fils sur ce ton ?

— Comment osent-ils nous réduire en esclavage quand la loi dit qu'ils n'en ont pas le pouvoir ?»

Les mineurs acquiescèrent en murmurant.

Lizzie regarda autour d'elle. Des flocons collaient à la fourrure de son manteau. L'un d'eux se posa sur son nez et, d'un geste impatient, elle s'en débarrassa. «Tu as de la chance d'avoir un travail payé, dit-elle. Vous devriez tous être reconnaissants à Sir George de développer ses mines et de fournir à vos familles un moyen d'existence.

— Si nous avons une telle chance, dit Mack, pourquoi leur faut-il des lois nous interdisant de quitter le village pour aller chercher du travail ailleurs ?

— Parce que vous êtes trop stupides pour savoir quand vous n'avez pas à vous plaindre !»

Mack s'aperçut que cet affrontement lui plaisait, et pas seulement parce que cela l'amenait à regarder une jolie femme de haute naissance. Comme adversaire, elle était bien plus subtile que Sir George ou Robert.

Baissant la voix, il demanda d'un ton interrogateur : «Miss Hallim, êtes-vous jamais descendue dans une mine de charbon ?»

À cette idée, Ma Lee eut un rire caquetant.

«Ne sois pas ridicule, fit Lizzie.

— Si vous le faites un jour, je vous garantis que vous ne direz jamais plus que nous avons de la chance.

— J'ai assez entendu de ton insolence, dit-elle. On devrait te fouetter.

— C'est sans doute ce qui va m'arriver», dit-il. Mais

il n'en croyait pas un mot : jamais il ne se souvenait d'avoir vu un mineur fouetté, même si son père en son temps l'avait vu.

Elle haletait. Il dut faire un effort pour ne pas regarder sa poitrine. « Tu as réponse à tout, dit-elle, comme toujours.

– Oui, mais vous ne m'avez jamais écouté. »

Il sentit un violent coup de coude dans les côtes : c'était Esther, lui rappelant que ça ne rapportait jamais de faire le malin avec les aristocrates. Elle dit : « Nous allons penser à ce que vous nous avez dit, Miss Hallim, et merci de votre conseil. »

Lizzie hocha la tête d'un air condescendant. « Tu es Esther, n'est-ce pas ?

– Oui, Miss. »

Elle se tourna vers Mack. « Tu devrais écouter ta sœur : elle a plus de bon sens que toi.

– C'est la première vérité que vous m'avez dite aujourd'hui.

– Mack, siffla Esther, *boucle-la*. »

Lizzie eut un grand sourire et soudain toute son arrogance disparut. Le visage rayonnant, elle semblait une autre, quelqu'un d'amical et de gai. « Ça fait longtemps que je n'ai pas entendu cette phrase-là », fit-elle en riant. Mack ne put s'empêcher de rire avec elle.

Lizzie tourna les talons, riant encore sous cape.

Mack la regarda retourner vers le porche de l'église pour rejoindre les Jamisson qui sortaient tout juste. « Mon Dieu, dit-il en secouant la tête. Quelle femme ! »

4

Jay était furieux de cet incident à l'église. Cela le mettait hors de lui de voir des gens se hausser au-dessus de leur condition. C'était la volonté de Dieu et la loi du pays que Malachi McAsh passe sa vie à piocher du charbon sous la terre et que Jay Jamisson ait une vie plus large. C'était mal de se plaindre de l'ordre naturel des choses. Et puis McAsh avait une façon de parler exaspérante, comme s'il était l'égal de n'importe qui, même quelqu'un de haute naissance.

Aux colonies en revanche, un esclave était un esclave et il n'y avait pas toutes ces histoires de travailler un an et un jour ni de recevoir un salaire. C'était la bonne méthode, estimait Jay. Les gens ne travaillaient que quand on les y obligeait, et il fallait parfois les y forcer sans pitié : c'était plus efficace.

Comme il sortait de l'église, certains des fermiers lui présentèrent leurs vœux pour son vingt et unième anniversaire, mais aucun des mineurs ne lui adressa la parole. Ils formaient un petit groupe d'un côté du cimetière, discutant entre eux à voix basse et furieuse. Jay était scandalisé qu'ils aient pu ainsi gâcher sa petite fête.

Il s'avança d'un pas rapide sous la neige jusqu'à l'endroit où un garçon d'écurie tenait les chevaux. Robert était déjà là, mais pas Lizzie. Jay la chercha du regard. Il avait compté faire à cheval le trajet jusqu'à la maison avec elle. « Où est Miss Elizabeth ? demanda-t-il au palefrenier.

– Là-bas, auprès du porche, Mr. Jay. »

Jay la vit qui parlait avec animation au pasteur.

Robert pointa un doigt agressif sur la poitrine de Jay. « Écoute-moi, Jay... tu laisses Elizabeth Hallim tranquille, tu comprends ? »

Robert avait une expression agressive. C'était dangereux de le contrarier quand il était de cette humeur. Mais la colère et la déception donnèrent du courage à Jay. « Qu'est-ce que tu me racontes ? dit-il d'un ton mordant.

– Ça n'est pas toi qui vas l'épouser, c'est moi.

– Je n'ai aucune envie de l'épouser.

– Alors, ne flirte pas avec elle. »

Jay savait que Liz l'avait trouvé séduisant. Ça l'avait amusé de badiner avec elle, mais il ne songeait absolument pas à capturer son cœur. Quand il avait quatorze ans et elle treize, il trouvait que c'était la plus jolie fille du monde et il avait eu le cœur brisé en constatant qu'elle ne s'intéressait pas à lui (pas plus d'ailleurs qu'à aucun autre garçon) – mais il y avait longtemps de cela. Père avait pour projet de marier Lizzie à Robert et ni Jay ni personne d'autre dans la famille n'irait s'opposer au souhait de Sir George. Jay fut donc surpris que Robert eût été assez énervé pour se plaindre. Cela montrait qu'il n'était pas sûr de lui, et il n'arrivait pas souvent à Robert, pas plus qu'à son père, de manquer de confiance en lui.

Jay savourait le rare plaisir de voir son frère inquiet. « De quoi as-tu peur ? dit-il.

– Tu sais fichtrement bien ce que je dis. Tu m'as toujours tout volé depuis que nous sommes enfants : mes jouets, mes vêtements, tout. »

Une vieille rancœur familiale incita Jay à répondre : « Parce que tu as toujours eu tout ce que tu voulais et moi, rien.

– Allons donc.

– Quoi qu'il en soit, reprit Jay d'un ton plus raisonnable, Miss Hallim est une de nos invitées. Je ne peux tout de même pas ignorer sa présence, non ? »

Robert eut une moue obstinée. « Tu veux que j'en parle à Père ? »

C'étaient là les paroles magiques qui avaient mis un terme à tant de querelles enfantines. Les deux frères savaient très bien que leur père déciderait toujours en faveur de Robert. Jay sentit monter dans sa gorge une amertume qu'il connaissait bien. « Non, Robert, concéda-t-il. Je vais tâcher de ne pas gêner ta cour. »

Il enfourcha son cheval et partit au trot, laissant Robert escorter Lizzie jusqu'au château.

Jamisson Castle était une forteresse en pierre d'un gris sombre avec tourelles et remparts et elle avait la

haute et impressionnante silhouette de tant de maisons de campagne écossaises. On l'avait bâtie
soixante-dix ans auparavant, après que la découverte
du premier puits de mine dans la vallée eut commencé à faire la fortune du seigneur.

Sir George avait hérité de la propriété par un cousin de sa première épouse. Durant toute l'enfance de
Jay, son père avait été obsédé par le charbon. Il avait
consacré tout son temps et tout son argent à creuser
de nouveaux puits et n'avait apporté aucune amélio-
ration au château.

Même si Jay y avait passé son enfance, il n'aimait
pas l'endroit. Les énormes pièces du rez-de-chaussée
– le vestibule, la salle à manger, le salon, la cuisine et
l'office –, balayées de courants d'air, étaient disposées autour d'une cour centrale avec une fontaine
dont l'eau gelait d'octobre à mai. La maison était
impossible à chauffer. De grands feux dans chaque
chambre, brûlant le charbon que fournissaient en
abondance les puits Jamisson, ne réchauffaient guère
l'air glacé des grandes pièces au sol dallé, et les cou-
loirs étaient si froids qu'il fallait passer un manteau
pour aller d'une pièce à une autre.

Voilà dix ans, la famille était allée s'installer à
Londres, laissant une poignée de domestiques pour
garder la maison et protéger le gibier. Pendant
quelque temps, ils étaient revenus chaque année,
amenant avec eux des invités et des serviteurs. Mais
Père répugnait de plus en plus à abandonner ses
affaires et les visites se firent de plus en plus rares. Jay
aurait préféré ne pas revenir du tout. Toutefois, c'était
une agréable surprise de retrouver Lizzie Hallim
devenue grande : et pas seulement parce qu'elle lui
fournissait l'occasion de tourmenter son frère aîné.

Il contourna les écuries et mit pied à terre. Il flatta
l'encolure du hongre. « Il n'est pas fait pour le
steeple-chase, mais c'est une bonne monture, dit-il
au palefrenier en lui tendant les rênes. Je serais heureux de l'avoir dans mon régiment. »

Le garçon d'écurie parut ravi. «Merci, monsieur», dit-il.

Jay passa dans le grand hall. C'était une vaste pièce lugubre, avec des recoins d'ombre où la lumière des chandelles pénétrait à peine. Un lévrier maussade était allongé sur une vieille couverture de fourrure devant le feu de charbon. Jay le délogea de la pointe de sa botte pour pouvoir se réchauffer les mains.

Au-dessus de la cheminée était accroché le portrait de la première femme de son père, Olive, la mère de Robert. Jay avait cette toile en horreur. Cette femme était là, grave, avec des airs de sainte, vous regardant du haut de son long nez. Prise d'une mauvaise fièvre, elle était morte brusquement à vingt-neuf ans : le père de Jay s'était remarié, mais jamais il n'avait oublié son premier amour. Il traitait Alicia, la mère de Jay, comme une maîtresse, un jouet sans statut et sans droit : cela donnait presque à Jay l'impression d'être un fils illégitime. Robert était le premier-né, l'héritier, le favori.

Il tourna le dos au portrait. Un valet lui apporta une timbale de vin chaud épicé et il en but une gorgée avec gratitude. Peut-être cela apaiserait-il la tension qu'il sentait dans son estomac. C'était aujourd'hui que Père allait annoncer ce que serait la part d'héritage de Jay.

Il savait fort bien qu'il n'aurait pas droit à la moitié, ni même au dixième de la fortune de son père. Robert hériterait du domaine, avec ses mines prospères et la flotte de navires qu'il dirigeait déjà. La mère de Jay lui avait conseillé de ne pas discuter là-dessus : elle savait que Père était intraitable.

Robert n'était pas seulement le seul fils : il était Père tout craché. Jay, lui, était différent, et c'était pour cela que son père le traitait avec mépris. Comme Père, Robert était habile, sans cœur et ladre. Jay était insouciant et dépensier. Père avait horreur des gens qui ne faisaient pas attention à l'argent, surtout quand c'était le sien. Il avait plus d'une fois crié à

Jay : « Je sue sang et eau pour gagner de l'argent que tu jettes par les fenêtres ! »

Jay avait encore aggravé les choses, voilà quelques mois à peine, en laissant s'accumuler une énorme dette de jeu : neuf cents livres. Il avait obtenu de sa mère qu'elle demande à Père de la régler. C'était une petite fortune, assez pour acheter Jamisson Castle, mais Sir George pouvait facilement se permettre cette dépense. Malgré cela, il s'était comporté comme si on lui coupait une jambe. Depuis lors, Jay avait encore perdu de l'argent, mais son père n'en savait rien.

« Ne lutte pas avec ton père, lui avait recommandé Mère, mais demande quelque chose de modeste. » Souvent les fils cadets partaient pour les colonies : il y avait de bonnes chances pour que son père lui donnât la plantation de canne à sucre de la Barbade, avec la maison du domaine et les esclaves noirs. Sa mère et lui en avaient tous deux parlé à son père. Sir George n'avait pas dit oui, mais il n'avait pas dit non et Jay nourrissait de grands espoirs.

Son père arriva quelques minutes plus tard, secouant la neige de ses bottes de cheval. Un valet de chambre le débarrassa de son manteau. « Envoie un message à Ratchett, lui dit Père. Je veux que deux hommes gardent le pont vingt-quatre heures par jour. Si McAsh essaie de quitter le Glen, qu'ils l'arrêtent. »

Il n'y avait qu'un seul pont pour franchir la rivière, mais il y avait un autre moyen de quitter la vallée. « Et si McAsh passe par la montagne ? dit Jay.

– Par ce temps ? Il peut toujours essayer. Sitôt que nous apprendrons qu'il est parti, nous pourrons envoyer un petit groupe par la route et demander au shérif et à ses hommes de l'attendre de l'autre côté le temps qu'il arrive là-bas. Mais je doute qu'il y parvienne. »

Jay n'était pas si sûr : ces mineurs étaient audacieux comme des chamois et McAsh était une canaille obstinée. Mais il ne voulait pas discuter avec son père.

Lady Hallim arriva ensuite. Comme sa fille, elle avait les cheveux sombres et les yeux noirs, mais elle n'avait pas l'élan ni le pétillement de Lizzie. Elle était assez corpulente et son visage charnu était creusé de plis désapprobateurs.

« Permettez-moi de vous débarrasser de votre manteau, dit Jay en l'aidant à enlever sa lourde fourrure. Venez près du feu, vos mains sont glacées. Voudriez-vous un peu de vin chaud ?

– Quel charmant garçon vous êtes, Jay, dit-elle. J'adorerais en boire un peu. »

Les autres revinrent de l'église tour à tour, se frottant les mains pour se réchauffer et laissant la neige couler en rigoles sur les dalles. Robert s'obstinait à faire la conversation à Lizzie, passant d'une banalité à une autre, comme s'il en avait toute une liste. Père se mit à discuter affaires avec Henry Drome, un négociant de Glasgow apparenté à sa première épouse. La mère de Jay bavardait avec Lady Hallim. Le pasteur et sa femme n'étaient pas venus : peut-être boudaient-ils après l'épisode de l'église. Il y avait là une poignée d'autres invités, pour la plupart des parents : la sœur de Sir George et son mari, le frère cadet d'Alicia avec son épouse et un ou deux voisins. L'essentiel des conversations tournait autour de Malachi McAsh et de sa stupide lettre.

Au bout d'un moment, on entendit la voix de Lizzie dominer le brouhaha des conversations et, l'un après l'autre, les gens tournèrent la tête pour l'écouter. « Mais pourquoi pas ? disait-elle. J'ai envie de voir ça moi-même. »

Robert déclara d'un ton grave : « Une mine de charbon n'est pas un endroit pour une dame, croyez-moi.

– Qu'est-ce que c'est ? demanda Sir George. Miss Hallim veut descendre dans un puits ?

– Je crois que j'aimerais savoir à quoi ça ressemble, expliqua Lizzie.

– Toute autre considération mise à part, dit

Robert, une toilette féminine rendrait la chose pratiquement impossible.

– Alors, répliqua-t-elle, je me déguiserai en homme. »

Sir George eut un petit rire. « Il y a certaines jeunes filles que je connais qui pourraient y parvenir, dit-il. Mais vous, ma chère, êtes bien trop jolie pour pouvoir vous le permettre. » Cela lui semblait manifestement un compliment bien tourné et il regarda autour de lui en quête d'approbation. Les autres rirent consciencieusement.

La mère de Jay lui donna un coup de coude en lui murmurant quelque chose à voix basse.

« Ah, c'est vrai, fit Sir George. Est-ce que chacun a son verre plein ? » Sans attendre de réponse, il poursuivit : « Buvons à la santé de mon fils cadet, James Jamisson, que nous connaissons tous sous le nom de Jay, en l'honneur de son vingt et unième anniversaire. À Jay ! »

Chacun but, puis les femmes se retirèrent afin de se préparer pour le repas. Les hommes se mirent à parler affaires. Henry Drome dit : « Les nouvelles d'Amérique ne me plaisent guère. Cela pourrait nous coûter beaucoup d'argent. »

Jay savait de quoi l'homme parlait. Le gouvernement anglais avait frappé de taxes divers produits importés dans les colonies américaines – thé, papier, verre, plomb et peinture – et les colons étaient scandalisés.

Sir George déclara d'un ton indigné : « Ils veulent que l'armée les protège des Français et des Peaux-Rouges, mais ils refusent de payer.

– Ils ne le feront d'ailleurs pas s'ils peuvent s'en abstenir, dit Drome. La réunion qui s'est tenue à Boston a proclamé un boycott sur toutes les importations britanniques. Ils renoncent au thé et se sont même mis d'accord pour faire des économies sur le tissu noir en réduisant la durée du deuil !

– Si les autres colonies, dit Robert, suivent

l'exemple du Massachusetts, la moitié de notre flotte de navires n'aura plus de cargaison.

– Les colons, dit Sir George, sont un fichu ramassis de bandits, voilà ce qu'ils sont ; et les distillateurs de rhum de Boston sont les pires. » Jay fut surpris de voir l'agacement de son père : ce problème devait lui coûter de l'argent pour qu'il soit si énervé. « La loi les oblige à acheter de la mélasse provenant des plantations britanniques, mais ils font venir en contrebande de la mélasse française et font tomber les prix.

– Les Virginiens sont pires, renchérit Drome. Les planteurs de tabac ne paient jamais leurs dettes.

– Je ne le sais que trop, fit Sir George. Je viens de me trouver devant un planteur en cessation de paiement : il m'a laissé sur les bras un domaine en faillite. Un endroit du nom de Mockjack Hall.

– Dieu merci, dit Robert, il n'y a pas de droit de douane sur les forçats. » L'affaire d'armement des Jamisson tirait le plus clair de ses bénéfices du transport des bagnards en Amérique. Tous les ans, les tribunaux condamnaient à la déportation plusieurs centaines de gens – c'était une alternative à la pendaison, un châtiment punissant des crimes comme le vol – et le gouvernement versait cinq livres par tête à l'armateur. Neuf déportés sur dix traversaient l'Atlantique à bord d'un navire de Jamisson. Et la somme versée par le gouvernement n'était pas le seul argent que rapportait l'opération. Là-bas, les forçats devaient accomplir sept ans de travail sans être payés, ce qui signifiait qu'on pouvait les vendre comme esclaves pour sept ans. Les hommes atteignaient des prix de dix à quinze livres, les femmes, de huit à neuf, les enfants moins. Avec cent trente ou cent quarante bagnards entassés dans la cale comme des poissons dans un panier, Robert pouvait faire en un seul voyage un bénéfice de deux mille livres : le prix d'achat du vaisseau. C'était un commerce fort lucratif.

« C'est vrai, dit Père en vidant son gobelet. Mais, si on laissait faire les colons, même cela serait aboli. »

Les colons n'arrêtaient pas de se plaindre à ce propos. Même s'ils continuaient à acheter les forçats – tant on manquait là-bas de main-d'œuvre à bon marché – ils en voulaient à la mère patrie de déverser sur eux sa racaille et reprochaient aux forçats de faire monter le taux de criminalité.

«Au moins, les mines de charbon sont fiables, dit Sir George. C'est la seule chose sur laquelle on puisse compter de nos jours. C'est pourquoi il faut anéantir ce McAsh.»

Chacun avait son avis à donner sur McAsh et plusieurs conversations s'amorcèrent aussitôt. Sir George semblait en avoir assez de ce sujet. Il se tourna vers Robert. D'un ton jovial, il dit : «Alors, et la petite Hallim, hein ? Un vrai bijou, si tu veux mon avis.

– Elizabeth est une jeune fille pleine de fougue, fit Robert d'un ton hésitant.

– C'est bien vrai, dit Père avec un rire. Je me souviens de ce jour où nous avons abattu, voilà huit ou dix ans, le dernier loup dans cette région de l'Écosse : elle a insisté pour élever elle-même les petits. Elle se promenait avec deux louveteaux en laisse. On n'a jamais rien vu de pareil ! Les gardes-chasse étaient scandalisés : ils disaient que les petits allaient s'échapper et devenir une menace. Mais, heureusement, ils sont morts.

– Elle risque de faire une épouse difficile, dit Robert.

– Rien de comparable à une jument fougueuse, dit Sir George. D'ailleurs, quoi qu'il arrive, un mari a toujours le dessus. Tu pourrais tomber plus mal.» Il baissa la voix. «Lady Hallim conserve l'usufruit du domaine jusqu'au mariage d'Elizabeth. Comme les biens d'une femme appartiennent à son mari, tout cela deviendra la propriété de son époux le jour du mariage.

– Je sais», dit Robert.

Jay n'était pas au courant, mais il n'était pas surpris : peu d'hommes légueraient volontiers un domaine de cette importance à une femme.

Sir George reprit : « Il doit y avoir des milliers de tonnes de charbon sous High Glen : toutes les veines de Heugh partent dans cette direction. Cette fille est assise sur une fortune, pardonnez-moi ma vulgarité. » Il partit d'un gros rire.

Robert resta sévère comme d'habitude. « Je ne suis pas sûr qu'elle m'aime beaucoup.

– Qu'a-t-elle donc à ne pas aimer ? Tu es jeune, tu vas être riche, quand je mourrai tu seras baronnet : qu'est-ce qu'une fille pourrait demander de plus ?

– Du romanesque ? » suggéra Robert. Il prononça le mot d'un air écœuré, comme s'il s'agissait d'une pièce de monnaie inconnue tendue par un commerçant étranger.

« Miss Hallim ne peut pas se permettre de romanesque.

– Je ne sais pas, dit Robert. Lady Hallim a vécu dans les dettes depuis aussi longtemps que je m'en souvienne. Pourquoi ne continuerait-elle pas ainsi à jamais ?

– Je vais te confier un secret », dit Sir George. Il jeta un coup d'œil par-dessus son épaule pour s'assurer qu'on ne l'entendait pas. « Tu sais qu'elle a hypothéqué tout le domaine ?

– Tout le monde le sait.

– J'ai appris, figure-toi, que son créancier n'est pas disposé à renouveler l'hypothèque.

– Mais, dit Robert, elle pourrait certainement trouver de l'argent auprès d'un autre prêteur et régler ce qu'elle lui doit.

– Sans doute, fit Sir George. Mais elle l'ignore. Et ce n'est pas son conseiller financier qui le lui dira : je m'en suis assuré. »

Jay se demanda quel pot-de-vin ou quelle menace son père avait utilisé pour suborner le conseiller de Lady Hallim.

Sir George eut un petit rire. « Alors tu vois, Robert, la jeune Elizabeth ne peut pas se permettre de te repousser. »

Là-dessus, Henry Drome s'arracha à la conversation à laquelle il participait pour s'approcher des trois Jamisson. «Avant que nous passions à table, George, il y a une chose qu'il faut que je vous demande. Je peux parler librement en présence de vos fils, je le sais.

– Naturellement.

– Les problèmes en Amérique m'ont touché très durement – des planteurs incapables de s'acquitter de leurs dettes et tout cela – et j'ai bien peur de ne pouvoir faire face à mes obligations à votre égard ce trimestre-ci.»

De toute évidence, Sir George avait prêté de l'argent à Henry. En général, Père se montrait brutal avec ses débiteurs: ou bien ils payaient, ou bien ils allaient en prison. Cette fois, il se contenta de dire: «Je comprends, Henry. Les temps sont durs. Payez-moi quand vous pourrez.»

Jay en resta bouche bée. Mais, un moment plus tard, il comprit pourquoi son père s'était montré si accommodant. Drome était un parent d'Olive, la mère de Robert, et, en souvenir d'elle, Père se montrait arrangeant avec Henry. Jay en fut si écœuré qu'il s'éloigna.

Les dames revinrent. La mère de Jay réprimait un sourire, comme si elle détenait un secret qui l'amusait. Il n'eut pas le temps de l'interroger qu'un nouvel invité arriva, un étranger en habit gris d'ecclésiastique. Alicia lui dit quelques mots puis le conduisit auprès de Sir George. «Voici Mr. Cheshire, dit-elle. Il est venu à la place du pasteur.»

Le nouveau venu était un jeune homme au visage grêlé avec des lunettes et une perruque bouclée à l'ancienne mode. Sir George et les hommes d'un certain âge portaient toujours la perruque, mais les plus jeunes le faisaient rarement et Jay, jamais.

«Le révérend York vous présente ses excuses, dit Mr. Cheshire.

– Oh, ce n'est rien», fit Sir George en se détournant aussitôt. Il ne s'intéressait pas à d'obscurs clergymen.

On s'en alla déjeuner. L'odeur des mets se mêlait à des relents d'humidité provenant des lourdes et vieilles tentures. On avait dressé sur la longue table un vrai festin : rôtis de chevreuil, de bœuf, jambons, un saumon entier grillé et plusieurs sortes de tartes. Mais c'était à peine si Jay pouvait avaler quelque chose. Père allait-il lui donner la propriété de la Barbade ? Sinon, quoi d'autre ? C'était dur de rester assis à manger du gibier quand votre avenir était en train de se décider.

À bien des égards, c'était à peine s'il connaissait son père. Même s'ils vivaient ensemble dans la maison familiale de Grosvenor Square, Sir George était toujours à l'entrepôt de la City avec Robert. Jay passait la journée avec son régiment. Parfois ils se rencontraient brièvement au petit déjeuner et de temps en temps au souper, mais Sir George soupait souvent dans son cabinet tout en inspectant des papiers. Jay n'avait aucune idée de ce que son père allait faire. Il mangeait donc du bout des lèvres et attendait.

Mr. Cheshire se révéla une présence quelque peu embarrassante. Il rota bruyamment à deux ou trois reprises, il renversa son bordeaux et Jay le surprit à plonger manifestement son regard dans le corsage de sa voisine.

On s'était mis à table à trois heures et, quand les dames se retirèrent, l'après-midi hivernal se terminait avec les premières ombres de la soirée. Dès qu'elles furent parties, Sir George se carra dans son fauteuil et lâcha un pet volcanique. « Ça fait du bien », observa-t-il.

Un serviteur apporta une bouteille de porto, un pot de tabac et une boîte de pipes en terre. Le jeune clergyman bourra une pipe et dit : « Lady Jamisson est une sacrée bonne femme, Sir George, si vous permettez. Sacrée bonne femme. » Il semblait ivre, mais, même dans son état, on ne pouvait laisser passer une

50

telle remarque. Jay vola au secours de sa mère. «Je vous serais obligé de ne pas en dire plus sur Lady Jamisson, monsieur», dit-il d'un ton glacial.

Le clergyman approcha une bougie de sa pipe, aspira et se mit à tousser. C'était manifestement la première fois qu'il fumait. Des larmes lui vinrent aux yeux, il s'étouffa, crachota et se remit à tousser. Ses quintes le secouèrent si fort que sa perruque et ses lunettes tombèrent : Jay vit aussitôt que ce n'était pas un clergyman.

Il éclata de rire. Les autres le regardaient avec curiosité. Ils ne s'étaient encore aperçus de rien. «Regardez! fit-il. Vous ne voyez donc pas qui c'est?»

Robert fut le premier à comprendre. «Bonté divine, c'est Miss Hallim déguisée!» dit-il. Il y eut un moment de silence stupéfait. Puis Sir George éclata de rire. Les autres, voyant qu'il allait prendre cela à la plaisanterie, firent chorus.

Lizzie but une gorgée d'eau, toussa encore. Comme elle se remettait, Jay admira son déguisement. Les lunettes avaient caché ses yeux bruns et les boucles de la perruque avaient en partie masqué son joli profil. Une cravate de lin blanc lui épaississait le cou et couvrait la peau délicate de sa gorge. Elle avait utilisé du charbon de bois ou Dieu sait quoi pour donner à ses joues cet aspect grêlé et elle avait tracé sur son menton quelques poils follets comme la barbe d'un jeune homme qui ne se rase pas encore tous les jours. Dans la pénombre des salles du château, par un sombre après-midi d'hiver en Écosse, ils avaient tous été dupes de son déguisement.

«Ma foi, dit Sir George, quand elle eut cessé de tousser, vous avez donné la preuve que vous pouviez passer pour un homme. Mais vous ne pouvez quand même pas descendre dans la mine. Allez chercher les autres dames et nous allons offrir à Jay son cadeau d'anniversaire.» Pendant quelques minutes, Jay avait oublié son angoisse, mais elle revint soudain comme un coup de poing.

Ils retrouvèrent les femmes dans le hall. La mère de Jay et Lizzie riaient à gorge déployée : Alicia manifestement était dans la confidence, ce qui expliquait son petit sourire avant le déjeuner. La mère de Lizzie n'était pas au courant et elle avait un air glacial.

Sir George leur fit franchir la porte principale. C'était le crépuscule. La neige avait cessé. « Tiens, dit Sir George, voici ton cadeau d'anniversaire. »

Devant la maison, un garçon d'écurie tenait par la bride le plus magnifique cheval que Jay eût jamais vu. C'était un étalon blanc d'environ deux ans, avec les lignes élancées d'un cheval arabe. Énervé par tant de monde, il faisait des sauts de côté, obligeant le palefrenier à tirer sur la bride pour le faire tenir tranquille. Il avait une lueur sauvage dans les yeux et Jay sut aussitôt qu'il devait filer comme le vent.

Il était éperdu d'admiration, mais la voix de sa mère fit irruption dans ses pensées comme un coup de couteau. « C'est tout ?

— Voyons, Alicia, dit Père, j'espère que vous n'allez pas vous montrer ingrate...

— *C'est tout ?* » répéta-t-elle. Et Jay vit que la rage lui crispait le visage.

« Oui », reconnut-il.

L'idée n'était pas venue à Jay qu'on lui offrait ce présent au lieu du domaine de la Barbade. Comprenant peu à peu, il dévisagea ses parents. Il se sentait envahi d'une telle amertume qu'il n'arrivait pas à parler.

Sa mère le fit pour lui. Jamais il ne l'avait vue si en colère. « C'est votre fils ! dit-elle, d'une voix vibrante de fureur. Il a vingt et un ans... il a droit à sa part d'héritage... et vous lui donnez un *cheval* ? »

Les invités regardaient, fascinés mais horrifiés.

Sir George devint tout rouge. « Personne ne m'a rien donné quand j'ai eu vingt et un ans ! s'exclamat-il, furieux. Je n'ai jamais hérité ne serait-ce que d'une paire de chaussures...

— Oh, au nom du ciel, fit-elle d'un ton méprisant.

Nous avons tous entendu raconter comment votre père était mort quand vous aviez quatorze ans et comment vous aviez travaillé dans une filature pour faire vivre vos sœurs : ça n'est pas une raison pour imposer la pauvreté à votre propre fils, non ?

– La pauvreté ?» D'un geste large, il désigna le château, le domaine et la vie qui allait de pair avec tout cela. «Quelle pauvreté ?

– Il a besoin de son indépendance : au nom du ciel, donnez-lui la propriété de la Barbade.

– C'est à moi !» protesta Robert.

Jay desserra les dents et retrouva enfin sa voix. «La plantation n'a jamais été convenablement administrée, dit-il. Je pensais la faire marcher plutôt comme un régiment : obliger les nègres à travailler plus dur et la rendre plus rentable.

– Tu crois vraiment que tu pourrais faire ça ?» dit son père.

Jay sentit son cœur bondir. Peut-être Père allait-il changer d'avis. «Absolument ! s'empressa-t-il de dire.

– Eh bien, pas moi», dit brutalement Père.

Jay eut la sensation d'avoir reçu un coup au creux de l'estomac.

«Je ne crois pas que tu aies la moindre idée sur la façon de diriger une plantation ni aucune autre entreprise, poursuivit Sir George d'un ton grinçant. J'estime que tu es mieux à ta place dans l'armée, où on te dit quoi faire.»

Jay était abasourdi. Il regarda le superbe étalon blanc. «Jamais je ne monterai ce cheval, déclara-t-il. Qu'on l'emmène.»

Alicia s'adressa à Sir George. «Robert a le château, les mines de charbon, les navires et tout le reste : doit-il avoir aussi la plantation ?

– C'est le fils aîné.

– Jay est plus jeune, mais il n'est pas un rien du tout. Pourquoi Robert devrait-il avoir tout ?

– En souvenir de sa mère», dit Sir George.

Alicia dévisagea Sir George et Jay comprit qu'elle le haïssait. Et moi aussi, se dit-il. Je hais mon père.

« Alors, dit-elle, provoquant chez les invités des sursauts scandalisés, que le diable vous emporte. Qu'il vous emporte en enfer. » Là-dessus, elle tourna les talons et regagna la maison.

5

Les jumeaux McAsh habitaient une maison d'une seule pièce d'une quinzaine de pieds carrés avec une cheminée d'un côté et, de l'autre, deux alcôves fermées par des rideaux qui abritaient les lits. L'eau était fournie par un torrent qui passait derrière la rangée de maisons. La porte s'ouvrait sur un chemin boueux descendant la colline depuis le puits de la mine. Au fond de la vallée il rejoignait la route conduisant à l'église, au château et au monde extérieur.

Pendant tout le trajet du retour, Mack n'avait cessé de penser à ce qui s'était passé à l'église, mais il ne dit rien et Esther eut le tact de ne lui poser aucune question. De bonne heure ce matin-là, avant de partir pour l'église, elle avait mis sur le feu un morceau de bacon à bouillir et, quand ils rentrèrent, son odeur emplissait la maison, faisant venir l'eau à la bouche de Mack et lui remontant le moral. Esther éminça un chou dans la marmite tandis que Mack traversait la route pour aller chercher une cruche de bière chez Mrs. Wheighel. Tous deux dévorèrent leur repas avec l'appétit gargantuesque de travailleurs manuels. Quand il ne resta plus rien, Esther rota et dit : « Eh bien, qu'est-ce que tu vas faire ? »

Mack poussa un soupir. Maintenant qu'on lui avait posé la question directement, il savait qu'il n'y avait qu'une seule réponse. « Il faut que je parte. Je ne peux pas rester ici après tout cela. Je rappellerais sans cesse à tous les jeunes hommes du Glen qu'on ne peut pas défier les Jamisson. Il faut que je m'en aille. » Il s'efforçait de rester calme, mais sa voix tremblait d'émotion.

« C'est bien ce que je pensais t'entendre dire. » Les larmes montèrent aux yeux d'Esther. « Tu t'attaques aux gens les plus puissants du pays.

— Mais j'ai quand même raison.

— Oui. Mais avoir raison ou tort, ça ne compte pas beaucoup en ce monde : seulement dans le prochain.

— Si je ne le fais pas maintenant, je ne le ferai jamais… et je passerai le restant de mes jours à le regretter. »

Elle hocha tristement la tête. « C'est certain. Mais s'ils essaient de t'arrêter ?

— Comment ?

— Ils pourraient poster un garde sur le pont.

— S'ils barrent le pont, je passerai par la rivière à la nage, dit-il.

— En cette saison, l'eau est assez froide pour te tuer.

— La rivière a une trentaine de mètres de large. J'estime que je peux la traverser à la nage en un peu plus d'une minute.

— S'ils t'attrapent, ils te ramèneront avec un collier de fer autour du cou, comme Jimmy Lee. »

Mack tressaillit. Porter un collier comme un chien, c'était une humiliation que tous les mineurs redoutaient. « Je suis plus malin que Jimmy, dit-il. Il était à court d'argent, il a essayé de trouver du travail dans un puits à Clackmannan et le propriétaire de la mine l'a dénoncé.

— C'est bien là le problème. Il faut que tu manges et comment vas-tu gagner ton pain ? Le charbon, c'est tout ce que tu connais. »

Mack avait un petit peu d'argent de côté, mais qui ne durerait pas longtemps. Pourtant, il avait réfléchi à tout cela. « J'irai à Édimbourg, dit-il. Ensuite, je m'embarquerai sur un navire… Il paraît qu'on recherche toujours des jeunes gens robustes pour travailler sur les charbonniers. En trois jours, j'aurai quitté l'Écosse. Et quand on est sorti du pays, ils ne peuvent pas vous ramener : les lois ne valent rien ailleurs.

– Un navire », fit Esther d'un ton songeur. Aucun d'eux n'en avait jamais vu : ils avaient seulement regardé des images dans des livres. « Où iras-tu ?

– À Londres, sans doute. » La plupart des charbonniers qui appareillaient d'Édimbourg avaient Londres pour destination. Mais certains allaient à Amsterdam, avait-on dit à Mack. « Ou bien en Hollande. Ou même au Massachusetts.

– Ce ne sont que des noms, fit Esther. Nous n'avons jamais rencontré personne qui soit allé au Massachusetts.

– Je suppose que les gens là-bas mangent du pain, vivent dans des maisons et dorment la nuit, comme partout ailleurs.

– Je le pense aussi, fit-elle d'un ton hésitant.

– D'ailleurs, ça m'est égal, dit-il. J'irai n'importe où pourvu que ce ne soit pas l'Écosse : dans n'importe quel pays où un homme puisse être libre. Pense un peu : vivre où ça te plaît, non pas là où on te dit. Choisir ton travail, être libre de quitter ta place pour en prendre une autre mieux payée, plus sûre ou moins salissante. Être ton propre maître et l'esclave de personne... Est-ce que ça ne va pas être merveilleux ? »

Des larmes ruisselaient sur les joues d'Esther. « Quand vas-tu partir ?

– Je vais rester encore un jour ou deux en espérant que les Jamisson se montrent un peu moins vigilants. Mais mardi, c'est mon vingt-deuxième anniversaire. Si je suis à la mine mercredi, j'aurai travaillé un an et un jour, et je serai de nouveau un esclave.

– En réalité, tu en es un de toute façon, malgré ce que disait cette lettre.

– Mais j'aime l'idée d'avoir la loi de mon côté.

Qu'ils le reconnaissent ou non, ça fait des Jamisson des criminels. Je partirai donc mardi soir. »

D'une petite voix, elle dit : « Et moi ?

– Tu ferais mieux de travailler pour Jimmy Lee : il est bon sur la taille et il cherche désespérément quelqu'un d'autre pour porter son charbon. Et Annie... »

Esther l'interrompit. « Je veux partir avec toi. »

Il fut surpris. « Tu ne m'en as jamais parlé ! »

Elle haussa le ton. « Pourquoi crois-tu que je ne me sois jamais mariée ? Parce que, si je me marie et que j'ai un enfant, je ne partirai jamais d'ici. »

Il est vrai qu'elle était la plus vieille célibataire de Heugh. Mack avait toujours cru qu'elle n'avait tout simplement trouvé personne d'assez bon pour elle ici. L'idée ne lui était pas venue que, pendant toutes ces années, elle avait nourri le secret désir de s'échapper.

« Si tu t'en vas, je pars avec toi. »

Il lut le désespoir dans son regard : pourtant, il devait refuser. « Les femmes ne peuvent pas être matelots et nous n'avons pas l'argent pour ton passage. Il faudrait que je te laisse à Édimbourg.

– Je ne resterai pas ici si tu t'en vas ! »

Mack adorait sa sœur. Ils étaient si proches l'un de l'autre, soudés dans les conflits et unis dans leurs idées. Il brûlait d'envie de l'emmener avec lui, mais ce serait bien plus difficile de s'échapper à deux que tout seul. « Reste encore un peu, Esther, dit-il. Quand j'arriverai là où je vais, je t'écrirai. Aussitôt que j'aurai du travail, je mettrai de l'argent de côté et je t'en enverrai.

– C'est vrai ?

– Oui, pour sûr !

– Jure et crache par terre.

– Que je jure et que je crache ? » Ils faisaient ça quand ils étaient enfants, pour sceller une promesse.

« Je veux que tu le fasses ! »

Il voyait bien qu'elle parlait sérieusement. Il cracha dans sa paume, tendit le bras à travers la table et lui prit une main dans la sienne. «Je jure que je te ferai venir.

– Merci», dit-elle.

6

On avait prévu une chasse au cerf pour le lende-main matin et Jay décida d'y aller. Il avait envie de tuer quelque chose.

Il ne prit pas de petit déjeuner, mais bourra ses poches de gâteaux au whisky, des petites boulettes d'avoine trempées dans de l'alcool. Puis il sortit pour voir le temps qu'il faisait. Le jour se levait tout juste. Le ciel était gris, les nuages étaient hauts et il ne pleuvait pas : on y verrait assez pour tirer.

Il s'assit sur les marches du perron et adapta un nouveau silex taillé en biseau dans la détente de son fusil, le fixant solidement en place avec un tampon de cuir souple. Peut-être que massacrer quelques cerfs allait apaiser un peu sa rage, mais il aurait pré-féré tuer son frère Robert.

Il était fier de son arme. C'était un beau fusil avec un mécanisme anglais et un canon espagnol. Il arma la platine à silex et visa un arbre de l'autre côté de la pelouse. L'œil collé au canon, il s'imagina avoir devant lui un grand cerf. Il visa sur le tronc un point à gauche de la poitrine, juste derrière l'épaule, là où bat-tait le cœur volumineux de l'animal. Puis il changea l'image dans sa tête et aperçut Robert dans son viseur : Robert sévère et entêté, d'une avidité inlassable, avec ses cheveux bruns et son visage bien nourri. Jay pressa la détente. De la platine à silex jaillit une satisfaisante gerbe d'étincelles, mais il n'y avait pas de poudre dans la culasse et pas de balle dans le canon.

Il chargea son fusil d'une main qui ne tremblait

pas. Il enfonça la balle aussi loin qu'elle voulait aller. Elle avait environ un demi-pouce de diamètre. Elle pouvait tuer un cerf adulte à cent mètres : elle ferait voler en éclats les côtes de Robert, lui transpercerait le poumon et déchiquetterait le muscle de son cœur, le tuant en quelques secondes.

Il entendit sa mère le saluer : « Bonjour, Jay. »

Il se leva et l'embrassa pour lui souhaiter le bon-jour. Il ne l'avait pas vue depuis la veille au soir, quand elle avait envoyé son père au diable et était sortie comme un ouragan. Ce matin, elle semblait lasse et triste. « Vous avez mal dormi, n'est-ce pas ? »

Elle acquiesça. « J'ai connu de meilleures nuits.

– Pauvre mère.

– Je n'aurais pas dû maudire ton père de cette façon. »

D'un ton hésitant, Jay dit : « Vous avez dû l'aimer… jadis. »

Elle poussa un soupir. « Je ne sais pas. Il était beau, riche, il avait un titre de baronnet et je voulais être sa femme.

– Mais aujourd'hui vous le détestez.

– Depuis le jour où il s'est mis à préférer ton frère. »

Jay s'emporta soudain. « On pourrait penser que Robert verrait ce que tout cela a d'injuste !

– Je suis certaine qu'au fond de son cœur il s'en rend compte. Mais je crois malheureusement que Robert est un jeune homme très cupide. Il veut tout.

– Il a toujours été ainsi. » Jay se rappelait Robert enfant : jamais plus heureux que quand il s'était emparé des soldats de plomb de Jay ou de sa part de pudding. « Vous vous souvenez de Rob Roy, le poney de Robert ?

– Oui, pourquoi ?

– Il avait treize ans et j'en avais huit quand on lui a offert ce poney. Je mourais d'envie d'en avoir un – et, même alors, j'étais bien meilleur cavalier que lui. Mais pas une fois il ne m'a laissé le monter. S'il ne voulait pas le faire lui-même, il demandait à un garçon d'écurie de travailler Rob Roy pendant que je regardais, plutôt que de me laisser le sortir moi-même.

– Mais tu montais les autres chevaux.

– À dix ans, j'avais monté tout ce qu'il y avait d'autre aux écuries, y compris les chevaux de chasse de Père. Mais pas Rob Roy.

– Allons faire un tour dans l'allée.» Elle portait une pelisse doublée de fourrure avec un capuchon et Jay avait son grand manteau à carreaux. Ils traversèrent la pelouse, l'herbe glacée crissant sous leurs pas.

«Qu'est-ce qui a rendu mon père comme ça? demanda Jay. Pourquoi me déteste-t-il?»

Elle lui caressa la joue. «Il ne te déteste pas, dit-elle, même si on pourrait t'excuser de le penser.

– Alors pourquoi me traite-t-il si mal?

– Ton père était un pauvre homme quand il a épousé Olive Drome. Il n'avait qu'une petite échoppe dans un quartier pauvre d'Édimbourg. Et cet endroit, qu'on appelle aujourd'hui Jamisson Castle, appartenait à un lointain cousin d'Olive, William Drome. William était un célibataire qui vivait seul et, quand il est tombé malade, Olive est venue ici pour s'occuper de lui. Il en a été si reconnaissant qu'il a modifié son testament pour tout laisser à Olive. Et puis, malgré les soins de celle-ci, il est mort.»

Jay hocha la tête. «J'ai entendu plus d'une fois cette histoire.

– C'est pour cela que ton père estime que ce domaine appartient vraiment à Olive. Et cette propriété est la base sur laquelle il a édifié tout son empire commercial. Qui plus est, l'exploitation de la mine reste la plus profitable de ses entreprises.

– C'est un revenu régulier», dit-il. Jay se rappelait la conversation de la veille. «Être armateur, c'est un métier risqué et incertain, mais le charbon est toujours là.

– Bref, ton père estime qu'il doit tout à Olive et

que ce serait une insulte à sa mémoire de te donner quoi que ce soit.»

Jay secoua la tête. «Il ne doit pas y avoir que cela. J'ai l'impression que nous ne connaissons pas toute l'histoire.

– Tu as peut-être raison. Je t'ai dit tout ce que je savais.»

Ils arrivèrent au bout de l'allée et remontèrent en silence. Jay se demandait si ses parents passaient jamais des nuits ensemble. Sans doute, estimait-il. Son père devait juger que, qu'elle l'aimât ou non, elle était sa femme et que cela lui donnait donc le droit de l'utiliser pour se soulager. C'était une pensée bien déplaisante.

Quand ils furent arrivés à l'entrée du château, elle reprit : «J'ai passé toute la nuit à essayer de trouver un moyen d'arranger les choses pour toi; jusqu'à maintenant, je n'ai pas réussi. Mais ne désespère pas. Il se passera bien quelque chose.»

Jay avait toujours compté sur la force de sa mère. Elle était capable de tenir tête à son père, de l'amener à faire ce qu'elle voulait. Elle avait même persuadé Père de payer les dettes de jeu de Jay. Mais cette fois-ci, il craignait qu'elle n'échoue. «Père a décidé que je n'aurais rien. Inutile d'aller le supplier.

– Je ne songeais pas à le supplier, dit-elle sèchement.

– Quoi alors?

– Je ne sais pas, mais je n'ai pas renoncé. Bonjour, Miss Hallim.»

Lizzie descendait les marches du perron, vêtue pour la chasse : on aurait dit un ravissant lutin avec son bonnet de fourrure noire et ses petites bottes de cuir. Elle sourit et parut heureuse de le voir. «Bonjour!»

Cela ragaillardit Jay. «Vous venez avec nous? demanda-t-il.

– Je ne manquerais pas cela pour tout l'or du monde.»

C'était inhabituel, encore que parfaitement acceptable, de voir les femmes aller chasser. Jay, connaissant Lizzie, n'était pas surpris qu'elle eût projeté d'accompagner les hommes. « Magnifique, dit-il. Vous allez ajouter une rare touche de raffinement et d'élégance à ce qui pourrait n'être sans cela qu'une expédition grossièrement masculine.

– N'y comptez pas trop, dit-elle.

– Je rentre, dit Mère. Bonne chasse à tous les deux. »

Quand elle fut partie, Lizzie déclara : « Je suis si navrée que votre anniversaire ait été gâché. » Elle lui serra le bras d'un geste compatissant. « Peut-être ce matin allez-vous oublier vos malheurs pour une heure ou deux. »

Il ne put s'empêcher de sourire à son tour. « Je ferai de mon mieux. »

Elle huma l'air comme une renarde. « Un bon vent de sud-ouest qui forcit un peu, dit-elle. Juste ce qu'il faut. »

Cela faisait cinq ans que Jay n'avait pas chassé le cerf, mais il se souvenait de tout. Les chasseurs avaient horreur d'un jour sans vent où le caprice d'une brise soudaine pouvait porter l'odeur des hommes sur le flanc de la montagne et faire détaler les bêtes.

Un garde-chasse déboucha au coin du château avec deux chiens en laisse et Lizzie alla les caresser. Jay la suivit, de meilleure humeur. En jetant un coup d'œil en arrière, il vit sa mère sur le seuil, qui regardait Lizzie d'un air bizarrement songeur.

Les chiens étaient de cette race à pattes hautes et à poil gris qu'on appelait parfois des chiens des Highlands et parfois des lévriers d'Irlande. Lizzie s'accroupit et leur parla à chacun tour à tour. « Celui-ci, c'est Bram ? demanda-t-elle au garde.

– Le fils de Bram, Miss Elizabeth, dit-il. Bram est mort l'année dernière. Celle-ci s'appelle Busker. »

On garderait les chiens bien en arrière de la chasse et on ne les lâcherait que quand les coups de feu auraient été tirés. Leur rôle était de traquer et de rabattre tout cerf blessé mais sans risquer d'être touchés par le feu des chasseurs.

Le reste du groupe sortit du château : Robert, Sir George et Henry. Jay dévisagea son frère, mais Robert évita son regard. Père eut un bref petit signe de tête, presque comme s'il avait oublié les événements de la veille au soir.

Sur la façade est du château, les gardes avaient installé une cible : une grossière maquette de cerf confectionnée en bois et en toile. Chacun des chasseurs pourrait tirer quelques balles dessus pour s'entraîner. Jay se demanda si Lizzie était un bon fusil. Beaucoup d'hommes disaient que les femmes étaient incapables de tirer convenablement parce qu'elles avaient les bras trop faibles pour tenir une arme aussi lourde, parce qu'il leur manquait l'instinct de tuer, ou pour Dieu sait quelle autre raison. Ce serait intéressant de voir s'il y avait du vrai dans tout cela.

Ils commencèrent à une distance de cinquante mètres. Lizzie passa la première et tira un parfait coup au but : sa balle toucha la cible juste au défaut de l'épaule. Jay et Sir George en firent autant. Robert et Henry firent mouche un peu plus en arrière sur le corps : des coups qui blesseraient l'animal, lequel risquerait de s'enfuir pour trouver une mort lente et douloureuse.

On recommença à soixante-quinze mètres. Lizzie fit mouche encore une fois. Tout comme Jay. Sir George frappa la tête et Henry la croupe. Robert manqua complètement la cible, sa balle faisant jaillir des étincelles sur le mur de pierre du potager.

Ils firent un dernier essai à cent mètres de distance, la limite de portée de leurs armes. À la stupéfaction générale, Lizzie réussit encore un coup parfait. Robert, Sir George et Henry manquèrent complètement la cible. Jay, qui tirait en dernier, était bien décidé à ne pas se laisser battre par une femme. Il prit son temps et, le souffle régulier, il visa avec soin. Puis, retenant sa respiration, il appuya doucement sur la détente et brisa la patte arrière de la cible.

Autant pour l'incapacité féminine à tirer : Lizzie l'avait emporté sur eux tous. Jay était plein d'admiration. «Je ne pense pas que vous voudriez vous enrôler dans mon régiment? demanda-t-il en plaisantant. Il n'y a pas beaucoup de mes hommes qui soient capables de tirer comme cela.»

Les garçons d'écurie amenèrent les montures. En terrain accidenté, les poneys des Highlands avaient le pied plus sûr que les chevaux. Les chasseurs se mirent en selle et sortirent de la cour.

Ils descendirent au petit trot dans la vallée : Henry Drome engagea la conversation avec Lizzie. Sans rien pour le distraire de ses préoccupations, Jay se reprit à ruminer le refus de son père. Cela lui brûlait l'estomac comme un ulcère.

Il regretta de ne pas être fils unique. Il aurait voulu voir Robert mort. S'il y avait un accident aujourd'hui et si Robert était tué, c'en serait fini de tous les ennuis de Jay.

Il aurait bien voulu avoir le cran de le tuer. Il tâta le canon de son fusil qu'il portait en bandoulière. Il pourrait faire passer cela pour un accident. Quand tout le monde ferait feu en même temps, ce serait peut-être difficile de dire qui avait tiré la balle fatale. Et, même si on devinait la vérité, la famille étoufferait l'affaire : personne ne voulait de scandale.

Il éprouva un frisson d'horreur à l'idée de seulement songer à tuer Robert. Mais je n'aurais jamais de pareilles pensées si père m'avait traité équitablement, se dit-il.

Ils avaient parcouru quelque cinq kilomètres quand les gardes repérèrent un troupeau de vingt ou trente biches huit cents mètres plus loin, au-dessus de la ligne des arbres, sur une pente exposée au sud. Le groupe s'arrêta et Jay prit sa longue-vue. Les biches étaient sous le vent des chasseurs et, comme elles broutaient toujours face au vent, elles leur tournaient le dos, montrant à la lorgnette de Jay l'éclat blanc de leurs croupes.

Les biches fournissaient une très bonne viande, mais on avait plutôt l'habitude de tirer des grands cerfs aux andouillers spectaculaires. Jay inspecta le flanc du coteau au-dessus des biches. Il aperçut ce qu'il espérait trouver et tendit la main. « Regardez... deux mâles... non, trois... au-dessus des femelles.

– Je les vois, juste après la première corniche, dit Lizzie. Il y en a un autre, on aperçoit tout juste les bois du quatrième. »

Elle avait le visage tout rouge d'excitation, ce qui la rendait encore plus jolie. Bien sûr, c'était le genre de choses qu'elle aimait : être dehors, avec des chevaux, des chiens et des fusils, à faire quelque chose de violemment énergique et d'un peu risqué. Il ne put maîtriser un sourire en la regardant. Il s'agita sur sa selle. La seule vue de la jeune femme avait de quoi échauffer le sang d'un homme.

Il jeta un coup d'œil à son frère. Robert avait l'air mal à l'aise, juché dans le froid sur son poney. Il serait plus à sa place dans un bureau, se dit Jay, à calculer l'intérêt trimestriel de quatre-vingt-neuf guinées à raison de trois et demi pour cent l'an. Quel gâchis pour une femme comme Lizzie d'épouser Robert.

Il détourna son regard et essaya de se concentrer sur le gibier. Il examina à la lorgnette le flanc de la montagne, en cherchant un chemin par lequel on pourrait approcher les cerfs. Les chasseurs devraient être sous le vent pour éviter que les bêtes ne flairent l'odeur des humains. Il serait préférable d'arriver sur elles par le haut du versant. Leur exercice sur la cible l'avait confirmé : il était presque impossible de tirer un animal à plus d'une centaine de mètres, et cinquante mètres était la distance idéale. Tout l'art de la traque aux cerfs consistait donc à s'approcher d'eux sans bruit et assez près pour tirer dans de bonnes conditions.

Lizzie avait déjà conçu une approche. « Il y a un

corrie à quatre cents mètres plus haut dans la vallée », dit-elle avec animation. Un corrie était la dépression creusée dans le sol par un torrent dévalant le flanc d'une colline : cela suffirait à dissimuler les chasseurs durant leur ascension. « Nous pouvons le suivre jusqu'à la corniche supérieure et puis nous avancer à partir de là. »

Sir George acquiesça. Il ne laissait pas souvent quelqu'un lui dire ce qu'il devait faire, mais, quand c'était le cas, il s'agissait en général d'une jolie femme.

Ils revinrent jusqu'au corrie, puis laissèrent leurs poneys et grimpèrent à pied le flanc de la colline. La pente était raide, le terrain tout à la fois rocailleux et boueux. Bientôt, Henry et Robert haletaient et soufflaient, mais les gardes et Lizzie, habitués à ce genre de terrain, ne montraient aucun signe d'effort. Sir George avait le visage tout rouge et il haletait, mais il était d'une étonnante résistance et ne ralentissait pas l'allure. Jay était en pleine forme, en raison de son entraînement quotidien dans les Gardes : tout de même, il était un peu essoufflé.

Ils franchirent la corniche. Abrités par elle, hors de vue du gibier, ils avancèrent en diagonale au flanc de la colline. Le vent glacé les mordait cruellement, soufflant des rafales de neige fondue et de brouillard glacé. N'ayant plus la chaleur d'un cheval sous lui, Jay commençait à sentir le froid. Ses fins gants de chevreau étaient trempés. L'humidité pénétrait ses bottes de cheval et ses luxueux bas en laine des Shetlands.

Les gardes, qui connaissaient le coin, marchaient en tête. Quand ils s'estimèrent proches des cerfs, ils obliquèrent vers le bas. Soudain ils s'agenouillèrent et les autres les imitèrent. Jay oublia à quel point il avait froid et combien il était trempé pour se laisser griser : c'était la fascination de la chasse.

Il décida de risquer un coup d'œil. Rampant toujours, il remonta pour se poster au-dessus d'une saillie rocheuse. Son regard s'adaptant à la distance, il aperçut les cerfs : quatre taches brunes sur la pente verte, réparties en lignes irrégulières au flanc de la montagne. C'était rare d'en voir quatre ensemble : ils avaient dû trouver un beau carré d'herbe. Il regarda dans sa lorgnette. C'était le plus éloigné qui avait la plus belle tête : il ne distinguait pas nettement les bois, mais ils semblaient magnifiques. Il entendit le croassement d'un corbeau et, levant les yeux, il en vit deux qui tournoyaient autour des chasseurs. Ils avaient l'air de savoir qu'il pourrait bientôt y avoir des restes pour eux.

Plus haut sur la pente, quelqu'un poussa un cri et un juron : c'était Robert qui venait de glisser dans une flaque boueuse. « Fichu crétin », murmura Jay. Un des chiens poussa un sourd grognement. Un garde leva une main et tous se figèrent, guettant le bruit des sabots qui détalaient. Mais les cerfs ne bougeaient pas ; au bout de quelques instants, le groupe reprit sa prudente progression.

Ils durent bientôt se mettre à plat ventre et ramper. Un des gardes obligea les chiens à se coucher et leur mit un mouchoir sur les yeux pour les faire tenir tranquilles. Sir George et le chef des gardes glissèrent jusqu'à un rebord, levèrent prudemment la tête et inspectèrent les lieux. Puis ils vinrent rejoindre le gros de la troupe et Sir George donna ses instructions.

Il parlait à voix basse. « Il y a quatre cerfs et cinq fusils : je ne tirerai donc pas cette fois-ci à moins que l'un de vous ne manque son coup », annonça-t-il. Il pouvait être l'hôte parfait quand l'envie l'en prenait. « Henry, vous prenez la bête qui est ici à droite. Robert, celle d'à côté : c'est la plus proche et la plus facile à tirer. Jay, tu te charges de la suivante. Miss Hallim, la vôtre est la plus éloignée, mais c'est le cerf qui a la plus belle tête – et vous êtes un excellent fusil. Tout le monde est prêt ? Alors, mettons-nous en position. Nous laisserons Miss Hallim tirer la première, voulez-vous ? »

Les chasseurs se déployèrent en travers de la pente, chacun cherchant une position d'où il pourrait viser. Jay suivit Lizzie. Elle portait une courte veste de chasse et une jupe ample. Sans crinoline : il observait en souriant son effronté petit derrière se dandiner devant lui. Il n'y avait pas beaucoup de filles qui seraient prêtes à ramper ainsi devant un homme – mais Lizzie n'était pas comme les autres.

Il parvint un peu plus haut jusqu'à un point où un buisson rabougri lui donnait un peu de couvert. Levant la tête, il regarda vers la pente. Il apercevait son cerf, un jeune avec un petit déploiement d'andouillers, à environ soixante-dix mètres : les trois autres étaient disposés sur le versant. Il distinguait aussi les autres chasseurs : Lizzie à sa gauche, qui rampait toujours. Henry tout à fait sur sa droite. Sir George et les gardes avec les chiens. Et Robert, plus bas et à la droite de Jay, à vingt-cinq mètres : une cible facile.

Son cœur lui parut défaillir quand une nouvelle fois l'idée le traversa de tuer son frère. L'histoire de Caïn et d'Abel lui venait à l'esprit. Caïn avait dit : *Mon châtiment est plus grand que je ne puis supporter.* Mais j'ai déjà ce sentiment, se dit Jay. Je ne peux pas admettre d'être le second fils qui est de trop, toujours négligé, errant dans la vie sans part d'héritage, fils pauvre d'un homme riche, un rien du tout : je ne peux tout simplement pas le supporter.

Il s'efforça de chasser de son esprit cette horrible pensée. Il prépara son fusil : il versa un peu de poudre dans la chambre à côté du chien, puis referma le couvercle. Il arma ensuite le mécanisme de tir.

Il roula sur le côté et inspecta la pente. Les cerfs broutaient dans une paisible ignorance. Tous les chasseurs étaient en position, sauf Lizzie qui avançait toujours. Jay visa son cerf. Puis il fit lentement pivoter le canon de son fusil jusqu'au moment où il l'eut braqué sur le dos de Robert.

Il pourrait dire qu'au moment crucial son coude avait glissé sur une plaque de glace : cela l'aurait fait tirer plus bas et de côté et, par un tragique coup du sort, la balle frapperait son frère en plein milieu du dos. Son père se douterait peut-être de la vérité ; mais il n'en serait jamais sûr et, s'il ne lui restait qu'un fils, n'irait-il pas enfouir ses soupçons et donner à Jay tout ce qu'il avait auparavant réservé à Robert ?

Le coup de feu de Lizzie serait le signal pour tous les chasseurs de tirer. Les cerfs, se rappela Jay, avaient des réactions étonnamment lentes. Après la première détonation, ils allaient tous lever la tête en s'arrêtant de brouter et s'immobiliseraient, peut-être pour quelques secondes. Puis l'un d'eux bougerait et, un instant plus tard, ils se retourneraient tous ensemble, comme un vol d'oiseaux ou comme un banc de poissons, et détaleraient, leurs fins sabots martelant le sol durci, laissant les morts sur le terrain et les blessés boitiller à l'arrière.

Lentement, Jay fit de nouveau pivoter son fusil jusqu'à viser encore son cerf. Bien sûr qu'il n'allait pas tuer son frère. Ce serait un crime impensable. Il risquerait toute sa vie d'être hanté par de coupables souvenirs.

Mais, s'il se retenait, ne le regretterait-il pas toujours ? La prochaine fois que Père l'humilierait en montrant sa préférence pour Robert, n'irait-il pas grincer des dents en regrettant de tout son cœur de ne pas avoir réglé le problème quand il avait l'occasion de débarrasser la surface de la terre de ce répugnant frère ?

Il visa de nouveau Robert.

Père respectait les gens forts, décidés et impitoyables. Même s'il se doutait que le coup fatal n'avait rien d'accidentel, il serait bien obligé d'admettre que Jay était un homme, quelqu'un qu'on ne pouvait pas ignorer ou négliger sans de redoutables conséquences.

Cette pensée le renforça dans sa résolution. Au fond de son cœur, se dit Jay, Père approuverait. Sir George ne se laissait jamais maltraiter : sa réaction quand on lui faisait tort était brutale et cruelle. En tant que magistrat à Londres, il avait envoyé à Old Bailey des douzaines d'hommes, de femmes et d'enfants. Si on pouvait pendre un gamin pour avoir volé du pain, alors quel mal y avait-il à tuer Robert pour avoir volé l'héritage de Jay ?

Lizzie prenait son temps. Jay s'efforçait de respirer calmement, mais son cœur battait à tout rompre et il était haletant. La tentation le prit de jeter un coup d'œil sur Lizzie pour voir ce qui diable la retenait, mais il craignait qu'elle ne choisisse précisément cet instant pour tirer et qu'il ne manque alors sa chance. Il garda donc les yeux et le canon de son fusil braqués sur le dos de Robert. Il était tendu comme une corde de harpe. Il commençait à avoir les muscles endoloris par la tension, mais il n'osait pas faire un geste.

Non, se dit-il, ça n'est pas possible, je ne vais pas tuer mon frère. Mais, par Dieu, si, je le jure.

Vite, Lizzie, je vous en prie.

Du coin de l'œil, il vit quelque chose bouger près de lui. Il n'eut pas le temps de lever les yeux : il entendit la détonation du fusil de Lizzie. Les cerfs s'immobilisèrent. Visant toujours l'épine dorsale de Robert, juste entre les omoplates, Jay pressa doucement la détente. Une silhouette massive se dessina devant lui et il entendit son père crier. Puis il y eut deux autres coups de feu : c'étaient Robert et Henry qui tiraient. Juste au moment où Jay pressait la détente, un pied botté vint frapper le canon de son fusil. La secousse braqua l'arme vers le ciel et la balle alla se perdre dans les airs sans faire de dommage. Jay avait le cœur empli de crainte et de remords : il leva les yeux pour voir le visage furibond de Sir George.

« Salopard de petit meurtrier », dit son père.

7

La journée au grand air avait donné à Lizzie envie de dormir : peu après le souper, elle annonça qu'elle allait se coucher. Robert n'était pas là et Jay poliment se leva d'un bond pour l'accompagner à l'étage avec une chandelle. Comme ils montaient l'escalier de pierre, il dit calmement : « Si vous voulez, je vous emmènerai dans la mine. »

Lizzie tout d'un coup n'avait plus envie de dormir. « Vous parlez sérieusement ?

– Bien sûr. Je parle toujours sérieusement. » Il eut un grand sourire. « Vous oserez y aller ? »

Elle était tout excitée. « Oui ! » s'écria-t-elle. Voilà un homme selon son cœur ! « Quand pourrons-nous y aller ? demanda-t-elle aussitôt.

– Ce soir. Les tailleurs commencent leur travail à minuit, les porteurs une heure ou deux plus tard.

– Vraiment ? fit Lizzie, intriguée. Pourquoi travaillent-ils la nuit ?

– Ils travaillent toute la journée aussi. Les porteurs terminent à la fin de l'après-midi.

– Mais ils ont à peine le temps de dormir !

– Cela les empêche de faire des bêtises. »

Elle se sentit stupide. « J'ai passé presque toute ma vie dans la vallée voisine et je n'avais aucune idée qu'ils travaillaient d'aussi longues heures. » Elle se demandait si McAsh avait raison et si sa visite dans le puits allait la faire complètement changer d'avis sur les mineurs.

« Soyez prête à minuit, dit Jay. Il va falloir de nouveau vous habiller en homme : vous avez toujours ces vêtements que vous portiez l'autre jour ?

– Oui.

– Sortez par la porte de la cuisine – je m'assurerai

qu'elle reste ouverte – et retrouvez-moi dans la cour des écuries. Je sellerai deux chevaux.

– Que c'est excitant ! » fit-elle.

Il lui tendit sa chandelle. « À minuit alors », murmura-t-il.

Elle monta dans sa chambre. Jay avait retrouvé son entrain, observa-t-elle. Au début de la journée, il avait encore eu quelque querelle avec son père, làhaut, sur la montagne. Personne n'avait vu précisément ce qui s'était passé – chacun concentrait son attention sur les cerfs – mais Jay avait manqué le sien et Sir George était blanc de rage. Dans l'excitation du moment, leur dispute, quel qu'en eût été le motif, avait été vite oubliée. Lizzie avait tué net son cerf. Robert et Henry avaient blessé les leurs. Celui de Robert avait parcouru quelques mètres avant de s'effondrer et il l'avait achevé d'une autre balle. Mais celui de Henry s'était enfui : les chiens s'étaient lancés à sa poursuite et avaient fini par le rattraper. Tout le monde savait qu'il s'était passé quelque chose et Jay était resté silencieux le reste de la journée : jusqu'à maintenant où il s'était de nouveau montré charmant et plein d'entrain.

Elle ôta sa robe, ses jupons et ses chaussures. Puis elle s'enroula dans une couverture et s'assit devant le feu qui flambait dans la cheminée. Jay était si drôle, se dit-elle. On aurait dit que, comme elle, il recherchait l'aventure. Et puis il était beau : grand, bien habillé, athlétique, avec une masse de cheveux blonds et bouclés. Elle avait hâte d'être à minuit.

On frappa à la porte et sa mère entra. Lizzie eut un petit sursaut coupable. J'espère que Mère n'a pas envie de faire une longue conversation, se dit-elle avec inquiétude. Mais il n'était pas encore onze heures : elle avait largement le temps.

Mère était drapée dans un manteau, comme tout le monde, pour passer d'une pièce à l'autre par les corridors glacés de Jamisson Castle. Elle l'ôta. Par-dessous, elle avait jeté un châle sur sa toilette de nuit.

Elle ôta les épingles qui retenaient le chignon de Lizzie et se mit à lui brosser les cheveux.

Lizzie ferma les yeux et se détendit. Cela lui évoquait toujours son enfance. « Il faut que tu me promettes de ne plus t'habiller en homme », dit Mère. Lizzie resta stupéfaite. C'était à croire que celle-ci avait surpris sa conversation avec Jay. Elle allait devoir être prudente : Mère avait une façon remarquable de deviner quand Lizzie préparait un mauvais coup. « Tu es bien trop grande pour ce genre de jeu maintenant, ajouta-t-elle.

— Sir George a trouvé ça très amusant ! protesta Lizzie.

— Peut-être, mais ce n'est pas comme cela que tu trouveras un mari.

— Robert semble vouloir de moi.

— Oui... mais il faut que tu lui donnes une chance de te faire la cour ! En allant à l'église aujourd'hui, tu es partie avec Jay et tu as laissé Robert en plan. Et de nouveau, ce soir, tu as choisi de monter te coucher quand Robert n'était pas dans la pièce : il n'a donc pas eu l'occasion de t'accompagner dans l'escalier. »

Lizzie examina sa mère dans la glace. Les traits de son visage qu'elle connaissait si bien montraient une grande détermination. Lizzie l'adorait et elle aurait aimé lui faire plaisir. Mais elle ne pouvait pas être la fille dont sa mère rêvait : c'était contre son caractère. « Je suis désolée, Mère, dit-elle. Je ne pense tout simplement pas à ces choses-là.

— Est-ce que... est-ce que tu aimes Robert ?

— Je le prendrais pour mari si j'étais désespérée. »

Lady Hallim reposa la brosse et vint s'asseoir en face de Lizzie. « Ma chérie, nous sommes désespérées.

— Mais nous avons toujours été à court d'argent, aussi loin que remontent mes souvenirs.

— C'est vrai. Et je m'en suis tirée en empruntant, en hypothéquant nos terres, en vivant la plupart du temps ici où nous pouvons manger notre gibier et porter nos toilettes jusqu'à ce qu'elles aient des trous. »

Une fois de plus, Lizzie se sentit coupable. Quand Mère dépensait de l'argent, c'était presque toujours pour Lizzie, Jamais pour elle. « Alors, continuons comme ça. Ça ne me gêne pas que ce soit la cuisinière qui serve à table ou d'avoir à partager une femme de chambre avec vous. J'aime bien vivre ici : je préférerais passer mes jours à me promener dans High Glen plutôt que de faire des courses dans Bond Street.

– Il y a des limites aux sommes qu'on peut emprunter, tu sais. On ne veut plus nous en donner.

– Alors, nous vivrons du loyer des fermages. Nous n'aurons qu'à renoncer à nos voyages à Londres. Nous n'irons même pas au bal d'Édimbourg. Personne ne viendra dîner avec nous que le pasteur. Nous vivrons comme des nonnes et nous ne verrons personne d'un bout de l'année à l'autre.

– Je crois malheureusement que nous ne pouvons même pas faire cela. Ils menacent de nous prendre Hallim House et la propriété. »

Lizzie était horrifiée. « Ils ne peuvent pas !

– Mais si... c'est cela une hypothèque.

– Qui ça, *ils* ? »

Mère prit un air vague. « Oh, c'est l'avocat de ton père qui s'est occupé des prêts pour moi... je ne sais pas exactement comment il a trouvé l'argent. Mais peu importe. Ce qui compte, c'est que le prêteur veut qu'on lui rende son argent... sinon il va nous saisir.

– Mère... vous voulez vraiment dire que nous allons perdre notre maison ?

– Non, ma chérie... pas si tu épouses Robert.

– Je vois », dit Lizzie d'un air grave.

L'horloge des écuries sonna onze heures. Mère se leva et l'embrassa sur le front. « Bonne nuit, ma chérie. Dors bien.

– Bonne nuit, Mère. »

Lizzie contempla le feu d'un air songeur. Elle savait depuis des années que c'était son destin d'épouser un homme riche, et Robert lui avait semblé un aussi bon parti qu'un autre. Elle n'y avait pas sérieusement réfléchi jusqu'à maintenant : en général, elle ne pensait pas à l'avenir. Elle préférait laisser les choses aller jusqu'au dernier moment, une habitude qui rendait sa mère folle. Mais, tout d'un coup, la perspective d'épouser Robert la consternait. Il lui inspirait une sorte de répugnance physique, comme si elle avait avalé quelque chose de pourri.

Mais que pouvait-elle faire ? Elle ne pouvait tout de même pas laisser les créanciers de sa mère les jeter à la rue ! Que feraient-elles ? Où iraient-elles ? Comment vivraient-elles ? Elle sentit un frisson de terreur en s'imaginant sa mère et elle dans des chambres glacées louées dans un immeuble d'Édimbourg, écrivant des lettres suppliantes à de lointains parents et faisant des travaux de couture pour quelques pence. Mieux valait épouser l'assommant Robert. Mais pourrait-elle s'y décider ? Chaque fois qu'elle se promettait de faire quelque chose de déplaisant mais nécessaire, comme abattre un vieux chien de chasse malade ou aller acheter du tissu à jupon, elle finissait toujours par changer d'avis et par trouver une échappatoire.

Elle épingla ses cheveux, puis reprit le déguisement qu'elle avait porté la veille : culotte de cheval, bottes, chemise de toile et manteau, ainsi qu'un tricorne d'homme qu'elle fit tenir en place avec une épingle à chapeau. Elle se noircit les joues avec un peu de suie qu'elle prit dans la cheminée ; mais, cette fois, elle décida de renoncer à la perruque bouclée. Pour se protéger du froid, elle ajouta des gants fourrés qui avaient l'avantage aussi de dissimuler ses petites mains et une couverture à carreaux qui faisait paraître ses épaules plus larges.

Quand elle entendit sonner minuit, elle prit une chandelle et descendit l'escalier. Elle se demandait nerveusement si Jay allait tenir parole. Il aurait pu avoir un empêchement de dernière minute, ou peut-être même s'était-il endormi en l'attendant. Quelle déception ce serait! Mais, comme il l'avait promis, la porte de la cuisine n'était pas fermée à clé. Et quand elle sortit dans la cour des écuries, il l'attendait là, tenant par la bride deux poneys auxquels il parlait doucement pour les faire tenir tranquilles. Elle sentit une bouffée de plaisir quand il lui sourit dans le clair de lune. Sans un mot, il lui tendit les rênes du plus petit des deux chevaux puis les fit sortir de la cour par le chemin de derrière, évitant l'allée sur laquelle donnaient les principales chambres à coucher.

Quand ils parvinrent à la route, Jay dévoila une lanterne. Ils montèrent en selle et s'éloignèrent au trot. «J'avais peur que vous ne veniez pas, dit Jay.

– Et moi que vous ne vous endormiez en attendant», répondit-elle. Tous deux éclatèrent de rire. Ils remontèrent la vallée en direction des puits de mine. «Avez-vous eu une autre dispute avec votre père cet après-midi? lui demanda carrément Lizzie.

– Oui.»

Il ne donna aucun détail, mais la curiosité de Lizzie n'avait pas besoin d'encouragement. «À propos de quoi?» fit-elle.

Elle ne voyait pas son visage, mais elle sentit que cet interrogatoire ne lui plaisait pas. Il répondit pourtant d'un ton assez aimable. «Malheureusement, toujours la même histoire: mon frère, Robert.

– J'estime qu'on vous a très mal traité, si ça peut vous consoler.

– Ça me console un peu... merci.» Il parut se détendre.

Ils approchaient des puits. L'impatience et la curiosité de Lizzie ne faisaient que croître: elle commençait à se demander à quoi allait ressembler la mine et pourquoi McAsh avait laissé entendre que c'était une sorte d'enfer. Ferait-il horriblement chaud ou bien allait-elle trouver un froid glacial? Est-ce que les hommes se montraient les dents et se battaient comme des bêtes en cage? Est-ce que cela sentirait mauvais dans le puits ? Serait-ce infesté de souris ou bien silencieux et fantomatique ? Elle commençait à éprouver une certaine appréhension. Mais, songeait-elle, quoi qu'il arrive, je saurai ce que c'est, et McAsh ne pourra plus me reprocher mon ignorance.

Au bout d'une demi-heure, ils passèrent devant un petit monticule de charbon à vendre. «Qui va là ?» lança une voix. Un garde tenant un chien qui tirait sur sa laisse entra dans le cercle lumineux projeté par la lanterne de Jay. Par tradition, les gardes surveillaient le gibier et s'efforçaient de pincer les braconniers, mais aujourd'hui nombre d'entre eux assuraient la discipline autour des puits et veillaient pour empêcher les vols de charbon.

Jay souleva sa lanterne pour éclairer son visage.

«Oh, je vous demande pardon, Mr. Jamisson», dit le garde.

Ils poursuivirent leur chemin. L'entrée du puits était marquée par la présence d'un cheval qui trottait en rond pour faire tourner un tambour. En approchant, Lizzie constata qu'autour du tambour s'enroulait une corde qui remontait d'en bas des seaux d'eau. «Il y a toujours de l'eau dans une mine, expliqua Jay. Elle suinte de la terre.» Les vieux seaux de bois fuyaient : le terrain autour des puits était un dangereux mélange de boue et de glace.

Ils attachèrent leurs chevaux et s'approchèrent de l'entrée du puits : c'était un trou d'environ six pieds carrés avec un escalier de bois fort raide qui descendait en zigzag le long des parois. Lizzie ne voyait même pas le fond.

Il n'y avait pas de rampe.

Lizzie eut un moment d'affolement. «C'est profond ? demanda-t-elle d'une voix tremblante.

– Si mes souvenirs sont exacts, ce puits-ci a deux cent dix pieds», dit Jay.

Lizzie avait la gorge serrée. Si elle annulait son escapade, Sir George et Robert risquaient d'en entendre parler et de la mépriser : «Je vous avais bien dit que ce n'était pas un endroit pour une dame. » Elle ne pouvait supporter cette idée : elle préférait descendre un escalier de deux cents pieds sans rampe.

Elle serra les dents : « Alors, qu'attendons-nous ? »

Si Jay devina sa peur, il s'abstint de tout commentaire. Il passa le premier, lui éclairant les marches, et elle le suivit, le cœur au bord des lèvres. Toutefois, au bout de quelques pas, il dit : « Si vous posiez vos mains sur mes épaules, ça vous assurerait. » Elle s'exécuta avec reconnaissance.

À mesure de leur descente, les seaux d'eau en bois valsaient au milieu du puits, heurtant ceux qui descendaient, aspergeant Lizzie d'eau glacée. Elle eut une horrible vision où elle s'imaginait glissant de l'escalier pour dégringoler dans une chute sans fin, se cognant aux seaux, en renversant des douzaines avant de venir s'écraser au fond du puits.

Au bout d'un moment, Jay s'arrêta pour la laisser se reposer quelques instants. Elle qui pensait être en forme, elle avait mal aux jambes et le souffle court. Voulant donner l'impression qu'elle n'était pas fatiguée, elle entreprit de faire la conversation. « Vous m'avez l'air d'en savoir beaucoup sur les mines : d'où vient l'eau, quelle profondeur a le puits, etc.

– Le charbon est un sujet de conversation constant dans notre famille : c'est de là que vient notre argent. Mais, il y a environ six ans, j'ai passé tout un été avec Harry Ratchett, le contremaître. Mère avait décidé qu'elle voulait que j'apprenne tout du métier, dans l'espoir qu'un jour Père voudrait que je dirige l'affaire. Ridicule aspiration. »

Lizzie se sentait navrée pour lui.

Ils continuèrent. Quelques minutes plus tard, l'escalier s'arrêta sur une plate-forme qui donnait accès à deux galeries. En dessous du niveau des tunnels, le puits était empli d'eau. La mare était vidée grâce aux seaux mais constamment réapprovisionnée par les fossés qui assuraient le drainage. Lizzie plongea le regard dans l'obscurité des galeries, le cœur empli d'un mélange de crainte et de curiosité.

Jay quitta la plate-forme pour s'avancer dans un tunnel. Il se retourna et tendit sa main à Lizzie. Il avait une poigne ferme et sèche. Au moment où elle pénétrait dans la galerie, il porta à ses lèvres la main de la jeune fille et y posa un baiser. Ce petit geste galant la combla d'aise.

Il se retourna pour la guider mais sans lui lâcher la main. Elle ne savait trop comment réagir, mais elle n'avait pas le temps d'y réfléchir. Elle devait s'attacher à rester debout. Elle pataugeait dans l'épaisse poussière de charbon et elle en sentait le goût dans l'air. La voûte par endroits était basse et elle devait souvent se courber. Elle comprit que c'était une nuit fort déplaisante qui l'attendait.

Elle essaya d'oublier tout cet inconfort. De chaque côté, la lueur de la chandelle vacillait dans les brèches entre deux larges piliers : cela lui rappelait une messe de minuit dans une grande cathédrale. Jay expliquait : «Chaque mineur attaque une section d'environ douze pieds de large du filon de houille, qu'on appelle le front de taille. Entre un front et un autre, on laisse une colonne de charbon d'environ seize pieds carrés pour soutenir la voûte.»

Lizzie se rendit compte soudain qu'il y avait au-dessus de sa tête deux cent dix pieds de terre et de rocher qui risquaient de s'effondrer sur elle si les mineurs n'avaient pas fait soigneusement leur travail ; elle dut faire un effort pour réprimer un sentiment de panique. Machinalement, elle pressa la main de Jay, qui à son tour la serra bien fort. Elle prit conscience alors qu'ils se tenaient les mains. Elle constata qu'elle aimait cela.

Les premiers fronts de taille qu'ils passèrent étaient déserts, sans doute épuisés, mais, au bout d'un moment, Jay s'arrêta auprès d'un endroit où un homme creusait. Lizzie fut surprise de voir que le mineur n'était pas debout : allongé sur le côté, il attaquait le front de taille au niveau du sol. Une chandelle plantée dans un bougeoir en bois près de sa tête jetait devant lui une lumière vacillante. Malgré sa position incommode, il maniait son pic avec force. À chaque coup, il enfonçait la pointe dans la houille et en arrachait des morceaux. Il faisait devant lui une indentation de deux à trois pieds de profondeur. Lizzie fut horrifiée de voir qu'il était couché dans l'eau courante qui suintait du front de taille, ruisselait sur le sol et s'écoulait dans la rigole qui courait tout le long de la galerie. Elle trempa les doigts dans le petit caniveau : l'eau était glacée. Le mineur pourtant avait ôté sa veste et sa chemise : il travaillait en culotte et pieds nus. Et elle voyait sur ses épaules noircies ruisseler la transpiration.

La galerie n'était pas d'aplomb : elle montait et descendait, pour suivre la veine de charbon, supposa Lizzie. La galerie maintenant commençait à monter de façon plus abrupte. Jay s'arrêta et montra devant eux un mineur qui faisait quelque chose avec une chandelle. « Il vérifie qu'il n'y a pas de grisou », dit Jay.

Lizzie lui lâcha la main et s'assit sur un rocher, pour soulager son dos endolori à force de marcher courbée.

« Vous allez bien ? fit Jay.

– Très bien. Qu'est-ce que le grisou ?

– Un gaz inflammable.

– Inflammable ?

– Oui… c'est ce qui provoque la plupart des explosions dans les mines de charbon. »

Voilà qui paraissait insensé. « S'il est explosif, pourquoi utilisent-ils une chandelle ?

– C'est la seule façon de déceler la présence du gaz : on ne peut ni le voir ni le sentir. »

Le mineur levait lentement la bougie vers la voûte et semblait avoir le regard fixé sur la flamme.

« Le gaz est plus léger que l'air, il se concentre donc au niveau de la voûte, reprit Jay. En petites quantités, il donne une teinte bleutée à la flamme de la chandelle.

– Et qu'est-ce que fera une grande quantité ?

– Ça nous expédiera dans l'autre monde.»

Pour Lizzie, ce fut la goutte d'eau qui fit déborder le vase. Elle était sale, épuisée, elle avait la bouche pleine de poussière de charbon et voilà maintenant qu'elle courait le risque d'être victime d'une explosion. Elle se dit de garder son calme. Avant de venir ici, elle savait que l'extraction du charbon était un métier dangereux et qu'elle n'avait qu'à ne pas s'énerver. Les mineurs descendaient toutes les nuits sous terre : elle aurait quand même le courage de venir ici une fois ?

Ce serait la dernière : de cela, elle ne doutait pas.

Ils observèrent l'homme quelques instants. Il avança de quelques pas dans le tunnel, puis répéta son expérience. Lizzie était déterminée à ne pas montrer sa peur. S'efforçant de garder un ton normal, elle dit : «Et s'il trouve du grisou… que se passe-t-il alors ? Comment s'en débarrasse-t-on ?

– En y mettant le feu.»

Lizzie avala sa salive. Voilà qui allait de mal en pis.

«Un des mineurs est affecté comme pompier, reprit Jay. Dans ce puits, je crois que c'est McAsh, le jeune faiseur d'histoires. C'est une charge qui se transmet en général de père en fils. Le pompier est l'expert en gaz du puits. Il sait ce qu'il faut faire.»

Lizzie aurait voulu repartir en courant dans la galerie jusqu'au puits et grimper quatre à quatre les marches jusqu'au monde extérieur. Seul son amour-propre la retint. Pour ne pas s'attarder à proximité de cette expérience follement dangereuse, elle désigna une galerie latérale : «Qu'est-ce qu'il y a là-bas ?»

Jay lui reprit la main. «Allons voir.»

Il régnait dans toute la mine un étrange silence, songea Lizzie en avançant. On ne parlait pas beaucoup : quelques-uns des hommes avaient des garçons pour les aider, mais la plupart travaillaient seuls et les porteurs n'étaient pas encore arrivés. Le tintement des pics heurtant la taille et le grondement des morceaux de charbon qui se détachaient étaient étouffés par les parois et l'épaisse couche de poussier sur laquelle on marchait. De temps en temps, ils franchissaient une porte que fermait aussitôt derrière eux un jeune garçon : les portes, expliqua Jay, contrôlaient la circulation de l'air dans les galeries.

Ils se trouvèrent dans un secteur abandonné. Jay s'arrêta. « Cette partie de la veine semble être épuisée », dit-il en promenant sa lanterne autour d'eux. La faible lueur se reflétait dans les petits yeux des rats à la limite du cercle lumineux. Les rongeurs vivaient sans doute des reliefs des paniers-repas des mineurs.

Lizzie remarqua que Jay avait le visage barbouillé de noir comme celui des mineurs : la poussière de charbon allait partout. Ça lui donnait un drôle d'air et elle sourit.

« Qu'y a-t-il ? demanda-t-il.

— Vous avez le visage tout noir ! »

Il sourit et lui posa un doigt sur la joue. « Et comment croyez-vous qu'est le vôtre ? »

Elle comprit qu'elle devait avoir exactement le même air. « Oh non ! fit-elle en riant.

— Ça ne vous empêche pas d'être belle », dit-il. Et il l'embrassa.

Elle fut surprise, mais ne broncha pas : elle aimait cela. Il avait les lèvres fermes et sèches et elle sentit un contact un peu râpeux au-dessus de sa lèvre supérieure, là où il s'était rasé. Quand il se recula, elle dit la première chose qui lui passa par la tête : « C'est pour ça que vous m'avez fait descendre ici ?

— Je vous ai offensée ? »

C'était assurément contraire aux règles de la société policée qu'un jeune gentleman donne un baiser à une jeune fille qui n'était pas sa fiancée. Elle devrait être offensée, elle le savait, mais la chose lui avait beaucoup plu. Elle commençait à se sentir gênée. « Peut-être devrions-nous revenir sur nos pas.

— Me permettez-vous de vous tenir la main ?

– Oui. » Il parut se contenter de cela et la guida en direction du puits. Au bout d'un moment, elle vit le rocher sur lequel elle s'était assise quelques instants plus tôt. Ils s'arrêtèrent pour regarder un mineur au travail. Lizzie songeait à ce baiser et sentait un petit frisson d'excitation lui parcourir les reins.

Le mineur avait taillé la houille par en dessous sur toute la largeur du front et enfonçait à coups de massue des coins dans la partie supérieure du filon. Comme la plupart d'entre eux, il était à moitié nu et les muscles puissants de son dos se gonflaient et roulaient avec les mouvements de son marteau. Le charbon, n'ayant rien en dessous pour le soutenir, finissait par s'écrouler sous son propre poids pour venir s'écraser en morceaux sur le sol. Le mineur reculait rapidement tandis que de nouveaux fronts de taille se fendaient et cédaient, se brisant en petits fragments sous les coups de marteau.

Là-dessus, les porteurs commencèrent à arriver, avec leurs chandelles et leurs pelles en bois ; et Lizzie eut alors le choc le plus horrible de sa vie.

C'étaient presque toutes des femmes et des jeunes filles.

Lizzie n'avait jamais demandé ce que les épouses et les filles de mineurs faisaient de leur temps. L'idée ne lui était pas venue qu'elles passaient leurs journées et la moitié de leurs nuits à travailler sous terre.

Les galeries s'emplirent de la rumeur de leur bavardage et l'air se réchauffa rapidement ; Lizzie dégrafa son manteau. À cause de l'obscurité, la plupart des femmes n'avaient pas remarqué la présence des visiteurs et elles s'exprimaient librement. Juste devant eux, un homme plus âgé heurta une femme qui paraissait enceinte. « Crénom, Sal, dit-il brutalement, bouge-toi de là.

– Crénom toi-même, vieille pine aveugle », répliqua-t-elle.

– Une pine, ça n'est pas aveugle, dit une autre

femme. Ça n'a qu'un œil.» Et elles éclatèrent toutes d'un rire gras.

Lizzie était stupéfaite. Dans son monde, les femmes ne disaient jamais «crénom» et quant à «pine», elle ne pouvait que deviner ce que le mot signifiait. Elle était étonnée aussi que ces femmes puissent rire, après s'être tirées du lit à deux heures du matin pour travailler quinze heures sous terre.

Elle se sentait bizarre. Tout ici était physique, sensoriel : l'obscurité, la main de Jay qui tenait la sienne, les mineurs à demi nus qui taillaient la houille, le baiser de Jay et l'hilarité vulgaire de ces femmes : c'était déroutant mais en même temps stimulant. Elle sentait son pouls battre plus vite, elle avait le sang aux joues et son cœur battait à tout rompre.

Les conversations s'arrêtèrent : les porteuses se mirent au travail, ramassant par pelletées le charbon pour le jeter dans de grands paniers. «Pourquoi est-ce que ce sont des femmes qui font ça ? demanda Lizzie à Jay d'un ton incrédule.

– Un mineur est payé au poids de charbon qu'il apporte à l'entrée du puits, répondit-il. S'il doit payer un porteur, c'est de l'argent en moins pour la famille. Ce sont donc sa femme et ses enfants qui s'en chargent et, comme ça, il garde tout.»

Les grands paniers furent rapidement pleins. Lizzie regarda deux femmes en ramasser un à elles deux pour le soulever sur le dos courbé d'une troisième. Celle-ci gémit en supportant le poids. Une courroie passée sur son front assurait la position du panier et elle s'avança à pas lents dans la galerie, pliée en deux. Lizzie se demanda comment elle pouvait bien monter plus de deux cents pieds d'escalier. «Est-ce que le panier est aussi lourd qu'il en a l'air?» demanda-t-elle.

Un des mineurs l'entendit. «On appelle ça un *corf*, lui dit-il. Ça contient cent cinquante livres de charbon. Vous voulez sentir ce que ça pèse, mon jeune monsieur?»

Sans laisser à Lizzie le temps de répondre, Jay intervint. «Certainement pas», dit-il d'un ton protecteur.

L'homme insistait. «Ou peut-être un demi-corf: comme celui que cette petite est en train de porter.»

Une fillette de dix ou onze ans approchait, vêtue d'une robe de laine sans forme, avec un foulard sur la tête. Elle était pieds nus et portait sur son dos un corf à demi plein de charbon.

Lizzie vit Jay ouvrir la bouche pour refuser, mais elle le devança. «Oui, fit-elle. Laissez-moi sentir ce que ça pèse.»

Le mineur arrêta la fillette et une des femmes souleva le panier. L'enfant ne dit rien: le souffle court, elle semblait contente de cet instant de répit.

«Courbez le dos, mon p'tit monsieur», dit le mineur. Lizzie obéit. La femme fit basculer le corf sur le dos de Lizzie.

Elle avait beau s'y attendre, le poids était bien plus lourd qu'elle ne l'avait prévu: elle fut incapable de le supporter, fût-ce une seconde. Ses jambes se dérobèrent sous elle et elle s'effondra. Le mineur, qui semblait s'y attendre, la rattrapa et elle sentit qu'on lui déchargeait le dos de ce poids tandis que la femme reprenait le corf. Ils se doutaient de ce qui allait se passer, comprit Lizzie en s'affalant dans les bras du mineur.

Les femmes qui avaient été témoins de la scène rirent à gorge déployée devant la déconfiture de celui qu'elles prenaient pour un jeune monsieur. Le mineur empêcha Lizzie de tomber en avant en la retenant sans mal de son bras vigoureux. Une main calleuse, dure comme un sabot de cheval, se plaqua sur son sein à travers la chemise de toile. Elle entendit l'homme pousser un grognement surpris. La main resserra son emprise, comme pour vérifier, mais elle avait de gros seins – trop gros, estimait-elle souvent – et, un instant plus tard, la main se retira. L'homme la remit sur ses pieds. Il la tenait par les épaules et, dans son visage noirci par le charbon, ses yeux la fixaient d'un regard stupéfait.

« Miss Hallim ! » murmura-t-il.

Elle s'aperçut que le mineur était Malachi McAsh.

Fascinés, ils se regardèrent tandis que les rires des femmes retentissaient à leurs oreilles. Après tout ce qu'elle avait éprouvé, Lizzie se trouva profondément remuée par cette soudaine intimité, et elle devinait qu'il avait la même réaction. L'espace d'une seconde, elle se sentit plus proche de lui que de Jay, même si ce dernier l'avait embrassée et lui avait tenu la main. Puis une autre voix domina le brouhaha et dit : « Mack... regarde ça ! »

Une femme au visage noir tenait une chandelle près de la voûte. McAsh la regarda, ses yeux revinrent à Lizzie puis, avec l'air de regretter d'abandonner quelque chose d'inachevé, il lâcha Lizzie et s'approcha de l'autre femme.

Il regarda la flamme de la chandelle et dit : « Tu as raison, Esther. » Il se retourna et s'adressa aux autres, sans s'occuper de Lizzie ni de Jay. « Il y a un peu de grisou. » Lizzie aurait voulu tourner les talons et s'enfuir, mais McAsh semblait calme. « Ça n'est pas suffisant pour qu'on sonne l'alarme, en tout cas pas encore. On va voir à d'autres endroits jusqu'où ça va. »

Lizzie trouva son calme incroyable. Quel genre de gens étaient donc ces mineurs ? Ils menaient une vie terriblement rude et leur courage semblait sans limites. En comparaison, elle avait l'impression d'avoir une existence sans but d'enfant gâtée.

Jay prit Lizzie par le bras. « Je crois que nous en avons assez vu, n'est-ce pas ? » murmura-t-il.

Lizzie ne discuta pas. Cela faisait longtemps que sa curiosité était satisfaite. Elle avait le dos endolori. Elle était fatiguée, sale, terrorisée : elle voulait remonter à la surface et sentir le vent sur son visage.

Ils suivirent précipitamment la galerie en direction du puits. Il régnait maintenant une grande animation dans la mine : il y avait des porteurs devant et derrière eux. Les femmes retroussaient leurs jupes au-dessus des genoux pour avoir une plus grande liberté de mouvements et elles tenaient leurs chandelles entre les dents. Elles avançaient lentement sous leurs énormes charges. Lizzie vit un homme se soulager dans la rigole d'écoulement juste devant les femmes et les filles. Il ne peut donc pas trouver un endroit plus discret pour faire ça ? se dit-elle. Puis elle se rendit compte qu'ici on n'avait aucune intimité.

Ils arrivèrent au puits et commencèrent à gravir l'escalier. Les porteuses montaient à quatre pattes, comme de petits enfants : cela convenait à leur position penchée. Elles avançaient d'un pas régulier. Finis maintenant les plaisanteries et les bavardages : les femmes et les fillettes haletaient et gémissaient sous les formidables fardeaux qu'elles portaient. Au bout d'un moment, Lizzie dut se reposer, mais les porteuses ne s'arrêtaient jamais : elle se sentit humiliée et coupable en regardant des petites filles la dépasser avec leur charge, certaines pleurant de souffrance et d'épuisement. De temps en temps, un enfant ralentissait ou faisait une courte pause, mais un juron ou un coup de sa mère avait tôt fait de le faire repartir. Lizzie aurait voulu les réconforter. Toutes les émotions de la nuit l'accablaient d'un coup : elle n'éprouvait plus que de la colère. « Je jure, s'écria-t-elle avec véhémence, que jamais je ne laisserai extraire du charbon sur mes terres, aussi longtemps que je vivrai ! »

Jay n'eut pas le temps de répondre : une cloche se mit à tinter.

« L'alarme, dit Jay. Ils ont dû trouver plus de grisou. »

Lizzie poussa un gémissement et se remit debout. Elle avait l'impression qu'on lui avait planté des couteaux dans les jarrets. Plus jamais, se dit-elle.

« Je vais vous porter », dit Jay. Et, sans plus de cérémonie, il la jeta sur son épaule et se mit à escalader les marches.

8

Le grisou se répandait avec une terrifiante rapidité.

Tout d'abord, la lueur bleue n'était visible que quand la chandelle était au niveau de la voûte mais, quelques minutes plus tard, on la voyait à un pied plus bas : Mack dut arrêter ses essais de crainte d'enflammer le gaz avant que le puits ne fût évacué.

Il avait le souffle court. Il s'efforçait de garder son calme et de réfléchir sans affolement.

Normalement, le grisou suintait peu à peu, mais cette fois c'était différent. Il avait dû se produire quelque chose d'inhabituel. Selon toute probabilité, le grisou s'était accumulé dans une galerie fermée au fond d'un filon épuisé. Un vieux mur s'était fissuré et laissait rapidement filtrer le redoutable gaz dans les tunnels occupés.

Et ici chaque homme, femme et enfant portait une chandelle allumée.

Une petite trace de grisou se consumerait sans risque. Une quantité moyenne s'enflammerait en un éclair, brûlant tout le monde alentour. Une grosse quantité provoquerait une explosion, tuant tout le monde et détruisant les galeries.

Il prit une profonde inspiration. Sa priorité était de faire sortir tout le monde du puits le plus vite possible. Il sonna vigoureusement la cloche tout en comptant jusqu'à douze. Quand il s'arrêta, mineurs et porteurs se précipitaient dans la galerie en direction du puits, les mères pressant leurs enfants de hâter le pas.

Tandis que tous les autres fuyaient la galerie, ses deux porteuses restaient là : sa sœur Esther, calme et efficace, et sa cousine Annie, vigoureuse et vive, mais aussi impulsive et maladroite. En utilisant leur pelle à charbon, les deux femmes se mirent à creuser frénétiquement une tranchée, de la taille de Mack, dans le sol du tunnel. Mack cependant arrachait une toile cirée accrochée à la voûte devant son front de taille et se précipitait vers l'entrée de la galerie.

À la mort de ses parents, on avait grommelé parmi les hommes que Mack n'était peut-être pas assez âgé pour reprendre le rôle de pompier que son père avait exercé. Outre la responsabilité de sa tâche, le pompier était considéré comme un chef dans la communauté. À vrai dire, Mack lui-même avait partagé leurs doutes. Mais personne d'autre ne voulait de ce poste : c'était mal payé et dangereux. Et quand il eut réglé énergiquement la première crise, les récriminations cessèrent. Il était fier maintenant de voir que des hommes plus âgés lui faisaient confiance. Mais son orgueil aussi le forçait à avoir l'air calme et plein d'assurance même quand il avait peur.

Il parvint à l'entrée de la galerie. Les derniers traînards grimpaient les marches. Mack devait maintenant se débarrasser du gaz. La seule façon de faire, c'était de le brûler : il devait y mettre le feu.

C'était une diable de malchance que cela arrive aujourd'hui. C'était son anniversaire : il partait. Il regrettait maintenant de ne pas avoir quitté le Glen dimanche soir. Il s'était dit qu'attendre un jour ou deux ferait peut-être croire aux Jamisson qu'il allait rester et les bercer d'un faux sentiment de sécurité. Il était malade à l'idée que, durant ses dernières heures comme mineur, il allait devoir risquer sa vie pour sauver la galerie qu'il s'apprêtait à quitter à jamais.

Si on ne faisait pas brûler le grisou, on fermerait le puits. Et la fermeture d'un puits dans un village de mineurs, c'était comme une mauvaise récolte dans une communauté de fermiers : la famine arrivait. Mack n'oublierait jamais qu'on avait fermé un puits, voilà quatre hivers de cela. Au cours des dures semaines qui avaient suivi, les plus jeunes et les plus vieux des villageois étaient morts – y compris ses deux parents. Le lendemain de la mort de sa mère,

Mack avait découvert une portée de lapins qui hibernaient dans un terrier et il leur avait brisé le cou alors qu'ils étaient encore engourdis : c'était cette viande-là qui les avait sauvés, Esther et lui.

Il déboucha sur la plate-forme et ouvrit l'emballage étanche de son baluchon. À l'intérieur se trouvait une grande torche faite de chiffons et de brindilles bien sèches. Mack planta solidement la torche dans le chandelier, attacha l'extrémité d'une pelote de ficelle à la base et alluma la torche avec sa chandelle.

Il prit encore un moment pour s'accroupir dans la mare de drainage au fond du puits : il s'aspergea les cheveux et les vêtements d'eau glacée pour se donner un peu de protection supplémentaire contre d'éventuelles brûlures. Puis il repartit dans la galerie, tout en déroulant la pelote de ficelle il inspectait le sol au passage, ôtant de grosses pierres et d'autres objets qui pourraient arrêter la progression de la torche allumée quand il la tirerait dans le tunnel.

Quand il rejoignit Esther et Annie, il vit à la lueur de l'unique chandelle posée sur le sol que tout était prêt. La tranchée était creusée. Esther était en train de tremper une couverture dans la rigole d'écoulement : elle l'enroula autour des épaules de Mack. Frissonnant, il s'allongea dans la tranchée, tenant toujours entre ses doigts l'extrémité de la ficelle. Annie s'agenouilla auprès de lui et, à sa grande surprise, l'embrassa en plein sur les lèvres. Puis elle recouvrit la tranchée d'une grosse planche, l'enfermant à l'intérieur.

Il entendit des bruits d'éclaboussure : elles déversaient de l'eau sur la planche pour tenter de le protéger davantage encore des flammes qu'il allait déchaîner. Puis l'une d'elles tapa trois fois sur le bois, pour annoncer qu'elles s'en allaient.

Il compta jusqu'à cent pour leur donner le temps de sortir de la galerie. Puis, le cœur plein d'appréhension, il se mit à tirer sur la ficelle, entraînant la torche enflammée dans la mine, vers l'endroit où il était allongé, dans un tunnel à moitié plein de gaz explosif.

Jay porta Lizzie jusqu'en haut des escaliers et la déposa dans la boue glacée à l'entrée du puits.

«Ça va? demanda-t-il.

– Je suis si heureuse d'être de nouveau à l'air libre, dit-elle, éperdue de reconnaissance. Je ne saurais assez vous remercier de m'avoir portée. Vous devez être épuisé.

– Vous pesez fichtrement moins qu'un corf plein de charbon», dit-il en souriant.

Il lui parlait comme si elle ne pesait rien, mais il avait quand même l'air un peu mal assuré sur ses jambes tandis qu'ils s'éloignaient du puits.

L'aube était encore lointaine et il s'était mis à neiger: non pas doucement, mais à gros flocons glacés que le vent soufflait dans les yeux de Lizzie. Les derniers mineurs et porteuses sortaient du puits: Lizzie remarqua la jeune femme dont on avait dimanche baptisé l'enfant: n'était-ce pas Jen qu'elle s'appelait? Son enfant n'avait guère plus d'une semaine et la pauvre femme portait un corf plein. Elle aurait certainement dû prendre un peu de repos après avoir accouché. Elle vida le contenu du panier sur le tas de charbon et tendit au contrôleur une tablette en bois: sans doute, se dit Lizzie, les utilisait-on pour calculer les gages à la fin de la semaine. Peut-être Jen avait-elle trop besoin d'argent pour prendre un congé.

Lizzie continuait à l'observer car la jeune femme semblait désemparée. Brandissant sa chandelle audessus de sa tête, elle courait parmi le groupe de soixante-dix ou quatre-vingts mineurs, sous la neige qui tombait en criant: «Wullie! Wullie!» Elle semblait chercher un enfant. Elle retrouva son mari et eut avec lui une conversation brève et affolée. Puis elle hurla «Non!», se précipita vers l'entrée du puits et redescendit l'escalier.

Le mari s'approcha de l'entrée du puits, puis revint sur ses pas et promena autour de lui un regard affolé. «Qu'est-ce qu'il se passe?» lui demanda Lizzie.

Il répondit d'une voix tremblante: «On n'arrive pas à retrouver notre garçon. Elle croit qu'il est encore en bas.

– Oh non!» Lizzie regarda par-dessus le rebord. Elle apercevait une sorte de torche qui brûlait au fond du puits. Mais au même instant, elle la vit bouger et disparaître à l'intérieur de la galerie.

Mack avait déjà fait cela à trois occasions, mais aujourd'hui c'était beaucoup plus terrifiant. Les autres fois, la concentration de grisou était bien moins forte: c'était une légère infiltration plutôt qu'une soudaine accumulation. Son père, bien sûr, avait dû affronter d'importants coups de grisou; quand, le samedi soir, il faisait sa toilette devant le feu, son corps était couvert de traces d'anciennes brûlures.

Mack frissonna sous sa couverture trempée d'eau glacée. Il enroulait régulièrement la ficelle, tirant la torche enflammée de plus en plus près de lui et de la nappe de gaz: il s'efforçait de calmer ses craintes en pensant à Annie. Ils avaient grandi ensemble et avaient toujours eu de la tendresse l'un pour l'autre. Annie avait une nature un peu sauvage et un corps musclé. Jamais elle ne l'avait embrassé en public auparavant, mais elle l'avait souvent fait en cachette. Chacun avait timidement exploré le corps de l'autre et ils s'étaient appris mutuellement à se donner du plaisir. Ils avaient essayé toutes sortes de choses ensemble, ne s'arrêtant qu'au bord de ce qu'Annie appelait «faire des bêtises». Et ils avaient bien failli aller jusque-là…

Mais c'était inutile: il se sentait toujours terrifié. Pour se calmer, il essaya de réfléchir avec calme à la façon dont le gaz se déplaçait et s'amassait. Sa tranchée était à un point bas de la galerie: la concentration à cet endroit devait être moins forte. Mais il n'y avait aucun moyen précis de l'estimer avant que le gaz s'enflamme. Il redoutait la douleur et il savait que les brûlures faisaient très mal. Il n'avait pas vraiment peur de mourir. Il ne pensait pas souvent à la religion, mais il croyait que Dieu devait être miséricordieux. Il n'avait pourtant pas envie de mourir maintenant : il n'avait rien fait, rien vu, il n'était allé nulle part. Jusqu'à maintenant, il avait passé toute sa vie comme un esclave. Si je survis à cette nuit, se jura-t-il, je quitterai le Glen aujourd'hui. J'embrasserai Annie, je dirai adieu à Esther, je braverai les Jamisson et je m'en irai d'ici, devant Dieu je le jure.

La quantité de ficelle qu'il avait maintenant entre les mains lui dit que la torche était à peu près à mi-chemin. Elle pouvait à tout instant enflammer le grisou. Toutefois, peut-être le gaz ne prendrait-il pas feu du tout. Parfois, lui avait raconté son père, il semblait disparaître, personne ne savait où.

Il sentit une légère résistance : la torche frottait contre la paroi là où la galerie s'incurvait. S'il regardait dehors, il la verrait sans doute. Le gaz n'allait sûrement pas tarder à sauter, songea-t-il.

Là-dessus, il entendit une voix.

Ce fut d'abord un tel choc qu'il crut qu'il vivait une expérience surnaturelle, et qu'il allait rencontrer un fantôme ou un démon.

Puis il se rendit compte que ce n'était ni l'un ni l'autre : ce qu'il entendait, c'était la voix d'un petit enfant terrifié qui pleurait en disant : « Où sont les autres ? »

Mack sentit son cœur s'arrêter.

Il comprit tout de suite ce qui s'était passé. Quand, jeune garçon, il travaillait dans la mine, il s'était souvent endormi durant ses journées de quinze heures. Cet enfant en avait fait autant et avait dormi pendant qu'on sonnait l'alarme. Puis il s'était réveillé, avait trouvé la galerie abandonnée et s'était affolé.

Il ne fallut à Mack qu'une fraction de seconde pour comprendre ce qu'il avait à faire.

Il repoussa la planche et bondit hors de sa tranchée. La scène était illuminée par la torche qui brûlait : il voyait le jeune garçon déboucher d'une galerie latérale en se frottant les yeux et en gémissant. C'était Wullie, le fils de Jen, la cousine de Mack. « Oncle Mack ! » dit-il, tout joyeux.

Mack se précipita vers l'enfant, tout en se débarrassant de la couverture trempée qui l'entourait. Il n'y avait pas de place pour deux dans la petite tranchée : ils allaient devoir tenter d'atteindre le puits avant que le gaz explose. Mack enroula l'enfant dans la couverture mouillée en disant : « Il y a du grisou, Wullie : il faut qu'on sorte d'ici ! » Il le souleva, le fourra sous un bras et partit en courant.

En approchant de la torche enflammée, il pria le ciel qu'elle n'enflamme pas le gaz et il s'entendit lui-même crier : « Pas encore ! pas encore ! » Puis ils la dépassèrent.

Le garçon était léger, mais c'était dur de courir courbé en deux et le sol sous ses pas rendait la chose encore plus difficile : boueux par endroits, couvert ailleurs d'une épaisse couche de poussier, toujours inégal, avec des saillies rocheuses sur lesquelles on trébuchait. Mack cependant fonçait sans s'en soucier, achoppant parfois sur une pierre mais réussissant à ne pas tomber, guettant le bang qui pourrait bien être le dernier son qu'il entendrait jamais.

Il franchit la courbe de la galerie : la lueur de la torche n'éclairait plus rien. Il continua à courir dans l'obscurité mais, au bout de quelques secondes, il heurta la paroi de plein fouet et tomba la tête la première, lâchant Wullie. Jurant, il parvint à se remettre debout.

Le petit garçon se mit à pleurer. Mack le repéra en l'entendant sangloter et le reprit dans ses bras. Il s'obligeait maintenant à avancer plus lentement, tâtant de sa main libre la paroi du tunnel et maudissant l'obscurité. Puis la flamme d'une chandelle apparut devant lui à l'entrée de la galerie et Mack entendit la voix de Jen qui criait : «Wullie ! Wullie !

– Je l'ai avec moi, Jen ! cria Mack en se mettant à courir. Remonte l'escalier ! »

Sans l'écouter, elle se précipita au-devant de lui.

Il n'était qu'à quelques mètres du bout du tunnel : quelques mètres encore et il serait en sûreté.

«Reviens !... » hurla-t-il, mais elle avançait toujours à sa rencontre.

Il la heurta et la souleva de son bras libre.

À cet instant, le gaz explosa.

Pendant une fraction de seconde, il y eut un sifflement à vous percer les oreilles, puis un choc formidable et assourdissant qui ébranla la terre. Mack eut l'impression qu'un poing gigantesque lui frappait le dos. Il fut soulevé du sol et lâcha tout à la fois Wullie et Jen. Projeté en l'air, il sentit une vague de chaleur brûlante et il fut certain qu'il allait mourir. Puis il plongea la tête la première dans l'eau glacée : il comprit qu'il avait été projeté dans la flaque d'écoulement au fond du puits de mine.

Et qu'il était encore en vie.

Il revint à la surface et se frotta les yeux.

La plate-forme et les marches de bois se consumaient par endroits et les flammes éclairaient la scène d'une lueur dansante. Mack aperçut Jen qui s'ébrouait et s'étranglait. Il l'empoigna et la tira hors de l'eau. Suffoquant, elle cria : «Où est Wullie ? »

Sans doute avait-il été assommé, se dit Mack. Il explora la petite mare, se heurtant à la chaîne des seaux qui avait cessé de fonctionner. Il finit par trouver quelque chose qui flottait et qui se révéla être Wullie. Il poussa le jeune garçon sur la plate-forme auprès de sa mère et y grimpa à son tour.

Wullie se redressa en recrachant de l'eau. «Dieu soit loué, sanglota Jen. Il est en vie. »

Mack regarda dans le tunnel. De petites bouffées de gaz brûlaient encore de façon sporadique comme des feux de la Saint-Jean. «Remontons l'escalier, dit-il. Il pourrait y avoir une seconde explosion. » Il remit debout Jen et Wullie et les poussa devant lui. Jen souleva Wullie dans ses bras et le jeta sur son épaule : ce poids-là n'était rien pour une femme capable de porter à vingt reprises dans une journée de quinze heures un corf plein de charbon par cet escalier.

Mack hésita, regarda les petites flammes qui léchaient les dernières marches. Si tout l'escalier brûlait, le puits serait peut-être impossible à exploiter pendant des semaines, pendant qu'on le reconstruirait. Il prit encore quelques secondes pour jeter de l'eau sur les flammes et les éteindre. Puis il suivit Jen.

Quand il arriva en haut, il se sentait épuisé, meurtri et étourdi. Il fut aussitôt entouré d'une foule de gens qui lui serraient la main, lui donnaient des tapes dans le dos et le félicitaient. La foule s'écarta devant Jay Jamisson et la personne qui était avec lui : Mack reconnut de nouveau Lizzie habillée en homme. « Beau travail, McAsh, dit Jay. Ma famille apprécie votre courage. »

L'insolent salopard, se dit Mack.

« Il n'y a donc vraiment aucun autre moyen, demanda Lizzie, de se débarrasser du grisou ?

– Non, dit Jay.

– Bien sûr que si, fit Mack, reprenant son souffle.

– Vraiment ? fit Lizzie. Lequel ? »

Mack reprit son souffle. « On enfonce des conduits de ventilation qui laissent le gaz s'échapper avant qu'il puisse s'accumuler. » Il prit une profonde inspiration. « On l'a dit et redit aux Jamisson. »

Il y eut un murmure approbateur parmi les mineurs qui faisaient cercle autour d'eux.

Lizzie se tourna vers Jay. « Alors, pourquoi ne le faites-vous pas ?

– Vous ne comprenez pas le commerce… Pourquoi d'ailleurs comprendriez-vous ? fit Jay. Un homme d'affaires ne peut pas faire les frais d'un procédé coûteux quand une méthode moins chère donne le même résultat. Ses concurrents feraient des prix plus bas que les siens. C'est de l'économie politique.

– Appelez ça d'un nom pompeux si vous voulez, fit Mack, encore essoufflé. Les pauvres bougres appellent ça de l'affreuse cupidité. »

Un ou deux mineurs crièrent : « Oh oui ! c'est vrai !

– Voyons, McAsh, fit Jay d'un ton de reproche. N'allez pas tout gâcher en parlant encore une fois au-dessus de votre condition. Vous allez vraiment vous attirer des ennuis.

– Je n'ai aucun ennui, répliqua Mack. Aujourd'hui, c'est mon vingt-deuxième anniversaire. » Il n'avait pas l'intention d'en parler mais, maintenant, il ne pouvait s'arrêter. « Je n'ai pas travaillé ici toute une année et un jour, pas tout à fait… et je n'en ai pas l'intention. » La foule soudain se tut et Mack se sentit empli d'un grisant sentiment de liberté. « Je m'en vais, Mr. Jamisson, annonça-t-il. Je pars. Adieu. » Il tourna le dos à Jay et, dans un silence total, il s'éloigna.

9

Le temps que Jay et Lizzie soient de retour au château, huit ou dix serviteurs s'affairaient à allumer des feux et à balayer les sols à la lueur des chandelles. Lizzie, noire de poussier et recrue de fatigue, remercia Jay dans un murmure et monta l'escalier d'un pas chancelant. Jay ordonna qu'on apporte dans sa chambre un tub et de l'eau chaude, puis il prit un bain, en se frictionnant la peau avec une pierre ponce pour enlever la poussière de charbon.

Depuis quarante-huit heures, des événements considérables s'étaient passés dans sa vie : son père lui avait fait don d'un patrimoine dérisoire, sa mère avait maudit son père et il avait tenté de tuer son frère. Rien pourtant de tout cela n'occupait son esprit. Allongé dans l'eau, il songeait à Lizzie. Son visage espiègle apparaissait devant lui dans la vapeur qui montait de son bain, avec son sourire malicieux, ses yeux un peu plissés, se moquant de lui, le tentant, le provoquant. Il se rappelait la sensation qu'il avait éprouvée en la portant dans ses bras jusqu'en haut du puits de la mine : elle était douce et légère et il avait serré contre lui son corps fragile tout en montant les marches. Il se demandait si elle pensait à lui. Elle aussi avait dû réclamer de l'eau chaude : elle ne pouvait guère aller se coucher dans l'état de saleté où elle était. Il l'imaginait debout, nue devant le feu qui brûlait dans sa chambre, à se savonner le corps. Il aurait voulu être avec elle, lui prendre l'éponge des mains et essuyer doucement la poussière de charbon sur les courbes de ses seins. Cette pensée l'excita : il sortit de son bain et se sécha avec une serviette bien rugueuse.

Il n'avait pas envie de dormir. Il aurait voulu parler à quelqu'un de l'aventure de cette nuit, mais Lizzie allait probablement dormir pendant des heures. Il songea à sa mère. Il pouvait se fier à elle. Elle le poussait parfois à faire des choses qui n'étaient pas dans son tempérament, mais elle était toujours dans son camp.

Il se rasa, passa des vêtements propres puis alla jusqu'à la chambre de sa mère. Comme il s'y attendait, celle-ci était levée : elle buvait son chocolat devant son miroir tandis que sa femme de chambre la coiffait. Elle lui sourit. Il l'embrassa et se laissa tomber dans un fauteuil. Même aux premières heures du matin, elle était jolie mais on sentait l'acier dans son âme.

Elle congédia la domestique. «Pourquoi es-tu debout de si bonne heure ? demanda-t-elle à Jay.

– Je ne me suis pas couché. Je suis descendu dans le puits.

– Avec Lizzie Hallim ?»

Elle était si maligne, se dit-il, attendri. Elle savait

toujours ce qu'il complotait. Mais peu lui importait : jamais elle ne le condamnait. «Comment avez-vous deviné ?

– Ce n'était pas difficile. Elle brûlait d'envie d'y aller et c'est le genre de fille qui ne supporte pas qu'on lui dise "non".

– Nous avons choisi un bien mauvais jour pour descendre : il y a eu une explosion.

– Mon Dieu, tu n'as rien ?

– Non…

– Je vais quand même faire venir le docteur Stevenson…

– Mère, cessez de vous inquiéter ! J'étais sorti du puits quand tout a sauté. Lizzie aussi. J'ai simplement les genoux un peu fatigués de l'avoir portée jusqu'à la sortie du puits. »

Mère se calma. «Qu'en a pensé Lizzie ?

– Elle a juré qu'elle ne permettrait jamais qu'on ouvre des mines sur le domaine Hallim. »

Alicia se mit à rire. «Et dire que ton père rêve de mettre la main sur son charbon. Enfin, j'ai hâte d'assister à la bataille. Quand Robert sera son mari, il aura le pouvoir d'aller à l'encontre de ce qu'elle souhaite… théoriquement. Nous verrons bien. Mais, à ton avis, comment sa cour progresse-t-elle ?

– Flirter n'est pas le point fort de Robert : c'est le moins qu'on puisse dire, fit Jay d'un ton méprisant.

– Mais c'est le tien, n'est-ce pas ? » fit-elle d'un ton indulgent.

Jay haussa les épaules. «À sa façon maladroite, il fait de son mieux.

– Peut-être qu'après tout elle ne va pas l'épouser.

– Je crois qu'elle y sera bien forcée. »

Sa mère lui lança un regard en coulisse. «Sais-tu quelque chose que j'ignore ?

– Lady Hallim a du mal à renouveler ses hypothèques : Père y a veillé.

– Vraiment ? Le sournois qu'il est ! »

Jay soupira. «C'est une jeune fille merveilleuse. Quel gâchis si elle épouse Robert!»

Mère lui posa une main sur le genou. «Jay, mon cher garçon, elle n'est pas encore la femme de Robert.

— Je suppose qu'elle pourrait en épouser un autre.

— Elle pourrait t'épouser toi.

— Bonté divine, Mère!» Même s'il avait embrassé Lizzie, il n'était pas allé jusqu'à penser au mariage.

«Tu es amoureux d'elle, je le vois.

— Amoureux? C'est cela que ça veut dire?

— Bien sûr, tes yeux s'éclairent dès qu'on prononce son nom et, quand elle est dans une pièce, tu ne vois personne d'autre.»

Elle avait exactement décrit les sentiments de Jay. Il n'avait pas de secret pour sa mère. «Mais l'épouser?

— Si tu es amoureux d'elle, demande-lui sa main! Tu serais le seigneur de High Glen.

— Voilà qui ferait les pieds à Robert», dit Jay avec un grand sourire. Il sentait son cœur battre à l'idée d'avoir Lizzie comme épouse, mais il essayait de se concentrer sur les problèmes pratiques. «Je n'aurais pas un sou.

— Tu n'as pas un sou pour l'instant. Mais tu gérerais la propriété bien mieux que Lady Hallim: ce n'est pas une femme d'affaires. Il s'agit d'un grand domaine: High Glen doit bien avoir quinze kilomètres de long, et elle possède Craigie et Crook Glen aussi. Tu défricherais des terres pour en faire des pâturages, tu vendrais plus de gibier, tu bâtirais un moulin à eau... même sans exploiter le charbon, tu pourrais tirer du domaine un revenu convenable.

— Et les hypothèques?

— Tu es un emprunteur beaucoup plus séduisant qu'elle: tu es jeune et vigoureux, et tu viens d'une famille riche. Tu n'aurais aucun mal à faire renouveler les prêts. Et puis, avec le temps...

— Quoi donc?

— Oh, Lizzie est une fille impulsive. Elle jure aujourd'hui qu'elle ne laissera jamais creuser des mines sur le domaine Hallim. Demain, Dieu sait, elle peut décréter que les cerfs ont des sentiments et interdire la chasse. La semaine d'après, elle aura peut-être oublié ces deux décisions. Si jamais tu laisses creuser des mines de charbon, tu pourras rembourser toutes tes dettes. »

Jay fit la grimace. « Je n'aime pas la perspective d'aller à l'encontre des souhaits de Lizzie sur une affaire aussi importante. » Il pensait aussi qu'il avait envie d'être planteur de canne à sucre à la Barbade et non pas propriétaire de mine de charbon en Écosse. Mais il voulait Lizzie aussi.

Avec une brusquerie déconcertante, Mère passa à un autre sujet. « Que s'est-il passé hier, quand vous chassiez ? »

Jay fut pris au dépourvu : il se trouva incapable d'inventer sur-le-champ un mensonge. Il rougit, balbutia et finit par dire : « J'ai eu une autre dispute avec Père.

– Je m'en doute, dit-elle. J'ai pu le lire sur vos visages quand vous êtes revenus tous les deux. Mais ce n'était pas une simple dispute. Tu as fait quelque chose qui l'a secoué. Qu'était-ce donc ? »

Jay n'avait jamais pu la tromper. « J'ai essayé d'abattre Robert, avoua-t-il lamentablement.

– Oh, Jay, c'est horrible », dit-elle.

Il baissa la tête. C'était d'autant plus navrant qu'il avait échoué. S'il avait tué son frère, le remords aurait été accablant, mais du moins aurait-il éprouvé un certain sentiment de sauvage triomphe. Mais là, il n'avait que le remords.

Mère s'approcha du fauteuil où il était assis et lui attira la tête contre son sein. « Mon pauvre garçon, dit-elle. C'était bien inutile. Nous trouverons une autre méthode, ne t'inquiète pas. » Et elle se mit à le bercer, lui caressant les cheveux en disant : « Là, là. »

« Comment as-tu pu faire une chose pareille ? » gémissait Lady Hallim en frottant le dos de Lizzie.

– Il fallait que je voie par moi-même, répliqua Lizzie. Pas si fort !

– Il faut que je te frictionne énergiquement : sinon le poussier ne s'en va pas.

– Mack McAsh m'a agacée en me disant que je ne savais pas de quoi je parlais, reprit Lizzie.

– Et pourquoi le saurais-tu ? dit sa mère. Quel intérêt pour une jeune personne de s'y connaître en mine de charbon, je peux te le demander ?

– J'ai horreur de ça quand les gens me remettent à ma place en déclarant que les femmes ne comprennent rien à la politique, à l'agriculture, aux mines, au commerce... ça leur permet de dire toutes sortes de bêtises. »

Lady Hallim poussa un gémissement. « J'espère que Robert ne voit pas d'inconvénient à ce que tu sois si masculine.

– Il faudra bien qu'il me prenne comme je suis, ou pas du tout. »

Sa mère eut un soupir exaspéré. « Ma chérie, tu te trompes complètement. Il faut que tu lui prodigues davantage d'encouragements. Bien sûr, une jeune fille ne doit pas avoir l'air *impatiente*, mais tu vas trop loin dans l'autre sens. Allons, promets-moi d'être gentille avec Robert aujourd'hui.

– Mère, que pensez-vous de Jay ? »

Mère sourit. « Un garçon charmant, bien sûr... » Elle s'arrêta soudain et dévisagea Lizzie. « Pourquoi me demandes-tu cela ?

– Il m'a embrassée dans la mine.

– Oh, non ! » Lady Hallim se redressa d'un bond et lança la pierre ponce à l'autre bout de la chambre. « Non, Elizabeth, je ne veux pas de cela ! » Lizzie resta décontenancée par le brusque accès de colère de sa mère. « Je n'ai pas vécu vingt ans dans la pénurie pour te voir grandir et épouser un beau garçon sans le sou !

– Il n'est pas sans le sou...

« – Mais si, tu as bien vu cette scène horrible avec son père : son patrimoine, c'est un cheval. Lizzie, tu ne peux pas faire ça ! »

Mère était en rage. Lizzie ne l'avait jamais vue dans cet état et elle ne comprenait pas. « Mère, calmez-vous, je vous en prie », supplia-t-elle. Elle se leva et sortit du tub. « Voulez-vous me passer une serviette, s'il vous plaît ? »

À sa stupéfaction, elle vit sa mère porter ses mains à son visage et éclater en sanglots. Lizzie la prit dans ses bras en disant : « Mère chérie, qu'est-ce qu'il se passe ?

– Couvre-toi, misérable enfant », dit-elle entre deux sanglots.

Lizzie drapa une couverture autour de son corps mouillé. « Asseyez-vous, Mère. » Elle l'entraîna jusqu'à un fauteuil.

Au bout d'un moment, Mère reprit : « Ton père était exactement comme Jay, tout à fait comme lui », dit-elle. Un pli amer lui crispa la bouche. « Grand, bel homme, charmant, toujours prêt à vous embrasser dans le noir… et faible, si faible. J'ai cédé à mes bas instincts et je l'ai épousé quand même, alors que je savais qu'il n'était qu'un feu follet. En trois ans, il avait dilapidé ma fortune. Un an après, il a fait une chute de cheval alors qu'il était ivre : il a fracassé sa belle tête dans l'aventure et il est mort.

– Oh, maman. » Lizzie était scandalisée de la haine qu'elle sentait dans la voix de sa mère. Celle-ci parlait en général de Père de façon neutre : elle avait toujours raconté à Lizzie qu'il n'avait pas eu de chance en affaires, qu'il s'était tué dans un accident et que les hommes de loi avaient fait un vrai gâchis des finances de la succession. Lizzie, pour sa part, se souvenait à peine de lui : elle avait trois ans quand il était mort.

« Et il me méprisait de ne pas lui avoir donné un fils, reprit Mère. Un fils qui aurait été comme lui, infidèle et bon à rien, et qui aurait brisé le cœur d'une femme. Mais je savais comment empêcher cela. »

Ce fut pour Lizzie un nouveau choc. Était-ce vrai

que les femmes pouvaient empêcher une grossesse ? Se pouvait-il que sa propre mère eût fait une chose pareille en bravant les souhaits de son mari ?

Mère lui prit la main. « Lizzie, promets-moi de ne pas l'épouser. Promets-le-moi ! »

Lizzie retira sa main. Elle se sentait déloyale, mais elle devait dire la vérité. « Je ne peux pas, dit-elle. Je l'aime. »

Jay quitta la chambre de sa mère : ses sentiments de honte et de culpabilité semblaient se dissiper et, tout d'un coup, il eut faim. Il descendit dans la salle à manger. Son père et Robert étaient là : ils dévoraient d'épaisses tranches de jambon grillé avec une compote de pommes et du sucre, en discutant avec Harry Ratchett. Ratchett, qui dirigeait les puits, était venu faire son rapport sur le coup de grisou. Père lança à Jay un regard sévère et dit : « On m'a rapporté que tu étais descendu dans le puits de Heugh la nuit dernière. »

Jay commençait à sentir son appétit disparaître. « En effet, dit-il. Il y a eu une explosion. » Il se versa un verre de bière.

« Je suis au courant pour l'explosion, dit Père. Qui t'accompagnait ? »

Jay but une gorgée. « Lizzie Hallim », avoua-t-il.

Robert s'empourpra. « Bon sang, fit-il. Tu sais que Père ne voulait pas qu'elle descende dans le puits. »

Piqué au vif, Jay réagit en se montrant provocant. « Eh bien, Père, comment allez-vous me punir ? Me laisser sans un penny ? Vous l'avez déjà fait. »

Père agita vers lui un doigt menaçant. « Je te préviens de ne pas te moquer de mes ordres.

— C'est de McAsh que vous devriez vous inquiéter, pas de moi, dit Jay, en essayant de détourner la colère de son père. Il a annoncé à tout le monde qu'il partait aujourd'hui.

— Fichu salaud d'insoumis », dit Robert. On ne savait pas très bien s'il parlait de McAsh ou de Jay.

Harry Ratchett toussa discrètement. «Sir George, dit-il, vous feriez aussi bien de laisser McAsh partir. L'homme est un bon ouvrier, mais c'est un faiseur d'histoires et nous ferions mieux de nous débarrasser de lui.

– Je ne peux pas faire cela, riposta Père. McAsh a pris ouvertement position contre moi. S'il s'en tire comme ça, chaque jeune mineur s'imaginera qu'il peut partir aussi.

– D'ailleurs, intervint Robert, il ne s'agit pas que de nous. Cet avocat, ce Gordonson, pourrait écrire à toutes les mines d'Écosse. Si on laisse les jeunes mineurs partir à vingt et un ans, c'est toute l'industrie qui pourrait s'effondrer.

– Exactement, renchérit Père. Et où alors la nation britannique irait-elle chercher son charbon? Je te le dis, si jamais j'ai Caspar Gordonson qui comparaît devant moi sous une inculpation de trahison, je le ferai pendre plus vite qu'on ne peut prononcer le mot "inconstitutionnel", je le jure devant Dieu.

– À vrai dire, reprit Robert, c'est notre devoir de patriotes de faire quelque chose à propos de McAsh.»

Au grand soulagement de Jay, on avait oublié son incartade. Gardant soigneusement la conversation centrée sur McAsh, il demanda: «Mais que peut-on faire?

– Je pourrais le jeter en prison, dit Sir George.

– Non, dit Robert. À sa sortie, il prétendrait encore être un homme libre.»

Il y eut un silence songeur.

«On pourrait le faire fouetter, suggéra Robert.

– Ce pourrait être la solution, dit Sir George. La loi me donne le droit de le faire.»

Ratchett semblait mal à l'aise. «Sir George, voilà bien des années qu'aucun propriétaire n'a exercé ce droit. Et qui manierait le fouet?

– Alors, fit Robert d'un ton impatient, que faisons-nous des fauteurs de trouble?»

Sir George sourit. «On les met au tourniquet», dit-il.

10

Mack aurait aimé partir tout de suite à pied pour Édimbourg, mais il savait que ce serait de la folie. Même s'il n'avait pas travaillé une journée complète, il était épuisé et l'explosion l'avait laissé un peu étourdi. Il avait besoin de temps pour réfléchir à ce que les Jamisson allaient faire et aux moyens de déjouer leurs plans.

Il rentra chez lui, ôta ses vêtements trempés, alluma le feu et se mit au lit. Son plongeon dans la mare d'écoulement l'avait laissé plus sale que d'habitude, mais les couvertures sur son lit étaient si noires qu'un peu plus ne changerait pas grand-chose. Comme la plupart des hommes, il prenait un bain par semaine, le samedi soir.

Après l'explosion, les autres mineurs étaient retournés au travail. Esther était restée au fond du puits avec Annie pour ramasser le charbon taillé par Mack et le remonter à la surface : elle n'allait pas gaspiller les efforts de son frère.

Tout en sombrant dans le sommeil, il se demandait pourquoi les hommes se fatiguaient plus vite que les femmes. Ceux qui travaillaient à la taille, tous des hommes, le faisaient dix heures durant, de minuit à dix heures du matin. Les porteurs, pour la plupart des femmes, travaillaient de deux heures du matin à cinq heures de l'après-midi : quinze heures au total. Et le travail des femmes était plus dur : elles grimpaient encore et encore ces escaliers, avec d'énormes paniers de charbon sur leur dos courbé. Malgré cela, elles continuaient à trimer bien après que leurs hommes furent rentrés chez eux d'un pas chancelant pour s'écrouler dans leur lit.

Les hommes faisaient toujours une sieste en rentrant. Ils se levaient au bout d'une heure ou deux. La plupart préparaient le souper pour leurs épouses et leurs enfants. Certains passaient l'après-midi à boire chez Mrs. Wheighel : on plaignait beaucoup leurs femmes, car c'était dur pour elles de rentrer à la maison après avoir passé quinze heures à porter du charbon pour ne pas trouver de feu allumé, rien à manger et un mari ivre. La vie était dure pour les mineurs : elle était encore plus dure pour leurs épouses.

Quand Mack s'éveilla, il sut que c'était un jour important, mais il ne se rappelait plus pourquoi. Puis la mémoire lui revint : il allait quitter le Glen.

Il n'irait pas loin s'il avait l'air d'un mineur évadé : la première chose à faire était donc de se nettoyer. Il alluma le feu, puis fit plusieurs trajets jusqu'au ruisseau avec le baril d'eau. Il la fit chauffer dans l'âtre et apporta le tub d'étain accroché à la porte de derrière. La petite pièce s'emplit de buée. Il versa l'eau dans le tub puis y entra avec un morceau de savon et une brosse en chiendent et entreprit de se frotter.

Il commençait à se sentir bien. C'était la dernière fois qu'il aurait jamais à laver le poussier qui lui recouvrait la peau : plus jamais il n'aurait à descendre dans une mine. Fini, l'esclavage. Devant lui, Édimbourg, Londres, le monde. Il allait rencontrer des gens qui n'auraient jamais entendu parler du puits de Heugh. Son destin était une feuille blanche sur laquelle il pourrait écrire ce que bon lui semblait.

Il était dans son bain quand Annie entra.

Elle hésita juste après avoir franchi le seuil, l'air troublé.

Mack sourit, lui tendit la brosse et dit : « Tu voudrais bien me frictionner le dos ? »

Elle s'approcha et prit la brosse mais resta à le regarder du même air malheureux.

« Vas-y », dit-il.

Elle se mit à lui frotter le dos.

« Il paraît qu'un mineur ne devrait pas se laver le dos, fit-elle. On dit que ça l'affaiblit.

– Je ne suis plus mineur. »

Elle s'arrêta. « Ne t'en va pas, Mack, implora-t-elle. Ne me laisse pas ici. »

Il redoutait une scène de ce genre : ce baiser sur les lèvres avait été un signe. Il se sentait coupable. Il avait beaucoup d'affection pour sa cousine. Il avait aimé leurs jeux ensemble l'été dernier. Mais il ne voulait pas passer sa vie avec elle, surtout si ça voulait dire rester à Heugh. Comment pourrait-il lui expliquer cela sans la crucifier ? Elle avait les larmes aux yeux. Mais il était bien décidé à partir : il le voulait plus fort qu'il n'avait jamais rien voulu de sa vie. « Il faut que je parte, dit-il. Tu vas me manquer, Annie, mais il faut que je m'en aille.

– Tu te crois meilleur que nous autres, n'est-ce pas ? lui lança-t-elle d'un ton de reproche. Ta mère avait des idées au-dessus de sa condition et tu es bien pareil. Tu te trouves trop bien pour moi, c'est ça ? Tu vas t'en aller à Londres épouser une belle dame, j'imagine ! »

Sa mère assurément avait des idées au-dessus de sa condition, mais il n'avait aucune intention de s'en aller à Londres épouser une belle dame. Valait-il mieux que les autres ? S'estimait-il trop bien pour Annie ? Il y avait un soupçon de vérité dans ce qu'elle disait, et il en éprouvait une certaine gêne. « Nous sommes trop bien pour être esclaves », dit-il enfin.

Elle s'agenouilla auprès de la cuvette et posa la main sur son genou qui dépassait de l'eau. « Tu ne m'aimes donc pas, Mack ? »

À sa grande honte, il sentit monter en lui une certaine excitation. Il avait envie de la prendre dans ses bras et de la réconforter, mais il se maîtrisa. « Tu m'es très chère, Annie, mais je ne t'ai jamais dit "je t'aime", pas plus que tu ne l'as fait. »

Elle glissa sa main dans l'eau et sourit en constatant l'état d'excitation de Mack.

« Où est Esther ? demanda-t-il.

– Elle joue avec le bébé de Jen. Elle ne sera pas là tout de suite. »

Annie avait dû lui demander de ne pas rentrer maintenant, se dit Mack.

«Reste ici et marions-nous», dit Annie en le caressant. C'était une sensation exquise. Il lui avait montré comment s'y prendre l'été dernier, et puis elle lui avait appris comment elle se faisait plaisir toute seule. À ce souvenir, son excitation s'accrut encore. «Nous pourrions faire tout ce que nous voudrions tout le temps, dit-elle.

– Si je me marie, je suis coincé ici pour la vie», dit Mack. Mais il sentait sa résistance faiblir.

Annie se releva et ôta sa robe. Elle ne portait rien d'autre : les dessous, on les gardait pour les dimanches. Son corps était mince et musclé, avec de petits seins plats et une toison noire touffue entre les jambes. Sa peau était partout grise de poussier, comme celle de Mack. À la stupéfaction de celui-ci, elle entra dans la cuvette avec lui, s'agenouillant entre ses jambes. «À toi de me laver», dit-elle en lui tendant le savon.

Il frotta lentement le savon pour obtenir de la mousse, puis il posa les mains sur ses seins. Elle avait des petits mamelons, qui pointaient. Elle eut un gémissement rauque, puis elle lui saisit les poignets et l'obligea à glisser les mains sur son ventre dur et plat jusqu'à son sexe. Les doigts savonneux de Mack glissèrent entre ses cuisses : il sentit les poils drus de sa toison et la chair douce et ferme dessous.

«Dis que tu vas rester, supplia-t-elle. Faisons-le. Je veux te sentir en moi.»

Il savait que, s'il cédait, son destin était scellé. Toute cette scène avait un caractère irréel, comme un rêve. «Non», fit-il, mais sa voix n'était qu'un murmure.

Elle approcha, lui attirant le visage contre ses seins et puis elle se baissa vers lui, les lèvres de son sexe effleurant à peine celui de Mack qui pointait hors de l'eau. «Dis oui», fit-elle.

Il poussa un gémissement et abandonna la lutte. «Oui, fit-il. Je t'en prie. Vite.» Il y eut un épouvantable fracas et la porte s'ouvrit toute grande.

Annie poussa un hurlement. Quatre hommes entrèrent en trombe, emplissant la petite pièce : Robert Jamisson, Harry Ratchett et deux des gardes des Jamisson. Robert avait une épée et une paire de pistolets. Un des gardes était armé d'un mousquet.

Annie se redressa et sortit du bain. Abasourdi, terrifié, Mack se leva, tout tremblant.

Le garde au mousquet regarda Annie. «Cousin cousine», dit-il en ricanant. Mack connaissait cet homme : il s'appelait McAlistair. Il reconnut l'autre, une grosse brute du nom de Tanner.

Robert eut un gros rire. «C'est ce qu'elle est... sa cousine ? J'imagine que pour les mineurs, l'inceste, ça n'est rien.»

La peur de Mack, sa stupéfaction cédèrent place à la fureur de voir son domicile envahi. Il maîtrisa pourtant sa colère et fit un effort pour garder son calme. Il était dans une situation très périlleuse et Annie risquait d'en pâtir aussi. Il devait garder son calme, ne pas céder à la colère. Il regarda Robert. «Je suis un homme libre et je n'ai enfreint aucune loi, dit-il. Que faites-vous chez moi ?»

McAlistair contemplait toujours le corps d'Annie, humide et d'où montait une légère buée. «Joli spectacle», dit-il d'une voix rauque.

Mack se tourna vers lui. D'une voix sourde, il dit : «Si tu la touches, je t'arracherai de mes mains la tête des épaules.»

McAlistair regarda le torse puissant de Mack : il comprit que celui-ci était capable de mettre sa menace à exécution. Il pâlit et, bien qu'il fût armé, fit un pas en arrière.

Tanner était plus fort et plus téméraire : il tendit le bras et saisit le sein humide d'Annie.

Mack réagit d'instinct. Une seconde plus tard, il avait jailli hors de son bain pour saisir Tanner par le poignet. Personne n'avait pu faire un mouvement qu'il avait plongé la main de Tanner dans le feu.

Tanner hurlait et se débattait, mais sans pouvoir

110

échapper à la poigne de Mack. «Lâche-moi! cria-t-il. Je t'en prie, je t'en prie!»

Mack gardait la main de l'homme sur les braises brûlantes. Il hurla: «Cours, Annie!»

Annie ramassa sa robe et s'enfuit par la porte de derrière.

La crosse d'un mousquet s'abattit sur la nuque de Mack.

Le coup le rendit furieux et, maintenant qu'Annie était partie, il ne se souciait plus de rien. Il lâcha Tanner pour empoigner McAlistair par sa veste: d'un violent coup de tête en plein visage, il lui écrasa le nez. Le sang jaillit et McAlistair poussa un rugissement de douleur. Mack pivota et frappa Harry Ratchett à l'aine d'un coup de son pied nu dur comme de la pierre. Ratchett se plia en deux en gémissant.

Mack ne s'était jamais battu qu'au fond du puits: il avait donc l'habitude d'une bagarre dans un espace restreint. Mais quatre adversaires, c'était trop. McAlistair le frappa de nouveau avec la crosse de son mousquet et Mack un moment chancela, assommé. Ratchett alors l'empoigna par-derrière, lui bloquant les bras: il n'avait pas eu le temps de se dégager que Robert Jamisson lui appuyait sur la gorge la pointe de son épée. Au bout d'un moment, Robert dit: «Ligotez-le.»

On le jeta en travers de la croupe d'un cheval, avec une couverture pour cacher sa nudité. Puis on l'emmena à Jamisson Castle et, toujours tout nu, on l'enferma dans le garde-manger, pieds et poings liés. Il gisait sur le sol de pierre, frissonnant, entouré des carcasses ensanglantées de chevreuil, de mouton et de porc. Il essayait de se réchauffer en bougeant mais, avec les mains et les pieds attachés, il n'y parvenait guère. Il réussit enfin à s'asseoir, le dos appuyé contre la dépouille velue d'un cerf mort. Il chanta un moment pour garder le moral: d'abord les ballades qu'on entonnait le samedi soir chez Mrs. Wheighel, puis quelques hymnes et enfin de vieilles chansons des rebelles jacobites. Et, quand il eut épuisé son répertoire, il se sentit encore plus mal.

Il avait la tête endolorie après les coups de crosse, mais ce qui le peinait le plus, c'était la facilité avec laquelle les Jamisson s'étaient emparés de lui. Quel idiot il était d'avoir reculé son départ. Il leur avait donné le temps d'agir. Pendant qu'ils projetaient sa perte, il pelotait les seins de sa cousine.

Inutile de se demander quel sort on lui réservait. S'il ne mourait pas de froid ici dans ce garde-manger, on allait sans doute l'envoyer à Édimbourg et le faire juger pour s'être attaqué aux gardes-chasse. Comme la plupart des crimes, celui-là était puni de la potence.

La nuit tombait : la lumière qui filtrait par les fentes de la porte s'éteignit peu à peu. On vint le chercher juste au moment où l'horloge dans la cour de l'écurie sonnait onze heures. Cette fois, ils étaient six hommes : il ne tenta pas de les combattre.

Davy Taggart, le forgeron qui fabriquait les outils des mineurs, passa autour du cou de Mack un collier de fer comme celui de Jimmy Lee. L'ultime humiliation : c'était annoncer au monde qu'il était la propriété d'un autre homme. Il était moins qu'un homme : du bétail.

On lui ôta ses liens et on lui jeta quelques vêtements : une culotte, une chemise de flanelle usée jusqu'à la corde et un gilet en lambeaux. Il s'empressa de les passer mais il avait encore froid. Les gardes lui attachèrent de nouveau les mains et l'installèrent sur un poney.

Ils chevauchèrent jusqu'au puits. L'équipe du mercredi allait commencer son travail dans quelques minutes, à minuit. Le garçon d'écurie harnachait un cheval de rechange pour faire tourner la chaîne des seaux. Mack comprit qu'on allait lui faire le tourniquet.

Il poussa un gémissement. C'était un supplice horrible et humiliant. Il aurait donné sa vie pour une écuelle de porridge bien chaud et quelques minutes devant un feu ardent. Au lieu de cela, il était condamné à passer la nuit en plein air. L'envie le prit de tomber à genoux et d'implorer miséricorde, mais l'idée du plaisir qu'en retireraient les Jamisson renforça son orgueil. Il rugit donc : «Vous n'avez pas le droit de faire ça ! pas le droit !» Les gardes lui rirent au nez.

Ils l'installèrent sur la piste boueuse et circulaire autour de laquelle les chevaux de mine trottaient jour et nuit. Il avait envie d'éclater en sanglots, mais il redressa les épaules et releva la tête. On l'attacha au harnais, face au cheval, de façon qu'il ne puisse pas lui échapper. Puis, d'un coup de fouet, le valet d'écurie mit la bête au petit trot.

Mack se mit à courir à reculons. Il trébucha presque aussitôt et le cheval s'arrêta. Le palefrenier lui donna un nouveau coup de fouet et Mack parvint juste à temps à se remettre debout. Peu à peu, il comprit comment il fallait s'y prendre pour courir à reculons. Au bout d'un moment, il devint trop sûr de lui et glissa sur la boue glacée. Cette fois, le cheval continua d'avancer. Mack glissa d'un côté, se tordant en tous sens pour échapper aux sabots : le cheval le traîna avec lui une seconde ou deux, puis Mack perdit tout contrôle et glissa sous les pattes de l'animal. Le cheval lui piétina le ventre, le frappa à la cuisse, puis s'arrêta.

On obligea Mack à se relever, puis on fouetta de nouveau la bête. Le coup sur le ventre avait fait perdre le souffle à Mack. Sa jambe gauche se dérobait sous lui, mais il était obligé de courir à reculons en boitillant.

Serrant les dents, il essaya de prendre un rythme. Il en avait vu d'autres subir ce châtiment : Jimmy Lee, par exemple. Tous avaient survécu, même s'ils en gardaient les marques : Jimmy Lee avait une cicatrice au-dessus de l'œil gauche, là où le cheval lui avait donné un coup de sabot, et la rancœur qui brûlait chez Jimmy était sans cesse nourrie par le souvenir de cette humiliation. Mack, lui aussi, survivrait. Abruti de douleur, de froid et de honte, il ne pensait à rien d'autre qu'à rester sur ses pieds et à éviter ces redoutables sabots.

Le temps passait et il commençait à se sentir une certaine affinité avec le cheval. Ils étaient tous deux harnachés et obligés de tourner en rond. Quand le garçon d'écurie faisait claquer son fouet, Mack allait plus vite. Quand Mack trébuchait, le cheval semblait ralentir un moment l'allure pour lui permettre de reprendre sa course.

Il aperçut les mineurs qui arrivaient à minuit pour commencer leur journée. Ils gravissaient la colline en discutant et en criant, échangeant entre eux lazzi et plaisanteries comme d'habitude. Puis, en approchant de l'entrée du puits et en apercevant Mack, ils devenaient silencieux. Les gardes brandissaient leurs mousquets d'un air menaçant chaque fois qu'un mineur semblait disposé à s'arrêter. Mack entendit les éclats d'indignation de Jimmy Lee : il vit du coin de l'œil trois ou quatre mineurs l'entourer, le prendre par les bras et le pousser en direction du puits pour lui éviter des ennuis.

Mack peu à peu perdait tout sens du temps. Les porteurs arrivèrent, les femmes et les enfants bavardant en montant la colline puis se taisant, comme les hommes, en passant devant Mack. Il entendit Annie crier : «Oh, mon Dieu, ils ont obligé Mack à faire le tourniquet !» Les hommes de Jamisson l'empêchaient d'approcher mais elle cria : «Esther te cherche... je vais aller la prévenir.»

Esther vint un peu plus tard et, sans laisser aux gardes le temps de l'en empêcher, elle arrêta le cheval. Elle porta aux lèvres de Mack un flacon de lait sucré bien chaud. Cela lui parut l'élixir de vie et il l'avala goulûment, manquant presque s'étrangler. Il réussit à tout boire avant qu'on entraînât Esther.

La nuit s'écoulait, lente comme une année. Les gardes avaient reposé leurs mousquets pour venir s'asseoir autour du feu du palefrenier. Dans la mine, le travail continuait. Les porteurs remontaient du puits, vidaient leurs paniers sur le tas et redescendaient dans leur noria sans fin. Le garçon d'écurie changea le cheval et Mack eut quelques minutes de repos, mais le nouveau cheval trottait plus vite.

Il arriva un moment où il se rendit compte que c'était de nouveau le jour. Il ne passerait plus guère qu'une heure ou deux avant que les mineurs cessent leur travail, mais une heure, c'était une éternité.

Un petit cheval montait la colline. Du coin de l'œil, Mack vit le cavalier mettre pied à terre et rester là à le dévisager. Jetant un bref coup d'œil dans cette direction, il reconnut Lizzie Hallim, dans le même manteau de fourrure noire qu'elle portait à l'église. Venait-elle se moquer de lui, se demanda-t-il ? Il se sentait humilié et il aurait voulu qu'elle s'en aille. Mais quand il porta de nouveau les yeux sur son visage de lutin, il n'y lut aucune raillerie. Bien au contraire, on y lisait la compassion, la colère et quelque chose d'autre qu'il n'arrivait pas à déchiffrer.

Un autre cheval arriva et Robert sauta à terre. Il s'adressa à Lizzie sur un ton sourd et furieux. Mais on entendit clairement la réponse de Lizzie : «C'est barbare !» Dans sa détresse, Mack lui en fut profondément reconnaissant. L'indignation de la jeune fille le réconfortait. C'était une petite consolation de savoir qu'il y avait quand même une personne parmi ces aristocrates pour estimer qu'on ne devait pas traiter ainsi des êtres humains.

Robert répondit d'un ton indigné, mais Mack n'entendit pas ce qu'il disait. Pendant qu'ils se disputaient, les hommes commencèrent à émerger du puits. Toutefois, ils ne regagnèrent pas leurs maisons : ils se plantèrent autour du treuil à regarder sans un mot. Les femmes aussi commencèrent à se grouper : une fois leurs paniers vidés, au lieu de redescendre dans le puits, elles vinrent rejoindre la foule silencieuse.

Robert ordonna au garçon d'écurie d'arrêter le cheval.

Mack enfin cessa de courir. Il essaya de se tenir fièrement debout, mais ses jambes ne le soutenaient pas et il tomba à genoux. Le palefrenier s'approcha pour le détacher, mais d'un geste Robert l'arrêta.

Robert lança d'une voix assez forte pour être entendu de tous : « Eh bien, McAsh, tu disais hier que tu n'avais plus qu'un jour de servitude. Voilà maintenant que ce jour, tu l'as fait. Même d'après tes règles stupides, tu es maintenant la propriété de mon père. » Il se tourna pour s'adresser à la foule.

Mais avant qu'il ait pu reprendre la parole, Jimmy Lee s'était mis à chanter.

Jimmy avait une magnifique voix de ténor et les accents d'un hymne qu'ils connaissaient tous retentirent sur la vallée :

> *Voyez, un homme courbé dans l'angoisse*
> *Marqué par la douleur et les privations*
> *Qui grimpe là-bas une colline pierreuse*
> *Portant une croix sur son épaule.*

Robert devint tout rouge et cria : « Silence ! »

Sans se soucier de lui, Jimmy attaqua le second couplet. Les autres se joignirent à lui, certains fredonnant la musique, et une centaine de voix reprirent la mélodie.

> *Il est maintenant pétrifié de chagrin*
> *Sous les regards des hommes*
> *Quand nous verrons demain se lever*
> *Voilà qu'il renaîtra.*

Robert se détourna, impuissant. L'air furieux, il marcha à travers la boue jusqu'à son cheval, laissant Lizzie plantée là, seule, comme une petite silhouette qui le provoquait. Il remonta en selle et dévala la colline, furibond ; les voix vibrantes des mineurs faisaient trembler l'air des montagnes comme un grondement d'orage :

Ne le regardez plus d'un œil apitoyé
Voyez notre victoire
Quand nous construirons cette céleste cité
Tous les hommes seront libres !

11

Jay s'éveilla, sachant qu'il allait demander sa main à Lizzie. C'était hier seulement que sa mère lui avait mis cette idée en tête, mais elle avait vite pris racine. La chose lui semblait naturelle, voire inévitable. Ce qui l'inquiétait maintenant, c'était de savoir si elle voudrait bien de lui.

Oh, songea-t-il, elle l'aimait bien : comme la plupart des filles. Mais elle avait besoin d'argent et il n'en avait pas. Mère disait que ces problèmes-là pouvaient se résoudre, mais Lizzie préférerait peut-être la certitude de l'avenir de Robert. L'idée qu'elle puisse épouser Robert lui semblait répugnante.

Il fut déçu de constater qu'elle était sortie de bon matin. Il était tendu, trop tendu pour traîner à la maison en attendant son retour. Il alla jusqu'aux écuries et regarda l'étalon blanc que son père lui avait offert pour son anniversaire. Le cheval s'appelait Blizzard. Jay avait juré de ne jamais le monter, mais il ne put résister à la tentation. Il emmena Blizzard jusqu'à High Glen et le fit galoper sur le tapis d'herbe moelleuse qui bordait le torrent. Il avait bien fait de ne pas tenir sa promesse. Il avait l'impression d'être monté sur un aigle, de fendre les airs, emporté par le vent.

C'était au galop que Blizzard était au mieux de sa forme. À l'amble ou au trot, il était capricieux, il avait le pas incertain, il était boudeur et de mauvaise humeur. Mais on pouvait facilement pardonner à un cheval d'être un piètre trotteur quand il pouvait filer comme le vent.

Sur le chemin du retour, Jay se mit à penser à Lizzie. Même toute jeune, elle avait toujours été exceptionnelle : jolie, rebelle et ensorcelante. Aujourd'hui, elle était sans pareille. Jay ne connaissait pas de meilleur tireur. À cheval, elle l'avait battu à la course. Elle n'avait pas peur de descendre dans une mine. Elle était capable de se déguiser et de duper tout le monde à un dîner : il n'avait jamais rencontré de femme comme elle.

Certes, elle était difficile : entêtée, obstinée et égocentrique. Elle était plus disposée que la plupart des femmes à contester ce qu'affirmaient les hommes. Mais Jay, et tout le monde d'ailleurs, lui pardonnait car elle était si charmante quand elle penchait de côté son petit visage effronté, souriant, et fronçant les sourcils tout en contredisant chacun de vos propos.

Il déboucha dans la cour de l'écurie en même temps que son frère. Robert était de méchante humeur. Quand il était en colère, il ressemblait encore plus à Père : le visage rougeaud et l'air pompeux. Jay dit : « Diable, qu'est-ce que tu as ? » Mais, sans un mot, Robert lança ses rênes à un palefrenier et s'engouffra dans la maison.

Lizzie arriva tandis que Jay installait Blizzard à l'écurie. Elle aussi était énervée, mais la colère qui lui colorait les joues et la lueur qui flambait dans ses yeux la rendaient encore plus jolie. Jay la dévisagea, fasciné. Je veux cette fille, se dit-il : je la veux pour moi. Il était prêt à la demander en mariage sur-le-champ. Mais il n'avait pas eu le temps d'ouvrir la bouche qu'elle avait sauté à bas de son cheval en disant : « Je sais que les gens qui se conduisent mal doivent être punis, mais je ne crois pas à la torture, pas vous ? »

Lui ne voyait rien de mal à torturer des criminels, mais il n'allait pas le lui dire, pas quand elle était de cette humeur. «Bien sûr que non, répondit-il. Vous revenez de la mine?

– C'était horrible. J'ai dit à Robert de libérer cet homme, mais il a refusé.»

Elle s'était donc querellée avec Robert. Jay masqua son ravissement. «Vous n'aviez jamais vu un homme au tourniquet? Ce n'est pas si rare.

– Non, je n'avais jamais vu cela. Je ne sais pas comment j'ai pu rester aussi lamentablement ignorante en ce qui concerne la vie des mineurs. Je pense qu'on me protégeait de la sinistre vérité parce que j'étais une fille.

– Robert avait l'air furieux, suggéra Jay.

– Tous les mineurs avaient entonné un hymne: ils n'ont pas voulu se taire quand il leur en a donné l'ordre.» Jay était aux anges. Il semblait qu'elle ait vu Robert sous son plus mauvais jour. Mes chances de succès s'améliorent de minute en minute, songea-t-il avec exultation.

Un garçon d'écurie vint prendre le cheval de Lizzie et ils traversèrent la cour pour regagner le château. Dans le hall, Robert discutait avec Sir George. «C'était un geste de défi éhonté, disait Robert. Quoi qu'il arrive, nous devons nous assurer que McAsh ne s'en tirera pas comme ça.»

Lizzie toussota d'un air exaspéré et Jay vit là une occasion de marquer des points. «Je pense que nous devrions envisager de laisser McAsh s'en aller, déclara-t-il à son père.

– Ne sois pas ridicule», dit Robert.

Jay se rappela l'argument de Harry Ratchett. «Cet homme est un fauteur de trouble: nous serions mieux lotis en nous dispensant de sa présence.

– Il nous a ouvertement provoqués, protesta Robert. On ne peut pas le laisser s'en tirer comme ça.

– Il ne s'en est pas tiré! lança Lizzie. Il a subi le châtiment le plus barbare qui soit!

– Ce n'est pas barbare, Elizabeth, dit Sir George. Vous devez comprendre que ces gens-là ne ressentent pas la douleur comme nous.» Sans lui laisser le temps de protester, il se tourna vers Robert. «Mais c'est vrai qu'il ne va pas s'arrêter là. Les mineurs savent maintenant qu'ils ne peuvent pas s'en aller à vingt et un ans : nous en avons fait la démonstration. Je me demande si nous ne devrions pas le laisser discrètement disparaître.»

Robert ne s'avouait pas vaincu. «Jimmy Lee est un faiseur d'histoires, mais nous l'avons ramené.

– Le cas est différent, répliqua Père. Lui a du cœur et pas de cervelle : il ne sera jamais un meneur, nous n'avons rien à craindre de lui. McAsh est d'une tout autre trempe.

– McAsh ne me fait pas peur, dit Robert.

– Il pourrait être dangereux, poursuivit Père. Il sait lire et écrire. C'est lui le pompier, ce qui veut dire que les autres le respectent. Et, à en juger par la scène que tu viens de me décrire, c'est déjà devenu presque un héros. Si nous l'obligeons à rester ici, il nous fera des ennuis tout au long de sa foutue vie.»

Robert acquiesça à regret. «Je trouve quand même que ça fait mauvais effet, dit-il.

– Alors, dit son père, organise une petite mise en scène. Laisse le garde sur le pont. McAsh passera probablement par la montagne : nous nous contenterons de ne pas le poursuivre. Peu m'importe qu'on croie qu'il s'est échappé : dès l'instant que les autres savent qu'il n'avait pas le droit de partir.

– Très bien», dit Robert.

Lizzie lança à Jay un regard triomphant. Derrière le dos de Robert, elle fit avec ses lèvres : *Bien joué!*

«Il faut que j'aille me laver les mains avant le dîner», dit Robert. Il disparut vers le fond de la maison, l'air encore grognon.

Père entra dans son bureau. Lizzie se jeta au cou de Jay. «Vous y êtes arrivé! dit-elle. Vous l'avez libéré!» Elle l'embrassa avec exubérance.

C'était d'une scandaleuse audace et il en fut choqué, mais il se remit rapidement. Il la prit par la taille et la serra contre lui. Il se pencha et ils s'embrassèrent de nouveau. Cette fois, c'était un baiser différent, d'une sensuelle lenteur. Jay ferma les yeux pour mieux savourer ces sensations. Il oublia qu'ils étaient dans la pièce la plus fréquentée du château, où famille et invités, voisins et serviteurs ne cessaient de passer. Par chance, personne n'entra et rien ne vint troubler leur baiser. Quand ils se séparèrent, haletants, ils étaient toujours seuls.

Avec un frisson d'angoisse, Jay comprit que c'était le moment de demander à la jeune fille de l'épouser.

«Lizzie…» Voilà tout d'un coup qu'il ne savait pas très bien comment aborder ce sujet.

«Quoi?

– Ce que je veux vous dire… c'est que vous ne pouvez pas épouser Robert, plus maintenant.

– Je peux faire tout ce qu'il me plaît», répliqua-t-elle aussitôt.

Bien sûr, ça n'était pas la bonne façon de s'y prendre avec Lizzie. Ne jamais lui dire ce qu'elle pouvait et ne pouvait pas faire. «Je ne voulais pas dire…

– Je vais peut-être découvrir que Robert embrasse encore mieux que vous», fit-elle avec un sourire espiègle.

Jay éclata de rire.

Lizzie appuya sa tête sur l'épaule de Jay. «Évidemment, je ne peux pas l'épouser, pas maintenant.

– Parce que…»

Elle le regarda. «Parce que je vais vous épouser… n'est-ce pas?»

Il n'en croyait pas ses oreilles. «Eh bien… mais oui!

– Ça n'est pas ce que vous alliez me demander?

– À vrai dire… mais oui, tout à fait.

– Eh bien, voilà qui est fait. Maintenant, vous pouvez m'embrasser de nouveau.»

Dans une sorte de vertige, il pencha la tête vers la sienne. À peine leurs lèvres s'étaient-elles touchées qu'elle ouvrit la bouche: il fut tout à la fois choqué et ravi de sentir le bout de sa langue pointer avec hésitation. Il se demanda combien d'autres garçons elle avait embrassés, mais ce n'était pas le moment de poser la question. Il réagit comme elle. Il sentit son excitation monter et il était tout gêné à l'idée qu'elle s'en aperçoive. Elle se pressait contre lui : elle avait sûrement dû le sentir. Elle s'immobilisa un moment, comme si elle ne savait pas trop quoi faire. Puis elle le choqua de nouveau en se serrant fort contre lui, comme si elle tenait à confirmer ce qu'elle avait senti. Il avait rencontré dans les tavernes et les cafés de Londres de rusées coquines qui, pour un oui ou pour un non, embrassaient un homme et puis se frottaient contre lui, mais avec Lizzie, c'était différent. On aurait dit qu'elle le faisait pour la première fois.

Jay n'entendit pas la porte s'ouvrir. Robert soudain lui criait à l'oreille : « Que diable est-ce que cela signifie ? »

Les amoureux se séparèrent. « Calme-toi, Robert », dit Jay.

Robert était furieux. « Bon sang, qu'est-ce que tu crois que tu es en train de faire ? balbutia-t-il.

– Ne t'inquiète pas, mon frère, dit Jay. Vois-tu, nous avons décidé de nous marier.

– Espèce de porc ! » rugit Robert et il lui décocha un coup de poing.

Robert avait frappé au hasard et Jay n'eut pas de mal à éviter le choc, mais Robert se précipita sur lui. Jay ne s'était pas battu avec son frère depuis qu'ils étaient enfants, mais il se souvenait que Robert était fort, même s'il avait des gestes un peu lents. Après avoir esquivé une grêle de coups, il fonça sur Robert et riposta à son tour. Il fut stupéfait de voir Lizzie sauter sur le dos de Robert et lui bourrer la tête de coups en hurlant : « Laissez-le tranquille ! Laissez-le tranquille ! »

À ce spectacle, Jay éclata de rire et fut incapable de poursuivre le combat. Il lâcha Robert. Celui-ci lui décocha un direct qui le frappa juste sous l'œil. Jay recula en trébuchant et tomba par terre. De son œil valide, il vit Robert qui se débattait pour se débarrasser de Lizzie toujours cramponnée à lui. Malgré sa douleur au visage, Jay repartit d'un violent éclat de rire.

Là-dessus, la mère de Lizzie entra dans la pièce, bientôt suivie d'Alicia et de Sir George. Après un moment de stupeur, Lady Hallim dit : « Elizabeth Hallim, lâche tout de suite cet homme ! »

Jay se remit debout et Lizzie lâcha Robert. Les trois parents étaient trop abasourdis pour parler. Une main sur son œil blessé, Jay s'inclina devant la mère de Lizzie en disant : « Lady Hallim, j'ai l'honneur de vous demander la main de votre fille. »

« Pauvre idiot, dit Sir George quelques minutes plus tard, tu n'auras pas de quoi vivre. »

Les familles s'étaient séparées pour discuter chacune de leur côté cette stupéfiante nouvelle. Lady Hallim et Lizzie étaient remontées dans leur chambre. Sir George, Jay et Alicia étaient dans le bureau. Robert s'en était allé tout seul Dieu sait où.

Jay ravala une réplique mordante. Se souvenant de ce que lui avait conseillé sa mère, il dit : « Je suis sûr de parvenir à mieux gérer High Glen que Lady Hallim. Le domaine a au moins mille arpents : il devrait produire un revenu suffisant pour nous faire vivre.

– Pauvre imbécile, tu n'auras pas High Glen : le domaine est hypothéqué. »

Jay fut humilié par la réplique cinglante de son père. Il se sentit rougir. Sa mère intervint : « Jay peut obtenir de nouvelles hypothèques. »

Père parut pris au dépourvu. « Alors, vous êtes du côté de ce garçon dans cette affaire ?

– Vous avez refusé de rien lui donner. Vous voulez qu'il se batte pour tout, comme vous l'avez fait. Eh bien, il se bat, et les premiers résultats qu'il a obtenus, c'est la main de Lizzie Hallim. Vous ne pouvez guère vous plaindre.

– Est-ce qu'il a obtenu sa main... ou l'avez-vous fait pour lui ? demanda Sir George d'un ton railleur.

– Ce n'est pas moi qui l'ai emmenée dans la mine, dit Alicia. Ni qui l'ai embrassée dans le hall. »

Sir George prit un ton résigné. « Bah, ils sont tous les deux majeurs, alors s'ils veulent faire une bêtise, je ne pense pas que nous puissions les en empêcher. » Une expression rusée se peignit sur son visage. « En tout cas, le charbon de High Glen va se retrouver dans notre famille.

– Oh, que non », dit Alicia.

Jay et Sir George la dévisagèrent tous deux. Sir George reprit : « Que diable voulez-vous dire ?

– Vous n'allez pas creuser des puits sur les terres de Jay : pourquoi le feriez-vous ?

– Ne soyez pas stupide, Alicia : il y a une fortune en charbon sous High Glen. Ce serait un péché que de la laisser là.

– Jay peut concéder les droits d'exploitation à quelqu'un d'autre. Il y a plusieurs compagnies toutes prêtes à ouvrir de nouveaux puits : je vous l'ai entendu dire.

– Vous n'iriez pas faire affaire avec mes concurrents ! » s'exclama Sir George. Mère était si forte que Jay était plein d'admiration. Mais elle semblait avoir oublié que Lizzie ne voulait pas entendre parler de creuser des puits sur ses terres.

« Mais, Mère, n'oubliez pas que Lizzie... »

D'un regard, sa mère le mit en garde et lui coupa la parole, tout en disant à Père : « Jay peut préférer traiter avec vos concurrents. Après la façon dont vous l'avez insulté pour son vingt et unième anniversaire, que vous doit-il ?

– Je suis son père, bon sang !

– Alors commencez à agir comme son père. Félicitez-le de ses fiançailles. Accueillez sa fiancée comme votre fille. Préparez une somptueuse réception de mariage. »

Il la dévisagea un moment. « C'est ce que vous voulez ?

– Ce n'est pas tout.

« – J'aurais dû m'en douter. Quoi d'autre ?

– Et son cadeau de mariage ?

– Où voulez-vous en venir, Alicia ?

– La Barbade. »

Jay faillit sauter de son fauteuil. Il ne s'attendait pas à cela. Que sa mère était habile !

« C'est hors de question ! » tonna son père.

Mère se leva. « Réfléchissez-y, dit-elle d'un ton détaché. Le sucre est un problème : vous l'avez toujours dit. Les bénéfices sont élevés, mais il y a toujours des difficultés : les pluies ne viennent pas, les esclaves tombent malades et meurent. Les Français cassent les prix, les navires font naufrage. Tandis qu'avec le charbon tout est facile. On l'extrait du sol et on le vend. C'est comme si l'on trouvait de l'argent dans sa cour : vous me l'avez dit un jour. »

Jay était fasciné. Peut-être après tout allait-il avoir tout ce qu'il voulait.

Son père reprit : « La Barbade est promise à Robert.

– Eh bien, dit Mère, il sera déçu. Dieu sait que vous avez souvent déçu Jay.

– La plantation de canne à sucre fait partie de l'héritage de Robert. »

Mère se dirigea vers la porte. Jay la suivit. « Nous en avons déjà discuté, George, et je connais toutes vos réponses, dit-elle. Mais aujourd'hui la situation est différente. Si vous voulez le charbon de Jay, il faut nous donner quelque chose en échange. Et ce qu'il veut, c'est la plantation. Si vous ne la lui donnez pas, vous n'aurez pas le charbon. Le choix est simple et vous avez tout le temps d'y réfléchir. »

Elle sortit.

Jay sortit sur ses talons. Dans le hall, il chuchota : « Vous avez été merveilleuse ! Mais Lizzie ne permettra pas qu'on creuse des mines à High Glen.

– Je sais, je sais, dit Mère avec impatience. C'est ce qu'elle dit aujourd'hui. Elle peut changer d'avis.

– Et si ce n'est pas le cas ? fit Jay, soucieux.

– Nous nous attaquerons à cet obstacle-là quand il se présentera », dit Mère.

12

Lizzie descendit l'escalier, vêtue d'un manteau de fourrure si grand qu'il faisait deux tours autour d'elle et qu'il balayait le sol. Elle avait besoin de sortir un moment.

Une grande tension régnait dans la maison : Robert et Jay s'évitaient. Mère était furieuse contre Lizzie. Sir George, fou de rage contre Jay. Alicia et Sir George échangeaient des banalités. Le dîner avait été une pénible épreuve.

Comme elle traversait le hall, Robert émergea de l'ombre.

« Espèce de garce », dit-il.

C'était une grossière insulte, mais Lizzie ne se laissait pas facilement offenser par de simples paroles, et d'ailleurs il avait ses raisons d'être furieux. « Il faut maintenant que vous soyez comme un frère pour moi », dit-elle d'un ton conciliant.

Il lui prit le bras, en serrant fort. « Comment avez-vous pu me préférer ce doucereux petit salopard ?

– Je suis tombée amoureuse de lui, dit-elle. Lâchez-moi le bras. »

Il resserra son emprise, le visage assombri par la fureur. « Je vais vous dire une chose. Même si je ne peux pas vous avoir, j'aurai quand même High Glen.

– Pas du tout, répliqua-t-elle. À mon mariage, High Glen deviendra la propriété de mon mari.

– Attendez donc de voir. »

Il lui faisait mal. « Lâchez-moi le bras ou je vais hurler », dit-elle d'un ton menaçant.

Il la lâcha. «Vous allez regretter cela jusqu'à la fin de vos jours», lança-t-il et il s'éloigna.

Lizzie franchit la porte du château et serra plus fort sa fourrure autour d'elle. Les nuages s'étaient en partie dissipés et il y avait un clair de lune : elle y voyait assez pour traverser l'allée et descendre la pelouse jusqu'à la rivière.

Elle n'éprouvait aucun remords d'avoir laissé tomber Robert. Il ne l'avait jamais aimée. Si ç'avait été le cas, il n'aurait pas réagi ainsi. Il était seulement furieux que son frère l'eût emporté sur lui.

Malgré tout, cette rencontre avec Robert l'avait secouée. Il avait l'impitoyable détermination de son père. Bien sûr, il ne pouvait pas lui prendre High Glen. Mais que pourrait-il faire à la place ?

Elle le chassa de ses pensées. Elle avait obtenu ce qu'elle voulait : Jay au lieu de Robert. Elle avait hâte maintenant de se lancer dans les préparatifs du mariage et de s'installer. Elle brûlait d'impatience de vivre avec lui, de dormir dans le même lit et de s'éveiller chaque matin avec la tête de Jay sur l'oreiller auprès d'elle.

Cette idée la fascinait et l'inquiétait aussi. Elle avait toujours connu Jay mais, depuis qu'il était devenu un homme, elle n'avait passé que quelques jours avec lui.

Mère était désemparée. Elle avait toujours rêvé de voir Lizzie épouser un homme riche, ce qui mettrait un terme à des années de pauvreté. Mais il fallait aujourd'hui accepter l'idée que Lizzie avait ses rêves à elle.

Lizzie ne se souciait pas de l'argent. Sir George finirait bien par donner quelque chose à Jay. Sinon, ils pourraient toujours habiter High Glen House. Certains propriétaires terriens écossais défrichaient leur forêt giboyeuse pour louer la terre à des éleveurs de moutons : Jay et Lizzie pourraient essayer cette solution, pour faire rentrer un peu d'argent.

De toute façon, ce serait amusant. Ce qu'elle aimait le plus chez Jay, c'était son sens de l'aventure. Il était tout disposé à galoper à travers bois, à lui faire visiter la mine de charbon et à s'en aller vivre aux colonies.

Elle se demanda si cela arriverait jamais. Jay espérait encore avoir la propriété de la Barbade. L'idée de partir pour l'étranger excitait Lizzie presque autant que la perspective de se marier. La vie là-bas, disait-on, était libre et facile : on n'y retrouvait pas le formalisme guindé qui l'irritait dans la société britannique. Elle s'imaginait mettant au rebut ses jupons et ses crinolines, se faisant couper les cheveux court et passant toutes ses journées à cheval, un mousquet en bandoulière.

Jay avait-il des défauts ? Mère disait qu'il était vaniteux et qu'il ne pensait qu'à lui, mais Lizzie n'avait jamais rencontré un homme chez qui ce ne fût pas le cas. Elle avait d'abord cru qu'il était faible pour ne pas s'opposer plus fermement à son frère et à son père. Mais elle se disait maintenant qu'elle avait dû se tromper sur ce point car, en la demandant en mariage, il les avait défiés tous les deux.

Elle arriva sur la berge de la rivière. Ce n'était pas un ruisseau de montagne, mais un torrent profond, large de quatre-vingt-dix pieds et aux eaux tumultueuses. Le clair de lune étincelait sur ses remous en taches argentées, comme une mosaïque fracassée.

L'air était si froid que c'était douloureux de respirer, mais la fourrure lui tenait chaud. Lizzie s'adossa au large tronc d'un vieux pin et contempla les tourbillons du courant. Elle vit quelque chose bouger sur l'autre rive.

Ce n'était pas en face d'elle, mais un peu en amont. Elle crut tout d'abord que c'était un cerf : ils se déplaçaient souvent de nuit. Ça n'avait pas l'air d'être un homme : la tête était trop grande. Puis elle constata que c'était bien un homme mais avec un ballot noué sur la tête. Quelques instants plus tard, elle comprit. Il s'approcha du bord du torrent, la glace craquant sous ses pieds, et se glissa dans l'eau.

128

Le ballot devait contenir ses vêtements. Mais qui s'en irait nager dans la rivière à cette heure de la nuit en plein hiver ? Elle se dit que ce pourrait bien être McAsh, qui s'efforçait d'éviter le garde de faction sur le pont. Lizzie frissonna sous son manteau de fourrure en songeant combien l'eau devait être froide. Elle avait du mal à imaginer qu'un homme puisse survivre en plongeant la-dedans.

Elle savait qu'elle devrait s'en aller. Elle ne pouvait s'attirer que des ennuis en restant là à regarder un homme nu nager dans la rivière. Sa curiosité néanmoins l'emporta et elle resta là, immobile, à suivre la tête de l'homme qui traversait le torrent à bonne allure. La violence du courant le faisait aller en diagonale, mais ne le ralentissait pas : il semblait robuste. Il allait atteindre la berge à soixante ou quatre-vingt-dix pieds en amont de l'endroit où se tenait Lizzie.

Mais il était à mi-chemin quand il eut un coup de malchance. Lizzie vit une forme sombre se précipiter vers lui à la surface de l'eau : c'était un arbre mort. L'homme ne parut le voir que quand le tronc fut presque sur lui. Une grosse branche le frappa à la tête et ses bras s'empêtrèrent dans le feuillage. Lizzie sursauta en le voyant couler. Elle fixa les branches, cherchant à y retrouver l'homme : elle ne savait toujours pas si c'était McAsh. L'arbre se rapprochait d'elle mais lui ne réapparaissait pas. « Mon Dieu, faites qu'il ne se soit pas noyé », murmura-t-elle. L'arbre passa devant elle : toujours pas trace de l'homme. Elle songea à courir chercher du secours, mais elle était à un bon quart de mille du château : le temps de revenir, il serait bien en aval, mort ou vivant. Peut-être devrait-elle essayer quand même, se dit-elle. Elle était plantée là, torturée par l'indécision quand il refit surface, à trois pieds derrière l'arbre qui flottait sur l'eau.

Par miracle, il avait toujours son ballot noué sur la tête. Mais il n'arrivait plus à nager à ce rythme régulier : il se débattait, agitant les bras et les jambes, aspirant l'air à grandes goulées haletantes, toussant et crachotant.

Lizzie descendit jusqu'au bord de la berge. Une eau glacée vint baigner ses escarpins de soie et lui geler les pieds. « Par ici ! cria-t-elle. Je vais vous tirer de l'eau ! »

Sans avoir l'air d'entendre, il continuait à se débattre comme si, s'étant presque noyé, il ne pensait à rien d'autre qu'à respirer. Puis, au prix d'un effort, il parut se calmer et se mit à regarder autour de lui pour s'orienter. Lizzie l'appela encore une fois. « Par ici ! Laissez-moi vous aider ! » Il toussa et haleta encore. Sa tête plongea puis refit surface presque aussitôt : il se dirigea vers elle, se débattant et crachant de l'eau mais avançant dans la bonne direction.

Elle s'agenouilla dans la boue glacée, sans se soucier de sa robe de soie ni de ses fourrures. Elle était au bord de la nausée. Comme il approchait, elle tendit le bras vers lui. Ses mains battaient l'air avec des gestes désordonnés. Elle lui saisit un poignet et le tira à elle. S'agrippant des deux mains à son bras, elle s'efforça de le hisser. Il heurta la rive et s'affala, moitié sur la berge, moitié dans l'eau. Changeant de prise, elle le saisit sous les aisselles puis planta solidement dans la boue ses délicats escarpins et tira de nouveau. Lui poussait des mains et des pieds et finit par se hisser hors de l'eau pour s'affaler sur la berge.

Lizzie le contempla : il était allongé là, nu, trempé et à demi mort comme un monstre marin pris par un pêcheur géant. Elle ne s'était pas trompée : l'homme à qui elle venait de sauver la vie était Malachi McAsh.

Elle secoua la tête avec émerveillement. Quel diable d'homme était-il ? En deux jours, il avait été soufflé par une explosion de gaz et soumis à un terrible supplice ; et pourtant il avait encore la force et le cran de plonger dans les eaux glacées de la rivière pour s'échapper. Il ne renonçait vraiment jamais.

Allongé sur le dos, il avait le souffle rauque et était secoué de frissons qu'il n'arrivait pas à maîtriser. Le collier de fer avait disparu : elle se demanda comment il s'en était débarrassé. Sa peau trempée brillait d'une lueur argentée au clair de lune. C'était la première fois qu'elle regardait un homme nu et, malgré l'inquiétude qu'elle éprouvait pour lui, elle était fascinée de voir son sexe, un cylindre fripé blotti dans une masse de poils bruns et bouclés à la jointure de ses cuisses musclées.

S'il restait là longtemps, il pourrait encore mourir de froid. Elle s'agenouilla auprès de lui et dénoua le ballot trempé qu'il avait sur la tête. Puis elle posa une main sur son épaule : il était froid comme la tombe. « Levez-vous ! » dit-elle d'un ton pressant. Il ne bougeait pas. Elle le secoua, sentant jouer sous la peau les muscles robustes. « Debout, ou vous allez mourir ! » Elle l'empoigna à deux mains mais, s'il n'y mettait pas du sien, elle ne pourrait jamais le bouger : on aurait dit qu'il était en roc. « Mack, je vous en prie, ne mourez pas », dit-elle, avec un sanglot dans la voix.

Il finit par remuer. Lentement, il se mit à quatre pattes, puis tendit le bras et lui prit la main. Avec l'aide de Lizzie, il parvint à se remettre debout. « Dieu soit loué », murmura-t-elle. Il s'appuya pesamment sur elle mais elle parvint de justesse à le soutenir sans s'effondrer.

Il fallait trouver un moyen de le réchauffer. Elle ouvrit son manteau et serra son corps contre celui de Mack. À travers la soie de sa robe, elle sentit sur ses seins cette chair glacée. Il se cramponna à elle, son grand corps dur absorbant la chaleur qui rayonnait d'elle. C'était la seconde fois qu'ils s'étreignaient et, là encore, elle ressentit un violent sentiment d'intimité avec lui, un peu comme s'ils étaient amants.

Il n'arriverait pas à se réchauffer tant qu'il serait mouillé. Il fallait qu'elle trouve un moyen de le sécher. Il lui fallait un chiffon, quelque chose qu'elle pourrait utiliser comme une serviette. Elle portait plusieurs jupons de lin : elle pouvait en sacrifier un pour lui. « Pouvez-vous vous tenir debout tout seul maintenant ? » demanda-t-elle. Entre deux quintes de toux, il parvint à acquiescer de la tête. Elle le lâcha et souleva sa jupe. Elle sentit son regard sur elle, malgré le triste état où il était, lorsqu'elle ôta prestement un de ses jupons. Puis elle commença à le frictionner énergiquement.

Elle lui essuya le visage, lui frotta les cheveux, puis passa derrière lui pour sécher son large dos et sa croupe dure et musclée. Elle s'agenouilla pour lui essuyer les jambes. Elle se redressa et passa devant lui pour lui frictionner le torse : elle fut choquée de voir que son sexe se dressait tout droit.

Elle aurait dû être dégoûtée, horrifiée, mais pas du tout. Elle était fascinée et intriguée : elle éprouvait une stupide fierté à l'idée de pouvoir faire cet effet-là à un homme. Une autre sensation aussi, comme une douleur sourde au plus profond d'elle qui lui serrait la gorge en même temps. Ce n'était pas la joyeuse excitation qu'elle ressentait en embrassant Jay : cela n'avait aucun rapport avec les taquineries et les caresses. Elle craignit soudain de voir McAsh la jeter sur le sol, lui arracher ses vêtements et la violer ; et le plus effrayant de tout cela, c'était qu'une petite partie d'elle-même en avait envie.

Ses craintes étaient sans fondement. « Je suis désolé », murmura-t-il. Il se détourna, se pencha vers son ballot et en tira une culotte de tweed trempée. Il l'essora puis l'enfila et Lizzie sentit son cœur recommencer à battre normalement.

Il commençait à tordre une chemise pour la sécher un peu : Lizzie se rendit compte que, s'il enfilait maintenant des vêtements mouillés, il allait sans doute mourir de pneumonie. Mais il ne pouvait rester tout nu. « Laissez-moi aller vous chercher des vêtements au château, dit-elle.

— Non, répondit-il. On vous demandera ce que vous faites.

— Je peux entrer et sortir sans me faire remarquer... et j'ai les vêtements d'homme que je portais pour descendre dans la mine. »

Il secoua la tête. « Je ne veux pas m'attarder ici. Dès que je me serai mis à marcher, je vais me réchauffer. » Il se mit à essorer une couverture.

Dans un brusque élan, elle ôta son manteau de fourrure. Il était si grand qu'il irait certainement à Mack. C'était un vêtement qui coûtait cher et peut-être n'en aurait-elle jamais un autre, mais cela lui sauverait la vie. Elle préféra ne pas penser à la façon dont elle expliquerait à sa mère sa disparition. « Alors, mettez ça et gardez votre couverture à la main jusqu'à ce qu'elle ait séché. » Sans attendre son accord, elle lui jeta le manteau sur les épaules. Il hésita, puis le serra autour de lui avec reconnaissance. Le manteau était assez grand pour l'envelopper totalement.

Elle ramassa son ballot et en retira ses bottes. Il lui tendit la couverture mouillée qu'elle fourra dans le sac. Elle sentit alors le collier de fer sous ses doigts. Elle le prit. L'anneau métallique avait été brisé et le collier tordu pour le retirer. « Comment avez-vous fait ? » demanda-t-elle.

Il enfila ses bottes. « J'ai forcé la porte de la forge à l'entrée du puits et je me suis servi des outils de Taggart. »

Il n'avait pas pu le faire tout seul, se dit-elle. Sa sœur avait dû l'aider. « Pourquoi l'emportez-vous avec vous ? »

Il cessa de frissonner et ses yeux flamboyaient de colère. « Pour ne jamais oublier, dit-il d'un ton résolu. Jamais. »

Elle le remit en place et sentit au fond du sac un gros livre. « Qu'est-ce que c'est ? fit-elle.

– *Robinson Crusoé*.

– Mon roman préféré ! »

Il lui reprit le sac des mains. Il était prêt à partir.

Elle se souvint que Jay avait persuadé Sir George de laisser McAsh partir. « Les gardes ne vous poursuivront pas », dit-elle.

Il la dévisagea. On lisait dans son regard de l'espoir et du scepticisme. « Comment le savez-vous ?

– Sir George a décidé que vous êtes un tel faiseur d'histoires qu'il ne sera pas mécontent d'être débarrassé de vous. Il a laissé le garde sur le pont parce qu'il ne veut pas que les mineurs sachent qu'il vous laisse partir. Mais il s'attend que vous passiez sans vous faire voir et il n'essaiera pas de vous ramener. »

Une expression de soulagement se peignit sur son visage épuisé. « Alors, pas besoin de me faire du souci pour les hommes du shérif, dit-il. Dieu soit loué. »

Lizzie frissonnait sans son manteau, mais elle se sentait toute chaude à l'intérieur. « Marchez d'un bon pas et ne vous arrêtez pas pour vous reposer, dit-elle. Si vous faites halte avant le lever du jour, vous mourrez. » Elle se demandait où il irait et ce qu'il allait faire de sa vie.

Il acquiesça, puis lui tendit la main. Elle la serra. Mais, à sa surprise, elle le vit lui prendre la main pour la porter jusqu'à ses lèvres encore toutes blanches et y poser un baiser. Puis il s'éloigna.

« Bonne chance », murmura-t-elle.

Les bottes de Mack écrasaient la glace des flaques sur la route tandis qu'il descendait la vallée sous le clair de lune, mais son corps se réchauffait rapidement grâce au manteau de fourrure de Lizzie Hallim. À part le bruit de ses pas, on n'entendait que la rumeur impétueuse de la rivière qui courait le long du sentier. Mais dans son esprit retentissait le chant de la liberté.

À mesure qu'il s'éloignait du château, il commençait à comprendre ce qu'il y avait de curieux et même d'amusant dans sa rencontre avec Miss Hallim. Elle était là, en robe brodée, escarpins de soie, avec une coiffure que deux servantes avaient dû mettre une heure à élaborer, et il était arrivé là, traversant la rivière à la nage, nu comme un ver. Elle avait dû avoir un choc !

Dimanche dernier, à l'église, elle s'était comportée en véritable aristocrate écossaise, arrogante, obtuse et contente d'elle. Mais elle avait eu le cran de relever le défi de Mack et de descendre dans la mine. Ce soir, elle lui avait sauvé deux fois la vie : une fois en le tirant hors de l'eau et encore une fois en lui donnant son manteau. C'était une femme remarquable. Elle avait pressé son corps contre le sien pour le réchauffer, puis elle s'était agenouillée et l'avait séché avec son jupon : y avait-il une autre dame en Écosse qui aurait fait ça pour un pauvre mineur ? Il se souvenait comment elle était tombée dans ses bras au fond du puits : il se rappelait comme son sein lui avait paru lourd et doux dans sa main. Il était navré de penser qu'il ne la reverrait peut-être jamais. Il espérait qu'elle aussi trouverait un moyen de fuir cet endroit étriqué. Son sens de l'aventure méritait des horizons plus vastes.

Un groupe de biches qui paissait au bord de la route sous le couvert de la nuit décampa à son approche comme une horde de fantômes : il se retrouva tout seul. Il était très fatigué. « Le tourniquet » l'avait plus épuisé qu'il ne se l'était imaginé. Il aurait dû traverser la rivière à la nage sans problème, mais la rencontre avec l'arbre avait failli lui être fatale. Il avait encore la tête endolorie là où la branche l'avait frappé.

Heureusement, il n'avait pas loin à aller cette nuit. Il ne marcherait que jusqu'à Craigie, un village de mineurs à deux lieues et demie plus bas dans la vallée. Là, il trouverait refuge chez le frère de sa mère, l'oncle Eb, et se reposerait jusqu'au lendemain. Il dormirait bien, sachant que les Jamisson n'avaient pas l'intention de le poursuivre.

Au matin, il s'emplirait l'estomac de porridge et de jambon et partirait pour Édimbourg. Une fois là-bas, il embarquerait sur le premier navire qui voudrait bien l'engager, quelle que fût sa destination : n'importe laquelle, de Newcastle à Pékin, servirait son propos.

Il sourit de tant de bravade. Il ne s'était jamais aventuré plus loin que le marché de Coats, une ville à huit lieues de là. Il n'était même jamais allé jusqu'à Édimbourg. Mais il se disait qu'il était tout prêt à partir pour des pays exotiques, comme s'il savait à quoi ces endroits-là ressemblaient.

Tout en suivant le chemin boueux creusé d'ornières, il se mit à songer sérieusement à son voyage. Il quittait le seul foyer qu'il eût jamais connu : l'endroit où il était né, où ses parents étaient morts. Il abandonnait Esther, son amie et son alliée, même s'il espérait bien la faire quitter Heugh avant trop longtemps. Il laissait Annie, la cousine qui lui avait appris à embrasser et à jouer de son corps comme d'un instrument de musique.

Mais il avait toujours su que ça arriverait. Aussi loin que remontaient ses souvenirs, il avait rêvé d'évasion. Il aspirait à la liberté. Et maintenant il l'avait.

Il se sentait grisé. Il était parti.

Il ne savait pas ce que demain lui réservait. Peut-être la pauvreté, la souffrance et le danger. Mais ce ne serait pas un jour de plus au fond du puits, encore un jour d'esclavage. Demain, il serait son propre maître.

Il arriva à un virage de la route et se retourna. Il distinguait encore tout juste Jamisson Castle, le contour de son toit crénelé éclairé par la lune. Je ne reverrai jamais cela, se dit-il. Cette idée le rendit si heureux qu'il se mit à danser un quadrille, là, au beau milieu du chemin boueux, en sifflotant la mélodie et en dansant en rond.

Puis il s'arrêta, en riant doucement. Et il continua sa descente dans la vallée.

II

Londres

13

Shylock portait un large pantalon, une longue robe noire et un tricorne rouge. L'acteur était laid à faire peur, avec un gros nez, un long double menton et une bouche aux lèvres minces plissées dans une grimace torve. Il entra en scène d'un pas lent et mesuré, l'image même du mal. Avec un grognement voluptueux, il dit : « Trois mille ducats. » Un frisson parcourut le public.

Mack était fasciné. Même au parterre, où il était debout avec Dermot Riley, l'assistance était immobile et silencieuse. Shylock articulait chaque mot d'une voix rauque qui tenait du grognement et de l'aboiement. Ses yeux flamboyaient sous des sourcils broussailleux. « Trois mille ducats pour trois mois, et Antonio obligé... »

Dermot souffla à l'oreille de Mack. « C'est Charles MacKlin, un Irlandais. Il a tué un homme et il a été jugé pour meurtre, mais il a plaidé la provocation et il s'en est tiré. »

Ce fut à peine si Mack l'entendait. Il savait, bien sûr, que ces choses-là existaient, les salles de spectacle et les pièces de théâtre, mais il n'avait jamais imaginé que ce serait comme ça : la chaleur, les lampes à huile qui fumaient, les costumes extraordinaires, les visages peints et surtout l'émotion – la rage, l'amour passionné, l'envie et la haine, présentés de façon si vivante qu'il en avait le cœur qui battait aussi vite que si tout cela était réel.

En quittant le théâtre, Mack dit à Dermot: «C'est comme ça que sont les Juifs?» Il n'avait à sa connaissance jamais rencontré de Juifs: la plupart des personnages de la Bible étaient juifs et ce n'était pas de cette façon qu'on les représentait.

«J'ai connu des Juifs, mais, Dieu merci, je n'en ai jamais vu un comme Shylock, répondit Dermot. C'est vrai que tout le monde déteste les prêteurs sur gages. Ils sont très bien quand on a besoin d'emprunter, mais c'est quand il faut rembourser que les choses se gâtent.»

On ne comptait pas beaucoup de Juifs à Londres, mais la ville était pleine d'étrangers. Il y avait des matelots asiatiques à la peau sombre qu'on appelait des lascars. Des huguenots de France. Des milliers d'Africains à la peau noire et aux cheveux crépus. Et d'innombrables Irlandais comme Dermot. Pour Mack, cela faisait partie du côté excitant de la ville. En Écosse, tous les gens se ressemblaient.

Il adorait Londres. Il éprouvait un frisson d'excitation chaque matin quand il s'éveillait en se rappelant où il était. La ville était pleine de choses à voir et de surprises, de gens étranges et d'expériences nouvelles. Il aimait l'odeur attirante du café qui montait des dizaines d'établissements où on en servait, même s'il n'avait pas les moyens d'en boire. Il contemplait les somptueuses couleurs des toilettes – jaune vif, violet, vert émeraude, rouge cramoisi, bleu ciel – que portaient hommes et femmes. Il entendait des troupeaux mugissants de bétail terrifié qui traversaient les rues étroites jusqu'aux abattoirs, et il évitait les hordes d'enfants à demi nus qui mendiaient et volaient. Il voyait des prostituées et des évêques, il assistait à des courses de taureaux et à des ventes aux enchères, il goûtait aux bananes, au gingembre et au vin rouge. Tout était fascinant. Et surtout, il était libre d'aller où il le voulait et d'en faire à sa tête.

Bien sûr, il fallait gagner sa vie. Ce n'était pas facile. Londres grouillait de familles affamées qui avaient fui la campagne où il n'y avait rien à manger car on avait connu deux années de suite de mauvaises récoltes. Il y avait aussi des milliers d'artisans qui tissaient la soie à la main, réduits au chômage par les nouveaux ateliers du Nord, à ce que disait Dermot. Pour chaque travail, il y avait cinq candidats désespérés. Ceux qui n'avaient pas de chance devaient mendier, voler, se prostituer ou mourir de faim.

Dermot, lui, était tisserand. Il avait une femme et cinq enfants et ils vivaient tous dans deux pièces à Spitalfields. Pour se débrouiller, ils devaient sous-louer l'atelier de Dermot et Mack y dormait, sur le plancher, auprès du grand métier à tisser silencieux qui restait là comme un monument aux périls de la vie citadine.

Mack et Dermot cherchaient du travail ensemble. On les engageait parfois comme serveurs dans les cafés, mais ces emplois-là ne duraient guère plus d'un jour : Mack était trop grand et trop maladroit. Dermot, fier et susceptible, finissait toujours tôt ou tard par insulter un client. Un jour, Mack fut engagé comme valet de pied dans une grande maison de Clerkenwell, mais il en partit le lendemain matin après que le maître et la maîtresse de maison lui eurent demandé de se mettre au lit avec eux. Aujourd'hui, ils avaient trouvé du travail comme porteurs : ils coltinaient d'énormes paniers de poissons au marché sur les quais de Billingsgate. À la fin de la journée, Mack répugnait à gaspiller son argent en achetant un billet de théâtre, mais Dermot lui avait juré qu'il ne le regretterait pas. Dermot avait raison : cela valait deux fois le prix qu'on payait de voir une telle merveille. Mack se demandait tout de même avec inquiétude combien de temps il mettrait à économiser assez d'argent pour faire venir Esther.

En quittant le théâtre pour rentrer à Spitalfields, ils traversèrent Covent Garden où sous chaque porte des putains les accostaient. Cela faisait près d'un mois que Mack était à Londres, et il commençait à s'habituer à s'entendre ainsi proposer à chaque coin de rue de faire l'amour. Aucune d'elles ne tentait Mack, même si bien des soirs il pensait à sa plantureuse cousine Annie.

Sur le Strand, ils passèrent devant L'Ours, une grande taverne badigeonnée à la chaux avec une salle de café et plusieurs bars disposés autour d'une cour. La chaleur du théâtre leur avait donné soif et ils entrèrent pour prendre un verre. L'atmosphère était chaude et enfumée. Ils commandèrent chacun une pinte de bière.

« Allons jeter un coup d'œil au fond », proposa Dermot.

L'Ours était un rendez-vous d'amateurs de sport. Mack y était déjà venu et il savait que dans l'arrière-cour se tenaient des combats d'ours, des combats de chiens, des combats à l'épée entre femmes gladiateurs et toutes sortes de distractions. Quand aucune rencontre n'était organisée, le propriétaire lançait un chat dans la mare à canards et lâchait quatre chiens dessus, un jeu qui provoquait de grands rires parmi les buveurs.

Ce soir-là, on avait installé un ring de boxe éclairé de nombreuses lampes à huile. Un nain en pourpoint de soie et chaussures à boucles haranguait une foule de consommateurs. « Une livre pour celui qui peut mettre au tapis le Cogneur de Bermondsey ? Venez, les gars, est-ce qu'il y a un brave parmi vous ? » Il fit trois sauts périlleux.

« À mon avis, dit Dermot à Mack, tu pourrais l'envoyer au tapis sans mal. »

Le Cogneur de Bermondsey était un homme couvert de cicatrices, qui n'avait pour tout vêtement qu'une culotte et de grosses bottes. Il avait le crâne rasé et son visage portait les traces de nombreux combats. Il était grand et massif, mais il avait l'air stupide et lent. «Je pense que j'en serais capable», dit Mack.

Dermot était enthousiasmé. Il empoigna le nain par le bras en lui disant: «Eh, bas-du-cul, voilà un client pour toi.

– Un adversaire!» cria le nain. La foule éclata en applaudissements et en acclamations.

Une livre, c'était beaucoup d'argent: pour bien des gens, une semaine de salaire. Mack était tenté. «D'accord», fit-il.

De nouvelles acclamations montèrent de la foule.

«Fais attention à ses pieds, dit Dermot. Il doit avoir des plaques d'acier au bout de ses bottes.»

Mack acquiesça et ôta sa veste.

Dermot ajouta: «Sois prêt à le voir te sauter dessus dès que tu mettras les pieds dans le ring: fais attention, il n'attendra pas le signal.»

C'était un vieux truc dans les combats entre mineurs au fond du puits. La façon la plus rapide de l'emporter, c'était de commencer avant que l'autre soit prêt. Un homme disait: «Viens te battre dans le tunnel: il y a plus de place», puis il frappait son adversaire au moment où celui-ci franchissait la rigole d'écoulement.

Le ring se composait d'une vague enceinte de cordes à peu près à la hauteur de la taille, soutenue par quatre poteaux de bois enfoncés dans la boue. Mack approcha, se souvenant de la mise en garde de Dermot. Au moment où il levait le pied pour enjamber les cordes, le Cogneur de Bermondsey se précipita sur lui.

Mack s'y attendait: il recula hors de portée et l'énorme poing du Cogneur ne fit que lui effleurer le front. La foule eut un sursaut étonné.

Mack agit sans réfléchir, comme une machine. Il s'approcha rapidement du ring et, allongeant la jambe sous la corde, décocha un coup de pied au jarret du Cogneur, ce qui le fit trébucher. Les vivats montèrent de la foule et Mack entendit la voix de Dermot qui criait : « Tue-le, Mack ! »

Sans laisser à l'homme le temps de reprendre son équilibre, Mack le frappa de chaque côté de la tête, à gauche, puis à droite, puis une fois de plus à la pointe du menton avec un uppercut derrière lequel il y avait toute la force de ses épaules. Les jambes du Cogneur se dérobèrent sous lui, ses yeux roulèrent dans ses orbites, puis il trébucha de deux pas en arrière et tomba à plat sur le dos.

Les spectateurs poussèrent des cris enthousiastes.

Le combat était terminé.

Mack regarda l'homme allongé à terre : il vit une carcasse délabrée, endommagée, et qui n'était plus bonne à rien. Il regrettait d'avoir relevé son défi. Déçu, il tourna les talons.

Dermot bloquait le nain d'une clé au bras. « Cette petite canaille essayait de filer, expliqua-t-il. Il voulait t'escroquer de ton prix. Paie, Longues Jambes. Une livre. »

De sa main libre, le nain prit dans une poche de sa chemise un souverain d'or. L'air mauvais, il le tendit à Mack.

Mack l'empocha, avec l'impression d'être un voleur.

Dermot lâcha le nain.

Un homme au visage de brute mais à la tenue élégante surgit auprès de Mack. « Beau travail, dit-il. Vous vous êtes souvent battu ?

— De temps en temps, au fond du puits.

— Je pensais bien que vous deviez être un mineur. Maintenant, écoutez, j'organise un combat de boxe au Pélican à Shadwell, samedi prochain. Si vous voulez essayer de gagner vingt livres en quelques minutes, je peux vous faire rencontrer Rees Preece, la Montagne galloise.

— Vingt livres ! fit Dermot.

— Vous ne l'enverrez pas au tapis aussi rapidement que vous l'avez fait avec cette bûche, mais vous aurez une chance. »

Mack regarda le Cogneur, qui gisait là comme une masse inutile. «Non, fit-il.

– Bon sang, fit Dermot, pourquoi pas ?»

L'organisateur haussa les épaules. «Si vous n'avez pas besoin de l'argent...»

Mack songea à sa jumelle, Esther, qui coltinait toujours du charbon sur les échelles du puits de Heugh quinze heures par jour, en attendant la lettre qui la libérerait de toute une vie d'esclavage. Vingt livres suffiraient à payer son voyage jusqu'à Londres : il pourrait avoir l'argent en main samedi soir.

«À la réflexion, oui», dit Mack.

Dermot lui donna une grande claque dans le dos. «Bien parlé, mon garçon», dit-il.

14

Lizzie Hallim et sa mère traversaient Londres en cahotant dans une voiture de louage. Lizzie était excitée et folle de joie : elles allaient retrouver Jay pour visiter une maison.

«On peut dire que Sir George a changé d'attitude, observa Lady Hallim. Nous faire venir à Londres, prévoir un somptueux mariage et voilà maintenant qu'il propose de payer le loyer d'une maison à Londres pour que vous y habitiez tous les deux.

– Je crois que Lady Jamisson l'a persuadé, dit Lizzie. Mais seulement sur des points de détail. Il ne veut toujours pas donner à Jay la propriété de la Barbade.

– Alicia est une femme habile, dit Lady Hallim d'un ton songeur. Tout de même, je suis surprise qu'elle parvienne encore à persuader son mari après cette terrible scène le jour de l'anniversaire de Jay.

– Peut-être Sir George est-il le genre d'homme qui oublie une querelle.

– Il ne l'a jamais été... à moins qu'il n'ait quelque chose à y gagner. Je me demande ce qui a pu le pousser. Il n'y a rien qu'il veuille obtenir de toi, n'est-ce pas ? »

Lizzie éclata de rire. « Que pourrais-je lui donner ? Peut-être qu'il veut simplement que je rende son fils heureux.

– De cela, je suis certaine. Nous voici arrivées. »

La voiture s'arrêta dans Rugby Street, une rue de Holborne où s'alignaient des maisons d'une élégance discrète : ce n'était pas un quartier aussi à la mode que Mayfair ou que Westminster, mais c'était moins cher. Lizzie mit pied à terre et examina le numéro 12. La maison lui plut tout de suite. Il y avait quatre étages et un sous-sol, les fenêtres étaient hautes et gracieuses. Toutefois deux d'entre elles étaient brisées et le chiffre « 45 » était sommairement barbouillé sur la porte d'entrée peinte dans un noir luisant. Lizzie allait faire un commentaire quand une autre voiture s'arrêta. Jay sauta à terre.

Il portait un costume bleu clair à boutons d'or et un nœud bleu dans ses cheveux blonds : il était à croquer. Il embrassa les lèvres de Lizzie. C'était un baiser quelque peu retenu, car ils étaient dans la rue, mais elle le savoura en espérant en avoir davantage plus tard. Jay aida sa mère à descendre du fiacre puis frappa à la porte de la maison. « Le propriétaire est un importateur de cognac qui est parti pour la France toute une année », expliqua-t-il, tandis qu'ils attendaient.

Un vieux concierge vint ouvrir la porte. « Qui a cassé les carreaux ? dit aussitôt Jay.

– Les chapeliers », dit l'homme en les faisant entrer. Lizzie avait lu dans le journal que les gens qui fabriquaient des chapeaux étaient en grève, tout comme les tailleurs et les rémouleurs.

– Je me demande, fit Jay, ce que ces fieffés imbéciles croient pouvoir obtenir en cassant les carreaux des gens respectables.

– Pourquoi sont-ils en grève ? » demanda Lizzie.

Le concierge répondit : « Miss, ils veulent de meilleurs salaires, et qui peut leur en vouloir avec le prix de la miche de pain aujourd'hui ? Comment voulez-vous qu'un homme nourrisse sa famille ?

– Certainement pas en peignant "45" sur toutes les portes de Londres, fit Jay d'un ton bourru. Faites-nous visiter la maison, mon brave. »

Lizzie s'interrogeait sur la signification du chiffre 45, mais elle s'intéressait surtout à la maison. Elle la visita dans un grand état d'excitation, tirant les rideaux et ouvrant les fenêtres. Les meubles étaient neufs et coûteux. Le salon était une grande pièce claire avec trois grandes fenêtres à chaque extrémité. La maison sentait le renfermé comme un bâtiment inhabité, mais il suffirait d'un bon nettoyage, d'une couche de peinture et d'un peu de linge pour en faire un endroit délicieux à habiter.

Jay et elle devancèrent les deux mères et le vieux concierge : quand ils arrivèrent à l'étage du grenier, ils étaient seuls. Ils entrèrent dans une des petites chambres conçues pour les domestiques. Lizzie se jeta au cou de Jay et l'embrassa avidement. Ils n'avaient guère plus d'une minute. Elle lui prit les mains et les posa sur ses seins. Il les caressa doucement. « Pressez plus fort », chuchota-t-elle entre deux baisers. Elle voulait qu'il attarde ses mains là après leur étreinte. Elle sentait ses mamelons durcir : les doigts de Jay les trouvèrent à travers le tissu de sa robe. « Pincez-les », dit-elle et, quand il le fit, l'élan de douleur mélangée au plaisir lui arracha un sursaut. Puis elle entendit des pas sur le palier : ils se séparèrent, haletants.

Lizzie se retourna et regarda par une petite mansarde, en retenant son souffle. Il y avait derrière la maison un jardin en longueur. Le concierge faisait visiter aux deux mères toutes les petites chambres. « Que signifie le chiffre 45 ? demanda-t-elle.

– Ça a un rapport avec ce traître de John Wilkes, répondit Jay. Il publiait un journal intitulé *North Bri-*

ton, et le gouvernement l'a accusé de diffamation à cause du numéro 45 dans lequel il a pratiquement traité le roi de menteur. Il s'est enfui à Paris et maintenant il est revenu pour semer l'agitation parmi les gens du peuple ignorants.

– Est-ce vrai qu'ils n'ont pas les moyens d'acheter du pain?

– On manque de blé dans toute l'Europe: il est donc inévitable que le prix du pain monte. Et le chômage est provoqué par le boycott américain des produits britanniques.»

Elle se tourna vers Jay. «Je pense que ça n'est guère une consolation pour les chapeliers ou pour les tailleurs. »

Le visage de Jay se rembrunit: apparemment, il n'aimait pas la voir sympathiser avec les mécontents. «Je ne suis pas sûr que vous vous rendiez compte à quel point sont dangereux tous ces discours sur la liberté, dit-il.

– Je n'en suis pas sûre non plus.

– Par exemple, les distillateurs de rhum de Boston aimeraient être libres d'acheter leur mélasse n'importe où. Mais la loi dit qu'ils doivent l'acheter aux plantations britanniques, comme celle que nous possédons. Accordez-leur la liberté et ils l'achèteront moins cher, aux Français; et alors nous n'aurons plus les moyens d'avoir une maison comme celle-ci.

– Je comprends.» Ça n'était pas juste pour autant, songe-t-elle. Mais elle décida de n'en rien dire.

«Toute sorte de racaille pourrait réclamer la liberté, des mineurs de charbon d'Écosse aux nègres de la Barbade. Mais Dieu a chargé des gens comme moi d'avoir de l'autorité sur le commun des mortels. »

Naturellement, c'était vrai. «Mais vous demandez-vous jamais pourquoi? fit-elle.

– Comment cela?

– Pourquoi Dieu vous aurait donné autorité sur les mineurs et les nègres.»

Il secoua la tête avec agacement et elle comprit

qu'une fois de plus elle avait passé la mesure. «Je ne pense pas que les femmes puissent comprendre ces choses-là», déclara-t-il.

Elle lui prit le bras. «J'adore cette maison, Jay», dit-elle en s'efforçant de l'apaiser. Elle sentait encore ses seins là où il les avait pincés. Elle baissa la voix. «J'ai hâte d'emménager ici avec vous pour que nous dormions ensemble chaque nuit.»

Il sourit. «Moi aussi.»

Lady Hallim et Lady Jamisson entrèrent dans la pièce. La mère de Lizzie fixa aussitôt son regard sur la poitrine de Lizzie : celle-ci se rendit compte que ses seins pointaient à travers sa robe. De toute évidence, Mère avait deviné ce qui s'était passé. Elle plissa le front d'un air désapprobateur. Lizzie n'en avait cure. Bientôt, elle serait mariée.

«Eh bien, Lizzie, fit Alicia, la maison vous plaît-elle ?

– Je l'adore !

– Alors, vous l'aurez.»

Lizzie était radieuse. Jay lui pressa le bras.

«Sir George est si bon, dit la mère de Lizzie, que je ne sais comment le remercier.

– Remerciez ma mère, dit Jay. C'est elle qui l'a amené à se conduire décemment.»

Alicia lui lança un regard de reproche, mais Lizzie sentit que cela ne la gênait pas. Elle et Jay, de toute évidence, s'aimaient beaucoup. Lizzie sentit un pincement de jalousie et se dit qu'elle était stupide : c'était normal d'aimer Jay.

En descendant l'escalier, Lizzie se rappela soudain quelque chose. «Oh, il faut que je vous montre ça !» dit-elle à Jay. Elle avait ramassé un prospectus dans la rue et l'avait gardé pour lui. Elle le tira de sa poche et le lui tendit. On pouvait lire :

À L'ENSEIGNE DU PÉLICAN
PRÈS DE SHADWELL GENTLEMEN ET JOUEURS SONT PRIÉS
DE NOTER

UNE GRANDE JOURNÉE DE SPORT
UN LÂCHER DE TAUREAU COUVERT DE FEUX D'ARTIFICE
AVEC
DES CHIENS À SA POURSUITE
UN COMBAT À MORT ENTRE DEUX COQS DE WESTMINSTER
ET DEUX D'EAST CHEAP AVEC UNE PRIME DE CINQ LIVRES
UN COMBAT GÉNÉRAL À COUPS
DE GOURDIN ENTRE SEPT FEMMES
ET
UNE RENCONTRE DE BOXE AVEC UNE PRIME DE VINGT
LIVRES !
REES PREECE, LA MONTAGNE GALLOISE,
CONTRE
MACK MCASH, LE TUEUR DES MINES
SAMEDI PROCHAIN
DÉBUT À TROIS HEURES

« Qu'en pensez-vous ? fit-elle avec impatience. Ce doit être Malachi McAsh, de Heugh, n'est-ce pas ?

– Voilà donc ce qu'il est devenu, dit Jay. Un boxeur. Il était mieux loti à travailler aux mines de charbon de mon père.

– Je n'ai jamais assisté à un combat de boxe », fit Lizzie d'un ton de regret.

Jay éclata de rire. « Je pense bien ! Ça n'est pas un endroit pour une dame.

– Pas plus qu'une mine de charbon : il n'empêche que vous m'avez emmenée là-bas.

– En effet, et vous avez bien failli vous faire tuer dans une explosion.

– Je croyais que vous alliez sauter sur l'occasion de m'entraîner dans une nouvelle aventure. »

Sa mère surprit cet échange et dit : « Qu'y a-t-il ? De quelle aventure parlez-vous ?

– Je veux que Jay m'emmène à une rencontre de boxe, dit Lizzie.

– Ne sois pas ridicule », dit sa mère.

Lizzie était déçue. Jay semblait avoir provisoirement perdu son audace. Elle n'allait pourtant pas se laisser arrêter par cela. S'il ne voulait pas l'emmener, elle irait seule.

Lizzie ajusta sa perruque et son chapeau et se regarda dans le miroir. Elle vit le reflet d'un jeune homme. Le secret, c'était de s'être légèrement barbouillée de suie : cela lui noircissait les joues, la gorge, le menton et la lèvre supérieure, en lui donnant l'air d'un homme qui venait de se raser.

Pour le corps, c'était facile. Un épais gilet lui aplatissait la poitrine. Les pans de son manteau dissimulaient les courbes arrondies de ses hanches, et des bottes qui montaient jusqu'aux genoux couvraient ses mollets. Le chapeau et la perruque masculine complétaient l'illusion.

Elle ouvrit la porte de sa chambre. Sa mère et elle occupaient une petite maison dans le jardin de la propriété de Sir George à Grosvenor Square. Mère faisait la sieste après le déjeuner. Lizzie tendit l'oreille, au cas où l'un des domestiques de Sir George circulerait dans la maison, mais elle n'entendit rien. Elle descendit l'escalier à pas de loup et se glissa par la porte dans la petite allée qui passait derrière la propriété.

C'était un jour froid et ensoleillé à la fin de l'hiver. Quand elle arriva dans la rue, elle se souvint de marcher comme un homme, en prenant beaucoup de place, en balançant les bras et en avançant d'un air conquérant comme si le trottoir lui appartenait.

Elle ne pouvait pas se pavaner comme ça durant tout le trajet jusqu'à Shadwell, qui était à l'autre bout de Londres, à l'est de la ville. Elle héla une chaise à porteurs. Les porteurs s'arrêtèrent pour poser leur chaise par terre. Elle s'éclaircit la gorge, cracha dans le caniveau et dit d'une voix rauque : « Conduisez-moi à la taverne du Pélican, et au trot. »

Ils l'emmenèrent plus loin à l'est qu'elle n'était jamais allée, par des rues de plus en plus étroites, en passant devant des maisons de plus en plus sordides, jusqu'à un quartier de ruelles humides, de grèves boueuses, de quais branlants, de hangars à bateaux vermoulus, de chantiers de bois entourés de hautes clôtures et d'entrepôts délabrés aux portes fermées par des chaînes. Ils la déposèrent devant une grande taverne sur le quai, avec l'image d'un pélican sommairement barbouillée sur son enseigne en bois. La cour était pleine de gens bruyants et excités : des ouvriers, des gentlemen portant gilet, de pauvres femmes en châle et en sabots et quelques-unes au visage peint et aux seins à découvert qui, se dit Lizzie, devaient être des prostituées. Il n'y avait pas ce que sa mère aurait appelé des femmes « de qualité ».

Lizzie paya son droit d'entrée et se fraya un chemin au milieu de la foule. Il régnait une puissante odeur de sueur et de crasse. Les femmes gladiateurs étaient au beau milieu de leur combat. Trois d'entre elles s'étaient déjà retirées de la mêlée, blessées. Les quatre dernières s'escrimaient sur un ring entouré de cordes en tentant de s'assommer les unes les autres avec des matraques en bois de trois pieds de long. Elles étaient nues jusqu'à la taille, pieds nus et vêtues de jupes en haillons. Elles avaient le visage et le corps couverts de meurtrissures et de cicatrices. Une bonne centaine de spectateurs acclamaient les meilleurs coups et quelques-uns prenaient des paris sur l'issue de la rencontre. Lizzie observait la scène avec une fascination horrifiée. Bientôt une autre femme reçut un coup violent sur la tête et s'abattit, sans connaissance. Le spectacle de son corps à demi nu gisant sur le sol boueux écœura Lizzie. Elle tourna les talons.

Elle entra dans la taverne, frappa du poing sur le comptoir et dit au barman : « Une pinte de bière forte, Jack. » C'était merveilleux de s'adresser aux gens avec une telle arrogance. Si elle agissait ainsi vêtue en femme, chaque homme qu'elle interpellerait se sentirait le droit de la réprimander, même si c'étaient des tenanciers de cabaret et des porteurs de chaise. Mais, en portant la culotte, on avait le droit de commander.

Le bar empestait la cendre de tabac et la bière renversée. Elle s'assit dans un coin pour siroter sa pinte, en se demandant pourquoi elle était venue ici. C'était un lieu de violence et de cruauté et elle jouait un jeu dangereux. Que feraient ces gens brutaux s'ils s'apercevaient qu'elle était une femme de la haute société déguisée en homme ?

Elle était ici en partie parce que la curiosité était chez elle une passion irrésistible. Elle avait toujours été fascinée par tout ce qui était interdit, même quand elle était enfant. La phrase « ça n'est pas un endroit pour une dame » lui faisait l'effet d'un chiffon rouge sur un taureau. Sa curiosité était aussi pressante que sa sexualité : il était aussi difficile de la réprimer que cesser d'embrasser Jay.

Mais la principale raison de sa présence ici, c'était McAsh. Elle l'avait toujours trouvé intéressant. Même petit garçon, il était différent : indépendant d'esprit, désobéissant, mettant toujours en cause ce qu'on lui disait. Adulte, il avait tenu les promesses de son enfance. Il avait bravé les Jamisson, il avait réussi à s'échapper d'Écosse – un exploit que peu de mineurs accomplissaient – et il avait fait tout le chemin jusqu'à Londres. Maintenant voilà qu'il était boxeur. Qu'allait-il faire ensuite ?

Sir George avait eu bien raison de le laisser partir, songea-t-elle. Comme disait Jay, Dieu voulait voir certains hommes être maîtres des autres, mais McAsh n'accepterait jamais cela et, là-bas, au village, il aurait fait des histoires pendant des années. Il y avait chez lui un magnétisme qui faisait que les gens le suivaient : sa fière allure, le port assuré de sa tête, le regard intense de ses étonnants yeux verts. Elle-même était sensible à cet attrait : c'était cela qui l'avait amenée ici.

Une des femmes maquillées vint s'asseoir et lui fit un sourire complice. Malgré son rouge, elle semblait vieille et fatiguée. Comme ce serait flatteur pour son déguisement, se dit Lizzie, si une putain lui faisait des propositions. Mais la femme ne se laissait pas si facilement duper. «Je sais ce que tu es», dit-elle.

Les femmes avaient l'œil plus vif que les hommes, se dit Lizzie. «Ne le dites à personne, implora-t-elle.

– Tu peux jouer l'homme avec moi pour un shilling», dit la femme.

Lizzie ne savait pas ce qu'elle voulait dire. «Je l'ai déjà fait avec des gens dans ton genre, reprit la femme. Des filles riches qui aiment bien jouer à l'homme. J'ai une grosse chandelle chez moi qui fera très bien l'affaire, si tu vois ce que je veux dire.»

Lizzie finit par comprendre où elle voulait en venir. «Non, merci, fit-elle avec un sourire. Ça n'est pas pour ça que je suis ici.» Elle chercha une pièce dans sa bourse. «Mais voici un shilling pour garder mon secret.

– Dieu vous bénisse, madame», dit la prostituée. Et elle s'éloigna.

On pouvait en apprendre des choses en se déguisant, pensa Lizzie. Elle n'aurait jamais deviné qu'une prostituée aurait chez elle une chandelle spéciale pour les femmes qui aimaient jouer à l'homme. C'était le genre de chose qu'une dame respectable pourrait bien ne jamais découvrir.

De grandes acclamations dans la cour, et Lizzie devina que le combat à la matraque s'était terminé. Elle sortit, sa bière à la main.

Les femmes gladiateurs s'éloignaient en vacillant ou bien on les emportait et le combat de boxe s'annonçait. Lizzie aperçut McAsh. Pas de doute, c'était bien lui : elle reconnaissait ses stupéfiants yeux verts. Il n'était plus noir de poussier et elle fut surprise de constater qu'il était très blond. Il était planté au bord du ring en train de discuter avec un autre homme. À plusieurs reprises il regarda du côté de Lizzie, mais sans percer son déguisement. Il avait l'air très déterminé.

Son adversaire, Rees Preece, méritait bien son surnom de «Montagne galloise». C'était le plus grand gaillard que Lizzie eût jamais vu : au moins un pied de plus que Mack, puissant et le visage rougeaud, avec un nez crochu qui avait dû être cassé plus d'une fois. Il avait un air mauvais et Lizzie s'émerveillait du courage et de la témérité de quiconque irait de son plein gré affronter sur un ring un monstre à l'air aussi redoutable. Elle avait peur pour McAsh. Elle se rendit compte avec un frisson d'appréhension qu'il pouvait se faire estropier, ou même tuer. Elle ne voulait pas voir ça. Elle fut tentée de s'en aller, mais elle ne pouvait s'arracher au spectacle.

Le combat allait commencer quand l'ami de Mack entama une violente discussion avec les soigneurs de Preece. Celui de Mack insistait, avec un accent irlandais, pour qu'ils combattent pieds nus. La foule commença à battre lentement des mains pour exprimer son impatience. Lizzie espérait qu'on allait annuler la rencontre. Mais elle fut déçue. Après une véhémente discussion, Preece se déchaussa.

Puis, brusquement, le combat commença. Lizzie n'avait vu aucun signal. Les deux hommes se jetaient l'un sur l'autre comme des chats, donnant frénétiquement des coups de poing, des coups de pied et des coups de tête, avec des mouvements si rapides que c'était à peine si elle pouvait voir qui faisait quoi. La foule poussait des rugissements et Lizzie s'aperçut qu'elle hurlait. Elle se couvrit la bouche avec sa main.

Ce déchaînement préliminaire ne dura que quelques secondes. Le rythme était trop frénétique pour qu'on pût le maintenir. Les hommes se séparèrent et commencèrent à tourner l'un autour de l'autre, les poings levés devant leur visage, se protégeant le corps de leurs bras. Mack avait la lèvre gonflée et Preece saignait du nez. Lizzie, affolée, se mordillait le doigt. Preece de nouveau se jeta sur Mack mais, cette fois, Mack fit un saut en arrière pour l'esquiver puis soudain s'avança et donna un coup très violent à Preece sur le côté de la tête. Lizzie tressaillit en entendant le choc : on aurait dit une massue frappant un rocher. Les spectateurs poussèrent de folles acclamations. Preece parut hésiter, comme si le coup l'avait surpris, et Lizzie devina qu'il était étonné de la force de Mack. Elle commença à se sentir pleine d'espoir : peut-être qu'après tout Mack allait pouvoir vaincre ce colosse.

Dansant d'un pied sur l'autre, Mack recula pour se mettre hors d'atteinte. Preece s'ébroua comme un chien, puis baissa la tête et chargea, frappant à toute volée. Mack esquiva, fit un pas de côté et de son pied nu frappa les jambes de Preece. Mais celui-ci parvint à le bloquer dans les cordes et à placer quelques coups puissants. Puis Mack une nouvelle fois le frappa violemment sur le côté de la tête : une fois de plus, Preece s'arrêta net.

Les deux hommes reprirent la même danse et Lizzie entendit l'Irlandais crier : « Achève-le, Mack, ne lui laisse pas le temps de se remettre ! » Elle comprit que, après avoir décoché un coup qui arrêtait son adversaire, Mack reculait toujours et le laissait reprendre ses esprits. Preece, en revanche, enchaînait toujours un coup après l'autre jusqu'au moment où Mack ripostait.

Au bout de dix terribles minutes, quelqu'un frappa une cloche et les combattants allèrent se reposer. Lizzie était aussi soulagée que si elle s'était elle-même trouvée sur le ring. On donna de la bière aux deux boxeurs assis sur des tabourets, chacun dans un coin. Un des soigneurs prit une aiguille ordinaire avec du fil et entreprit de recoudre une déchirure que Preece avait à l'oreille. Lizzie eut une grimace et détourna les yeux.

Elle essaya d'oublier les dommages qu'on était en train de causer au corps magnifique de Mack pour ne penser au combat que comme à une simple rencontre sportive. Mack était plus agile et il avait un punch plus puissant, mais il ne possédait pas la sauvagerie irréfléchie, l'instinct de tueur qui poussait un homme à vouloir en détruire un autre. Il avait besoin de se mettre en colère.

Quand ils repartirent, tous deux se déplaçaient plus lentement, mais le combat se déroulait de la même façon : Preece poursuivait Mack qui dansait d'un pied sur l'autre, il le coinçait, s'approchait, plaçait deux ou trois coups violents puis était arrêté par le formidable direct du droit de Mack.

Bientôt Preece eut un œil fermé et il boitait à la suite des coups de pied répétés de Mack. Mais celui-ci saignait de la bouche et d'une coupure au-dessus d'un œil. À mesure que le combat ralentissait, il devenait plus brutal. N'ayant plus l'énergie d'esquiver avec agilité, les hommes semblaient encaisser les coups en souffrant sans rien dire. Combien de temps pourraient-ils tenir encore à se marteler ainsi comme si chacun n'était qu'une pièce de viande ? Lizzie se demanda pourquoi elle s'intéressait tant au corps de McAsh : elle se dit qu'elle aurait eu la même réaction à propos de n'importe qui.

Il y eut une nouvelle interruption. L'Irlandais s'agenouilla auprès du tabouret de Mack pour lui parler avec insistance, soulignant ses propos de vigoureux gestes du poing. Lizzie devina qu'il disait à Mack d'achever son adversaire. Même elle voyait bien que Preece l'emporterait à la longue, tout simplement parce qu'il était plus grand et qu'il supportait mieux les coups. Est-ce que Mack ne s'en rendait pas compte ?

Le combat reprit. En les regardant se bourrer l'un l'autre de coups, Lizzie se souvint de Malachi McAsh quand il avait six ans, jouant sur la pelouse de High Glen House. C'était elle son adversaire alors, se rappela-t-elle : il lui avait tiré les cheveux et l'avait fait pleurer. Ce souvenir lui fit monter les larmes aux yeux. Comme c'était triste que ce petit garçon en soit arrivé là.

Le combat redoublait d'ardeur. Mack frappa Preece une fois, deux fois et une troisième fois, puis lui

donna un coup de pied dans la cuisse qui le fit trébucher. Lizzie eut l'espoir que Preece allait s'effondrer
et que le combat se terminerait là. Là-dessus, Mack
recula, attendant que son adversaire s'écroule. Ses
soigneurs et les spectateurs déchaînés le pressaient
d'achever Preece, mais il n'y prêtait aucune attention.

Lizzie, consternée, vit Preece récupérer une nouvelle fois et décocher à Mack un coup bas au creux
du ventre. Mack machinalement se pencha en avant
et sursauta : alors, de façon tout à fait inattendue,
Preece lui donna un coup de tête dans lequel il mit
toute la force de son large dos. Leurs crânes se heurtèrent avec un bruit à vous soulever le cœur. Tous les
spectateurs retinrent leur souffle.

Mack trébucha, perdant l'équilibre, et Preece lui
donna un coup de pied sur le côté de la tête. Les jambes
de Mack se dérobèrent sous lui et il s'écroula sur le sol.
Tandis qu'il gisait là, Preece lui donna un nouveau
coup de pied dans la tête. Mack ne bougeait plus. Lizzie s'entendit hurler : « Laissez-le tranquille ! » Preece
bourrait Mack de coups de pied jusqu'au moment où
les soigneurs des deux camps sautèrent sur le ring
pour le retenir.

Preece avait l'air sonné, comme s'il n'arrivait pas à
comprendre pourquoi les gens qui l'avaient encouragé et hurlaient à la mort voulaient maintenant qu'il
s'arrête. Puis il reprit ses esprits et leva les mains
dans un geste de victoire, avec l'air d'un chien qui a
fait plaisir à son maître.

Lizzie avait peur que Mack ne fût mort. Elle se
fraya un chemin à travers la foule et monta sur le
ring. Le soigneur de Mack était agenouillé auprès du
corps inerte. Lizzie, au bord de la nausée, se pencha
sur Mack. Il avait les yeux fermés, mais elle constata
qu'il respirait. « Dieu soit loué, il est vivant », dit-elle.

L'Irlandais lui jeta un bref coup d'œil, mais sans
dire un mot. Lizzie priait le ciel que Mack ne souffrît
pas de façon permanente des suites de ce combat. Au

cours de la dernière demi-heure, il avait encaissé plus de coups violents à la tête que la plupart des gens n'en recevaient dans toute une vie. Elle était terrifiée à l'idée qu'en reprenant connaissance il ne soit un idiot bavant.

Il ouvrit les yeux.

« Comment vous sentez-vous ? » demanda Lizzie d'un ton pressant.

Il referma les yeux sans répondre.

L'Irlandais la dévisagea et dit : « Tu es qui, toi, le soprano ? » Elle se rendit compte qu'elle avait oublié de prendre une voix d'homme.

« Un ami, répondit-elle. Portons-le à l'intérieur : il ne faut pas qu'il reste dans cette boue. »

Après un instant d'hésitation, l'homme dit : « D'accord. » Il empoigna Mack sous les bras. Deux spectateurs lui prirent les jambes et le soulevèrent.

Lizzie les précéda dans la taverne. De sa voix masculine la plus arrogante, elle cria : « Aubergiste… montrez-moi votre meilleure chambre, et sans traîner ! »

Une femme surgit de derrière le bar. « Qui est-ce qui paie ? » demanda-t-elle d'un ton méfiant.

Lizzie lui donna un souverain.

« Par ici », dit la femme.

Elle les conduisit par l'escalier jusqu'à une chambre qui donnait sur la cour. La pièce était propre, le lit à colonnes était fait avec une simple couverture rugueuse. Les hommes y déposèrent Mack. Lizzie dit à la femme : « Allumez le feu, et puis apportez-nous du cognac. Connaissez-vous un médecin dans le quartier qui pourrait panser les blessures de cet homme ?

– Je vais faire venir le docteur Samuels. »

Lizzie s'assit au bord du lit. Mack avait le visage dans un triste état : bouffi et ensanglanté. Elle déboutonna sa chemise et vit qu'il avait le torse couvert de meurtrissures et d'écorchures.

Les hommes qui avaient aidé à le monter s'en allèrent. L'Irlandais annonça : « Je suis Dermot Riley. Mack habite chez moi.

– Je m'appelle Elizabeth Hallim, répondit-elle. Je le connais depuis que nous étions enfants.» Elle décida de ne pas expliquer pourquoi elle était habillée en homme : libre à Riley de penser ce qu'il voudrait.

«Je ne crois pas qu'il soit grièvement touché, dit Riley.

– Il faudrait nettoyer ses plaies. Demandez un peu d'eau chaude dans une cuvette, voulez-vous ?

– Entendu.» Il sortit, la laissant seule avec Mack inconscient.

Lizzie regardait la forme immobile de Mack. C'était à peine s'il respirait. D'un geste hésitant, elle posa la main sur sa poitrine. La peau était tiède et la chair dessous était dure. Elle appuya et sentit le battement de son cœur, fort et régulier.

Elle aimait bien le toucher. Elle posa son autre main sur sa poitrine à elle : elle sentit la différence entre ses seins tendres et les muscles solides de Mack. Elle toucha son téton à lui, petit et doux, puis tâta le sien, plus gros et saillant.

Il ouvrit les yeux.

Elle retira sa main. Elle se sentait coupable. Au nom du ciel, qu'est-ce que je fais ? se dit-elle.

Il tourna vers elle des yeux au regard vide. «Où suis-je ? Qui êtes-vous ?

– Vous avez livré un combat de boxe, dit-elle. Vous avez perdu.»

Il la dévisagea quelques secondes puis eut enfin un grand sourire. «Lizzie Hallim, encore une fois déguisée en homme, dit-il d'un ton normal.

– Dieu merci, vous allez bien !»

Il lui lança un drôle de regard. «C'est très... aimable à vous de vous en inquiéter.»

Elle se sentait gênée. «Je me demande bien pourquoi, dit-elle d'un ton cassant. Vous n'êtes qu'un mineur qui ne sait pas rester à sa place.» Puis, horrifiée, elle sentit des larmes ruisseler sur son visage. «C'est très dur de regarder un ami se faire réduire en bouillie», dit-elle d'une voix un peu étranglée.

Il la regardait pleurer. « Lizzie Hallim, dit-il d'un ton songeur, est-ce que je vous comprendrai jamais ? »

15

Le cognac ce soir-là adoucit la douleur des blessures de Mack, mais le lendemain matin, il se réveilla, au supplice. Il avait mal dans toutes les parties de son corps qu'il parvenait à identifier : depuis ses doigts de pied endoloris à force d'avoir donné de tels coups de pied à Rees Preece jusqu'au sommet de son crâne où il sentait une migraine dont il avait l'impression qu'elle ne se dissiperait jamais. Le visage qu'il aperçut dans le bout de miroir qui lui servait pour se raser n'était que plaies et bosses : trop sensible pour qu'on y touche, encore plus pour qu'on le rase.

Malgré tout, il était de fort bonne humeur. Lizzie Hallim avait toujours sur lui un effet stimulant. Son irrésistible audace donnait le sentiment que tout était possible. Qu'allait-elle faire ensuite ? Quand il l'avait reconnue, assise au bord du lit, il avait été pris d'une envie difficile à maîtriser de la prendre dans ses bras. Il avait résisté à la tentation en se disant qu'un tel geste marquerait la fin de leur étrange amitié. C'était une chose pour elle d'enfreindre les règles : elle était une dame. Elle pouvait bien jouer avec un jeune chiot, mais, si d'aventure il la mordait, elle l'exilerait dans la cour.

Elle lui avait annoncé qu'elle allait épouser Jay Jamisson, et il s'était mordu la langue au lieu de lui dire qu'elle était une fieffée idiote. Ce n'étaient pas ses affaires et il ne voulait pas l'offenser.

Bridget, la femme de Dermot, prépara un petit déjeuner à base de porridge salé que Mack dévora

avec les enfants. Bridget était une femme d'une trentaine d'années qui jadis avait été belle mais qui
aujourd'hui avait simplement l'air épuisé. Quand il
ne resta plus rien à manger, Mack et Dermot s'en
allèrent chercher du travail. «Rapportez un peu d'argent à la maison», cria Bridget en les voyant partir.

Ce n'était pas leur jour de chance. Ils firent la tournée des marchés de Londres, se proposant comme
porteurs, mais il y avait déjà trop d'hommes et pas
assez de travail. À midi, ils renoncèrent et se dirigèrent vers le West End pour essayer les cafés. À la fin
de l'après-midi, ils étaient aussi fatigués que s'ils
avaient travaillé toute la journée, mais ils rentraient
les mains vides.

Comme ils s'engageaient sur le Strand, une petite
silhouette jaillit d'une ruelle, comme un lapin qui
déboule, et vint s'écraser contre Dermot. C'était une
fillette d'environ treize ans, déguenillée, maigre et
terrifiée. Dermot émit un bruit comme une vessie qui
se dégonfle. L'enfant poussa un cri de frayeur, trébucha et reprit son équilibre. À sa poursuite surgit un
robuste jeune homme bien habillé mais aux vêtements en désordre. Il faillit la rattraper au moment où
elle rebondit sur Dermot, mais elle baissa la tête, l'esquiva et repartit en courant. Puis elle glissa, tomba et
il se jeta sur elle.

Elle hurlait de terreur. L'homme était fou de rage.
Il releva le petit corps frêle et lui donna sur le côté de
la tête un coup de poing qui l'envoya de nouveau par
terre. Ensuite, il se mit à frapper à grands coups de
botte la chétive poitrine de la fillette.

Mack était habitué à la violence des rues de
Londres. Hommes, femmes et enfants ne cessaient de
se battre, échangeant des coups de poing et se grif-
fant, leur ardeur à se battre généralement alimentée
par le mauvais gin qu'on vendait à chaque coin de
rue. Mais il n'avait jamais vu un homme dans la
force de l'âge battre si impitoyablement une petite
enfant. On aurait dit qu'il allait la tuer. Mack souf-

frait encore de sa rencontre avec la Montagne galloise et la dernière chose dont il eût envie, c'était de se battre encore, mais il ne pouvait rester planté là devant ce spectacle. Comme l'homme allait encore décocher un coup de pied, Mack l'empoigna brutalement et le tira en arrière. L'homme se retourna. Il avait quelques centimètres de plus que Mack. Il posa la main au milieu de la poitrine de Mack et le poussa violemment. Mack recula en trébuchant. L'homme s'attaqua de nouveau à l'enfant. Elle était en train de se remettre debout. Il la frappa d'une gifle à toute volée qui la fit chanceler.

Mack vit rouge. Il saisit l'homme par le col de son manteau et le fond de son pantalon et le prit à bras-le-corps. L'homme poussa un grognement de surprise et de colère et se mit à se débattre violemment, mais Mack le tenait solidement et le souleva au-dessus de sa tête.

Dermot regardait d'un air ébahi la facilité avec laquelle Mack le tenait en l'air. « Bon sang, Mack, fit-il, tu es un gars costaud.

– Lâchez-moi », cria l'homme.

Mack le reposa sur le sol mais en le tenant encore par un poignet. « Laissez cette enfant tranquille. »

Dermot aida la fillette à se relever en la tenant d'une main douce mais ferme.

« C'est une sale voleuse ! » dit l'homme d'un ton agressif. Puis il remarqua le visage ravagé de Mack et décida qu'il n'allait pas se battre pour ça.

« C'est tout ? fit Mack. À voir la façon dont vous lui tapiez dessus, j'ai cru qu'elle avait assassiné le roi.

– En quoi est-ce que cela vous regarde, ce qu'elle a fait ? » L'homme commençait à se calmer et à reprendre son souffle.

Mack le lâcha. « Je ne sais pas, mais je pense que vous l'avez assez punie. »

L'homme le regarda. « Vous venez sans doute de débarquer, dit-il. Vous êtes un gars costaud mais, quand même, vous ne ferez pas long feu à Londres si vous placez votre confiance dans des gens comme elle. » Là-dessus, il s'en alla.

« Merci, l'Écossais, dit la fillette. Tu m'as sauvé la vie. »

Dès qu'il ouvrait la bouche, les gens savaient que Mack était écossais. Il ne s'était pas rendu compte qu'il avait un accent avant d'arriver à Londres. À Heugh, tout le monde parlait comme ça : même les Jamisson pratiquaient une version adoucie du dialecte écossais. Ici, c'était comme une étiquette.

Mack regarda la fille. Elle avait des cheveux sombres coupés n'importe comment et un joli visage où gonflaient déjà les meurtrissures de la rossée qu'elle venait de recevoir. Son corps était celui d'une enfant, mais il y avait dans ses yeux un regard plein d'expérience, un regard d'adulte. Elle le toisa d'un air méfiant, se demandant manifestement ce qu'il lui voulait. « Ça va ? demanda-t-il.

– J'ai mal, dit-elle en se tenant le côté. Je regrette que tu n'aies pas tué ce salopard.

– Qu'est-ce que tu lui as fait ?

– J'ai essayé de le voler pendant qu'il sautait Cora, mais il s'en est aperçu. »

Mack hocha la tête. Il avait entendu dire que les prostituées avaient parfois des complices qui dépouillaient leurs clients. « Tu veux boire quelque chose ?

– Je baiserais les fesses du pape pour un verre de gin. »

Mack n'avait jamais entendu quelqu'un parler de cette façon, encore moins une petite fille. Il ne savait pas s'il devait en être choqué ou amusé.

De l'autre côté de la route se trouvait L'Ours, la taverne où Mack avait envoyé au tapis le Cogneur de Bermondsey et gagné une livre au petit nain. Ils traversèrent la rue et entrèrent. Mack paya trois chopes de bière et ils s'installèrent debout dans un coin pour les boire.

Peg vida le plus clair de la sienne en quelques gorgées et dit : « Tu es un brave type, mon vieux.

« – Moi, c'est Mack, dit-il. Lui, c'est Dermot.

– Moi, c'est Peggy. Mais on m'appelle Peg la Rapide.

– À cause de la façon dont tu bois, j'imagine. »

Elle eut un grand sourire. « Dans cette ville, si on ne boit pas rapidement, on te vole ton verre. D'où est-ce que tu viens, mon vieux ?

– D'un village qui s'appelle Heugh, à une vingtaine de lieues d'Édimbourg ?

– Où est-ce, Édimbourg ?

– En Écosse.

– C'est loin ?

– Il m'a fallu une semaine en bateau en longeant la côte. » Ç'avait été une longue semaine. Mack n'aimait pas la mer. Après quinze ans passés à travailler au fond d'un puits, l'océan sans fin lui donnait le vertige.

« Pourquoi es-tu parti ?

– Pour être libre. Je me suis enfui. En Écosse, les mineurs de charbon sont des esclaves.

– Tu veux dire comme les Noirs à la Jamaïque ?

– Tu as l'air d'en savoir plus long sur la Jamaïque que sur l'Écosse. »

Cette critique implicite lui déplut. « Et pourquoi pas ?

– L'Écosse, c'est plus près, voilà tout.

– Je le savais. » Elle mentait, Mack le sentait. Malgré sa bravade, elle n'était qu'une petite fille et cela le touchait.

« Peg, ça va ? »

Mack leva la tête pour apercevoir une jeune femme vêtue d'une robe de couleur orange.

« Salut, Cora, dit Peg. J'ai été sauvée par un prince charmant. Je te présente Jock McKnock l'Écossais. »

Cora sourit à Mack et dit : « Merci d'avoir donné un coup de main à Peg. J'espère que ça n'est pas comme ça que tu as écopé de tous ces coups. »

Mack secoua la tête. « C'était une autre brute.

– Laisse-moi te payer un verre de gin. »

Mack allait refuser – il préférait la bière – mais Dermot dit : « Très aimable, merci beaucoup. »

Mack la regarda se diriger vers le comptoir. Elle avait une vingtaine d'années, avec un visage d'ange et une masse de cheveux d'un roux flamboyant. C'était choquant de penser qu'une fille aussi jeune et aussi jolie était une prostituée. Il dit à Peg : « Alors, elle a couché avec ce type qui te poursuivait, c'est ça ?

– En général, fit Peg d'un air entendu, elle n'a pas besoin d'aller jusqu'au bout avec un homme. Elle le plaque au beau milieu d'une ruelle avec le sexe à l'air et sa culotte sur les chevilles.

– Pendant que tu détales avec sa bourse, fit Dermot.

– Moi ? Allons donc. Je suis dame d'honneur de la reine Charlotte. »

Cora vint s'asseoir auprès de Mack. Elle avait un parfum lourd et épicé qui contenait du bois de santal et de la cannelle. « Qu'est-ce que tu fais à Londres, Jock ? »

Il la dévisagea. Elle était très séduisante. « Je cherche du travail.

– Et t'en trouves ?

– Pas beaucoup. »

Elle secoua la tête. « Ça a été un putain d'hiver, froid comme la tombe, et le prix du pain est effrayant. Il y a trop d'hommes dans ton cas. »

Peg intervint. « C'est ce qui a poussé mon père à voler, il y a deux ans, seulement il n'avait pas le coup de main. »

Mack à regret détourna les yeux de Cora pour regarder Peg. « Qu'est-ce qui lui est arrivé ?

– Il a fait une petite danse avec le collier du shérif autour du cou.

– Quoi ? »

Dermot expliqua : « Ça veut dire qu'il a été pendu.

– Oh, mon Dieu, fit Mack, je suis navré.

– Ne sois pas navré pour moi, l'Écossais, ça m'écœure. »

C'était une vraie dure, cette petite Peg. «Bon, bon, d'accord», fit Mack d'un ton conciliant.

«Si tu veux du travail, reprit Cora, je connais quelqu'un qui cherche des dockers pour décharger les navires charbonniers. Le travail est si dur que seuls les hommes jeunes sont capables de le faire; et ils préfèrent ceux qui ne sont pas d'ici parce qu'ils sont moins pressés de se plaindre.

– Je ferai n'importe quoi, dit Mack, en pensant à Esther.

– Pour le charbon, les équipes de dockers sont toutes contrôlées par les aubergistes là-bas à Watting. J'en connais un, Sidney Lennox, à la taverne du Soleil.

– C'est un brave homme?»

Cora et Peg éclatèrent de rire. Cora expliqua: «C'est un menteur, un tricheur, un ivrogne de porc puant et avec une sale gueule, mais ils sont tous pareils, alors qu'est-ce qu'on peut faire?

– Tu veux bien nous conduire au Soleil?

– C'est toi qui l'auras voulu», fit Cora.

Un chaud brouillard de transpiration et de poussier emplissait la cale sans air du vaisseau. Planté sur un monceau de charbon, armé d'une large pelle, il ramassait des morceaux d'anthracite en travaillant à un rythme régulier. C'était très dur: il avait mal aux bras et ruisselait de transpiration, mais il se sentait bien. Il était jeune et fort, il gagnait de l'argent et il n'était l'esclave de personne.

Il faisait partie d'un groupe de seize dockers, courbés sur leurs pelles, qui grommelaient, juraient et échangeaient des plaisanteries. La plupart des autres étaient de jeunes garçons de ferme irlandais: le travail était trop dur pour des citadins. À trente ans, Dermot était le plus vieux de la bande.

Mack avait l'impression de ne pas pouvoir échapper au charbon. Mais c'était cela qui faisait tourner le monde. Tout en travaillant, il pensait aux endroits où allait ce charbon : à tous les salons de Londres qu'il allait chauffer, aux milliers de fourneaux dans les cuisines, à toutes les boulangeries et à toutes les brasseries qu'il allait alimenter. La ville dévorait le charbon avec un appétit qui n'était jamais satisfait.

On était samedi après-midi et l'équipe avait presque vidé son charbonnier, le *Black Swan* de Newcastle. Mack se plaisait à calculer combien il allait toucher ce soir. C'était le second navire qu'ils déchargeaient cette semaine et on les payait seize pence, un penny par homme pour vingt sacs de charbon. Un homme robuste avec une grande pelle pouvait remplir un sac en deux minutes. Chaque homme, estima-t-il, avait dû gagner brut six livres.

Toutefois, il y avait des déductions. Sidney Lennox, l'intermédiaire ou « entrepreneur », faisait porter à bord de vastes quantités de bière et de gin pour les hommes. Ils devaient boire beaucoup pour remplacer les litres de liquide qu'ils perdaient en transpirant, mais Lennox leur donnait plus que nécessaire : la plupart des hommes buvaient, même sans soif. Aussi y avait-il en général au moins un accident avant la fin de la journée. Et il fallait payer l'alcool. Mack ne savait donc pas très bien ce qu'on allait lui verser quand il ferait la queue ce soir-là à la taverne du Soleil pour toucher sa paye. Pourtant, même si la moitié de l'argent passait en déductions – une estimation certainement trop élevée – le solde serait encore le double de ce qu'un mineur gagnait en une semaine de six jours.

À ce train-là, il pourrait dans quelques semaines faire venir Esther. Alors sa jumelle et lui seraient libres de tout esclavage. Son cœur bondit à cette idée.

À peine s'était-il installé chez Dermot qu'il avait écrit à Esther, et elle avait répondu. Dans toute la vallée, disait-elle, on ne parlait que de son évasion. Certains des jeunes ouvriers de la mine essayaient de rassembler des signatures pour une pétition qu'ils adresseraient au Parlement anglais afin de protester contre l'esclavage dans les mines. Annie avait épousé Jimmy Lee. Mack en éprouva un petit pincement de regret. Il ne roulerait plus jamais dans la bruyère avec elle. Mais Jimmy Lee était un brave gars. Peut-être la pétition amorcerait-elle le début d'un changement. Peut-être les enfants de Jimmy et d'Annie seraient-ils libres.

Les derniers morceaux de charbon furent pelletés dans des sacs et entassés sur une barque qui ramerait jusqu'à la rive pour aller déverser le charbon dans un entrepôt. Mack étira son dos endolori et posa sa pelle sur son épaule. Quand il arriva sur le pont, l'air froid le gifla : il passa sa chemise et le manteau de fourrure que lui avait donné Lizzie Hallim. Les dockers regagnèrent le rivage avec les derniers sacs, puis s'en allèrent au Soleil pour toucher leur paye.

Le Soleil était une taverne fréquentée par des matelots et des dockers. Le sol en terre battue était boueux, les bancs et les tables étaient tachés et délabrés, et le feu dégageait plus de fumée que de chaleur. Le patron, Sidney Lennox, était un joueur et il y avait toujours une partie en train : cartes, dés ou un jeu compliqué avec un plateau et des jetons. Le seul avantage de l'endroit, c'était Black Mary, la cuisinière africaine, qui utilisait des coquillages et des bas morceaux de viande pour confectionner de solides ragoûts bien épicés que les clients adoraient.

Mack et Dermot furent les premiers à arriver. Ils trouvèrent Peg assise au comptoir, les jambes croisées sous elle, en train de fumer du tabac de Virginie dans une pipe en terre. Elle habitait au Soleil, dormant sur le sol dans un coin du bar. Lennox était un receleur aussi bien qu'un entrepreneur et Peg lui vendait les objets qu'elle volait. En voyant Mack, elle cracha dans le feu et lança d'un ton joyeux : « Alors, Jock… on a sauvé d'autres jeunes filles en détresse ?

– Pas aujourd'hui », dit-il en souriant.

Black Mary passa son visage souriant par l'entrebâillement de la porte de la cuisine. « Un peu de soupe de queue de bœuf, les gars ? » Elle avait un accent des Pays-Bas : on disait qu'elle avait jadis été l'esclave d'un capitaine hollandais.

« Pas plus de deux barils pour moi, s'il te plaît », répondit Mack.

Elle sourit. « Tu es affamé, hein ? Tu as travaillé dur ?

– On a juste pris un peu d'exercice pour nous ouvrir l'appétit », fit Dermot.

Mack n'avait pas de quoi payer son dîner, mais Lennox faisait toujours crédit aux dockers en avance sur leurs gains. À compter de ce soir, décida Mack, il paierait tout rubis sur l'ongle : il ne voulait pas s'endetter.

Il alla s'asseoir auprès de Peg. « Comment vont les affaires ? » demanda-t-il en plaisantant.

Elle prit sa question au sérieux. « Cora et moi, on s'est farci un vieux richard cet après-midi, alors on a la soirée de libre. »

Mack trouvait bizarre d'être ami avec une voleuse. Il savait ce qui la poussait à cela : elle n'avait d'autre alternative que de mourir de faim. Malgré tout, quelque chose en lui, un souvenir de l'enseignement de sa mère, l'amenait à désapprouver.

Peg était petite et frêle, maigrelette avec de jolis yeux bleus, mais elle avait l'air impitoyable d'un criminel endurci ; et c'était comme ça que les gens la traitaient. Mack soupçonnait cet extérieur brutal de n'être qu'une armure protectrice : sous la surface on ne trouvait sans doute qu'une petite fille effrayée qui n'avait personne au monde pour s'occuper d'elle.

Black Mary lui apporta de la soupe où flottaient des huîtres, et une tranche de pain avec une chope de bière brune : il se jeta là-dessus comme un loup.

Les autres dockers arrivaient peu à peu. Pas trace de Lennox, ce qui était inhabituel : en général, il jouait aux cartes ou aux dés avec ses clients. Mack espérait qu'il n'allait pas tarder. Il était impatient de savoir combien il avait gagné cette semaine. Il devinait que

Lennox faisait attendre leur paye aux hommes pour qu'ils dépensent davantage au bar.

Cora arriva au bout d'une heure environ. Elle était plus belle que jamais, dans une robe couleur moutarde avec des passementeries noires. Tous les hommes l'accueillirent chaleureusement mais, à la grande surprise de Mack, elle vint s'asseoir avec lui. «Il paraît que tu as eu un bon après-midi, dit-il.

– De l'argent qui ne m'a pas donné beaucoup de mal, dit-elle. À cet âge-là, un homme devrait se méfier.

– Raconte-moi comment tu t'y prends, comme ça j'éviterai de me faire arnaquer par quelqu'un comme toi.»

Elle lui lança un regard enjôleur. «Tu n'auras jamais à payer les filles, Mack, je peux te le promettre.

– Raconte-moi quand même : je suis curieux.

– La méthode la plus simple, c'est de choisir un riche ivrogne, de le rendre amoureux, de l'emmener dans une ruelle sombre et puis de filer avec son argent.

– C'est ce que tu as fait aujourd'hui ?

– Non, on a fait mieux. Nous avons trouvé une maison vide et nous avons acheté le concierge. Je jouais le rôle d'une femme qui s'ennuie : Peg était ma servante. Nous l'avons emmené jusqu'à la maison en prétendant que j'habitais là. Je l'ai déshabillé et je l'ai mis au lit. Là-dessus, Peg est entrée en courant pour dire que mon mari revenait alors qu'on ne l'attendait pas.»

Peg éclata de rire. «Le pauvre vieux, j'aurais voulu que tu voies sa tête : il était terrifié. Il est allé se cacher dans la penderie !

– Et nous sommes parties avec son portefeuille, sa montre et tous ses vêtements.

– Il est sans doute toujours dans ce placard !» dit Peg, et toutes deux partirent d'un grand éclat de rire.

Les femmes des dockers commencèrent à arriver, nombre d'entre elles avec un bébé sur les bras et des enfants cramponnés à leurs jupes. Certaines avaient l'ardeur et la beauté de la jeunesse, mais d'autres paraissaient épuisées et mal nourries : c'étaient les épouses battues d'hommes violents et qui buvaient. Mack sentit qu'elles étaient toutes ici dans l'espoir de mettre la main sur une partie de la paye avant que tout l'argent ne soit bu, joué ou volé par des putains. Bridget Riley arriva avec ses cinq enfants et vint s'asseoir avec Dermot et Mack.

Lennox finit par faire son entrée vers minuit.

Il portait une sacoche en cuir pleine de pièces et une paire de pistolets, sans doute pour se protéger des voleurs. Les dockers, pour la plupart ivres à cette heure-là, l'acclamèrent comme un héros victorieux quand il entra et Mack éprouva un instant de mépris pour ses camarades de travail : pourquoi montrer de la gratitude pour ce qui n'était jamais que leur dû ?

Lennox était un homme revêche d'une trentaine d'années, portant de hautes bottes et un gilet de flanelle sans chemise. À force de trimbaler de lourds barils de bière et d'alcool, il s'était fait des muscles. Un rictus cruel lui plissait la bouche. Il avait une odeur particulière : une odeur douceâtre comme de fruits pourris. Mack remarqua que Peg ne put maîtriser un frisson quand il passa : l'homme lui faisait peur.

Lennox tira une table dans un coin, posa la sacoche dessus et les pistolets à côté. Les hommes et les femmes se rassemblèrent, se poussant et se bousculant, comme s'ils avaient peur de voir Lennox se trouver à court d'argent avant que leur tour arrive. Mack resta derrière : il jugeait indigne de lui de se bousculer pour la paye qu'il avait gagnée.

Il entendit la voix rauque de Lennox s'élever au-dessus du brouhaha. « Chaque homme a gagné cette semaine une livre et onze pence, sans compter les notes de bar. »

Mack n'était pas sûr d'avoir bien entendu. Ils avaient déchargé deux bateaux, à peu près trente mille sacs de charbon, ce qui représentait pour chaque homme un revenu brut d'environ six livres. Comment cette somme avait-elle pu se réduire à un peu plus d'une livre par tête ?

Un grognement de déception monta de la foule des hommes, mais aucun d'eux ne contesta le chiffre. Lennox commença à distribuer les gages, mais Mack dit : « Une minute. Comment arrivez-vous à ce chiffre-là ? »

Lennox leva vers lui un visage hargneux. « Vous avez déchargé mille quatre cent quarante-cinq vingtaines de sacs, ce qui donne à chaque homme six livres et cinq pence brut. En déduisant quinze shillings par jour pour la boisson...

– Quoi ? interrompit Mack. Quinze shillings par jour ? » C'étaient les trois quarts de leurs gains !

Dermot Riley marmonna : « Bon sang, c'est du vol. » Il ne le dit pas très fort, mais d'autres eurent un murmure approbateur.

« Ma commission est de seize pence par homme et par bateau, poursuivit Lennox. Il y a encore seize pence pour le capitaine, six pence par jour pour la location de la pelle...

– La location de la pelle ? s'écria Mack.

– Tu es nouveau ici et tu ne connais pas les règles, McAsh, grommela Lennox. Tu ferais mieux de fermer ta grande gueule et de me laisser continuer, sinon personne ne sera payé. »

Mack était scandalisé mais sa raison lui disait que Lennox n'avait pas inventé ce système aujourd'hui : il était de toute évidence bien établi et les hommes avaient dû l'accepter. Peg le tira par la manche en lui soufflant : « Ne fais pas d'histoire, Jock... Lennox s'arrangera pour que ce soit encore pire pour toi. »

Mack haussa les épaules et se tut. Toutefois, sa protestation avait éveillé des échos chez les autres. Dermot Riley à son tour éleva la voix. « Je n'ai pas bu pour quinze shillings d'alcool par jour, dit-il.

– Pour sûr que non, renchérit sa femme.

– Moi non plus, dit un autre. Et qui en serait

capable ? Avec toute cette bière, il y aurait de quoi faire éclater un homme ! »

Lennox répliqua d'un ton furibond : « C'est ce que j'ai fait envoyer à bord pour vous : vous croyez que je peux tenir un compte de ce que chaque homme boit tous les jours ?

– Dans ce cas-là, vous êtes le seul aubergiste de Londres qui n'en soit pas capable ! » Les hommes se mirent à rire.

Les railleries de Mack et les rires des hommes rendirent Lennox furieux. D'une voix tonnante, il dit : « D'après le système, vous payez pour quinze shillings d'alcool, que vous les buviez ou non. »

Mack monta sur la table. « Eh bien, dit-il, j'ai un système aussi. Je ne paie pas pour l'alcool que je n'ai pas demandé et que je n'ai pas bu. Vous n'avez peut-être pas fait de compte, mais moi si, et je peux vous dire exactement ce que je vous dois.

– Moi aussi », dit un autre. C'était Charlie Smith, un Noir né en Angleterre, qui avait l'accent de New-castle. « J'ai bu quatre-vingt-trois chopes de la petite bière que vous vendez ici quatre pence la pinte. Ça fait vingt-sept shillings et huit pence pour toute la semaine, et non pas quinze shillings par jour.

– Tu as de la chance d'être même payé, sale Noir, dit Lennox. Tu devrais être un esclave enchaîné. »

Le visage de Charlie s'assombrit. « Je suis un Anglais et un chrétien et je vaux mieux que vous parce que je suis honnête, dit-il en maîtrisant sa fureur.

– Moi aussi, fit Dermot Riley, je peux vous dire exactement ce que j'ai bu. »

Lennox commençait à se mettre en colère. « Si vous ne changez pas de ton, vous n'aurez rien du tout, tous autant que vous êtes », fit-il.

Mack pensa qu'il devrait calmer un peu le débat. Il chercha quelque chose de conciliant à dire. Puis il aperçut Bridget Riley et ses enfants affamés : l'indignation l'emporta. Il dit à Lennox : « Vous n'allez pas quitter cette table avant de nous avoir payé ce que vous nous devez. »

Lennox baissa les yeux vers ses pistolets.

D'un geste vif, Mack les fit tomber sur le sol. « Vous ne vous en tirerez pas non plus en me tirant dessus, maudit voleur », dit-il, furieux.

Lennox avait l'air d'un mastiff traqué. Mack se demanda s'il n'était pas allé trop loin : il aurait peut-être dû laisser la place à un compromis qui sauverait la face. Mais c'était trop tard maintenant. Lennox devait reculer. C'était à cause de lui que les dockers étaient ivres : ils allaient le tuer s'il ne les payait pas.

Il se carra sur sa chaise, plissa les yeux, lança à Mack un regard brûlant de haine et dit : « Tu me paieras ça, McAsh, je jure devant Dieu que tu me le paieras.

– Voyons, Lennox, dit Mack d'un ton conciliant. Les hommes vous demandent simplement leur dû. »

Lennox ne s'apaisa pas pour autant, mais il céda. L'air mauvais, il se mit à compter l'argent. Il paya d'abord Charlie Smith, puis Dermot Riley, puis Mack, en se fiant à leur parole pour la quantité d'alcool qu'ils avaient consommée.

Mack s'éloigna de la table, très content de lui. Il avait en poche trois livres et neuf shillings : s'il en mettait la moitié de côté pour Esther, il serait encore riche.

D'autres dockers estimèrent à peu près pour combien ils avaient bu, mais Lennox ne discuta pas, sauf dans le cas de Sam Potter, un gros garçon de Cork, qui prétendait n'avoir bu que trente quarts, ce qui provoqua d'énormes rires chez les autres : il finit par se mettre d'accord pour trois fois ce chiffre.

Une certaine jubilation se manifestait chez les hommes et leurs compagnes tandis qu'ils empochaient leur paye. Plusieurs s'approchèrent de Mack pour lui donner de grandes claques dans le dos et Bridget Riley l'embrassa. Il se rendit compte qu'il avait fait quelque chose de remarquable, mais il eut peur que les choses ne s'arrêtent pas là. Lennox avait cédé trop facilement.

Comme on payait le dernier docker, Mack ramassa les pistolets de Lennox qui étaient restés par terre. Il souffla les pierres pour les débarrasser de toute trace de poudre, ce qui les empêcherait de faire feu, puis il reposa les armes sur la table.

Lennox reprit ses pistolets désarmés ainsi que la sacoche d'argent presque vide et se leva. Le silence s'abattit sur la salle. Il se dirigea vers la porte de son appartement. Tout le monde avait les yeux fixés sur lui, comme si on craignait qu'il ne trouve encore un moyen de leur reprendre leur argent. Il se retourna sur le seuil. « Rentrez chez vous, tous autant que vous êtes, dit-il d'un ton mauvais. Et ne revenez pas lundi. Il n'y aura pas de travail pour vous. Vous êtes tous congédiés. »

Mack resta éveillé presque toute la nuit à se faire du souci. Certains des dockers disaient que d'ici lundi matin Lennox aurait tout oublié, mais Mack en doutait. Lennox ne semblait pas le genre d'homme à ravaler sa défaite, et il n'aurait aucun mal à trouver seize autres vigoureux jeunes gens pour former son équipe.

C'était la faute de Mack. Les dockers étaient comme des bœufs : solides, stupides et se laissant facilement mener. Ils ne se seraient pas rebellés contre Lennox si Mack ne les avait pas encouragés. Il avait le sentiment que maintenant c'était à lui d'arranger les choses.

Il se leva de bonne heure le dimanche matin et passa dans l'autre pièce. Dermot et sa femme étaient allongés sur un matelas et les cinq enfants dormaient ensemble dans l'autre coin. Mack secoua Dermot pour le réveiller. « Il faut qu'on trouve du travail pour notre équipe avant demain », dit-il.

Dermot se leva. Bridget murmura depuis le lit : « Tâchez de porter quelque chose de convenable sur

vous si vous voulez impressionner un entrepreneur. »
Dermot passa un vieux gilet rouge et il prêta à Mack
le foulard de soie bleue qu'il avait acheté pour son
mariage. En chemin, ils passèrent prendre Charlie
Smith. Charlie était docker depuis cinq ans et il
connaissait tout le monde. Il enfila son plus beau
manteau bleu et ils partirent tous pour Wapping.

Les rues boueuses du quartier des docks étaient
presque désertes. Dans des centaines d'églises de
Londres, les cloches appelaient les fidèles à la prière,
mais la plupart des matelots, des dockers et des maga-
siniers profitaient de leur jour de repos pour rester
chez eux. Les eaux brunes de la Tamise venaient
lécher les quais abandonnés et les rats s'aventuraient
sur la berge.

Tous les entrepreneurs charbonniers étaient aubergistes. Les trois hommes se rendirent d'abord à La
Poêle à Frire, à quelques mètres du Soleil. Ils trouvèrent l'aubergiste en train de faire bouillir un jambon
dans la cour. L'odeur fit saliver Mack. « Salut,
Harry », fit Charlie avec entrain.

Il leur lança un regard maussade. « Qu'est-ce que
vous voulez, les gars, si ça n'est pas de la bière ?

– Du travail, répondit Charlie. Vous n'avez pas un
bateau à décharger demain ?

– Si, et j'ai une équipe pour le faire, mais merci
quand même. »

Ils repartirent. « Qu'est-ce qu'il avait ? fit Dermot.
Il nous a regardés comme des pestiférés.

– Trop de gin hier soir », suggéra Charlie.

Mack redoutait une raison plus sinistre mais, pour
l'instant, il garda ses pensées pour lui. « Allons au Roi
de Trèfle », dit-il.

Plusieurs dockers buvaient de la bière au comptoir
et saluèrent Charlie en l'appelant par son prénom.
« Vous avez du travail, les gars ? fit Charlie. On
cherche un bateau. »

L'aubergiste avait entendu. « C'est vous qui tra-
vailliez pour Sidney Lennox du Soleil ?

– Oui, mais il n'a pas besoin de nous la semaine prochaine, répondit Charlie.

– Moi non plus », fit l'aubergiste.

En sortant, Charlie dit : « On va essayer Buck Delaney, au Cygne. Il a toujours deux ou trois équipes qui travaillent en même temps. »

Le Cygne était une taverne animée, avec des écuries, un café, un entrepôt de charbon et plusieurs comptoirs. Ils trouvèrent l'aubergiste irlandais dans son appartement qui donnait sur la cour. Delaney dans sa jeunesse avait été docker, même si aujourd'hui il portait perruque et cravate de dentelle pour prendre son petit déjeuner. « Laissez-moi vous donner un tuyau, mes garçons, dit-il. Tous les entrepreneurs ont entendu parler de ce qui s'est passé au Soleil hier soir. Il n'y en a pas un qui vous emploiera : Sidney Lennox y a veillé. »

Mack sentit son cœur se serrer. C'était bien ce qu'il redoutait.

« Si j'étais vous, reprit Delaney, je m'embarquerais et je quitterais la ville pour un an ou deux. Quand vous reviendrez, tout ça sera oublié.

– Alors, fit Dermot avec colère, est-ce que les dockers vont toujours se faire voler par vous autres entrepreneurs ? »

Si Delaney en fut vexé, il ne le montra pas. « Regarde autour de toi, mon garçon », dit-il doucement en désignant d'un geste large le service à café en argent, le tapis sur le plancher et l'animation dans l'établissement qui payait tout cela. « Ce n'est pas en étant juste avec les gens que j'ai acheté tout ça.

– Qu'est-ce qui nous empêche, dit Mack, de nous adresser nous-mêmes aux capitaines et de nous occuper du déchargement des bateaux ?

– Tout, répondit Delaney. De temps en temps, il survient un docker comme toi, McAsh, avec un peu plus de jugeote que les autres : il veut diriger sa propre équipe, se passer de l'entrepreneur, se dispenser des paiements d'alcool et tout, et tout. Mais il y a trop de gens qui gagnent trop d'argent avec l'arrangement actuel.» Il secoua la tête. «Tu n'es pas le premier à protester contre le système, McAsh, et tu ne seras pas le dernier.»

Mack était écœuré par le cynisme de Delaney, mais il avait le sentiment que l'homme disait la vérité. Avec l'impression d'être vaincu, il se dirigea vers la porte, suivi de Dermot et de Charlie.

«Suis mon conseil, McAsh, fit Delaney. Fais comme moi. Trouve-toi une petite taverne et vends de l'alcool aux dockers. Cesse d'essayer de les aider et commence par t'aider toi-même. Tu aurais raison de le faire : je peux le dire, tu as ce qu'il faut pour ça.

– Pour être comme vous ? fit Mack. Vous vous êtes enrichi en dupant vos semblables. Par le Christ, je ne voudrais pas être à votre place pour un empire.»

En sortant, il eut le plaisir de voir la colère assombrir enfin le visage de Delaney.

Mais sa satisfaction ne dura pas plus que le temps qu'il fallait pour refermer la porte. Il avait remporté une discussion, mais perdu tout le reste. Si seulement il avait ravalé son orgueil et accepté le système des entrepreneurs, il aurait au moins du travail pour demain matin. Maintenant, il n'avait rien, et il avait mis quinze autres hommes et leur famille dans la même situation désespérée. La perspective de faire venir Esther à Londres s'éloignait plus que jamais. Il n'était vraiment qu'un imbécile.

Les trois hommes s'installèrent dans un bar et commandèrent de la bière et du pain pour leur petit déjeuner. Mack pensa à Caspar Gordonson, l'avocat radical qui avait tout déclenché en lui expliquant quels étaient ses droits. Si je pouvais mettre la main sur Gordonson, se dit Mack, je lui montrerais un peu ce que valent nos droits.

La loi ne servait qu'à ceux qui avaient le pouvoir de la faire appliquer, semblait-il. Les mineurs et les dockers n'avaient pas d'avocat. Ils étaient stupides de parler de leurs droits. Les gens malins se fichaient éperdument du bien et du mal. Ils ne s'intéressaient qu'à eux-mêmes, comme Cora, Peg et Bob Delaney.

Il prit sa chope, mais, en la portant à ses lèvres, sa main s'immobilisa soudain. Voyons, mais Caspar Gordonson habitait Londres. Mack pouvait très bien mettre la main sur lui. Il pouvait lui faire savoir ce que valaient leurs droits, mais peut-être pouvait-il faire mieux que cela. Peut-être Gordonson accepterait-il de défendre la cause des dockers. Il était avocat et il écrivait constamment à propos de la liberté en Angleterre : il devrait les aider.

Ça valait la peine d'essayer.

Caspar Gordonson habitait Fleet Street. Le Fleet était un méchant cours d'eau qui se jetait dans la Tamise au pied de la colline sur laquelle était érigée la cathédrale Saint Paul. Gordonson vivait dans une maison de brique à trois étages auprès d'une grande taverne. « Il doit être célibataire, observa Dermot.

– Comment le sais-tu ? fit Charlie Smith.

– Des fenêtres sales, le pas de la porte n'est pas balayé : il n'y a pas de femme dans cette maison. »

Un domestique les fit entrer, sans manifester de surprise en les entendant demander Mr. Gordonson. À ce moment, deux hommes bien vêtus sortaient, poursuivant une discussion animée où il était question de William Pitt, le Lord du Sceau privé, et du vicomte Weymouth, un secrétaire d'État. Sans s'interrompre dans leur conversation, l'un d'eux salua Mack avec une politesse distraite, ce qui surprit grandement ce dernier car les gentlemen d'ordinaire ignoraient les gens du peuple.

Mack s'était imaginé la maison d'un avocat comme un endroit encombré de documents poussiéreux et de secrets murmurés où ce qu'on entendait de plus bruyant, c'était le crissement des plumes. La maison de Gordonson ressemblait plutôt à un atelier d'imprimeur. Dans l'entrée s'entassaient des pamphlets et des journaux en paquets ficelés. L'air sentait le papier et l'encre d'imprimerie, et le bruit d'une machine en dessous de l'escalier donnait à penser qu'on faisait fonctionner une presse dans le sous-sol.

Le domestique s'engouffra dans une pièce au fond du vestibule. Mack se demanda s'il ne perdait pas son temps. Les gens qui écrivaient de beaux articles dans les journaux ne se salissaient sans doute pas les mains en s'occupant des travailleurs. L'intérêt que Gordonson portait à la liberté pourrait bien être purement théorique. Mais Mack se disait qu'il devait tout essayer. C'était lui qui avait poussé ses compagnons dockers à la rébellion et voilà maintenant qu'ils étaient tous sans travail : il se devait de faire quelque chose.

Une voix forte et perçante lui parvint. « McAsh ? Jamais entendu parler de lui ! Qui est-ce ? Tu ne sais pas ? Alors demande ! Bah, qu'importe... »

Quelques instants plus tard, un homme un peu chauve et sans perruque apparut sur le seuil et dévisagea les trois dockers derrière ses lunettes. « Je ne crois pas connaître aucun de vous dit-il. Que me voulez-vous ? »

Ce n'était pas un début bien encourageant, mais Mack n'était pas homme à se laisser facilement démonter. Il répondit avec fougue : « Vous m'avez récemment donné quelques très mauvais conseils mais, malgré cela, je suis venu vous en demander d'autres. »

Il y eut un silence. Mack pensa qu'il avait vexé son interlocuteur. Mais là-dessus, Gordonson éclata d'un grand rire. D'une voix plutôt aimable, il dit : « Au fait, qui êtes-vous ?

– Malachi McAsh, dit Mack. J'étais mineur de charbon à Heugh, près d'Édimbourg, jusqu'au jour où vous m'avez écrit pour m'annoncer que j'étais un homme libre. »

Le visage de Gordonson s'éclaira. « Vous êtes le mineur épris de liberté ! Donnez-moi votre main, mon vieux. »

Mack lui présenta Dermot et Charlie.

«Entrez tous. Voulez-vous un verre de vin?» Ils le suivirent dans une pièce en désordre où se trouvaient un bureau et des rayons pleins de livres. D'autres publications s'entassaient sur le sol et la table était jonchée d'épreuves d'imprimerie. Un gros vieux chien était allongé sur un tapis dépenaillé devant le feu. Il flottait dans la pièce une odeur un peu forte qui devait venir du tapis ou du chien, ou des deux. Mack ôta un livre de droit ouvert sur une chaise et s'assit. «Je ne prendrai pas de vin, merci», dit-il. Il voulait garder la tête claire.

«Une tasse de café, peut-être. Le vin vous endort, mais le café vous réveille.» Sans attendre de réponse, il dit au serviteur: «Café pour tout le monde.» Il se tourna vers Mack. «Maintenant, McAsh, pourquoi le conseil que je vous ai donné était-il si mauvais?»

Mack lui raconta comment il avait quitté Heugh. Dermot et Charlie écoutaient de toutes leurs oreilles: ils n'avaient jamais entendu cette histoire. Gordonson alluma une pipe et souffla des nuages de fumée de tabac tout en secouant de temps en temps la tête d'un air écœuré. Le café arriva au moment où Mack terminait son récit.

«Voilà longtemps que je connais les Jamisson: ce sont des gens avides, sans cœur et brutaux, dit Gordonson avec feu. Qu'avez-vous fait quand vous êtes arrivé à Londres?

– Je suis devenu docker.» Mack raconta ce qui s'était passé à la taverne du Soleil la veille au soir.

«Les retenues pour l'alcool sur la paye des dockers sont un scandale qui dure depuis longtemps», observa Gordonson.

Mack acquiesça. «On m'a dit que je n'étais pas le premier à protester.

– Certes non. Le Parlement a d'ailleurs voté une loi contre cette pratique voilà dix ans.»

Mack était stupéfait. «Alors, comment se fait-il qu'elle continue?

– On n'a jamais appliqué la loi.

– Pourquoi donc ?

– Le gouvernement craint une rupture dans le ravitaillement en charbon. Londres vit sur le charbon. Sans lui, il ne se passe rien ici : on ne cuit pas de pain, on ne brasse pas de bière, on ne souffle pas de verre, on ne fond pas de fer, on ne ferre pas les chevaux, on ne fabrique pas de clous…

– Je comprends, fit Mack en l'interrompant avec impatience. Je ne devrais pas m'étonner que la loi ne fasse rien pour des hommes comme nous.

– Là, fit Gordonson d'un ton quelque peu pédant, vous vous trompez. La loi ne prend aucune décision. Elle n'a pas de volonté propre. C'est comme une arme ou un instrument : elle fonctionne pour ceux qui la prennent en main et qui savent l'utiliser.

– Les riches.

– En général, reconnut Gordonson. Mais elle pourrait fonctionner pour vous aussi.

– Comment ? fit Mack, plein d'ardeur.

– Imaginez que vous ayez conçu un autre système d'organisation des équipes pour le déchargement des navires charbonniers. »

C'était ce que Mack espérait. « Ce ne serait pas difficile, dit-il. Les hommes pourraient choisir l'un d'entre eux pour être entrepreneur et traiter avec les capitaines de bateau. L'argent serait partagé sitôt reçu.

– Je présume que les dockers préféreraient travailler avec ce nouveau système et être libres de dépenser leur paye comme ils l'entendent.

– Mais oui, dit Mack, en s'efforçant de réprimer l'excitation qui montait en lui. Ils pourraient payer leur bière quand ils la boivent, comme tout le monde. »
Mais Gordonson allait-il mettre son poids du côté des dockers ? Dans ce cas-là, tout pourrait changer.

Charlie Smith dit d'un ton lugubre : « On a déjà essayé. Ça ne marche pas. »

Mack se souvint que Charlie était docker depuis

des années. «Pourquoi est-ce que ça ne marche pas? demanda-t-il.

– Ce qui se passe, c'est que les entrepreneurs donnent des pots-de-vin aux capitaines des navires pour qu'ils n'emploient pas les nouvelles équipes. Alors, il y a des problèmes et des bagarres. Et ce sont les nouvelles équipes qui se font punir parce que les magistrats sont des entrepreneurs eux-mêmes, ou des amis des entrepreneurs... et les dockers retombent dans le vieux système.

– Les imbéciles», dit Mack.

Charlie eut l'air vexé. «Je pense que, s'ils étaient malins, ils ne seraient pas dockers.»

Mack se rendit compte qu'il l'avait pris de haut, mais l'injustice le mettait en fureur. «Ils n'ont besoin que d'un peu de détermination et de solidarité, dit-il.

– Il n'y a pas que ça, intervint Gordonson. C'est une question de politique. Je me souviens de la dernière querelle des dockers. Ils ont été vaincus parce qu'ils n'avaient personne pour les défendre. Les entrepreneurs étaient contre eux et personne n'était pour eux.

– Pourquoi cela serait-il différent cette fois-ci? demanda Mack.

– À cause de John Wilkes.»

Wilkes était le défenseur de la liberté, mais il était en exil. «Il ne peut pas faire grand-chose pour nous depuis Paris.

– Il n'est pas à Paris. Il est rentré.»

Ça, c'était une surprise. «Que va-t-il faire?

– Se présenter au Parlement.»

Mack s'imaginait sans peine les remous que cela allait provoquer dans les milieux politiques de Londres. «Mais je ne vois quand même pas en quoi ça nous aide.

– Wilkes prendra le parti des dockers et le gouvernement défendra les entrepreneurs. Une telle querelle, avec des travailleurs visiblement dans leur droit, servirait beaucoup la cause de Wilkes.

– Comment savez-vous ce que Wilkes va faire ? »

Gordonson eut un grand sourire. «Je suis son agent électoral. »

Gordonson était plus puissant que Mack ne s'en était rendu compte. Voilà qui était un coup de chance.

Toujours sceptique, Charlie Smith reprit : «Alors, vous comptez utiliser les dockers pour faire progresser vos objectifs politiques.

– Vous avez raison de poser la question », fit doucement Gordonson. Il reposa sa pipe. «Mais pourquoi est-ce que je soutiens Wilkes ? Laissez-moi vous expliquer. Vous êtes venus me trouver en vous plaignant d'une injustice. Il y en a trop. Cela nuit au commerce, parce que les mauvaises entreprises sapent les bonnes. Et même si c'était bon pour le commerce, ça ne le serait pas moralement. J'aime mon pays. Je déteste les brutes prêtes à anéantir son peuple et à ruiner sa prospérité. Je passe donc ma vie à me battre pour la justice. » Il sourit et reprit sa pipe entre ses dents. «J'espère que ça ne vous semble pas trop pompeux.

– Pas du tout, fit Mack. Je suis heureux que vous soyez de notre bord. »

16

Jay Jamisson se maria par un jour humide et froid. De sa chambre de Grosvenor Square, il apercevait Hyde Park où bivouaquait son régiment. Une légère brume flottait au ras du sol et les tentes des soldats ressemblaient à des voiles de bateau sur une mer grise et houleuse. Çà et là, la fumée qui montait des feux rougeoyants venait l'épaissir encore. Les hommes devaient être déprimés, mais il est vrai que les soldats l'étaient toujours.

Il détourna son regard de la fenêtre. Chip Marlborough, son garçon d'honneur, présentait à Jay sa nouvelle tunique. Jay la passa en grommelant des remerciements. Chip était capitaine au troisième régiment d'infanterie de la Garde, comme Jay. Son père était Lord Arebury, qui était en relations d'affaires avec le père de Jay. Celui-ci était flatté d'avoir auprès de lui le jour de son mariage un rejeton de la haute aristocratie.

«Tu t'es occupé des chevaux? demanda Jay avec inquiétude.

– Bien sûr», fit Chip.

Même si le troisième était un régiment d'infanterie, les officiers étaient toujours montés et Jay avait la responsabilité de superviser les hommes qui s'occupaient des chevaux. Il faisait cela très bien : il comprenait d'instinct les chevaux. Il avait eu deux jours de permission pour son mariage mais il continuait à s'inquiéter à l'idée qu'on ne soignait pas bien les bêtes. Sa permission était de courte durée car le régiment était de service actif. On n'était pas en guerre : le dernier conflit dans lequel l'armée britannique avait combattu, c'était la guerre de Sept Ans en Amérique qui s'était terminée alors que Jay et Chip étaient encore des collégiens. Mais les habitants de Londres étaient si agités, si turbulents, que des troupes étaient toujours en état d'alerte pour réprimer des émeutes. Régulièrement, un groupe d'ouvriers en colère se mettait en grève, marchait sur le Parlement, défilait dans la rue en cassant des carreaux. Cette semaine encore, les tisserands d'un atelier de soierie, furieux de voir leur paie réduite, avaient saccagé trois des nouveaux métiers mécaniques de Spitalfields.

«J'espère qu'on ne va pas convoquer le régiment pendant que je suis en permission, dit Jay. Ce serait bien ma chance de manquer un engagement.

– Cesse de t'inquiéter!» Chip versa du cognac

dans deux verres. Il était grand amateur de cognac. « À l'amour ! »

– À l'amour », répéta Jay.

Il ne connaissait pas grand-chose dans ce domaine, songea-t-il. Il avait perdu sa virginité cinq ans auparavant avec Arabella, une des femmes de chambre de son père. Il avait cru à l'époque qu'il l'avait séduite mais, à y bien réfléchir, il comprenait que ç'avait été le contraire. Il avait partagé trois fois son lit, puis elle lui avait annoncé qu'elle était enceinte. Il lui avait versé trente livres – empruntées à un prêteur sur gages – pour disparaître. Il pensait aujourd'hui qu'elle n'avait jamais été enceinte et que toute l'histoire était un coup monté.

Depuis lors, il avait flirté avec des douzaines de filles, en avait embrassé beaucoup et avait couché avec quelques-unes. Il n'avait aucun mal à charmer une fille : il s'agissait avant tout de faire semblant de s'intéresser à tout ce qu'elle disait. Et voilà maintenant que pour la première fois c'était lui qui subissait ce même traitement. Quand il était avec Lizzie, il se sentait toujours un peu hors d'haleine. Il savait qu'il la dévisageait comme si elle était la seule personne dans la pièce, tout comme une fille le regardait quand il était en train de la fasciner. Était-ce ça, l'amour ? Il pensait que oui.

Son père avait fini par s'apaiser à propos du mariage en songeant à la possibilité de mettre la main sur le charbon de Lizzie. Voilà pourquoi il accueillait Lizzie et sa mère dans la maison d'amis et payait le loyer de celle de Rugby Street où Jay et Lizzie allaient habiter après le mariage. Il n'avait fait aucune promesse ferme à Père, mais il ne lui avait pas dit non plus que Lizzie était résolument opposée à l'ouverture de mines sur High Glen. Jay espérait simplement que tout finirait par s'arranger.

La porte s'ouvrit et un valet lui demanda : « Voulez-vous voir un Mr. Lennox, monsieur ? »

Jay sentit son cœur se serrer. Il devait de l'argent à

Sidney Lennox : des dettes de jeu. Il aurait volontiers renvoyé l'homme – après tout, ce n'était qu'un aubergiste – mais ce Lennox pouvait se montrer déplaisant quand il s'agissait de dettes. «Tu ferais mieux de le faire entrer, dit Jay. Excuse-moi, dit-il à Chip.

– Je connais Lennox, dit Chip. Moi aussi je lui dois de l'argent.»

Lennox entra. Jay remarqua aussitôt l'odeur douce-amère qui émanait de sa personne. Chip l'accueillit. «Comment ça va, vieille canaille ?»

Lennox lui lança un regard sans chaleur. «Je remarque que vous ne m'appelez pas "vieille canaille" quand vous gagnez.»

Jay, nerveux, l'observa. Lennox portait un habit jaune et des bas de soie avec des chaussures à boucle, mais il avait l'air d'un chacal déguisé en homme ; il y avait chez lui quelque chose de menaçant que des vêtements recherchés ne parvenaient pas à dissimuler. Jay, toutefois, n'arrivait pas à rompre complètement avec Lennox. C'était une relation très utile : il savait toujours où il y avait un combat de coqs, une rencontre de gladiateurs ou une course de chevaux. Et faute de tout cela, il organisait lui-même une partie de cartes ou de dés.

Il était disposé aussi à faire crédit aux jeunes officiers à court de liquide et c'était bien là l'ennui. Jay devait à Lennox cent cinquante livres. Ce serait gênant si Lennox insistait pour un remboursement immédiat.

«Vous savez, Lennox, que je me marie aujourd'hui, dit Jay.

– Oui, je le sais, répondit Lennox. Je suis venu boire à votre santé.

– Mais comment donc, comment donc ! Chip... un verre pour notre ami.»

Chip versa une généreuse rasade de cognac.

«À vous et à votre future femme, dit Lennox.

– Merci», dit Jay, et les trois hommes trinquèrent.

Lennox s'adressa à Chip. «Capitaine Marlborough,

il va y avoir une grande partie de pharaon demain soir au Café de Lord Archer.

– Ça me paraît tentant, fit Chip.

– J'espère vous voir là-bas. Vous serez sans doute trop occupé, capitaine Jamisson.

– Je le pense », répondit Jay. D'ailleurs, se dit-il, je ne peux pas me le permettre.

Lennox reposa son verre. « Je vous souhaite le bonjour et j'espère que le brouillard va se lever », dit-il. Et il sortit.

Jay dissimula son soulagement. Il n'avait pas été question d'argent. Lennox savait que le père de Jay avait payé sa dernière dette et peut-être était-il persuadé que Sir George allait recommencer. Jay se demanda pourquoi Lennox était venu : certainement pas pour avaler un verre de cognac gratis. Il avait la déplaisante impression que Lennox était venu lui porter une sorte de message. Il y avait dans l'air une menace tacite. Mais, au bout du compte, que pouvait donc faire un aubergiste au fils d'un riche négociant ?

De la rue, Jay entendit le bruit des voitures à chevaux qui s'arrêtaient devant la maison. Il cessa de penser à Lennox. « Descendons », dit-il.

Le salon était une vaste pièce aux meubles somptueux. Il flottait dans l'air une odeur d'encaustique. La mère de Jay, son père et son frère étaient là, tous habillés pour se rendre à l'église. Alicia embrassa Jay. Sir George et Robert l'accueillirent avec une certaine gaucherie. Ce n'avait jamais été une famille affectueuse et tout le monde se souvenait encore de la scène à propos du cadeau d'anniversaire.

Un valet servait le café. Jay et Chip prirent chacun une tasse. Ils n'avaient pas eu le temps d'en boire une gorgée que la porte s'ouvrit toute grande et que Lizzie entra en trombe. « Comment osez-vous ? lança-t-elle. Comment osez-vous ? »

Jay sentit son cœur s'arrêter. Que se passait-il maintenant ? Lizzie était rose d'indignation, ses yeux lançaient des éclairs, sa poitrine se soulevait. Elle portait sa robe de mariée, une simple toilette blanche avec un bonnet blanc, mais elle était ravissante.

«Qu'est-ce que j'ai fait? demanda Jay d'un ton plaintif.

– Le mariage est annulé! repondit-elle.

– Non!» s'écria Jay. On n'allait tout de même pas la lui souffler sous le nez à la dernière minute? Cette pensée était insupportable.

Lady Hallim arriva en hâte derrière elle, l'air désemparé. «Lizzie, fit-elle, je t'en prie, arrête.»

La mère de Jay prit les choses en main. «Lizzie, ma chérie, au nom du ciel, qu'arrive-t-il? Je vous en prie, dites-nous ce qui vous a mise dans un état pareil.

– Ceci!» fit-elle en brandissant une liasse de papiers.

Lady Hallim se tordait les mains.

«C'est une lettre de mon régisseur, expliqua-t-elle.

– Elle dit, reprit Lizzie, que les géologues employés par les Jamisson ont procédé à des sondages sur le domaine Hallim.

– Des sondages?» fit Jay, déconcerté. Il regarda Robert et vit sur son visage une expression sournoise.

«Évidemment, s'écria Lizzie avec impatience, ils cherchent du charbon.

– Oh non!» protesta Jay. Il comprit ce qui s'était passé. Dans son impatience, son père avait mis les bouchées doubles. Il était si pressé de mettre la main sur le charbon de Lizzie qu'il n'avait pas pu attendre le mariage.

Mais le geste de son père avait peut-être fait perdre à Jay sa future épouse. Cette pensée le mit suffisamment en colère pour qu'il apostrophe son père: «Pauvre idiot! lança-t-il imprudemment. Regardez ce que vous avez fait!»

C'étaient là des propos choquants dans la bouche d'un fils s'adressant à son père, et Sir George n'avait pas l'habitude qu'on lui tienne tête. Il devint tout rouge, il avait les yeux exorbités. «Alors! tonna-t-il, annule ce fichu mariage. Que veux-tu que ça me fasse?»

Alicia intervint. «Calme-toi, Jay, et vous aussi, Lizzie», dit-elle. Elle s'adressait aussi à Sir George, mais elle eut le tact de ne pas le faire à haute voix. «Il y a manifestement eu une erreur. Sans aucun doute les géologues de Sir George ont mal compris certaines de ses instructions. Lady Hallim, je vous en prie, retirez-vous quelques instants avec Lizzie et laissez-nous tirer cette affaire au clair. Je suis sûre qu'il n'y a pas là de quoi annuler le mariage.»

Chip Marlborough toussota. Jay avait oublié sa présence. «Si vous voulez bien m'excuser…», dit Chip. Il se dirigea vers la porte.

«Ne t'en va pas, supplia Jay. Attends-moi là-haut.

– Certainement», fit Chip. Mais on lisait sur son visage qu'il aurait donné n'importe quoi pour être ailleurs.

Alicia poussa doucement Lizzie et Lady Hallim vers la porte. «Je vous en prie, accordez-moi quelques minutes. Je viendrai vous chercher quand tout sera arrangé.»

Lizzie sortit, l'air plus incrédule que furieuse. Jay espérait qu'elle pensait qu'il n'était absolument pas au courant de ces sondages. Sa mère referma la porte et se retourna. Jay priait le ciel qu'elle puisse trouver quelque chose pour sauver le mariage. Elle était si habile. C'était son seul espoir.

Elle ne fit aucun reproche à son père. Au lieu de cela, elle déclara: «S'il n'y a pas de mariage, vous n'aurez pas votre charbon.

– High Glen est en faillite! répliqua Sir George.

– Mais Lady Hallim pourrait renouveler ses hypothèques avec un autre emprunteur.

– Elle ne le sait pas.

– Quelqu'un le lui dira bien.»

Il y eut un silence: chacun comprenait la menace. Jay craignait de voir son père exploser. Mais Mère savait parfaitement jusqu'où on pouvait le pousser et il finit par dire d'un ton résigné: «Que voulez-vous, Alicia?»

Jay poussa un soupir de soulagement. Peut-être après tout son mariage pourrait-il être sauvé.

«Tout d'abord, répondit Mère, il faut que Jay parle à Lizzie et la persuade qu'il ne savait rien de la présence des géologues.

– C'est vrai! lança Jay.

– Tais-toi et écoute, dit brutalement son père.

– S'il y parvient, poursuivit Mère, ils peuvent se marier comme prévu.

– Et ensuite?

– Ensuite, soyez patient. Avec le temps, Jay et moi pourrons persuader Lizzie. Actuellement, elle est hostile à l'idée d'exploiter le charbon, mais elle changera d'avis ou du moins se montrera-t-elle plus raisonnable – surtout quand elle aura un foyer, un bébé, et qu'elle commencera à comprendre l'importance de l'argent.»

Sir George secoua la tête. «Ça ne suffit pas, Alicia : je ne peux pas attendre.

– Au nom du ciel, pourquoi?»

Il marqua un temps, puis regarda Robert qui haussa les épaules. «Autant vous le dire, déclara Père. Moi aussi, j'ai des dettes. Vous savez que nous avons toujours fonctionné sur de l'argent emprunté – pour la plupart à Lord Arebury. Dans le passé, nous avons fait des bénéfices. Mais, depuis que les problèmes ont éclaté aux colonies, notre commerce avec l'Amérique a considérablement diminué. Et notre plus gros débiteur est en banqueroute. Il m'a laissé avec une plantation de tabac en Virginie que je n'arrive pas à vendre.»

Jay était abasourdi. L'idée ne lui était jamais venue que les affaires de la famille étaient risquées et que la fortune qu'il avait toujours connue n'était pas éternelle. Il commençait à comprendre pourquoi son père avait été si furieux d'être obligé de payer ses dettes de jeu.

Père reprit : «Nous avons tenu grâce au charbon, mais ce n'est pas suffisant. Lord Arebury réclame son argent. Il me faut le domaine Hallim. Sinon, je pourrais bien perdre toute mon affaire. »

Il y eut un silence. Jay et sa mère étaient trop stupéfaits pour parler.

Alicia finit par dire : « Alors, il n'y a qu'une solution. Il va falloir exploiter le charbon de High Glen à l'insu de Lizzie. »

Jay fronça les sourcils d'un air inquiet. Mais il décida de ne rien dire pour le moment.

« Comment pourrait-on s'y prendre ? dit Sir George.

– En les envoyant, elle et Jay, dans un autre pays. »

Jay en fut saisi. Quelle brillante idée ! « Mais Lady Hallim le saura, dit-il, et elle ne manquera pas de le dire à Lizzie. »

Alicia secoua la tête. « Absolument pas. Elle fera tout pour que ce mariage ait lieu. Si nous le lui demandons, elle gardera le silence.

– Mais où irions-nous ? fit Jay. Dans quel pays ?

– À la Barbade, répondit sa mère.

– Non ! protesta Robert. Jay ne peut pas avoir la plantation de canne à sucre. »

Alicia reprit calmement : « Je pense que, si la survie de toute l'entreprise familiale en dépend, ton père la lui donnera. »

Robert arborait un air triomphant. « Même s'il le veut, Père ne le peut pas. La plantation m'appartient déjà. »

Alicia lança à Sir George un regard interrogateur. « C'est vrai ? Elle est à lui ? »

Sir George acquiesça. « Je la lui ai cédée.

– Quand cela ?

– Il y a trois ans. »

Ce fut un nouveau choc. Jay ne s'en doutait absolument pas. Il se sentit ulcéré. « C'est pourquoi vous n'avez pas voulu me la donner pour mon anniversaire, dit-il tristement. Vous en aviez déjà fait don à Robert.

– Mais, Robert, fit Alicia, tu la rendrais certainement pour sauver toute l'entreprise ?

– Pas du tout ! s'écria Robert. Ça n'est que le

début : vous allez commencer par me voler la plantation et à la fin vous aurez tout ! Je sais que vous avez
toujours voulu me prendre l'affaire familiale et la
donner à ce petit salopard.

– Tout ce que je veux pour Jay, répliqua-t-elle,
c'est un partage équitable.

– Robert, intervint Sir George, tu comprends bien
que cela pourrait signifier la banqueroute pour nous
tous.

– Pas pour moi, dit-il, triomphant. J'aurai toujours
une plantation.

– Mais tu pourrais avoir tellement plus », dit
Sir George.

Robert prit un air retors. « Très bien, je suis d'accord – à une condition : que vous me cédiez le reste
de l'affaire, je veux dire tout. Et que vous preniez
votre retraite.

– Pas question ! s'écria Sir George. Je ne vais pas
prendre ma retraite : Je n'ai même pas cinquante
ans ! »

Ils se dévisagèrent. Robert et Sir George : Jay songea à quel point ils se ressemblaient. Ni l'un ni
l'autre ne voulaient céder, il le savait, et il sentit son
cœur se serrer.

C'était une impasse. Ces deux hommes obstinés
étaient dans une situation sans issue et, à eux deux,
ils allaient tout gâcher : le mariage, l'entreprise et
l'avenir de la famille.

Mais Alicia n'était pas prête à s'avouer vaincue.
« Qu'est-ce que cette propriété en Virginie, George ?

– Mockjack Hall : c'est une plantation de tabac
d'environ mille arpents avec une cinquantaine d'esclaves… À quoi pensez-vous ?

– Vous pourriez donner cela à Jay. »

Jay sentit son cœur bondir. La Virginie ! Ce serait
le nouveau départ dont il rêvait : loin de son père et
de son frère, avec un endroit à lui qu'il pourrait gérer
et cultiver. Et Lizzie sauterait sur l'occasion.

Sir George plissa les yeux. « Je ne pourrai pas lui

donner un penny, dit-il. Il devra emprunter ce qu'il lui faudra pour faire tourner la propriété.

– Ça m'est égal», s'empressa de dire Jay.

Alicia intervint. «Mais vous devriez payer les intérêts sur l'hypothèque de Lady Hallim : sans cela, elle risquerait de perdre High Glen.

– Je peux le faire avec le revenu du charbon.» Père poursuivit, étudiant tout haut les détails : «Il faut qu'ils partent le plus vite possible pour la Virginie : dans quelques semaines.

– Laissez-leur au moins trois mois», protesta Alicia.

Il secoua la tête. «J'ai besoin du charbon plus tôt que cela.

– Faisons au mieux.»

Jay était très nerveux. L'idée qu'on dupe ainsi Lizzie lui pesait. Si elle découvrait la vérité, c'est lui qui subirait sa colère. «Et si quelqu'un lui écrit?» dit-il.

Alicia parut songeuse. «S'il le faut, nous congédierons les domestiques de High Glen House.

– Ça pourrait marcher, fit Sir George. Très bien… nous allons faire cela.»

Alicia se tourna vers Jay avec un sourire de triomphe. Elle était parvenue à lui faire obtenir sa part d'héritage. Elle le prit dans ses bras et l'embrassa. «Béni sois-tu, mon cher fils, dit-elle. Maintenant va lui dire que ta famille et toi êtes absolument navrés de cette erreur et que finalement ton père t'a offert en cadeau de mariage Mockjack Hall.»

Jay étreignit sa mère en murmurant : «Bien joué, Mère… merci.»

Il sortit. Il traversa le jardin, rempli tout à la fois de jubilation et d'appréhension. Il avait enfin ce qu'il avait toujours voulu. Mais c'était au prix d'une tromperie. Pourtant, s'il avait refusé ; il aurait perdu la propriété et peut-être aurait-il perdu sa femme aussi.

Il entra dans la petite maison d'amis. Lady Hallim et Lizzie étaient assises auprès d'un feu de charbon qui fumait un peu dans le modeste salon. Toutes deux avaient pleuré.

Jay éprouva soudain la dangereuse envie de dire la vérité à Lizzie. S'il lui révélait la supercherie de ses parents, lui demandait de l'épouser et de vivre dans la pauvreté, peut-être dirait-elle oui.

Mais le risque lui fit peur. Et c'en serait fini de leur rêve de partir pour un pays nouveau. Parfois, se dit-il, mentir était plus charitable.

Allait-elle le croire ?

Il s'agenouilla devant elle. Sa robe de mariée embaumait la lavande. «Mon père est absolument désolé, dit-il. Il a envoyé les géologues pour me faire une surprise : il croyait que nous serions ravis de savoir qu'il y avait du charbon sur vos terres. Il ignorait à quel point vous étiez opposée à ce qu'on l'exploite.»

Elle paraissait sceptique. «Pourquoi ne le lui aviez-vous pas dit ?»

Il ouvrit les mains dans un geste d'impuissance. «Il ne m'a jamais posé la question.» Elle avait toujours un air obstiné, mais il avait encore une carte dans sa manche. «Et puis, il y a autre chose. Notre cadeau de mariage.»

Elle fronça les sourcils. «Qu'est-ce donc ?

– Mockjack Hall : une plantation de tabac en Virginie. Nous pouvons aller là-bas dès que nous le voudrons.»

Elle le dévisagea avec surprise.

«C'est ce que nous avons toujours voulu, n'est-ce pas ? fit-il. Un nouveau départ dans un pays neuf : l'aventure !»

Lentement un sourire s'épanouit sur le visage de Lizzie. «Vraiment ? La Virginie ? C'est vrai ?»

Il avait du mal à croire qu'elle allait accepter. «Alors, dit-il d'un ton craintif, vous voulez bien ?»

Elle sourit. Des larmes lui montèrent aux yeux et elle n'arrivait pas à parler. Elle acquiesça sans rien dire.

Jay comprit qu'il avait gagné. Il avait tout ce qu'il voulait. C'était la même sensation que quand on se retrouvait avec du jeu aux cartes. C'était le moment d'engranger ses gains.

Il se releva et lui offrit son bras. «Alors, dit-il, venez avec moi. Allons nous marier.»

17

À midi le troisième jour, la cale du *Durham Primrose* était vidée de son charbon.

Mack regarda autour de lui : il avait peine à croire que c'était vrai. Ils avaient fait tout cela sans entrepreneur.

Ils avaient surveillé les rives du fleuve et choisi un navire charbonnier qui arrivait au milieu de la journée quand les autres équipes étaient déjà au travail. Tandis que les hommes attendaient sur la berge, Mack et Charlie étaient partis à la rame jusqu'au navire au moment où il jetait l'ancre : ils avaient proposé leurs services en se déclarant prêts à commencer immédiatement. Le capitaine savait que, s'il voulait une équipe régulière, il devrait attendre le lendemain. Et pour les commandants de navire, le temps, c'était de l'argent : il les engagea donc.

Les hommes semblaient travailler plus vite, sachant qu'ils allaient être payés en totalité. Ils continuèrent à boire de la bière toute la journée mais, en payant à chaque chope, ils ne prenaient que ce qu'il leur fallait. Et ils déchargèrent le vaisseau en quarante-huit heures.

Mack posa sa pelle sur son épaule et monta sur le pont. Le temps était froid et brumeux, mais Mack avait chaud après son séjour dans la cale. On jeta dans le canot le dernier sac de charbon : les dockers poussèrent des acclamations.

Mack eut une conversation avec le second. Le

canot transportait cinq cents sacs et tous deux avaient tenu le compte du nombre d'allers et retours effectués. Ils comptèrent maintenant les quelques sacs qui restaient pour le dernier voyage et se mirent d'accord sur le total. Puis ils descendirent dans la cabine du capitaine.

«C'est terminé? fit-il. Vous êtes plus rapides que les équipes habituelles. Ça fait combien?

– Six cents vingtaines, moins quatre-vingt-treize», dit le second.

Mack acquiesça. On comptait par vingtaine parce que chaque homme était payé un penny pour vingt sacs.

Le capitaine leur fit signe d'entrer et s'installa devant un boulier. «Six cents vingtaines moins quatre-vingt-treize à seize pence par vingtaine…» C'était une somme compliquée, mais Mack avait l'habitude d'être payé au poids du charbon qu'il coltinait et il était capable de faire du calcul mental quand sa paye en dépendait.

Le capitaine avait une clé au bout d'une chaîne attachée à sa ceinture. Il l'utilisa pour ouvrir un coffre posé dans le coin. Mack le regarda en sortir une cassette, la poser sur la table et l'ouvrir. «Disons que les sept sacs en plus font une demi-vingtaine, je te dois exactement trente-neuf livres et quatorze shillings.» Puis il compta l'argent.

Tenant l'argent dans ses mains, Mack éprouva un formidable sentiment de triomphe. Chaque homme avait gagné près de deux livres et dix shillings : plus en deux jours qu'ils n'en récoltaient en deux semaines avec Lennox. Mais surtout, ils avaient prouvé qu'ils pouvaient défendre leurs droits.

Il s'assit en tailleur sur le pont du navire pour payer les hommes. Le premier de la file, Amos Tipe, exprima sa reconnaissance : «Merci, Mack, et Dieu te bénisse, mon garçon.

– Ne me remercie pas, protesta Mack. Tu l'as bien gagné.»

En dépit de ses protestations, le suivant le remercia de la même façon, comme s'il était un prince dispensant des faveurs. «Ce n'est pas tant l'argent, dit Mack tandis qu'un troisième, Flash Harley, s'avançait. Nous avons gagné notre dignité aussi.

– Mack, dit Flash, tu peux garder la dignité. Donne-moi simplement l'argent.» Les autres se mirent à rire.

Mack leur en voulut un peu. Rien toutefois ne pouvait ternir sa victoire. Regagnant tous la berge à la rame, les hommes se mirent à entonner à pleine voix *Le Maire de Bayswater*, une chanson très obscène, et Mack chanta avec eux à tue-tête.

Dermot et lui rentrèrent à pied à Spitalfields. La brume du matin se levait. Mack fredonnait et marchait d'un pas gaillard. Quand il entra dans sa chambre, une agréable surprise l'attendait. Assise sur un tabouret, embaumant le bois de santal et agitant une jambe bien tournée, il trouva Cora, la rousse amie de Peg, en manteau couleur châtaigne et coiffée d'un coquet chapeau.

Elle avait pris le manteau de Mack, normalement posé sur la paillasse qui lui servait de lit, et elle en caressait la fourrure. «Où t'es-tu procuré ça? demanda-t-elle.

– C'était un cadeau d'une belle dame, dit-il avec un grand sourire. Qu'est-ce que tu fais ici?

– Je suis venue te voir, répondit-elle. Si tu te laves le visage, tu peux sortir avec moi... enfin, si tu n'es pas obligé d'aller prendre le thé avec de belles dames.»

Il avait dû paraître hésitant, car elle ajouta: «Ne prends pas un air aussi étonné. Tu penses sans doute que je suis une putain, mais c'est seulement en désespoir de cause.»

Il prit son morceau de savon et descendit auprès du tuyau d'écoulement dans la cour. Cora le suivit et le regarda se frotter torse nu pour rincer le poussier qui lui couvrait la peau et les cheveux. Il emprunta une chemise propre à Dermot, mit son manteau et son chapeau et prit le bras de Cora.

Ils se dirigèrent vers l'ouest, traversant le cœur de la ville. À Londres, Mack l'avait découvert, les gens se promenaient dans les rues pour se distraire comme on marchait dans les collines d'Écosse. Il était ravi d'avoir Cora à son bras. Il aimait la façon dont ses hanches se balançaient si bien que de temps en temps elle l'effleurait. À cause de la couleur de ses cheveux et de sa toilette audacieuse elle attirait l'attention et Mack surprit les regards envieux des autres hommes.

Ils entrèrent dans une taverne et commandèrent des huîtres, du pain et de la porter, une bière brune forte. Cora dévora de bon appétit, avalant les huîtres d'un trait et les faisant passer avec de longues lampées de bière.

Quand ils ressortirent, le temps avait changé. Il faisait encore frais, mais un pâle soleil brillait. Ils déambulèrent dans le riche quartier résidentiel de Mayfair.

Au cours des vingt-deux premières années de sa vie, Mack n'avait vu que deux somptueuses demeures, Jamisson Castle et High Glen House. Dans ce quartier, il y avait des maisons comme ça à chaque coin de rue. La richesse de Londres ne cessait jamais de l'étonner.

Devant l'une des plus belles demeures, une file de voitures s'arrêtaient pour déposer des invités, comme pour une réception. Sur le trottoir, de chaque côté, une petite foule de passants et de domestiques regardaient. C'était le milieu de l'après-midi, mais la maison étincelait de lumières, et l'entrée était décorée avec des fleurs. « Ce doit être un mariage », déclara Cora.

Un autre attelage s'arrêta et une silhouette familière apparut. Mack sursauta en reconnaissant Jay Jamisson. Jay aida sa jeune épouse à descendre de voiture sous les applaudissements et les acclamations des badauds.

« Elle est jolie », fit Cora.

Lizzie sourit et regarda autour d'elle, pour répondre aux applaudissements. Son regard croisa celui de Mack et, un instant, elle se figea. Il sourit et lui fit de grands gestes. Elle s'empressa de détourner les yeux et s'engouffra à l'intérieur.

Tout cela n'avait duré qu'une fraction de seconde, mais rien n'échappait à l'œil d'aigle de Cora. « Tu la connais ?

– C'est elle qui m'a donné la fourrure, dit Mack.

– J'espère que son mari ne sait pas qu'elle fait des cadeaux aux dockers.

– Elle a eu tort de choisir Jay Jamisson : c'est un beau mollasson.

– Tu dois sans doute penser qu'elle aurait mieux fait de t'épouser, dit Cora d'un ton sarcastique.

– C'est vrai, d'ailleurs, fit Mack d'un ton grave. On va au théâtre ? »

Tard ce soir-là, Lizzie et Jay étaient assis dans le lit de la chambre nuptiale, en vêtements de nuit et entourés de parents et d'amis plus ou moins ivres. Les plus âgés avaient depuis longtemps quitté la pièce, mais la coutume voulait que les invités au mariage s'attardent pour tourmenter le couple qu'on supposait désespérément impatient de consommer son union.

Chip Marlborough entreprit de remplir les verres de tout le monde. « Un toast ! fit-il.

– Un dernier toast ! » lança Jay. Les rires et les lazzi fusèrent.

Lizzie but une gorgée : c'était un mélange de vin, de lait et de jaune d'œuf avec du sucre et de la cannelle. Elle était épuisée. La journée avait été longue.

Katie Drome, une parente des Jamisson, était assise au bord du lit : elle tenait à la main un des bas de soie blanche de Jay qu'elle lança derrière elle par-dessus son épaule. Si elle touchait Jay, disait la superstition, alors elle se marierait bientôt. Elle le lança au hasard mais Jay, bonne âme, tendit le bras pour l'attraper et le posa sur sa tête comme s'il avait atterri là : tout le monde applaudit.

Un homme passablement ivre du nom de Peter McKay vint s'asseoir auprès d'elle. « La Virginie, dit-il. Hamish Drome est parti pour la Virginie, vous savez, après avoir été dépouillé de son héritage par la mère de Robert. »

Lizzie était stupéfaite. La légende familiale voulait qu'Olive, la mère de Robert, eût soigné un cousin célibataire mourant qui, par reconnaissance, avait modifié son testament en faveur de la jeune femme.

Jay entendit la remarque. « Dépouillé ? fit-il.

– C'est évidemment Olive qui a falsifié ce testament, dit McKay. Mais Hamish n'a jamais pu le prouver, alors il a bien dû s'incliner. Il est parti pour la Virginie et on n'a plus jamais entendu parler de lui. »

Jay éclata de rire. « Ha ! la sainte Olive... une faussaire !

– Chut ! fit McKay. Sir George va nous tuer tous s'il entend cela ! »

Lizzie était intriguée, mais elle en avait assez pour la journée de la famille de Jay. « Faites partir tous ces gens ! » siffla-t-elle.

On avait maintenant satisfait à toutes les exigences de la coutume. Jay ferma la porte et tourna la clé dans la serrure. Puis il déplaça une lourde commode qu'il installa en travers du seuil pour s'assurer qu'on ne les interrompait pas.

Lizzie se sentit soudain la bouche sèche. C'était le moment qu'elle attendait depuis le jour où Jay l'avait embrassée dans le hall de Jamisson Castle et lui avait demandé de l'épouser. Depuis lors, leurs étreintes, volées dans les rares moments où on les laissait seuls ensemble, étaient devenues de plus en plus passionnées. Du baiser à lèvres ouvertes ils avaient évolué vers des caresses toujours plus intimes. Ils avaient fait tout ce que deux personnes pouvaient faire dans une pièce ouverte à tous les vents, avec une mère ou deux susceptibles de faire irruption à tout moment. Maintenant, enfin, on les autorisait à mettre le verrou.

Jay fit le tour de la pièce en mouchant les chandelles. Lorsqu'il en arriva à la dernière, Lizzie dit : « Laissez-en une allumée. »

Il eut l'air surpris. « Pourquoi ?

– Je veux vous regarder. » Comme il semblait hésiter, elle ajouta : « Ça n'est pas bien ?

– Si, je pense que si », dit-il en remontant dans le lit.

Il se mit à l'embrasser et à la caresser : elle aurait voulu qu'ils soient nus tous les deux, mais elle décida de ne pas le suggérer. Cette fois, elle allait le laisser faire à sa guise.

L'excitation qu'elle connaissait bien lui donna des picotements dans les jambes : elle sentait les mains de Jay parcourir tout son corps. Bientôt, il lui écarta les jambes et monta sur elle. Elle leva son visage vers lui pour l'embrasser au moment où il la pénétrait : il était trop concentré et il ne s'en aperçut pas. Elle ressentit une douleur brusque et vive. Elle faillit crier. Et puis c'était fini.

Il bougeait en elle et elle bougeait avec lui. Elle ne savait pas trop si c'était ce qu'il fallait faire, mais cela semblait bien. Elle commençait à peine à y prendre plaisir quand Jay s'arrêta, eut un sursaut, poussa encore une fois et s'effondra sur elle, le souffle rauque.

Elle fronça les sourcils. « Vous allez bien ? dit-elle.

– Oui », grommela-t-il.

Alors, c'est tout ? songea-t-elle. Mais elle ne le dit pas.

Il roula sur le côté et resta allongé à la regarder. « Avez-vous aimé ? dit-il.

– C'était un peu rapide, répondit-elle. Pourrons-nous recommencer demain matin ? »

Vêtue seulement de sa chemise, Cora s'allongea sur le manteau de fourrure et attira Mack vers elle. Lorsqu'ils s'embrassèrent, elle sentit un goût de gin.

Il souleva sa jupe. Sa fine toison d'un blond roux ne cachait pas les plis de son sexe. Il la caressa, comme il l'avait fait avec Annie. Cora tressaillit et dit : « Qui t'a appris à faire ça, mon petit puceau ? »

Il enleva son pantalon. Cora tendit la main vers son sac et y prit une petite boîte. À l'intérieur se trouvait un tube d'une matière qui ressemblait à du parchemin. Un ruban rose était passé par le bout ouvert.

« Qu'est-ce que c'est ? fit Mack.

– Ça s'appelle un condom, dit-elle.

– À quoi diable est-ce que ça sert ? »

Pour toute réponse, elle le fit glisser sur le sexe dressé de Mack et noua solidement le ruban.

Il dit d'un ton un peu étonné : « Oh, je sais que mon sexe n'est pas très joli mais je n'aurais jamais cru qu'une fille veuille le recouvrir comme ça. »

Elle éclata de rire. « Espèce de paysan ignorant, ça n'est pas pour la décoration : c'est pour m'empêcher de tomber enceinte ! »

Il roula sur elle et la pénétra. Elle cessa de rire. Depuis l'âge de quatorze ans, il se demandait quelle sensation cela lui ferait, et il avait encore l'impression de ne guère être plus avancé. Il s'arrêta et regarda le visage angélique de Cora. Elle ouvrit les yeux. « Ne t'arrête pas, dit-elle. Maintenant, cesse de parler. Tu vas avoir besoin de tout ton souffle. »

Et c'était vrai.

18

Jay et Lizzie emménagèrent dans la maison de Rugby Street le lendemain du mariage. Pour la première fois, ils soupèrent seuls, sans autre présence que celle des domestiques. Pour la première fois, ils montèrent l'escalier la main dans la main, se déshabillèrent ensemble dans *leur* lit. Pour la première fois, ils s'éveillèrent ensemble dans *leur* maison.

Ils étaient nus : Lizzie avait persuadé Jay la veille au soir d'ôter sa chemise de nuit. Elle se pressait maintenant contre lui et le caressait pour l'exciter. Puis elle roula sur lui.

Elle s'aperçut qu'il était surpris. « Ça vous choque, n'est-ce pas ? »

Après un silence, il dit : « Ma foi, oui.

– Pourquoi ?

– Ça n'est pas… normal que la femme soit dessus.

– Je ne sais pas ce que les gens considèrent comme normal : je ne me suis jamais encore trouvée dans un lit avec un homme.

– J'espère bien !

– Mais comment savez-vous ce qui est normal ?

– Peu importe. »

Sans doute avait-il séduit quelques couturières et vendeuses trop intimidées et qui l'avaient laissé prendre l'initiative. Lizzie n'avait aucune expérience mais elle savait ce qu'elle voulait et estimait qu'elle n'avait qu'à le prendre. Elle n'allait pas changer ses habitudes : elle aimait trop cela. Jay aussi, même s'il était choqué : elle le devinait à ses mouvements vigoureux et à l'air ravi qu'on pouvait lire ensuite sur son visage.

Elle se leva et se dirigea nue jusqu'à la fenêtre. Le temps était froid mais ensoleillé. Les cloches des églises avaient une sonorité étouffée, car c'était jour de pendaison. On allait exécuter ce matin un ou plusieurs criminels. La moitié des travailleurs de la ville allaient prendre un jour de congé officieux et ils seraient nombreux à se presser à Tyburn, le carrefour au coin nord-ouest de Londres où se dressait le gibet, afin de voir le spectacle. C'était le genre d'occasion où des émeutes pouvaient éclater : le régiment de Jay serait donc en état d'alerte toute la journée. Jay toutefois avait encore un jour de permission.

Elle se tourna vers lui et dit : « Emmenez-moi à la pendaison. »

Il prit un air désapprobateur. « Quelle macabre requête !

– Ne me dites pas que ce n'est pas un endroit pour une dame. »

Il sourit. « Je n'oserais pas.

– Je sais que riches et pauvres, hommes et femmes, vont là-bas.

– Mais pourquoi avez-vous envie d'y aller ? »

C'était une bonne question. Elle éprouvait à ce sujet des sentiments mélangés. C'était honteux de faire de la mort une distraction et elle savait qu'ensuite elle serait dégoûtée de ce qu'elle avait fait. Mais sa curiosité l'emportait. « Je veux savoir comment c'est, dit-elle. Comment se comportent les condamnés ? Et les spectateurs ? Quelle impression cela fait-il de regarder une vie humaine arriver à son terme ? »

Elle avait toujours été comme ça. La première fois qu'elle avait vu une biche abattue, alors qu'elle n'avait que neuf ou dix ans, elle avait observé passionnément le garde-chasse qui l'éventrait et lui retirait les entrailles. Elle avait été fascinée par les estomacs multiples et avait insisté pour tâter la chair afin de voir quel effet ça faisait. C'était chaud et poisseux. La bête était grosse de deux ou trois mois et le garde avait montré à Lizzie le petit fœtus dans son enveloppe transparente. Rien de tout cela ne l'avait révoltée : c'était trop intéressant.

Elle comprenait parfaitement pourquoi les gens se précipitaient pour voir le spectacle. Elle comprenait aussi pourquoi d'autres étaient scandalisés à l'idée d'y assister. Mais elle faisait partie du groupe des curieux.

« Peut-être, dit Jay, pourrions-nous louer une chambre qui donne sur le gibet. »

Mais Lizzie trouvait que cela émousserait l'expérience. « Oh non... je veux être dans la foule ! protesta-t-elle.

– Mais les femmes de notre classe ne font pas ça.

– Alors, je m'habillerai en homme. »

Il paraissait hésitant. «Jay, pas de grimace! Vous n'étiez pas mécontent de me faire descendre dans la mine habillée en homme.

– C'est un peu différent pour une femme mariée.

– Si vous voulez me dire que c'en est fini de toutes les aventures simplement parce que nous sommes mariés, je vais m'enfuir pour m'embarquer.

– Ne soyez pas ridicule. »

Elle lui fit un grand sourire et bondit sur le lit. «Ne soyez pas un vieux grognon. » Elle sautillait sur le matelas. «Allons à la pendaison. »

Il ne put s'empêcher de rire. «Très bien, fit-il.

– Bravo! »

Elle s'acquitta rapidement de ses tâches quotidiennes. Elle dit à la cuisinière ce qu'il fallait acheter pour dîner. Décida dans quelles pièces les femmes de chambre allaient faire le ménage. Annonça au garçon d'écurie qu'elle ne monterait pas aujourd'hui. Accepta une invitation à dîner pour eux deux avec le capitaine Marlborough et sa femme pour le mercredi suivant. Remit à plus tard un rendez-vous avec une modiste et prit livraison de douze malles cerclées de cuivre pour le voyage en Virginie.

Puis elle passa son déguisement.

La rue qu'on appelait Tyburn Street ou Oxford Street était bourrée de monde. Le gibet se dressait, au bout de la rue, devant Hyde Park. Les maisons ayant une vue sur l'échafaud étaient pleines de riches spectateurs qui y avaient loué des chambres pour la journée. Les gens se pressaient, épaule contre épaule, sur le mur de pierre du parc. Des colporteurs circulaient dans la foule, vendant des saucisses grillées, des gobelets de gin et des exemplaires imprimés de ce qu'ils affirmaient être les dernières paroles des condamnés.

Mack tenait la main de Cora et se frayait un chemin dans la foule. Il n'avait aucune envie d'assister à une pendaison, mais Cora avait insisté pour y aller. Mack voulait passer tout son temps libre avec Cora. Il aimait lui tenir la main, l'embrasser et la prendre par la taille. Il aimait aussi simplement la regarder. Il adorait sa désinvolture, son langage coloré, et la lueur espiègle qui brillait dans ses yeux. Il l'accompagna donc à la pendaison.

C'était une amie de Cora qu'on allait pendre. Elle s'appelait Dolly Macaroni et elle était tenancière de bordel, mais on l'avait condamnée pour contrefaçon.

«Au fait, dit Mack en approchant du gibet, qu'est-ce qu'elle a falsifié?

– Une lettre de change. Elle a modifié la somme de onze livres en quatre-vingts.

– Qui lui a donné une lettre de change de onze livres?

– Lord Massey. Elle dit qu'il lui en devait bien plus.

– On aurait dû la déporter, pas la pendre.

– On pend presque toujours les faussaires.»

La foule était telle qu'ils ne purent s'approcher de la potence. Le gibet était une construction de bois rudimentaire. Cinq cordes étaient accrochées aux traverses. Un aumônier se tenait non loin de là, avec un petit groupe d'officiers de justice. Des soldats armés de mousquets maintenaient la foule à distance.

Peu à peu, Mack perçut un sourd grondement qui venait de Tyburn Street. «Qu'est-ce que c'est? demanda-t-il à Cora.

– Ils arrivent.»

D'abord, ce fut une escouade de policiers à cheval, précédés par le shérif de la ville. Ensuite venaient des hommes à pied armés de matraques. Puis la charrette des condamnés, un haut chariot à quatre roues tiré par deux chevaux de labour. Une compagnie de hallebardiers fermait la marche, braquant bien droit vers le ciel la pointe de leurs armes.

Dans la charrette, assises sur des cercueils, les mains et les bras ligotés par des cordes, se trouvaient cinq personnes : trois hommes, un garçon d'une quinzaine d'années et une femme. « C'est Dolly », dit Cora, et elle éclata en sanglots.

Mack contempla avec une horrible fascination les cinq condamnés qui allaient mourir. L'un des hommes était ivre. Les deux autres arboraient un air de défi. Dolly priait tout haut et le garçon pleurait.

On amena la charrette au pied de l'échafaud. L'homme ivre salua quelques amis, des individus à triste figure, qui se tenaient au premier rang de la foule. Ils lançaient des plaisanteries et des commentaires gaillards. Dolly d'une voix claire implorait le pardon du Seigneur. Le jeune garçon criait : « Sauve-moi, maman, sauve-moi, je t'en prie ! »

Les deux autres condamnés furent acclamés par un groupe compact. Au bout d'un moment, Mack reconnut leur accent : irlandais. Un des condamnés hurla : « Ne me laissez pas aux mains des chirurgiens, les gars ! » Des cris d'assentiment montèrent des rangs de ses amis.

« De quoi parle-t-il ? demanda Mack à Cora.

– Ce doit être un meurtrier. Les corps des assassins appartiennent à la Compagnie des chirurgiens. Ils les découpent pour voir ce qu'il y a à l'intérieur. »

Mack frémit.

Le bourreau grimpa sur la charrette. L'un après l'autre, il disposa les nœuds autour du cou des suppliciés et les serra solidement. Aucun d'eux ne se débattit, ne protesta ni ne tenta de s'échapper. Ç'aurait été inutile, entourés de gardes comme ils étaient, mais Mack se dit qu'il aurait quand même essayé.

Le prêtre, un homme chauve à la soutane couverte de taches, monta sur la charrette et parla tour à tour à chacun des condamnés : quelques moments à peine pour l'ivrogne, quatre ou cinq minutes avec les deux autres hommes et plus longtemps avec Dolly et le jeune garçon.

Mack avait entendu raconter que les exécutions étaient parfois interrompues pour des raisons variées et il commença à espérer que ce serait le cas cette fois. La corde pouvait se rompre ; la foule envahir l'échafaud pour libérer les prisonniers...

Le prêtre termina sa mission. Le bourreau banda les yeux des cinq condamnés et puis descendit, ne laissant sur la charrette que les suppliciés. L'ivrogne n'arrivait pas à garder l'équilibre : il trébucha et tomba. Le nœud coulant commença à l'étrangler. Dolly continuait à prier à haute voix.

Le bourreau fouetta les chevaux.

Lizzie s'entendit hurler : « Non ! »

La charrette s'ébranla d'une secousse.

Le bourreau fouetta une nouvelle fois les chevaux qui s'efforcèrent de prendre le trot. La charrette se déroba sous les pieds des condamnés et, un par un, ils tombèrent au bout de leur corde : d'abord l'ivrogne, déjà à moitié mort. Puis les deux Irlandais. Puis le garçon en sanglots. Et, enfin, la femme dont la prière s'interrompit au milieu d'une phrase.

Lizzie contempla les cinq corps qui se balançaient dans le vide : elle se sentait pleine de mépris pour elle-même et pour la foule qui l'entourait.

Ils n'étaient pas tous morts. Le garçon, Dieu soit loué, semblait avoir eu le cou instantanément brisé, tout comme les deux Irlandais. Mais l'ivrogne bougeait encore et la femme, dont le bandeau avait glissé, regardait devant elle avec de grands yeux ouverts tout en suffoquant lentement.

Lizzie enfouit son visage contre l'épaule de Jay.

Elle n'aurait pas demandé mieux que de partir, mais elle se força à rester. Elle avait voulu voir ce spectacle et maintenant elle devrait rester jusqu'à la fin.

Elle rouvrit les yeux.

L'ivrogne était mort, mais le visage de la femme était crispé par l'agonie. Les spectateurs étaient à présent silencieux, rendus muets par l'horreur du spectacle. Plusieurs minutes s'écoulèrent.

Les yeux de la femme se fermèrent enfin.

Le shérif monta sur l'échafaud pour couper les cordes : ce fut alors que les problèmes commencèrent.

Le groupe des Irlandais se précipita, en essayant de passer le cordon des gardes qui entourait l'échafaud. Les agents de police ripostèrent et les hallebardiers se joignirent à eux, frappant les Irlandais. Le sang commença à couler.

« C'est bien ce que je craignais, dit Jay. Ils veulent empêcher le corps de leurs amis de tomber aux mains des chirurgiens. Éloignons-nous d'ici aussi vite que possible. »

Beaucoup de spectateurs avaient apparemment la même idée, mais d'autres essayaient de s'approcher pour voir ce qui se passait. On poussait d'un côté, d'un autre, des coups de poing commencèrent à voler. Jay tenta de se frayer un passage. Lizzie se blottissait contre lui. Ils se retrouvèrent bloqués contre une vague ininterrompue de gens qui allaient dans la direction opposée. La bousculade les ramena vers le gibet. L'échafaud grouillait d'Irlandais qui essayaient de couper la corde pour s'emparer du cadavre de leurs amis. Sans raison apparente, la bousculade autour de Lizzie et de Jay soudain se calma. En se retournant, elle vit une brèche entre deux grands gaillards. « Jay, venez ! » cria-t-elle en se précipitant entre eux. Elle se retourna pour s'assurer que Jay la suivait. Là-dessus, la brèche se referma. Jay s'avança pour la suivre, mais un des hommes leva un poing menaçant. Jay tressaillit et recula, momentanément effrayé. Cette hésitation lui fut fatale : il se trouva séparé de Lizzie. Il fut poussé dans la direction de Tyburn Street tandis que la foule entraînait Lizzie de l'autre côté, vers le parc. Quelques instants plus tard, elle ne le voyait plus.

Elle était toute seule. Serrant les dents, elle tourna le dos à l'échafaud et s'efforça de progresser dans la foule.

Elle aperçut un visage familier et reconnut Mack

McAsh. Lui aussi essayait de se frayer un chemin dans la foule. «Mack!» cria-t-elle, éperdue de reconnaissance. Il était avec la femme rousse qui était auprès de lui sur Grosvenor Square. «Par ici! cria Lizzie. Aidez-moi!» Il se retourna et la reconnut. Sur ces entrefaites, elle reçut un coup de coude dans l'œil et fut aveuglée un instant. Quand sa vision redevint normale, Mack et la femme avaient disparu.

Elle continuait à pousser avec acharnement. Au bout de quelques minutes, elle finit par se retrouver devant le mur d'une maison. En poursuivant jusqu'au coin de l'immeuble, elle déboucha dans une ruelle étroite.

Elle s'appuya au mur, pour reprendre haleine. La ruelle empestait les excréments. Elle avait les côtes endolories. En se palpant le visage, elle constata que la chair gonflait autour de son œil.

Elle espérait que Jay était indemne. En se retournant pour le chercher du regard, elle fut surprise de voir deux hommes qui la dévisageaient. L'un était entre deux âges, pas rasé et avec un gros ventre. L'autre avait environ dix-huit ans. Quelque chose dans leur regard l'effraya, mais elle n'avait pas eu le temps de s'éloigner qu'ils fonçaient sur elle. Ils la saisirent par les bras et la jetèrent par terre. Ils lui arrachèrent son chapeau avec la perruque d'homme qu'elle portait, lui ôtèrent ses chaussures à boucle d'argent, fouillèrent ses poches avec une vitesse stupéfiante, s'emparant de sa bourse, de sa montre de poche et de son mouchoir.

Le plus âgé des deux fourra les dépouilles dans un sac, la considéra un moment, puis dit: «Voilà une bonne veste... presque neuve.» Ils commencèrent à lui arracher sa veste et son gilet. Elle se débattit mais elle ne parvint qu'à faire un accroc à sa chemise. Ils enfouissaient ses vêtements dans un sac. Elle se rendit compte qu'elle avait les seins à l'air. Elle se couvrit précipitamment des lambeaux de vêtement qui lui restaient, mais c'était trop tard. «Hé, cria le plus jeune, c'est une fille!»

Elle essaya de se relever, mais il l'empoigna et la maintint au sol. Le gros la regardait. «Et une jolie fille, par-dessus le marché, bon sang», dit-il. Il se lécha les lèvres. «Je m'en vais la sauter», ajouta-t-il d'un ton décidé.

Horrifiée, Lizzie se débattit violemment, mais elle n'arrivait pas à se dégager de l'emprise du jeune homme.

Celui-ci regarda au bout de la ruelle la foule qui emplissait la rue. «Qu'est-ce qu'il se passe?

– Personne ne regarde par ici, jeune idiot.» Il se caressa entre les jambes. «Ôte-lui cette culotte et voyons un peu.»

Le jeune homme la jeta sur le sol, s'assit pesamment sur elle et commença à lui arracher sa culotte tandis que l'autre regardait. Terrifiée, Lizzie se mit à crier à pleins poumons.

Brusquement Mack McAsh apparut. Il frappa le plus âgé des deux à la tempe. Le voleur vacilla et trébucha.

Mack le frappa encore et l'homme roula des yeux vers le ciel. Mack lui assena un nouveau coup: l'homme s'écroula et ne bougea plus.

Le jeune homme se releva et essaya de s'enfuir, mais elle le saisit par la cheville et le fit tomber. Il s'affala de tout son long. Mack le ramassa, le projeta contre le mur de la maison puis le frappa au menton d'un coup violent: le garçon s'écroula inconscient par-dessus son complice.

Lizzie se remit debout. «Dieu soit loué, vous étiez là!» dit-elle avec ferveur. Des larmes de soulagement lui emplissaient les yeux. Elle jeta les bras autour de son cou et dit: «Vous m'avez sauvé la vie... merci, merci!»

Il la serra contre lui. «Vous m'avez sauvé la vie autrefois... quand vous m'avez tiré de la rivière.»

Elle le serrait de toutes ses forces en s'efforçant de

ne plus trembler. Elle sentit la main de Mack derrière sa tête qui lui caressait les cheveux. Avec sa culotte et sa chemise déchirées elle sentait tout le corps du jeune homme pressé contre le sien. C'était une sensation totalement différente de ce qu'elle éprouvait avec son mari : Jay était grand et souple. Mack, petit, massif et musclé.

Il se déplaça et la regarda. Ses yeux verts la fascinaient. Le reste de son visage lui semblait flou. «Vous m'avez sauvé, et je vous ai sauvée, dit-il avec un sourire narquois. Je suis votre ange gardien, et vous êtes le mien.»

Elle commençait à se calmer. Elle se souvint que sa chemise était déchirée et que ses seins étaient nus. «Si j'étais un ange, je ne serais pas dans vos bras», dit-elle, et elle bougea pour se dégager de son étreinte.

Il la regarda un moment au fond des yeux, puis il eut de nouveau ce sourire un peu grimaçant et il hocha la tête, comme s'il était d'accord avec elle. Puis il se détourna.

Il récupéra le sac des voleurs, et lui passa le gilet qu'elle enfila en le boutonnant précipitamment pour masquer sa nudité. Dès qu'elle se sentit de nouveau en sécurité, elle commença à s'inquiéter du sort de Jay. «Il faut que je cherche mon mari, dit-elle tandis que Mack l'aidait à passer sa veste. Vous voulez m'aider?

– Bien sûr.» Il lui tendit perruque, chapeau, bourse, montre et mouchoir.

«Et votre amie aux cheveux roux? demanda-t-elle.

– Cora. Je me suis assuré qu'elle était en sûreté avant de venir à votre secours.

– Vraiment?» Lizzie se sentait déraisonnablement irritée. «Vous êtes amants, Cora et vous?» demanda-t-elle grossièrement.

Mack sourit. «Oui, fit-il. Depuis avant-hier.

– Le jour de mon mariage.

– Je vis des moments merveilleux. Et vous?»

Une réplique cinglante venait aux lèvres de Lizzie puis, malgré elle, elle éclata de rire. «Merci de

214

m'avoir sauvée », dit-elle et, se penchant en avant, elle lui posa sur les lèvres un baiser fugitif.

« Je le referais pour un baiser comme ça. »

Elle lui fit un grand sourire puis tourna les talons vers la rue.

Jay était là, à la regarder.

Elle se sentit terriblement coupable. L'avait-il vue embrasser McAsh ? À voir son air sombre, elle devina que oui. « Oh, Jay ! fit-elle. Dieu merci, vous êtes sain et sauf !

– Qu'est-ce qu'il s'est passé ? fit-il.

– Ces deux hommes ont voulu me dépouiller.

– Je savais bien que nous n'aurions pas dû venir. » Il la prit par le bras pour l'entraîner.

« McAsh les a assommés et m'a sauvée, dit-elle.

– Ça n'est pas une raison pour l'embrasser », dit son mari.

19

Le régiment de Jay était de service sur Palace Yard le jour du procès de John Wilkes. John Wilkes, élu au Parlement en 1757, s'était violemment élevé contre l'oppression monarchique. Emprisonné, puis exilé à Paris, il s'était décidé à revenir en Angleterre où il était devenu le symbole de la lutte pour les libertés nationales.

Dès son retour, en 1768, le gouvernement l'accusa d'être un hors-la-loi. Mais, tandis que les poursuites contre lui traînaient en longueur, il remporta une élection partielle dans le Middlesex. Le gouvernement espérait encore l'empêcher de siéger au Parlement en le faisant condamner en justice.

Jay calma son cheval et promena un regard nerveux sur la foule. Plusieurs centaines de partisans de

Wilkes se pressaient devant Westminster Hall où se déroulait le procès. Nombre d'entre eux portaient épinglée à leur chapeau la cocarde bleue qui symbolisait leur soutien aux thèses de Wilkes.

Les conservateurs comme le père de Jay espéraient que Wilkes serait condamné, mais tout le monde se demandait avec inquiétude comment réagiraient alors ses partisans.

En cas de violence, le régiment de Jay était censé maintenir l'ordre. Le détachement de gardes était modeste – bien trop petit, aux yeux de Jay : juste quarante hommes et quelques officiers sous les ordres du colonel Cranbrough. Ils formaient un mince cordon rouge et blanc entre le bâtiment du tribunal et la foule.

Cranbrough recevait ses ordres des magistrats de Westminster, représentés par Sir John Fielding. Fielding était aveugle, ce qui ne l'empêchait pas de travailler à la réforme du système judiciaire. On l'avait entendu dire que c'était la pauvreté qui était la cause du crime. Autant dire que l'adultère était provoqué par le mariage.

C'était une longue journée, et les capitaines à tour de rôle s'arrêtaient de patrouiller pour aller boire un verre de vin. Vers la fin de la journée, alors que Jay donnait une pomme à son cheval, il fut abordé par Sidney Lennox.

Son cœur se serra. Lennox voulait son argent et Jay n'avait aucun moyen de le rembourser.

Il afficha un air désinvolte. «Lennox, que faites-vous ici ? Je ne savais pas que vous étiez un partisan de Wilkes.

– John Wilkes peut aller au diable, répliqua Lennox. Je suis venu pour les cent cinquante livres que vous avez perdues à la partie de pharaon de Lord Archer. »

Jay pâlit en s'entendant rappeler la somme. Son père lui donnait trente livres par mois et il ne savait absolument pas où il pourrait s'en procurer cent cinquante. Il était terrifié à l'idée que son père puisse apprendre qu'il avait encore perdu de l'argent au jeu.

«Je vais peut-être devoir vous demander d'attendre encore un peu», dit-il en s'efforçant vainement d'afficher un air d'indifférence supérieure.

Lennox ne lui répondit pas directement. «Je crois que vous connaissez un nommé Mack McAsh.

– Malheureusement oui.

– Il a constitué sa propre équipe de dockers, avec l'aide de Caspar Gordonson. À eux deux, ils causent pas mal de problèmes.

– Ça ne me surprend pas. C'était déjà un véritable fléau dans la mine de charbon de mon père.

– Le problème n'est pas simplement McAsh, poursuivit Lennox. Ses deux copains, Dermot Riley et Charlie Smith, ont maintenant leurs équipes à eux aussi et il va y en avoir encore d'autres d'ici à la fin de la semaine.

– Ça va vous coûter une fortune, à vous autres entrepreneurs.

– Si on n'arrête pas ce mouvement, ça va ruiner le commerce.

– Malgré tout, ça n'est pas mon problème.

– Mais vous pourriez me donner un coup de main.

– J'en doute. » Jay n'avait aucune envie d'être mêlé aux affaires de Lennox.

«Pour moi, ça vaudrait de l'argent.

– Combien ? fit Jay d'un ton méfiant.

– Cent cinquante livres.»

Jay sentit son cœur battre plus fort. La perspective d'effacer sa dette était un don du ciel.

Mais Lennox ne renoncerait pas si facilement à une telle somme. Il allait sans doute réclamer en échange un grand service.

«Que faudrait-il que je fasse ? demanda Jay, méfiant.

– Je veux que les propriétaires de bateau refusent d'engager les équipes de McAsh. Le plus grand armateur de Londres, c'est votre père. S'il prenait l'initiative, les autres suivraient.

– Mais pourquoi le ferait-il ? Il se moque pas mal des entrepreneurs et des dockers.

– Il est conseiller de Wapping et les entrepreneurs ont un grand nombre de voix. Il devrait défendre nos intérêts. D'ailleurs, les dockers sont une bande de faiseurs d'histoires et c'est nous qui les maîtrisons. »

Jay fronça les sourcils. Ce qu'on lui demandait n'était pas facile. Il n'avait aucune influence sur son père. Mais il devait absolument essayer.

Un rugissement montant de la foule annonça que Wilkes sortait. Jay s'empressa de remonter en selle. « Je vais voir ce que je peux faire », cria-t-il à Lennox en s'éloignant au trot.

Jay trouva Chip Marlborough et lui demanda : « Qu'est-ce qu'il se passe ?

– On a refusé la liberté sous caution à Wilkes et on l'emmène à la prison de King's Bench. »

Le colonel rassemblait ses officiers. Il dit à Jay : « Faites passer : personne ne doit ouvrir le feu à moins que Sir John n'en donne l'ordre. Dites-le à vos hommes. »

Jay allait protester, mais il se contint. Comment les soldats allaient-ils maîtriser la foule s'ils avaient les mains liées ? Mais il fit le tour de sa troupe et transmit les ordres.

Une voiture à cheval franchit la porte. La foule poussa un hurlement à vous glacer le sang et Jay sentit la peur le tenailler. Les soldats ouvrirent la voie à la voiture en frappant la foule avec leurs mousquets. Les partisans de Wilkes se précipitèrent sur le pont de Westminster : Jay se rendit compte que la voiture devrait franchir le fleuve et gagner le Surrey pour aller jusqu'à la prison. Il éperonna son cheval et fonça vers le pont, mais le colonel Cranbrough l'arrêta. « Ne franchissez pas le pont, ordonna-t-il. Vos consignes sont de maintenir l'ordre ici, devant le tribunal. »

Jay tira sur les rênes. Le Surrey était un district séparé et les magistrats du Surrey n'avaient pas demandé le soutien de l'armée. C'était ridicule.

Impuissant, il regarda la voiture franchir la Tamise. Elle n'avait pas atteint l'autre rive que la foule l'avait arrêtée et avait dételé les chevaux.

Sir John Fielding était au cœur de la mêlée, renseigné sur les événements par deux assistants qui les lui décrivaient. Jay vit une douzaine de solides gaillards se glisser entre les harnais et se mettre à tirer eux-mêmes la voiture. Ils la firent pivoter et la ramenèrent en direction de Westminster sous les acclamations enthousiastes de la foule.

Le cœur de Jay se mit à battre plus vite. Qu'allait-il se passer quand la foule atteindrait la cour du palais ? Le colonel Cranbrough gardait la main levée dans un geste prudent, pour indiquer qu'il ne fallait rien faire.

Jay s'adressa à Chip. « Crois-tu que nous pourrions reprendre l'attelage à la foule ?

– Les magistrats ne veulent pas d'effusion de sang », répondit Chip.

Un des greffiers de Sir John fonça à travers la foule pour venir discuter avec Cranbrough.

Une fois le pont franchi, la foule entraîna la voiture vers l'est. Cranbrough cria à ses hommes : « Suivez à distance : n'intervenez pas ! »

Le détachement de gardes emboîta le pas à la foule. Jay serrait les dents. C'était humiliant. Quelques coups de mousquet – en l'air – disperseraient la foule en une minute. Certes, Wilkes pourrait en tirer un argument politique, et après ?

On tira la voiture le long du Strand et jusqu'au cœur de la ville. La foule chantait, dansait et criait : « Wilkes, la liberté ! » et « Numéro 45 ! ». Ils ne cessèrent qu'en arrivant à Spitalfields. La voiture s'arrêta devant l'église. Wilkes descendit et entra dans la taverne des Trois Tonneaux, Sir John Fielding sur ses talons.

Certains de ses partisans entrèrent derrière eux, mais tous ne pouvaient pas franchir la porte. Ils piétinèrent un moment dans la rue, puis Wilkes apparut à une fenêtre du premier étage, déchaînant un ton-

nerre d'applaudissements. Il prit la parole. Jay était
trop loin pour tout entendre, mais il comprit l'essentiel de son propos : Wilkes lançait un appel au calme.

Pendant le discours, le secrétaire de Fielding sortit
pour aller de nouveau parler au colonel Cranbrough.
Celui-ci murmura la nouvelle à ses officiers. On avait
conclu un accord : Wilkes allait sortir discrètement
par une porte de derrière et se constituer prisonnier
ce soir à la prison de King's Bench.

Wilkes termina son discours, salua de la main, s'inclina et disparut. Les gens comprirent vite qu'il n'allait pas revenir : ils commencèrent à s'ennuyer et à se
disperser. Sir John sortit de la taverne et serra la
main de Cranbrough. «Très beau travail, colonel, et
mes remerciements à vos hommes. Toute effusion de
sang a été évitée et la loi a été respectée.» Il faisait
bonne figure, se dit Jay, mais en vérité la foule s'était
bel et bien moquée de la loi.

La Garde reprit le chemin de Hyde Park : Jay était
déprimé. Toute la journée, il avait été prêt à se battre
et la déception était dure à supporter. Mais le gouvernement ne pourrait pas réussir chaque fois à apaiser la populace. Tôt ou tard, il faudrait tenter de
sévir. Alors, il y aurait de l'action.

Quand il eut congédié ses hommes et vérifié qu'on
pansait les chevaux, Jay se rappela la proposition de
Lennox. Jay n'avait aucune envie d'en parler à son
père, mais ce serait plus facile que de lui demander
cent cinquante livres pour payer une nouvelle dette
de jeu. Il décida donc de s'arrêter à Grosvenor Square
en rentrant chez lui.

Il était tard. La famille avait dîné, lui annonça le
valet : Sir George était dans son petit cabinet de travail au fond de la maison. Jay hésita dans le vestibule
glacé, dallé de marbre. Il se redressa, frappa à la
porte et entra.

Sir George buvait du vin en bâillant sur une liste

de cours de la mélasse. Jay s'assit et dit : « On a refusé à Wilkes la liberté sous caution.

– C'est ce qu'on m'a dit. »

Peut-être son père aimerait-il savoir comment le régiment de Jay avait maintenu l'ordre. « La populace a traîné sa voiture jusqu'à Spitalfields. Mais il a promis de se constituer prisonnier ce soir.

– Bon. Qu'est-ce qui t'amène ici si tard ? »

Jay renonça à essayer d'intéresser son père à ses activités. « Saviez-vous que Malachi McAsh avait refait surface ici à Londres ? »

Son père secoua la tête. « Je ne pense pas que ça ait la moindre importance, dit-il d'un ton catégorique.

– Il crée de l'agitation parmi les dockers.

– Ça ne demande pas beaucoup d'efforts : ces gens-là sont toujours prêts à batailler.

– On m'a prié de vous contacter de la part des entrepreneurs. »

Sir George haussa les sourcils. « Pourquoi toi ? » dit-il d'un ton qui laissait entendre que quiconque ayant deux sous de bon sens n'utiliserait jamais Jay comme ambassadeur.

Jay haussa les épaules. « Il se trouve que je connais un de ces entrepreneurs et il m'a demandé de venir vous trouver.

– Les aubergistes constituent un puissant groupe d'électeurs, dit Sir George d'un ton songeur. De quelle proposition s'agit-il ?

– McAsh et ses amis ont créé des équipes indépendantes qui ne travaillent pas avec les entrepreneurs. Ceux-ci demandent aux armateurs d'être loyaux envers eux et d'éconduire les nouvelles équipes. Ils ont l'impression que, si vous donnez l'exemple, les autres armateurs suivront.

– Je ne sais pas si je dois intervenir. Ce n'est pas notre combat. »

Jay était déçu. Il croyait avoir bien présenté son affaire. Il feignit l'indifférence. « Ça ne me concerne en rien, mais je suis surpris : vous dites toujours que nous devons adopter une position ferme envers les ouvriers séditieux qui ont des idées au-dessus de leur condition. »

Là-dessus, on frappa violemment à la porte de la rue. Sir George fronça les sourcils et Jay passa dans le vestibule pour jeter un coup d'œil. Un domestique le dépassa rapidement et alla ouvrir la porte. Il se trouva nez à nez avec un robuste ouvrier chaussé de sabots, une cocarde bleue accrochée à sa casquette graisseuse. « Allumez ! ordonna-t-il au valet. Qu'on illumine pour Wilkes ! »

Sir George sortit de son bureau et vint se planter auprès de Jay.

« Ils font ça..., annonça celui-ci. Ils obligent les gens à mettre des chandelles à toutes leurs fenêtres pour soutenir Wilkes.

– Qu'est-ce que c'est que ça ? » fit Sir George.

Ils s'avancèrent. Le numéro 45 était tracé à la craie sur la porte. Dehors, sur la place, un petit groupe allait de maison en maison.

Sir George se tourna vers l'homme debout sur le seuil. « Savez-vous ce que vous avez fait ? dit-il. Ce nombre est un code. Il signifie : "Le roi est un menteur." Votre monsieur Wilkes s'est retrouvé en prison à cause de ça et ça pourrait bien vous arriver aussi.

– Voulez-vous illuminer pour Wilkes ? » fit l'homme, ignorant la tirade de Sir George.

Sir George s'empourpra. Il ne supportait pas qu'un ouvrier lui parle ainsi. « Va au diable ! » dit-il en claquant la porte au nez de l'homme.

Il retourna dans son cabinet de travail et Jay le suivit. Comme ils s'asseyaient, ils entendirent un bruit de verre brisé. Tous deux sursautèrent et se précipitèrent dans la salle à manger, sur le devant de la maison. Il y avait un carreau de cassé à l'une des deux fenêtres et une pierre au beau milieu du parquet ciré. « C'est du verre de première qualité ! s'écria Sir George, furieux. Deux shillings le pied carré ! » À ce moment, une nouvelle pierre vint fracasser l'autre fenêtre.

Sir George passa dans le vestibule et ordonna au valet : « Que tout le monde aille se mettre à l'abri à l'arrière de la maison. »

Le valet, l'air effrayé, demanda : « Est-ce qu'il ne vaudrait pas mieux mettre quand même des chandelles aux fenêtres comme ils l'ont demandé, monsieur ?

– Taisez-vous, bon sang, et faites ce qu'on vous dit », répliqua Sir George.

Il y eut un troisième fracas de verre brisé quelque part dans les étages et Jay entendit sa mère pousser un cri de frayeur. Il grimpa l'escalier quatre à quatre, le cœur battant, et la rencontra à la porte du salon. « Vous n'avez rien, maman ? »

Elle était pâle, mais calme. « Non, je vais bien... que se passe-t-il ? »

Sir George déboucha dans l'escalier en grondant avec une rage contenue : « Pas de quoi avoir peur : c'est la racaille des partisans de Wilkes. Mettons-nous à l'abri des pierres jusqu'à ce qu'ils soient partis. »

Tandis que d'autres vitres volaient en éclats, ils se réfugièrent tous dans le petit salon, au fond de la maison. Jay voyait que son père bouillait de rage. Être forcé de battre en retraite devait assurément l'exaspérer. C'était peut-être le moment de présenter de nouveau la requête de Lennox. Oubliant toute prudence, il reprit : « Vous savez, Père, il faut vraiment prendre des mesures plus énergiques contre ces faiseurs d'histoires.

– De quoi diable parles-tu ?

– Je pensais à McAsh et aux dockers. Si on les laisse une fois braver l'autorité, ils recommenceront. » Cela ne lui ressemblait pas de s'exprimer ainsi et il surprit chez sa mère un coup d'œil étonné. Il continua quand même. « Mieux vaut étouffer ces choses-là dans l'œuf. Apprendre à ces gens où est leur place. »

Sir George parut sur le point de lancer une autre réplique furibonde. Puis il hésita, plissa le front et

dit : «Tu as absolument raison. Nous le ferons
demain. »

Jay sourit.

20

Mack descendait l'allée boueuse baptisée Wapping
High Street : il avait l'impression de savoir ce qu'on
devait éprouver quand on était roi. Du seuil de
chaque taverne, des fenêtres, des cours, du haut des
toits, des hommes lui faisaient de grands signes,
criaient son nom et le désignaient à leurs amis. Tout
le monde voulait lui serrer la main. Mais les femmes
étaient encore plus chaleureuses. Non seulement les
hommes rapportaient chez eux trois ou quatre fois
plus d'argent qu'autrefois mais ils terminaient aussi
la journée beaucoup plus sobres.

Il arriva sur le quai et contempla les eaux grises du
fleuve. La marée était haute et il y avait plusieurs
nouveaux navires à l'ancre. Il chercha un batelier
pour l'emmener dans son canot. Les entrepreneurs
traditionnels attendaient que les capitaines viennent
leur demander une équipe pour décharger le navire :
Mack et ses hommes allaient trouver les capitaines.
Cela leur faisait gagner du temps et ils avaient l'assurance d'avoir du travail.

Il se dirigea vers le *Prince of Denmark* et grimpa à
bord. L'équipage était allé à terre, ne laissant qu'un
vieux marin qui fumait une pipe sur le pont. Il indi-
qua à Mack la cabine du capitaine. Le pacha était à
sa table, écrivant laborieusement quelque chose dans
le livre de bord avec une plume d'oie. «Bien le bonjour, capitaine, dit Mack avec un sourire amical. Je
suis Mack McAsh.

– Qu'est-ce que c'est ?» fit l'homme d'un ton bourru. Il ne demanda pas à Mack de s'asseoir.

Mack ignora sa grossièreté : les capitaines n'étaient jamais très polis. «Voudriez-vous que votre navire soit déchargé de son charbon de façon rapide et efficace demain ? dit-il d'un ton aimable.

– Non.»

Mack fut surpris. Quelqu'un était-il venu ici avant lui ? «Alors, qui va le faire pour vous ?

– Ça n'est pas vos affaires.

– Ce sont assurément mes affaires. Mais si vous ne voulez pas me le dire, peu importe : quelqu'un me le dira.

– Alors, bien le bonjour.»

Mack se rembrunit. Il répugnait à partir sans savoir ce qui n'allait pas. «Que diable avez-vous donc, capitaine : ai-je fait quelque chose pour vous offenser ?

– Je n'ai rien de plus à vous dire, jeune homme. Et vous m'obligeriez en prenant congé.»

Mack ne trouva rien à dire : il partit donc.

Il inspecta le fleuve. Un autre navire était arrivé, le *White Haven Jack*. L'équipage était encore en train de ferler les voiles et de lover les cordages en rouleaux bien nets sur le pont. Mack décida de tenter sa chance là-bas et se fit conduire par son batelier.

Il trouva le capitaine sur le gaillard d'arrière avec un jeune monsieur portant épée et perruque. Il les salua avec cette courtoisie sans raideur qui, il l'avait découvert, était la méthode la plus rapide pour se gagner la confiance des gens. «Capitaine, monsieur, je vous souhaite le bonjour.»

Ce capitaine-ci était poli. «Bonjour à vous. Voici Mr. Tallow, le fils de l'armateur. Qu'est-ce qui vous amène ?

– Voudriez-vous, répondit Mack, que votre navire soit déchargé demain de son charbon par une équipe rapide et sobre ?»

Le capitaine et le gentleman parlèrent ensemble.

«Oui, dit le capitaine.

« – Non », fit Tallow.

Le capitaine prit un air étonné et lança à Tallow un regard interrogateur. Le jeune homme s'adressa à Mack en disant : « Vous êtes McAsh, n'est-ce pas ?

– Oui. Je crois que les armateurs commencent à considérer que mon nom est une garantie de bon travail...

– Nous ne voulons pas de vous », fit Tallow.

Ce second refus agaça Mack. « Pourquoi donc ? lança-t-il.

– Nous faisons affaire avec Harry Nipper de La Poêle à Frire depuis des années, sans jamais avoir eu de problèmes. »

Le capitaine intervint. « Je ne dirais pas exactement que nous n'avons jamais eu de problèmes. »

Tallow le foudroya du regard.

« Il n'est pas juste, déclara Mack, qu'on force les hommes à boire leur paye, n'est-ce pas ? »

Tallow parut piqué au vif. « Je ne m'en vais pas discuter avec des gens de votre acabit : il n'y a pas de travail pour vous ici, alors décampez. »

Mack insista. « Mais pourquoi voudriez-vous faire décharger votre bateau en trois jours par une bande d'ivrognes bruyants quand vous pourriez le faire faire plus rapidement par mes hommes ? »

Le capitaine, qui ne se laissait manifestement pas intimider par le fils de l'armateur, ajouta : « Oui, j'aimerais bien le savoir.

– Ne vous avisez pas de mettre en doute ce que je vous dis, ni l'un ni l'autre », déclara Tallow. Il s'efforçait de se draper dans sa dignité, mais il était un peu trop jeune pour y parvenir.

Un soupçon traversa l'esprit de Mack. « Est-ce que quelqu'un vous a dit de ne pas engager mon équipe ? » L'expression qui se peignit sur le visage de Tallow lui dit qu'il avait deviné juste.

« Vous ne trouverez personne sur la Tamise qui voudra engager votre équipe, pas plus que celle de Riley ni de Charlie Smith, fit Tallow d'un ton irrité.

Le bruit s'est répandu que vous étiez un faiseur d'histoires. »

Mack se rendit compte que c'était très sérieux et un frisson glacé le parcourut. Il se doutait bien que, tôt ou tard, Lennox et les entrepreneurs interviendraient contre lui, mais il n'avait pas escompté que les armateurs les soutiendraient.

C'était assez déconcertant. L'ancien système n'était pas particulièrement favorable aux armateurs. Le conservatisme les pousserait-il à faire cause commune avec les entrepreneurs, sans se soucier d'efficacité ?

Inutile de manifester de la colère : il s'adressa donc calmement à Tallow. « Je regrette que vous ayez pris cette décision. Je la crois mauvaise pour nous aussi bien que pour vous. J'espère que vous y repenserez et je vous souhaite le bonjour. »

Tallow ne répondit pas. Mack se fit reconduire à terre. Il était secoué. Il contempla les eaux brunes et sales de la Tamise. Comment avait-il pu croire qu'il pourrait vaincre un groupe d'hommes aussi riches et aussi impitoyables que les entrepreneurs ? Ils avaient des relations et des appuis. Et lui, qui était-il ? Mack McAsh, de Heugh.

Il aurait dû prévoir cela.

Il sauta à terre et se rendit au café Saint Luc, qui était devenu son quartier général officieux. Il y avait maintenant cinq équipes qui travaillaient dans le cadre du nouveau système. Le samedi suivant, quand les dockers engagés par les aubergistes toucheraient leur paye lourdement écornée, la plupart d'entre eux changeraient sans doute de camp. Mais le boycott des armateurs allait porter un coup fatal au nouveau régime.

Le café était proche de l'église Saint Luc.

Cora était en train de se beurrer une tartine. On était au milieu de l'après-midi, mais elle prenait son petit déjeuner : elle veillait souvent tard dans la nuit. Mack commanda une assiette de ragoût de mouton et une chope de bière et alla s'asseoir avec elle. Elle vit qu'il était troublé : «Qu'est-ce qu'il y a?»

Il lui expliqua. Tout en parlant, il l'observait. Elle était prête pour le travail : vêtue de la robe orange qu'elle portait la première fois qu'il l'avait rencontrée et évoluant dans un nuage de son parfum épicé. On aurait dit une image de la Vierge Marie, mais il flottait autour d'elle une odeur de harem de sultan. Pas étonnant que des ivrognes avec des pièces d'or dans leur bourse fussent prêts à la suivre dans des ruelles sombres, songea-t-il.

Il avait passé trois des six dernières nuits avec elle. Elle voulait lui acheter un nouveau manteau. Il voulait qu'elle change de vie. Elle était sa première vraie maîtresse.

Il terminait son histoire quand Dermot et Charlie arrivèrent. Il avait nourri le vague espoir qu'ils avaient eu plus de chance que lui, mais leur expression parla d'elle-même. Le visage de Charlie était l'image même du découragement et Dermot dit avec son violent accent irlandais : «Les armateurs se sont ligués contre nous. Il n'y a pas un capitaine sur le fleuve qui veuille nous donner du travail.

– La peste les étouffe», dit Mack.

Il connut un moment de vertueuse indignation. Tout ce qu'il voulait, c'était travailler dur et gagner assez d'argent pour acheter la liberté de sa sœur, mais il trouvait sans cesse dressés contre lui des gens qui avaient de l'argent à ne savoir qu'en faire.

«Mack, fit Dermot, nous sommes finis.»

Ce renoncement mit Mack encore plus en colère que le boycott lui-même. «Finis? lança-t-il d'un ton méprisant. Tu es un homme ou quoi?

– Mais que peut-on faire? fit Dermot. Si les armateurs refusent d'engager nos équipes, les hommes retourneront au vieux système. Il faut bien qu'ils vivent.»

Sans réfléchir, Mack déclara : «Nous pourrions organiser une grève.»

Les autres restèrent silencieux.

«Une grève?» fit Cora.

Mack avait lancé cette idée dès qu'elle lui avait traversé l'esprit mais, plus il y réfléchissait, plus elle lui semblait évidente. «Tous les dockers veulent adopter notre système, dit-il. Nous pourrions les persuader de cesser de travailler pour les entrepreneurs. Alors, les armateurs devraient engager nos équipes.»

Dermot était sceptique. «Imagine qu'ils refusent encore de nous faire travailler?»

Ce pessimisme exaspérait Mack. «S'ils font ça, pas un morceau de charbon ne sera débarqué.

– De quoi vont vivre les hommes?

– Ils peuvent se permettre quelques jours sans travail.

– C'est vrai. Mais on ne pourrait pas tenir éternellement.»

Mack en aurait hurlé de frustration. «Les armateurs non plus : Londres a besoin de charbon!»

Dermot avait toujours l'air sceptique. Cora intervint. «Mais qu'est-ce que tu peux faire d'autre, Dermot?»

Il fronça les sourcils et réfléchit un moment, puis son visage s'éclaira. «J'aurais horreur de devoir retravailler pour les aubergistes. Bon sang, je vais tenter le coup.

– Bon! fit Mack, soulagé.

– Une fois, dit Charlie d'un ton lugubre, j'étais dans une grève. Ce sont les épouses qui souffrent.

– Quand étais-tu dans une grève?» demanda Mack. Il n'avait aucune expérience de la chose : il en avait tout juste entendu parler dans les journaux.

«Il y a trois ans, à Tyneside. J'étais mineur de charbon.

– Je ne savais pas que tu avais été mineur.» L'idée n'était jamais venue à Mack, ni à personne à Heugh, que les mineurs pouvaient se mettre en grève. «Comment ça s'est terminé?

– Les propriétaires ont cédé, reconnut Charlie.

– Tu vois!» dit Mack d'un ton triomphant.

Cora reprit d'un ton inquiet. «Mack, tu n'as pas affaire aux propriétaires terriens du Nord. Tu as devant toi des aubergistes de Londres, la racaille de la terre. Ils pourraient très bien envoyer quelqu'un te trancher la gorge dans ton sommeil.»

Mack la regarda dans les yeux : il vit qu'elle avait peur pour lui. «Je prendrai des précautions», dit-il.

Elle lui lança un regard sceptique, mais n'ajouta rien.

«Ce sont les hommes, fit Dermot, qu'il va falloir persuader.

– C'est vrai, fit Mack d'un ton décidé. Nous allons tenir une réunion. Quelle heure est-il ?»

Ils jetèrent tous un regard dehors. Le soir tombait. Cora dit : «Il doit être six heures.

– Les équipes qui travaillent aujourd'hui, reprit Mack, termineront à la nuit. Vous deux, vous allez faire la tournée de toutes les tavernes le long de la grand-rue et passer le message.»

Ils acquiescèrent. Charlie suggéra un lieu de rendez-vous :

«Le Joyeux Matelot a une grande cour, fit Dermot. Et le patron n'est pas un entrepreneur.

– Exact, reconnut Mack. Dis-leur d'être là-bas une heure après la tombée de la nuit.

– Ils ne viendront pas tous, dit Charlie.

Dermot ajouta : «Nous allons en rassembler autant que nous pourrons.» Charlie et lui sortirent.

Mack regarda Cora. «Tu prends un soir de congé ?» demanda-t-il d'un ton plein d'espoir.

Elle secoua la tête. «J'attends juste ma complice.»

Mack était choqué par la manière dont elles gagnaient leur vie. «J'aimerais bien que nous trouvions une façon pour cette enfant de vivre sans voler, dit-il.

– Pourquoi ?»

La question le laissa sans voix. «Eh bien, évidemment...

– Évidemment quoi ?

– Ce serait mieux si elle grandissait en étant quelqu'un d'honnête.

– En quoi est-ce que ce serait mieux ? »

Mack sentait dans les questions de Cora un accent de fureur, mais il ne pouvait plus reculer. « Ce qu'elle fait maintenant, c'est dangereux. Elle pourrait se retrouver au bout d'une corde à Tyburn.

– Est-ce qu'elle serait mieux lotie à racler le carrelage d'une cuisine chez des riches, battue par la cuisinière et violée par le maître de maison ?

– Je ne pense pas que toutes les souillons de cuisine se fassent violer…

– Celles qui sont jolies, si. Comment est-ce que je gagnerais ma vie sans elle ?

– Tu pourrais faire n'importe quoi : tu es maligne et belle…

– Je ne veux pas faire n'importe quoi, Mack : je veux faire ce que je fais.

– Pourquoi ?

– J'aime ça. J'aime m'habiller, boire du gin et flirter. Je dépouille des hommes stupides qui ont plus d'argent qu'ils ne le méritent C'est excitant, c'est facile et je gagne dix fois autant que si j'étais couturière, vendeuse ou serveuse dans un café. »

Il fut choqué. Il avait cru qu'elle volait parce qu'elle y était obligée. L'idée qu'elle aimait cela lui paraissait insensée. « Je ne te connais vraiment pas, dit-il.

– Tu es intelligent, Mack, mais tu ne connais rien à rien. »

Peg arriva. Elle était pâle, maigre et épuisée, comme toujours. « As-tu pris un petit déjeuner ? demanda Mack.

– Non, dit-elle en s'asseyant. J'aimerais bien un verre de gin. »

Mack héla un serveur. « Un bol de porridge avec de la crème, s'il vous plaît. »

Peg fit la grimace mais, quand la nourriture arriva, elle l'engloutit avec avidité.

Elle était en train de dévorer quand Caspar Gordonson entra. Mack était content de le voir. Il avait songé à lui rendre visite pour discuter du boycott des armateurs et de l'idée d'une grève. Il lui fit un rapide compte rendu des événements de la journée tandis que l'avocat sirotait son cognac.

À mesure que Mack parlait, Gordonson semblait de plus en plus soucieux. Quand il eut terminé, l'avocat commença de sa voix haut perchée : « Il faut que vous compreniez que nos dirigeants ont peur. Pas seulement la cour et le gouvernement, mais tout le gratin : les ducs et les comtes, les conseillers, les juges, les marchands, les propriétaires terriens. Toutes ces histoires de liberté, ça les énerve. Et les émeutes de gens affamés l'année dernière et l'année d'avant leur ont montré de quoi les gens sont capables quand ils sont furieux.

– Parfait ! fit Mack. Alors, ils devraient nous donner ce que nous voulons.

– Pas nécessairement. Ils ont peur qu'en faisant cela vous n'en demandiez que davantage. Ce qu'ils veulent vraiment, c'est une excuse pour faire venir la troupe et tirer sur les gens. »

Mack sentait que, derrière la froide analyse de Gordonson, il y avait une peur réelle. « Ils ont besoin d'une excuse ?

– Oh oui. C'est à cause de John Wilkes. C'est une véritable épine dans leur flanc. Il accuse le gouvernement de despotisme. Si la troupe réprime brutalement une manifestation, des milliers de gens sans grande conviction diront : "Tiens, Wilkes avait raison, ce gouvernement est tyrannique." Et tous ces boutiquiers, ces joailliers et ces boulangers, ça fait des voix…

– Alors, quel genre d'excuse faut-il au gouvernement ?

– Ils veulent des émeutes, pour que votre violence fasse peur à ces gens sans conviction. Voilà qui les rangera du côté du maintien de l'ordre et qui leur fera oublier la liberté d'expression. »

Mack était fasciné et démonté. Il n'avait jamais pensé à la politique de cette façon. Il avait discuté de théories ampoulées qu'on lisait dans les livres, il avait été la victime impuissante de lois injustes. Il comprit soudainement ce qu'était vraiment la politique, et c'était dangereux.

Gordonson avait l'air soucieux. « C'est moi qui vous ai entraîné là-dedans, Mack, et si vous vous faites tuer, j'aurai cela sur la conscience. »

Mack commençait à trouver contagieuses les appréhensions de Gordonson. Voilà quatre mois, se dit-il, je n'étais qu'un mineur ; aujourd'hui, je suis un ennemi du gouvernement. Mais il était responsable des dockers, il se sentait de lourdes obligations tout comme Gordonson se sentait responsable de lui. C'était lui qui leur avait attiré tous ces ennuis : c'était à lui maintenant de les sortir de là.

« Que croyez-vous que nous devrions faire ? demanda-t-il à Gordonson.

– Si les hommes sont d'accord pour se mettre en grève, votre tâche sera de les contrôler. Il faudra les empêcher de mettre le feu aux navires, de massacrer les briseurs de grève et de faire le siège des tavernes des entrepreneurs. Ces hommes-là ne sont pas des enfants de chœur, vous le savez : ils sont jeunes, vigoureux et en colère. S'ils se déchaînent, ils vont mettre Londres à feu et à sang.

– Je crois que je serais capable de les contrôler, dit Mack. Ils m'écoutent. Ils semblent me respecter.

– Ils vous vénèrent, dit Gordonson. Et cela vous fait courir un danger encore plus grand. Vous êtes un meneur et le gouvernement pourrait tenter de briser la grève en vous faisant pendre. »

Mack commençait à regretter d'avoir jamais prononcé le mot « grève ». Il reprit : « Qu'est-ce que je devrais faire ?

– Quitter l'endroit où vous logez et vous installer ailleurs. Ne confier cette adresse secrète qu'à une poignée de gens de confiance.

– Viens habiter avec moi », proposa Cora.

Mack réussit à sourire. Voilà qui ne serait pas bien difficile.

Gordonson poursuivit : « Ne vous montrez pas dans les rues de jour. Faites une apparition aux réunions, puis éclipsez-vous. Devenez un fantôme. »

Mack trouvait cela un peu ridicule, mais la menace semblait réelle. « Très bien. »

Cora se leva pour partir. À la grande surprise de Mack, Peg le prit par la taille et se serra contre lui. « Fais attention, l'Écossais, dit-elle. Ne va pas te faire poignarder. »

Mack fut surpris et touché par leur inquiétude. Trois mois plus tôt, il ne connaissait ni Peg, ni Cora, ni Gordonson.

Cora l'embrassa sur les lèvres et puis s'éloigna, avec un déhanchement séducteur. Peg lui emboîta le pas.

Quelques instants plus tard, Mack et Gordonson partirent pour Le Joyeux Matelot. Il faisait nuit, mais Wapping High Street était très animée : des chandelles étaient allumées aux portes des tavernes et aux fenêtres des maisons. La marée était basse et des bancs de sable montait une violente odeur de pourriture.

Mack fut surpris de voir la cour de la taverne bourrée de monde. Londres comptait environ huit cents dockers qui travaillaient sur les charbonniers et la moitié au moins d'entre eux était là. Quelqu'un avait hâtivement érigé une estrade rudimentaire éclairée de quatre torches qui flambaient à chaque coin. Mack se fraya un chemin à travers la foule. Chacun le reconnut, lui dit un mot ou lui donna une claque dans le dos. La nouvelle de son arrivée se répandit rapidement et on se mit à l'acclamer. Quand il parvint à l'estrade, ce fut un tonnerre d'acclamations. Il monta les marches et contempla la foule. À la lueur des torches, des centaines de visages barbouillés de poussier étaient tournés vers lui. Il refoula les larmes de gratitude qui lui montaient aux yeux devant tant de confiance. Impossible de parler : ils criaient trop fort. Il leva les mains pour réclamer le silence, mais en vain. Les uns clamaient son nom, d'autres hurlaient « Wilkes et la liberté ! » et d'autres slogans. Un refrain peu à peu émergea pour venir dominer tout le reste, jusqu'au moment où tous hurlaient en chœur : « La grève ! la grève ! la grève ! »

Mack, immobile, les regardait en se disant : Qu'est-ce que j'ai fait ?

21

À l'heure du petit déjeuner, Jay Jamisson reçut un billet de son père. Un mot d'une sécheresse dont il avait l'habitude.

Grosvenor Square
8 heures du matin
Rendez-vous à mon bureau à midi.

G. J.

Sa première réaction fut que Père avait appris la teneur de son accord avec Lennox.

Tout s'était passé à merveille. Les armateurs avaient boycotté les nouvelles équipes de dockers, comme Lennox l'avait voulu. Lennox avait rendu à Jay ses reconnaissances de dettes, comme convenu. Mais les dockers étaient maintenant en grève, et cela faisait une semaine qu'on n'avait pas déchargé de charbon à Londres. Père avait-il découvert le lien entre cette grève et ses dettes de jeu ? C'était là une redoutable perspective.

Il se rendit comme d'habitude au quartier de Hyde Park et obtint du colonel Cranbrough la permission de s'absenter au milieu de la journée. Il passa la matinée à se faire du souci. Sa mauvaise humeur rendit les hommes maussades et les chevaux capricieux.

Les cloches de l'église sonnaient midi lorsqu'il entra dans l'entrepôt des Jamisson sur les quais. L'air poussiéreux était chargé d'odeurs épicées : café et cannelle, rhum et porto, poivre et orange. Cela évoquait toujours pour Jay son enfance, quand les tonneaux et les coffres à thé lui paraissaient beaucoup plus grands. Aujourd'hui, il retrouvait ses sentiments de petit garçon, quand il avait fait une bêtise et qu'on allait le réprimander. Il traversa le hangar, répondant aux salutations des hommes, et grimpa un escalier de bois branlant qui menait à la comptabilité. Il entra dans le bureau de son père, une pièce d'angle aux murs tapissés de cartes, d'affiches et de gravures de navires.

« Bonjour, Père, dit-il. Où est Robert ? »

Son frère était presque toujours aux côtés de Père.

« Il a dû aller à Rochester. Mais cette affaire te concerne plus que lui. Sir Sidney Armstrong veut me voir. » Armstrong était le bras droit du secrétaire d'État, le vicomte Weymouth. Jay sentit sa nervosité s'accentuer. Avait-il des problèmes avec le gouvernement aussi bien qu'avec son père ?

« Qu'est-ce que veut Armstrong ?

– Il veut que cette grève du charbon cesse et il sait que nous l'avons déclenchée. » Voilà qui semblait n'avoir rien à voir avec ses dettes de jeu, en conclut Jay.

« Il va être ici d'un instant à l'autre, ajouta Père.

– Pourquoi vient-il ici ? » Normalement, un personnage aussi important convoquait les gens à son bureau de White Hall.

« Pour s'assurer le secret, j'imagine. »

Jay n'eut pas le temps de poser d'autres questions : la porte s'ouvrit et Armstrong entra. Sir George et Jay se levèrent. Armstrong était un homme entre deux âges, cérémonieusement habillé, avec perruque et épée. Il marchait en levant un peu le nez, comme pour bien montrer que d'ordinaire il ne s'abaissait pas à venir patauger dans le marécage des activités commerciales. Sir George ne l'aimait pas ; Jay le devina à l'expression de son père quand ils se serrèrent la main et qu'il pria Armstrong de s'asseoir.

Armstrong refusa un verre de vin. «Cette grève doit cesser, déclara-t-il. Les dockers ont paralysé la moitié de l'industrie de Londres.

– Nous avons essayé, répondit Sir George, d'obtenir des matelots qu'ils déchargent le charbon des navires. Ça a marché un jour ou deux.

– Qu'est-ce qui a cloché ?

– On les a persuadés, ou bien intimidés, ou bien les deux, et maintenant les voilà en grève aussi.

– Comme les bateliers, dit Armstrong d'un ton exaspéré. Et même avant qu'éclate cette crise concernant le charbon, il y a eu des problèmes avec les tailleurs, les tisserands, les chapeliers, les scieurs de long… Ça ne peut pas continuer.

– Mais pourquoi êtes-vous venu me voir, Sir Sidney ?

– Parce que j'ai cru comprendre que vous aviez joué un rôle dans le déclenchement du boycott des armateurs qui a provoqué la colère des dockers.

– C'est exact.

– Puis-je vous demander pourquoi ? »

Sir George regarda Jay, qui avala difficilement sa salive et dit : « J'ai été contacté par les entrepreneurs qui organisent les équipes de dockers pour le déchargement du charbon. Mon père et moi ne voulions pas voir troublé l'ordre établi sur les quais.

– Vous avez tout à fait raison, assurément », dit Armstrong. Jay pensa : Venez-en donc au fait. « Savez-vous qui sont les meneurs ? reprit Armstrong.

– Certainement, fit Jay. Le plus important est un nommé Malachi McAsh, connu sous le nom de Mack. Il était justement mineur dans les mines de mon père.

– Ce que j'aimerais, c'est voir McAsh arrêté et inculpé d'incitation à l'émeute. Mais il s'agirait que ce soit plausible : pas d'accusations fabriquées ni de témoins achetés. Il devrait y avoir une véritable émeute, incontestablement déclenchée par des ouvriers en grève avec usage d'armes à feu contre des officiers de la Couronne et un certain nombre de tués et de blessés. »

Jay était déconcerté. Armstrong était-il en train de dire aux Jamisson d'organiser ce genre d'émeute ?

Son père ne manifesta aucun signe d'étonnement. « Vous vous faites très clairement comprendre, Sir Sidney. » Il regarda Jay. « Sais-tu où on peut trouver McAsh ?

– Non », dit-il. Puis, voyant l'expression méprisante qui se peignait sur le visage de son père, il s'empressa d'ajouter : « Mais je suis certain de pouvoir le découvrir. »

Au lever du jour, Mack réveilla Cora pour lui faire l'amour. Elle était venue se coucher au petit matin, empestant la fumée de tabac : il l'avait embrassée et s'était rendormi. Maintenant il n'avait plus envie de dormir, mais elle était tout ensommeillée. Il sentait son corps tiède et détendu, sa peau douce, ses cheveux roux en désordre. Elle passa mollement les bras autour de lui et se mit à geindre doucement puis, à la fin, elle poussa un petit cri de ravissement. Ensuite, elle retomba dans le sommeil.

Il l'observa un moment. Son visage était parfait : petit, rose et régulier. Mais sa façon de vivre le tracassait de plus en plus. Il fallait avoir le cœur bien endurci, songeait-il, pour utiliser une enfant comme complice. Quand il abordait le sujet, elle se mettait en colère et lui répliquait qu'il était complice puisqu'elle le logeait et le nourrissait.

Il soupira et se leva.

Cora habitait au dernier étage d'un bâtiment délabré près d'un dépôt de charbon. Le propriétaire du dépôt avait jadis vécu là mais, quand il avait prospéré, il avait déménagé. Il utilisait maintenant le rez-de-chaussée comme bureau et louait l'étage supérieur à Cora.

Il y avait deux pièces : un grand lit dans l'une, une table et des chaises dans l'autre. La chambre à coucher était emplie du seul luxe que s'offrait Cora : des toilettes. Esther, comme Annie, ne possédait que deux tenues, l'une pour le travail et l'autre pour les dimanches. Mais Cora avait huit ou dix toilettes différentes, toutes dans des couleurs vives : jaune, rouge, vert clair, marron. Elle avait des chaussures assorties à chacune d'elles et autant de bas, de gants et de mouchoirs qu'une belle dame.

Il se lava le visage, s'habilla rapidement et sortit. Quelques minutes plus tard, il était chez Dermot. La famille était attablée devant le porridge du petit déjeuner. Mack sourit aux enfants. Il aurait bien aimé en avoir, mais son mode de vie actuel ne lui en donnait guère la possibilité.

Mack refusa un bol de porridge, car il savait qu'ils n'avaient pas les moyens de le lui offrir. Dermot, comme Mack, se faisait entretenir : sa femme lavait la vaisselle le soir dans un café pendant qu'il s'occupait des enfants.

« Tu as reçu une lettre », annonça Dermot en tendant à Mack un billet cacheté.

Mack reconnut l'écriture. Elle était presque identique à la sienne. C'était une lettre d'Esther. Il se sentit coupable. Il était censé économiser de l'argent pour elle, mais voilà qu'il était en grève et sans un penny.

« Où est-ce que ce sera aujourd'hui ? » demanda Dermot. Chaque jour, Mack retrouvait ses lieutenants à un endroit différent.

« Le bar du fond à la taverne de la Tête couronnée, répondit Mack.

– Je passerai la consigne.» Dermot prit son chapeau et sortit.

Mack ouvrit sa lettre et se mit à lire.

Elle contenait plein de nouvelles. Annie était enceinte et, si l'enfant était un garçon, on l'appellerait Mack. Sans savoir pourquoi, il sentit les larmes lui monter aux yeux. Les Jamisson ouvraient un nouveau puits de mines à High Glen, sur la propriété des Hallim : ils avaient creusé vite et dans quelques jours Esther travaillerait là-bas comme porteuse. Voilà qui était surprenant : Mack avait entendu Lizzie dire que jamais elle ne permettrait qu'on exploite le charbon de High Glen. L'épouse du révérend York avait été prise de fièvre et était morte : rien d'extraordinaire, elle était tout le temps malade. Esther était toujours bien décidée à quitter Heugh dès que Mack pourrait mettre l'argent de côté.

Il plia la lettre et la fourra dans sa poche. Rien ne devait saper sa détermination. Il allait sortir vainqueur de la grève. Ensuite il pourrait faire des économies.

Il embrassa les enfants de Dermot et partit pour la Tête couronnée.

Ses hommes arrivaient déjà et il se mit aussitôt au travail.

Wilson le Borgne signala l'arrivée de deux charbonniers avec la marée du matin. «Tous les deux de Sunderland, dit-il. J'ai parlé à un marin qui est venu à terre acheter du pain.»

Mack se tourna vers Charlie Smith. «Monte à bord des navires et parle aux capitaines, Charlie. Explique pourquoi nous sommes en grève et demande-leur d'attendre patiemment. Dis que nous espérons voir les armateurs céder bientôt et autoriser les nouvelles équipes à décharger le charbon de leurs bateaux.»

Le Borgne intervint. «Pourquoi envoyer un nègre ? Ils écouteraient peut-être plus volontiers un Anglais.

– Je suis anglais, fit Charlie avec indignation.

– La plupart de ces capitaines, dit Mack, sont nés

dans les régions minières du Nord-Est et Charlie parle avec le même accent qu'eux. D'ailleurs, il a déjà fait ce genre de démarche et il s'est montré bon ambassadeur.

– Je ne voulais pas te vexer, Charlie », dit le Borgne.

Charlie haussa les épaules et s'en alla s'acquitter de sa mission. Une femme arriva en trombe, hors d'haleine et très agitée. Mack reconnut Sairey, la femme d'un docker belliqueux qu'on appelait McBride le Boxeur. « Mack, on a surpris un matelot qui apportait un sac de charbon à terre et j'ai bien peur que le Boxeur le tue.

– Où sont-ils ?

– Ils l'ont enfermé dans l'appentis du Cygne. Mais le Boxeur n'arrête pas de boire : il veut pendre ce type par les pieds à la tour de l'Horloge et certains des autres l'encouragent. » Il y avait des incidents comme celui-là tous les jours. Mack avait réussi jusqu'alors à éviter un débordement de violence. Il désigna un grand garçon avenant qu'on appelait Pollard Peau de Porc. « Va donc là-bas calmer les gars, Peau de Porc. Il ne nous manquerait plus que d'avoir un meurtre sur les bras.

– J'y vais tout de suite », dit-il.

Caspar Gordonson arriva, avec du jaune d'œuf sur sa chemise et un billet à la main. « Il y a un train de péniches chargé du charbon pour Londres sur la rivière Lea. Il devrait arriver à l'écluse d'Enfield.

– Enfield, dit Mack. C'est loin ?

– Cinq lieues, répondit Gordonson. Nous pouvons être là-bas pour midi, même si nous y allons à pied.

– Bon. Il faut nous assurer le contrôle de l'écluse et empêcher les péniches de passer. J'aimerais y aller moi-même. Je vais emmener douze hommes résolus. »

Un autre docker arriva. « Sam Barrows le Gros, le patron de l'Homme vert essaie de recruter une équipe pour décharger le charbon du *Spirit of Jarrow*, annonça-t-il.

– Il aurait de la chance, observa Mack. Personne

n'aime le Gros Sam, il n'a jamais payé de gages convenables de toute sa vie. Quand même, à tout hasard, on ferait mieux de surveiller la taverne. Will Trimble, va donc là-bas regarder un peu ce qui se passe. Préviens-moi s'il y a le moindre risque que Sam réunisse seize hommes. »

« Il s'est planqué, dit Sidney Lennox. Il a quitté son logement et personne ne sait où il est allé. »

Jay était très ennuyé. Il avait déclaré à son père, devant Sir Sidney Armstrong, qu'il pourrait retrouver McAsh. Il regrettait d'avoir ouvert la bouche. S'il n'arrivait pas à tenir sa promesse, le mépris de son père serait cinglant.

Il avait compté sur Lennox pour savoir où trouver McAsh. « Mais, s'il se cache, comment dirige-t-il la grève ?

— Il se présente chaque matin dans un café différent. Ses hommes de main, je ne sais comment, savent toujours où aller. Il donne ses instructions et disparaît jusqu'au lendemain.

— Quelqu'un doit bien savoir où il dort, fit Jay d'un ton plaintif. Si nous réussissons à mettre la main sur lui, nous pouvons écraser cette grève. »

Lennox acquiesça. Plus que tout autre, il voulait voir les dockers vaincus. « Oh, Caspar Gordonson doit le savoir. »

Jay secoua la tête. « Ça ne nous avance à rien. Est-ce que McAsh a une amie ?

— Oui... Cora. Mais c'est une coriace. Elle ne dira rien.

— Il doit bien y avoir quelqu'un d'autre.

— Il y a bien la petite, fit Lennox d'un ton songeur.

— La petite ?

— Peg la Main leste. Elle accompagne Cora pour dépouiller les clients. Je me demande... »

À minuit, le café de Lord Archer était bourré d'officiers, de gentlemen et de putains. L'air était chargé de fumée de tabac, de relents de vin renversé. Un violoniste jouait dans un coin, mais c'était à peine si on pouvait l'entendre au milieu du brouhaha.

Il y avait plusieurs parties de cartes en cours, mais Jay ne jouait pas. Il buvait. Il voulait faire semblant d'être ivre : il avait commencé par renverser le plus clair de son cognac sur le devant de son gilet. Mais, à mesure que la soirée s'avançait, il buvait de plus en plus et l'ivresse le gagnait. Chip Marlborough buvait sérieusement depuis le début de la soirée, mais il sauvait toujours les apparences.

Jay était trop inquiet pour s'amuser. Il fallait absolument qu'il trouve l'adresse de McAsh.

Il buvait donc chez Archer en espérant rencontrer Cora. Au cours de la soirée, de nombreuses filles l'avaient abordé, mais aucune ne correspondait au signalement de Cora. Chaque fois, Chip et lui flirtaient un moment puis la fille se rendait compte qu'ils n'étaient pas sérieux et passait son chemin. À l'autre bout de la salle, Sidney Lennox guettait aussi, fumant sa pipe et jouant au pharaon avec de petits enjeux.

Jay commençait à se dire qu'ils n'auraient pas de chance ce soir. Il trouvait le temps long. Juste au moment où il envisageait avec nostalgie l'idée de grimper dans un lit bien chaud pour y trouver Lizzie, ardente et pleine d'impatience, Cora entra.

Jay en eut tout de suite la certitude. C'était sans contexte la plus jolie fille de la salle et ses cheveux avaient vraiment la couleur des flammes dans la cheminée. Elle était habillée comme une putain : robe de soie rouge très décolletée et chaussures rouges avec des nœuds. Elle promena alentour un regard de professionnelle.

Jay se tourna vers Lennox et le vit hocher lentement la tête à deux reprises.

Dieu soit loué, se dit-il.

Il détourna la tête, surprit le regard de Cora et sourit.

Il vit un instant son expression se figer, comme si elle savait qui il était. Puis elle lui rendit son sourire et s'approcha.

Jay se sentait nerveux. Il se dit qu'il n'avait qu'à se montrer charmant. Il avait séduit des dizaines de femmes. Il baisa la main de Cora. Elle avait mis un parfum entêtant à base de bois de santal. «Je croyais connaître toutes les jolies femmes de Londres, mais je me trompais, dit-il galamment. Je suis le capitaine Jonathan et voici le capitaine Chip.»

Jay avait décidé de ne pas utiliser son vrai nom au cas où Cora aurait entendu parler de lui. Si elle découvrait qui il était, elle se douterait de quelque chose.

«Moi, c'est Cora, dit-elle en les toisant de la tête aux pieds. Quelle jolie paire! Je n'arrive pas à décider quel capitaine je préfère.

– Ma famille, dit Chip, est plus noble que celle de Jay.

– Mais la mienne est plus riche», répliqua Jay et, on ne sait pourquoi, cela les fit rire tous les deux.

«Puisque tu es si riche, paye-moi un verre de cognac», dit-elle. Jay héla un serveur et proposa à Cora de s'asseoir.

Elle se glissa entre Chip et lui sur la banquette. Il sentit sur son haleine une odeur de gin. Il baissa les yeux vers ses épaules et la naissance de ses seins. Il ne put s'empêcher de la comparer avec sa femme. Lizzie n'était pas grande, mais elle avait un corps voluptueux, des hanches larges et une ample poitrine. Cora était plus grande, plus mince, et ses seins le firent penser à deux pommes posées côte à côte dans une coupe.

Elle lui lança un regard interrogateur en disant: «Je te connais?»

Il éprouva une pointe d'inquiétude. Ils ne s'étaient certainement pas rencontrés? «Je ne pense pas», dit-il. Si elle le reconnaissait, c'était fichu.

«Tu as une tête qui me revient. Je sais que je ne t'ai jamais parlé, mais je t'ai vu.

– Voilà maintenant notre chance de faire connaissance», dit-il avec un sourire désespéré. Il passa un bras par-dessus le dossier de la banquette et lui caressa le cou. Elle ferma les yeux comme si elle adorait ça et Jay commença à se détendre.

Elle était si convaincante qu'il en oublia presque qu'elle faisait semblant. Elle posa une main sur la cuisse de Jay, tout près de l'entrejambe. Il se dit de ne pas y prendre trop de plaisir : il était censé jouer la comédie. Il regrettait d'avoir tant bu. Il aurait sans doute besoin de toute sa présence d'esprit.

On apporta à Cora son cognac et elle vida le verre d'un trait. «Viens, mon grand, dit-elle. On ferait mieux de prendre un peu l'air avant que tu éclates dans ta culotte.»

Jay se rendit compte qu'il avait une érection parfaitement visible et il devint tout rouge.

Cora se leva. Elle se dirigea vers la porte et Jay lui emboîta le pas.

Quand ils furent dehors, elle le prit par la taille et l'entraîna sous les colonnades de la place de Covent Garden. Il passa un bras par-dessus son épaule, puis parvint à glisser la main dans l'échancrure de son corsage et se mit à lui caresser le sein. Avec un petit rire, elle l'entraîna dans une ruelle.

Ils s'étreignirent, s'embrassèrent et il lui pressa les deux seins. Il ne pensait plus du tout à Lennox ni au complot : Cora était tiède, bien disposée, et il avait envie d'elle. Elle le palpait partout, déboutonnant son gilet, lui frottant la poitrine et plongeant une main dans sa culotte. Il lui enfonça la langue entre les lèvres tout en essayant de soulever ses jupes. Il sentit l'air froid sur son ventre.

Derrière lui, il entendit un cri d'enfant. Cora sursauta et repoussa Jay. Elle regarda par-dessus son épaule, puis se retourna comme si elle allait s'enfuir en courant, mais Chip Marlborough surgit et l'empoigna avant qu'elle eût fait le premier pas.

Jay en se retournant vit Lennox qui s'efforçait de contenir une enfant qui se tortillait, le griffait et poussait des hurlements. Dans l'ardeur de la lutte, l'enfant laissa tomber par terre plusieurs objets. À la lueur des étoiles, Jay reconnut son portefeuille, sa montre de gousset, sa pochette de soie et son cachet d'argent. Elle lui avait fait les poches pendant qu'il embrassait Cora. Il avait beau s'y attendre, il n'avait rien senti. Mais il était maintenant pleinement dans le rôle qu'il devait jouer.

L'enfant cessa de se débattre et Lennox dit : « Nous allons vous emmener toutes les deux devant un magistrat. Faire les poches, c'est un crime qui vous vaudra la potence. »

Chip jeta un coup d'œil à l'entrejambe de Jay et dit : « Capitaine Jamisson, vous pouvez rengainer votre arme : la bataille est terminée. »

La plupart des hommes riches et puissants étaient magistrats : Sir George ne faisait pas exception à la règle. Il ne siégeait jamais en audience publique, mais il avait le droit de juger chez lui certaines affaires. Il pouvait ordonner le fouet pour certains délinquants, les faire marquer au fer rouge ou emprisonner, et il avait le pouvoir de faire comparaître ceux qui s'étaient rendus coupables de délits plus graves devant le tribunal d'Old Bailey.

Il attendait Jay et il ne s'était pas couché : « Je t'espérais vers dix heures », dit-il en ronchonnant lorsqu'ils se rassemblèrent tous dans le salon de la maison de Grosvenor Square.

Cora, les mains liées, traînée par Chip Marlborough, déclara : « Alors, vous nous attendiez ! Tout ça était prévu... sale porc.

– Tais-toi, fit Sir George. Ou bien je vais te faire fouetter sur la place avant que nous commencions. »

Cora parut le croire car elle se tut.

Il prit une feuille de papier et plongea une plume dans un encrier. «Mr. Jay Jamisson est le plaignant. Il déclare que le contenu de ses poches lui a été volé par...

– On l'appelle Peg la Main leste, monsieur, dit Lennox.

– Je ne peux pas écrire ça, lança Sir George. Quel est ton véritable nom, mon enfant?

– Peggy Knapp, monsieur.

– Et le nom de la femme?

– Cora Higgins, dit Cora.

– Le contenu de mes poches a été vidé par Peggy Knapp, complice de Cora Higgins. Le crime a eu pour témoins...

– Sidney Lennox, tenancier de la taverne du Soleil à Wapping.

– Et le capitaine Marlborough?»

Chip leva les mains pour protester. «Je préférerais ne pas être impliqué si le témoignage de Mr. Lennox suffit.

– Très certainement, capitaine», dit Sir George. Il était toujours poli avec Chip parce qu'il devait de l'argent à son père. «C'est très aimable à vous de nous avoir assistés dans l'arrestation de ces voleuses. Voyons, l'accusée a-t-elle quelque chose à dire?

– Je ne suis pas sa complice, dit Cora. Je ne l'ai jamais vue de ma vie.» Peg resta bouche bée et lança à Cora un regard incrédule, mais celle-ci poursuivit: «Je faisais un tour avec un beau jeune homme, voilà tout. Je ne me doutais pas qu'elle lui faisait les poches.

– Sir George, reprit Lennox, on sait que ces deux-là travaillent ensemble: je les ai vues opérer bien des fois.

– J'en ai assez entendu, dit Sir George. Vous allez toutes deux être envoyées à la prison de Newgate sous l'inculpation de vol à la tire.»

Peg éclata en sanglots. Cora était blême de peur. «Pourquoi faites-vous ça?» demanda-t-elle. Elle braqua sur Jay un doigt accusateur. «Vous m'attendiez chez Archer.» Elle montra ensuite Lennox. «Vous nous avez suivies. Et vous, Sir George Jamisson, alors que vous devriez être au lit, vous avez veillé tard pour pouvoir nous envoyer en prison. À quoi ça rime, tout ça ? Qu'est-ce que Peg et moi vous avons jamais fait ?»

Sir George l'ignora. «Capitaine Marlborough, rendez-moi le service d'emmener cette femme dehors et de la surveiller quelques instants.» Tous attendirent tandis que Chip entraînait Cora et refermait la porte. Sir George se tourna vers Peg. «Maintenant, mon enfant, quel est le châtiment pour faire les poches... le sais-tu ?»

Elle était pâle et tremblante. «Le collier du shérif, murmura-t-elle.

– Si tu veux dire la pendaison, tu as raison. Savais-tu que certains condamnés ne sont pas pendus mais au lieu de cela envoyés en Amérique ?»

L'enfant hocha la tête.

«Il y a des gens qui ont des amis influents susceptibles de plaider pour eux et d'implorer la miséricorde du juge. Est-ce que tu as des amis influents ?»

Elle secoua la tête.

«Eh bien, si je te disais que c'est moi qui vais être ton ami influent et qui vais intercéder en ta faveur ?» Elle leva les yeux vers lui, son petit visage rayonnant d'espoir.

«Mais il faut que tu fasses quelque chose pour moi.

– Quoi donc ? fit-elle.

– Je te ferai éviter la corde si tu nous dis où habite Mack McAsh.»

Un long moment, le silence régna dans la pièce.

«Dans la mansarde au-dessus du dépôt de charbon de Wapping High Street», dit-elle. Puis elle éclata en sanglots.

22

Mack fut surpris de se réveiller tout seul.

Jamais auparavant Cora n'était restée dehors jusqu'au lever du jour. Cela ne faisait que deux semaines qu'il vivait avec elle et il ne connaissait pas toutes ses habitudes : malgré tout, il était inquiet.

Il se leva et suivit sa routine habituelle. Il passa la matinée au café de Saint Luc, à envoyer des messages et à recevoir des rapports. Il demanda si l'on avait vu Cora ou si on avait eu de ses nouvelles, mais personne ne savait rien. Il envoya quelqu'un à la taverne du Soleil pour parler à Peg la Main leste, mais elle n'était pas rentrée de la nuit non plus.

Dans l'après-midi, il se rendit à Covent Garden pour faire la tournée des tavernes et des cafés, interrogeant les putains et les serveurs. Plusieurs personnes avaient aperçu Cora la nuit dernière. Un garçon de chez Lord Archer l'avait vue partir avec un riche et jeune ivrogne. Après cela, plus de trace.

Mack rentra chez lui à la nuit tombée : il espérait qu'en arrivant à l'appartement de Cora il allait la trouver là, allongée sur le lit en sous-vêtements, à l'attendre. Mais tout était froid, sombre et désert.

Il alluma une chandelle et s'assit pour réfléchir.

Dehors, sur Wapping High Street, les tavernes commençaient à s'emplir. Les dockers avaient beau être en grève, ils trouvaient encore de l'argent pour la bière. Mack aurait bien aimé se joindre à eux mais, par prudence, il ne sortait pas le soir.

Il mangea un quignon de pain avec du fromage et se mit à lire un livre que Gordonson lui avait prêté : un roman intitulé *Tristram Shandy*. Mais il n'arrivait pas à se concentrer. En fin de soirée, alors qu'il commençait à se demander si Cora n'était pas morte, il entendit dans la rue une grande agitation.

Des hommes criaient, couraient, et il semblait y avoir plusieurs voitures et des chevaux. Craignant que les dockers ne déclenchent une émeute, il courut à la fenêtre.

Le ciel était dégagé et la lune à moitié pleine : Mack pouvait donc voir tout le long de la grand-rue. Dix ou douze charrettes tirées par des chevaux cahotaient au clair de lune sur le chemin de terre défoncé, se dirigeant manifestement vers le dépôt de charbon. Un groupe d'hommes suivait le cortège, en poussant des cris et des huées. D'autres sortaient des tavernes pour venir se joindre à eux à chaque coin de rue.

La scène avait toutes les apparences d'un début d'émeute. Mack poussa un juron. Il ne manquait plus que cela.

Tournant le dos à la fenêtre, il dévala l'escalier. S'il pouvait parler aux hommes qui conduisaient les charrettes et les persuader de ne pas décharger, peut-être pourrait-il éviter la violence.

La première voiture débouchait dans la cour du dépôt de charbon quand il arriva dans la rue. Comme il se précipitait, les hommes sautèrent à bas de leur charrette et, sans crier gare, se mirent à lancer sur la foule des morceaux de charbon. Un des dockers fut touché. D'autres ramassèrent les morceaux et les renvoyèrent. Mack entendit une femme pousser un hurlement et vit des enfants qu'on poussait dans des maisons.

« Arrêtez ! » cria-t-il. Il s'avança entre les dockers et les chariots, les bras levés. « Arrêtez ! » Les hommes le reconnurent et, pendant un moment, tout se calma. Il fut soulagé de voir dans la foule le visage de Charlie Smith. « Au nom du ciel, dit-il, essaie de maintenir l'ordre ici, Charlie. Je vais parler à ces gens.

– Que tout le monde reste calme ! cria Charlie. Laissez faire Mack. »

Mack tourna le dos aux dockers. De l'autre côté de la petite rue, des gens étaient plantés sur le pas de leur porte, curieux de voir ce qui se passait mais prêts à s'engouffrer à l'intérieur à la moindre alerte. Il y avait au moins cinq hommes sur chaque charrette. Dans l'étrange silence, Mack s'approcha du véhicule de tête. « Qui commande ici ? » dit-il.

Une silhouette s'avança sous le clair de lune. « C'est moi. »

Mack reconnut Sidney Lennox.

Ce fut un choc. Il s'interrogea. Que se passait-il donc ? Pourquoi Lennox cherchait-il à livrer du charbon à un dépôt ? Il eut un pressentiment de désastre qui lui glaça le cœur.

Il repéra le propriétaire du dépôt, John Cooper, qu'on appelait Jack le Noir parce qu'il était toujours couvert de poussier comme un mineur. « Jack, au nom du ciel, ferme les portes de ton dépôt, supplia-t-il. Il va y avoir mort d'homme si tu laisses faire. »

Cooper leva vers lui un visage renfrogné. « Il faut bien que je gagne ma vie.

– Tu la gagneras, dès que la grève sera terminée. Tu n'as pas envie de voir couler le sang sur Wapping High Street, non ? »

Mack commençait à comprendre ce qui se passait : il était furieux. Il se tourna vers Lennox. « Vous l'avez payé. Mais pourquoi ? »

Ils furent interrompus par le fracas d'une cloche qu'on faisait bruyamment sonner. Mack se retourna : il aperçut trois personnes debout à la fenêtre du premier étage de la taverne de la Poêle à Frire. L'une actionnait la cloche, l'autre tenait une lanterne. La troisième, au milieu, arborait la perruque et l'épée signalant qu'il s'agissait d'un personnage important.

Quand la cloche cessa de sonner, ce dernier se présenta. « Je suis Roland MacPherson, juge de paix de Wapping, et je déclare présentement qu'il y a état d'émeute. » Il continua à lire le passage principal du texte de loi.

Dès l'instant où l'on avait décrété l'état d'émeute, chacun devait se disperser dans un délai d'une heure. La non-obéissance à cet ordre était passible de mort.

Le magistrat était arrivé bien vite, songea Mack. De toute évidence, cette affaire avait été préparée avec soin.

Mais à quelle fin ? Il pensa qu'on voulait provoquer une émeute qui discréditerait les dockers et donnerait aux autorités un prétexte pour pendre les meneurs, c'est-à-dire lui.

Sa première réaction fut de riposter. Il avait envie de hurler : Si c'est une émeute qu'ils veulent, bon sang, on va leur en donner une qu'ils n'oublieront jamais. Avant d'en avoir fini, nous aurons brûlé Londres ! Il aurait voulu étrangler Lennox. Mais il se força à être calme et à réfléchir lucidement. Comment déjouer le plan de Lennox ?

Son seul espoir était de céder et de laisser livrer le charbon.

Il se tourna vers les dockers, rassemblés en groupes mécontents devant les portes ouvertes du dépôt. « Écoutez-moi, commença-t-il. Il s'agit d'un complot pour nous inciter à l'émeute. Si nous rentrons paisiblement chez nous, nous déjouerons les plans de nos ennemis. Si nous restons pour nous battre, nous sommes perdus. »

Il y eut des grondements désapprobateurs.

Seigneur, se dit Mack, que ces hommes sont stupides. « Vous ne comprenez donc pas ? fit-il. Ils veulent un prétexte pour pendre quelques-uns d'entre nous. Pourquoi leur donner ce qu'ils veulent ? Rentrons chez nous et reprenons le combat demain !

– Il a raison, renchérit Charlie. Regardez donc qui est là : Sidney Lennox. Ça n'annonce rien de bon, on peut en être sûr. »

Certains des dockers commençaient à acquiescer et Mack se dit qu'il allait peut-être réussir à les persuader. Là-dessus, il entendit la voix de Lennox crier : « Arrêtez-le ! »

Plusieurs hommes se précipitèrent aussitôt sur Mack. Il se retourna pour s'enfuir mais l'un d'eux le plaqua brutalement et il s'affala sur le sol boueux. En se débattant, il entendit des clameurs monter des rangs des dockers, et il comprit que ce qu'il avait redouté allait se passer : une bataille rangée.

Des pieds, des poings le frappaient, mais, tout en essayant de se relever, c'était à peine s'il sentait les coups. Et puis ses agresseurs furent repoussés par les dockers et il se remit sur ses pieds.

Il regarda aussitôt autour de lui. Lennox avait disparu. Les bandes rivales emplissaient la ruelle étroite. De tous côtés, il voyait des corps à corps acharnés. Les chevaux se cabraient et tiraient sur leurs traits, en poussant des hennissements terrifiés. Son instinct le portait à se joindre à la mêlée et à se mettre à cogner, mais il se contint. Comment mettre un terme à cet incident ? Il essaya de réfléchir rapidement. Peut-être pourrait-il regrouper les dockers dans la cour.

Charlie courut d'un groupe à l'autre, pour passer la consigne, criant à tue-tête pour se faire entendre au milieu du tumulte de la bataille : « Dans la cour, et fermez les portes ! » Puis Mack, horrifié, entendit le claquement d'un coup de mousquet.

« Qu'est-ce qu'il se passe ? » dit-il, mais personne n'écoutait. Depuis quand les dockers portaient-ils des armes à feu ? Qui donc étaient ces gens ?

Il aperçut un tromblon, un mousquet à canon court, braqué sur lui. Il n'avait pas eu le temps de faire un geste que Charlie avait saisi l'arme, l'avait retournée contre l'homme qui la brandissait et l'avait abattu à bout portant. L'homme s'écroula, mort.

Mack poussa un juron. Cela risquait de valoir la corde à Charlie.

Quelqu'un se précipita sur lui. Mack l'esquiva et lui décocha un coup de poing. Il frappa l'homme à la pointe du menton et l'autre s'affala dans la boue.

Mack recula en essayant de réfléchir. Cette bagarre se déroulait juste sous sa fenêtre. Comment avaient-ils trouvé son adresse ? Qui l'avait trahi ?

Les premiers coups de feu furent suivis d'une fusillade clairsemée. Des éclairs illuminaient la nuit. L'odeur de la poudre se mêlait dans l'air à la poussière de charbon.

C'était à l'entrée du dépôt que le combat faisait rage. Mack savait que, s'il parvenait à fermer les lourdes portes de bois, la bataille pourrait s'arrêter peu à peu. Il se fraya un chemin à travers la mêlée, parvint derrière un des lourds battants et se mit à pousser. Certains des dockers virent ce qu'il tentait de faire et vinrent le rejoindre. L'énorme battant balaya au passage quelques hommes en train d'échanger des coups de poing. Mack crut que dans un moment ils allaient réussir à le fermer. Là-dessus, une charrette vint le bloquer.

Hors d'haleine, Mack cria : « Poussez la charrette, poussez la charrette ! »

Il constatait avec un tout petit espoir que son plan commençait à produire ses effets. La porte entrebâillée constituait une barrière partielle entre les deux groupes. En outre, la première excitation de la bataille était passée. L'instinct de conservation reprenait ses droits et tous cherchaient des moyens de se désengager avec dignité.

Si l'on pouvait arrêter l'affrontement avant que quelqu'un n'appelle la troupe, peut-être Mack pourrait-il continuer à présenter la grève comme un mouvement de protestation essentiellement pacifique.

Une douzaine de dockers entreprirent de traîner la charrette dehors tandis que d'autres poussaient les portes. Quelqu'un coupa les traits du cheval et la bête affolée se mit à tourner en rond, hennissant et ruant. « Continuez à pousser, ne vous arrêtez pas ! » hurla Mack, tandis que les morceaux de charbon pleuvaient sur eux. La charrette avançait doucement et les portes se refermaient peu à peu avec une exaspérante lenteur.

Là-dessus, Mack entendit un bruit qui d'un coup anéantit tous ses espoirs : la rumeur d'hommes avançant au pas.

Des gardes descendaient Wapping High Street, leurs uniformes rouge et blanc étincelant au clair de lune. Jay chevauchait en tête de la colonne, maintenant sa monture au petit pas. Il allait avoir enfin ce qu'il avait toujours dit qu'il voulait : de l'action.

Son visage restait impassible, mais son cœur battait très fort. Il entendait le grondement de la bataille déclenchée par Lennox : les cris des hommes, les hennissements des chevaux, le fracas des mousquets. Jamais encore Jay n'avait utilisé d'épée ni d'arme à feu contre des hommes : ce soir, ce serait son premier engagement. Il se disait que cette racaille de dockers allait être terrifiée devant des gardes disciplinés et bien entraînés, mais il avait du mal à garder sa confiance.

Le colonel Cranbrough lui avait confié cette mission et l'avait envoyé sans officier supérieur. Normalement, c'était Cranbrough qui aurait dû commander personnellement le détachement, mais il avait préféré rester à l'écart de cette affaire aux relents trop politiques. Jay avait d'abord été ravi, mais il regrettait maintenant de ne pas avoir un supérieur expérimenté pour l'aider.

En théorie, le plan de Lennox avait paru parfait. Mais, maintenant que, monté sur son cheval, il s'approchait de la bataille, Jay le trouvait plein de lacunes. Et si McAsh se trouvait ailleurs ce soir ? Et s'il s'échappait avant que Jay réussisse à l'arrêter ?

Comme ils approchaient du dépôt de charbon, le rythme de leur avance parut se ralentir : Jay avait l'impression qu'ils ne progressaient que centimètre par centimètre. En voyant les soldats, nombre des émeutiers prirent la fuite et d'autres allèrent se mettre à l'abri. Certains commencèrent à jeter des morceaux de charbon qui se mirent à pleuvoir sur Jay et ses hommes. Sans broncher, ils marchèrent jusqu'aux portes du dépôt et, comme il en avait été convenu, s'installèrent en position de tir.

Il n'y aurait qu'une seule salve. Ils étaient si près de l'ennemi qu'ils n'auraient pas le temps de recharger.

Jay brandit son épée. Les dockers étaient coincés dans la cour du dépôt. Ils s'étaient efforcés de refermer les portes, mais ils renoncèrent et celles-ci s'ouvrirent toute grandes. Les uns passèrent par-dessus les murs, d'autres essayèrent lamentablement de se mettre à couvert parmi les tas de charbon ou derrière les roues d'une charrette. C'était comme tirer des poulets dans une basse-cour. McAsh apparut soudain sur la crête du mur, une silhouette aux épaules larges, le visage éclairé par la lune. «Arrêtez! criat-il. Ne tirez pas!»

Va au diable, se dit Jay. Il abaissa son épée en ordonnant: «Feu!»

Les mousquets claquèrent comme un grondement de tonnerre. Un voile de fumée se déploya qui cacha un moment les soldats. Dix ou douze dockers s'écroulèrent, les uns avec des cris de douleur, les autres dans un silence mortel. McAsh sauta à bas du mur pour s'agenouiller auprès du corps inerte et ensanglanté d'un Noir. Il leva les yeux et son regard rencontra celui de Jay: la rage qu'on pouvait lire sur son visage glaça le sang de Jay.

Jay cria: «Chargez!»

Les dockers attaquèrent les gardes avec une fureur qui surprit Jay. Ils esquivaient épées et mousquets pour se battre au corps à corps, en se servant de bâtons, de morceaux de charbon, de leurs poings et de leurs pieds. Jay fut consterné de voir tomber à terre quelques uniformes.

Il chercha des yeux McAsh mais ne parvint pas à le trouver.

Jay poussa un juron. Tout le but de cette opération était d'arrêter McAsh.

Et puis, soudain, McAsh surgit devant lui.

Au lieu de s'enfuir, l'homme se lançait à la poursuite de Jay.

McAsh empoigna la bride de Jay. Celui-ci leva son
épée et McAsh esquiva le coup en plongeant à gauche.
La lame s'abattit mais manqua son but. McAsh bondit, s'agrippa à la manche de Jay et tira. Jay essaya de
dégager son bras mais McAsh ne lâchait pas prise.
Avec une fatalité inéluctable, Jay glissait de côté sur
sa selle. McAsh fit un puissant effort et le fit tomber de
son cheval.

Jay tout d'un coup craignit pour sa vie.

Il parvint à retomber sur ses pieds. Aussitôt les
mains de McAsh se resserrèrent autour de son cou. Il
tira son épée mais McAsh lui donna un violent coup de
tête. Jay fut un instant aveuglé et sentit du sang ruisseler sur son front. Il donnait des coups d'épée dans tous
les sens ; il finit par toucher quelque chose et crut avoir
blessé McAsh, mais l'étreinte sur sa gorge ne se relâ-
chait pas. Il retrouva la vue : regardant McAsh droit
dans les yeux, il y lut une flamme de meurtre. Il était
terrifié : s'il avait pu parler, il aurait demandé grâce.

Un de ses hommes vit qu'il était en difficulté et
frappa à toute volée avec la crosse de son mousquet.
Le coup toucha McAsh à l'oreille. Son emprise un
instant se fit moins forte puis elle reprit de plus belle.
Le soldat frappa encore. McAsh essaya d'esquiver le
coup, mais il ne fut pas assez rapide et la lourde
crosse en bois du fusil le heurta avec un craquement
qu'on entendit par-dessus le tumulte de la bataille.
Une fraction de seconde, McAsh renforça son
étreinte et Jay se mit à étouffer comme un homme
qui se noie. Puis les yeux de McAsh roulèrent dans
leurs orbites. Ses mains glissèrent du cou de Jay et il
s'affala sur le sol, sans connaissance.

Jay reprit tant bien que mal son souffle et s'appuya
sur son épée. Peu à peu, sa terreur se dissipa. Il avait
le visage en feu : McAsh avait dû lui casser le nez.
Mais, en regardant l'homme effondré sur le sol à ses
pieds, il n'éprouvait que de la satisfaction.

23

Cette nuit-là, Lizzie ne dormit pas.

Jay lui avait dit qu'il pourrait y avoir des incidents et elle resta assise dans leur chambre à l'attendre, un roman ouvert sur ses genoux mais qu'elle ne lisait pas.

Il rentra au petit matin, couvert de sang et de poussière et un pansement sur le nez. Elle était si heureuse de le voir vivant qu'elle se jeta à son cou et le serra contre elle, maculant de taches son peignoir de soie blanche.

Elle réveilla les domestiques pour commander de l'eau bouillante. Il lui raconta par le menu le récit de l'émeute tandis qu'elle l'aidait à se dépouiller de son uniforme souillé, qu'elle épongeait son corps meurtri et lui trouvait une chemise de nuit propre.

Plus tard, quand ils furent allongés côte à côte dans le grand lit à colonnes, elle demanda d'un ton hésitant. « Croyez-vous que McAsh va être pendu ?

– Je l'espère bien, dit Jay en tâtant son pansement d'un doigt prudent. Nous avons des témoins pour affirmer qu'il a incité la foule à l'émeute et qu'il a personnellement attaqué des officiers. Je n'imagine pas un juge le condamnant à une peine légère dans le climat actuel. S'il avait des amis influents susceptibles de plaider pour lui, ce serait différent. »

Elle fronça les sourcils. « Je ne l'ai jamais considéré comme un homme particulièrement violent. Insubordonné, désobéissant, insolent, arrogant, mais pas brutal. »

Jay prit un air entendu. « Vous avez peut-être raison. Mais les choses étaient arrangées de telle façon qu'il n'avait pas le choix.

– Comment cela ?

– Sir Sidney Armstrong s'était rendu secrètement à l'entrepôt pour nous parler, à Père et à moi. Il nous a confié qu'il voulait qu'on arrête McAsh pour incitation à l'émeute. Il nous a pratiquement dit de tout organiser pour que cela arrive. Alors Lennox et moi, nous avons arrangé une émeute. »

Lizzie était choquée. Elle se sentait encore plus indignée à l'idée qu'on avait délibérément provoqué Mack. « Et Sir Sidney est content de ce que vous avez fait ?

– Je pense bien. Le colonel Cranbrough a été impressionné par la façon dont j'ai mené l'opération. Je peux donner ma démission et quitter l'armée avec une réputation sans tache. »

Puis Jay lui fit l'amour, mais elle était trop troublée pour apprécier ses caresses. En général, elle aimait s'ébattre dans le lit, faire rouler Jay sur le dos et parfois s'installer sur lui, changer de position, l'embrasser, parler et rire aux éclats. Il remarqua que ce soir-là elle était différente. « Vous étiez bien calme. »

Elle chercha une excuse. « Je craignais de vous faire mal. »

Il accepta son explication ; quelques instants plus tard, il dormait. Lizzie resta éveillée. C'était la seconde fois qu'elle était scandalisée par l'attitude de son mari vis-à-vis de la justice, et, dans les deux cas, il s'agissait de Lennox. Jay n'était pas mauvais, elle en était certaine. Mais d'autres pouvaient l'amener à faire le mal, notamment des hommes décidés comme Lennox. Elle était heureuse à l'idée que dans un mois ils allaient quitter l'Angleterre. Une fois embarqués, ils ne reverraient jamais Lennox.

Pourtant, elle ne parvenait pas à trouver le sommeil. Elle éprouvait au creux de l'estomac une sensation pesante et glacée. Mack McAsh allait être pendu. Ce fameux matin où elle était allée déguisée à Tyburn Cross, elle avait été révoltée d'assister à la pendaison de parfaits inconnus. L'idée que la même chose pût arriver à son ami d'enfance lui était insupportable.

Mack n'était pas son problème, se dit-elle. Il s'était enfui, au mépris de la loi, il s'était mis en grève et avait participé à une émeute. Il avait fait tout ce qu'il pouvait pour s'attirer des ennuis : ce n'était pas à elle de le tirer de là. Son devoir était de soutenir le mari qu'elle avait épousé.

Tout cela était vrai, mais n'empêche qu'elle ne pouvait dormir.

Quand les premières lueurs de l'aube commencèrent à filtrer par les bords des rideaux, elle se leva. Elle décida de commencer à faire ses bagages en prévision de la traversée. Elle demanda aux domestiques de commencer à entasser dans les malles étanches qu'elle avait achetées ses cadeaux de mariage : linge de table, argenterie, verres et vaisselle, marmites et couteaux de cuisine. Jay s'éveilla tout courbatu et de mauvaise humeur. Il but une lampée de cognac en guise de petit déjeuner et partit pour son casernement. La mère de Lizzie, qui habitait toujours la petite maison dans le jardin des Jamisson, vint rendre visite à Lizzie peu après le départ de Jay. Toutes deux s'installèrent dans la chambre à coucher et commencèrent à plier les bas, les jupons et les mouchoirs.

« Sur quel navire allez-vous voyager ? demanda Mère.

– Le *Rosebud*. C'est un vaisseau Jamisson.

– Et quand vous arriverez en Virginie… comment gagnerez-vous la plantation ?

– Les navires qui traversent l'océan peuvent remonter la rivière Rappahannock jusqu'à Fredericksburg, qui n'est qu'à quatre lieues de Mockjack Hall. » Lizzie sentait que sa mère était anxieuse à l'idée de la voir entreprendre une si longue traversée. « Ne vous inquiétez pas, Mère, il n'y a plus de pirates.

– Il faut que tu emportes ton eau potable et que tu gardes le baril dans ta cabine : ne partage pas avec l'équipage. Je te préparerai un coffre à pharmacie au cas où tu serais souffrante.

– Merci, Mère.

– Combien de temps prendra la traversée ?

– Six ou sept semaines. » Lizzie savait que c'était

un minimum : si les vents détournaient le navire de sa route, le voyage pouvait durer jusqu'à trois mois. Les risques de maladie étaient alors beaucoup plus grands. Toutefois, elle et Jay étaient jeunes, vigoureux et en bonne santé : ils survivraient. Et quelle aventure ce serait ! Elle avait hâte de voir l'Amérique. C'était un nouveau continent qu'elle allait découvrir et tout là-bas serait différent : les oiseaux, les arbres, la cuisine, l'air, les gens. Elle en frissonnait chaque fois qu'elle y pensait.

Elle habitait Londres depuis quatre mois et chaque jour la ville lui déplaisait davantage. La bonne société l'ennuyait à mourir. Elle et Jay dînaient souvent avec d'autres officiers et leurs épouses, mais les hommes discutaient parties de cartes et généraux incompétents. Les femmes ne s'intéressaient qu'aux chapeaux et aux domestiques. Lizzie était incapable de faire la conversation et, quand elle disait ce qu'elle pensait, elle les choquait toujours.

Une ou deux fois par semaine, ils dînaient à Grosvenor Square. Là, au moins, on parlait de choses réelles : les affaires, la politique, la vague de grèves et de troubles qui avait déferlé sur Londres ce printemps. Mais les Jamisson avaient sur les événements un point de vue résolument partisan. Sir George s'en prenait aux travailleurs, Robert prédisait une catastrophe et Jay proposait une intervention des militaires. Personne, pas même Alicia, n'avait assez d'imagination pour envisager le conflit du point de vue de l'autre camp. Lizzie n'approuvait pas, bien sûr, la décision des travailleurs de se mettre en grève, mais elle estimait qu'ils avaient des raisons qui leur paraissaient valables. Jamais on n'admettait cette possibilité autour de la table soigneusement astiquée de Grosvenor Square.

« Je pense que vous allez être heureuse de retourner à Hallim House », dit Lizzie à sa mère.

Mère acquiesça. « Les Jamisson sont très gentils,

mais ma maison me manque, si modeste qu'elle soit. »

Lizzie rangeait dans un coffre ses livres préférés : *Robinson Crusoé, Tom Jones, Roderick Random* – rien que des récits d'aventures –, quand un valet frappa à la porte pour annoncer que Caspar Gordonson était en bas.

Elle demanda à l'homme de répéter le nom du visiteur : elle avait du mal à croire que Gordonson oserait rendre visite à un membre de la famille Jamisson. Elle aurait dû refuser de le voir, elle le savait : il avait encouragé et soutenu la grève qui causait du tort aux affaires de son beau-père. Mais, comme toujours, la curiosité l'emporta ; elle dit au valet de le faire entrer dans le salon.

Elle n'avait toutefois pas l'intention de lui réserver bon accueil. « Vous avez causé pas mal de problèmes », dit-elle en entrant.

Elle fut surprise de ne pas trouver la brute agressive et pédante qu'elle s'attendait à voir, mais un homme myope à la mise peu soignée, avec une voix haut perchée et l'air d'un maître d'école distrait.

« Je vous assure que je n'en avais pas l'intention, dit-il. Enfin… si, bien sûr… mais pas à vous personnellement.

– Pourquoi êtes-vous venu ici ? Si mon mari était à la maison, il vous ferait jeter dehors.

– Mack McAsh a été accusé d'incitation à l'émeute et conduit à la prison de Newgate. Il passera en jugement dans trois semaines à Old Bailey. C'est un crime passible de la pendaison. »

Ce rappel frappa Lizzie comme un coup au visage, mais elle dissimula ses sentiments. « Je sais, dit-elle froidement. Quelle tragédie… un vigoureux jeune homme avec toute sa vie devant lui.

– Vous devez vous sentir coupable, dit Gordonson.

– Stupide insolent ! s'exclama-t-elle. Qui a encouragé McAsh à penser qu'il était un homme libre ? Qui lui a dit qu'il avait des droits ? Vous ! C'est vous qui devriez vous sentir coupable !

– Mais c'est bien le cas », dit-il calmement.

Elle fut surprise : elle s'attendait à d'énergiques dénégations. L'humilité de l'avocat l'apaisa. Des larmes lui montèrent aux yeux, mais elle les refoula. « Il aurait dû rester en Écosse.

– Vous vous rendez compte que bien des gens reconnus coupables de crimes punis de mort ne finissent pas toujours au bout d'une corde ?

– En effet. » Bien sûr, on pouvait garder espoir. Elle reprit un peu courage. « Croyez-vous que Mack obtiendra une grâce royale ?

– Cela dépend de qui est prêt à prendre sa défense. Dans notre système judiciaire, des amis influents comptent plus que tout. Je plaiderai pour lui, mais mes paroles ne pèseront pas bien lourd. La plupart des juges me haïssent. Toutefois, si vous vouliez prendre sa défense...

– Je ne peux pas faire ça ! protesta-t-elle. C'est mon mari qui poursuit McAsh. Ce serait terriblement déloyal de ma part.

– Vous pourriez lui sauver la vie.

– Mais cela rendrait Jay si ridicule !

– Vous ne pensez pas qu'il pourrait comprendre...

– Non ! Je sais qu'il ne comprendrait pas. Aucun mari ne le ferait.

– Réfléchissez-y...

– Je ne veux pas ! Je vais faire autre chose. Je vais... » Elle cherchait désespérément des idées. « Je vais écrire à Mr. York, le pasteur de l'église de Heugh. Je vais lui demander de venir à Londres implorer le tribunal de laisser la vie sauve à Mack.

– Un pasteur de campagne arrivant d'Écosse ? fit Gordonson. Je ne crois pas qu'il aura beaucoup d'influence. La seule solution, c'est que vous le fassiez vous-même.

– C'est hors de question.

– Je ne vais pas discuter avec vous : cela ne fera

que renforcer votre détermination», dit malicieusement Gordonson. Il se dirigea vers la porte. «Vous pouvez changer d'avis n'importe quand. Vous n'avez qu'à venir à Old Bailey dans trois semaines à compter de demain. Rappelez-vous : sa vie en dépend peut-être.»

Il sortit et Lizzie éclata en sanglots.

Mack était dans l'une des salles communes de la prison de Newgate.

Il était incapable de se rappeler tout ce qui lui était arrivé la nuit précédente. Il avait le vague souvenir d'avoir été ligoté, jeté sur le dos d'un cheval et emporté à travers Londres. Il y avait un grand bâtiment avec des barreaux aux fenêtres, une cour pavée, un escalier et une porte cloutée. On l'avait amené là. La nuit était tombée et il n'avait pas pu voir grand-chose. Meurtri, épuisé, il s'était endormi.

Il s'éveilla pour se retrouver dans une pièce à peu près grande comme l'appartement de Cora. Il faisait froid : il n'y avait pas de carreaux aux fenêtres et pas de feu dans la cheminée. L'endroit empestait. Une trentaine d'autres personnes au moins étaient entassées là avec lui : hommes, femmes et enfants, plus un chien et un cochon. Tout le monde dormait à même le sol et partageait un grand pot de chambre.

Il y avait de constantes allées et venues. Certaines des femmes partirent au lever du jour : Mack découvrit que ce n'étaient pas des prisonnières, mais des épouses de détenus qui avaient acheté le gardien pour passer la nuit ici. Les geôliers apportèrent de la nourriture, de la bière, du gin et des journaux pour ceux qui pouvaient payer les prix extravagants qu'ils demandaient. Des gens allaient voir des amis dans d'autres salles. Un prisonnier reçut la visite d'un ecclésiastique. Un autre, celle d'un barbier. Tout, semblait-il, était permis, mais tout se payait.

Les gens riaient de leur triste situation et plaisantaient à propos des crimes qu'ils avaient commis. Il régnait un entrain qui agaçait Mack. Il était à peine éveillé qu'on lui proposait de boire une goulée de gin à la bouteille et de tirer une bouffée d'une pipe de tabac, comme s'ils étaient tous à un mariage.

Mack avait mal partout, mais c'était sa tête qui était le plus endolorie. Il avait sur la nuque une bosse recouverte d'une croûte de sang séché. Il se sentait en proie à une tristesse infinie. Il avait échoué sur tous les plans. Il s'était enfui de Heugh pour être libre, et voilà qu'il se retrouvait en prison. Il s'était battu pour défendre les droits des dockers et il avait réussi à en faire tuer quelques-uns. Il avait perdu Cora. Il allait passer en justice pour trahison, émeute ou meurtre. Et il allait probablement périr au bout d'une corde.

La pauvre Esther maintenant ne quitterait jamais son village. Il regrettait de ne pas l'avoir emmenée avec lui. Elle aurait pu s'habiller en homme, comme Lizzie Hallim. Elle aurait pu faire mieux que lui le travail d'un matelot, car elle était plus adroite. Et son bon sens aurait peut-être évité à Mack bien des ennuis.

Il espérait que le bébé d'Annie allait être un garçon. Du moins y aurait-il encore un Mack. Peut-être Mack Lee aurait-il une vie plus facile et plus longue que Mack McAsh.

Il était au fond du désespoir quand un geôlier ouvrit la porte : Cora entra.

Elle avait le visage sale, sa robe rouge était déchirée mais elle paraissait toujours ravissante et tous les regards se tournèrent vers elle.

Mack se leva d'un bond et la serra dans ses bras, aux acclamations des autres prisonniers. « Qu'est-ce qu'il t'est arrivé ? demanda-t-il.

– Je me suis fait pincer pour avoir fait les poches à quelqu'un... mais tout ça, c'était à cause de toi, dit-elle.

– Qu'est-ce que tu veux dire ?

– C'était un piège. Il ressemblait à n'importe quel autre riche et jeune ivrogne, mais c'était Jay Jamisson. Ils nous ont épinglées, et nous ont emmenées devant son père. Faire les poches, ça se punit de la potence. Mais ils ont proposé le pardon à Peg, si elle voulait leur dire où tu habitais. »

Mack eut un moment de colère contre Peg pour l'avoir trahi, mais ce n'était qu'une enfant, on ne pouvait pas le lui reprocher. « C'est donc comme ça qu'ils m'ont trouvé.

– Et pour toi, comment ça s'est passé ? »

Il lui raconta l'histoire de l'émeute.

Quand il eut terminé, elle dit : « Bon sang, McAsh, ça ne porte pas bonheur de te connaître. »

C'était vrai, songea-t-il. Il attirait toute sorte d'ennuis à tous ceux qu'il rencontrait. « Charlie Smith est mort, annonça-t-il.

– Il faut que tu parles à Peg, dit-elle. Elle pense que tu dois lui en vouloir.

– Je m'en veux de l'avoir entraînée dans tout ça. »

Cora haussa les épaules. « Allons, ce n'est pas toi qui lui as dit de voler. »

Elle cogna à la porte et un gardien l'ouvrit. Elle lui donna une pièce, montra Mack du pouce et dit : « Il est avec moi. » Le geôlier hocha la tête et les laissa sortir.

Elle l'entraîna par un couloir jusqu'à une autre porte et ils entrèrent dans une salle très semblable à celle qu'ils venaient de quitter. Peg était assise par terre dans un coin. En apercevant Mack, elle se leva, l'air terrifié. « Je suis désolée, dit-elle. Ils m'ont obligée à le faire, je te demande pardon !

– Ça n'était pas ta faute », dit-il.

Ses yeux s'emplirent de larmes. « Je t'ai laissé tomber, murmura-t-elle.

– Ne dis pas de bêtises. » Il la prit dans ses bras et son petit corps frêle se mit à trembler tandis qu'elle sanglotait et sanglotait encore.

Caspar Gordonson arriva avec un véritable banquet : soupe de poissons, rôti de bœuf, pain frais, plusieurs cruches de bière et de la crème anglaise. Il paya le geôlier pour avoir une petite pièce avec une table et des chaises. On fit venir de leurs salles respectives Mack, Cora et Peg et tous s'attablèrent pour dîner.

Mack croyait avoir faim, mais il constata qu'il avait peu d'appétit. Il voulait savoir ce que Gordonson pensait de ses chances au procès. Il se força à être patient et but quelques gorgées de bière.

Quand ils eurent terminé leur repas, le domestique de Gordonson débarrassa la table, puis apporta des pipes et du tabac. Gordonson en prit une, tout comme Peg, qui avait déjà adopté ce vice d'adulte.

Gordonson commença par discuter du cas de Peg et de Cora. «J'ai parlé à l'avocat de la famille Jamisson de l'accusation de vol à la tire, commença Gordonson. Sir George tiendra parole et demandera le pardon pour Peg.

– Voilà qui me surprend, fit Mack. Ça ne ressemble pas aux Jamisson de tenir leur parole.

– Ah, fit Gordonson, mais c'est qu'ils veulent quelque chose. Voyez-vous, ce sera embarrassant pour eux si Jay explique au tribunal qu'il s'est laissé séduire par une prostituée. La version officielle, c'est qu'il a rencontré Cora dans la rue et qu'elle lui a fait la conversation pendant que Peg lui vidait les poches.»

Peg observa d'un ton railleur: «Et nous sommes censées accepter ce conte de fées pour protéger la réputation de Jay?

– Si tu veux que Sir George intervienne pour que tu aies la vie sauve, oui.

– Nous n'avons pas le choix, fit Cora. Bien sûr qu'on va le faire.

– Bon.» Gordonson se tourna vers Mack. «Je regrette que votre affaire ne soit pas aussi simple.

– Mais ce n'est pas moi qui ai déclenché l'émeute! protesta Mack.

– Vous n'êtes pas parti après qu'on eut donné lecture de l'édit sur les émeutes?

– Bon sang, mais j'ai essayé de faire décamper

tout le monde ; seulement les rufians de Lennox ont attaqué.

– Voyons tout cela point par point. »

Mack prit une profonde inspiration et maîtrisa son agacement. « Très bien.

– Le procureur va simplement dire qu'on a lu l'édit sur les émeutes et que vous n'êtes pas parti : vous êtes donc coupable et vous méritez la potence.

– Ça n'est pas si simple que cela !

– C'est votre défense. Vous affirmez simplement que le procureur n'a raconté que la moitié de l'histoire. Pouvez-vous citer des témoins pour dire que vous avez supplié tous ces gens de se disperser ?

– Je suis sûr de pouvoir le faire. Dermot Riley peut trouver un certain nombre de dockers pour témoigner. Mais nous devrions demander aux Jamisson pourquoi on livrait le charbon dans ce dépôt précisément et à cette heure de la nuit !

– Ma foi... »

Mack frappa du poing sur la table. « Toute l'émeute était un coup monté : voilà ce qu'il faut dire.

– Ça ne serait pas facile à prouver. »

Mack était exaspéré par l'attitude négative de Gordonson.

« Cette émeute est le fruit d'un complot : vous n'allez quand même pas passer cela sous silence ? Si ce n'est pas au tribunal qu'on révèle tous les faits, alors, où ? Est-ce que vous serez au procès, Mr. Gordonson ?

– Oui... mais il se peut que le juge ne me laisse pas parler.

– Au nom du ciel, pourquoi ? fit Mack avec indignation.

– La théorie est que, si vous êtes innocent, vous n'avez pas besoin de l'avis d'un expert en matière juridique pour le prouver. Mais les juges parfois font des exceptions.

– J'espère que nous aurons un juge bien disposé, dit Mack avec angoisse.

– Le juge doit aider l'accusé. C'est son devoir de

s'assurer que le dossier de la défense est tout à fait clair pour le jury. Mais ne comptez pas là-dessus. Mettez plutôt votre foi dans la pure vérité. C'est la seule chose qui puisse vous sauver du bourreau. »

24

Le jour du procès, on réveilla les prisonniers à cinq heures du matin.

Dermot Riley arriva quelques minutes plus tard avec un costume qu'il prêtait à Mack : c'était la tenue dans laquelle Dermot s'était marié et Mack en fut touché. Il apportait aussi un rasoir et un peu de savon. Une demi-heure plus tard, Mack avait l'air respectable et se sentait prêt à affronter le juge.

Avec Cora, Peg et quinze ou vingt autres, on leur attacha les mains, on les fit sortir de la prison et on les emmena au tribunal.

Là, il fut accueilli par Caspar Gordonson, qui lui expliqua qui était qui. La cour devant le bâtiment était déjà pleine de monde : procureurs, témoins, jurés, avocats, amis et parents, simples spectateurs et sans doute putains et voleurs à l'affût d'une occasion. On fit traverser la cour aux prisonniers et ils franchirent un portillon donnant accès au banc des accusés. L'espace était déjà à demi plein d'inculpés, venant sans doute d'autres prisons. De là, Mack pouvait voir l'imposante salle du tribunal.

Cela rappela à Mack un théâtre, mais c'était lui qui jouait le rôle du traître.

Il vit avec une fascination morbide le tribunal commencer sa longue journée de procès. La première à comparaître fut une femme accusée d'avoir volé dans une échoppe quatre aunes de tiretaine : un méchant tissu fait de toile et de laine. C'était le boutiquier qui la poursuivait : il évaluait la pièce à quinze shillings. Le témoin, un employé, jura que la femme avait pris la coupe de tissu et s'était dirigée vers la porte. Puis, s'apercevant qu'on l'observait, elle avait lâché le coupon et s'était enfuie. La femme affirmait qu'elle s'était contentée de regarder le tissu et qu'elle n'avait jamais eu l'intention de partir avec.

Les jurés discutèrent entre eux. Ils appartenaient à ce qu'on appelait la « classe moyenne » : petits commerçants, artisans bien nantis et boutiquiers. Ils avaient horreur du désordre et du vol mais se méfiaient du gouvernement et défendaient jalousement la liberté : la leur, du moins.

Ils la reconnurent coupable mais estimèrent le tissu à quatre shillings, beaucoup moins que sa valeur réelle. Le vol de marchandises d'une valeur supérieure à cinq shillings était passible de la pendaison, expliqua Gordonson.

On ne prononça toutefois pas la condamnation tout de suite : les sentences seraient toutes lues à la fin de la journée.

Tout cela n'avait pas pris plus d'un quart d'heure. Les affaires suivantes furent réglées avec la même célérité. Cora et Peg furent jugées ensemble vers le milieu de l'après-midi. Mack savait que le cours du procès était arrangé d'avance, mais il croisa quand même les doigts en espérant que tout se passerait conformément au plan.

Jay Jamisson témoigna que Cora avait engagé la conversation avec lui dans la rue pendant que Peg lui faisait les poches. Il cita Sidney Lennox comme le témoin qui avait vu ce qui se passait et l'avait prévenu. Ni Cora ni Peg ne contestèrent cette version des faits.

Leur récompense, ce fut la comparution de Sir George, qui témoigna qu'elles avaient contribué à l'arrestation d'un autre criminel ; il demanda aux juges de les condamner à la déportation plutôt qu'à la pendaison.

Le juge acquiesça d'un air compatissant, mais la sentence ne serait prononcée qu'à la fin de la journée.

Ce fut quelques minutes plus tard qu'on jugea l'affaire de Mack.

Lizzie ne pouvait penser à rien d'autre qu'au procès. Elle dîna à trois heures et, comme Jay passait toute la journée au tribunal, sa mère vint lui tenir compagnie.

«Tu me parais bien rondelette, ma chérie, dit Lady Hallim. As-tu mangé beaucoup ces temps-ci?

– Tout au contraire, dit Lizzie. La nourriture parfois me donne la nausée. Je suppose que c'est i'excitation du départ pour la Virginie. Et maintenant cet horrible procès.

– Il ne te concerne en rien, dit sèchement Lady Hallim. Des douzaines de gens sont pendus chaque année pour des crimes bien moins terribles. Il ne peut pas bénéficier d'une commutation de peine simplement parce que tu l'as connu enfant.

– Comment savez-vous s'il a même commis un crime?

– Si ce n'est pas le cas, on le déclarera non coupable. Je suis sûre qu'on le traite de la même façon que n'importe qui d'assez stupide pour se trouver impliqué dans une émeute.

– Mais pas du tout, protesta Lizzie. Jay et Sir George ont délibérément provoqué cette émeute de façon à pouvoir arrêter Mack et mettre un terme à la grève des dockers: c'est Jay qui me l'a dit.

– Alors ils avaient certainement de bonnes raisons.»

Les larmes montèrent aux yeux de Lizzie. «Mère, vous ne pensez pas que c'est mal?

– Je suis absolument convaincue que ça ne me regarde pas plus que toi, Lizzie», déclara-t-elle d'un ton ferme.

Soucieuse de cacher à sa mère sa détresse, Lizzie

prit une cuillerée de dessert – des pommes en compote avec du sucre – mais cela lui donna mal au cœur et elle reposa sa cuiller. « Caspar Gordonson a dit que je pourrais sauver la vie de Mack si je voulais bien témoigner pour lui au tribunal.

– Dieu nous en préserve ! dit Mère, scandalisée. Tu te présenterais contre ton propre mari dans une salle de tribunal, en public... tu n'y penses pas !

– Mais il s'agit de la vie d'un homme ! Pensez à sa malheureuse sœur : au chagrin qu'elle aura en apprenant qu'il a été pendu.

– Ma chérie, ce sont des mineurs, ils ne sont pas comme nous. La vie ne compte pas, ils n'ont pas de peine comme nous. Sa sœur va se contenter de s'enivrer au gin et puis elle retournera au puits.

– Vous ne croyez pas vraiment ça, Mère, je le sais.

– Peut-être que j'exagère. Mais je suis persuadée que cela n'avance à rien de s'inquiéter pour ces choses-là.

– C'est plus fort que moi. C'est un brave jeune homme qui voulait seulement être libre, et je ne peux pas supporter l'idée de le voir pendu au bout d'une corde.

– Tu pourrais prier pour lui.

– Oh, fit Lizzie, je le fais. Je le fais. »

Le procureur était un avocat, Augustus Pym.

« Il travaille beaucoup pour le gouvernement, chuchota Gordonson à Mack. On doit le payer pour assurer l'accusation dans cette affaire. »

Le gouvernement voulait donc voir Mack pendu. Cette idée le déprima davantage encore. Gordonson s'approcha de l'estrade pour s'adresser au juge. « Mon seigneur, puisque l'accusation va être assurée par un avocat professionnel, voulez-vous m'autoriser à plaider pour Mr. McAsh ?

– Certainement pas, répondit le juge. Si McAsh ne parvient pas à convaincre le jury sans assistance extérieure, c'est qu'il n'a pas grand-chose pour se défendre. »

Mack avait la gorge sèche et il entendait son cœur battre. Il allait devoir lutter seul pour sa vie. Eh bien, il se battrait pied à pied.

Et Pym commença. « Le jour en question, une livraison de charbon était effectuée au dépôt de Mr. John Cooper, connu sous le nom de Jack le Noir, à Wapping High Street.

– Ce n'était pas le jour, fit Mack. C'était la nuit.

– Ne faites pas de remarques stupides, fit le juge.

– Ça n'est pas stupide, dit Mack. Qui a jamais entendu parler de livraison de charbon à onze heures du soir ?

– Silence. Continuez, Mr. Pym.

– Les livreurs ont été attaqués par un groupe de dockers en grève et les magistrats de Wapping ont été alertés.

– Par qui ? » demanda Mack.

Pym répondit : « Par le propriétaire de la taverne de la Poêle à Frire, Mr. Harold Nipper.

– Un entrepreneur, fit Mack.

– Et un commerçant respectable, me semble-t-il », fit le juge.

Pym poursuivit : « Mr. Roland MacPherson, juge de paix, est arrivé sur les lieux et a décrété l'état d'émeute. Les dockers ont refusé de se disperser.

– On nous a attaqués ! » lança Mack.

On ignora son intervention. « Mr. MacPherson a alors appelé la troupe, comme c'était son droit et son devoir. Un détachement du troisième régiment de la Garde à pied est arrivé, sous le commandement du capitaine Jamisson. Le prisonnier se trouvait parmi ceux qui ont été arrêtés. Le premier témoin de la Couronne est John Cooper. »

Jack le Noir témoigna qu'il avait descendu le fleuve jusqu'à Rochester pour acheter le charbon qui avait été déchargé là-bas. Il l'avait fait transporter à Londres par chariots.

«À qui appartenait le navire? demanda Mack.

– Je ne sais pas... j'ai négocié avec le capitaine.

– D'où venait le bateau?

– D'Édimbourg.

– Aurait-il pu appartenir à Sir George Jamisson?

– Je ne sais pas.

– Qui vous a suggéré que vous pourriez sans doute acheter du charbon à Rochester?

– Sidney Lennox.

– Un ami des Jamisson?

– Je n'en sais rien.»

Le témoin suivant de Pym était Roland MacPherson: il jura qu'il avait lu l'édit sur l'émeute à onze heures et quart du soir et que la foule avait refusé de se disperser.

«Vous êtes arrivé très rapidement sur les lieux, dit Mack.

– En effet.

– Qui vous a appelé?

– Harold Nipper.

– Le propriétaire de la Poêle à Frire?

– Oui.

– Est-ce qu'il a eu loin à aller?

– Je ne sais pas ce que vous voulez dire.

– Où étiez-vous quand il vous a appelé?

– Dans la salle du fond de sa taverne.

– Pourquoi?

– Je savais qu'il devait y avoir une livraison de charbon et je craignais qu'il n'y eût des incidents.

– Qui vous a prévenu?

– Sidney Lennox.»

Un des jurés fit: «Ho!»

Mack le regarda. C'était un homme assez jeune, à l'air sceptique, et Mack le nota comme un allié éventuel.

Finalement Pym appela à la barre Jay Jamisson. Jay s'exprimait facilement. Le juge avait l'air de s'ennuyer un peu, comme s'ils étaient des amis discutant d'un problème sans importance. Mack avait envie de crier : « N'ayez pas l'air de prendre tout cela à la légère : c'est ma vie qui est en jeu ! »

Jay expliqua qu'il commandait un détachement de la Garde à la Tour de Londres.

Le juré sceptique l'interrompit : « Qu'est-ce que vous faisiez là-bas ? »

Jay parut surpris par la question. Il ne dit rien.

« Répondez à la question », dit le juré.

Jay regarda le juge qui semblait agacé par le juré et qui dit avec un manque d'entrain évident : « Capitaine, vous devez répondre aux questions du jury.

– Nous étions là en état d'alerte, dit Jay.

– Pour quelle raison ? demanda le juré.

– Au cas où l'on aurait besoin de notre assistance pour maintenir l'ordre dans les quartiers est de la ville.

– Est-ce votre casernement habituel ? dit le juré.

– Non.

– Où se trouve-t-il alors ?

– Pour le moment, à Hyde Park.

– À l'autre bout de Londres.

– Oui.

– Combien de soirs avez-vous fait ce déplacement spécial jusqu'à la Tour ?

– Une seule fois.

– Comment se fait-il que vous vous soyez trouvé là-bas justement ce soir-là ?

– Je suppose que mes supérieurs redoutaient des troubles.

– C'est sans doute Sidney Lennox qui les a prévenus », dit le juré. Il y eut des rires dans la salle.

Pym continua à interroger Jay. Celui-ci déclara que, quand ses hommes et lui étaient arrivés au dépôt de charbon, une émeute battait son plein, ce qui était la vérité. Il raconta comment Mack l'avait attaqué – ce qui était vrai aussi – et avait été mis hors de combat par un autre soldat.

Mack lui demanda : « Que pensez-vous des dockers qui déclenchent une émeute ?

– Qu'ils enfreignent la loi et doivent être châtiés.

– Estimez-vous que dans l'ensemble la plupart des gens sont d'accord avec vous ?

– Certes.

– Pensez-vous que l'émeute va dresser l'opinion contre les dockers ?

– J'en suis certain.

– Donc l'émeute rend plus vraisemblable la perspective de voir les autorités prendre des mesures draconiennes pour mettre fin à la grève ?

– Je l'espère bien. »

À côté de Mack, Caspar Gordonson murmurait : « Brillant, brillant : il est tombé en plein dans le piège que vous lui avez tendu. »

« Et, une fois la grève terminée, les navires charbonniers de la famille Jamisson seront déchargés, et vous serez de nouveau en mesure de vendre votre charbon. »

Jay commençait à voir où on le menait, mais c'était trop tard. « Oui.

– La fin de la grève, ça représente beaucoup d'argent pour vous.

– Assurément.

– Ainsi l'émeute des dockers va vous rapporter de l'argent.

– Cela empêchera peut-être ma famille d'en perdre.

– Est-ce pour cela que vous avez coopéré avec Sidney Lennox pour provoquer l'émeute ? » fit Mack en se tournant vers le jury.

« Je n'ai rien fait de tel ! » fit-il. Mais il s'adressait à la nuque de Mack.

« Mack, fit Gordonson, vous devriez être avocat. Où avez-vous appris à discuter comme ça ?

– Dans le salon de Mrs. Wheighel », répondit-il.

Gordonson était intrigué.

Pym n'avait plus de témoin. Le juré sceptique dit : « Est-ce que nous n'allons pas entendre la déposition de ce nommé Lennox ?

– La Couronne n'a plus de témoin, répondit Pym.

– Oh, je pense que nous devrions l'entendre. Il m'a l'air d'être derrière tout cela.

– Le jury ne peut pas citer de témoins », déclara le juge.

Mack fit venir son premier témoin, un docker irlandais qu'on appelait Michael le Rouquin à cause de la couleur de ses cheveux. Le Rouquin raconta comment Mack était sur le point de persuader les dockers de rentrer chez eux lorsqu'on les avait attaqués.

Quand il eut terminé, le juge dit : « Et quel travail faites-vous, jeune homme ?

– Je suis docker, monsieur, répondit le Rouquin.

– Le jury, déclara le juge, en tiendra compte quand il s'agira de décider s'il faut vous croire ou non. »

Mack sentit son cœur se serrer. Le juge faisait tout son possible pour nourrir le jury de préjugés contre lui. Il fit citer son témoin suivant : encore un docker et il subit le même sort. Le troisième et dernier était un docker aussi. C'était parce qu'ils s'étaient trouvés au plus fort de la mêlée et qu'ils avaient vu exactement ce qui s'était passé.

On avait anéanti ses témoins. Il ne restait plus maintenant que lui-même, avec sa personnalité et son éloquence.

« Décharger du charbon est un travail dur, extrêmement dur, commença-t-il. Seuls des jeunes gens vigoureux sont capables de le faire. Mais c'est bien payé : dans ma première semaine, j'ai gagné six livres. Je les ai gagnées, mais je ne les ai pas touchées : presque tout m'a été volé par un entrepreneur. »

Le juge l'interrompit. « Cela n'a rien à voir avec l'affaire, dit-il. L'accusation concerne l'émeute.

– Je n'ai pas provoqué d'émeute », dit Mack. Il prit une profonde inspiration, rassembla ses idées puis poursuivit : « J'ai simplement refusé de laisser les entrepreneurs me voler mes gages. C'est cela, mon crime. Les entrepreneurs s'enrichissent en volant les dockers. Mais quand les dockers ont décidé de devenir leurs propres entrepreneurs, qu'est-ce qui est arrivé ? Ils ont été boycottés par les armateurs. Et qui sont les armateurs, messieurs ? La famille Jamisson qui est impliquée de façon si inextricable dans le procès d'aujourd'hui. »

Le juge intervint d'un ton irrité : « Pouvez-vous prouver que vous n'avez pas participé à l'émeute ? »

Le juré sceptique intervint : « Ce qu'il y a, c'est que la bagarre a été déclenchée par d'autres. »

Mack ne se laissa pas démonter par cette interruption. Il continua simplement ce qu'il voulait dire. « Messieurs du jury, posez-vous quelques questions. » Il se détourna des jurés pour regarder Jay droit dans les yeux. « Qui a donné l'ordre qu'on fasse venir les chariots de charbon par Wapping High Street à une heure où les tavernes sont pleines de dockers ? Qui les a envoyés précisément au dépôt de charbon où j'habite ? Qui a payé les hommes qui escortaient le convoi ? » Le juge essayait d'intervenir encore, mais Mack haussa le ton et poursuivit obstinément. « Qui leur a distribué des mousquets et des munitions ? Qui s'est assuré que les troupes étaient postées dans le voisinage immédiat ? Qui a orchestré toute l'émeute ? » Il se retourna rapidement pour regarder le jury. « Vous connaissez la réponse, n'est-ce pas ? » Il soutint encore un moment leur regard, puis tourna la tête.

Il avait fait de son mieux : sa vie maintenant était entre les mains des autres.

Gordonson se leva. « Nous attendions la venue d'un témoin de moralité qui doit comparaître pour McAsh – le révérend York, pasteur de l'église de son village natal – mais il n'est pas encore arrivé. »

Mack n'était pas vraiment déçu de l'absence de York : il ne comptait pas que le témoignage de celui-ci puisse avoir beaucoup d'effet, pas plus que Gordonson.

Le juge déclara : « S'il arrive, il pourra témoigner avant que soit prononcée la sentence. » Gordonson haussa les sourcils et le juge précisa : « C'est-à-dire, à moins que le jury ne déclare l'inculpé non coupable, auquel cas, cela va sans dire, tout autre témoignage serait superflu. Messieurs, réfléchissez à votre verdict. »

Mack examina avec appréhension les jurés tandis qu'ils délibéraient. Il eut la sensation qu'ils ne lui étaient pas favorables. Peut-être s'était-il montré trop violent. « Qu'est-ce que vous en pensez ? » dit-il à Gordonson.

L'avocat secoua la tête. « Ils vont avoir du mal à croire que la famille Jamisson a passé un accord louche avec Sidney Lennox. Vous auriez peut-être mieux fait de présenter les dockers comme bien intentionnés mais égarés.

– J'ai dit la vérité, fit Mack. Je ne peux pas m'en empêcher. »

Gordonson eut un triste sourire. « Si vous n'étiez pas ce genre d'homme, vous n'auriez peut-être pas autant d'ennuis. »

Les jurés discutaient entre eux. « De quoi diable parlent-ils ? fit Mack. J'aimerais bien pouvoir entendre. » Il voyait le juré sceptique insister vigoureusement en agitant son doigt. Est-ce que les autres écoutaient avec attention ou faisaient-ils front contre lui ?

« Ne vous plaignez pas, fit Gordonson. Plus longtemps ils parlent, mieux cela vaut pour vous.

– Pourquoi ?

– S'ils discutent, il doit y avoir doute. Et s'il y a doute, ils devront vous déclarer non coupable. »

Mack observait la scène avec appréhension. Le sceptique haussa les épaules et se détourna. Le président du jury lui dit quelque chose et il acquiesça.

Le président s'approcha de l'estrade.

Le juge demanda : « Êtes-vous parvenus à un verdict ?

– Oui. »

Mack retint son souffle.

« Et comment déclarez-vous le prisonnier ?

– Nous le déclarons coupable du chef d'accusation porté contre lui. »

«Ma chérie, tes sentiments pour ce mineur sont assez étranges, fit Lady Hallim. Un mari pourrait te les reprocher.

– Oh, Mère, ne soyez pas ridicule.»

On frappa à la porte de la salle à manger. Un valet entra. «Madame, annonça-t-il, le révérend York.

– Quelle charmante surprise!» fit Mère. Elle avait toujours bien aimé York. Baissant la voix, elle ajouta: «Lizzie, sa femme est morte. Te l'ai-je dit? Elle le laisse avec trois enfants.

– Mais que fait-il ici? demanda Lizzie avec inquiétude. Il est censé être à Old Bailey. Faites-le entrer tout de suite.»

Le pasteur arriva: on aurait dit qu'il s'était habillé précipitamment. Lizzie n'eut même pas le temps de lui demander pourquoi il n'était pas au procès qu'il dit quelque chose qui sur le moment détourna ses pensées de Mack.

«Lady Hallim, Mrs. Jamisson, je suis arrivé à Londres voilà quelques heures et je suis venu vous rendre visite dès que j'en ai eu la possibilité pour vous dire à quel point je compatis. Quel terrible...»

La mère de Lizzie dit: «Non!» Puis elle s'arrêta et serra les lèvres.

«... quel terrible coup pour vous.»

Lizzie lança à sa mère un regard intrigué et dit: «De quoi parlez-vous, Mr. York?

– De la catastrophe au puits, bien sûr.

– Je ne suis au courant de rien... Il semble que ce ne soit pas le cas de ma mère...

– Mon Dieu, je suis absolument navré de vous avoir bouleversée. Il y a eu un effondrement dans votre puits et vingt personnes ont été tuées.»

Lizzie eut un sursaut. «Mais quelle horreur!» Elle croyait voir vingt tombes toutes fraîches dans le petit cimetière auprès du pont. Ce serait une telle affliction: chacun dans le voisinage pleurerait quelqu'un.

Mais autre chose la tracassait. «Qu'entendez-vous par là quand vous dites "votre" puits?

– High Glen.»

Lizzie sentit le froid l'envahir. «Il n'y a pas de puits à High Glen.

– Seulement le nouveau, bien sûr: celui qu'on a commencé à creuser quand vous avez épousé Mr. Jamisson.»

Lizzie se sentit pétrifiée de rage. Elle se retourna vers sa mère. «Vous le saviez, n'est-ce pas?»

Lady Hallim eut la grâce de prendre un air gêné. «Ma chérie, c'était la seule chose à faire. C'est pour cela que Sir George vous a donné le domaine de Virginie...

– Vous m'avez trahie! s'écria Lizzie. Vous m'avez tous trompée. Même mon mari. Comment avez-vous pu? Comment avez-vous pu me mentir?»

Sa mère se mit à pleurer. «Nous pensions que tu ne saurais jamais: tu pars pour l'Amérique...»

Ses larmes ne calmèrent en rien la fureur de Lizzie. «Vous pensiez que je ne saurais jamais? Je n'en crois pas mes oreilles!

– Ne fais rien de précipité, je t'en supplie.»

Une horrible pensée traversa l'esprit de Lizzie. Elle se tourna vers le pasteur. «La sœur jumelle de Mack...

– Malheureusement, Esther McAsh était parmi les victimes, répondit-il.

– Oh non.» Mack et Esther étaient les premiers jumeaux que Lizzie eût jamais vus et elle avait été fascinée. Quand ils étaient enfants, on avait du mal à les distinguer l'un de l'autre. Plus tard, Esther ressemblait à une version féminine de Mack, avec les mêmes yeux verts extraordinaires et le même corps musclé. Lizzie se souvenait d'eux voilà quelques mois à peine, plantés côte à côte devant l'église. Esther avait dit à Mack de la boucler et cela avait fait rire Lizzie. Et voilà maintenant qu'Esther était morte et que Mack était sur le point d'être condamné à la potence...

Se rappelant Mack, elle dit : « Le procès est aujourd'hui !

– Oh, Seigneur, fit York. Je ne savais que c'était si proche... Est-ce que j'arrive trop tard ?

– Peut-être pas, si vous partez maintenant.

– J'y vais. Est-ce loin ?

– Quinze minutes à pied, cinq minutes en chaise à porteurs. Je viens avec vous.

– Non, dit Mère, je t'en prie... »

Lizzie durcit le ton. « N'essayez pas de m'arrêter, Mère. Je vais agir moi-même pour qu'on laisse à Mack la vie sauve. Nous avons tué la sœur... nous pouvons peut-être sauver le frère.

– Je t'accompagne », dit Lady Hallim.

Le palais de justice était bourré de monde. Lizzie était désemparée, perdue. Ni York ni sa mère ne lui étaient d'aucune aide. Elle se fraya un chemin à travers la foule, cherchant Gordonson et Mack. Elle arriva à un muret qui entourait une cour intérieure et aperçut enfin Mack et Caspar derrière la balustrade. Quand elle appela, Gordonson sortit par une petite barrière.

En même temps, Sir George et Jay surgirent.

« Lizzie, fit Jay d'un ton de reproche, pourquoi êtes-vous ici ? »

Elle l'ignora et s'adressa à Gordonson : « Voici le révérend York, de notre village d'Écosse. Il est venu plaider pour la vie de Mack. »

Sir George agita un doigt vers le pasteur. « Si vous avez un peu de bon sens, vous allez faire demi-tour et rentrer tout droit en Écosse.

– Et, annonça Lizzie, je m'en vais plaider moi aussi pour qu'on lui laisse la vie sauve.

– Merci, dit Gordonson avec ferveur. C'est la meilleure chose que vous puissiez faire.

– Sir George, dit Lady Hallim, j'ai essayé de l'en empêcher. »

Rouge de colère, Jay empoigna Lizzie par le bras, en serrant fort. «Comment osez-vous m'humilier de cette façon? lança-t-il. Je vous interdis formellement de parler!

– Êtes-vous en train d'intimider ce témoin?» fit Gordonson.

Jay, l'air penaud, lâcha prise. Un avocat, tenant à la main une liasse de papiers, se fraya un chemin au milieu de leur petit groupe. «Faut-il, dit Jay, que nous ayons cette discussion ici, au vu et au su de tout le monde?

– Oui, fit Gordonson. Nous ne pouvons pas quitter le tribunal.

– Que diable voulez-vous dire par là, ma fille?» dit Sir George à Lizzie.

Son ton arrogant exaspéra la jeune femme. «Vous savez fichtrement bien ce que je veux dire», dit-elle. Les hommes furent tous stupéfaits de l'entendre jurer: deux ou trois personnes qui se tenaient alentour se retournèrent pour la regarder. Elle ignora leurs réactions. «Vous avez tous préparé cette émeute pour prendre McAsh au piège. Je ne vais pas rester plantée là à vous regarder le faire pendre. »

Sir George rougit. «N'oubliez pas que vous êtes ma belle-fille et que...

– Taisez-vous, George, lança-t-elle en l'interrompant. Ne me harcelez pas. »

Il était abasourdi. Personne ne lui avait jamais dit de se taire, elle en était certaine.

Jay intervint. «Vous ne pouvez pas aller contre votre mari, tonna-t-il. C'est déloyal!

– Déloyal? répéta-t-elle d'un ton méprisant. Qui diable êtes-vous pour me parler de loyauté? Vous m'aviez juré qu'on n'extrairait pas de charbon de ma terre – et c'est exactement ce que vous avez fait. Le jour de notre mariage, vous m'avez trahie! »

Ils gardèrent tous le silence. Lizzie un moment put

entendre un témoin qui déposait d'une voix forte de l'autre côté de la cloison. «Alors, dit Jay, vous êtes au courant de l'accident.»

Elle prit une profonde inspiration. «Autant que je dise tout de suite qu'à compter d'aujourd'hui Jay et moi allons mener des existences séparées. Nous ne serons mariés que de nom. Je vais retourner dans ma maison d'Écosse et aucun membre de la famille Jamisson ne sera le bienvenu là-bas. Quant à prendre la défense de McAsh, je ne vais pas vous aider à faire pendre mon ami et vous pouvez tous les deux... tous les deux... aller vous faire voir.»

Sir George était trop stupéfait pour dire un mot. Cela faisait des années que personne ne lui avait parlé de cette façon. Il était cramoisi. Il avait les yeux hors de la tête. Il balbutiait, mais aucun mot ne sortait de ses lèvres.

Caspar Gordonson s'adressa à Jay. «Puis-je faire une suggestion?»

Jay lui lança un regard noir mais dit sèchement: «Allez, allez.

– On pourrait peut-être persuader Mrs. Jamisson de ne pas témoigner... à une condition.

– Laquelle?

– Vous, Jay, plaideriez pour qu'on laisse la vie sauve à Mack.

– Absolument pas», dit Jay.

Gordonson poursuivit: «Ce serait tout aussi efficace. Mais cela épargnerait à la famille la gêne de voir une femme prendre position contre son mari en plein tribunal.» Gordonson prit soudain un air rusé. «Au lieu de cela, vous paraîtriez magnanime. Vous pourriez dire que Mack travaillait dans les mines Jamisson et que pour cette raison la famille souhaite se montrer miséricordieuse.»

Lizzie sentit son cœur bondir d'espoir. Un appel à la clémence venant de Jay, l'officier qui avait réprimé l'émeute, aurait beaucoup plus de poids.

Elle pouvait lire l'hésitation sur le visage de Jay

tandis qu'il pesait les conséquences de son acte. Il dit enfin d'une voix morne : «J'imagine que je dois accepter cela.»

Sans laisser à Lizzie le temps d'exulter, Sir George intervint. «Il y a une condition sur laquelle je sais que Jay insistera.»

Lizzie eut le déplaisant sentiment qu'elle savait ce qui allait venir.

Sir George la regarda. «Vous devrez oublier toute cette absurdité de mener des vies séparées. Vous allez être à tous égards une bonne épouse pour Jay.

– Non! cria-t-elle. Il m'a trahie… comment puis-je lui faire confiance? Je ne veux pas.

– Alors, dit Sir George, Jay ne demandera pas qu'on laisse la vie sauve à McAsh.

– Je dois vous dire, Lizzie, fit Gordonson, que le plaidoyer de Jay aura plus d'effet que le vôtre : c'est lui qui poursuit.»

Lizzie ne savait plus où elle en était. Ce n'était pas juste : voilà qu'on l'obligeait à choisir entre la vie de Mack et la sienne. Comment pouvait-elle prendre pareille décision?

Ils la dévisageaient tous : Jay, Sir George, Gordonson, sa mère et York. Elle savait qu'elle devrait céder, mais quelque chose en elle l'en empêchait. «Non, lança-t-elle d'un ton de défi. Je ne veux pas échanger ma propre vie contre celle de Mack.

– Réfléchissez encore», insista Gordonson.

Sa mère alors déclara : «Tu dois le faire.»

Lizzie la regarda. Bien sûr, sa mère avait insisté pour qu'elle se plie aux conventions. Mais Mère était au bord des larmes. «Qu'y a-t-il?»

Mère éclata en sanglots. «Il faut que tu sois une bonne épouse pour Jay.

– Pourquoi?

– Parce que tu vas avoir un bébé.»

Lizzie la regarda. «De quoi parlez-vous?

– Tu es enceinte, lui dit sa mère.

– Comment le savez-vous?»

Mère parla entre deux sanglots. «Ta poitrine a grossi, tu as des nausées. Tu es mariée depuis deux mois : cela n'a rien de tellement inattendu.

— Oh, mon Dieu», fit Lizzie, abasourdie. Tout était sens dessus dessous. Un bébé ! Était-ce possible ? En réfléchissant, elle se rendit compte qu'elle n'avait pas eu ses règles depuis le jour de son mariage. C'était donc vrai. Elle était prise au piège par son propre corps. Jay était le père de son enfant.

Elle regarda son mari. Sur son visage, elle vit la colère se mêler à la supplication. «Pourquoi m'avez-vous menti ? dit-elle.

— Je ne voulais pas, mais il a bien fallu», dit-il.

Elle se sentait pleine d'amertume. L'amour qu'elle portait à son mari ne serait plus jamais tout à fait le même, elle le savait. Mais il était toujours son époux.

«Très bien, fit-elle. J'accepte.

— Alors, dit Caspar Gordonson, nous sommes tous d'accord.»

Lizzie eut l'impression d'entendre une condamnation à vie.

«Oyez ! oyez ! oyez ! lança le crieur du tribunal. Mes seigneurs, les juges du Roi, donnent à toute personne l'ordre formel, sous peine d'emprisonnement, de garder le silence pendant que l'on prononce la peine de mort à l'encontre des prisonniers qui sont au banc des accusés.»

Le juge coiffa sa calotte noire et se leva.

Mack frissonna de dégoût. On avait jugé le même jour dix-neuf affaires et douze personnes avaient été reconnues coupables. Mack sentit une vague de terreur déferler sur lui. Lizzie avait obligé Jay à implorer la miséricorde du jury : cela voulait dire que sa peine de mort serait commuée. Mais si le juge décidait de ne pas tenir compte du plaidoyer ou s'il commettait simplement une erreur ?

Lizzie était au fond de la salle. Mack surprit son

regard. Elle semblait pâle et secouée. Il n'avait pas eu une seule occasion de lui parler. Elle essaya de lui adresser un sourire encourageant, mais qui tourna vite en grimace de peur.

Le juge contempla les douze prisonniers alignés devant lui et, après un instant de silence, il prit la parole. «Aux termes de la loi, tu vas retourner à l'endroit d'où tu es venu. Et de là tu seras conduit sur les lieux de l'exécution où tu seras pendu par le cou jusqu'à ce que mort s'ensuive ! Et que le Seigneur ait merci de ton âme.»

Il y eut un silence terrible. Cora prit le bras de Mack : il sentit les doigts de la jeune femme s'enfoncer dans sa chair. Elle était en proie à la même horrible angoisse.

«Peg Knapp est graciée et recommandée pour la déportation, psalmodia le juge. Cora Higgins est graciée et recommandée pour la déportation. Malachi McAsh est gracié et recommandé pour la déportation. Les autres seront pendus.»

Mack prit dans ses bras Cora et Peg, et tous les trois restèrent là à s'étreindre. Ils avaient la vie sauve.

Caspar Gordonson vint se joindre aux embrassades. Puis il prit Mack par le bras et lui dit gravement : «Il faut que je vous donne de terribles nouvelles.»

La peur envahit de nouveau Mack : allait-on revenir on ne sait comment sur le verdict ?

«Il y a eu un effondrement dans un des puits Jamisson», reprit-il. Mack sentit son cœur s'arrêter : il redoutait ce qu'il allait entendre. «Vingt personnes ont été tuées, continua Gordonson.

– Esther… ?

– Je suis désolée, Mack. Votre sœur était parmi les victimes.

– Morte ?» C'était difficile à admettre. Aujourd'hui, on distribuait la vie et la mort comme des cartes. Esther, morte ? Comment pouvait-il ne plus avoir de jumelle ? Il l'avait toujours eue, depuis sa naissance.

– J'aurais dû la laisser partir avec moi, dit-il, les yeux emplis de larmes. Pourquoi l'ai-je laissée derrière moi ? »

Peg le dévisageait avec de grands yeux. Cora lui prit la main et dit : « Une vie de sauvée, une vie de perdue. »

Mack s'enfouit le visage dans ses mains et se mit à pleurer.

25

Le jour du départ arriva rapidement.

Un matin, sans avertissement, on intima l'ordre à tous les prisonniers condamnés à la déportation de ramasser leurs affaires et on les conduisit dans la cour.

Mack n'avait pas grand-chose. À part ses vêtements, il ne possédait que son *Robinson Crusoé*, le collier de fer brisé qu'il avait rapporté de Heugh et le manteau de fourrure que Lizzie lui avait donné.

Dans la cour, un forgeron les entrava par couples avec de gros fers qui leur enserraient les chevilles. Mack était humilié. Le contact du fer glacé sur sa jambe le déprimait terriblement. Il avait lutté pour conquérir sa liberté : il avait perdu la bataille et voilà qu'une fois de plus il se retrouvait enchaîné comme un animal. Il espérait que le navire allait faire naufrage et que lui se noierait. Les hommes et les femmes n'étaient pas enchaînés ensemble. Mack se trouva accouplé avec un vieil ivrogne crasseux appelé Barney le Fou. Cora fit les yeux doux au forgeron et se trouva appariée à Peg.

« Je ne crois pas que Caspar sache que nous partons aujourd'hui, dit Mack d'un ton soucieux. Ils ne sont peut-être pas obligés de prévenir qui que ce soit.»

Son regard balaya la file des forçats. Ils devaient être plus d'une centaine, estima-t-il : environ un quart de femmes avec quelques enfants dont les plus jeunes devaient avoir dans les neuf ans. Parmi les hommes se trouvait Sidney Lennox.

La chute de Lennox avait amusé bien des gens. Depuis qu'il avait témoigné contre Peg, personne ne lui faisait confiance. Les voleurs qui utilisaient la taverne du Soleil pour se débarrasser de leur butin s'adressaient maintenant ailleurs. Même si la grève des dockers avait été brisée, personne à aucun prix ne voulait travailler pour Lennox. Il avait tenté de forcer une femme du nom de Dolly Macaroni à voler pour lui, mais elle l'avait dénoncé comme receleur et il avait bel et bien été reconnu coupable. Les Jamisson étaient intervenus pour le sauver de la potence, mais ils n'avaient pas pu l'empêcher d'être déporté.

Les portes de bois de la prison s'ouvrirent toutes grandes. Un peloton de huit gardes les attendait dehors pour les escorter. Un geôlier poussa brutalement le couple qui était en tête de la file et, lentement, les prisonniers avancèrent dans la rue où régnait une grande animation.

«Nous ne sommes pas loin de Fleet Street, dit Mack. Peut-être que Caspar est au courant.

– Qu'est-ce que ça change ? fit Cora.

– Il peut acheter le capitaine du navire pour nous faire bénéficier d'un traitement de faveur.»

En questionnant prisonniers, gardes et visiteurs à Newgate, Mack avait appris certaines choses sur la traversée de l'Atlantique. Le seul fait indubitable qu'il avait découvert, c'était que le voyage faisait de nombreuses victimes. Qu'il s'agisse d'esclaves, de forçats ou de serviteurs, les conditions de vie dans les cales étaient mortellement malsaines. Les armateurs n'avaient pour mobile que l'argent : ils entassaient dans leurs cales le plus de monde possible. Les capitaines étaient des mercenaires aussi : un prisonnier qui avait de quoi payer pouvait voyager en cabine.

Le cortège des prisonniers traversant la ville enchaînés suscitait une certaine curiosité, parfois accompagnée d'insultes et de jet de légumes pourris. Mack demanda à une femme à l'air avenant de porter un message à Caspar Gordonson, mais elle refusa. Il essaya encore, à deux reprises : même résultat.

Les fers ralentissaient leur marche et il leur fallut plus d'une heure pour se traîner jusqu'aux quais. Le fleuve grouillait de navires, de péniches, de bacs et de radeaux. C'était un tiède matin de printemps. Le soleil étincelait sur les eaux boueuses de la Tamise. Un canot les attendait pour les amener jusqu'à leur navire, ancré au milieu du fleuve. Mack en déchiffra le nom : le *Rosebud*.

« C'est un bateau Jamisson ? demanda Cora.

– Je crois qu'ils assurent presque tout le transport des forçats. »

En s'éloignant de la berge boueuse en canot, Mack se rendit compte qu'il quittait peut-être à jamais le sol britannique. Il éprouvait des sentiments mêlés : il avait peur bien sûr mais il était également attiré par la perspective de découvrir un pays nouveau et une vie nouvelle.

Le navire avait environ quarante pieds de long sur une quinzaine de large. Peg observa : « Seigneur, j'ai cambriolé des salons qui étaient plus grands que ça. » Sur le pont, ils découvrirent un poulailler, une petite porcherie et une chèvre attachée à un mât. De l'autre côté du navire, on hissait d'un canot un magnifique cheval blanc. Un chat décharné montra ses crocs à Mack. Il eut une impression confuse de cordages enroulés, de voiles ferlées, d'une odeur de vernis et d'un balancement constant sous ses pieds. Puis on les poussa par un panneau d'écoutille vers une échelle.

Il semblait y avoir trois ponts inférieurs. Sur le premier, quatre matelots prenaient leur repas de midi, assis en tailleur sur le plancher, entourés de sacs et de coffres qui contenaient sans doute les provisions pour le voyage. Sur le troisième, tout en bas, au pied de l'échelle, deux hommes entassaient des barils, enfonçant entre eux des coins de bois pour les empêcher de bouger pendant la traversée. Au niveau du pont intermédiaire, qui était réservé aux forçats, un matelot tira brutalement Mack et Barney et les poussa par une porte.

Il flottait là une odeur de goudron et de vinaigre. Mack inspecta les lieux dans la pénombre. Le plafond était à un pouce ou deux au-dessus de sa tête : un homme de haute taille serait obligé de se baisser. On y avait percé deux ouvertures grillagées qui laissaient passer un peu de lumière et d'air : non pas de l'extérieur mais du pont d'au-dessus, fermé, et qui lui-même était éclairé par des écoutilles ouvertes. Le long des deux flancs de la cale s'alignaient des étagères en bois de six pieds de large, l'une à la hauteur de la taille, l'autre à quelques pouces du plancher.

Mack se rendit compte avec horreur que c'était là que les forçats devraient s'allonger. Ils allaient passer toute la traversée sur ces planches nues.

Ils se traînèrent le long de l'étroit passage entre les étagères. Les premières places étaient déjà occupées par des condamnés allongés sur le dos, toujours enchaînés par paires. Tous étaient silencieux, ahuris de ce qui leur arrivait. Un matelot ordonna à Peg et à Cora de s'allonger auprès de Mack et de Barney, tête-bêche, comme des couteaux dans un tiroir. Peg parvint à s'asseoir, mais les adultes ne pouvaient pas car il n'y avait pas une hauteur suffisante. Le mieux que Mack pût faire, ce fut de s'appuyer sur un coude.

Au bout de la rangée, Mack repéra une grande cruche en terre d'environ deux pieds de haut. Il y en avait trois autres dans la cale. C'étaient les seuls articles qu'on pouvait voir : il comprit que c'étaient les toilettes.

« Combien va-t-on mettre de temps pour aller en Virginie ? demanda Peg.

– Sept semaines, dit-il. Si nous avons de la chance. »

Lizzie regarda porter sa malle dans la grande cabine à l'arrière du *Rosebud*. Elle et Jay disposaient des appartements de l'armateur, une chambre et un petit salon, et il y avait plus d'espace qu'elle ne s'y attendait. On ne parlait que des horreurs du voyage transatlantique, mais elle était déterminée à en tirer le meilleur parti et à s'efforcer de savourer cette expérience nouvelle.

Tirer le meilleur parti des choses, c'était maintenant sa philosophie de la vie. Elle ne pouvait oublier la trahison de Jay. Mais elle essayait toujours de repousser cette idée au fond de son esprit.

Voilà seulement quelques semaines encore, elle aurait été follement excitée par ce voyage. Aller en Amérique était sa grande ambition : c'était une des raisons pour lesquelles elle avait épousé Jay. Elle avait imaginé une vie nouvelle dans les colonies, une existence plus libre et plus facile, une vie de campagne, sans jupon ni carte de visite, où une femme pouvait se salir les ongles et exprimer ses idées comme un homme. Mais le rêve avait perdu un peu de son éclat quand elle avait appris l'accord conclu par Jay. On devrait appeler la plantation « Les Vingt Tombes », songea-t-elle, morose.

Elle s'efforçait de faire comme si Jay lui était aussi cher que jamais, mais son corps ne pouvait mentir. Quand il la touchait la nuit, elle ne réagissait pas comme autrefois. Bien sûr, elle l'embrassait et le caressait, mais les doigts de Jay ne lui brûlaient plus la peau, sa langue ne semblait plus plonger en elle jusqu'à lui toucher l'âme. Autrefois, la simple vue de son mari la rendait parfois moite de désir. Aujourd'hui, elle se massait subrepticement avec de la crème avant de se coucher, sinon les rapports la blessaient. Il terminait toujours en gémissant et en haletant de plaisir tout en répandant en elle sa semence, mais elle ne connaissait pas de pareils aboutissements. Au contraire, elle restait avec le sentiment d'être inassouvie. Plus tard, quand elle l'entendait ronfler, elle se consolait avec ses doigts : sa tête alors s'emplissait d'étranges images, d'hommes qui luttaient et de prostituées aux seins dénudés.

Mais ce qui dominait sa vie, c'était de penser au bébé. Sa grossesse semblait réduire l'ampleur de sa déception. Elle allait l'adorer sans réserve. L'enfant deviendrait l'œuvre de sa vie. Et il, ou elle, grandirait comme un Virginien.

Comme elle ôtait son chapeau, on frappa à la porte de la cabine. Un homme sec en tunique bleue et tricorne entra et s'inclina. « Silas Bone, second du commandant, à votre service, Mrs. Jamisson, Mr. Jamisson, dit-il.

– Bonjour à vous, Bone, répondit Jay d'un air guindé, se drapant dans la dignité du fils de l'armateur.

– Le capitaine vous adresse à tous deux ses compliments », dit Bone. Ils avaient déjà rencontré le capitaine Parridge, un homme sévère et hautain, originaire de Rochester, dans le Kent. « Nous lèverons l'ancre avec la marée », reprit Bone. Il adressa à Lizzie un sourire protecteur. « Toutefois, pendant les deux premiers jours environ, nous resterons dans l'estuaire de la Tamise : vous n'aurez donc pas, madame, à vous soucier encore d'une mer un peu agitée.

– Les chevaux sont-ils à bord ? demanda Jay.

– Oui, monsieur.

– Allons voir comment ils sont installés.

– Certainement. Peut-être Mrs. J. voudra rester pour déballer ses affaires.

– Je vais venir avec vous, annonça Lizzie, j'aimerais jeter un coup d'œil.

– Vous serez bien avisée de rester autant que possible dans votre cabine pendant le voyage, Mrs. J. Les marins ne sont pas des gens faciles et le temps risque de l'être encore moins. »

Lizzie se cabra. « Je n'ai pas l'intention de passer les sept semaines à venir enfermée dans cette petite pièce, répliqua-t-elle. Montrez-nous le chemin, Mr. Bone.

– À vos ordres, Mrs. J. »

Ils sortirent de la cabine et traversèrent le pont jusqu'à une écoutille ouverte. Le second descendit une échelle avec une agilité de singe. Jay passa après lui et Lizzie suivit. Ils gagnèrent le pont intermédiaire. La lumière du jour filtrait par l'écoutille ouverte, quelque peu renforcée par une unique lanterne pendue à un crochet.

Les chevaux favoris de Jay, les deux grisons et Blizzard, le cadeau d'anniversaire, étaient installés dans des stalles étroites. Chacun avait une ventrière passée sous le ventre, attachée à une poutre au plafond de façon qu'ils ne puissent pas tomber en cas de tempête. Il y avait du foin dans leur mangeoire et le sol des stalles était sablé. C'étaient des bêtes de prix, qu'il serait difficile de remplacer en Amérique. Les chevaux étaient nerveux et Jay les caressa un moment, en leur parlant d'une voix apaisante.

Lizzie s'impatienta bientôt et se mit à déambuler sur le pont jusqu'à un endroit où une lourde porte était ouverte. « Je ne m'aventurerais pas par là, si j'étais vous, Mrs. J., dit Silas Bone. Vous risqueriez de voir des spectacles qui vous affligeraient. »

Sans se soucier de ses recommandations, elle continua son chemin.

« Devant, c'est la cale des forçats, expliqua-t-il. Ça n'est pas un endroit pour une dame. »

Il avait prononcé les mots magiques qui renforçaient sa détermination. Elle se retourna et le regarda fixement. « Mr. Bone, ce navire appartient à mon beau-père, et j'irai où bon me semble. Est-ce clair ?

– À vos ordres, Mrs. J.

– Et vous pouvez m'appeler Mrs. Jamisson.

– À vos ordres, Mrs. Jamisson. » Elle tenait à voir la cale des forçats parce que McAsh pouvait s'y trouver : c'était le premier navire de déportés à quitter Londres depuis son procès. Elle avança de deux pas, baissa la tête sous une poutre, poussa une porte et se trouva dans la cale principale.

Il faisait chaud et elle sentit monter autour d'elle une oppressante puanteur d'humanité entassée. Elle scruta la pénombre. Tout d'abord, elle ne vit personne, même si elle entendait le murmure de nombreuses voix. Elle était dans un grand espace empli de ce qui ressemblait à des étagères de rangement pour des barils. Quelque chose bougea sur le rayonnage auprès d'elle avec un bruit métallique comme une chaîne : elle sursauta. Elle constata alors à sa grande horreur que ce qui avait bougé était un pied humain pris dans un bracelet de fer. Ses yeux s'habituèrent à l'obscurité : elle distingua un couple allongé épaule contre épaule, puis un autre : et elle comprit qu'il y en avait des douzaines, entassés sur ces étagères comme des harengs à l'étal d'un poissonnier.

Assurément, se dit-elle, ce n'était qu'un arrangement provisoire : on allait au moins leur donner des couchettes convenables pour le voyage. Puis elle comprit quelle idée stupide c'était là. Où pourraient se trouver ces couchettes ? C'était ici la cale principale, occupant presque tout l'espace sous le pont. Il n'y avait aucun autre endroit où pourraient aller ces malheureux. Ils allaient passer au moins sept semaines allongés là dans cette cale obscure et sans air.

« Lizzie Jamisson ! » fit une voix.

Elle sursauta. Elle reconnut aussitôt l'accent écossais : c'était Mack. Elle s'attendait un peu à le voir ici mais elle n'avait pas envisagé que les conditions de transport seraient aussi abominables. Elle écarquilla les yeux dans le noir : « Mack… où êtes-vous ?

– Ici. »

Elle fit quelques pas le long de l'étroit passage entre les étagères. Un bras se tendit vers elle, d'un gris fantomatique dans la pénombre. Elle pressa la main calleuse de Mack. «C'est horrible, dit-elle. Qu'est-ce que je peux faire?

– Rien, maintenant», dit-il.

Elle aperçut Cora allongée auprès de lui et la petite Peg, auprès d'elle. Du moins étaient-ils tous ensemble. Quelque chose dans l'expression de Cora amena Lizzie à lâcher la main de Mack. «Je peux essayer de m'assurer qu'on vous donnera assez à boire et à manger, dit-elle.

– Ce serait bien aimable.»

Lizzie ne trouvait rien d'autre à dire. Elle resta là quelques instants silencieuse. «Je redescendrai ici tous les jours, si je peux, dit-elle enfin.

– Merci.»

Elle tourna les talons et sortit rapidement.

Elle revint sur ses pas, s'apprêtant à élever des protestations indignées mais, quand elle croisa le regard de Silas Bone, elle vit sur son visage l'expression d'un tel mépris qu'elle ravala ses paroles. Les forçats étaient à bord. Le navire allait appareiller. Rien de ce qu'elle pourrait dire ne changerait quoi que ce soit maintenant. Des protestations ne feraient que justifier la mise en garde de Bone qui lui avait dit que les femmes ne devraient pas descendre dans l'entrepont.

«Les chevaux sont confortablement installés», dit Jay d'un air satisfait.

Lizzie ne put s'empêcher de répliquer: «Ils sont mieux lotis que les êtres humains!

– Ah, ça me rappelle, fit Jay. Bone, il y a dans la cale un forçat du nom de Sidney Lennox. Faites-lui ôter ses fers et mettez-le dans une cabine, voulez-vous?

– À vos ordres, monsieur.

– Pourquoi Lennox est-il avec nous? fit Lizzie, horrifiée.

– Il a été condamné pour recel de biens volés. Mais il a travaillé pour nous dans le passé et nous ne pouvons pas l'abandonner. Dans la cale, il risquerait de mourir.

– Oh, Jay! s'écria Lizzie, horrifiée. C'est un si méchant homme!

– Tout au contraire, il est fort utile.»

Lizzie détourna la tête. Décidément, Lennox les poursuivrait toujours. Jay n'échapperait-il donc jamais à son influence maléfique?

«La marée arrive, Mr. Jamisson, fit Bone. Nous allons lever l'ancre.

– Mes compliments au capitaine, et dites-lui de mettre la voile.»

Ils remontèrent tous l'échelle.

Quelques minutes plus tard, Lizzie et Jay étaient debout à la proue tandis que le navire commençait à descendre le fleuve avec la marée. La fraîche brise du soir fouettait les joues de Lizzie. Le dôme de Saint Paul disparaissait à l'horizon des entrepôts. Elle dit: «Je me demande si je reverrai jamais Londres.»

III

La Virginie

26

Mack gisait dans la cale du *Rosebud*, tremblant de fièvre. Il se sentait comme une bête : sale, presque nu, enchaîné et impuissant. C'était à peine s'il pouvait se tenir debout, mais il avait les idées assez claires. Il se jura que plus jamais il ne laisserait personne lui mettre les fers aux pieds. Il se battrait, tenterait de s'échapper au risque de se faire tuer plutôt que de subir une nouvelle fois cette humiliation.

Un cri excité provenant du pont parvint jusqu'à la cale : « La sonde à trente-cinq brasses, capitaine... du sable et des roseaux ! »

Des acclamations montèrent de l'équipage.

« Qu'est-ce qu'une brasse ? demanda Peg.

– Six pieds d'eau, dit Mack, soulagé malgré son épuisement. Ça veut dire que nous allons bientôt toucher terre. »

Récemment, il avait eu l'impression qu'il n'y arriverait pas. Vingt-cinq des prisonniers étaient morts en mer. Non pas d'inanition : il semblait que Lizzie, qu'on n'avait jamais revue dans l'entrepont, avait néanmoins tenu sa promesse et s'était assurée qu'ils avaient assez à manger et à boire. Mais l'eau potable était infecte et le régime de viande salée et de pain d'une malsaine monotonie : tous les forçats avaient été gravement atteints d'une fièvre qu'on appelait parfois la fièvre des hôpitaux et parfois la fièvre des prisons. Barney le Fou avait été le premier à en mourir : c'étaient invariablement les anciens qui partaient les premiers.

Peg avait toujours été maigre, mais maintenant on aurait dit un échalas. Cora avait vieilli. Même dans la semi-obscurité de la cale, Mack voyait bien qu'elle perdait ses cheveux, qu'elle avait les traits tirés et que son corps jadis voluptueux était décharné et abîmé par les escarres. Mais ils étaient encore en vie.

Un peu plus tard, il entendit un autre sondage : « Dix-huit brasses et du sable blanc. » La fois suivante, c'était treize brasses et des coquillages. Et puis, enfin, le cri : « Terre en vue ! »

Malgré son état de faiblesse, Mack aurait bien voulu monter sur le pont. C'est l'Amérique, songeait-il. J'ai fait la traversée jusqu'à l'autre bout du monde et je suis encore en vie : je voudrais bien apercevoir l'Amérique.

Cette nuit-là, le *Rosebud* jeta l'ancre dans des eaux calmes. Le marin qui apportait aux prisonniers leurs rations de porc salé et d'eau croupie était assez bien disposé à leur égard. Il s'appelait Ezekiel Bell. Il était défiguré – il avait perdu une oreille, il était complètement chauve et il avait un énorme goitre qui lui gonflait le cou – et par ironie on le surnommait le Beau Bell. Il leur expliqua qu'ils étaient au large du cap Henry, près de la ville de Hampton, en Virginie.

Le lendemain, le navire resta à l'ancre. Mack se demandait avec exaspération ce qui prolongeait leur traversée. Quelqu'un avait dû se rendre à terre pour chercher du ravitaillement, car cette nuit-là leur arrivèrent de la cambuse des relents succulents de viande fraîche qui rôtissait. C'était une torture pour les prisonniers et cela donna à Mack des crampes d'estomac.

« Mack, demanda Peg, qu'est-ce qu'il va se passer quand on arrivera en Virginie ?

302

– On nous vendra et il faudra travailler pour celui qui nous achètera, répondit-il.

– Est-ce qu'on sera vendus ensemble ? »

Les chances étaient minces, il le savait, mais il n'en dit rien. « Ça se pourrait, dit-il. Espérons que tout ira pour le mieux. »

Il y eut un silence pendant que Peg digérait cette information. Quand elle reprit la parole, elle avait un ton effrayé. « Qui va nous acheter ?

– Des fermiers, des planteurs, des maîtresses de maison... tous ceux qui ont besoin de travailleurs et qui ne veulent pas les payer cher.

– Quelqu'un pourrait nous vouloir tous les trois. »

Qui voudrait d'un mineur et de deux voleuses ? Mack reprit : « Peut-être que nous pourrions être achetés par des gens qui vivent tout près les uns des autres.

– Quel travail est-ce qu'on fera ?

– Tout ce qu'on nous dira, je suppose : travailler la terre, nettoyer, bâtir...

– Nous serons comme des esclaves.

– Mais seulement pour sept ans.

– Sept ans, dit-elle, consternée. Je serai grande à ce moment-là !

– Et moi, j'aurai près de trente ans », dit Mack. Ça lui semblait au bord de la vieillesse.

« Est-ce qu'on nous battra ? »

Mack savait que la réponse était oui. Mais il mentit. « Pas si nous travaillons dur et si nous savons nous taire.

– Qui empoche l'argent quand on nous achète ?

– Sir George Jamisson. » La fièvre l'avait fatigué et il ajouta d'un ton impatient : « Je suis certain que tu m'as déjà posé la moitié de ces fichues questions. »

Peg se détourna, vexée. Cora dit : « Mack, elle est inquiète : c'est pour ça qu'elle n'arrête pas de demander toujours la même chose. »

Moi aussi, songea Mack, accablé, je suis inquiet.

«Je ne veux pas arriver en Virginie, dit-elle. Je veux que le voyage continue indéfiniment.»

Cora eut un rire amer. «Ça te plaît, cette vie-là?

– C'est comme si j'avais une mère et un père», dit Peg.

Cora passa un bras autour des épaules de l'enfant et la serra contre elle.

Ils levèrent l'ancre le lendemain matin: Mack sentit le navire rouler sous un fort vent favorable. Le soir, il apprit qu'ils étaient presque à l'embouchure du Rappahannock. Là-dessus, des vents contraires les contraignirent à rester à l'ancre encore deux jours avant de pouvoir remonter le fleuve.

La fièvre de Mack était tombée et il était assez fort pour monter sur le pont à la faveur d'une des périodes d'exercices qu'on leur accordait de temps en temps. Le navire remontait le fleuve et il eut son premier aperçu de l'Amérique.

Des bois épais et des champs cultivés bordaient les deux rives. Çà et là, une jetée, un espace dégagé sur la berge et une pelouse qui montait jusqu'à une superbe maison. Aux abords des jetées, il apercevait parfois des grandes barriques qu'on utilisait pour le transport du tabac: il les avait vu décharger dans le port de Londres. La plupart des gens dans les champs étaient noirs, observa-t-il. Les chevaux et les chiens avaient le même air que partout ailleurs, mais les oiseaux qui venaient se percher sur le bastingage du navire étaient très différents. Il y avait une foule d'autres bateaux sur le fleuve: quelques navires de commerce comme le *Rosebud* et de nombreuses embarcations plus petites.

Ce bref survol fut tout ce qu'il vit pendant les quatre jours suivants, mais il en garda l'image dans son esprit comme un souvenir précieux quand il était allongé dans la cale: le soleil, les gens se promenant à l'air libre, les bois, les pelouses et les maisons. L'envie qu'il éprouvait de débarquer du *Rosebud* pour se promener en plein air était si lancinante qu'elle en était presque douloureuse.

Quand enfin ils jetèrent l'ancre, il apprit qu'ils étaient à Fredericksburg, leur destination. Le voyage avait pris huit semaines.

Ce soir-là, les forçats eurent un repas chaud : bouillon de porc avec du maïs et des pommes de terre, une tranche de pain frais et deux pintes de bière. Cette riche nourriture dont il avait perdu l'habitude et la bière forte donnèrent des étourdissements à Mack et il fut malade toute la nuit.

Le lendemain matin, on les fit monter sur le pont par groupes de dix et ils découvrirent Fredericksburg.

Ils étaient ancrés dans un fleuve boueux parsemé de petites îles. Il y avait une étroite plage sablonneuse, un quai exigu au bord d'un bois, puis une brève montée qui allait jusqu'à la ville elle-même, bâtie autour d'un escarpement. C'était une bourgade d'environ deux cents habitants : ce n'était guère plus grand que Heugh, mais cela semblait un village prospère et joyeux, avec des maisons de bois peintes en vert et blanc. Sur la rive d'en face, un peu en amont, un autre bourg dont Mack apprit qu'il s'appelait Falmouth.

Des hommes s'affairaient tout le long du quai à décharger des navires, à rouler des tonneaux, à apporter des coffres dans les entrepôts et à les en sortir. On donna du savon aux prisonniers pour qu'ils puissent se laver et un barbier monta à bord pour raser les hommes et leur couper les cheveux. Ceux dont les vêtements étaient tellement en haillons qu'ils en étaient indécents reçurent des habits de remplacement : leur gratitude toutefois diminua rapidement quand ils reconnurent qu'on les avait pris sur ceux qui étaient morts pendant la traversée.

Mack hérita du manteau plein de vermine de Barney le Fou : il le drapa sur un bastingage et le frappa avec un bâton jusqu'au moment où plus un pou n'en tomba.

Le capitaine dressa une liste des prisonniers survivants et demanda à chacun quel avait été son métier en Angleterre. Certains avaient été des travailleurs intermittents ou, comme Cora et Peg, n'avaient jamais gagné honnêtement leur vie : on les encouragea à exagérer ou à s'inventer un métier. On inscrivit Peg comme apprentie couturière, Cora comme serveuse de taverne. Mack comprit que tout cela était un ultime effort pour les rendre attirants aux yeux des acheteurs.

On les ramena dans la cale et, cet après-midi-là, deux hommes descendirent pour les inspecter. Un drôle de couple : l'un portait la tunique rouge d'un soldat britannique sur une culotte de cheval en drap filé, l'autre un gilet jaune qui avait connu ses jours d'élégance, avec un pantalon en peau de daim grossièrement cousu. Malgré leur étrange tenue, ils avaient l'air bien nourris et avaient le nez rouge d'hommes qui pouvaient se permettre tout l'alcool qu'ils voulaient. Beau Bell chuchota à Mack que c'étaient des « conducteurs d'âmes » et il lui expliqua ce que cela voulait dire : ils achetaient des groupes d'esclaves, de forçats et de serviteurs, puis ils les conduisaient dans l'arrière-pays comme des moutons pour les vendre à des fermiers installés dans des coins perdus et à des montagnards. Mack n'aimait pas leur tête. Ils s'en allèrent sans avoir rien acheté. Demain, dit Bell, c'était le jour des courses de chevaux : elles attiraient toute l'aristocratie des environs. À la fin de la journée, la plupart des forçats seraient vendus. Les conducteurs d'âmes offriraient alors un prix au rabais pour ceux qui restaient. Mack espérait que Cora et Peg n'allaient pas finir entre leurs mains.

Ce soir-là, encore un bon repas. Mack le savoura lentement et dormit à poings fermés. Le matin, ils avaient tous l'air un peu mieux : l'œil vif, et capables de sourire. Pendant la traversée, ils n'avaient eu qu'un repas par jour ; aujourd'hui ils eurent droit à un petit déjeuner de porridge et de mélasse arrosé d'une ration de rhum coupé d'eau.

Aussi, malgré l'incertitude de l'avenir, ce fut un groupe joyeux qui grimpa l'échelle de la cale et, toujours enchaîné, s'avança en traînant la jambe sur le pont. Il y avait aujourd'hui davantage d'activité sur le quai : c'était manifestement jour de congé.

Un homme ventripotent coiffé d'un chapeau de paille monta à bord accompagné d'un grand Noir maigre aux cheveux gris. Tous deux inspectèrent les forçats, en choisissant quelques-uns, en rejetant d'autres. Mack comprit bientôt qu'ils sélectionnaient les plus jeunes et les plus forts : bien entendu, il se trouva parmi les quatorze ou quinze choisis. On n'avait retenu ni femme ni enfant.

La sélection terminée, le capitaine dit : « Bon, vous autres, partez avec ces hommes.

– Où allons-nous ? » demanda Mack. On ne lui répondit pas.

Peg se mit à pleurer.

Mack la serra dans ses bras. Il savait que cela devait arriver et il en avait le cœur brisé. Chaque adulte à qui Peg avait fait confiance, on le lui avait retiré : sa mère emportée par la maladie, son père pendu et voilà maintenant qu'un acheteur emmenait Mack. Il la serra fort et elle se cramponna à lui. « Emmène-moi avec toi ! » gémit-elle.

Il se dégagea. « Essaie de rester avec Cora, si tu peux », dit-il.

Cora l'embrassa sur les lèvres avec une passion désespérée. C'était dur de croire qu'il ne la reverrait peut-être jamais, que plus jamais il ne l'aurait dans son lit auprès de lui, pour la caresser et la faire haleter de plaisir. Ils échangèrent un dernier baiser, des larmes brûlantes ruisselant sur le visage de Cora jusqu'aux lèvres de Mack. « Mack, au nom du ciel, supplia-t-elle, essaie de nous retrouver.

– Je ferai de mon mieux...

– Promets-moi ! insista-t-elle.

– Je te promets : je te retrouverai.

– Allons, joli cœur », fit l'homme ventripotent et il arracha Mack des bras de Cora.

Celui-ci regarda par-dessus son épaule tandis qu'on lui faisait descendre la passerelle jusqu'au quai. Cora et Peg ne le quittaient pas des yeux : elles se tenaient par la taille et sanglotaient. Mack songea à sa séparation d'avec Esther. Je ne vais pas faillir à Cora et à Peg comme j'ai failli à Esther, se jura-t-il. Puis elles disparurent.

Cela lui fit une sensation étrange de poser les pieds sur la terre ferme, après huit semaines de mer. Toujours entravé par ses chaînes, il regardait avidement autour de lui, il découvrait l'Amérique. Au centre de la petite ville, il y avait une église, un marché, un pilori et une potence. Des maisons de bois et de brique s'alignaient de chaque côté de la rue pavée. Des moutons et des poules fouillaient dans les ornières boueuses. Certaines constructions semblaient assez anciennes, mais la plupart avaient l'air neuves.

Le bourg grouillait de gens, de chevaux, de charrettes et de voitures, venues sans doute de toute la campagne alentour. Les femmes étaient coiffées de bonnets neufs ornés de rubans. Les hommes portaient des bottes bien cirées et des gants propres. Beaucoup avaient des vêtements qui semblaient faits à la maison, même si c'était dans des tissus chers. Il entendit plusieurs personnes discuter de courses et de paris. Les Virginiens apparemment aimaient le jeu.

Les gens de la ville observaient les forçats avec une certaine curiosité : un peu comme ils auraient pu regarder un cheval passer au petit galop dans la rue, un spectacle qu'ils avaient déjà vu mais qui continuait à les intéresser.

Au bout d'un demi-mille, la ville s'arrêtait. Ils franchirent la rivière à un gué puis s'engagèrent sur un chemin de terre tracé au milieu d'une campagne boisée. Mack vint s'installer auprès du Noir entre deux âges qui escortait le groupe. «Mon nom est Malachi McAsh, dit-il. On m'appelle Mack.»

L'homme regardait droit devant lui, mais parlait d'un ton assez amical. «Je suis Kobe, dit-il en prononçant le mot comme s'il rimait avec Toby. Kobe Tambala.

– Le gros homme au chapeau de paille... c'est à lui que nous appartenons maintenant?

– Non. Bill Sowerby est juste le régisseur. Lui et moi, on nous a dit de monter à bord du *Rosebud* et de choisir les plus robustes pour travailler aux champs.

– Qui nous a achetés?

– Tu n'as pas été exactement acheté.

– Comment ça?

– Mr. Jay Jamisson a décidé de te garder pour lui, pour travailler sur sa propriété de Mockjack Hall.

– Jamisson!

– C'est ça.»

Voilà que Mack appartenait de nouveau à la famille Jamisson. Cette idée le mit en fureur. Bon sang, se promit-il, je m'enfuirai de nouveau. Je veux être mon propre maître.

«Quel travail faisais-tu avant? demanda Kobe.

– J'étais mineur de charbon.

– De charbon? J'en ai entendu parler. Une pierre qui brûle comme du bois, et qui donne plus de chaleur?

– C'est ça. L'ennui, c'est qu'il faut aller profond sous le sol pour le trouver. Et toi?

– Mes parents étaient fermiers en Afrique. Mon père avait une grande terre, plus grande que celle de Mr. Jamisson.»

Mack fut surpris: il n'avait jamais pensé que des esclaves puissent venir de familles riches. «Quel genre de ferme?

– Mélangée: du blé, du bétail – mais pas de tabac. Nous avons là-bas une racine qui s'appelle le *yam*. Mais je n'en ai jamais vu ici.

– Tu parles bien anglais.

– Ça fait près de quarante ans que je suis ici.» Une expression d'amertume passa sur son visage. «Je n'étais qu'un gamin quand ils m'ont volé.»

Mack pensait à Peg et à Cora. «Il y avait deux personnes sur le bateau avec moi, une femme et une petite fille, dit-il. Est-ce que j'arriverai à savoir qui les achetées?»

Kobe eut un rire sans joie. «Tout le monde essaie de trouver quelqu'un qui a été acheté par quelqu'un d'autre. Les gens demandent tout le temps. Quand des esclaves se rencontrent, sur la route ou dans les bois, ils ne parlent que de ça.

– L'enfant s'appelle Peg, insista Mack. Elle n'a que treize ans. Elle n'a ni mère ni père.

– Une fois que tu as été acheté, plus personne n'a de père ni de mère.»

Kobe avait renoncé, Mack le comprit. Il s'était habitué à sa condition d'esclave et avait appris à vivre avec. Il était amer, mais il avait abandonné tout espoir de liberté. Je jure de ne jamais faire ça, se dit Mack.

Ils marchèrent environ quatre lieues. Ils n'allaient pas vite. Sowerby, le régisseur, était à cheval, mais il ne semblait pas pressé et, tout en chevauchant, il buvait à petites gorgées d'une liqueur contenue dans une flasque.

Le paysage ressemblait plus à l'Angleterre qu'à l'Écosse et n'était pas aussi différent que Mack s'y attendait. La route suivait le fleuve au lit rocailleux qui serpentait à travers une forêt luxuriante. Mack aurait bien voulu s'allonger un moment à l'ombre de ces grands arbres.

Il se demanda s'il allait bientôt voir la stupéfiante Lizzie. Il éprouvait une vive amertume d'être de nouveau la propriété d'un Jamisson, mais la présence de la jeune femme serait une consolation. Contrairement à son beau-père, elle n'était pas cruelle même si elle pouvait être irréfléchie. Ses façons peu orthodoxes et la vivacité de son caractère faisaient le ravissement de Mack. Et puis elle avait un sens de la justice qui lui avait sauvé la vie jadis et qui pourrait bien se manifester de nouveau.

Il était midi quand ils arrivèrent à la plantation Jamisson. Un sentier traversait un verger où broutait du bétail pour aboutir à un enclos boueux où se dressaient une douzaine de cabanes. Deux vieilles femmes noires faisaient la cuisine sur des feux et quatre ou cinq enfants nus jouaient dans la poussière. Les cabanes étaient grossièrement bâties avec des planches à peine dégrossies et, s'il y avait des volets aux fenêtres, il n'y avait pas de vitre.

Sowerby échangea quelques mots avec Kobe et disparut.

«Voici vos cases, annonça Kobe aux forçats.

– Est-ce qu'il faut qu'on vive avec les négros?» demanda quelqu'un.

Mack éclata de rire. Après huit semaines dans l'enfer du *Rosebud*, c'était un miracle de pouvoir se plaindre de la façon dont on était logé.

«Blancs et Noirs vivent dans des cases séparées, précisa Kobe. Il n'y a pas de loi là-dessus, mais ça semble toujours se passer comme ça. Chaque cabane abrite six personnes. Avant de nous reposer, nous avons encore une corvée. Venez avec moi.»

Ils suivirent un chemin qui serpentait entre des champs de blé vert, de hauts plants de maïs qui poussaient entre les tertres et d'odorants plants de tabac. Dans tous les champs, hommes et femmes étaient au travail: désherbant entre les rangées et arrachant les vers sur les feuilles de tabac.

Ils débouchèrent sur une vaste pelouse et gravirent une côte jusqu'à une grande maison en planches un peu délabrée, dont la peinture ternie s'écaillait. Les volets étaient fermés: sans doute Mockjack Hall.

Contournant la maison, ils arrivèrent devant un groupe d'appentis édifiés derrière. L'une des constructions était une forge. Un Noir auquel Kobe s'adressa en l'appelant Cass travaillait là: il entreprit de briser les fers qui entravaient les jambes des forçats.

Mack les regarda se faire désenchaîner l'un après l'autre. Il éprouvait un sentiment de libération, même s'il savait que cela ne reposait sur rien.

De l'éminence où se dressait la maison, il apercevait à un demi-mille de là les eaux étincelantes du Rappahannock, qui serpentait au milieu des bois. Quand on m'aura ôté mes chaînes, je pourrais très bien me précipiter jusqu'au fleuve, se dit-il : je pourrais sauter à l'eau, le traverser à la nage et tenter de m'échapper.

Il allait devoir se maîtriser. Il était encore si faible qu'il ne serait sans doute même pas capable de faire en courant un demi-mille. D'ailleurs, il avait promis de chercher Peg et Cora : il devrait les retrouver avant de s'évader, car il ne pourrait plus le faire après. Et il devait préparer minutieusement son projet. Il ignorait tout de la géographie de ce pays. Il avait besoin de savoir ou il allait et comment y parvenir.

Malgré tout, quand il sentit enfin les fers tomber de ses chevilles, il dut faire un effort pour ne pas s'enfuir à toutes jambes.

Il réprimait encore cette envie quand Kobe prit la parole. «Maintenant que vous n'avez plus vos chaînes, certains d'entre vous calculent déjà jusqu'où ils pourront aller d'ici au coucher du soleil. Avant de vous enfuir, il faut que vous sachiez quelque chose d'important : alors, écoutez-moi bien et faites attention.» Il marqua une pause dramatique et reprit : «Les gens qui s'enfuient se font généralement prendre et on les punit. D'abord on les fouette, mais ça, ce n'est rien. Ensuite, ils doivent porter le collier de fer, que certains estiment infamant. Mais le pire, c'est que vous augmentez votre temps de service. Si vous vous évadez une semaine, vous devrez servir deux semaines supplémentaires. Nous avons ici des gens qui se sont enfuis tellement de fois qu'ils ne seront pas libres avant d'avoir cent ans.» Il regarda autour de lui et surprit le regard de Mack. «Si vous êtes prêts à courir ce risque, tout ce que je peux dire, c'est que je vous souhaite bonne chance.»

Le matin, les vieilles firent cuire pour le petit déjeuner du maïs concassé et bouilli. Forçats et esclaves mangèrent cette mixture avec leurs doigts dans des écuelles en bois.

Ils étaient une quarantaine à travailler dans les champs. À part le nouvel arrivage de forçats, la plupart étaient des esclaves noirs. Il y avait aussi quatre serviteurs sous contrat: des gens qui avaient vendu d'avance quatre ans de travail pour payer leur traversée. Ils se tenaient à l'écart et se considéraient manifestement comme supérieurs. Il n'y avait que trois employés à toucher des gages réguliers, deux Noirs libres et une femme blanche, ayant tous trois dépassé la cinquantaine. Certains Noirs parlaient assez bien l'anglais, mais beaucoup utilisaient leur propre dialecte africain et communiquaient avec les Blancs dans une sorte de petit nègre enfantin. Mack au début avait tendance à les traiter comme des enfants, puis l'idée le frappa qu'ils lui étaient supérieurs puisqu'ils parlaient une langue et demie alors que lui-même n'en pratiquait qu'une seule.

On leur fit parcourir un mille ou deux entre de vastes champs où le tabac était prêt pour la récolte. Les plants s'alignaient en rangées régulières à environ trois pieds les unes des autres et sur une longueur d'un quart de mille. Ils étaient à peu près de la taille de Mack, chacun portant une douzaine de larges feuilles vertes.

Bill Sowerby et Kobe donnèrent leurs ordres aux travailleurs agricoles qu'on répartit en trois groupes. On donna aux premiers des couteaux bien aiguisés et on les mit à tailler les plants mûrs. Le groupe suivant se dirigea vers un champ où l'on avait fait la récolte la veille. Les plants gisaient sur le sol, leurs grandes feuilles fanées après une journée entière à sécher au soleil. On montra aux nouveaux venus comment fendre les tiges des plants coupés et les enfiler sur de longues piques en bois. Mack fut affecté au troisième groupe, qui avait pour tâche de porter les piques chargées de feuilles à travers les champs jusqu'au hangar de séchage où on les accrochait au plafond pour qu'elles sèchent à l'air.

C'était une longue et brûlante journée d'été. Les hommes du *Rosebud* n'arrivaient pas à travailler aussi dur que les autres. Mack se trouvait constamment dépassé par des femmes et des enfants. Il était encore affaibli par les effets de la maladie, de la malnutrition et de l'inaction. Bill Sowerby avait un fouet, mais Mack ne le vit jamais s'en servir.

À midi, on leur distribua un repas de pain de maïs grossier que les esclaves appelaient du *pone*. Ils étaient en train de manger quand Mack aperçut avec consternation la silhouette familière de Sidney Lennox, vêtu d'habits neufs, et à qui Sowerby faisait visiter la plantation. À n'en pas douter, Jay estimait que Lennox lui avait été utile dans le passé et qu'il pourrait lui rendre encore service.

Au coucher du soleil, épuisés, ils quittèrent les champs. Mais, au lieu de regagner leurs cases, on les dirigea vers le hangar de séchage, éclairé maintenant par des douzaines de chandelles. Après un rapide repas, ils reprirent le travail, arrachant les feuilles des plants séchés, ôtant l'épaisse tige centrale et pressant les feuilles en ballots. La nuit s'avançait. Certains des enfants et des vieillards s'endormaient en travaillant : un système d'alarme très subtil se déclenchait, les plus forts couvrant les faibles et les réveillant quand Sowerby approchait.

Il devait être minuit passé, se dit Mack, quand on moucha enfin les chandelles et qu'on laissa les ouvriers retourner à leurs cabanes et s'allonger sur leurs couchettes en bois. Mack s'endormit aussitôt.

Il eut l'impression que quelques secondes seulement plus tard on le secouait afin de le réveiller pour retourner au travail. Avec des gestes las, il se leva et sortit d'un pas vacillant. Adossé à la paroi de la case, il avala son bol de bouillie de maïs. À peine avait-il enfourné la dernière bouchée qu'on les faisait repartir. Au moment où ils entraient dans le champ à la lueur de l'aube, il aperçut Lizzie.

Il ne l'avait pas vue depuis le jour où ils avaient embarqué sur le *Rosebud*. Montée sur un cheval blanc, elle traversait le champ au pas. Elle portait une ample robe de toile et un grand chapeau. Le soleil allait se lever, la lumière était claire comme de l'eau de source. Elle semblait reposée, à l'aise, la dame du manoir parcourant à cheval son domaine. Mack remarqua qu'elle avait pris un peu de poids alors que lui en avait perdu. Mais il ne pouvait pas lui en vouloir : elle avait un certain sens de la justice et elle lui avait plus d'une fois sauvé la vie.

Il se rappela l'instant où il l'avait tenue dans ses bras, dans l'atelier de tissage où habitait Dermot Riley à Spitalfields. Il avait serré ce doux corps tout contre le sien en humant le parfum de savon et de tiède féminité. Durant un instant de folie, il avait cru que c'était Lizzie plutôt que Cora qui pourrait être une femme pour lui. Puis le bon sens avait repris ses droits.

En regardant son corps arrondi, il comprit qu'elle n'avait pas grossi, mais qu'elle était enceinte. Elle allait avoir un fils : il deviendrait un Jamisson, cruel, avide et sans cœur, se dit Mack. Il serait propriétaire de cette plantation, il achèterait des êtres vivants qu'il traiterait comme du bétail et il serait riche.

Lizzie surprit son regard. Il se reprocha d'avoir nourri de si sombres pensées à propos de son enfant à naître. Elle le dévisagea d'abord, ne sachant trop qui il était. Puis, avec un sursaut, elle parut le reconnaître. Peut-être était-elle choquée de le trouver si changé après la traversée.

Il soutint un long moment son regard, espérant

qu'elle allait s'approcher de lui. Mais elle se détourna sans un mot. Elle poussa son cheval au trot et, quelques instants plus tard, disparut dans les bois.

27

Une semaine après son arrivée à Mockjack Hall, Jay Jamisson, assis dans un fauteuil, regardait deux esclaves déballer une malle de verrerie. Belle était une femme entre deux âges, au corps lourd : elle avait des seins qui pendaient et une ample croupe. Mais Mildred avait environ dix-huit ans, une peau parfaite, couleur tabac, et un regard langoureux. Quand elle levait les bras vers les étagères du placard, il voyait ses seins bouger sous la simple chemise de lin qu'elle portait. Son regard appuyé mit les deux femmes mal à l'aise : elles maniaient le délicat cristal d'une main tremblante. Si elles cassaient quelque chose, il faudrait les punir. Jay se demandait s'il devrait les battre. Cette idée le troubla. Il se leva et sortit. Mockjack Hall était une grande maison avec une longue façade ornée d'un portique à colonnes donnant sur une pelouse qui descendait en pente douce jusqu'au Rappahannock. En Angleterre, une maison de cette taille aurait été bâtie en pierre ou en brique, mais celle-ci était en bois. Voilà bien des années, on l'avait peinte en blanc avec des volets verts. Mais aujourd'hui la peinture s'écaillait et les couleurs s'étaient fanées pour devenir d'un gris terne uniforme. À l'arrière et sur les côtés se trouvaient de nombreux appentis abritant la cuisine, la lingerie et les écuries. Le corps principal comprenait de vastes pièces de réception – salon, salle à manger et même une salle de bal – avec des chambres spacieuses à l'étage, mais tout l'intérieur avait besoin d'être refait. Le mobilier avait été élégant jadis, les rideaux de soie étaient fanés et les tapis usés. Il régnait une ambiance déprimante de grandeur disparue.

Jay néanmoins n'était pas mécontent en examinant son domaine depuis le portique. Mille arpents de champs cultivés, de collines boisées, de ruisseaux aux eaux claires et de vastes étangs avec quarante ouvriers et trois domestiques : la terre et les gens lui appartenaient. Pas à sa famille, pas à son père : à lui. Enfin, il était un gentleman indépendant.

Et ce n'était que le début. Il comptait bien se faire une place dans la société de Virginie. Il ne savait pas vraiment comment fonctionnait le gouvernement colonial, mais il avait cru comprendre qu'il y avait des notables locaux qui formaient le conseil paroissial et que l'assemblée de Williamsburg était composée de députés, l'équivalent des membres du Parlement. Étant donné son statut, il estimait pouvoir se dispenser de l'étape locale et à la première occasion se présenter pour être élu à la Chambre des députés. Il voulait que tout le monde sache que Jay Jamisson était un homme important.

Lizzie déboucha sur la pelouse, chevauchant Blizzard, qui avait survécu sans encombre à la traversée. Elle le montait bien, se dit Jay, presque comme un homme ; et puis il s'aperçut, à sa vive irritation, qu'elle montait à califourchon. C'était si vulgaire pour une femme de sauter ainsi de haut en bas sur la selle avec les jambes écartées ! Quand elle tira sur les rênes, il lui dit : «Vous ne devriez pas monter à cheval de cette façon.»

Elle posa une main sur sa taille arrondie. «Je suis allée très lentement, juste au pas et un peu de trot.

– Ce n'est pas au bébé que je pensais. J'espère que personne ne vous a vue monter à califourchon.»

Son visage s'assombrit, mais, comme toujours, sa réplique fut cinglante : «Je n'ai pas l'intention de monter en amazone ici.

– Ici ? répéta-t-il. Qu'importe l'endroit où nous sommes !

– Mais il n'y a personne ici pour me voir.

– Moi, je peux vous voir. Tout comme les serviteurs. Et nous pourrions avoir des visiteurs. Vous ne vous promèneriez pas toute nue ici, n'est-ce pas ?

– Je monterai en amazone pour aller à l'église et quand nous aurons de la compagnie, mais pas toute seule. »

Inutile de discuter quand elle était de cette humeur. « En tout cas, très bientôt vous allez devoir cesser tout à fait de monter à cause du bébé, dit-il d'un ton maussade.

– Pas encore tout à fait », répliqua-t-elle avec entrain. Elle était enceinte de cinq mois : elle comptait cesser de faire du cheval quand elle atteindrait le sixième mois. Elle changea de sujet. « Je regardais le domaine. Les terres sont en meilleur état que la maison. Sowerby est un ivrogne, mais il a continué à faire tourner l'exploitation. Nous devrions sans doute lui en être reconnaissants, alors qu'il n'a pas touché de gages depuis près d'un an.

– Il devra peut-être attendre encore un peu : nous sommes à court de liquidités.

– Votre père disait qu'il y avait cinquante ouvriers, mais en fait il n'y en a que vingt-cinq. C'est une bonne chose d'avoir les quinze forçats du *Rosebud*. » Elle fronça les sourcils. « McAsh est-il parmi eux ?

– Oui.

– J'ai cru le voir dans les champs.

– J'ai dit à Sowerby de choisir les plus jeunes et les plus robustes. » Jay ne savait pas que McAsh était à bord du navire. S'il y avait pensé, il aurait demandé à Sowerby de ne surtout pas retenir ce faiseur d'histoires. Mais, maintenant qu'il était ici, Jay répugnait à le renvoyer : il ne voulait pas paraître intimidé par un simple forçat.

« Je présume, fit Lizzie, que nous n'avons pas payé les nouveaux arrivés.

– Certainement pas: pourquoi irais-je payer quelque chose qui appartient à ma famille?

– Votre père va sans doute s'en apercevoir.

– Très certainement. Le capitaine Parridge m'a demandé un reçu pour quinze forçats et naturellement je me suis fait un plaisir de le lui signer. Il le remettra à Père.

– Et alors?»

Jay haussa les épaules. «Père m'enverra sans doute une facture que je paierai... quand je pourrai.» Il n'était pas mécontent de cette petite opération commerciale. Il s'était procuré quatorze robustes gaillards qui travailleraient pendant sept ans et cela ne lui avait rien coûté.

«Comment votre père va-t-il prendre cela?»

Jay eut un grand sourire. «Il va être furieux, mais que peut-il faire d'aussi loin?

– Je suppose que c'est bien comme ça», fit Lizzie d'un ton hésitant.

Il n'aimait pas la voir mettre en doute son jugement. «Mieux vaut laisser ces affaires-là aux hommes.»

Comme toujours, cette remarque l'agaça. Elle poursuivit son attaque. «Je regrette de voir Lennox ici: je n'arrive pas à comprendre votre attachement pour cet homme.»

Jay éprouvait pour Lennox des sentiments mélangés. Certes, il pourrait être aussi utile ici qu'il l'avait été à Londres, mais c'était quand même une présence inconfortable. Une fois sauvé de la cale du *Rosebud*, Lennox avait affiché la certitude qu'il allait vivre sur la plantation Jamisson et Jay n'avait jamais trouvé le courage de le détromper. «J'ai pensé que ce serait utile d'avoir un homme blanc pour exécuter mes ordres, dit-il d'un ton désinvolte.

– Mais que va-t-il faire?

– Sowerby a besoin d'un assistant.

– Lennox ne connaît rien au tabac, à part la façon de le fumer.

– Il peut apprendre. D'ailleurs il s'agit essentiellement de faire travailler les nègres.

– Il fera sûrement ça très bien », fit Lizzie d'un ton
caustique.

Jay n'avait pas envie de discuter le problème de
Lennox. «Je vais peut-être me lancer dans la vie
publique ici, dit-il. J'aimerais me faire élire à la
Chambre des députés. Je me demande dans quel délai
cela pourrait se faire.

– Vous feriez mieux de rencontrer nos voisins et
de leur en parler. »

Il acquiesça. «D'ici un mois environ, quand la maison sera prête, nous donnerons une grande réception
et nous inviterons tous les gens d'importance des
environs de Fredericksburg. Cela me donnera l'occasion de prendre la mesure de l'aristocratie locale.

– Une réception, fit Lizzie d'un ton dubitatif. En
avons-nous les moyens ? »

Voilà qu'une fois de plus elle mettait en doute son
jugement. «Laissez-moi m'occuper des finances,
répliqua-t-il. Je suis sûr que nous pouvons obtenir les
provisions à crédit : cela fait au moins dix ans que la
famille commerce dans cette région : mon nom doit
bien valoir quelque chose. »

Elle insista : «Ne vaudrait-il pas mieux se concentrer sur l'exploitation du domaine, du moins pour un
an ou deux ? Alors vous pourriez être sûr d'avoir une
fondation solide pour votre carrière politique.

– Ne soyez pas stupide, dit-il. Je ne suis pas venu
ici pour être fermier. »

La salle de bal était petite, mais elle avait un bon
plancher et un petit balcon pour les musiciens. Vingt
ou trente couples dansaient, dans leurs brillants
habits de satin, les hommes portant perruques et les
femmes coiffées de bonnets de dentelle. Deux violo-
nistes, un timbalier et un joueur de cor d'harmonie
exécutaient un menuet. Des douzaines de chandelles

éclairaient la peinture fraîche et les décorations flo-
rales. Dans les autres pièces de la maison, des invités
jouaient aux cartes, fumaient, buvaient et flirtaient.

Jay et Lizzie passèrent de la salle de bal à la salle à
manger, souriant et saluant leurs invités. Jay portait
un nouvel habit de soie vert pomme qu'il avait acheté
à Londres juste avant leur départ. Lizzie était en violet, sa couleur préférée. Jay avait cru que les toilettes
de leurs invités pâliraient auprès des leurs : il fut tout
surpris de constater que les Virginiens étaient aussi
élégants que les Londoniens.

Il avait bu pas mal de vin et se sentait bien. On avait
servi le dîner plus tôt, mais il y avait maintenant sur la
table des rafraîchissements : du vin, des confitures,
des gâteaux au fromage, des sabayons et des fruits. La
réception avait coûté une petite fortune, mais c'était
une réussite : tous les gens qui comptaient dans la
région étaient là.

La seule note discordante était due au régisseur,
Sowerby, qui avait choisi ce jour-là pour réclamer
son arriéré de gages. Quand Jay lui avait dit qu'il était
impossible de le payer avant qu'on eût vendu la première récolte de tabac, Sowerby avait eu l'insolence
de demander comment Jay pouvait se permettre de
donner une soirée pour cinquante invités. La vérité,
c'était que Jay ne pouvait pas se le permettre – tout
avait été acheté à crédit – mais il était trop fier pour le
dire à son régisseur. Il lui avait donc répondu de tenir
sa langue. Sowerby avait paru déçu et soucieux. Jay
s'était demandé s'il avait un problème d'argent précis. Toutefois, il ne lui avait pas posé la question.

Dans la salle à manger, les plus proches voisins des
Jamisson grignotaient du gâteau devant le feu. Ils
étaient trois couples : le colonel et Mrs. Thumson,
Bill et Suzy Delahaye, et les frères Armstead, deux
célibataires. Les Thumson occupaient une haute
position : le colonel était député, membre de l'Assemblée générale, c'était un homme grave et gonflé de sa
propre importance. Il s'était distingué dans l'armée

britannique et la milice de Virginie. Puis il avait pris sa retraite pour cultiver le tabac et assumer des responsabilités politiques. Jay avait envie de le prendre en exemple.

On discutait politique et Thumson expliquait : « Le gouverneur de Virginie est mort en mars dernier et nous attendons son remplaçant. »

Jay prit l'air d'un homme pour qui la cour de Londres n'avait pas de secret. « Le roi a nommé Norborne Berkeley, le baron de Botetourt. »

John Armstead, qui était ivre, éclata d'un rire bruyant. « Quel drôle de nom ! »

Jay lui lança un regard glacial. « Je crois que le baron espérait quitter Londres peu après mon départ.

– C'est le président du Conseil, déclara Thumson, qui assure l'intérim. »

Jay tenait à montrer qu'il connaissait bien les affaires locales. Il reprit : « C'est sans doute pourquoi les députés ont été si mal avisés de soutenir la lettre du Massachusetts. » La lettre en question était une protestation contre les droits de douane. Elle avait été adressée au roi George par la législature du Massachusetts. La législature de Virginie avait ensuite voté une résolution approuvant la lettre. Jay et la plupart des conservateurs de Londres considéraient comme déloyales aussi bien la lettre que la résolution des Virginiens.

Thumson ne semblait pas de cet avis. Il dit sèchement : « J'estime que les députés n'ont pas été mal avisés.

– C'est pourtant l'opinion de Sa Majesté », riposta Jay. Il n'expliqua pas comment il savait ce que pensait le roi, mais son ton laissait supposer qu'il faisait partie de ses intimes.

« Eh bien, je suis désolé de l'apprendre », dit Thumson, qui n'avait pas l'air désolé le moins du monde.

Jay avait l'impression de s'avancer en terrain dangereux, mais il tenait à impressionner ces gens par sa perspicacité ; il poursuivit donc : « Je suis tout à fait sûr que le nouveau gouverneur demandera le retrait de cette résolution.» Il avait entendu dire ça à Londres.

Bill Delahaye, plus jeune que Thumson, déclara vigoureusement : « Les députés refuseront. » Sa ravissante épouse, Suzy, lui posa sur le bras une main apaisante, mais il était plein de son sujet et il ajouta : « C'est leur devoir de dire au roi la vérité, et non pas d'énoncer des phrases vides pour faire plaisir à ces sycophantes conservateurs. »

Thumson intervint avec tact : « Non pas, bien sûr, que tous les conservateurs soient des sycophantes.

– Si les députés, reprit Jay, refusent de retirer leur résolution, le gouverneur sera dans l'obligation de dissoudre l'Assemblée. »

Roderick Armstead, qui avait moins bu que son frère, déclara : « C'est curieux à quel point, de nos jours, cela ne change pas grand-chose. »

Jay fut intrigué. « Comment cela ?

– Les Parlements coloniaux ne cessent d'être dissous pour une raison ou pour une autre. Ils se réassemblent simplement de façon informelle dans une taverne ou chez un particulier et poursuivent leurs activités.

– Mais dans ce cas-là, ils n'ont pas de statut légal ! » protesta Jay.

Ce fut le colonel Thumson qui lui répondit : « Malgré tout, ils ont l'assentiment des gens qu'ils gouvernent et cela semble être suffisant. »

Jay avait déjà entendu ce genre de propos dans la bouche d'hommes qui lisaient trop de philosophie. L'idée que les gouvernements tenaient leur autorité de l'assentiment du peuple était une dangereuse absurdité. Cela impliquait que les rois n'avaient aucun droit à régner. C'était le genre de choses que proclamait John Wilkes là-bas, en Angleterre. Jay commençait à trouver Thumson énervant. « Colonel, dit-il, à Londres un homme qui tiendrait ce genre de propos pourrait se retrouver en prison.

– Tout à fait », fit Thumson d'un ton énigmatique.

323

Lizzie intervint. « Avez-vous goûté le sabayon, Mrs. Thumson ? »

La femme du colonel réagit avec un enthousiasme exagéré. « Oh oui, il est très bon, absolument délicieux.

– Tant mieux. C'est si facile de le rater. »

Jay savait que Lizzie se moquait éperdument du sabayon : elle essayait de détourner la conversation de sujets politiques. Mais il n'en avait pas terminé. « Je dois dire, colonel, reprit-il, que certaines de vos attitudes me surprennent.

– Ah, mais je vois le docteur Martin... il faut que je lui dise un mot », dit Thumson. Et habilement il entraîna son épouse vers un autre groupe.

« Vous venez d'arriver, Jamisson, dit Bill Delahaye. Vous découvrirez peut-être que vivre ici quelque temps vous donnera une perspective différente. »

Il s'était exprimé poliment, mais il avait clairement sous-entendu que Jay n'était pas assez informé pour avoir une opinion valable. Jay s'en offusqua. « J'espère, monsieur, que ma loyauté envers mon souverain demeurera inébranlable, quel que soit le pays où je puisse choisir de vivre. »

Le visage de Delahaye s'assombrit. « Je n'en doute pas », dit-il. Et lui aussi s'éloigna, entraînant sa femme avec lui.

« Il faut que j'essaie ce sabayon », dit Roderick Armstead. Il se dirigea vers la table, laissant Jay et Lizzie avec son frère éméché.

« La politique et la religion, déclara John Armstead. Ne parlez jamais de politique ni de religion à une soirée. » Là-dessus, il se pencha en arrière, ferma les yeux et tomba à la renverse.

Jay descendit pour le petit déjeuner à midi. Il avait la migraine. Il n'avait pas vu Lizzie : ils avaient des chambres à coucher communicantes, un luxe qu'ils n'avaient pas pu se permettre à Londres. Il la trouva attablée devant du jambon grillé tandis que les esclaves de la maison faisaient le ménage après le bal.

Il y avait une lettre pour lui. Il s'assit et l'ouvrit. Mais il n'avait pas eu le temps de la lire que Lizzie le foudroya du regard et dit : « Pourquoi diable avez-vous entamé cette querelle hier soir ?

– Quelle querelle ?

– Avec Thumson et Delahaye, voyons.

– Ce n'était pas une querelle : c'était une discussion.

– Vous avez offensé nos plus proches voisins.

– Alors, ils s'offensent trop facilement.

– Vous avez pratiquement traité le colonel Thumson de traître !

– Il me semble que c'est probablement ce qu'il est.

– C'est un propriétaire terrien, membre de la Chambre des députés et un officier en retraite : comment au nom du ciel peut-il être un traître ?

– Vous l'avez entendu parler.

– Ce sont manifestement des propos normaux ici.

– Eh bien, ce ne sera jamais le cas chez moi. »

Sarah, la cuisinière, entra, interrompant la conversation. Jay demanda du thé et des toasts.

Comme toujours, Lizzie eut le dernier mot. « Après avoir dépensé tout cet argent pour faire la connaissance de nos voisins, vous avez réussi à vous rendre antipathique à leurs yeux. » Elle mordit dans sa tartine.

Jay regarda sa lettre. Elle venait d'un homme de loi de Williamsburg.

Duke of Gloucester Street
Williamsburg
29 août 1768

Cher Mr. Jamisson,

C'est votre père, Sir George, qui m'a prié de vous écrire. Je vous souhaite la bienvenue en Virginie et j'es-

père que nous aurons bientôt le plaisir de vous voir ici
dans la capitale de notre colonie.

Jay fut surpris. C'était là une attention inhabituelle de son père. Allait-il se mettre à agir avec bonté maintenant que Jay était à l'autre bout du monde?

En attendant, veuillez me faire savoir si je puis vous
être de quelque assistance. Je sais que vous avez repris
une plantation en difficulté et que vous déciderez peut-
être de chercher des appuis financiers. Permettez-moi
de vous offrir mes services au cas où vous souhaiteriez
prendre une hypothèque. Je suis certain qu'on pourrait
sans difficulté trouver un prêteur. Je reste, Monsieur,

> *votre bien humble et obéissant serviteur,*
> *Matthew Murchman.*

Jay sourit: c'était exactement ce qu'il lui fallait. Les travaux et les aménagements de la maison, la somptueuse réception l'avaient déjà endetté jusqu'au cou auprès des commerçants locaux. Sowerby ne cessait de réclamer des achats: des graines, de nouveaux outils, des vêtements pour les esclaves, du cordage, de la peinture, la liste était sans fin. «Allons, vous n'aurez plus à vous inquiéter des problèmes d'argent», dit-il à Lizzie en reposant la lettre.
Elle paraissait sceptique.
«Je vais à Williamsburg», annonça-t-il.

28

Pendant que Jay était à Williamsburg, Lizzie reçut une lettre de sa mère. La première chose qui la frappa, ce fut l'adresse d'où elle provenait :

Le Presbytère
Église Saint John
Aberdeen
15 août 1768

Que faisait donc Mère dans un presbytère d'Aberdeen ? Elle poursuivit sa lecture :

J'ai tant de choses à te raconter, ma chère fille ! Mais il faut que je prenne soin de t'écrire tout cela étape par étape, comme cela s'est passé.

Peu après mon retour à High Glen, ton beau-frère, Robert Jamisson, a pris en main la gestion du domaine. C'est maintenant Sir George qui paie les intérêts sur mes hypothèques : je ne suis donc pas en position de discuter. Pour des raisons d'économie, Robert m'a demandé de quitter la grande maison et d'aller habiter le vieux pavillon de chasse. Je t'avouerai que je n'étais pas ravie de cet arrangement, mais il a insisté. Je dois te dire aussi qu'il ne s'est pas montré aussi plaisant ni affectueux que pourrait l'être un membre de la famille.

Une vague de rage impuissante déferla sur Lizzie. Comment Robert osait-il chasser de chez elle la mère de Lizzie ? Elle se rappelait ce qu'il avait dit après qu'elle l'eut repoussé pour accepter la demande de Jay : « Même si je ne peux pas vous avoir, j'aurai quand même High Glen. » Sur le moment, cela avait paru impossible, mais voilà maintenant que c'était devenu réalité.

Serrant les dents, elle continua sa lecture.

Là-dessus, le révérend York a annoncé qu'il nous quittait. Il a été pasteur à Heugh pendant quinze ans et c'est mon plus vieil ami. J'ai compris qu'après la disparition tragique et prématurée de son épouse il éprouvait le besoin d'aller vivre ailleurs. Mais tu peux imaginer mon désarroi de le voir partir juste au moment où j'avais besoin d'amis.

Alors est arrivée la chose la plus stupéfiante. Ma chérie, je rougis de te le dire : il m'a demandé de l'épouser ! Et j'ai accepté !

« Bonté divine ! » fit Lizzie tout haut.

Tu le vois donc, nous sommes mariés et nous sommes allés nous installer à Aberdeen d'où je t'écris.

Bien des gens diront que je me suis mariée au-dessous de ma condition, moi qui suis la veuve de Lord Hallim, mais je sais combien un titre a peu de valeur et John ne se soucie guère de ce que pensent les gens de la société. Nous menons une vie paisible. On m'appelle Mrs. York et je suis plus heureuse maintenant que je ne l'ai jamais été.

Il y avait bien d'autres choses encore – à propos de ses trois beaux-fils et belles-filles, des domestiques du presbytère, du premier sermon de Mr. York et des dames de la congrégation – mais Lizzie était trop bouleversée pour absorber toutes ces nouvelles.

Elle n'avait jamais pensé que sa mère se remarierait. Bien sûr, il n'y avait aucune raison pour qu'elle ne le fasse pas : Mère n'avait que quarante ans. Elle pourrait peut-être même avoir encore des enfants.

Ce qui bouleversait Lizzie, c'était le sentiment d'avoir perdu ses racines. High Glen avait toujours été sa maison. Même si sa vie était ici en Virginie, avec son mari et son bébé, elle avait toujours considéré High Glen House comme un endroit où elle pourrait à tout moment retourner, si elle avait vraiment besoin d'un refuge. Mais la propriété était maintenant entre les mains de Robert.

Lizzie avait toujours été au centre de la vie de sa mère. Jamais l'idée ne lui était venue que cela changerait. Et voilà qu'aujourd'hui sa mère était une femme de pasteur vivant à Aberdeen, avec trois beaux-enfants qu'il fallait chérir et élever.

Cela signifiait que Lizzie n'avait d'autre foyer que cette plantation, d'autre famille que Jay.

Eh bien, elle était déterminée à se faire ici une existence agréable.

Elle avait des privilèges que bien des femmes lui envieraient : une grande maison, une propriété de mille arpents, un beau mari et des esclaves pour la servir. Les esclaves de la maison lui avaient tout de suite fait une place dans leur cœur. La cuisinière, c'était Sarah. La grosse Belle se chargeait de l'essentiel du ménage. Mildred était sa femme de chambre personnelle et servait aussi parfois à table.

Belle avait un fils de douze ans, Jimmy, qui était le garçon d'écurie : son père avait été vendu voilà des années. Lizzie ne connaissait pas encore beaucoup les ouvriers qui travaillaient aux champs, à l'exception de Mack, mais elle aimait bien Kobe, le contremaître, et Cass, le forgeron, dont l'atelier était derrière la maison.

La demeure était spacieuse et imposante, mais elle donnait une impression de vide et d'abandon. Elle était trop grande. Elle conviendrait à une famille de six enfants, avec quelques tantes et grands-parents, des hordes d'esclaves pour allumer des feux dans chaque chambre et servir de grands repas pris en commun. Pour Lizzie et Jay, c'était un mausolée. Mais la plantation était superbe : des bois touffus, de vastes champs en pente douce et des dizaines de petits ruisseaux.

Elle savait que Jay n'était pas tout à fait l'homme qu'elle avait cru épouser. Il n'était pas l'esprit libre et audacieux qu'il avait paru quand il l'avait fait descendre dans la mine. Et puis son mensonge à propos de l'exploitation du charbon de High Glen l'avait secouée. Finis les joyeux ébats matinaux au lit. Ils passaient le plus clair de la journée chacun de leur côté. Ils déjeunaient et soupaient ensemble, mais jamais ils ne s'asseyaient devant le feu en se tenant les mains sans parler de rien en particulier, comme autrefois. Mais peut-être Jay était-il déçu, lui aussi. L'heure n'était pas aux regrets. Ils devaient construire leur vie ensemble.

Chaque fois qu'elle ressentait un moment de découragement, elle se souvenait de l'enfant qui grandissait dans son sein. Le bébé avait besoin de son père.

C'était un sujet que Jay n'abordait guère. Il semblait s'en désintéresser. Mais il changerait quand l'enfant serait né, surtout si c'était un garçon.

Elle rangea la lettre dans un tiroir.

Après avoir donné aux esclaves les ordres pour la journée, elle passa son manteau et sortit.

L'air était frais. On était maintenant à la mi-octobre : cela faisait deux mois qu'ils étaient ici. Elle traversa la pelouse et descendit vers la rivière. Elle était à pied : elle était enceinte maintenant depuis six mois passés et elle sentait le bébé donner des coups de pied – parfois douloureux. Elle craignait de lui faire du mal si elle montait à cheval.

Et presque chaque jour, elle faisait des promenades dans le domaine. Des promenades de plusieurs heures. Elle était en général accompagnée de Roy et de Rex, deux lévriers d'Écosse que Jay avait achetés. Elle suivait de près le travail sur la plantation, car

Jay ne s'y intéressait absolument pas. Elle suivait le traitement du tabac et comptait les balles de feuilles. Elle veillait à ce que les hommes abattent des arbres et confectionnent des tonneaux. Elle inspectait les vaches et les chevaux dans les prés, les poules et les oies dans la basse-cour. Ce jour-là, c'était dimanche, jour de repos des ouvriers, et cela lui donnait l'occasion de fouiner un peu tandis que Sowerby et Lennox étaient occupés ailleurs. Roy la suivit, mais Rex, paresseux, resta sur le perron.

On avait rentré la récolte de tabac. Il y avait encore beaucoup de travail à faire : faire suinter, tailler, découper et tresser les feuilles avant qu'on puisse les empaqueter dans des barils pour le voyage jusqu'à Londres ou Glasgow. Mais on était arrivé à la fin de la période d'activité la plus intense : l'époque où on travaillait dans les champs de l'aube à la tombée de la nuit et puis où on s'affairait à la lueur des chandelles dans les hangars à tabac jusqu'à minuit.

Il faudrait, songea-t-elle, trouver quelque récompense pour remercier les ouvriers de tous leurs efforts. Même les esclaves et les forçats avaient besoin d'encouragement. L'idée lui vint qu'elle pourrait organiser une fête pour eux.

Plus elle y pensait, plus l'idée lui plaisait. Jay y serait peut-être hostile, mais il n'allait pas rentrer avant deux semaines – Williamsburg était à trois jours de voyage. Tout pourrait donc être préparé et terminé avant son retour.

Elle suivit la berge du Rappahannock, tout en retournant l'idée dans sa tête. La rivière à cet endroit était peu profonde et parsemée de rochers. Elle contourna un bosquet de buissons à demi submergés et s'arrêta soudain. Un homme se lavait, debout dans l'eau jusqu'à la taille, lui tournant le dos. C'était McAsh.

Elle vit les poils de Roy se hérisser, puis il reconnut Mack.

Lizzie l'avait déjà vu une fois nu dans une rivière, voilà près d'un an. Elle se souvenait l'avoir séché avec son jupon. À l'époque, cela lui avait paru tout naturel mais, avec le recul, la scène avait une étrange qualité, comme un rêve : le clair de lune, le bruissement du courant, ce robuste gaillard qui semblait si vulnérable et la façon dont elle l'avait serré contre elle pour le réchauffer.

Elle recula, l'observant au moment où il sortait de l'eau. Il était complètement nu, comme l'autre fois.

Elle revit une autre image. Un après-midi, à High Glen, elle avait surpris un jeune chevreuil en train de boire dans un ruisseau. Ce souvenir lui revint comme un tableau. Elle avait émergé du couvert des arbres pour se retrouver à quelques pas de l'animal. Il avait levé la tête et l'avait regardée. Au moment où il sortait du ruisseau, l'eau luisait sur ses flancs musclés. Elle avait son fusil à la main, chargé et armé, mais elle fut incapable de tirer : une telle proximité lui parut créer avec l'animal une sorte d'intimité.

En regardant l'eau ruisseler sur la peau de Mack, elle songea que, malgré tout ce qu'il avait vécu, il avait encore la grâce puissante d'un jeune animal. Au moment où Mack enfilait sa culotte, Roy bondit vers lui. Mack releva la tête, aperçut Lizzie et se figea, surpris. Puis il dit : « Vous pourriez vous retourner.

– Vous aussi ! répliqua-t-elle.

– J'étais là le premier.

– Cet endroit m'appartient ! » riposta-t-elle. C'était étonnant la rapidité avec laquelle il pouvait l'irriter. De toute évidence il se sentait sur un pied d'égalité avec elle. Elle était une femme du monde et lui n'était qu'un forçat qui travaillait aux champs, mais il ne semblait pas impressionné. La différence de leurs statuts sociaux lui semblait l'œuvre d'une Providence arbitraire. Lizzie n'y avait aucun mérite et lui n'en éprouvait aucune honte. Son audace était agaçante mais du moins était-ce un sentiment sincère. McAsh n'était jamais sournois. Jay, en revanche, la déconcertait souvent. Elle ne savait pas ce qu'il pensait et, quand elle l'interrogeait, il était tout de suite sur la défensive.

Mack avait l'air amusé maintenant. «Je vous appartiens aussi», déclara-t-il.

Elle regardait sa poitrine. Il retrouvait ses muscles. «Et je vous ai déjà vu nu.»

La tension disparut d'un coup et ils se mirent à rire, comme ils l'avaient fait devant l'église quand Esther avait dit à Mack de la boucler.

«Je m'en vais donner une fête pour les ouvriers», annonça-t-elle.

Il passa sa chemise. «Quel genre de fête?»

Lizzie se prit à regretter qu'il eût si vite passé sa chemise : elle aimait bien regarder son corps. «Quel genre aimeriez-vous?»

Il prit un air songeur. «Vous pourriez faire un feu de joie dans l'arrière-cour. Ce qui plairait le plus aux ouvriers, ce serait un bon repas, avec beaucoup de viande. Ils n'ont jamais assez à manger.

– Quels plats aimeraient-ils?

– Hmm.» Il s'humecta les lèvres. «L'odeur du jambon frit venant de la cuisine sent si bon que ça fait mal. Tout le monde adore ces patates douces. Le pain blanc : les ouvriers n'ont jamais rien que ce pain de maïs qu'on appelle du *pone*.»

Elle se félicita d'avoir pensé à parler de cela à Mack. «Qu'est-ce qu'ils aiment boire?

– Du rhum. Mais certains des hommes sont d'humeur batailleuse quand ils boivent. Si j'étais vous, je leur donnerais du cidre ou de la bière.

– Bonne idée.

– Pourquoi pas un peu de musique? Les nègres adorent danser et chanter.»

Lizzie s'amusait beaucoup. C'était drôle de préparer une fête avec Mack. «Très bien... mais qui jouerait?

– Il y a un Noir affranchi du nom de Pepper Jones qui joue dans les ordinaires de Fredericksburg. Vous pourriez l'engager. Il joue du banjo.»

Lizzie savait que «ordinaire» était le terme local pour désigner une taverne, mais elle n'avait jamais entendu parler d'un banjo. « Qu'est-ce que c'est ? demanda-t-elle.

– Je crois que c'est un instrument africain. Pas aussi mélodieux qu'un violon, mais plus rythmé.

– Comment avez-vous entendu parler de cet homme ? Quand êtes-vous allé à Fredericksburg ? »

Une ombre passa sur le visage de Mack. « J'y suis allé une fois un dimanche.

– Pour quoi faire ?

– Pour chercher Cora.

– L'avez-vous trouvée ?

– Non.

– Je suis désolée. »

Il haussa les épaules. « Bah, tout le monde a perdu quelqu'un. » Il se détourna, l'air triste.

Elle aurait voulu le prendre dans ses bras pour le réconforter, mais elle se retint. Elle avait beau être enceinte, elle ne pouvait pas étreindre un autre homme que son mari. Elle reprit d'un ton plein d'entrain : « Vous croyez qu'on pourrait persuader Pepper Jones de venir jouer ici ?

– J'en suis sûr. Je l'ai vu jouer dans le quartier des esclaves sur la plantation Thumson. »

Lizzie était intriguée. « Que faisiez-vous là-bas ?

– J'étais en visite.

– Je n'aurais jamais cru que les esclaves circulaient ainsi.

– Il faut bien que nous fassions quelque chose de nos vies en dehors du travail.

– Qu'est-ce que vous faites ?

– Les jeunes gens aiment les combats de coqs : ils sont prêts à faire quatre lieues pour en voir un. Les jeunes femmes aiment les jeunes hommes. Les vieilles veulent simplement regarder les bébés des autres, parler des frères et des sœurs qu'elles ont perdus. Et puis ils chantent. Les Africains ont ces chants tristes qu'ils entonnent en chœur. On ne comprend pas les paroles, mais les airs vous donnent la chair de poule.

– Les mineurs chantaient, en Écosse. »

Il resta un moment silencieux. « Je pense bien. »

Elle comprit qu'elle l'avait rendu triste. « Croyez-vous que vous retournerez jamais à High Glen ?

– Non. Et vous ? »

Des larmes montèrent aux yeux de Lizzie. « Non, dit-elle. Je pense que vous ou moi ne retournerons jamais là-bas. »

Le bébé donna un coup de pied et elle dit : « Ouïe !

– Quoi ? » fit Mack.

Elle posa une main sur son ventre. « Le bébé donne des coups de pied. Il ne veut pas que je me languisse de High Glen. Il va être un Virginien. Hou ! il vient de recommencer.

– Ça fait vraiment mal ?

– Oui… tâtez. » Elle lui prit la main et la posa sur son ventre. Il avait les doigts durs et la peau rêche, mais il la touchait avec beaucoup de délicatesse.

Le bébé s'était calmé. Mack demanda : « Quand doit-il naître ?

– Dans dix semaines.

– Comment l'appellerez-vous ?

– Mon mari a décidé que ce serait Jonathan pour un garçon, Alicia pour une fille. »

Le bébé donna un nouveau coup de pied. « C'est dur ! fit Mack en riant. Pas étonnant que vous sursautiez. » Il retira sa main.

Elle aurait aimé qu'il la laissât un peu plus long-temps. Pour masquer ses sentiments, elle changea de sujet. « Il vaudrait mieux que je parle à Bill Sowerby de cette fête.

– Comment, vous ne savez pas ?

– Quoi donc ?

– Bill Sowerby est parti.

– Parti ? Comment ça ?

– Il a disparu.

– Quand donc ?

– Il y a deux soirs. »

Lizzie réfléchit qu'elle n'avait pas vu Sowerby depuis deux jours. Elle ne s'en était pas inquiétée car elle ne le voyait pas nécessairement chaque jour. «A-t-il dit quand il revenait?

– Je ne crois pas qu'il ait parlé à personne. Mais, à mon avis, il ne reviendra pas.

– Pourquoi?

– Il doit de l'argent à Sidney Lennox: beaucoup d'argent, et il ne peut pas payer.»

Lizzie était indignée. «Et je suppose que depuis lors Lennox le remplace comme régisseur.

– Ça n'a fait qu'une journée de travail... mais, oui, c'est vrai.

– Je ne veux pas voir cette brute diriger la plantation! dit-elle, rageusement.

– Amen, dit Mack avec conviction. Aucun des ouvriers n'en a envie non plus.»

Lizzie plissa le front d'un air songeur. On devait beaucoup de gages à Sowerby. Jay lui avait dit qu'on le paierait une fois la première récolte de tabac vendue. Pourquoi n'avait-il pas tout simplement attendu? Il aurait fini par payer ses dettes. On avait dû lui faire peur. Lennox l'avait menacé, elle en était certaine. Plus elle y pensait, plus elle était en colère. «Je suis persuadée, dit-elle, que Lennox a forcé Sowerby à partir.»

Mack acquiesça. «Je ne sais pas grand-chose de cette histoire, mais c'est mon avis aussi. J'ai livré bataille à Lennox, et regardez ce qui m'est arrivé.»

Il ne s'apitoyait pas sur son sort: il était simplement pratique. Mais elle éprouva un élan vers lui. Elle lui prit le bras et dit: «Vous devriez être fier. Vous êtes brave et honorable.

– Lennox est cruel et corrompu, et qu'est-ce qu'il se passe? Il va devenir régisseur ici. Ensuite il s'arrangera d'une façon ou d'une autre pour vous voler assez d'argent et ouvrir une taverne à Fredericksburg. Et bientôt, il vivra mieux qu'il ne vivait à Londres.

– Pas si je peux l'en empêcher, déclara Lizzie d'un ton décidé. Je vais lui parler.» Lennox avait une petite maison de deux pièces à côté des hangars à tabac, près de celle de Sowerby. «J'espère qu'il est chez lui.

– Il n'y est pas en ce moment. À cette heure-ci, le dimanche, il doit être à la taverne du Bac : c'est à trois ou quatre lieues en amont d'ici. Il y restera jusqu'à tard ce soir. »

Lizzie ne pouvait pas attendre demain : elle n'avait aucune patience quand quelque chose de ce genre la préoccupait. « Je vais à la taverne du Bac. Je ne peux pas y aller à cheval : je vais prendre le cabriolet. »

Mack se rembrunit. « Est-ce qu'il ne vaudrait pas mieux vous expliquer avec lui ici, où vous êtes la maîtresse ? C'est un homme brutal. »

Lizzie sentit une pointe de peur. Mack avait raison. Lennox était dangereux. Mais elle ne pouvait pas supporter l'idée de remettre à plus tard la confrontation. Mack pouvait la protéger.

« Voulez-vous venir avec moi ? dit-elle. Je me sentirais en sécurité si vous étiez là.

– Bien sûr.

– Vous pourrez conduire le cabriolet.

– Il faudra m'apprendre.

– Ça n'est rien du tout. » Ils remontèrent de la rivière jusqu'à la maison. Jimmy, le palefrenier, faisait boire les chevaux. Mack et lui sortirent le cabriolet et y attelèrent un poney tandis que Lizzie entrait dans la maison pour mettre un chapeau.

Ils quittèrent la propriété pour gagner la route qui longeait le fleuve et la suivirent en amont jusqu'au passage du bac. La taverne du Bac était une construction de bois, guère plus grande que les maisons de deux pièces où vivaient Sowerby et Lennox. Lizzie laissa Mack l'aider à descendre de voiture et lui ouvrir la porte de la taverne.

À l'intérieur, l'atmosphère était sombre et enfumée. Dix ou douze clients buvaient et bavardaient, assis sur des bancs ou des chaises. Les uns jouaient aux cartes ou aux dés, d'autres fumaient la pipe. Du fond de la salle, on entendait les boules de billard s'entrechoquer.

Il n'y avait pas de femme et pas de Noir. Mack la

suivit, mais resta près de la porte, le visage dans l'ombre.

Un homme arriva du fond de la salle en s'essuyant les mains sur un torchon et dit : « Qu'est-ce que je peux vous servir, monsieur... Oh ! une dame ! »

– Rien, merci », dit Lizzie d'une voix claire. Le silence se fit dans la taverne.

Elle examina les visages levés vers elle. Lennox était dans un coin, penché sur un cornet à dés. Sur la table devant lui s'entassaient des piles de petites pièces de monnaie. Son visage montrait qu'il était agacé d'être interrompu.

Il ramassa soigneusement ses pièces, en prenant son temps avant de se lever et d'ôter son chapeau. « Qu'est-ce que vous faites ici, Mrs. Jamisson ?

– De toute évidence, dit-elle d'un ton sec, je ne suis pas venue jouer aux dés. Où est Mr. Sowerby ? »

Elle entendit un ou deux murmures approbateurs, comme si d'autres gens qui se trouvaient là aimeraient savoir ce qu'il était advenu de Sowerby. Puis elle vit un homme aux cheveux gris se retourner sur sa chaise pour la regarder. « On dirait qu'il a filé, répondit Lennox.

– Pourquoi ne me l'avez-vous pas signalé ? »

Lennox haussa les épaules. « Parce que vous ne pouvez rien y faire.

– Malgré tout, je veux qu'on me tienne au courant de ce genre de choses. Ne recommencez pas. C'est clair. »

Lennox ne répondit pas.

« Pourquoi Sowerby est-il parti ?

– Comment voulez-vous que je le sache ? »

L'homme aux cheveux gris intervint. « Il devait de l'argent. »

Lizzie se tourna vers lui. « À qui ? »

L'homme désigna Lennox du pouce. « À lui, voilà. »

Elle se retourna vers Lennox. « C'est vrai ?

– Oui.

– Pourquoi ?

– Je ne sais pas ce que vous voulez dire.

– Pourquoi vous a-t-il emprunté de l'argent ?

– Il ne m'en a pas emprunté à proprement parler. Il l'a perdu à mon profit.

– En jouant.

– Oui.

– Et vous l'avez menacé ? »

L'homme aux cheveux gris eut un rire sarcastique. « Il l'a menacé ? J'en jurerais.

– J'ai réclamé mon argent, dit calmement Lennox.

– Et il a eu peur de vous. »

Un mauvais sourire plissa le visage de Lennox. « C'est le cas de beaucoup de gens », dit-il. Et la menace dans sa voix était à peine voilée.

Lizzie sentait en elle un mélange de peur et de colère. « Que les choses soient bien claires », dit-elle. Il y avait un tremblement dans sa voix et elle avala sa salive pour le maîtriser. « Je suis la maîtresse de cette plantation et vous allez faire ce que je dis. Je vais maintenant diriger le domaine jusqu'au retour de mon mari. C'est lui alors qui décidera comment remplacer Mr. Sowerby. »

Lennox secoua la tête. « Oh non, fit-il. Je suis l'adjoint de Sowerby. Mr. Jamisson m'a bien précisé que c'est moi qui étais responsable si Sowerby tombait malade ou s'il arrivait quoi que ce soit. D'ailleurs, qu'est-ce que vous connaissez à la culture du tabac ?

– Au moins autant qu'un tavernier de Londres.

– Eh bien, ça n'est pas l'avis de Mr. Jamisson. Et c'est de lui que je prends mes ordres. »

Lizzie en aurait crié d'exaspération. Elle ne pouvait pas laisser cet homme faire la loi sur sa plantation ! « Je vous préviens, Lennox, vous feriez mieux de m'obéir !

– Et si je ne le fais pas ? » Il fit un pas vers elle, avec un grand sourire : elle sentit son odeur un peu âcre. Elle fut contrainte de reculer. Les autres clients de la taverne étaient figés à leur place. « Qu'est-ce que vous ferez, Mrs. Jamisson ? dit-il en continuant d'avancer vers elle. Vous allez m'envoyer au tapis ? »

Tout en disant ces mots, il leva une main au-dessus de sa tête, dans un geste qui aurait fort bien pu être une illustration de ce qu'il disait et tout aussi bien être une menace.

Lizzie poussa un cri de frayeur et fit un bond en arrière. Ses jambes heurtèrent le siège d'une chaise et elle tomba assise brutalement.

Mack surgit soudain, s'interposant entre Lennox et elle.

« Lennox, dit-il, vous avez levé la main sur une femme. Maintenant voyons si vous la levez sur un homme.

– Quoi ! fit Lennox. Je ne savais pas que c'était toi, planté là dans le coin comme un nègre.

– Et maintenant que vous le savez, qu'est-ce que vous allez faire ?

– Tu es un fichu idiot, McAsh. Tu es toujours du côté des perdants.

– Vous venez d'insulter l'épouse de l'homme à qui vous appartenez : je ne trouve pas ça très habile.

– Je ne suis pas venu ici pour discuter. Je suis venu ici pour jouer aux dés. » Lennox tourna les talons et regagna sa table.

Lizzie se sentait aussi furieuse et déçue que lorsqu'elle était arrivée. Elle se leva. « Allons-nous-en », dit-elle à Mack.

Il ouvrit la porte et elle sortit.

Il fallait qu'elle en sache plus sur la culture du tabac, décida-t-elle une fois calmée. Lennox allait essayer de prendre la direction du domaine et la seule façon dont elle pourrait déjouer ses projets, c'était de persuader Jay qu'elle ferait un meilleur travail. Elle en savait déjà pas mal sur l'exploitation de la plantation, mais elle ne comprenait pas vraiment comment on traitait les plants.

Le lendemain, elle reprit le cabriolet attelé d'un

poney et s'en alla chez le colonel Thumson, conduite par Jimmy.

Au cours des semaines qui s'étaient écoulées depuis la réception, les voisins leur avaient battu froid, surtout à Jay. On les avait invités à deux grandes réceptions mondaines. Mais personne ne les avait priés à une petite fête ou à un dîner intime. Toutefois, quand Jay partit pour Williamsburg, cela se sut apparemment car, depuis lors, Mrs. Thumson était venue rendre visite à Lizzie, et Suzy Delahaye l'avait invitée pour le thé. Elle était consternée qu'on préférât la voir seule, mais Jay avait offensé tout le monde avec ses opinions.

Tout en traversant la plantation Thumson, elle fut frappée par son air de prospérité. Il y avait sur la jetée des rangées de barils. Les esclaves semblaient actifs et en bonne santé. Les hangars étaient peints de frais et les champs bien soignés. Elle aperçut le colonel au milieu d'un pré, s'adressant à un petit groupe d'ouvriers, pour leur montrer comment faire quelque chose. Jay n'allait jamais donner des instructions dans les champs.

Mrs. Thumson était une grosse et aimable femme d'une cinquantaine d'années. Les enfants Thumson, deux garçons, étaient adultes et habitaient ailleurs. Elle servit le thé et demanda à Lizzie des nouvelles de sa grossesse. Celle-ci lui avoua qu'elle avait de temps en temps des douleurs dans le dos et de fréquentes brûlures d'estomac : elle fut soulagée d'apprendre que Mrs. Thumson avait connu exactement les mêmes maux. Elle avait aussi remarqué à une ou deux reprises un léger saignement. Mrs. Thumson fronça les sourcils en disant que ça ne lui était pas arrivé, mais que c'était assez fréquent et qu'elle devrait se reposer davantage.

Mais Lizzie n'était pas venue là pour parler de sa grossesse. Elle fut heureuse de voir le colonel arriver pour le thé. C'était un grand quinquagénaire aux cheveux blancs, fort vigoureux pour son âge. Il lui

341

serra la main d'un air un peu guindé, mais elle l'adoucit aussitôt avec un sourire et un compliment. «Pourquoi votre plantation semble-t-elle tellement plus impressionnante que toutes les autres ?

– Ma foi, répondit-il, c'est bien aimable à vous de le dire. Je dirais que la raison principale en est que je suis ici. Voyez-vous, Bill Delahaye est toujours absent : il joue aux courses de chevaux et parie sur des combats de coqs. John Armstead aime mieux boire que travailler, et son frère passe tous ses après-midi à jouer au billard et aux dés à la taverne du Bac.» Il ne souffla mot de Mockjack Hall.

«Pourquoi vos esclaves ont-ils l'air si énergiques ?

– Oh, cela dépend de la façon dont on les nourrit.» Il était manifestement ravi de faire partager ses connaissances à cette séduisante jeune femme. «Ils travailleront mieux si vous leur donnez chaque jour du poisson salé et de la viande une fois par semaine. Cela coûte cher, mais pas autant que d'acheter de nouveaux esclaves toutes les quelques années.

– Pourquoi tant de plantations ont-elles récemment fait faillite ?

– Il faut comprendre le plant de tabac. C'est une culture qui épuise la terre. Au bout de quatre ou cinq ans, la qualité diminue. Il faut passer à la culture du blé ou du maïs et trouver de nouveaux champs pour votre tabac.

– Mon Dieu, mais vous devez constamment défricher.

– C'est vrai. Chaque hiver, je défriche des bois et je dégage de nouveaux champs pour la culture.

– Mais vous avez de la chance : vous avez tant de terres.

– Les zones boisées ne manquent pas sur votre domaine. Et quand vous en serez venue à bout, vous devriez acheter ou louer davantage de terres. La seule façon de cultiver le tabac, c'est de déplacer sans cesse les plantations.

– Est-ce que tout le monde fait cela ?

– Non. Certains obtiennent du crédit auprès des commerçants en espérant que le cours du tabac va monter pour les sauver. Dick Richards, le précédent propriétaire de votre domaine, a choisi cette solution : voilà comment votre beau-père a fini par devenir propriétaire du domaine. »

Lizzie ne lui dit pas que Jay était allé à Williamsburg pour emprunter de l'argent. « Nous pourrions défricher Stafford Park à temps pour le printemps prochain. »

Stafford Park était un bout de terre vierge séparé de la propriété principale, à quelque quatre lieues en amont. En raison de la distance, on ne s'en occupait guère : Jay avait cherché à louer la parcelle ou à la vendre, mais il n'avait pas trouvé preneur.

« Pourquoi ne pas commencer par Pond Copse ? suggéra le colonel. Ce n'est pas loin de vos hangars de séchage et la terre est bonne. Ce qui me fait penser… » Il jeta un coup d'œil sur la cheminée. « Il faut que j'aille inspecter mes hangars avant qu'il fasse nuit. »

Lizzie se leva.

« Et moi, il faut que je rentre pour parler à mon régisseur.

– N'en faites pas trop, Mrs. Jamisson, dit Mrs. Thumson. N'oubliez pas votre bébé. »

Lizzie sourit. « Je vais me reposer beaucoup aussi, je vous le promets. »

Le colonel Thumson embrassa sa femme puis sortit avec Lizzie. Il l'aida à monter sur le siège du cabriolet puis l'escorta jusqu'à ses hangars. « Si vous voulez bien me pardonner un commentaire personnel, vous êtes une remarquable jeune femme, Mrs. Jamisson.

– Oh, merci, dit-elle.

– J'espère que nous vous verrons plus souvent. » Il sourit et ses yeux bleus pétillaient. Il lui prit la main et, en la portant à ses lèvres pour y poser un baiser, son bras lui effleura le sein, comme par accident. « N'hésitez pas à faire appel à moi chaque fois que je puis vous être de quelque assistance. »

343

Elle s'en alla. Je crois bien, songea-t-elle, que je viens de recevoir ma première proposition d'adultère. Dire que je suis enceinte de six mois. Le vieux dégoûtant ! Elle se disait qu'elle devrait être choquée, mais en fait elle était ravie. Bien sûr, elle ne le prendrait jamais au mot. À vrai dire, elle veillerait désormais à éviter le colonel. Mais c'était quand même flatteur qu'on vous trouve désirable.

« Plus vite, Jimmy, dit-elle. J'ai hâte de souper. »

Le lendemain matin, elle envoya Jimmy convoquer Lennox. Elle ne lui avait pas adressé la parole depuis l'incident de la taverne du Bac. Il lui faisait un peu peur et elle songea à faire venir Mack pour la protéger. Mais elle ne voulait pas croire qu'elle avait besoin d'un garde du corps dans sa propre maison.

Elle s'installa dans un grand fauteuil en bois sculpté qu'on avait dû faire venir d'Angleterre un siècle plus tôt. Lennox arriva deux heures plus tard, avec de la boue sur ses bottes. Ce retard, elle le savait, était sa façon à lui de montrer qu'il n'était pas obligé d'accourir quand elle sifflait. Si elle lui en faisait la remarque, il aurait certainement quelque excuse : elle décida donc de se comporter comme s'il était venu tout de suite.

« Nous allons défricher Pond Copse afin qu'on puisse y planter du tabac au printemps prochain, dit-elle. Je veux que vous commenciez les travaux aujourd'hui. »

Pour une fois, il sembla pris au dépourvu. « Pourquoi ? dit-il.

– Les planteurs de tabac doivent défricher de nouvelles terres chaque hiver. C'est la seule façon de maintenir un rendement élevé. J'ai inspecté la propriété et Pond Copse me paraît l'endroit le plus prometteur. Le colonel Thumson est d'accord avec moi.

– Bill Sowerby n'a jamais fait ça.

– Bill Sowerby n'a jamais gagné d'argent. »

– Qu'est-ce que vous trouvez de mal aux anciens champs ?

– La culture du tabac épuise le sol.

– C'est vrai, fit-il. Mais nous mettons beaucoup d'engrais. »

Elle plissa le front. Thumson n'avait pas parlé d'engrais. « Je ne sais pas... »

Son hésitation lui fut fatale. « Il vaut mieux laisser ces affaires-là aux hommes, dit-il.

– Laissez tomber les homélies, riposta-t-elle. Parlez-moi des engrais.

– La nuit, nous enfermons le bétail dans les champs de tabac pour le fumier. Ça rafraîchit la terre pour la saison suivante.

– Ça ne peut pas être aussi bon que de nouvelles terres », déclara-t-elle. Mais elle n'en était pas sûre.

« C'est tout pareil, insista-t-il. Mais si vous voulez changer, il faudra que vous en parliez à Mr. Jamisson. »

Elle était furieuse de voir Lennox l'emporter, même provisoirement, mais elle devrait bien attendre le retour de Jay. Agacée, elle dit : « Vous pouvez aller maintenant. »

Il eut un petit sourire triomphant et sortit sans ajouter un mot.

Elle s'obligea à se reposer pour le restant de la journée. Mais, le lendemain matin, elle fit son habituelle tournée de la plantation.

Dans les hangars, on commençait à décrocher les plants de tabac en train de sécher afin de pouvoir séparer les feuilles des tiges. Quelques-uns des ouvriers coupaient du bois pour confectionner des barils. D'autres semaient le blé d'hiver dans le carré du Torrent. Lizzie aperçut Mack là-bas, qui travaillait auprès d'une jeune Noire. Ils traversaient le champ labouré en ligne droite, répartissant les grains qu'ils puisaient dans de gros paniers. Lennox suivait, poussant ceux qui travaillaient plus lentement d'un coup de pied ou d'un coup de fouet. C'était un fouet court avec un manche solide et une mèche de deux ou trois pieds en bois souple. Quand il remarqua que Lizzie l'observait, il se mit à l'utiliser plus fréquemment, comme pour la mettre au défi de l'en empêcher.

Elle se détourna et repartit vers la maison. Mais elle n'était pas encore hors de portée de voix qu'elle entendit un cri et se retourna.

L'ouvrière qui travaillait auprès de Mack s'était effondrée sur le sol. C'était Bess, une adolescente d'une quinzaine d'années, grande et maigre : la mère de Lizzie aurait dit qu'elle avait poussé trop vite.

Lizzie se précipita vers la forme allongée, mais Mack était plus près. Il posa son panier et s'agenouilla auprès de Bess. Il lui palpa le front et les mains. «Je crois qu'elle est juste évanouie», annonça-t-il.

Lennox s'approcha et décocha à la fille un coup de sa lourde botte dans les côtes.

Sous le choc, son corps fut agité d'un soubresaut, mais elle n'ouvrit pas les yeux.

«Arrêtez, cria Lizzie. Ne lui donnez pas de coups de pied.

– Paresseuse de garce noire, je vais lui donner une leçon», dit Lennox. Il leva le bras qui tenait le fouet.

«Ne la touchez pas !» dit Lizzie, furieuse.

Il abattit le fouet sur le dos de la fille évanouie.

Mack se releva d'un bond.

«Arrêtez !» cria Lizzie.

Lennox leva de nouveau son fouet.

Mack se planta entre Lennox et Bess.

«Votre maîtresse vous a dit d'arrêter», dit Mack.

Lennox reprit le manche bien en main et frappa Mack en plein visage.

Mack trébucha et porta la main à sa joue. Une boursouflure violacée apparut aussitôt et un filet de sang vint couler entre ses lèvres.

Lennox leva de nouveau le manche de son fouet, mais il n'eut pas l'occasion de l'abaisser.

Ce fut à peine si Lizzie vit ce qui se passait tant ce

fut rapide : en un instant Lennox était à terre, gémissant, et c'était Mack qui tenait le fouet. Il le prit à deux mains, le brisa sur son genou, et le lança d'un geste méprisant sur Lennox.

Lizzie sentit une vague de triomphe. La brute était domptée.

Tout le monde resta planté là un long moment à regarder la scène.

Puis Lizzie dit : « Reprenez votre travail, tout le monde ! »

Les ouvriers tournèrent la tête et recommencèrent à semer. Lennox se remit sur ses pieds, regardant Mack d'un œil noir.

« Pouvez-vous porter Bess jusqu'à la maison ? demanda Lizzie à Mack.

– Bien sûr. » Il la prit dans ses bras.

Ils traversèrent les champs jusqu'à la maison et l'amenèrent dans la cuisine. Quand Mack la déposa sur une chaise, elle avait repris conscience.

Sarah, la cuisinière, était une Noire entre deux âges toujours en sueur. Lizzie l'envoya chercher le cognac de Jay. Après une gorgée, Bess déclara qu'à part des côtes endolories elle se sentait très bien et qu'elle ne comprenait pas pourquoi elle s'était évanouie. Lizzie lui dit de manger quelque chose et de se reposer jusqu'au lendemain.

En quittant la cuisine, elle remarqua l'air grave de Mack. « Qu'y a-t-il ? demanda-t-elle.

– J'ai dû avoir un coup de folie, dit-il.

– Comment pouvez-vous dire une chose pareille ? protesta-t-elle. Lennox a désobéi à un ordre que je lui donnais !

– C'est un homme vindicatif. Je n'aurais pas dû l'humilier.

– Comment peut-il se venger de vous ?

– Facilement. C'est lui le régisseur.

– Je ne le permettrai pas, déclara Lizzie d'un ton décidé.

– Vous ne pouvez pas me surveiller toute la journée.

– Que le diable l'emporte.» Elle ne pouvait pas laisser Mack subir les conséquences de ce qu'il avait fait.

«Je m'enfuirais bien si je savais où aller. Avez-vous jamais vu une carte de Virginie?

– Ne faites pas cela.» Elle plissa le front d'un air songeur, puis une idée lui vint. «Je sais ce qu'il faut faire: vous pouvez travailler dans la maison.»

Il sourit. «J'aimerais bien. Mais je ne vaudrais sans doute pas grand-chose comme maître d'hôtel.

– Non, non... pas comme domestique. Vous pourriez vous charger des travaux. Il faut que je fasse repeindre et installer la nursery.»

Il prit un air méfiant. «Vous parlez sérieusement?

– Bien sûr!

– Ce serait... ce serait merveilleux d'échapper à Lennox.

– Et moi, je me sentirais plus en sécurité si vous n'êtes pas loin. Moi aussi, j'ai peur de Lennox.

– Avec raison.

– Il va vous falloir une chemise neuve, un gilet et des chaussures d'intérieur.»

Elle était ravie à l'idée de l'habiller convenablement.

«Quel luxe! fit-il avec un grand sourire.

– C'est décidé, dit-elle d'un ton déterminé. Vous pouvez commencer tout de suite.»

Les esclaves de la maison commencèrent par se montrer un peu grincheux quand on leur parla de la fête. Ils regardaient de haut ceux qui travaillaient aux champs. Sarah, notamment, n'était pas contente à l'idée de devoir faire la cuisine pour «cette racaille qui mange de la bouillie et du pain de maïs». Mais Lizzie les traita de snobs, les amadoua et, au bout du compte, ils se mirent de la partie.

Le samedi au coucher du soleil, tout le personnel de la cuisine préparait un banquet. Pepper Jones, le joueur de banjo, était arrivé ivre à midi. McAsh lui avait fait boire des litres de thé, puis l'avait fait dormir dans un appentis et maintenant il était dégrisé. Son instrument se composait de quatre cordes en boyau tendues sur une calebasse et émettait un son à mi-chemin entre un piano et un tambour.

Tout en circulant dans la cour pour vérifier les préparatifs, Lizzie se sentait tout excitée. Elle attendait la fête avec impatience. Bien sûr, elle n'allait pas se joindre aux réjouissances : elle devait jouer la Dame généreuse, sereine et hautaine. Mais elle serait ravie de regarder les autres s'amuser.

Quand la nuit tomba, tout était prêt. On avait mis en perce un nouveau tonneau de cidre. Plusieurs gros jambons grésillaient sur des feux en plein air. Des centaines de patates douces cuisaient dans des marmites d'eau bouillante. Et de longs pains blancs de quatre livres attendaient d'être tranchés.

Lizzie marchait de long en large, impatiente, attendant que les esclaves rentrent des champs. Elle espérait qu'ils allaient chanter. Elle les avait parfois entendus, de loin, entonner des mélodies plaintives ou des chansons de travail bien rythmées, mais ils s'arrêtaient toujours quand un des maîtres approchait.

Comme la lune se levait, les vieilles arrivèrent de leurs cases, leur bébé sur la hanche et les petits qui commençaient à marcher traînant dans leurs jupes. Elles ne savaient pas où étaient ceux qui travaillaient aux champs : elles les nourrissaient le matin, puis ne les voyaient pas avant la fin de la journée.

Les autres savaient qu'ils devaient venir à la maison ce soir. Lizzie avait dit à Kobe de s'assurer que tout le monde avait bien compris et on pouvait toujours se fier à lui. Elle-même avait été trop occupée pour aller dans les champs, mais elle se dit qu'ils avaient dû travailler dans les parties les plus lointaines de la plantation et qu'il leur fallait donc longtemps pour rentrer. Elle espérait que les patates douces n'allaient pas être trop cuites et se réduire en bouillie.

Le temps passait. Personne ne se montrait. Une

heure après la tombée de la nuit, elle dut s'avouer qu'il était arrivé quelque chose. La colère montant en elle, elle convoqua McAsh et dit : « Faites venir Lennox ici. »

Cela prit près d'une heure, mais McAsh finit par revenir avec Lennox, qui de toute évidence avait déjà commencé sa soirée de beuverie. Lizzie était maintenant folle de rage. « Où sont les ouvriers agricoles ? interrogea-t-elle. Ils devraient être ici !

– Ah oui, fit Lennox, avec une lenteur délibérée. Ça n'a pas été possible aujourd'hui. »

Son insolence fit comprendre à Lizzie qu'il avait trouvé quelque moyen de déjouer les plans qu'elle avait faits.

« Que diable voulez-vous dire, pas possible ? fit-elle.

– Ils ont coupé du bois pour faire des tonneaux à Stafford Park. » Stafford Park était à quatre lieues en amont. « Il y en a pour quelques jours de travail, alors nous avons dressé un camp là-bas. Ils vont y rester avec Kobe jusqu'à ce que nous ayons fini. »

Il avait fait cela pour la défier. Elle en aurait hurlé. Mais jusqu'au retour de Jay, elle ne pouvait absolument rien faire.

Lennox examina la nourriture qui s'entassait sur les tables à tréteaux. « Quel dommage, vraiment », dit-il, dissimulant à peine sa joie. Il tendit une main sale et arracha un bout de jambon.

Sans réfléchir, Lizzie s'empara d'une fourchette à long manche et la lui planta dans le dos de la main en disant : « Posez ça ! »

Il poussa un cri de douleur et laissa tomber la viande.

Lizzie retira la fourchette.

Il poussa un nouveau cri de douleur. « Sale garce ! hurla-t-il.

– Sortez d'ici et que je ne vous voie plus avant le retour de mon mari », déclara Lizzie.

Pendant un long moment, il la dévisagea d'un air furibond, comme s'il allait l'attaquer. Puis il serra sa main ensanglantée sous son aisselle et partit en courant.

Lizzie sentit les larmes lui monter aux yeux. Ne voulant pas que le personnel la voie pleurer, elle tourna les talons et se précipita dans la maison. Dès qu'elle se retrouva seule dans le salon, elle se mit à sangloter de déception. Elle se sentait seule et malheureuse.

Au bout d'une minute, elle entendit la porte s'ouvrir. La voix de Mack dit : « Je suis désolé. »

Sa compassion fit redoubler les pleurs de Lizzie. Quelques instants plus tard, elle sentit autour d'elle les bras de Mack. C'était profondément réconfortant. Elle posa la tête sur son épaule et pleura, pleura encore. Il lui caressa les cheveux et baisa ses joues ruisselantes de larmes. Peu à peu, ses sanglots s'apaisèrent, son chagrin se calma. Elle aurait voulu qu'il la tienne comme ça toute la nuit.

Puis elle se rendit compte de ce qu'elle était en train de faire.

Horrifiée, elle s'arracha à ses bras. Elle était une femme mariée, enceinte de six mois, et elle avait laissé un serviteur l'embrasser ! « À quoi est-ce que je pense ? fit-elle, incrédule.

– Vous ne pensez pas, dit-il.

– Maintenant, dit-elle, si. Sortez ! »

L'air triste, il tourna les talons et quitta la pièce.

29

Le lendemain de la fête manquée de Lizzie, Mack eut des nouvelles de Cora. C'était dimanche et il se rendit à Fredericksburg revêtu de ses nouveaux habits. Il avait besoin de chasser de son esprit l'image de Lizzie Jamisson, avec ses cheveux noirs et souples, la douceur de ses joues et le sel de ses larmes. Pepper Jones, qui avait passé la nuit dans les quartiers des esclaves, l'accompagna, son banjo en bandoulière.

Pepper était un homme mince et énergique d'une cinquantaine d'années. Il parlait couramment l'anglais, ce qui indiquait qu'il était en Amérique depuis bien des années. Mack lui demanda : « Comment en es-tu arrivé à être affranchi ?

– Je suis né affranchi, répondit-il. Ma mère était blanche, même si ça ne se voit pas. Mon père était un fugitif qui a été repris avant ma naissance : je ne l'ai jamais vu. »

Chaque fois qu'il en avait l'occasion, Mack posait des questions sur les évasions. « C'est vrai, ce que dit Kobe : que tous les fugitifs se font prendre ? »

Pepper éclata de rire. « Fichtre non. La plupart se font prendre, mais la plupart sont stupides. C'est surtout comme ça qu'ils se font pincer.

– Alors, si on n'est pas stupide... ? »

Il haussa les épaules. « Ça n'est pas facile. Dès que tu t'enfuis, le maître fait passer une annonce dans le journal, avec ton signalement et la description des vêtements que tu portais. »

Cela coûtait si cher de s'habiller que les fuyards avaient du mal à se changer. « Mais on peut éviter de se montrer.

– Il faut quand même manger. Ça veut dire que tu dois trouver du travail, si tu restes dans les colonies. Et tout homme susceptible de t'employer a probablement lu dans le journal l'avis de recherche qui te concerne.

– Ces planteurs ont vraiment tout prévu.

– Ça n'a rien d'étonnant. Toutes les plantations emploient des esclaves, des forçats et des serviteurs sous contrat. S'ils n'avaient pas un système pour rattraper les fugitifs, il y a belle lurette que les planteurs seraient morts de faim. »

Mack était songeur. « Mais tu disais : si on reste dans les colonies. Qu'entends-tu par là ?

– À l'ouest d'ici, il y a les montagnes. Et de l'autre

côté des montagnes, le désert. Là-bas, pas de journaux, pas de plantations non plus. Pas de shérifs, pas de juges, pas de bourreaux.

– C'est grand, ce territoire ?

– Je n'en sais rien. Certains disent qu'il s'étend sur des centaines de milles avant qu'on arrive à la mer, mais je n'ai jamais rencontré personne qui soit allé là-bas. »

Mack avait parlé du désert avec bien des gens, mais Pepper était le premier auquel il avait tendance à faire confiance. Les autres racontaient ce qui manifestement n'était que des récits fantaisistes et non pas des faits : Pepper, du moins, avouait qu'il ne savait pas tout. Comme toujours, Mack était passionné. « Mais sûrement un homme pourrait disparaître de l'autre côté des montagnes sans qu'on le retrouve jamais !

– C'est vrai. Il pourrait aussi être scalpé par les Indiens et tué par les lions des montagnes. Ce qui est plus probable, c'est qu'il mourrait de faim.

– Comment le sais-tu ?

– J'ai rencontré des pionniers qui revenaient de là-bas. Ils s'échinent pendant quelques années, ils transforment quelques arpents de terre en un carré de boue inutile, et ensuite ils abandonnent.

– Mais il y en a qui réussissent ?

– La plupart, je suppose. Sinon il n'existerait pas un pays comme l'Amérique.

– À l'ouest d'ici, disais-tu, fit Mack d'un ton songeur. À quelle distance sont les montagnes ?

– À une centaine de milles, à ce qu'on dit.

– Si près !

– C'est plus loin que tu penses. »

Un des esclaves du colonel Thumson qui emmenait une charrette en ville les fit monter avec lui. Sur les routes de Virginie, esclaves et forçats s'entraidaient toujours.

La ville était animée : dimanche, c'était le jour où

les ouvriers des plantations alentour venaient pour assister à la messe, s'enivrer ou les deux. Certains des forçats méprisaient les esclaves, mais Mack estimait qu'il n'avait aucune raison de se sentir supérieur. Il s'était donc fait de nombreux amis et connaissances.

Ils allèrent à la taverne de Whitey Jones. On l'appelait Whitey à cause de la couleur de sa peau, un mélange de noir et de blanc : et puis il vendait de l'alcool aux Noirs même si c'était interdit par la loi. Il s'exprimait tout aussi bien dans le petit nègre parlé par la majorité des esclaves que dans le dialecte virginien de ceux qui étaient nés en Amérique. Son établissement était une salle au plafond bas qui sentait la fumée de bois, pleine de Noirs et de pauvres Blancs qui jouaient aux cartes et buvaient. Mack n'avait pas d'argent, mais Pepper Jones avait été payé par Lizzie et il offrit à Mack une pinte de bière.

Mack but avec ravissement : ça lui arrivait rarement ces temps-ci. Pendant qu'ils étaient attablés, Pepper demanda : «Dis donc, Whitey, es-tu jamais tombé sur quelqu'un qui ait traversé les montagnes ?

— Je pense bien, fit Whitey. Il y avait un trappeur une fois ici, et il a dit qu'il n'avait jamais vu autant de gibier que par là-bas. À ce qu'il paraît, ils sont toute une bande à franchir la montagne chaque année et à revenir chargés de fourrures.

— Il t'a expliqué quelle route il prenait ?

— Il me semble qu'il a dit qu'il y avait une passe qu'on appelait le col de Cumberland.

— Le col de Cumberland, répéta Mack.

— Dis donc, Mack, reprit Whitey, est-ce que tu ne cherchais pas à avoir des nouvelles d'une fille blanche qui s'appelle Cora ?»

Mack sentit son cœur bondir dans sa poitrine. «Mais si... tu as entendu parler d'elle ?

— Je l'ai vue : maintenant je sais pourquoi tu es fou d'elle. Et il leva les yeux au ciel.

« C'est une jolie fille, Mack ? demanda Pepper d'un ton taquin.

– Plus jolie que toi, Pepper. Allons, Whitey, où l'as-tu vue ?

– Auprès du fleuve. Elle portait un manteau vert et elle avait un panier : elle prenait le bac pour aller à Falmouth. »

Mack sourit. Le manteau, le fait qu'elle prenait le bac au lieu de patauger en traversant à gué, tout indiquait qu'elle était retombée sur ses pieds. On avait dû la vendre à un bon maître. « Comment as-tu su qui elle était ?

– Le pilote du bac l'a appelée par son nom. »

Mack termina sa bière. « Elle doit habiter Falmouth : c'est pour ça que je n'ai jamais entendu parler d'elle la première fois que j'ai demandé aux gens de Fredericksburg.

– Eh bien, maintenant tu as de ses nouvelles. » Mack but ce qu'il lui restait de bière. « Et je m'en vais la trouver. Whitey, tu es un frère. Pepper, merci pour la bière.

– Bonne chance ! »

Mack sortit de la ville. Fredericksburg avait été construit à l'endroit où les eaux du Rappahannock cessent d'être navigables. Les gros navires pouvaient remonter jusque-là, mais seules des péniches pouvaient s'aventurer au-delà. Mack marchait en direction du gué où il pourrait traverser à pied.

Il était tout excité. Qui avait acheté Cora ? Comment vivait-elle ? Et savait-elle ce qu'il était advenu de Peg ? Si seulement il pouvait les retrouver toutes les deux et tenir sa promesse, il pourrait commencer à faire sérieusement des plans d'évasion. Les récits de Pepper évoquant les terres de l'autre côté des montagnes avaient ranimé ses espoirs. Il rêvait de quitter la plantation et d'être enfin son propre maître.

Il avait aussi grande hâte de revoir Cora. À l'idée de l'embrasser, il éprouva un élan de remords. Il avait rêvé qu'il embrassait Lizzie. Un rêve stupide :

elle était l'épouse d'un autre et il n'avait aucun avenir avec elle.

Falmouth était une réplique de Fredericksburg en plus petit : mêmes quais, mêmes entrepôts, mêmes tavernes et mêmes maisons de bois peint. Mack aurait sans doute pu faire la tournée de toutes les résidences en deux heures.

Il entra dans la première taverne qu'il trouva et s'adressa au propriétaire. « Je cherche une jeune femme du nom de Cora Higgins.

– Cora ? Elle habite la maison blanche juste au coin : vous verrez sans doute trois chats qui dorment sur la véranda. »

Décidément, c'était son jour de chance. « Merci ! »

L'homme tira une montre de son gousset et y jeta un coup d'œil. « Mais elle ne sera pas là à cette heure-ci : elle doit être à l'église.

– J'ai vu l'église. Je vais y aller. »

Cora n'avait jamais été pratiquante, mais peut-être son maître l'obligeait-il à aller à la messe, se dit Mack en sortant. Il traversa la rue et parcourut les deux blocs qui le séparaient de la petite chapelle en bois.

Le service venait de se terminer et les fidèles endimanchés échangeaient quelques mots sous le porche.

Mack aperçut tout de suite Cora.

En la voyant, il eut un grand sourire. Elle avait assurément eu de la chance. La créature crasseuse et affamée qu'il avait laissée à bord du *Rosebud* avait fait place à une autre femme. Cora avait retrouvé son aspect d'antan : peau claire, cheveux brillants, silhouette plantureuse. Elle était toujours aussi bien vêtue : manteau marron, jupe de laine et bonnes bottines. Il se félicita soudain d'avoir la chemise neuve et le gilet que Lizzie lui avait donnés.

Cora discutait avec animation avec une vieille femme appuyée sur une canne. En le voyant approcher, elle interrompit sa conversation. « Mack ! fit-elle, ravie. Mais c'est un miracle ! »

Il ouvrit les bras pour l'étreindre mais elle lui tendit la main : il se dit qu'elle ne voulait pas se donner en spectacle devant l'église. Il serra sa main dans les siennes et dit : « Tu es merveilleuse. » Elle sentait bon aussi : non pas le parfum boisé et épicé dont elle s'aspergeait à Londres, mais une odeur de fleurs plus légère qui convenait mieux à une dame.

« Qu'est-ce qu'il t'est arrivé ? dit-elle en retirant sa main. Qui t'a acheté ?

– Je suis sur la plantation Jamisson, et Lennox est le régisseur.

– C'est lui qui t'a frappé au visage ? »

Mack palpa sa joue endolorie là où Lennox lui avait donné un coup de fouet. « Oui, mais je lui ai pris son fouet et je l'ai cassé en deux. »

Elle sourit. « Je te reconnais bien là : toujours des histoires.

– C'est vrai. As-tu des nouvelles de Peg ?

– Elle a été emmenée par les conducteurs d'âmes, Bates et Makepiece. »

Mack sentit son cœur se serrer. « Bon sang. Ça va être dur de la retrouver.

– Je demande toujours de ses nouvelles, mais je n'ai encore rien appris.

– Et toi, qui t'a achetée ? Un maître bienveillant, à te voir ! »

Sur ces entrefaites, un homme d'une cinquantaine d'années, bien en chair et richement vêtu, survint. Cora dit : « Le voilà : Alexander Rolley, le courtier en tabac.

– De toute évidence, il te traite bien ! » murmura Mack.

Rolley serra la main de la vieille femme et lui dit un mot, puis se tourna vers Mack.

« Je vous présente Malachi McAsh, dit Cora, un vieil ami de Londres. Mack, voici Mr. Rolley... mon mari. »

Mack la dévisagea, muet de surprise.

Rolley passa un bras possessif autour des épaules de Cora tout en serrant la main de Mack. « Comment allez-vous, McAsh ? » dit-il. Et, sans un mot de plus, il entraîna Cora.

Pourquoi pas ? se dit Mack en reprenant la route qui le ramenait à la plantation Jamisson.

Il était déçu. Dans un instant d'affolement, Cora lui avait fait promettre de chercher à la retrouver. Mais elle l'avait oublié dès que s'était présentée pour elle la chance d'une vie facile.

Certes elle avait des excuses. Et un sacré culot. Ça n'avait pas dû être facile de se faire épouser par un riche négociant dans une petite bourgade comme Falmouth. Maintenant, elle jouait les épouses respectables et allait peut-être même donner des enfants à Rolley.

C'était étrange : il avait eu deux femmes dans sa vie, Annie et Cora. Toutes deux en avaient épousé un autre. Cora allait se coucher tous les soirs avec un gros négociant en tabac deux fois plus âgé qu'elle, et Annie était enceinte de l'enfant de Jimmy Lee. Il se demandait s'il aurait jamais une vie de famille normale, avec une femme et des enfants.

Il se secoua. Il aurait pu l'avoir s'il l'avait vraiment voulu. Mais il avait refusé de s'installer et d'accepter ce que le monde lui offrait. Il en voulait davantage.

Il voulait être libre.

30

Jay partit pour Williamsburg avec de grands espoirs. Il avait été dépité de découvrir les opinions politiques de ses voisins – tous des whigs libéraux. Mais il était certain que dans la capitale de la colonie il allait trouver des hommes fidèles au roi, des hommes qui l'accueilleraient comme un allié estimable et seraient prêts à promouvoir sa carrière politique.

Williamsburg était une petite ville, mais imposante. À chaque extrémité de la rue principale, longue de un mille, se dressaient deux impressionnants bâtiments de brique bien dans le style anglais. Leur vue rasséréna Jay, tant ils évoquaient la puissance de la monarchie. Il y avait un théâtre, des boutiques, et des artisans qui confectionnaient des chandeliers en argent et des tables de salle à manger en acajou. Chez l'imprimeur Purdie & Dixon, Jay acheta la *Gazette de Virginie*, dont la rubrique des petites annonces semblait essentiellement consacrée aux esclaves en fuite.

Les riches planteurs qui constituaient l'élite dirigeante de la colonie résidaient sur leurs propriétés. Ils venaient en ville pour les sessions du Parlement et logeaient alors dans des auberges. Jay s'installa à la taverne Raleigh, un petit édifice de planches peint en blanc avec des chambres aménagées dans le grenier.

Il passa au palais du gouverneur ou il laissa sa carte avec un petit mot, mais il dut attendre trois jours pour obtenir un rendez-vous avec le baron de Botetourt. Quand il reçut enfin son invitation, ce n'était pas pour une audience privée, comme il s'y attendait, mais pour une réception. De toute évidence, le gouverneur ne s'était pas encore rendu compte que Jay était un allié important dans un environnement hostile.

Le palais était situé au bout d'une longue allée qui, du milieu de la rue principale, remontait vers le nord. C'était également une construction en brique de style anglais, avec de hautes cheminées et des fenêtres mansardées. L'imposant hall d'entrée était décoré de couteaux, de pistolets et de mousquets savamment disposés sur les murs comme pour souligner la puissance militaire du roi.

Botetourt était, hélas, tout à l'opposé de ce qu'avait espéré Jay. La Virginie avait besoin d'un gouverneur énergique et austère qui ferait impression sur les colons mutins, mais Botetourt se révéla être un gros homme fort aimable : on aurait dit un négociant en vin prospère accueillant ses clients pour une dégustation.

Jay le regarda saluer ses invités dans la longue salle de bal. L'homme ne se doutait absolument pas des complots subversifs qui se tramaient dans l'esprit des planteurs.

Bill Delahaye était là. Il serra la main de Jay. « Que pensez-vous de notre nouveau gouverneur ?

— Je ne suis pas sûr qu'il comprenne à quoi il s'est attaqué, dit Jay.

— Il est peut-être plus malin qu'il n'en a l'air, répondit Delahaye.

— Je l'espère.

— Il y a une grande partie de cartes demain soir, Jamisson : voudriez-vous que je vous emmène ? »

Jay n'avait pas joué depuis son départ de Londres. « Volontiers. »

Dans la salle à manger derrière la salle de bal, on servait du vin et des pâtisseries. Delahaye présenta Jay à quelques autres invités. Un homme robuste à l'air prospère, âgé d'une cinquantaine d'années, dit d'un ton froid : « Jamisson ? Les Jamisson d'Édimbourg ? »

Jay était certain de n'avoir jamais rencontré ce personnage ; pourtant son visage lui parut vaguement familier. « Ma résidence familiale est Jamisson Castle à Fife, répondit Jay.

— Le château qui appartenait jadis à William McClyde ?

— En effet. » Jay se rendit compte que l'homme lui rappelait Robert : il avait les mêmes yeux clairs et la bouche énergique. « Je ne crois malheureusement pas avoir entendu votre nom…

— Je suis Hamish Drome. Ce château aurait dû être le mien. »

Jay était stupéfait. Drome était le nom de famille

d'Olive, la mère de Robert. « Vous êtes donc le parent disparu qui est parti pour la Virginie !

– Vous devez être le fils de George et d'Olive.

– Non, c'est mon demi-frère, Robert. Olive est morte et mon père s'est remarié. Je suis le cadet.

– Ah ! Et Robert vous a poussé hors du nid, tout comme sa mère l'a fait avec moi. »

Il y avait dans les remarques de Drome un accent un peu insolent, mais Jay était intrigué par ce que l'homme sous-entendait. Il se rappelait les révélations d'ivrogne faites par Peter McKay lors du mariage. « J'ai entendu dire qu'Olive avait falsifié le testament.

– Je pense bien… et elle a aussi assassiné oncle William.

– Quoi ?

– Sans aucun doute. William n'était pas malade. C'était un hypocondriaque, qui se plaisait simplement à croire qu'il était souffrant. Il aurait dû vivre jusqu'à un âge avancé. Mais, six mois après l'arrivée d'Olive, il avait modifié son testament et il était mort. Cette femme est un fléau.

– Ah ! » Jay éprouvait une étrange satisfaction. La sacro-sainte Olive, dont le portrait était accroché à la place d'honneur dans le hall de Jamisson Castle, était une meurtrière. Jay n'avait jamais aimé la façon dont on la révérait : il accueillit donc avec satisfaction cette révélation. « Alors, vous n'avez rien eu ? demanda-t-il à Drome.

– Pas un arpent. Je suis arrivé ici avec six douzaines de paires de bas en laine de Shetland et je suis aujourd'hui le plus grand chemisier de Virginie. Je n'ai jamais écrit au pays. J'avais peur qu'Olive ne trouve un moyen de me prendre ça aussi.

– Mais comment aurait-elle pu ?

– Je ne sais pas. Simple superstition, peut-être. Je suis heureux d'apprendre qu'elle est morte. Est-ce que son fils lui ressemble ?

– J'ai toujours trouvé qu'il ressemblait à mon père. Il est d'une avidité insatiable.

– Si j'étais vous, je ne lui donnerais pas mon adresse.

– Il va hériter de toutes les affaires de mon père : je ne peux pas imaginer qu'il voudrait ma petite plantation en plus.

– N'en soyez pas si sûr», fit Drome. Mais Jay pensa qu'il dramatisait les choses.

Jay n'eut le gouverneur Botetourt pour lui tout seul qu'à la fin de la soirée, au moment où les invités sortaient par le jardin. Il prit le gouverneur par la manche et lui dit à mi-voix : «Je tiens à ce que vous sachiez que je suis totalement fidèle à votre personne et à la Couronne.

– Splendide, splendide, fit Botetourt d'une voix forte. C'est bien aimable à vous de me le dire.

– Je suis arrivé ici récemment et j'ai été scandalisé par l'attitude des hommes les plus importants de la colonie... scandalisé. Quand vous serez prêt à écraser la traîtrise et à réprimer cette opposition déloyale, je serai dans votre camp.»

Botetourt le regarda longuement. Il le prenait enfin au sérieux et Jay sentit que, derrière ses façons affables, se cachait un habile politicien. «Vous êtes bien bon... mais espérons qu'il ne faudra pas trop écraser ni réprimer. J'estime que la persuasion et la négociation valent beaucoup mieux : les effets en sont plus durables, vous savez. Major Wilkinson... mon Dieu, Mrs. Wilkinson... c'est si aimable à vous d'être venus.»

La persuasion et la négociation, se dit Jay en sortant dans le jardin. Botetourt était tombé dans un nœud de vipères et il voulait négocier avec ces gens-là. Jay dit à Delahaye : «Je me demande combien de temps il lui faudra pour comprendre les réalités d'ici.

– Je pense qu'il les comprend déjà, fit Delahaye. Il ne croit tout simplement pas devoir montrer les dents avant d'être prêt à mordre.»

Le lendemain, l'affable nouveau gouverneur prononça la dissolution de l'Assemblée générale.

Matthew Murchman habitait une maison de planches peinte en vert. Il traitait ses affaires dans le salon, entouré de documents et de livres de droit. C'était un petit homme gris et nerveux comme un écureuil, qui fonçait toujours d'un côté à l'autre de la pièce pour aller prendre un papier dans une pile et l'enfouir sous une autre.

Jay signa les documents hypothéquant la plantation. Le montant du prêt le déçut : seulement quatre cents livres sterling. « J'ai eu de la chance d'en obtenir autant, dit Murchman d'une voix flûtée. Avec le tabac qui marche si mal, je ne sais même pas si on pourrait vendre le domaine pour cette somme-là.

– Qui est le prêteur ? demanda Jay.

– Un syndicat, capitaine Jamisson. C'est ainsi qu'on opère de nos jours. Y a-t-il des encours que vous aimeriez me voir régler sur-le-champ ? »

Jay avait apporté avec lui une liasse de factures, toutes les dettes qu'il avait accumulées depuis son arrivée en Virginie, voilà près de trois mois. Il les tendit à Murchman qui les parcourut rapidement et dit : « Il y en a là pour une centaine de livres. Je vous donnerai des billets à ordre pour tout cela avant que vous quittiez la ville. Prévenez-moi si vous achetez quelque chose pendant votre séjour.

– Je le ferai sans doute, dit Jay. Un certain Mr. Smythe vend un attelage avec une magnifique paire de chevaux gris. Et j'ai besoin de deux ou trois esclaves.

– Je ferai savoir que vous avez des fonds chez moi. »

Jay n'aimait pas beaucoup l'idée de laisser tout l'argent qu'il empruntait entre les mains de l'homme de loi. « Procurez-moi cent livres en or, dit-il. Il y a une partie de cartes au Raleigh ce soir.

– Mais certainement, capitaine Jamisson. C'est votre argent ! »

Il ne restait pas grand-chose des quatre cents livres quand Jay revint à la plantation dans son nouvel équipage. Il avait perdu aux cartes, il avait acheté quatre esclaves femelles et il n'avait pas réussi à faire baisser le prix de Mr. Smythe pour la voiture et les chevaux.

Toutefois, il avait réglé toutes ses dettes. Il allait simplement obtenir du crédit des commerçants locaux comme il l'avait fait auparavant. La première récolte de tabac serait prête pour la vente peu après Noël : ces rentrées d'argent lui permettraient de payer ses factures.

Il redoutait un peu ce que Lizzie pourrait dire à propos de la voiture, mais, à son grand soulagement, ce fut à peine si elle en parla. De toute évidence elle avait autre chose en tête qu'elle brûlait d'envie de lui conter.

Comme toujours, c'est quand elle était animée qu'elle était le plus séduisante : ses yeux sombres lançaient des éclairs et sa peau devenait toute rose. Il n'éprouvait toutefois plus une flambée de désir chaque fois qu'il l'apercevait. Depuis qu'elle était enceinte, il hésitait. Il imaginait que c'était mauvais pour le bébé que la mère eût des rapports sexuels pendant sa grossesse. Mais ce n'était pas sa véritable raison. Le fait que Lizzie fût mère le troublait quelque peu. L'idée que des mères puissent avoir des désirs charnels ne lui plaisait pas. De toute façon, la chose devenait rapidement impraticable : son ventre gonflé commençait à être trop gros.

À peine l'eut-il embrassée qu'elle dit : « Bill Sowerby s'est enfui.

– Vraiment ? » Jay en fut surpris. L'homme était parti sans ses gages. « Heureusement que nous avions Lennox pour le remplacer.

– Je crois que c'est Lennox qui l'a fait partir. Apparemment, Sowerby lui devait beaucoup d'argent qu'il avait perdu aux cartes. »

Ça n'avait rien d'extraordinaire. « Lennox est un bon joueur.

– Lennox veut être régisseur. »

Ils étaient debout sur le perron et, là-dessus, Lennox déboucha à l'angle de la maison. Avec son manque de grâce habituel, il ne salua pas le retour de Jay. Il se contenta de dire : « Il vient d'arriver un chargement de morues salées en baril.

– C'est moi qui l'ai commandé, dit Lizzie. C'est pour les ouvriers agricoles. »

Jay parut agacé. « Pourquoi voulez-vous leur donner du poisson ?

– Le colonel Thumson dit qu'ils travaillent mieux. Il donne à ses esclaves du poisson salé tous les jours et de la viande une fois par semaine.

– Le colonel Thumson est plus riche que moi. Renvoyez-moi cela, Lennox.

– Jay, protesta Lizzie. Ils vont avoir à travailler dur cet hiver. Il faut défricher tous les bois de Pond Copse pour qu'on puisse y planter du tabac au printemps prochain.

– Ça n'est pas nécessaire, s'empressa de dire Lennox. Avec de bons engrais, les champs qui restent sont encore vigoureux.

– On ne peut pas les fumer perpétuellement, répliqua Lizzie. Le colonel Thumson défriche des terres chaque hiver. »

Jay se rendit compte que c'était une discussion qu'ils avaient déjà eue tous les deux.

« Nous n'avons pas assez de main-d'œuvre, dit Lennox. Même avec les hommes du *Rosebud*, nous pouvons tout juste planter les champs que nous avons. Le colonel Thumson a plus d'esclaves que nous.

– C'est parce qu'il gagne plus d'argent… grâce à de meilleures méthodes, déclara Lizzie d'un ton triomphant.

– Les femmes, ricana Lennox, ne comprennent pas ces choses-là.

– Laissez-nous, je vous prie, Mr. Lennox, lança Lizzie… immédiatement. »

Lennox avait l'air furieux, mais il s'éloigna.

« Jay, dit-elle, il faut que vous vous débarrassiez de lui.

– Je ne vois pas pourquoi…

– Ce n'est pas seulement qu'il est brutal. Terroriser les gens, c'est la seule chose qu'il sache faire. Il ne comprend rien à la culture, il ne connaît rien au tabac… et le pire, c'est que ça ne l'intéresse pas d'apprendre.

– Il sait faire travailler les ouvriers.

– Inutile de les faire trimer si le travail qu'ils font donne de mauvais résultats !

– Vous êtes tout d'un coup devenue experte en tabac.

– Jay, j'ai grandi sur une vaste propriété et je l'ai vue tomber en faillite : non pas à cause de la paresse des paysans, mais parce que mon père est mort et que ma mère ne savait pas gérer un domaine. Je vous vois maintenant commettre toutes les erreurs qui me sont familières : rester absent trop longtemps, confondre dureté et discipline, laisser quelqu'un d'autre prendre les décisions stratégiques. Vous ne dirigeriez pas un régiment comme ça !

– Vous ne connaissez rien au commandement d'un régiment.

– Mais vous ne connaissez rien à l'exploitation d'une ferme ! »

Jay sentait la colère monter en lui, mais il se contint. « Alors, que me demandez-vous de faire ?

– De congédier Lennox.

– Mais qui le remplacerait ?

– Nous pourrions le faire ensemble.

– Je n'ai aucune envie d'être un fermier !

– Alors, laissez-moi m'en charger. »

Jay hocha la tête. « C'est bien ce que je pensais.

– Que voulez-vous dire par là ?

– Tout cela, c'est simplement pour que vous puissiez diriger, n'est-ce pas ? »

Il craignait de la voir exploser mais, au lieu de cela, elle resta très calme. « C'est ce que vous pensez vraiment ?

– En vérité, oui.

– Je tente de vous sauver. Vous courez droit au désastre. Je me bats pour vous en empêcher et vous croyez que j'ai simplement envie de mener tout le monde à la baguette. Si c'est l'idée que vous vous faites de moi, pourquoi diable m'avez-vous épousée ? »

Il n'aimait pas l'entendre utiliser ce genre de vocabulaire : c'était trop masculin. « En ce temps-là, vous étiez jolie. »

Les yeux de Lizzie lancèrent des éclairs, mais elle ne dit rien. Elle se contenta de tourner les talons et de s'engouffrer dans la maison.

Jay poussa un soupir de soulagement. Cela ne lui arrivait pas souvent d'avoir le dernier mot.

Au bout d'un moment, il la suivit. Il fut surpris de trouver McAsh dans le hall, arborant un gilet et des chaussures, et occupé à poser un carreau neuf à une vitre. Que diantre faisait-il dans la maison ?

« Lizzie ! » cria Jay. Il entra dans le salon et la trouva là. « Lizzie, je viens de voir McAsh dans le hall.

– C'est moi qui l'ai chargé de l'entretien. Il va repeindre la nursery.

– Je ne veux pas de cet homme dans ma maison. »

La réaction de Lizzie prit Jay au dépourvu. « Eh bien, lança-t-elle, il va falloir vous y faire.

– Enfin…

– Je ne veux pas être seule ici tant que Lennox est sur la propriété. Je le refuse absolument, vous comprenez ?

– Très bien…

– Si McAsh s'en va, je pars aussi ! » Elle sortit en trombe du salon.

« Très bien ! » dit-il au moment où elle claquait la

porte. Il n'allait pas faire une scène à propos d'un fichu forçat. Si elle voulait que cet homme peigne la nursery, eh bien, qu'il le fasse.

Il vit sur le buffet une lettre cachetée qui lui était adressée. Il la prit et reconnut l'écriture de sa mère. Il s'assit auprès de la fenêtre et ouvrit l'enveloppe.

7, Grosvenor Square
Londres
15 septembre 1768

Mon cher fils,
Le nouveau puits de High Glen a été remis en état après l'accident et l'exploitation du charbon a repris.

Jay sourit. Sa mère pouvait être très femme d'affaires.

Robert a passé là-bas plusieurs semaines à unir les deux propriétés et à s'arranger pour qu'elles soient gérées comme un seul domaine.
J'ai dit à ton père que tu devrais percevoir des droits sur le charbon, puisque la terre t'appartient. Il m'a répondu qu'il payait l'intérêt des hypothèques. Je crains toutefois que le facteur décisif n'ait été la façon dont tu as pris les meilleurs forçats du Rosebud. *Ton père était fou de rage, et Robert aussi.*

Jay se sentit stupide et furieux. Il avait cru pouvoir obtenir ces hommes impunément. Il n'aurait pas dû sous-estimer son père.

Je vais continuer à harceler ton père à ce propos. Avec le temps, je suis certaine qu'il cédera.

«Dieu vous bénisse, Mère», dit Jay. Même s'il n'était pas sûr de jamais la revoir, elle continuait à défendre ses intérêts.

La lettre continuait avec des nouvelles plus badines, sur la santé des uns et des autres et la vie mondaine à Londres. Puis, à la fin, elle revenait aux affaires.

Robert est maintenant parti pour la Barbade. Je ne sais pas très bien pourquoi. Mon instinct me dit qu'il complote contre toi. Je n'arrive pas à imaginer comment il pourrait te nuire, mais il est impitoyable et plein de ressources. Reste toujours sur tes gardes, mon fils.
Ta mère qui t'aime,

Alicia Jamisson.

Jay reposa la lettre d'un air songeur. Il avait le plus profond respect pour l'intuition de sa mère mais il pensait tout de même que ses craintes étaient exagérées. La Barbade, c'était loin. Et même si Robert venait en Virginie, il ne pouvait en rien nuire à Jay maintenant... n'est-ce pas?

31

Dans l'aile qui abritait l'ancienne nursery, Mack découvrit une carte.

Il avait redécoré deux des trois pièces et il était en train de déblayer la salle d'étude. C'était la fin de l'après-midi : il se mettrait sérieusement au travail demain. Il trouva un coffre de livres un peu moisis et de bouteilles d'encre vides : il en tria le contenu en se demandant ce qui valait la peine d'être sauvé. La carte était là, soigneusement pliée dans un étui en cuir. Il l'ouvrit et l'inspecta.

C'était une carte de Virginie.

Tout d'abord, il faillit sauter de joie, mais son enthousiasme ne tarda pas à se dissiper lorsqu'il se rendit compte qu'il n'y comprenait rien.

Des noms l'intriguèrent jusqu'au moment où il s'aperçut qu'ils étaient écrits dans une langue étrangère : sans doute du français. Le territoire au nord-est s'appelait « Partie de New Jersey », et tout ce qui était à l'ouest des montagnes s'appelait Louisiane, mais cette partie de la carte ne portait rien d'autre que le nom.

Peu à peu, il finit par mieux comprendre. Les traits fins étaient des rivières, les lignes plus épaisses marquaient les frontières entre une colonie et sa voisine et les traits les plus gros étaient des massifs montagneux. Il examina la carte, fasciné, passionné : c'était son passeport pour la liberté.

Il découvrit que le Rappahannock était un fleuve qui traversait la Virginie, depuis les montagnes à l'ouest jusqu'à la baie de Chesapeake à l'est. Il trouva Fredericksburg sur la rive sud. Impossible d'estimer les distances, mais Pepper Jones avait dit qu'il y avait cent milles jusqu'aux montagnes. Si la carte était exacte, c'était de nouveau la même distance jusqu'à l'autre versant du massif montagneux. Mais rien n'indiquait l'existence d'une route qui le traversait.

Il éprouva un mélange de griserie et de déception. Il savait enfin où il était, mais la carte semblait lui dire qu'il n'y avait pas d'issue.

Le massif montagneux se rétrécissait vers le sud et ce fut cette partie-là que Mack étudia : il remonta le cours des rivières jusqu'à leur source en cherchant un passage. Tout à fait au sud, il tomba sur ce qui semblait être un col où naissait la rivière Cumberland.

Il se rappela que Whitey lui avait parlé du col de Cumberland.

Voilà : c'était là le passage.

C'était un long voyage. Mack estima la distance à quatre cents milles, aussi loin que d'Édimbourg à Londres : deux semaines en diligence. Ce serait certainement bien plus long sur les routes défoncées et les pistes de Virginie.

Mais, de l'autre côté de ces montagnes, un homme pouvait être libre.

Il replia soigneusement la carte et la remit dans son étui, puis il reprit son travail. Il la regarderait encore.

Si seulement il pouvait trouver Peg, songea-t-il en balayant la pièce. Il devait absolument savoir si elle allait bien avant de s'enfuir. Si elle était heureuse, il la laisserait. Mais, si elle avait un maître cruel, il l'emmènerait avec lui.

Quand il fit trop sombre pour travailler, Mack quitta la nursery et descendit l'escalier. Il enfila son vieux manteau de fourrure avant de sortir : il faisait froid dehors. Sur le seuil, il vit un groupe d'esclaves très agités se diriger vers lui. En tête du groupe, il reconnut Kobe qui portait une femme dans ses bras : Bess, la jeune esclave qui s'était évanouie dans le champ quelques semaines auparavant. Elle avait les yeux fermés et du sang sur sa blouse. Cette fille avait tendance à avoir des accidents.

Mack leur tint la porte ouverte puis suivit Kobe à l'intérieur. Les Jamisson devaient être dans la salle à manger, en train de terminer leur souper. « Mets-la dans le salon : je vais chercher Mrs. Jamisson, dit-il.

– Le salon ? » fit Kobe d'un ton hésitant.

C'était la seule pièce où il y avait du feu, à part la salle à manger. « Fais-moi confiance : c'est ce que préférerait Mrs. Jamisson », dit Mack.

Kobe acquiesça.

Mack frappa à la porte de la salle à manger et entra. Lizzie et Jay étaient assis de part et d'autre d'une petite table ronde, le visage éclairé par un candélabre placé au milieu. Lizzie était ronde et belle dans une robe décolletée qui révélait la naissance de ses seins puis se déployait comme une tente au-dessus de son ventre gonflé. Elle mangeait des raisins pendant que Jay cassait des noix. Mildred, une grande femme de chambre à la superbe peau couleur tabac, servait du vin à Jay. Un feu flambait dans l'âtre. C'était une paisible scène domestique et un moment Mack fut décontenancé.

Puis il regarda de nouveau. Jay était assis en oblique par rapport à la table : il regardait par la fenêtre la nuit tomber sur la rivière. Lizzie, tournée de l'autre côté observait Mildred qui servait. Ni Jay ni Lizzie ne souriaient. Ç'auraient pu être des inconnus dans une taverne, obligés de partager une table.

Jay vit Mack : « Que diable veux-tu ? »

Mack s'adressa à Lizzie. « Bess a eu un accident : Kobe l'a installée dans le salon.

– J'arrive tout de suite, dit Lizzie en repoussant son siège.

– Ne la laissez pas saigner sur le capitonnage de soie jaune ! » fit Jay.

Mack ouvrit la porte et suivit Lizzie dans le couloir.

Kobe allumait des chandelles. Lizzie se pencha sur la jeune blessée. La peau sombre de Bess était plus pâle et elle avait les lèvres exsangues. Ses yeux étaient fermés, elle avait le souffle à peine perceptible. « Qu'est-il arrivé ? demanda Lizzie.

– Elle s'est coupée », répondit Kobe. Il était encore essoufflé de l'avoir portée. « Elle taillait une corde à coups de machette. La lame a glissé et lui a entaillé le ventre. »

Mack tressaillit. Il regarda Lizzie agrandir la déchirure dans la blouse de Bess pour examiner la blessure. Ce n'était pas beau à voir. Il y avait beaucoup de sang et la coupure semblait profonde.

«Que l'un de vous aille à la cuisine me chercher des chiffons propres et une cuvette d'eau tiède.»

Mack admira son esprit de décision. «J'y vais», dit-il.

Il se précipita vers la cuisine. Sarah et Mildred étaient en train de laver la vaisselle du dîner. Sarah, en nage comme toujours, demanda : «Comment va-t-elle ?

– Je ne sais pas. Mrs. Jamisson a demandé des chiffons propres et de l'eau chaude.»

Sarah lui tendit une écuelle. «Tiens, prends de l'eau sur le feu. Je vais te donner les chiffons.»

Quelques instants plus tard, il était de retour dans le salon. Lizzie avait découpé la robe de Bess autour de la plaie. Elle entreprit de tremper un chiffon dans l'eau pour laver la peau. Maintenant qu'on la distinguait mieux, la blessure semblait plus grave. Mack craignait qu'elle n'eût endommagé les organes internes.

Lizzie avait la même impression. «Je ne peux pas soigner cela, dit-elle. Elle a besoin d'un docteur.»

Jay entra dans la pièce, jeta un coup d'œil et pâlit.

Lizzie lui dit : «Il faut que je fasse venir le docteur Finch.

– Comme vous voudrez, dit-il. Je vais à la taverne du Bac : il y a un combat de coqs.» Il sortit.

Bon débarras, se dit Mack avec mépris.

Lizzie regarda Kobe, puis Mack. «Il faut que l'un de vous aille à cheval dans la nuit jusqu'à Fredericksburg.

– Mack n'est pas très bon cavalier, dit Kobe. Je vais y aller.

– Il a raison, reconnut Mack. Je pourrais conduire le buggy, mais ce serait plus lent.

– Voilà qui règle le problème, dit Lizzie. Pas d'imprudence, Kobe, mais va aussi vite que tu peux, cette fille risque de mourir.»

Fredericksburg était à dix milles de là, mais Kobe connaissait la route et deux heures plus tard il était de retour.

Quand il entra dans le salon, il avait l'air furieux. Mack ne l'avait jamais vu si en colère.

«Où est le médecin? demanda Lizzie.

– Le docteur Finch ne veut pas se déranger à cette heure de la nuit pour une négresse, dit Kobe d'une voix tremblante.

– Maudit soit ce fichu imbécile», dit Lizzie, folle de rage.

Tous les regards se tournaient vers Bess. Des gouttes de sueur perlaient sur sa peau, et elle avait le souffle court. De temps en temps, elle gémissait, mais elle n'ouvrait toujours pas les yeux. Le sofa de soie jaune était rougi de son sang. De toute évidence, elle était en train de mourir.

«Nous ne pouvons pas rester plantés là sans rien faire, dit Lizzie. Je suis sûre qu'on pourrait la sauver!

– Je ne crois pas, dit Kobe, qu'elle en ait pour longtemps à vivre.

– Si le docteur refuse de venir, il va tout simplement falloir la conduire chez lui, dit Lizzie. Nous allons l'installer dans le cabriolet.

– Ça n'est pas bon de la bouger, observa Mack.

– Si nous ne le faisons pas, elle mourra de toute façon! répliqua Lizzie.

– Bon, bon. Je vais sortir le buggy.

– Kobe, prends le matelas de mon lit et pose-le au fond pour qu'elle s'allonge dessus. Et prends des couvertures.»

Mack se précipita vers les écuries. Les palefreniers étaient tous allés se coucher, mais il ne lui fallut pas longtemps pour atteler Stripe, le poney. Il approcha une bougie du feu dans la cuisine et alluma les lanternes du buggy. Quand il s'arrêta devant la maison, Kobe attendait.

Pendant que ce dernier disposait le matelas, Mack entra dans la maison. Lizzie passait son manteau. «Vous venez? dit Mack.

– Oui.

– Croyez-vous que vous devriez, dans votre état?

– Je crains que ce maudit docteur ne refuse de la soigner si je ne viens pas. »

Mack la connaissait assez pour éviter de discuter avec elle quand elle était de cette humeur. Il souleva avec précaution Bess et l'emporta dehors. Il la déposa avec prudence sur le matelas et Kobe l'enveloppa dans les couvertures. Lizzie monta et vint s'installer auprès de Bess, tenant dans ses bras la tête de la jeune Noire.

Mack s'installa devant et prit les rênes. Trois personnes, c'était lourd pour le poney : Kobe poussa donc le buggy à la roue pour le faire démarrer. Mack descendit jusqu'à la route et prit la direction de Fredericksburg.

Il n'y avait pas de lune, mais assez d'étoiles pour lui permettre de voir où il allait. Le chemin était rocailleux et semé d'ornières et la voiture bringuebalait en tous sens. Mack était inquiet de voir Bess ainsi secouée, mais Lizzie ne cessait de dire : « Plus vite ! Plus vite ! » La route suivait le bord de la rivière. Ils ne rencontrèrent personne : les gens ne voyageaient pas après la tombée de la nuit s'ils pouvaient s'en dispenser.

Pressé sans cesse par Lizzie, Mack filait bon train : ils arrivèrent à Fredericksburg vers l'heure du souper. Il y avait des gens dans les rues, des lumières aux maisons. Il arrêta la voiture devant le domicile du docteur Finch. Lizzie alla jusqu'à la porte tandis que Mack enveloppait Bess dans les couvertures et la soulevait avec précaution. Elle était inconsciente mais en vie.

Ce fut Mrs. Finch, une petite femme timide d'une quarantaine d'années, qui vint ouvrir la porte. Elle fit entrer Lizzie dans le salon et Mack suivit avec Bess. Le docteur, un homme trapu, aux façons bourrues, parut extrêmement gêné quand il comprit qu'il avait obligé une femme enceinte à rouler dans la nuit pour lui amener une patiente. Il masqua son embarras en s'affairant en tous sens tout en lançant à sa femme des ordres brusques.

Quand il eut examiné la plaie, il demanda à Lizzie d'aller s'installer dans l'autre pièce. Mack l'accompagna et Mrs. Finch resta pour aider son mari.

Les reliefs d'un repas étaient encore sur la table. Lizzie s'installa avec précaution dans un fauteuil. «Qu'est-ce qu'il y a? demanda Mack.

– Ce trajet m'a donné un horrible mal de dos. Vous croyez que Bess va s'en tirer?

– Je ne sais pas. Elle n'est pas très robuste.»

Une servante vint proposer à Lizzie du thé et du gâteau, puis elle toisa Mack de la tête aux pieds, reconnut que c'était un serviteur et ajouta: «Si vous voulez du thé, vous pouvez venir dans la cuisine.

– Il faut d'abord que j'aille m'occuper du cheval», dit-il.

Il sortit et installa le poney dans l'écurie du docteur Finch. Puis il attendit dans la cuisine. La maison était petite et il entendait le médecin et sa femme discuter tout en opérant. La servante, une Noire entre deux âges, débarrassa la salle à manger et apporta à Lizzie une tasse de thé. Mack décida qu'il n'avait aucune raison de rester ainsi dans la cuisine et alla rejoindre Lizzie dans la salle à manger malgré les regards réprobateurs de la domestique. Lizzie était pâle et il résolut de la ramener à la maison le plus tôt possible.

Le docteur Finch revint enfin en s'essuyant les mains. «C'est une vilaine blessure, mais je crois avoir fait tout ce qu'il était possible de faire, annonça-t-il. J'ai arrêté l'hémorragie, recousu la plaie, et je lui ai donné un peu d'alcool. Elle est jeune: elle s'en remettra.

– Dieu soit loué», dit Lizzie.

Le docteur hocha la tête. «Je suis sûr que c'est une esclave qui vaut cher. Il vaudrait mieux qu'elle reste ici cette nuit. Elle peut dormir dans la chambre de ma domestique: vous pourrez la faire chercher demain ou après-demain. Elle devra ensuite se reposer jusqu'à ce que j'ôte les points de suture.

– Bien sûr.

– Avez-vous soupé, Mrs. Jamisson ? Puis-je vous offrir quelque chose ?

– Non, merci. J'aimerais juste rentrer me coucher.

– Je vais avancer le buggy », dit Mack.

Quelques minutes plus tard, ils étaient en route. Pendant la traversée de la ville, Lizzie monta devant mais, sitôt franchies les dernières maisons, elle alla s'allonger sur le matelas.

Mack roula lentement et cette fois il n'entendait derrière lui aucune exclamation d'impatience. Ils voyageaient depuis environ une demi-heure quand il dit : « Vous dormez ? »

Il n'entendit pas de réponse et supposa que Lizzie s'était assoupie.

De temps en temps, il jetait un coup d'œil derrière lui. Lizzie s'agitait, changeant sans cesse de position et marmonnant dans son sommeil.

Ils suivaient une portion désertique de la route à deux ou trois milles de la plantation quand un hurlement vint briser le silence de la nuit.

C'était Lizzie.

« Quoi ? Quoi ? » cria Mack, éperdu, en tirant sur les rênes. Sans même attendre que le poney se fût arrêté, il grimpait à l'arrière de la voiture.

« Oh, Mack, cria-t-elle, ça fait mal ! »

Il lui passa un bras autour des épaules et la souleva un peu. « Qu'est-ce qu'il y a ? Où est-ce que ça vous fait mal ?

– Oh, mon Dieu, je crois que le bébé arrive.

– Mais il ne doit pas...

– Encore deux mois. »

Mack ne connaissait pas grand-chose dans ce domaine, mais il se dit que la naissance avait dû être provoquée soit par la tension de cette urgence médicale, soit par le voyage cahotant jusqu'à Fredericksburg – ou par les deux.

«Avons-nous encore du temps?» Elle poussa un long et déchirant gémissement, puis elle répondit: «Pas beaucoup.

– Je croyais que ça prenait des heures.

– Je ne sais pas. Je crois que le mal de dos que j'ai eu, c'était le commencement des douleurs du travail. Peut-être que depuis tout ce temps le bébé est en route.

– Voulez-vous que je continue? Nous serons là-bas dans un quart d'heure. Restez où vous êtes et tenez-moi.»

Mack s'aperçut que le matelas était humide et poisseux.

«Qu'est-ce qui a trempé le matelas comme ça?

– J'ai dû perdre les eaux. Comme je voudrais que ma mère soit ici.»

Mack pensait que c'était du sang qui imprégnait le matelas, mais il n'en dit rien.

Elle se remit à gémir. Une fois la douleur passée, elle frissonna. Mack la couvrit de sa fourrure. «Vous pouvez reprendre votre manteau», dit-il. Elle eut un bref sourire avant qu'un nouveau spasme vînt la secouer.

Quand elle put de nouveau parler, elle dit: «Il faut que vous preniez le bébé quand il sortira.

– D'accord», dit-il. Mais il ne savait pas très bien ce qu'elle voulait dire.

«Installez-vous entre mes jambes», dit-elle.

Il s'agenouilla à ses pieds et repoussa ses jupes. Ses dessous étaient trempés. Mack n'avait déshabillé que deux femmes dans sa vie, Annie et Cora: aucune d'elles ne portait de sous-vêtements. Il ne savait donc pas très bien comment tout cela était agrafé, mais il parvint tant bien que mal à écarter la lingerie. Lizzie leva les jambes et posa les pieds sur les épaules de Mack pour prendre appui.

Il fixait la toison de poils bruns et drus entre ses jambes et un sentiment de panique l'envahit. Comment un bébé pouvait-il sortir par là? Il ne savait absolument pas comment les choses se passaient. Puis il se dit de rester calme : ce genre d'événement se produisait mille fois par jour à travers le monde. Il n'avait pas besoin de comprendre. Le bébé arriverait sans son aide.

« J'ai peur, dit Lizzie durant un bref répit.

– Je vais m'occuper de vous », dit-il. Il lui caressa les jambes, la seule partie de son corps qu'il pouvait atteindre.

Le bébé arriva très vite.

Mack n'y voyait pas grand-chose à la lueur des étoiles mais, au moment où Lizzie poussait un violent gémissement, quelque chose commença à émerger de l'intérieur de son corps. Mack avança deux mains tremblantes et sentit un objet tiède et glissant qui forçait le passage. Quelques instants plus tard, il tenait dans ses mains la tête du bébé. Lizzie parut se reposer un moment, puis recommença. Il tenait la tête d'une main et passa l'autre sous les minuscules épaules au moment où elles émergèrent. Quelques instants plus tard, le reste du bébé glissa dehors.

Il tenait le nouveau-né et le regardait fixement : les yeux fermés, les cheveux noirs sur sa tête, les petits membres minuscules. « C'est une fille, annonça-t-il.

– Il faut qu'elle crie ! » fit Lizzie d'un ton pressant.

Mack avait entendu dire qu'il fallait donner une claque à un nouveau-né pour le faire respirer. Ça n'était pas facile à faire, mais il savait que c'était indispensable. Il retourna la fillette sur sa main et lui donna une bonne claque sur le derrière.

Rien.

Il tenait dans la paume de sa grande main la toute petite poitrine : il se rendait compte que quelque chose n'allait pas du tout. Il ne sentait pas de battement de cœur.

Lizzie parvint à s'asseoir. « Donnez-la-moi ! » dit-elle.

Mack lui tendit le bébé.

Elle le prit et le dévisagea longuement. Elle posa

les lèvres sur celles du nouveau-né comme pour l'embrasser, puis lui souffla dans la bouche.

Mack priait de toute sa volonté pour que l'enfant aspire l'air dans ses poumons et pousse un cri, mais rien ne se passa.

«Elle est morte», fit Lizzie. Elle serra le bébé contre son sein et drapa le manteau de fourrure autour du petit corps nu. «Mon bébé est mort.» Elle se mit à pleurer.

Mack les prit toutes les deux dans ses bras et les serra tandis que Lizzie éclatait en sanglots.

32

Après la disparition de sa petite fille mort-née, Lizzie vécut dans un monde de grisaille, de gens silencieux, de pluie et de brume. Elle laissait le personnel en faire à son gré, se rendant compte vaguement que Mack avait repris tout ce petit monde en main. Elle ne patrouillait plus chaque jour dans la plantation : elle abandonna les champs de tabac à Lennox. Parfois elle rendait visite à Mrs. Thumson ou à Suzy Delahaye, car elles étaient disposées à l'entendre parler du bébé aussi longtemps qu'elle le souhaitait, mais elle n'allait plus aux réceptions ni aux bals. Chaque dimanche, elle entendait la messe à Fredericksburg et, après le service, elle passait une heure ou deux au cimetière, plantée là à regarder la petite tombe, en pensant à ce qui aurait pu être.

Elle était persuadée que tout était de sa faute. Elle avait continué à faire du cheval alors qu'elle était enceinte de quatre ou cinq mois. Elle ne s'était pas reposée autant qu'on le lui conseillait. Et elle avait fait quatre lieues dans le cabriolet, pressant Mack d'aller de plus en plus vite, la nuit même où le bébé était mort-né.

Elle en voulait à Jay d'être parti de la maison ce soir-là. Au docteur Finch d'avoir refusé de se déranger pour une esclave. Et à Mack de lui avoir obéi et conduit trop vite. Mais surtout, elle s'en voulait à elle-même. Elle se détestait et se méprisait d'avoir été une future mère aussi peu à la hauteur, elle se reprochait son caractère impulsif et impatient. Si je n'étais pas comme cela, songea-t-elle, si j'étais quelqu'un de normal, de raisonnable et de prudent, aujourd'hui j'aurais une petite fille.

Elle ne pouvait pas en discuter avec Jay. Tout d'abord, il avait été furieux. Il s'en était pris à Lizzie, avait juré d'abattre le docteur Finch et menacé de faire fouetter Mack. Mais sa rage s'était dissipée quand il avait appris que le bébé était une fille : il se comportait maintenant comme si Lizzie n'avait jamais été enceinte.

Pendant quelque temps, elle parla à Mack. L'épisode de la naissance les avait rapprochés. Il l'avait enveloppée dans son manteau, il lui avait tenu les genoux et lui avait tendrement tendu le malheureux bébé. Au bout de quelques semaines, elle le sentit qui s'impatientait. Après tout, se dit-elle, ce n'était pas son bébé à lui et il ne pouvait pas véritablement partager son chagrin. Personne ne le pouvait. Elle se replia donc sur elle-même.

Un jour, trois mois après l'accident, elle se rendit dans l'aile de la nursery, encore étincelante de peinture fraîche, et resta là seule. Elle imaginait une petite fille dans un berceau, gazouillant gaiement ou pleurant pour qu'on la nourrisse, vêtue de jolies robes blanches et de petits chaussons tricotés, qui lui tétait le sein ou qu'on baignait dans une cuvette. La vision était si intense que ses yeux s'emplirent de larmes qui ruisselèrent sur son visage, sans aucun bruit.

Mack la trouva ainsi en entrant. À la suite d'un

orage, des débris étaient tombés dans la cheminée et il s'agenouilla devant l'âtre pour les balayer. Il ne fit aucune remarque en la voyant pleurer.

«Je suis si malheureuse», dit-elle.

Il ne s'interrompit pas dans son travail. «Ça ne vous avancera à rien, répondit-il d'un ton dur.

– Je m'attendais à plus de compassion de votre part, dit-elle d'une petite voix.

– Vous ne pouvez pas passer votre vie assise à pleurer dans la nursery. Tout le monde meurt tôt ou tard. Les autres doivent continuer à vivre.

– Je n'en ai vraiment pas envie. Qu'est-ce que j'ai dans la vie ?

– Lizzie, ne vous apitoyez pas comme ça sur vous-même : ça n'est pas dans votre nature.»

Elle était horrifiée : personne ne lui avait parlé brutalement depuis l'accident. Quel droit avait Mack de la rendre encore plus malheureuse ?

«Il ne faut pas me parler comme ça», dit-elle.

Il la surprit en se retournant vers elle. Lâchant son balai, il l'empoigna par les deux bras et l'obligea à se lever. «Vous n'allez pas me parler de mes droits», lança-t-il.

Il était si furieux qu'elle craignit un geste violent de sa part. «Laissez-moi tranquille.

– Trop de gens vous laissent tranquille», dit-il. Mais il la lâcha quand même.

«Qu'est-ce que je suis censée faire ? demanda-t-elle.

– Tout ce que vous voudrez. Prenez un bateau pour rentrer au pays et allez vivre avec votre mère à Aberdeen. Ayez une histoire d'amour avec le colonel Thumson. Enfuyez-vous jusqu'à la frontière avec un bon à rien.» Il s'arrêta et la regarda durement. «Ou alors… résignez-vous à être une épouse pour Jay et ayez un autre enfant.»

Cela la surprit. «Je croyais…

– Qu'est-ce que vous croyiez ?

– Rien.» Elle savait depuis quelque temps qu'il était un peu amoureux d'elle. Après la soirée manquée pour les ouvriers de la plantation, il l'avait effleurée tendrement et l'avait caressée d'une façon qui ne pouvait être que tendre. Il avait embrassé sur son visage les larmes brûlantes. Il y avait dans son étreinte plus que de la simple pitié.

Et dans la réaction qu'elle avait, il y avait plus que le besoin de compassion. Elle s'était cramponnée à son corps musclé, elle avait savouré le contact des lèvres de Mack sur sa peau et ce n'était pas simplement parce qu'elle s'apitoyait sur son sort.

Mais, depuis l'épisode du bébé, tous ces sentiments avaient disparu. Son cœur était vide. Elle n'avait pas de passion, rien que des regrets.

Elle était honteuse d'avoir eu de telles envies. Le rôle de l'épouse lascive qui tentait de séduire le jeune et beau domestique dans les romans sentimentaux ne lui convenait guère.

Mack, bien sûr, n'était pas simplement un jeune et beau domestique. Elle s'était peu à peu rendu compte qu'il était l'homme le plus remarquable qu'elle eût jamais rencontré. Il était arrogant et entêté, elle le savait. Il se faisait une idée ridiculement flatteuse de sa propre importance et cela lui attirait des ennuis. Mais elle ne pouvait s'empêcher d'admirer la façon dont il tenait tête à toutes les autorités, des mines d'Écosse aux plantations de Virginie. Et quand il avait des histoires, c'était souvent parce qu'il prenait la défense d'un autre.

Mais Jay était son mari.

Il était faible et stupide et il lui avait menti, mais c'était l'homme qu'elle avait épousé et elle devait lui être fidèle.

Mack la dévisageait toujours. Elle se demandait quelles pensées lui traversaient l'esprit. Elle se disait que c'était à lui-même qu'il pensait quand il avait dit : Fuyez jusqu'à la frontière avec un bon à rien.

Mack tendit une main hésitante et lui caressa la joue. Lizzie ferma les yeux. Si sa mère pouvait la voir ainsi, elle saurait exactement quoi lui dire : Tu as épousé Jay et tu lui as promis fidélité. Es-tu une femme ou une enfant ? Une femme tient parole quand c'est difficile, pas simplement quand c'est facile. C'est cela, respecter sa promesse.

Elle ouvrit les yeux et regarda longuement Mack. Il y avait du désir dans ses yeux verts. Elle se crispa. D'un geste impulsif, elle le gifla de toutes ses forces.

Autant gifler un roc : il ne bougea pas. Son expression changea. Elle ne lui avait pas fait mal mais elle l'avait touché au cœur. Il eut un air si choqué et si consterné qu'elle éprouva une violente envie de lui faire des excuses et de le prendre dans ses bras. Elle y résista de toutes ses forces. D'une voix tremblante, elle dit : « Ne vous avisez pas de me toucher ! »

Sans un mot, il la dévisagea, horrifié et blessé. Incapable de regarder plus longtemps son air peiné, elle se leva et sortit de la pièce à grands pas.

Il avait dit : Résignez-vous à être une épouse pour Jay et ayez un autre bébé. Elle y réfléchit toute une journée. L'idée d'avoir Jay dans son lit lui était devenue déplaisante, mais c'était son devoir d'épouse. Si elle refusait de l'accomplir, elle ne méritait pas un mari.

Cet après-midi-là, elle prit un bain. C'était une entreprise compliquée : il fallait apporter un tub dans la chambre et cinq ou six robustes filles montaient en hâte l'escalier depuis la cuisine avec des brocs d'eau chaude. Ensuite, elle changea de toilette avant de descendre pour le souper.

C'était une froide soirée de janvier et le feu ronflait dans l'âtre. Lizzie but un peu de vin et essaya de bavarder gaiement avec Jay, comme elle le faisait avant leur mariage. Il ne réagit pas. Mais, se dit-elle, il fallait s'y attendre : elle avait été si longtemps une si piètre compagnie.

Le repas terminé, elle dit : « Cela fait trois mois depuis l'accident du bébé. Je vais bien maintenant.

– Que voulez-vous dire ?

– Mon corps est redevenu normal. » Elle n'allait pas lui faire un dessin. Quelques jours après l'accouchement, ses seins avaient cessé de suinter du lait. Elle avait saigné un peu chaque jour pendant bien plus longtemps, mais cela aussi était fini. « Je veux dire… mon ventre ne sera jamais tout à fait aussi plat, mais… pour le reste, je suis guérie. »

Il ne comprenait toujours pas. « Pourquoi me dites-vous cela ? »

S'efforçant de maîtriser l'exaspération qui allait percer dans sa voix, elle annonça : « Nous pouvons recommencer à faire l'amour, voilà ce que je veux dire. »

Il grommela et alluma sa pipe.

Ce n'était pas la réaction qu'une femme aurait pu espérer.

« Viendrez-vous dans ma chambre ce soir ? » insista-t-elle.

Il eut l'air agacé. « C'est l'homme qui est censé faire ce genre de proposition », dit-il d'un ton irrité.

Elle se leva. « Je voulais simplement que vous sachiez que je suis prête », déclara-t-elle. Vexée, elle monta dans sa chambre.

Mildred la suivit pour l'aider à se déshabiller. Tout en ôtant ses jupons, elle demanda d'un ton aussi désinvolte que possible : « Est-ce que Mr. Jamisson est allé se coucher ?

– Non, je ne crois pas.

– Il est toujours en bas ?

– Je crois qu'il est sorti. »

Lizzie regarda le joli visage de la servante. Il y avait dans son expression quelque chose de déconcertant. « Mildred, tu me caches quelque chose ? »

Mildred était jeune – dans les dix-huit ans – et elle ne savait pas mentir. Elle détourna les yeux. « Non, Mrs. Jamisson. »

Lizzie était sûre qu'elle ne lui disait pas la vérité. Mais pourquoi ?

Mildred se mit à brosser les cheveux de Lizzie. Celle-ci se demandait où Jay avait bien pu aller. Il sortait souvent après le souper. Tantôt il disait qu'il allait faire une partie de cartes ou assister à un combat de coqs. Tantôt, il ne disait rien du tout. Elle supposa qu'il était allé boire du rhum dans une taverne avec d'autres hommes. Mais, si ce n'était que cela, Mildred l'aurait dit. Lizzie envisagea une alternative.

Y avait-il une autre femme dans la vie de son mari ?

Une semaine plus tard, il n'était toujours pas venu lui rendre visite dans sa chambre.

Elle devint obsédée par l'idée qu'il avait une aventure. La seule personne à qui elle pouvait penser, c'était Suzy Delahaye. Elle était jeune et jolie, et son mari était toujours en voyage : comme beaucoup de Virginiens, il avait la passion des courses de chevaux et il passait fréquemment deux ou trois jours sur les routes pour en voir une. Jay quittait-il furtivement la maison après le dîner pour aller à cheval jusque chez les Delahaye et se glisser dans le lit de Suzy ?

Elle se dit qu'elle se faisait des idées, mais cette pensée la hantait.

La septième nuit, Lizzie regarda par la fenêtre de sa chambre et elle vit se déplacer sur la pelouse plongée dans l'obscurité la flamme vacillante d'une lanterne.

Elle décida de la suivre.

Il faisait nuit, il faisait froid, mais elle ne prit pas le temps de s'habiller. Elle s'empara d'un châle et le jeta sur ses épaules tout en dévalant l'escalier.

Elle se glissa hors de la maison. Les deux lévriers qui dormaient sur le perron levèrent vers elle un regard intrigué. « Viens, Roy, viens, Rex ! » dit-elle. Elle se mit à courir sur la pelouse, en suivant la lueur de la lanterne, les chiens sur ses talons. Bientôt la lumière disparut dans les bois, mais elle était alors assez près pour s'apercevoir que Jay – si c'était bien lui – avait pris le sentier qui menait au hangar à tabac et au logement du régisseur.

Peut-être Lennox avait-il un cheval tout sellé pour emmener Jay jusque chez les Delahaye. Lizzie le sentait, Lennox d'une façon quelconque trempait dans cette histoire : chaque fois que Jay agissait mal, cet homme était impliqué.

Elle ne revit pas la lanterne, mais elle trouva facilement les petites maisons. Il y en avait deux. Lennox en occupait une. L'autre était celle de Sowerby et elle était maintenant vacante.

Mais il y avait quelqu'un à l'intérieur.

On avait mis les volets aux fenêtres pour protéger la maison du froid, et de la lumière filtrait par les fentes.

Lizzie s'arrêta en espérant que les battements de son cœur allaient se calmer : c'était la peur, non pas l'épuisement, qui le faisait battre si fort. Elle redoutait ce qu'elle allait découvrir à l'intérieur. L'idée de trouver Jay prenant Suzy Delahaye dans ses bras comme il l'avait étreinte, elle, et l'embrassant avec ces lèvres que Lizzie avait baisées, tout cela la rendait folle de rage. Elle songea même à revenir sur ses pas. Mais ce serait pire que tout de ne rien savoir.

Elle essaya la porte. Le verrou n'était pas mis. Elle ouvrit et entra.

Il y avait deux pièces. La cuisine, sur le devant, était déserte : en revanche, elle entendait une voix étouffée venant de la chambre au fond. Étaient-ils déjà au lit ? Elle s'avança à pas de loup jusqu'à la porte de la pièce, saisit la poignée, prit une profonde inspiration et l'ouvrit toute grande.

Suzy Delahaye n'était pas dans la chambre.

Mais Jay y était. Il était allongé sur le lit en chemise et en culotte, pieds nus et sans sa veste.

Au pied du lit se tenait une esclave.

Lizzie ne connaissait pas le nom de la fille : c'était une des quatre que Jay avait achetées à Williamsburg. Mince et très belle, avec de doux yeux bruns, elle avait à peu près l'âge de Lizzie. Elle était complètement nue et Lizzie pouvait voir ses seins dont la pointe brune se retroussait fièrement, et la toison noire et bouclée entre ses jambes.

Comme Lizzie la dévisageait, la fille lui lança un regard que Lizzie n'oublierait jamais : un regard hautain, méprisant, triomphant. C'est peut-être toi la maîtresse de la maison, disaient ces yeux, mais c'est dans mon lit qu'il vient chaque soir, pas dans le tien.

La voix de Jay lui parvint comme si elle venait de très loin : « Lizzie, oh, mon Dieu ! »

Elle tourna la tête vers lui et elle le vit flancher sous son regard. Mais elle n'en éprouva aucune satisfaction : elle savait depuis longtemps qu'il était faible.

Elle retrouva sa voix. « Va au diable, Jay », dit-elle calmement. Elle tourna les talons et sortit.

Elle regagna sa chambre, prit ses clés dans le tiroir puis descendit jusqu'à l'armurerie.

Ses fusils Griffin étaient au râtelier avec les armes de Jay : elle les laissa là et prit une paire de pistolets de poche. Par contre, elle eut beau fouiller la pièce, elle ne trouva pas de balles. Elle prit un moule à balles, quelques lingots de plomb, et puis elle quitta la pièce en refermant la porte à clé derrière elle.

Dans la cuisine, Sarah et Mildred la contemplèrent avec de grands yeux affolés. Sans un mot, elle se dirigea vers le placard et y prit un solide couteau et une petite casserole. Elle regagna sa chambre et ferma sa porte à clé. Elle fit un feu jusqu'au moment où elle eut des braises rougeoyantes. Elle mit alors le lingot de plomb dans la casserole et la casserole sur le feu.

Elle se souvenait de Jay rentrant de Williamsburg avec quatre jeunes esclaves. Elle avait demandé pourquoi il n'avait pas acheté des hommes et il avait dit que les femmes coûtaient moins cher et étaient plus dociles. Sur le moment, elle n'y avait pas attaché d'importance : elle était plus préoccupée par l'extravagance de sa voiture neuve. Maintenant, l'amertume la gagnant, elle comprenait.

On frappa à la porte et elle entendit la voix de Jay : « Lizzie ? » Une main tourna la poignée, essaya la porte. Constatant que le verrou était mis, il dit : « Lizzie... tu veux bien m'ouvrir ? »

Elle l'ignora. Pour le moment, il se sentait penaud et coupable. Plus tard, il trouverait bien un moyen de se persuader qu'il n'avait rien fait de mal. Ensuite il se mettrait en colère.

Il frappa et appela pendant près d'une minute, puis il renonça et repartit.

Une fois le plomb fondu, elle retira la casserole du feu. Sans perdre de temps, elle versa un peu de plomb dans le moule. Elle plongea le moule dans la cuvette d'eau sur sa table de toilette pour refroidir et durcir le plomb. Elle secoua : une balle bien ronde en tomba. Elle la prit dans ses mains. La balle était parfaite à l'exception d'une petite excroissance formée par le plomb qui était resté dans la buse. Elle la tailla avec le couteau de cuisine.

Elle continua à fabriquer des balles jusqu'à ce qu'elle eût épuisé tout son plomb. Elle chargea alors les deux pistolets et les plaça auprès de son lit. Elle s'assura que le verrou était bien mis.

Puis elle alla se coucher.

33

Mack en voulait terriblement à Lizzie pour cette gifle. Chaque fois qu'il y pensait, il était fou de rage. Elle lui envoyait de faux signaux, puis le châtiait quand il réagissait. C'était une garce, se dit-il : une coquette sans cœur de la haute société, qui se jouait de ses sentiments.

Mais il savait que ce n'était pas vrai et, au bout d'un moment, il changea d'avis. En réfléchissant, il comprit qu'elle était en proie à des émotions contradictoires. Elle était attirée par lui, mais elle était mariée à un autre. Elle avait le sens du devoir et elle était affolée parce qu'elle le sentait vaciller. En désespoir de cause, elle avait essayé de mettre un terme à ce dilemme en se querellant avec lui.

Il avait bien failli lui dire que sa loyauté envers Jay était mal placée. Tous les esclaves savaient depuis des mois que Jay passait ses nuits dans une chaumière avec Felia, une fille belle et facile qui venait du Sénégal. Mais il était persuadé que Lizzie tôt ou tard s'en apercevrait toute seule et c'est en effet ce qui s'était passé, deux nuits auparavant. Elle avait réagi avec sa violence habituelle : elle avait fermé à clé la porte de sa chambre et s'était armée de pistolets.

Combien de temps allait-elle tenir ainsi ? Comment tout cela finirait-il ? En s'enfuyant jusqu'à la frontière avec un bon à rien, avait-il dit. Mais elle n'avait pas réagi à sa proposition. Bien sûr, l'idée ne lui viendrait jamais de passer sa vie avec Mack. Oh, sans doute, elle l'aimait bien : il avait été pour elle plus qu'un serviteur. Il avait mis au monde son bébé et cela lui avait fait plaisir quand il l'avait serrée dans ses bras. Mais de là à quitter son mari pour s'enfuir avec lui...

Il était allongé sur son lit avant le lever du jour, à retourner ces pensées dans son esprit quand il entendit un cheval hennir doucement dehors.

Qui pouvait-ce bien être à cette heure de la nuit ? Fronçant les sourcils, il se glissa à bas de sa couchette et, en culotte et en chemise, il alla jusqu'à la porte de la cabane.

L'air dehors était glacé et il frissonna en ouvrant la porte. C'était un matin brumeux avec une petite pluie, mais le jour commençait à se lever et il aperçut, dans la lumière argentée, deux femmes qui entraient dans l'enclos, l'une menant un poney.

Quelques instants plus tard, il reconnut la plus grande des deux : c'était Cora. Pourquoi était-elle venue à cheval dans la nuit jusqu'ici ? Sans doute de mauvaises nouvelles.

Puis il reconnut l'autre.

« Peg ! » s'écria-t-il, ravi.

Elle l'aperçut et se précipita vers lui. Elle avait grandi, se dit-il : elle avait pris quelques centimètres et elle avait des formes. Mais son visage n'avait pas changé et elle se jeta à son cou. « Mack ! fit-elle. Oh, Mack, j'ai eu si peur !

– Je croyais que je ne te reverrais jamais, dit-il. Qu'est-ce qu'il s'est passé ? »

Ce fut Cora qui répondit. « Elle a des ennuis. Elle a été achetée par un fermier des collines qui s'appelle Burgo Marler. Il a essayé de la violer et elle l'a poignardé avec un couteau de cuisine.

– Pauvre Peg, fit Mack en la serrant dans ses bras. Le type est mort ? »

Peg hocha la tête.

« L'histoire a paru dans la *Gazette de Virginie* et maintenant tous les shérifs de la colonie recherchent Peg. »

Mack était consterné. Si Peggy se faisait prendre, elle allait certainement être pendue.

Leur conversation avait réveillé les autres esclaves. Certains des forçats arrivèrent : ils reconnurent Peg et Cora et ce furent de joyeuses retrouvailles.

« Comment, dit Mack à Peg, es-tu allée jusqu'à Fredericksburg ?

– À pied, dit-elle, retrouvant cette façon de parler laconique et provocante d'autrefois. Je savais que je devais marcher vers l'est pour trouver le Rappahannock. J'ai voyagé de nuit et j'ai demandé mon chemin à des gens qui sont dehors à cette heure-là : esclaves, fugitifs, déserteurs, Indiens.

– Je l'ai cachée quelques jours dans ma maison,

précisa Cora : mon mari est à Williamsburg pour affaires. Mais là-dessus, j'ai entendu dire que le shérif local allait faire une descente chez tous ceux qui se trouvaient sur le *Rosebud*.

– Mais ça veut dire qu'il va venir ici ! s'exclama Mack.

– Oh oui... il n'est pas loin derrière moi.

– Quoi ?

– Je suis à peu près sûre qu'il est en route maintenant... il rassemblait une petite troupe quand j'ai quitté la ville.

– Alors pourquoi l'as-tu amenée ici ? »

Le visage de Cora se durcit. « Parce que c'est ton problème. J'ai un mari riche, une belle maison, ma chaise à l'église. Je n'ai pas envie que le shérif trouve une meurtrière dans mon grenier, bon sang ! »

Les autres forçats eurent des murmures désapprobateurs. Mack la dévisagea, consterné. Dire qu'il avait pensé autrefois passer sa vie avec cette femme.

« Mon Dieu, que tu as le cœur dur, dit-il, furieux.

– Je l'ai sauvée, non ? fit Cora, indignée. Maintenant il faut que je me sauve moi !

– Merci pour tout, Cora, fit Peg. C'est vrai que tu m'as sauvé la vie. »

Kobe avait observé la scène en silence. Mack se tourna machinalement vers lui pour discuter du problème.

« Nous pourrions la cacher chez les Thumson, dit-il.

– C'est très bien dès l'instant où le shérif ne fouille pas là-bas non plus, dit Kobe.

– Diable, je n'y avais pas pensé. » Où pourrait-elle se cacher ? « Ils vont tout fouiller, les logements, les écuries, les hangars de séchage...

– Tu n'as pas encore sauté Lizzie Jamisson ? » demanda Cora.

La question prit Mack au dépourvu. « Comment ça "pas encore" ? Bien sûr que non.

– Ne sois pas stupide. Je parie qu'elle en meurt d'envie. »

Mack n'aimait pas l'attitude bien peu romantique de Cora, mais il ne pouvait pas jouer les innocents. «Et si c'est le cas?

– Est-ce qu'elle voudrait bien cacher Peg... pour toi?»

Mack n'en était pas sûr. Comment puis-je même lui poser la question? songea-t-il. Dans son cœur, il espérait qu'elle le ferait et il s'en voulut de douter d'elle. «Elle pourrait accepter par bonté d'âme», lança-t-il.

Mack entendit des chiens aboyer. On aurait dit les lévriers sur le perron de la grande maison. Qu'est-ce qui les avait alertés? Puis un aboiement leur répondit du côté de la rivière.

«Des chiens étrangers dans les parages, dit Kobe. C'est ce qui a dérangé Roy et Rex.

– Est-ce que ce pourrait être déjà le shérif? dit Mack avec un renouveau d'anxiété.

– Je crois que oui, fit Kobe.

– J'espérais avoir un peu de temps pour trouver un plan!»

Cora tourna les talons et remonta en selle. «Je fiche le camp d'ici avant qu'on m'ait vue.» Tenant le poney par la bride, elle sortit de l'enclos. «Bonne chance», murmura-t-elle. Puis elle disparut dans les bois noyés de brume comme une messagère fantomatique.

Mack se tourna vers Peg. «Nous n'avons pas beaucoup de temps. Viens avec moi jusqu'à la maison. C'est notre meilleure chance.»

Elle paraissait affolée. «Je ferai tout ce que tu me diras.

– Je vais aller voir qui sont les visiteurs, annonça Kobe. Si c'est la troupe du shérif, j'essaierai de les ralentir.»

Cramponnée à la main de Mack, Peg le suivit en courant à travers les champs glacés et les pelouses humides sous la grise lumière du petit jour. Les chiens bondirent de la véranda pour venir à leur rencontre.

Roy vint lécher la main de Mack. Rex renifla Peg d'un air intrigué, mais ils ne firent aucun bruit.

On ne fermait jamais les portes à clé : Mack fit passer Peg par l'entrée de derrière. Ils montèrent l'escalier à pas de loup. Mack regarda par la fenêtre du palier et aperçut, dans les premières lueurs de l'aube, cinq ou six hommes et des chiens qui arrivaient du côté de la rivière. Au même instant, le groupe se scinda : deux hommes se dirigèrent vers la maison et les autres continuèrent avec les chiens vers les cases des esclaves.

Mack alla jusqu'à la chambre de Lizzie. Ne me laisse pas tomber, songea-t-il. Il essaya la porte.

Fermée à clé.

Il frappa doucement, craignant d'éveiller Jay dans la chambre voisine.

Rien.

Il toqua plus fort.

Il entendit des pas menus, puis la voix de Lizzie à travers la porte : « Qui est là ?

– Chut ! c'est Mack ! murmura-t-il.

– Que diable faites-vous ici ?

– Ça n'est pas ce que vous pensez... ouvrez ! »

Il entendit une clé tourner. La porte s'ouvrit. Dans la pénombre, c'était à peine s'il la voyait. Il entra, traînant Peg derrière lui. La pièce était plongée dans l'obscurité.

Lizzie traversa la chambre et souleva un volet. Dans la pâle lumière, il l'aperçut, vêtue d'une sorte de chemise de nuit, l'air délicieusement échevelée. « Expliquez-vous, vite, dit-elle. Autant que ce soit convaincant. » Puis elle vit Peg et son attitude changea. « Vous n'êtes pas seul ?

– Peg Knapp, dit-il.

– Je me souviens, dit Lizzie. Comment vas-tu, Peggy ?

– J'ai de nouveau des ennuis », dit Peg.

Mack expliqua : « On l'a vendue à un fermier des collines qui a essayé de la violer.

– Oh, mon Dieu.

– Elle l'a tué.

– Ma pauvre enfant », dit Lizzie. Elle prit Peg dans ses bras. « Ma pauvre enfant.

– Le shérif est à sa recherche. Il est dehors maintenant, à fouiller les logements des esclaves. » Mack regarda le visage amaigri de Peg et crut voir la potence de Fredericksburg. « Il faut la cacher ! fit-il.

– Laissez-moi me charger du shérif, dit Lizzie.

– Comment ça ? » dit Mack. Il était toujours nerveux quand elle essayait de prendre les choses en main.

« Je lui expliquerai que Peg se défendait pour ne pas être violée. »

Quand Lizzie était sûre de quelque chose, elle s'imaginait souvent que tout le monde serait d'accord avec elle. C'était exaspérant. Mack secoua la tête avec impatience. « Ça ne marchera pas, Lizzie. Le shérif va dire que c'est au tribunal de décider si elle est coupable, pas à vous.

– Alors, elle peut rester ici jusqu'au procès. »

La désinvolture de Lizzie était si irritante que Mack dut faire un effort pour se maîtriser et parler d'un ton calme et raisonnable. « On ne peut pas empêcher un shérif d'arrêter quelqu'un accusé de meurtre, malgré votre opinion sur le bien-fondé de cette arrestation.

– Si elle passe en jugement et qu'elle est innocente, on ne peut pas la condamner…

– Lizzie, soyez réaliste ! fit Mack, exaspéré. Quel tribunal de Virginie va acquitter une fille qui tue son maître ? Ils vivent tous dans la terreur d'être attaqués par leurs esclaves. Même s'ils croient à son histoire, ils la pendront quand même, rien que pour faire peur aux autres. »

Elle prit un air furieux et elle allait répliquer vertement quand Peg éclata en sanglots. Cela fit hésiter Lizzie. Elle se mordit la lèvre et dit : « À votre avis, que devrions-nous faire ? »

Dehors, un des chiens se mit à gronder. Mack entendit la voix d'un homme qui lui parlait pour le calmer. «Je veux que vous cachiez Peg ici pendant qu'ils fouillent la maison, dit-il à Lizzie. Voulez-vous le faire?»

Il la dévisagea. Si tu dis non, songea-t-il, je suis amoureux de la femme qu'il ne faut pas.

«Bien sûr que oui, dit-elle. Pour qui me prenez-vous?»

Il eut un sourire heureux et soulagé. Il l'aimait tant qu'il dut refouler ses larmes. Il avait la gorge serrée. «Je vous trouve merveilleuse», dit-il d'une voix rauque.

Ils parlaient à voix basse: Mack entendit un bruit venant de la chambre de Jay, de l'autre côté de la cloison. Il n'était pas au bout de ses peines s'il voulait s'assurer que Peg ne risquait rien. «Il faut que je m'en aille, dit-il. Bonne chance!» Il sortit.

Il traversa le palier et courut sur la pointe des pieds jusqu'à l'escalier. En débouchant dans le hall, il crut entendre la porte de Jay s'ouvrir, mais il ne se retourna pas pour regarder.

Il s'arrêta et prit une profonde inspiration. Je suis un serviteur ici et je n'ai aucune idée de ce que le shérif pourrait bien vouloir, se dit-il. Il afficha un sourire poli et ouvrit la porte.

Deux hommes se trouvaient sur le perron. Ils portaient la tenue des Virginiens prospères: bottes de cheval, longs gilets et tricornes. Tous deux avaient des pistolets dans un étui de cuir avec une courroie attachée à l'épaule. Ils puaient le rhum: ils avaient bu pour se protéger de l'air froid de la nuit.

Mack se planta résolument sur le seuil, pour les décourager d'entrer dans la maison. «Bonjour, messieurs», dit-il. Il constata que son cœur battait vite. Il fit un effort pour garder un ton calme et détendu. «Vous poursuivez quelqu'un, ça m'en a tout l'air.»

Le plus grand des deux hommes dit: «Je suis le shérif du comté de Spotsylvania, et je recherche une fille du nom de Peggy Knapp.

– J'ai vu les chiens. Vous les avez envoyés du côté des cases des esclaves?

– Oui.

– Bien réfléchi, shérif. Comme ça, vous surprendrez les nègres endormis et ils ne pourront pas dissimuler la fugitive.

– Je suis heureux de votre approbation, dit le shérif d'un ton un peu sarcastique. Nous allons juste entrer un instant. »

Un forçat n'avait pas le choix quand un homme libre lui donnait des ordres : Mack dut s'écarter et les laisser s'avancer dans le hall. Il espérait encore qu'ils ne jugeraient pas nécessaire de fouiller la maison.

« Comment se fait-il que tu sois debout ? dit le shérif d'un ton un peu méfiant. Nous nous attendions à devoir réveiller tout le monde.

– Je me lève de bon matin. »

L'homme eut un grognement désintéressé. « Ton maître est là ?

– Oui.

– Conduis-nous à lui. »

Mack ne voulait pas les faire monter : ils seraient dangereusement près de Peg. « Je crois avoir entendu Mr. Jamisson bouger, dit-il. Voulez-vous que je lui demande de descendre ?

– Non... je ne veux pas qu'il se donne la peine de s'habiller. »

Mack jura sous cape. De toute évidence, le shérif était bien décidé, si possible, à surprendre tout le monde. Pas moyen de discuter. Il se contenta de dire : « Par ici, je vous prie », et les entraîna dans l'escalier.

Il frappa à la porte de Jay. Quelques instants plus tard, celui-ci ouvrit, ayant passé un manteau par-dessus sa chemise de nuit. « Que diable se passe-t-il ? demanda-t-il avec agacement.

– Je suis le shérif Abraham Barton, Mr. Jamisson. Pardonnez-moi de vous déranger, mais nous recherchons la meurtrière de Burgo Marler. Est-ce que le nom de Peggy Knapp vous dit quelque chose ? »

Jay fixa Mack du regard. « Je pense bien. Cette fille a toujours été une voleuse et je ne suis pas surpris qu'elle soit devenue une meurtrière. Avez-vous demandé à McAsh ici présent s'il sait où elle se trouve ? »

Barton regarda Mack d'un air surpris. « Alors, c'est toi McAsh ! Tu n'as rien dit.

– Vous ne m'avez rien demandé », fit Mack.

Barton ne se contenta pas de cette réponse. « Tu savais que je venais ici ce matin ?

– Non. »

Jay dit d'un ton méfiant : « Alors, pourquoi es-tu debout de si bonne heure ?

– Quand je travaillais à la mine de charbon de votre père, je commençais à deux heures du matin. Maintenant, je me réveille toujours de bonne heure.

– Je ne l'ai jamais remarqué.

– Vous n'êtes jamais levé si tôt.

– Assez de ta fichue insolence.

– Quand, demanda Barton à Mack, as-tu vu pour la dernière fois Peggy Knapp ?

– Quand j'ai débarqué du *Rosebud*, il y a six mois. »

Le shérif se retourna vers Jay. « Les nègres la cachent peut-être. Nous avons amené des chiens. »

Jay eut un geste large. « Allez-y et faites ce que vous avez à faire.

– Nous devrions fouiller la maison aussi. »

Mack retint son souffle. Il avait espéré qu'ils y renonceraient. Jay fronça les sourcils. « Il est peu probable que l'enfant soit ici.

– Tout de même, pour en avoir la conscience tranquille... »

Jay hésita : Mack espérait qu'il allait monter sur ses grands chevaux et dire au shérif d'aller au diable. Mais, au bout d'un moment, il haussa les épaules et dit : « Très bien. »

Mack sentit son cœur se serrer.

Jay reprit : « Il n'y a ici que ma femme et moi. Le reste de la maison est vide. Mais, je vous en prie, fouillez partout. Je vous laisse. » Il referma sa porte.

« Où est la chambre de Mrs. Jamisson ? » demanda Barton.

Mack avala sa salive. « La porte à côté. » Il s'avança sur le palier et frappa doucement : « Mrs. Jamisson ? Vous êtes réveillée ? »

Il y eut un silence, puis Lizzie entrebâilla la porte. Feignant d'être encore ensommeillée, elle dit : « Au nom du ciel, que voulez-vous à une heure pareille ?

– Le shérif recherche une fugitive. »

Lizzie ouvrit toute grande la porte. « Ma foi, je n'en ai pas ici. »

Mack regarda dans la chambre, en se demandant où se cachait Peg.

« Pouvons-nous entrer un instant ? » dit Barton.

Il y eut une lueur presque imperceptible de peur dans les yeux de Lizzie et Mack se demanda si Barton l'avait remarquée. Lizzie haussa les épaules d'un air faussement apathique et dit : « Je vous en prie. »

Les deux hommes entrèrent, l'air gêné. Lizzie laissa son peignoir s'entrouvrir un peu, comme par accident. Mack ne put s'empêcher de regarder la façon dont la chemise se drapait autour de ses seins ronds. Les deux autres eurent exactement le même réflexe. Lizzie regarda le shérif droit dans les yeux et il détourna la tête d'un air coupable. Elle faisait exprès de les mettre mal à l'aise pour que leur perquisition soit rapide.

Le shérif s'allongea sur le plancher et regarda sous le lit tandis que son assistant ouvrait la penderie. Lizzie s'assit sur le lit. D'un geste preste, elle saisit un coin de la courtepointe et tira dessus. Mack aperçut pendant une fraction de seconde un petit pied sale avant qu'il ne soit recouvert.

Peg était dans le lit.

Elle était si maigre que c'était à peine si elle faisait une bosse dans l'entassement des couvertures.

Le shérif ouvrit un coffre, son acolyte regarda derrière un paravent. Il n'y avait pas beaucoup d'endroits où fouiller. Allaient-ils tirer les couvertures ?

La même idée avait dû traverser l'esprit de Lizzie car elle dit : « Maintenant, si vous en avez terminé, je vais me rendormir », et elle remonta dans son lit.

Barton laissa son regard s'attarder sur Lizzie et sur le lit. Allait-il avoir le toupet de demander à Lizzie de se relever ? Mais il ne croyait vraiment pas que le maître et la maîtresse de maison iraient dissimuler la meurtrière : il ne fouillait les lieux que pour avoir la conscience tranquille. Après un instant d'hésitation, il dit : « Je vous remercie, Mrs. Jamisson. Nous sommes désolés d'avoir troublé votre repos. Nous allons continuer et perquisitionner les logements des esclaves. »

Mack se sentit les jambes molles de soulagement. Il leur ouvrit la porte en masquant sa jubilation.

« Bonne chance, dit Lizzie. Et, shérif… quand vous aurez terminé votre travail, ramenez donc vos hommes à la maison pour prendre un petit déjeuner ! »

34

Lizzie resta dans sa chambre pendant que les hommes et les chiens fouillaient la plantation. Peg et elle parlaient à voix basse et Peg lui raconta l'histoire de sa vie. Lizzie restait horrifiée et bouleversée. Peggy n'était qu'une petite fille maigre, jolie et effrontée. Le bébé mort-né de Lizzie était une fille aussi.

Elles échangèrent leurs rêves. Lizzie lui confia qu'elle avait envie de vivre en plein air, de porter des vêtements d'homme et de passer toute la journée à cheval avec un fusil. Peg tira de l'intérieur de sa chemise une vieille feuille de papier pliée : c'était une image coloriée à la main montrant un père, une mère et une enfant debout devant une jolie maison à la campagne. « J'ai toujours voulu être la petite fille de l'image, dit-elle. Mais maintenant, il y a des jours où j'ai envie d'être la mère.»

À l'heure habituelle, Sarah, la cuisinière, entra dans la chambre avec le petit déjeuner de Lizzie sur un plateau. En l'entendant frapper, Peg se cacha sous les couvertures, mais Sarah entra et dit à Lizzie : «Je suis au courant pour Peggy, alors ne vous inquiétez pas.»

Peg réapparut et Lizzie demanda avec étonnement : «Qui n'est pas au courant?

– Mr. Jamisson et Mr. Lennox.»

Lizzie partagea son petit déjeuner avec Peg. L'enfant engloutit jambon grillé et œufs brouillés comme si elle n'avait pas mangé depuis un mois.

Le shérif et ses hommes partirent au moment où elle terminait. Lizzie et Peg allèrent jusqu'à la fenêtre et regardèrent la petite troupe traverser la pelouse et descendre vers la rivière. Les hommes étaient déçus et silencieux, ils avançaient, la tête basse, et les chiens, sensibles à l'humeur générale, traînaient docilement derrière eux. Elles les regardèrent disparaître, puis Lizzie poussa un soupir de soulagement et dit : «Te voilà sauvée.»

Elles s'étreignirent joyeusement. Peg n'avait que la peau sur les os et Lizzie éprouva un élan quasi maternel pour la pauvre enfant.

«Je m'en tire toujours avec Mack, dit Peg.

– Il faudra que tu restes dans cette chambre jusqu'à ce que nous soyons sûres que Jay et Lennox ne sont plus dans les parages.

– Vous n'avez pas peur que Mr. Jamisson arrive? interrogea Peg.

– Non, il ne vient jamais ici.»

Peg parut surprise, mais elle ne posa pas d'autre question. Elle se contenta de dire : «Quand je serai grande, je vais épouser Mack.»

Lizzie eut l'étrange impression que c'était un avertissement qu'on lui donnait.

Assis dans la vieille nursery où il pouvait être sûr qu'on ne le dérangerait pas, Mack inspectait sa trousse de survie. Il avait une pelote de ficelle volée et six hameçons que lui avait fabriqués Cass le forgeron, pour qu'il puisse attraper du poisson. Il avait un gobelet et une assiette d'étain, comme on en donne aux esclaves. Il avait un briquet à silex pour pouvoir allumer du feu, et une casserole en fer pour cuire sa nourriture. Il avait une hache et un gros couteau qu'il s'était appropriés pendant que les esclaves abattaient des arbres et fabriquaient des tonneaux.

Au fond du sac, enveloppée dans un morceau de toile, une clé de l'armurerie. Son dernier geste avant de partir serait de voler un fusil et des munitions.

Il y avait aussi dans le sac de toile son exemplaire de *Robinson Crusoé* et le collier de fer qu'il avait apporté d'Écosse. Il prit le collier, se rappelant comment il l'avait brisé dans la forge la nuit où il s'était échappé de Heugh. Il se souvenait de la gigue d'homme libre qu'il avait dansée au clair de lune. Plus d'un an après, il n'était toujours pas libre. Mais il n'avait pas renoncé.

Le retour de Peg avait éliminé le dernier obstacle qui l'empêchait de s'enfuir de Mockjack Hall. Elle s'était installée dans le quartier des esclaves et dormait dans une case de filles célibataires. Elles garderaient toutes son secret. Elles protégeraient toujours une des leurs. Ce n'était pas la première fois qu'un fugitif se cachait là-bas : dans toutes les plantations de Virginie n'importe quel esclave en fuite pouvait toujours avoir un bol d'hominie et une planche pour dormir. Dans la journée, elle errait dans les bois en évitant de se montrer. À la tombée de la nuit, elle revenait dans les quartiers des esclaves pour manger avec les ouvriers. Mack savait que cela ne pouvait pas durer longtemps. Bientôt l'ennui la rendrait négligente et elle se ferait prendre.

Mack en avait des picotements d'impatience. Cora

était mariée, Peg était sauvée et, grâce à la carte, il savait où il devait aller. La liberté, c'était tout ce que son cœur désirait. Dès qu'ils auraient pris la décision, Peg et lui n'auraient qu'à quitter la plantation à la fin de la journée de travail. À l'aube, ils pourraient être à dix lieues de là. Ils se cacheraient pendant la journée puis reprendraient leur marche de nuit. Comme tous les fugitifs, chaque matin et chaque soir ils quémanderaient de la nourriture auprès des esclaves de la plantation la plus proche.

Contrairement à la plupart des fugitifs, Mack n'essaierait pas de trouver du travail avant d'avoir franchi une grande distance. C'était toujours comme ça que les autres se faisaient prendre. Il irait plus loin. Sa destination, c'était le territoire vierge par-delà les montagnes. Là-bas, il serait libre.

Mais Peg était revenue depuis une semaine et il était toujours à Mockjack Hall.

Il contempla sa carte, ses hameçons et son briquet. Un pas seulement le séparait de la liberté, mais il n'arrivait pas à le franchir.

Il était amoureux de Lizzie et il ne pouvait supporter l'idée de la quitter.

Lizzie était plantée nue devant la psyché de sa chambre et elle examinait son corps d'un œil critique.

Elle avait dit à Jay qu'elle avait repris une silhouette normale après la grossesse, mais en vérité elle ne serait plus jamais tout à fait la même. Ses seins avaient retrouvé leur taille habituelle, mais ils n'étaient pas aussi fermes, et ils semblaient pendre un peu plus bas sur sa poitrine. Son ventre ne serait jamais comme avant, elle s'en rendait compte maintenant : le léger gonflement et la peau un peu molle, cela lui resterait à jamais. Elle avait de faibles rides argentées là où sa peau s'était distendue.

Elle se demanda si c'était pour cela que Jay n'avait

plus envie d'elle. Il ne l'avait pas vue nue depuis la naissance, mais peut-être savait-il à quoi ressemblait son corps, peut-être qu'il le devinait et que cela lui répugnait. Felia, sa petite esclave, n'avait manifestement jamais eu de bébé. Elle avait un corps encore parfait. Tôt ou tard, Jay allait la mettre enceinte. Mais alors il pourrait la laisser tomber comme il l'avait fait avec Lizzie et trouver une autre femme. Était-ce ainsi qu'il avait envie de mener sa vie? Tous les hommes étaient-ils comme ça? Lizzie regrettait de ne pouvoir poser la question à sa mère.

Il la traitait comme quelque chose d'usé, qui n'était plus bon à rien, comme une vieille paire de chaussures ou une assiette fêlée. Cela la rendait furieuse. Le bébé qui s'était développé en elle et qui avait fait gonfler son ventre était l'enfant de Jay. Il n'avait pas le droit de la rejeter ensuite. Elle soupira. À quoi bon se mettre en colère contre lui: c'était elle qui l'avait choisi et elle avait été idiote.

Elle se demanda si quelqu'un trouverait encore son corps séduisant. La sensation des mains d'un homme courant sur sa peau lui manquait cruellement. Elle avait envie qu'on l'embrasse tendrement, lui presse les seins et lui pétrisse la chair.

Elle prit une profonde inspiration, rentrant le ventre et bombant la poitrine. Voilà: c'était presque comme cela qu'elle était avant sa grossesse. Elle soupesa ses seins, puis effleura la toison entre ses jambes et se mit à caresser le bouton du désir.

La porte s'ouvrit.

Mack devait réparer un carreau brisé dans la cheminée de la chambre de Lizzie. Il avait demandé à Mildred: «Est-ce que Mrs. Jamisson est déjà levée?» Mildred avait répondu: «Je l'ai vu s'en aller aux écuries.» Elle avait dû croire qu'il parlait de Mr. Jamisson.

Tout cela lui traversa l'esprit en une fraction de seconde. Puis il ne pensa plus à rien d'autre qu'à Lizzie. Elle était belle à pleurer. Elle était là debout devant le miroir et il pouvait voir son corps des deux côtés à la fois. Elle lui tournait le dos et ses mains lui démangeaient de l'envie de caresser les courbes de ses hanches. Dans la glace il apercevait le gonflement de ses seins ronds et les boutons doux et roses. Sa toison était assortie aux boucles brunes et folles autour de sa tête.

Il resta là, interloqué. Il savait qu'il devrait marmonner une phrase d'excuse et détaler, mais ses pieds semblaient cloués au plancher.

Elle se tourna vers lui. Elle semblait troublée et il se demanda pourquoi. Dévêtue, elle semblait vulnérable, presque apeurée.

Il retrouva enfin sa voix. « Oh, que vous êtes belle », murmura-t-il.

Elle changea d'expression, comme si elle avait trouvé la réponse à une question.

« Fermez la porte », dit-elle.

Il repoussa la porte derrière lui et traversa la chambre en trois enjambées. Un instant plus tard, elle était dans ses bras. Il pressa contre lui le corps nu, sentant la douceur des seins contre sa poitrine. Il lui embrassa les lèvres et sa bouche s'ouvrit aussitôt à lui. Sa langue trouva celle de Lízzie, il se gorgea de la moiteur et de l'avidité de son baiser. Comme l'excitation le gagnait, elle l'attira à elle et vint se frotter contre lui.

Il s'écarta, haletant, craignant de ne pouvoir se contenir. Elle tira sur son gilet et sur sa chemise, essayant sous les vêtements d'arriver jusqu'à sa peau. Il jeta son gilet par terre, fit passer sa chemise pardessus sa tête. Elle lécha le bouton de son sein du bout de sa langue et pour finir le mordilla de ses petites dents. La douleur était exquise et il poussa un halètement de plaisir.

« Maintenant, dit-elle, faites-moi l'amour. » Elle cambra le dos, lui offrant sa poitrine. Il souleva un sein dans sa main et y posa un baiser. Il était durci par le désir. Mack savoura l'instant.

«Pas si doucement», murmura-t-elle.

Alors, il téta frénétiquement puis la mordit comme elle l'avait fait. Il l'entendit reprendre son souffle. Il avait peur de blesser son corps délicat mais elle dit : «Plus fort, je veux que ça fasse mal», et il mordit résolument. «Oui», fit-elle et elle attira encore sa tête contre elle.

Il s'arrêta car il craignait de la faire saigner. Quand il se redressa, elle se pencha, tira sur le cordon qui maintenait sa culotte et la lui ôta. Son sexe jaillit. Elle le prit dans ses deux mains, le frotta contre la douceur de ses joues et l'embrassa. Le plaisir l'envahissait et une fois de plus Mack se dégagea, ne voulant pas jouir trop tôt.

Il regarda le lit. «Pas là, dit Lizzie. Ici.» Elle s'allongea sur le tapis devant le miroir.

Il s'agenouilla entre ses jambes, se rassasiant du spectacle de son corps.

«Maintenant, dit-elle. Vite.»

Il s'allongea sur elle en prenant appui sur ses coudes et elle le guida. Il contemplait son ravissant visage. Elle avait les joues toutes rouges et la bouche entrouverte, découvrant ses lèvres humides et de petites dents régulières. Elle gardait les yeux grands ouverts et le dévisageait tandis qu'il remuait au-dessus d'elle. «Mack, gémit-elle. Oh, Mack.» Leurs deux corps bougeaient à l'unisson. Elle enfonça de toutes ses forces les doigts dans les muscles de son dos.

Il l'embrassa et ondula doucement, mais une fois de plus elle en voulait davantage. Elle prit entre ses dents la lèvre inférieure de Mack et la mordit. Il sentit le goût du sang.

«Plus vite!» dit-elle frénétiquement. L'ardeur de Lizzie le gagna, il accéléra ses mouvements, poussant en elle presque avec brutalité, et elle dit : «Oui, comme ça!» Elle ferma les yeux, s'abandonnant à la sensation, puis elle eut un grand cri. Il plaqua une main sur sa bouche pour la faire taire et elle lui mordit cruellement le doigt. Elle attirait contre elle les hanches de Mack aussi fort qu'elle pouvait, elle se tordait sous lui, la main de Mack étouffant ses cris, les hanches de Lizzie se cambrant contre les siennes encore et encore jusqu'à ce qu'enfin elle s'arrête et retombe en arrière, épuisée.

Il lui embrassa les yeux, le nez, le menton, tout en continuant à bouger doucement en elle. Elle reprit son souffle, ouvrit les yeux et dit : « Regarde dans le miroir. »

Il leva les yeux vers la psyché et aperçut un autre Mack chevauchant une autre Lizzie, leurs corps soudés à la hauteur des hanches. Il regardait son sexe entrer et sortir du corps de la jeune femme. « C'est beau », chuchota-t-elle.

Il la regarda. Comme elle avait les yeux sombres, presque noirs ! « Tu m'aimes ? fit-il.

– Oh, Mack, quelle question ? » Des larmes lui montèrent aux yeux. « Bien sûr que oui. Je t'aime. Je t'aime. » Alors, enfin, il s'abandonna.

Quand la première récolte de tabac fut enfin prête à la vente, Lennox chargea quatre barriques sur une péniche à destination de Fredericksburg. Jay attendait avec impatience son retour. Il avait hâte de savoir quel prix allait atteindre le tabac.

On ne le paierait pas en espèces : ce n'était pas ainsi que fonctionnait le marché. Lennox apporterait le tabac dans un entrepôt public où l'inspecteur officiel lui délivrerait un certificat attestant qu'il était « commercialisable ». Ces certificats, connus sous le nom de billets de tabac, étaient utilisés comme de l'argent dans toute la Virginie. Le moment venu, le dernier détenteur du billet le remettrait au capitaine d'un navire en échange d'argent ou, plus probablement, de marchandises importées de Grande-Bretagne. Le capitaine se rendrait alors avec le billet à l'entrepôt public et l'échangerait contre du tabac.

En attendant, Jay utiliserait le billet pour régler ses dettes les plus pressantes. La forge était silencieuse depuis un mois : ils n'avaient plus de métal pour fabriquer des outils et des fers à cheval.

Lizzie par bonheur n'avait pas remarqué qu'ils étaient sans le sou. Après la mort du bébé, elle avait vécu trois mois dans une brume. Puis, quand elle avait surpris son mari avec Felia, elle s'était cantonnée dans un silence furieux.

Aujourd'hui, elle était encore différente. Elle paraissait plus heureuse et semblait presque aimable. « Quelles sont les nouvelles ? lui demanda-t-elle au dîner.

– Des troubles dans le Massachusetts, répondit-il. Il y a un groupe de têtes brûlées appelées les Fils de la Liberté... Ils ont même eu le toupet d'envoyer de l'argent à ce maudit John Wilkes à Londres.

– Je suis surprise qu'ils sachent même qui il est.

– Ils s'imaginent qu'il défend la liberté. En attendant, les commissaires aux douanes n'osent pas mettre le pied à Boston. Ils se sont réfugiés à bord du *H.M.S Romney.*

– On dirait que les colons sont prêts à se révolter. »

Jay secoua la tête. « Il leur faut juste une bonne dose du médicament que nous avons administré aux mineurs : quelques coups de fusil et quelques bonnes pendaisons. »

Lizzie frissonna et ne posa pas d'autre question.

Ils terminèrent le repas en silence. Pendant que Jay allumait sa pipe, Lennox entra.

Jay devina qu'il avait bu. « Est-ce que tout va bien, Lennox ?

– Pas précisément », fit Lennox de son ton insolent habituel.

« Que s'est-il passé ? » demanda Lizzie avec impatience.

Lennox répondit sans la regarder : « On a brûlé notre tabac, voilà ce qui s'est passé.

– Brûlé ! fit Jay.

– Comment cela ? interrogea Lizzie.

– C'est l'inspecteur qui l'a fait brûler. Comme des ordures. Pas commercialisable... »

Jay sentit son estomac se serrer. Il avala sa salive et dit : « Je ne savais pas qu'ils pouvaient faire ça.

– Qu'est-ce qu'il a de mal, ce tabac ? » demanda Lizzie.

Lennox semblait anormalement nerveux. Il resta un moment sans rien dire. « Allons, parlez, dit Lizzie, en colère.

– Ils disent qu'il sent la vache, finit par dire Lennox.

– Je m'en doutais ! » dit Lizzie.

Jay ne savait absolument pas de quoi ils parlaient. « Comment ça, il sent la vache ? Qu'est-ce que ça veut dire ?

– Ça veut dire, répondit froidement Lizzie, qu'on a parqué du bétail sur la terre où on a fait pousser les plants. Quand il y a excès d'engrais, le tabac prend une saveur forte et déplaisante.

– Qui sont ces inspecteurs, demanda Jay, furieux, qui ont le droit de brûler ma récolte ?

– Ils sont nommés par la Chambre des députés, lui expliqua Lizzie.

– C'est scandaleux !

– Ils ont le devoir de maintenir la qualité du tabac de Virginie.

– Je vais les traîner en justice.

– Jay, fit Lizzie, au lieu de les poursuivre en justice, pourquoi ne vous contentez-vous pas d'exploiter convenablement votre plantation ? Vous pouvez faire pousser de l'excellent tabac ici à condition seulement d'en prendre soin.

– Je n'ai pas besoin d'une femme pour me dire comment gérer mes affaires ! » cria-t-il.

Lizzie regarda Lennox. « Vous n'avez pas non plus besoin d'un imbécile pour s'en charger », dit-elle.

Une horrible pensée frappa soudain Jay. «Quelle partie de notre récolte était cultivée de cette façon?»

Lennox restait muet.

«Eh bien? insista Jay.

– La totalité», fit Lizzie.

Jay comprit alors qu'il était ruiné.

La plantation était hypothéquée, il était endetté jusqu'au cou et la récolte de tabac tout entière ne valait pas un penny.

Il avait du mal à respirer. Il ouvrit la bouche comme un poisson, mais sans parvenir à faire entrer de l'air.

Il prit enfin une inspiration, comme un homme qui se noie remonte une dernière fois à la surface.

«Dieu me protège», dit-il. Et il s'enfouit le visage entre ses mains.

Ce soir-là, il vint frapper à la porte de la chambre de Lizzie.

Assise auprès du feu, en chemise de nuit, elle pensait à Mack. Elle baignait dans le bonheur. Elle l'aimait et il l'aimait. Mais qu'allaient-ils faire? Elle avait le regard perdu dans les flammes. Elle essayait d'être pratique, mais son esprit ne cessait de vagabonder: elle se rappelait comment ils avaient fait l'amour ici, sur le tapis, devant la psyché. Elle avait envie de recommencer.

Le coup frappé à la porte la fit sursauter. Elle bondit de son fauteuil et contempla la porte fermée à clé.

La poignée s'agita mais, depuis qu'elle avait surpris Jay avec Felia, elle fermait chaque soir sa porte au verrou. Elle entendit la voix de Jay: «Lizzie... ouvrez cette porte!»

Elle ne répondit pas.

«Je pars pour Williamsburg de bonne heure demain matin pour essayer d'emprunter encore de l'argent, dit-il. Je veux vous voir avant mon départ.»

Elle ne disait toujours rien.

«Je sais que vous êtes là, alors ouvrez!» Il semblait un peu ivre.

Quelques instants plus tard, il y eut un bruit sourd comme s'il avait donné un coup d'épaule dans le battant. Elle savait que ce serait sans résultat: les gonds étaient en cuivre et la serrure solide.

Elle entendit ses pas s'éloigner. Mais elle se doutait qu'il n'avait pas renoncé: elle ne se trompait pas. Trois ou quatre minutes plus tard, il revint et dit: «Si vous n'ouvrez pas, je vais enfoncer la porte.»

Il y eut un grand fracas tandis que quelque chose frappait violemment la porte. Lizzie devina qu'il était allé chercher une hache. Un nouveau coup fit voler le bois en éclats et elle aperçut le tranchant du fer.

Lizzie commençait à s'affoler. Elle aurait voulu que Mack fût dans les parages, mais il était au quartier des esclaves. Elle devrait se débrouiller toute seule.

Tremblante, elle s'approcha de sa table de chevet et prit ses pistolets.

Jay continuait de s'attaquer à la porte, sa hache frappant le battant dans une succession de chocs assourdissants, qui faisaient voler le bois en éclats et trembler les murs de la maison. Lizzie vérifia que ses pistolets étaient bien chargés. D'une main hésitante, elle versa un peu de poudre dans le bassinet de chacun. Elle retira le cran de sûreté des pierres à fusil et arma la détente.

Peu m'importe maintenant, songea-t-elle avec fatalisme. Advienne que pourra.

La porte s'ouvrit toute grande et Jay fit irruption, le visage rouge, haletant. La hache à la main, il s'avança sur Lizzie.

Elle tendit le bras gauche et tira une balle au-dessus de sa tête.

Dans cet espace confiné, la détonation fit le bruit d'un coup de canon. Jay s'arrêta net et leva les mains dans un geste de défense, l'air terrifié.

«Vous savez que je vise bien, lui dit-elle. Il ne me reste qu'un coup à tirer : la prochaine balle vous ira donc droit au cœur.» Tout en parlant, elle avait du mal à se croire assez endurcie pour tenir des propos aussi violents à l'homme dont elle avait adoré le corps. Elle avait envie de pleurer, mais elle serra les dents et le dévisagea sans sourciller.

«Espèce de garce glacée», dit-il.

C'était un trait bien ajusté. La froideur, c'était précisément le défaut dont elle s'accusait. Lentement, elle abaissa le pistolet. Bien sûr, elle n'allait pas tirer sur lui.

«Que voulez-vous ?» dit-elle.

Il laissa tomber la hache. «Coucher une fois avec vous avant de partir», dit-il.

Elle eut une brusque nausée. L'image de Mack lui vint à l'esprit. Personne d'autre que lui ne pouvait plus lui faire l'amour maintenant. L'idée de le faire avec Jay l'horrifiait.

Jay saisit ses pistolets par le canon et elle le laissa faire. Il désarma celui qui était encore chargé puis les laissa tous deux tomber par terre.

Elle le contemplait avec horreur. Elle n'arrivait pas à croire à ce qui allait se passer.

Il s'approcha et lui donna un coup de poing dans le ventre. Elle poussa un cri tout à la fois de surprise et de douleur et se plia en deux.

«Ne vous avisez plus jamais de braquer une arme sur moi !» hurla-t-il.

Il la frappa en plein visage et elle s'écroula sur le sol.

Il lui donna un coup de pied dans la tête et elle s'évanouit.

35

Lizzie resta au lit toute la matinée du lendemain, avec une migraine si violente que c'était à peine si elle pouvait parler.

Sarah arriva avec le petit déjeuner, l'air affolé. Lizzie but une gorgée de thé, puis referma les yeux.

Quand la cuisinière vint reprendre le plateau, Lizzie demanda : « Mr. Jamisson est parti ?

– Oui, madame. Il est allé à Williamsburg, aux premières lueurs du jour. Mr. Lennox l'a accompagné. »

Lizzie se sentit un peu mieux.

Quelques minutes plus tard, Mack fit irruption dans la chambre. Il se planta auprès du lit et la regarda, tremblant de rage. Il tendit la main et lui palpa le visage. C'était à peine s'il l'effleurait et il ne lui fit pas mal : elle trouva même cela réconfortant. Elle lui prit la main et lui embrassa la paume. Ils restèrent assis ainsi un long moment, sans dire un mot. Lizzie sentait sa douleur commencer à se dissiper. Au bout d'un moment, elle s'endormit. Quand elle s'éveilla, il avait disparu.

Dans l'après-midi, Mildred vint ouvrir les volets. Lizzie s'assit dans son lit pendant que Mildred lui peignait les cheveux. Puis Mack arriva avec le docteur Finch.

« Je ne vous ai pas fait demander, dit Lizzie.

– C'est moi, dit Mack, qui l'ai appelé. »

Pour on ne sait quelle raison, Lizzie avait honte de ce qui lui était arrivé et aurait préféré que Mack ne fasse pas venir le médecin. « Qu'est-ce qui vous fait croire que je suis malade ?

– Vous avez passé la matinée au lit.

– Je suis peut-être paresseuse.

– Et moi, je suis peut-être le gouverneur de Virginie. »

Elle s'apaisa et sourit. Il était aux petits soins pour elle et cela la rendait heureuse. «Je vous en remercie, déclara-t-elle.

– On m'a dit, fit le docteur, que vous aviez la migraine.

– Je ne suis pas malade», répondit-elle. Au diable, pensa-t-elle, pourquoi ne pas dire la vérité? «J'ai mal à la tête, parce que mon mari m'a donné un coup de pied sur la tempe.

– Hmm.» Finch avait l'air embarrassé. «Comment est votre vision… brouillée?

– Non.»

Il posa les mains sur ses tempes et palpa doucement. «Avez-vous l'impression de ne pas avoir les idées nettes?

– Je n'ai pas d'idées très nettes sur l'amour et le mariage, mais ça n'est pas parce que j'ai la tête endommagée. Ouïe!

– C'est là que vous avez reçu le coup?

– Oui, bon sang.

– Vous avez de la chance d'avoir des boucles aussi serrées. Ça a amorti le choc. Pas de nausée?

– Seulement quand je pense à mon mari.» Elle se rendit compte qu'elle parlait d'une voix crispée. «Ce ne sont pas vos affaires, docteur.

– Je vais vous donner un médicament pour calmer la douleur. N'y prenez pas trop goût: on s'y habitue très vite. Appelez-moi de nouveau si vous avez le moindre problème avec votre vue.»

Quand il fut parti, Mack s'assit au bord du lit et lui prit la main. Au bout d'un moment, il dit: «Si vous ne voulez pas qu'il vous donne des coups de pied dans la tête, vous devriez le quitter.»

Elle essaya de trouver une raison qui justifierait qu'elle reste. Son mari ne l'aimait pas. Ils n'avaient pas d'enfants et ne semblaient pas près d'en avoir. On allait presque certainement mettre leur maison en vente. Rien ne la retenait.

«Je ne saurais pas où aller, dit-elle.

– Moi, si. » Son visage exprimait maintenant une émotion profonde «Je vais m'enfuir.»

Elle crut que son cœur allait s'arrêter. Elle ne pouvait pas supporter l'idée de le perdre.

«Peg va partir avec moi», ajouta-t-il.

Lizzie le dévisagea sans rien dire.

«Venez avec nous», dit-il.

Voilà : c'était sorti. Il avait déjà fait quelques allusions – vous enfuir avec un bon à rien – mais maintenant il ne s'agissait plus d'allusions. Elle avait envie de dire : Oui, oui, aujourd'hui, tout de suite ! Mais elle se retint. Elle avait un peu peur. «Où irez-vous ?» dit-elle.

Il prit dans sa poche un étui de cuir et déplia une carte. «À une quarantaine de lieues à l'ouest d'ici, il y a une chaîne de montagnes. Elle commence là-haut en Pennsylvanie et descend plus loin au sud que personne n'en a idée. Et ce sont de hautes montagnes. Mais les gens disent qu'il y a un col là-bas, le col de Cumberland, à l'endroit où passe la rivière Cumberland. Par-delà les montagnes, c'est l'inconnu. On dit qu'il n'y a même pas d'Indiens là-bas car les Sioux et les Cherokees se battent depuis des générations pour ce territoire et aucun camp n'arrive à prendre le dessus assez longtemps pour s'installer.»

Elle commençait à se sentir excitée. «Comment iriez-vous jusque-là ?

– En marchant. D'ici, je ferais route vers l'ouest jusqu'au pied des collines. Pepper Jones dit qu'il y a une piste qui va vers le sud-ouest, à peu près parallèle à la chaîne de montagnes. Je la suivrais jusqu'à la rivière Holston, ici sur la carte. Et puis je m'enfoncerais dans les montagnes.

– Et… si vous n'étiez pas seuls ?

– Si vous venez avec moi, nous pourrons prendre un chariot et davantage de provisions : des outils, des graines et de la nourriture. Dans ce cas, je ne serais plus un fugitif mais un domestique voyageant avec sa maîtresse et la femme de chambre de celle-ci. J'irais alors au sud jusqu'à Richmond, puis vers l'ouest jusqu'à Staunton. C'est plus long, mais Pepper dit que les routes sont meilleures. Pepper se trompe peut-être, mais ce sont les plus précieux renseignements que j'aie pu recueillir.»

Elle se sentait tout à la fois effrayée et fascinée. «Et une fois que vous aurez atteint les montagnes?»

Il sourit. «Nous chercherons une vallée avec des poissons dans le torrent, des biches dans les bois et peut-être un couple d'aigles ayant fait son nid dans les plus hauts arbres. Et là, nous bâtirons une maison.»

Lizzie emballa des couvertures, des bas de laine, des ciseaux, des aiguilles et du fil. Tout en s'affairant elle se sentait passer brusquement de l'enthousiasme à la terreur. Elle était folle de joie à l'idée de s'enfuir avec Mack. Elle les imaginait chevauchant côte à côte à travers des paysages boisés et dormant ensemble sous les arbres, enroulés dans une couverture. Puis elle pensait aux risques. Ils devraient tuer du gibier pour se nourrir jour après jour. Bâtir une maison. Planter du maïs. Soigner leurs chevaux. Les Indiens pourraient être hostiles. Peut-être y aurait-il des desperados qui rôdaient sur ce territoire. S'ils se trouvaient bloqués par la neige? Ils risquaient de mourir de faim!

Elle jeta un coup d'œil par la fenêtre de sa chambre et aperçut le cabriolet de la taverne de MacLaine à Fredericksburg. Il y avait des bagages à l'arrière et une seule personne à la place du passager. Le conducteur, un vieil ivrogne du nom de Simmins, s'était manifestement trompé de plantation. Elle descendit pour le remettre dans le droit chemin.

Mais, en s'avançant sur le perron, elle reconnut la passagère.

C'était Alicia, la mère de Jay.

Elle était tout en noir.

416

« Lady Jamisson ! fit Lizzie, horrifiée. Vous devriez être à Londres !

– Bonjour, Lizzie, lui dit sa belle-mère. Sir George est mort. »

« Une crise cardiaque », précisa-t-elle quelques minutes plus tard. Elle était assise dans le salon devant une tasse de thé. « Il s'est effondré à son bureau. On l'a ramené à Grosvenor Square, mais il est mort pendant le trajet. »

Pas un sanglot dans la voix, pas trace de larmes dans ses yeux tandis qu'elle évoquait la mort de son mari.

Lizzie se souvenait d'Alicia jeune : elle était jolie plutôt que belle, mais aujourd'hui il ne restait pas grand-chose de son allure juvénile. Ce n'était qu'une femme entre deux âges arrivée au terme d'un mariage décevant. Lizzie la plaignait. Jamais je ne serai comme elle, se jura-t-elle. « Il vous manque ? » demanda-t-elle d'un ton hésitant.

Alicia lui lança un bref regard. « J'ai épousé fortune et situation : c'est ce que j'ai eu. Olive a été la seule femme qu'il ait aimée et il ne m'a jamais laissée l'oublier. Mais je ne demande pas qu'on me plaigne ! C'est moi l'artisan de mon malheur et je l'ai supporté vingt-quatre ans. Mais ne me demandez pas de pleurer mon mari. Tout ce que j'éprouve, c'est un sentiment de soulagement.

– C'est horrible », murmura Lizzie. C'était là le destin qui l'attendait, songea-t-elle avec un frisson d'appréhension. Mais elle n'allait pas l'accepter. Elle allait s'échapper. Ne devrait-elle pas pourtant se méfier d'Alicia ?

– Où est Jay ? demanda celle-ci.

– Il est allé à Williamsburg pour essayer d'emprunter de l'argent.

– Alors, la plantation n'a pas prospéré.

– Notre récolte de tabac n'a pas été acceptée sur le marché. »

Une ombre de tristesse passa sur le visage d'Alicia. Lizzie comprit que Jay décevait sa mère, tout comme il décevait sa femme – même si Alicia se refuserait toujours à l'admettre.

« Vous vous demandez, j'imagine, ce qu'il y a dans le testament de Sir George », dit Alicia.

Lizzie n'y avait même pas pensé. « Avait-il beaucoup à léguer ? Je croyais que son affaire avait des difficultés.

– Elle a été sauvée par le charbon de High Glen. Il est mort très riche. »

Lizzie se demanda s'il avait laissé quelque chose à Alicia. Sinon, peut-être s'attendait-elle à vivre avec son fils et sa belle-fille.

« Sir George a-t-il pourvu à vos besoins ?

– Oh oui… ma part d'héritage était réglée avant notre mariage, je suis heureuse de le dire.

– Et Robert a hérité de tout le reste ?

– C'est ce à quoi nous nous attendions tous. Mais mon mari a laissé un quart de sa fortune à répartir entre tous ses petits-enfants légitimes en vie dans un délai d'un an à compter de sa mort. Alors, votre petit bébé est riche. Quand est-ce que je vais le ou la voir ? C'est un garçon ou une fille ? »

De toute évidence, Alicia avait quitté Londres avant l'arrivée de la lettre de Jay. « Une petite fille, répondit Lizzie.

– Que c'est bien ! Elle va être une femme riche.

– Elle est morte à la naissance. »

Alicia ne lui offrit aucunes condoléances. « Bon sang, s'écria-t-elle. Il va falloir tâcher d'en avoir une autre, rapidement. »

Mack avait chargé le chariot de graines, d'outils, de cordes, de clous, de farine de maïs et de sel. Il avait ouvert l'armurerie avec la clé de Lizzie et fait main basse sur tous les fusils et toutes les munitions. Il avait aussi logé dans le chariot un soc de charrue. Quand ils seraient arrivés à destination, ils transformeraient le chariot en charrue.

Il allait atteler quatre juments, décida-t-il et emmener en outre deux étalons pour qu'ils puissent se reproduire. Jay Jamisson serait furieux du vol de ses précieux chevaux : cela le contrarierait plus que la perte de Lizzie, Mack en était sûr.

Tandis qu'il amarrait le chargement, Lizzie sortit.

« Qui est votre visiteuse ? lui demanda-t-il.

– Alicia, la mère de Jay.

– Bonté divine ! Je ne savais pas qu'elle venait.

– Moi non plus. »

Mack fronça les sourcils. Alicia ne constituait pas une menace pour ses projets, mais si son mari débarquait...

« Est-ce que Sir George vient ?

– Il est mort.

– Dieu soit loué. Bon débarras pour le monde.

– Pouvons-nous partir quand même ?

– Je ne vois pas ce qui nous en empêcherait. Ce n'est pas Alicia qui va nous arrêter.

– Et si elle va trouver le shérif en disant que nous nous sommes enfuis en volant tout cela ? » Et elle désigna le chargement du chariot.

« N'oubliez pas notre histoire. Vous allez rendre visite à un cousin qui vient de s'installer comme fermier en Caroline du Nord. Vous lui apportez des présents.

– Même si nous sommes en faillite ?

– Les Virginiens sont connus pour leur générosité quand ils ne peuvent pas se le permettre. »

Lizzie acquiesça. « Je vais raconter cette histoire au colonel Thumson et à Suzy Delahaye.

– Dites-leur que votre belle-mère désapprouve et qu'elle essaiera peut-être de vous faire des ennuis.

– Bonne idée. Le shérif n'aura pas envie de se

trouver mêlé à une querelle de famille... » Elle hésita et ajouta : « Quand... quand partirons-nous ? »

Il sourit. « Avant les premières lueurs du jour. Je ferai venir le chariot ce soir jusqu'au quartier des esclaves de façon que nous ne fassions pas trop de bruit en partant. Quand Alicia s'éveillera, nous serons loin. »

Elle lui pressa brièvement le bras puis rentra en courant dans la maison.

Ce soir-là, Mack vint retrouver Lizzie dans sa chambre.

Elle était allongée sans dormir, pleine de crainte et d'excitation, songeant à l'aventure qui allait commencer avec le matin, quand il entra sans bruit dans la pièce. Il l'embrassa sur les lèvres, se déshabilla et se glissa dans le lit auprès d'elle.

Ils firent l'amour, discutèrent à voix basse du lendemain, puis firent encore l'amour. L'aube approchait : Mack sombra dans un demi-sommeil, mais Lizzie restait éveillée : elle le regardait à la lueur du feu, en pensant à ce voyage dans l'espace et dans le temps qui les avait amenés depuis High Glen jusqu'à ce lit.

Bientôt, il s'agita. Ils échangèrent de nouveau un long et tendre baiser, puis ils se levèrent. Mack partit pour l'écurie pendant que Lizzie s'apprêtait. En s'habillant, elle sentait son cœur battre à tout rompre. Elle releva ses cheveux avec des épingles, passa une culotte de cheval, des bottes, une chemise et un gilet. Elle empaqueta une robe qu'elle pourrait enfiler rapidement si elle avait besoin de redevenir une femme riche. Elle redoutait un peu les dangers du voyage mais elle n'avait aucun doute à propos de Mack. Elle se sentait si proche de lui qu'elle était prête à lui confier sa vie.

Quand il vint la chercher, elle était assise à sa fenêtre en manteau et tricorne. Il sourit de la voir dans sa tenue favorite. Se tenant par la main, ils descendirent l'escalier à pas de loup et sortirent de la maison.

Le chariot attendait sur la route, loin de tous les regards. Peg était déjà assise sur le banc, drapée dans une couverture. Jimmy le garçon d'écurie, avait attelé quatre chevaux et en avait attaché deux autres par un licol à l'arrière. Tous les esclaves étaient là pour leur dire adieu. Lizzie embrassa Mildred et Sarah. Mack serra la main de Kobe et de Cass. Bess se jeta en sanglotant au cou de sa maîtresse. Silencieux, à la lueur des étoiles, ils regardèrent tous Mack et Lizzie grimper dans le chariot.

Mack fit claquer les rênes et dit : « Hop ! au pas ! »

Les chevaux tirèrent, une secousse ébranla le chariot : ils partirent.

Arrivés à la grand-route, Mack fit prendre aux chevaux la direction de Fredericksburg. Lizzie se retourna. Les ouvriers, debout et muets, leur faisaient de grands gestes.

Quelques instants plus tard, ils avaient disparu.

Lizzie regarda devant elle. Au loin, le jour se levait.

36

Matthew Murchman n'était pas en ville quand Jay et Lennox arrivèrent à Williamsburg. Il serait peut-être de retour demain, dit son domestique. Jay griffonna un mot pour dire qu'il avait besoin de lui emprunter encore de l'argent et qu'il aimerait le voir le plus vite possible. Il repartit de fort méchante humeur. Ses affaires n'allaient vraiment pas et il avait hâte de faire quelque chose pour en modifier le cours.

Le lendemain, pour tuer le temps, il alla jusqu'au Capitole. Dissoute l'an dernier par le gouverneur, l'Assemblée s'était réunie de nouveau après les élections. La Chambre des députés était une salle sombre et modeste, bordée de chaque côté de rangées de bancs, avec une sorte de guérite au milieu pour le président. Jay s'installa au fond, derrière une balustrade, au milieu d'une poignée d'autres spectateurs.

Il ne tarda pas à se rendre compte que la politique de la colonie était en pleine ébullition. La Virginie, la plus vieille colonie anglaise du continent, semblait prête à défier son souverain légitime.

Les députés discutaient de la dernière menace formulée par Westminster : le Parlement britannique prétendait que quiconque était accusé de trahison pourrait être contraint de revenir à Londres pour y être jugé en vertu d'une ordonnance qui remontait à Henry VIII.

L'animation était grande dans la salle. Jay regarda avec dégoût un respectable propriétaire terrien après l'autre se lever pour attaquer le roi. On finit par voter une résolution déclarant que l'ordonnance sur la trahison était contraire au droit qu'avait tout sujet britannique d'être jugé par ses pairs.

On passa ensuite aux récriminations bien connues sur le fait qu'on leur demandait de payer des impôts sans avoir droit à une seule voix au Parlement de Westminster. « Pas d'impôt sans représentation », répétaient-ils comme des perroquets. Cette fois, les députés allèrent plus loin que d'habitude et affirmèrent leur volonté de coopérer avec les autres assemblées coloniales pour s'opposer aux exigences royales.

Jay était certain que le gouverneur ne pourrait pas laisser passer cela et il ne se trompait pas. Juste avant le dîner, alors que les députés abordaient un problème local de moindre importance, l'huissier interrompit les débats pour lancer : « Monsieur le Président, un message du gouverneur. »

Il tendit une feuille de papier au secrétaire qui la lut : « Monsieur le Président, le gouverneur ordonne la convocation immédiate de tous les députés dans la chambre du Conseil. »

Cette fois-ci, ça ne va pas bien pour eux, songea Jay avec satisfaction.

Il suivit les députés qui grimpèrent l'escalier et s'engagèrent dans le couloir. Les spectateurs étaient debout dans le hall, devant la chambre du Conseil et regardaient par les portes ouvertes. Le gouverneur Botetourt, la vivante incarnation de la main de fer dans un gant de velours, était assis au bout d'une table ovale. Il fut très bref : « On m'a mis au courant de vos résolutions, déclara-t-il. Vous m'avez mis dans l'obligation de vous dissoudre. Je déclare donc l'Assemblée dissoute. »

Il y eut un silence stupéfait.

« Ce sera tout », ajouta-t-il d'un ton impatient.

Jay dissimula sa joie tandis que les députés sortaient lentement de la salle. Ils ramassèrent leurs papiers au passage et, par petits groupes, passèrent dans la cour.

Il se rendit à la taverne Raleigh et s'installa au bar. Il commanda son repas de midi tout en flirtant avec une serveuse. Il fut surpris de voir passer un grand nombre de députés, qui allaient s'engouffrer dans une des salles plus grandes au fond de l'établissement. Il se demanda s'ils complotaient quelque autre trahison.

Quand il eut terminé, il alla voir ce qui se passait.

Il avait deviné juste : les députés étaient en plein débat. Ils ne cherchaient même pas à dissimuler leur sédition. Ils étaient aveuglément convaincus de la justesse de leur cause et cela leur donnait une sorte d'assurance insensée. Ils ne comprennent donc pas, se demanda Jay, qu'ils vont déchaîner sur eux la colère d'une des plus grandes monarchies du monde ? S'imaginent-ils qu'ils finiront par s'en tirer ? Ils ne se rendent donc pas compte que la puissance de l'armée britannique va tôt ou tard les anéantir tous ?

De toute évidence, ils ne se rendaient compte de rien et si grande était leur arrogance que pas un seul d'entre eux ne protesta quand Jay alla s'asseoir au fond de la salle : nombre de ceux qui se trouvaient là savaient pourtant qu'il était loyal à la Couronne.

Une des têtes brûlées était en train de parler et Jay reconnut George Washington, un ancien officier de l'armée qui avait gagné beaucoup d'argent dans la spéculation immobilière. Ce n'était guère un orateur, mais il y avait chez lui une détermination d'acier qui impressionna Jay.

Washington avait un plan. Dans les colonies du Nord, déclara-t-il, les notables avaient formé des associations dont les membres s'étaient engagés à ne pas importer de marchandises britanniques. Si les Virginiens voulaient vraiment faire pression sur le gouvernement de Londres, ils devraient en faire autant.

Si jamais j'ai entendu des propos qui frisent à ce point la trahison, songea Jay avec colère, c'est bien ceux-là. L'entreprise de son père allait souffrir davantage encore si Washington obtenait gain de cause. Outre les forçats, Sir George transportait des cargaisons de thé, de meubles, de cordages, de machineries et une foule d'articles manufacturés et de produits de luxe que les colons ne pouvaient pas produire eux-mêmes. Son commerce avec le Nord n'était déjà plus qu'une fraction de ce qu'il représentait autrefois : c'était pourquoi son affaire s'était trouvée en crise un an auparavant.

Tout le monde n'était pas d'accord avec Washington. Certains députés firent remarquer que les colonies du Nord avaient plus d'entreprises industrielles : elles pouvaient donc fabriquer elles-mêmes un grand nombre de produits essentiels alors que le Sud dépendait davantage des importations. Que ferons-nous, disaient-ils, sans tissu ni fil à coudre ?

Washington précisa qu'il pourrait y avoir des exceptions et l'assemblée se mit à examiner les détails. Quelqu'un proposa l'interdiction d'abattre les agneaux pour augmenter la production locale de laine. Washington eut tôt fait de suggérer la formation d'une petite commission pour régler les détails techniques. La proposition fut acceptée et l'on entreprit de désigner les membres du comité.

Jay quitta la salle, écœuré. Comme il traversait le hall, Lennox l'aborda avec un message de Murchman. Il était de retour en ville. Il avait lu le billet de Mr. Jamisson et serait honoré de recevoir celui-ci à neuf heures du matin.

La crise politique avait un moment distrait Jay, mais ses problèmes personnels revinrent le hanter et le tinrent éveillé toute la nuit. Par moments, il rendait son père responsable de lui avoir donné une plantation qui ne pouvait pas rapporter d'argent. Puis il maudissait Lennox d'avoir trop fumé les champs au lieu de défricher des terres vierges. Il se demanda même si sa récolte de tabac n'était pas en fait d'excellente qualité et si les inspecteurs virginiens ne l'avaient pas brûlée rien que pour le punir de sa loyauté au roi d'Angleterre. Tout en se tournant et se retournant dans le lit étroit, il envisagea même la possibilité que Lizzie eût provoqué l'accouchement de cet enfant mort-né pour le contrarier.

Il se rendit de bonne heure chez Murchman. C'était sa seule chance. Quel qu'en fût le responsable, il n'avait pas réussi à rendre la plantation rentable. S'il ne pouvait pas emprunter davantage d'argent, ses créanciers allaient saisir l'hypothèque et il se retrouverait sans toit et sans le sou.

Murchman paraissait nerveux. «Je me suis arrangé pour faire venir votre créancier afin qu'il vous rencontre, dit-il.

– Mon créancier? Vous m'aviez dit qu'il s'agissait d'un syndicat.

– Ah, en effet… pardonnez-moi cette petite supercherie. La personne en question voulait conserver l'anonymat.

– Alors pourquoi a-t-elle décidé de se dévoiler maintenant?

– Je... Je ne saurais vous le dire.

– Bah, je suppose que ce monsieur doit envisager de me prêter l'argent dont j'ai besoin... sinon pourquoi se donner la peine de me rencontrer?

– Vous avez sans doute raison... il ne m'a pas fait de confidences. »

Jay entendit frapper à la porte.

« Qui est-il, d'ailleurs?

– Je crois que je vais le laisser se présenter lui-même. »

La porte s'ouvrit, livrant passage à Robert.

Jay se leva d'un bond, stupéfait. « Toi! fit-il. Quand es-tu arrivé?

– Il y a quelques jours », dit Robert.

Jay lui tendit la main et Robert la serra brièvement. Cela faisait près d'un an que Jay ne l'avait pas vu et Robert ressemblait de plus en plus à leur père : bien en chair, renfrogné, sec. « C'est donc toi qui m'as prêté l'argent? dit Jay.

– C'était Père, dit Robert.

– Dieu soit loué! J'avais peur de ne pas pouvoir emprunter davantage d'un étranger.

– Mais Père n'est plus ton créancier, poursuivit Robert. Il est mort.

– Mort? » Jay se rassit brusquement. C'était un choc. Père n'avait même pas soixante ans.

« Comment...?

– Une crise cardiaque. »

Jay eut l'impression qu'on venait de le priver soudain d'un soutien. Son père l'avait traité sans ménagement, mais il avait toujours été là, solide et apparemment indestructible. Le monde tout d'un coup était devenu un endroit bien plus incertain. Même s'il était déjà assis, Jay éprouvait le besoin de s'appuyer sur quelque chose.

Il se tourna de nouveau vers son frère. Il lut sur le visage de Robert une expression de vengeance triomphante. Pourquoi était-il content ? « Il y a autre chose, dit Jay. Pourquoi as-tu l'air si fichtrement content ?

– C'est moi ton créancier maintenant », dit Robert.

Jay devina ce qui allait se passer. Il eut l'impression d'avoir reçu un coup à l'estomac. « Espèce de porc », murmura-t-il.

Robert acquiesça. « Je saisis ton hypothèque. Ta plantation de tabac m'appartient. J'ai fait la même chose avec High Glen : j'ai racheté les hypothèques et je les ai saisies. Le domaine m'appartient. »

C'était à peine si Jay pouvait parler. « Tu as dû préparer tout ça », parvint-il à dire.

Robert hocha la tête.

Jay refoula ses larmes. « Toi et Père…

– Oui.

– J'ai été ruiné par ma propre famille.

– Tu t'es ruiné tout seul. Tu es paresseux, stupide et faible. »

Jay ignora ces insultes. Ce qui l'obsédait, c'était l'idée que son propre père avait comploté sa chute. Il se rappela comment la lettre de Murchman lui était parvenue juste quelques jours après son arrivée en Virginie. Père avait dû lui écrire d'avance, en donnant instruction à l'homme de loi de proposer une hypothèque. Il avait prévu que la plantation connaîtrait des difficultés et il avait prévu de la reprendre à Jay. Son père était mort, mais, par-delà la tombe, il lui avait envoyé ce message comme pour le rejeter une dernière fois.

Jay se releva lentement, au prix d'un douloureux effort, comme un vieillard. Robert était planté là, silencieux, l'air hautain et méprisant. Murchman eut la grâce de prendre un air coupable. Très embarrassé, il se précipita vers la porte et l'ouvrit devant Jay. À pas lents, Jay traversa le hall et sortit dans la rue boueuse.

À l'heure du dîner, Jay était ivre. À tel point que même Mandy, la serveuse qui lui faisait les yeux doux, parut perdre tout intérêt. Ce soir-là, il tomba ivre mort au bar du Raleigh. Lennox avait dû le porter jusqu'à son lit car il s'éveilla le lendemain matin dans sa chambre.

Il songea à se suicider. Il n'avait plus de raison de vivre : pas de maison, pas d'avenir, pas d'enfant. Maintenant qu'il avait fait banqueroute, il n'arriverait jamais à rien en Virginie, et il ne pouvait supporter l'idée de rentrer en Angleterre. Son épouse le haïssait et même Felia appartenait maintenant à son frère. La seule question était de savoir s'il allait se tirer une balle dans la tête ou se noyer dans l'alcool.

Il buvait encore du cognac à onze heures du matin quand sa mère entra dans la taverne.

En la voyant, il crut un instant qu'il devenait fou. Il se leva et la dévisagea, affolé. Devinant ses pensées, comme toujours, elle dit : « Non, je ne suis pas un fantôme. » Elle l'embrassa et s'assit.

Quand il eut retrouvé ses esprits, il dit : « Comment m'avez-vous trouvé ?

– Je suis allée à Fredericksburg et on m'a dit que tu étais ici. Prépare-toi à un choc : ton père est mort.

– Je sais. »

Cela la surprit. « Comment ?

– Robert est ici.

– Pourquoi ? »

Jay lui raconta l'histoire et expliqua que Robert était maintenant le propriétaire tout à la fois de la plantation et de High Glen.

« Je craignais bien qu'ils n'aient tous les deux comploté quelque chose comme ça, dit-elle d'un ton amer.

– Je suis ruiné, dit-il. J'envisageais de me tuer. »

Elle ouvrit de grands yeux. « Alors, Robert ne t'a pas dit ce qu'il y avait dans le testament de ton père. »

Jay soudain entrevit une lueur d'espoir. « Il m'a laissé quelque chose ?

– À toi, non. À ton enfant. »

Jay sentit son cœur se serrer de nouveau. « L'enfant était mort-né.

– Un quart de l'héritage ira à n'importe lequel des petits-enfants de ton père nés dans un délai d'un an après sa mort. Si au bout d'un an il n'y a pas de petits-enfants, Robert a tout.

– Un quart ? Mais c'est une fortune !

– Il ne te reste plus qu'à mettre de nouveau Lizzie enceinte. »

Jay réussit à sourire. « Oh, c'est au moins une chose que je sais faire.

– N'en sois pas si sûr. Elle s'est enfuie avec ce mineur.

– Quoi ?

– Elle est partie, avec McAsh.

– Bonté divine ! Elle m'a quitté ! Pour partir avec un forçat ? » C'était profondément humiliant. Jay détourna les yeux. « Seigneur, je ne survivrai jamais à ça.

– Ils ont pris un chariot, six de tes chevaux et assez de provisions pour assurer le démarrage de plusieurs fermes.

– Les sales voleurs ! » Il se sentait scandalisé et impuissant. « Vous n'avez pas pu les arrêter ?

– J'ai essayé le shérif… mais Lizzie a été maligne. Elle a raconté partout qu'elle portait des cadeaux à un cousin de Caroline du Nord. Les voisins ont dit au shérif que je n'étais qu'une belle-mère acariâtre qui essayait de faire des histoires.

– Ils me détestent tous parce que je suis loyal au roi. » Passer ainsi de l'espoir à la plus profonde détresse, c'en était trop pour Jay. Il sombra dans l'abattement. « Ça ne sert à rien, dit-il. Le sort est contre moi.

– Ne renonce pas déjà ! »

Mandy, la serveuse, les interrompit pour demander à Alicia ce qu'elle voulait. Elle commanda du thé. Mandy fit à Jay un sourire aguicheur.

« Je pourrais avoir un enfant avec une autre femme », dit-il tandis que Mandy repartait.

Alicia lança un regard méprisant à la serveuse qui s'éloignait en dandinant des fesses et dit : « Non : ce doit être un petit-enfant légitime.

– Est-ce que je pourrais divorcer d'avec Lizzie ?

– Non. Il faut un acte du Parlement. Ça coûte une fortune et de toute façon nous n'avons pas le temps. Tant que Lizzie est vivante, il faut que ce soit elle.

– Je n'ai aucune idée de l'endroit où elle est allée.

– Moi, si. »

Jay dévisagea sa mère. Son habileté ne cessait jamais de l'étonner. «Comment le savez-vous ?

– Je les ai suivis. »

Il secoua la tête avec une admiration incrédule. «Comment avez-vous fait ?

– Ça n'a pas été difficile. J'ai demandé aux gens s'ils n'avaient pas vu un chariot attelé de quatre chevaux avec un homme, une femme et un enfant. Il n'y a pas tant de circulation pour que les gens oublient.

– Où sont-ils allés ?

– Vers le sud, jusqu'à Richmond. Là, ils ont emprunté une route qui s'appelle la piste des Trois Entailles et ils ont pris la direction de l'ouest, vers les montagnes. Moi, je suis partie vers l'est et venue ici. Si tu te mets en route ce matin, tu n'auras que trois jours de retard sur eux. »

Jay réfléchit. Il avait horreur de l'idée de poursuivre une femme qui s'enfuyait : cela le rendait tellement ridicule. Mais c'était sa seule chance d'hériter. Et un quart de l'héritage de Père, c'était une immense fortune.

Que ferait-il quand il l'aurait rattrapée ? « Et si Lizzie refuse de revenir ? » dit-il.

Sa mère prit un air dur et décidé. « Évidemment, dit-elle, il y a une autre possibilité. » Elle toisa Mandy, puis son regard froid revint à Jay. « Tu pourrais mettre enceinte une autre femme, l'épouser et hériter – si Lizzie mourait soudainement. »

Il dévisagea sa mère un long moment.

Elle poursuivit : « Ils se dirigent vers le désert, là où il n'y a pas de loi. Il peut arriver n'importe quoi dans ces régions-là : il n'y a pas de shérif, pas de coroner.

Une mort brutale, c'est normal, et personne ne pose de questions. »

Jay avait la gorge sèche : il tendit la main vers son verre. Sa mère lui prit le bras pour l'en empêcher. «Assez, dit-elle. Il faut que tu te mettes en route. »

À regret, il recula sa main.

«Prends Lennox avec toi, lui conseilla-t-elle. Dans le pire des cas, si tu n'arrives pas à persuader ni à forcer Lizzie de revenir avec toi... il saura comment s'y prendre. »

Jay hocha la tête. «Très bien, dit-il. C'est ce que je vais faire. »

37

La vieille piste des chasseurs de bisons qu'on appelait la piste des Trois Entailles allait vers l'ouest pendant des milles, à travers les collines de Virginie. Comme on pouvait le voir sur la carte de Mack, elle était parallèle à la rivière James. Elle traversait une série sans fin de crêtes et de vallées creusées par les centaines de petits ruisseaux qui s'écoulaient vers le sud jusqu'à la rivière James. Ils traversèrent d'abord un certain nombre de grands domaines mais, à mesure qu'ils s'enfonçaient vers l'ouest, les maisons et les champs devenaient plus petits, les terres en friche et les bois plus vastes.

Lizzie était heureuse. Elle était effrayée, angoissée et bourrelée de remords, mais elle ne pouvait s'empêcher de sourire. Elle était en plein air, sur un cheval, auprès de l'homme qu'elle aimait, au début d'une grande aventure. Son esprit s'inquiétait de ce qui pourrait arriver, mais son cœur chantait sans cesse.

Ils poussèrent les chevaux, car ils craignaient d'être suivis. Alicia Jamisson n'allait pas attendre tranquillement à Fredericksburg que Jay rentre à la maison. Elle avait déjà dû adresser un message à Williamsburg, ou même s'y être rendue pour le prévenir. Si leur fuite n'avait pas eu de conséquences financières, Jay aurait peut-être haussé les épaules et les aurait laissés partir. Mais maintenant il avait besoin de sa femme pour lui donner le petit-enfant indispensable à l'héritage. Il allait poursuivre Lizzie : c'était une quasi-certitude.

Ils avaient plusieurs jours d'avance sur lui, mais Jay voyagerait plus vite, car il n'avait pas besoin de tout un chariot de provisions.

Le troisième jour, le paysage se fit plus accidenté. Les champs cultivés cédèrent la place aux pâturages et dans la brume à l'horizon apparut une chaîne de montagnes bleutées. Avec les milles qui passaient, les chevaux s'épuisaient, trébuchant sur la piste rocailleuse et s'obstinant à ralentir l'allure. Dans les montées, Mack, Lizzie et Peg descendaient du chariot et marchaient pour alléger la charge, mais ce n'était pas suffisant. Les bêtes baissaient la tête, ralentissaient encore l'allure et ne réagissaient plus au fouet.

« Qu'est-ce qu'ils ont ? demanda Mack avec inquiétude.

– Il faut les nourrir mieux, répondit-elle. Ils subsistent sur ce qu'ils peuvent brouter la nuit. Pour un travail comme celui-là, tirer un chariot toute la journée, les chevaux ont besoin d'avoine.

– J'aurais dû en apporter, dit Mack avec regret. Je n'y ai jamais pensé : je ne connais pas grand-chose aux chevaux. »

Cet après-midi-là, ils parvinrent à Charlottesville, une nouvelle bourgade qui se développait là où la piste des Trois Entailles croisait la piste Seminole, un vieux chemin indien. On avait tracé le plan de la ville en rues parallèles qui escaladaient la colline en partant de la piste, mais la plupart des terres étaient encore en friche et il n'y avait qu'une douzaine de maisons. Lizzie aperçut un tribunal devant lequel on avait planté un pilori, ainsi qu'une taverne dont l'enseigne affichait l'image sommairement peinte d'un cygne. «Nous pourrions trouver de l'avoine, dit-elle.

– Ne nous arrêtons pas, dit Mack. Je ne veux pas que les gens se souviennent de nous.»

Lizzie comprit son raisonnement. Les carrefours poseraient un problème à Jay. Il devrait découvrir si les fugitifs avaient pris vers le sud ou poursuivi vers l'ouest. S'ils attiraient l'attention en s'arrêtant à la taverne pour se ravitailler, ils lui faciliteraient la tâche. Les chevaux n'auraient qu'à souffrir un peu plus longtemps.

Quelques milles après Charlottesville, ils s'arrêtèrent là où une piste à peine visible traversait la route. Mack alluma un feu et Peg fit cuire de l'hominie. Il y avait certainement du poisson dans les cours d'eau et des cerfs dans les bois, mais les fugitifs n'avaient pas le temps de chasser ni de pêcher : ils se contentèrent donc de bouillie. Elle était sans goût, trouva Lizzie, et sa consistance visqueuse la dégoûtait. Elle se força à en avaler quelques cuillerées, mais elle était au bord de la nausée et elle jeta le reste. Elle avait honte de penser que les ouvriers de la plantation mangeaient cela tous les jours.

Tandis que Mack lavait leurs écuelles dans un torrent, Lizzie entrava les chevaux pour qu'ils puissent brouter la nuit sans risquer de s'enfuir. Puis tous trois s'enveloppèrent dans des couvertures et s'allongèrent côte à côte sous le chariot. Lizzie tressaillit en s'allongeant. Mack lui demanda : «Qu'est-ce qu'il y a ?

– J'ai mal au dos, dit-elle.

– Tu as l'habitude d'un lit de plume.

– Je préfère coucher auprès de toi sur la terre glacée que dormir seule dans un lit de plume.»

Comme Peg était auprès d'eux, ils ne firent pas l'amour. Mais quand ils crurent qu'elle était endormie, ils évoquèrent à voix basse tout ce qu'ils avaient vécu ensemble.

«Le jour où je t'ai tiré de cette rivière et où je t'ai séché avec mon jupon…, fit Lizzie, tu te souviens?

– Bien sûr. Comment pourrais-je l'oublier?

– Je t'ai séché le dos, et puis quand tu t'es retourné…» Elle hésita, soudain intimidée. «Tu étais tout… excité.

– Très. J'étais si épuisé que c'était à peine si je pouvais me tenir debout, mais, malgré ça, j'avais envie de toi.

– Je n'avais jamais vu un homme comme ça auparavant. J'ai trouvé ça si extraordinaire. J'en ai rêvé après. Ça me gêne de me rappeler à quel point ça m'a plu.

– Tu as tellement changé. Tu étais si arrogante.»

Lizzie eut un petit rire. «Je pense la même chose de toi!

– J'étais arrogant?

– Je pense bien! Te lever à l'église et lire tout haut une lettre au châtelain!

– Tu as sans doute raison.

– Peut-être que nous avons tous les deux changé.

– J'en suis bien content.» Mack lui caressa la joue. «Je crois que c'est à ce moment-là que je suis tombé amoureux de toi… devant l'église, quand tu m'as dit mon fait.

– Je t'ai longtemps aimé sans le savoir. Je me souviens du combat de boxe. Chaque coup que tu encaissais me faisait mal. J'avais horreur de voir ton beau corps abîmé. Après cela, quand tu étais encore inconscient, je t'ai caressé. J'ai touché ta poitrine. Même alors, je devais avoir envie de toi, avant de me marier. Mais je ne voulais pas l'admettre.

– Je vais te dire quand ça a commencé pour moi. Au fond du puits, quand tu es tombée dans mes bras: j'ai senti ton sein et j'ai compris qui tu étais.»

Elle eut un petit rire. «Est-ce que tu ne m'as pas serrée un peu plus longtemps que ce n'était vraiment nécessaire?»

À la lueur du feu, il prit un air un peu timide.

«Non. Mais, après ça, j'ai regretté de ne pas l'avoir fait.

– Maintenant, tu peux me serrer autant que tu veux.

– Oui.» Il passa ses bras autour d'elle et l'attira contre lui. Ils restèrent allongés sans rien dire un long moment. Ce fut dans cette position qu'ils s'endormirent.

Le lendemain, ils franchirent un col puis redescendirent dans la plaine de l'autre côté de la chaîne montagneuse. Lizzie et Peg restèrent dans le chariot tandis que Mack passait devant sur un des chevaux de rechange. Lizzie était courbatue d'avoir dormi à même le sol, et elle commençait à ressentir le manque de bonne nourriture. Mais elle allait devoir s'y habituer : ils avaient un long chemin à faire. Elle serra les dents et songea à l'avenir.

Elle sentait que Peg avait quelque chose qui la préoccupait. Chaque fois qu'elle regardait la fillette, elle pensait à l'enfant qu'elle avait perdue. Peg autrefois avait été un petit bébé, aimé par sa mère. En souvenir de cette mère, Lizzie aimait Peg et voulait prendre soin d'elle.

«Qu'est-ce qui te tracasse ? lui demanda Lizzie.

– Ces fermes dans les collines me rappellent celle de Burgo Marler.»

Ce doit être horrible, songea Lizzie, d'avoir tué quelqu'un. Mais elle sentait qu'il y avait autre chose et il ne fallut pas longtemps à Peg pour lâcher ce qu'elle avait sur le cœur. «Pourquoi as-tu décidé de t'enfuir avec nous ?»

Ça n'était pas facile de trouver une réponse simple à cette question. Lizzie réfléchit et finit par répondre : «Surtout parce que mon mari ne m'aime plus, je pense.» Quelque chose dans l'expression de Peg lui fit ajouter : «On dirait que tu regrettes que je ne sois pas restée chez moi.

– Oh, tu ne peux pas manger comme nous, tu

n'aimes pas dormir à la dure et, si nous ne t'avions pas, nous n'aurions pas de chariot et nous pourrions aller plus vite.

– Je m'habituerai à tout cela. Et ce qu'il y a sur le chariot nous permettra de démarrer une nouvelle vie. »

Peg continuait à bouder et Lizzie se dit que ce ne devait pas être tout. Elle ne se trompait pas ; après quelques instants de silence, Peg reprit : « Tu es amoureuse de Mack, n'est-ce pas ?

– Bien sûr.

– Mais tu viens tout juste de te débarrasser de ton mari… Est-ce que ça n'est pas un peu tôt ? »

Lizzie tressaillit. Dans ses moments de doute, elle-même sentait que c'était vrai, mais c'était agaçant d'entendre cette critique dans la bouche d'une enfant. « Voilà six mois que mon mari ne m'a pas touchée : combien de temps crois-tu que je devrais attendre ?

– Mack m'aime. »

Les choses se compliquaient. « Je crois qu'il nous aime toutes les deux, dit Lizzie. Mais de façon différente. »

Peg secoua la tête. « Il m'aime. Je le sais.

– Il a été comme un père pour toi. Et, si tu veux bien, j'essaierai d'être comme une mère.

– Non ! dit Peg, furieuse. Ça n'est pas comme ça que ça va se passer ! »

Lizzie ne savait trop quoi lui dire. En regardant devant elle, elle aperçut une rivière presque à sec, avec une petite construction en bois. De toute évidence il y avait un gué à cet endroit et le bâtiment était une taverne utilisée par les voyageurs. Mack était en train d'attacher son cheval à un arbre devant la petite maison.

Elle arrêta le chariot. Un grand gaillard vêtu à la diable sortit : il portait une culotte de peau, pas de chemise et un tricorne défoncé.

« Nous avons besoin d'acheter de l'avoine pour nos chevaux », dit Mack.

L'homme répondit par une question. « Vous n'avez

pas envie de reposer un peu votre attelage et d'entrer prendre un verre ? »

Lizzie eut soudain l'impression qu'une chope de bière était la chose la plus désirable du monde. Elle avait apporté de l'argent de Mockjack Hall : pas beaucoup, mais assez pour les dépenses essentielles du voyage. « Mais oui », fit-elle d'un ton décidé. Et elle sauta à bas du chariot.

« Je m'appelle Barney Tobold : on m'appelle Baz », dit l'aubergiste. Il regarda Lizzie d'un air intrigué. Elle portait des vêtements d'homme, mais elle n'avait pas complété son déguisement et son visage était manifestement celui d'une femme. Il ne fit toutefois aucun commentaire et les précéda à l'intérieur.

Quand ses yeux se furent accoutumés à la pénombre, Lizzie constata que l'auberge se composait d'une salle au sol en terre battue avec deux bancs, un comptoir et quelques chopes en bois sur une étagère. Baz tendit la main vers un tonnelet de rhum, mais elle prévint son geste en disant : « Pas de rhum... juste de la bière, je vous prie.

– Je vais prendre du rhum, s'empressa de dire Peg.

– Si c'est moi qui paie, pas question, rétorqua Lizzie. De la bière pour elle aussi, s'il vous plaît, Baz. »

Il leur servit de la bière. Mack entra, sa carte à la main et dit : « Quelle rivière est-ce ?

– On l'appelle South River.

– Une fois qu'on a traversé, où mène la route ?

– À une ville qui s'appelle Staunton, à environ huit lieues d'ici. Après ça, il n'y a pas grand-chose : quelques pistes, quelques postes frontières fortifiés, et puis les vraies montagnes que personne n'a jamais traversées. Au fait, où allez-vous donc, vous autres ? »

Comme Mack hésitait, Lizzie répondit : « Je m'en vais rendre visite à un cousin.

– À Staunton ? »

La question déconcerta Lizzie. « Euh... pas loin.

– Tiens donc ? Comment s'appelle-t-il ? »

Elle dit le premier nom qui lui passa par la tête.
«Angus... Angus James.»

Baz fronça les sourcils. «C'est drôle. Je croyais que
je connaissais tout le monde à Staunton, mais ce
nom-là ne me dit rien.»

Lizzie improvisa. «Il se peut que sa ferme soit un
peu éloignée du bourg... je n'y suis jamais allée.»

On entendit dehors des pas de chevaux. Lizzie songea à Jay. Aurait-il pu les rattraper si vite ? Ce bruit
mit Mack mal à l'aise aussi et il dit : «Si nous voulons
atteindre Staunton avant la tombée de la nuit...

– Il ne faut pas nous attarder», termina Lizzie.
Elle vida sa chope.

«Vous vous êtes à peine humecté le gosier, dit Baz.
Buvez un autre coup.

– Non», fit Lizzie d'un ton résolu. Elle prit son
porte-monnaie. «Laissez-moi vous payer.»

Deux hommes entrèrent, clignant des yeux dans la
pénombre. Ils semblaient être des gens du pays : tous
deux en culotte de peau, avec des bottes faites à la
maison. Du coin de l'œil, Lizzie vit Peg sursauter,
puis tourner le dos aux nouveaux venus, comme si
elle ne voulait pas leur montrer son visage.

L'un d'eux lança d'un ton jovial : «Salut, étrangers !» C'était un homme fort laid au nez cassé, avec
un œil fermé. «Je suis Chris Dobbs, qu'on appelle
Dobbo l'Œil mort. Quelles nouvelles de l'Est ? Est-ce
que ces fichus députés dépensent toujours l'argent de
nos impôts à construire de nouveaux palais et à donner des banquets ? Laissez-moi vous payer à boire.
Du rhum pour tout le monde, je te prie, Baz.

– Nous partons, dit Lizzie. Mais merci quand
même.»

Dobbo la regarda plus attentivement et dit : «Une
femme en culotte de peau !»

Elle l'ignora et dit : «Adieu, Baz... et merci pour le
renseignement.»

Mack sortit. Lizzie et Peg se dirigèrent vers la
porte. Dobbs regarda Peg et eut un air surpris. «Toi,

je te connais. Je t'ai vue avec Burgo Marler, que Dieu ait son âme.

– Jamais entendu parler de lui», dit hardiment Peg. Et elle passa.

Il ne fallut qu'une seconde à l'homme pour arriver à la conclusion logique. «Seigneur, tu dois être la petite garce qui l'a tué !

– Attendez un peu», fit Lizzie. Elle regrettait que Mack fût sorti si vite. «Je ne sais pas quelles folles idées vous avez en tête, Mr. Dobbs, mais Jenny est domestique dans ma famille depuis l'âge de dix ans. Elle n'a jamais rencontré personne du nom de Burgo Marler, et elle l'a encore moins tué. »

L'homme n'allait pas se laisser démonter si facilement. «Elle ne s'appelle pas Jenny, mais c'est quelque chose comme ça : Betty, ou Milly ou Peggy. C'est ça... c'est Peggy Knapp. »

Lizzie se sentit malade de peur.

Dobbs chercha une confirmation auprès de son compagnon. «Dis donc, ça n'est pas elle ? »

L'autre haussa les épaules. «Je n'ai jamais vu plus d'une fois ou deux la condamnée qui travaillait pour Burgo : toutes les petites filles se ressemblent», dit-il d'un ton hésitant.

Baz intervint. «Quand même, elle correspond au signalement donné dans la *Gazette de Virginie*. » Il plongea la main sous le comptoir et en tira un mousquet.

La peur de Lizzie se dissipa : elle était furieuse. «J'espère que vous ne songez pas à me menacer, Barney Tobold», dit-elle. Son ton énergique la surprit elle-même.

«Vous devriez peut-être tous attendre un peu, répondit-il, pendant qu'on envoie un message au shérif de Staunton. Il est furieux de ne pas avoir attrapé la meurtrière de Burgo. Je suis sûr qu'il voudra vérifier votre histoire.

– Je n'ai pas le temps d'attendre. »

Il braqua l'arme sur elle. «Je crois qu'il va bien falloir.

– Laissez-moi vous expliquer quelque chose. Je vais sortir d'ici avec cette enfant, et pensez à une seule chose : si vous abattez l'épouse d'un riche gentleman virginien, aucune excuse au monde ne vous empêchera de finir au bout d'une corde. » Elle posa les mains sur les épaules de Peg, s'interposa entre elle et le fusil et la poussa devant elle.

Baz arma le mousquet avec un cliquetis assourdissant.

Peg tressaillit sous les mains de Lizzie qui resserra son emprise, sentant que la fillette avait envie de s'enfuir en courant.

Six coudées les séparaient de la porte, mais elle eut l'impression de mettre une heure à les parcourir.

Aucun coup de feu ne claqua.

Lizzie sentit le soleil sur son visage.

Incapable de se contenir plus longtemps, elle poussa Peg en avant et courut à toutes jambes.

Mack était déjà en selle. Peg sauta à l'arrière du chariot et Lizzie lui emboîta le pas.

« Qu'est-ce qu'il s'est passé ? demanda Mack. On dirait que vous avez vu un fantôme.

– Allons-nous-en d'ici ! dit Lizzie en secouant les rênes. Le borgne a reconnu Peg ! » Elle tourna le chariot vers l'est. S'ils se dirigeaient vers Staunton, il leur faudrait d'abord passer la rivière à gué, ce qui prendrait trop longtemps, et puis ils se jetteraient dans les bras du shérif. Force leur était de revenir sur leurs pas.

Regardant par-dessus son épaule, elle vit les trois hommes plantés sur le seuil de la taverne, Baz tenant toujours son mousquet. Faisant claquer son fouet, elle mit les chevaux au trot.

Baz ne tira pas.

Quelques secondes plus tard, ils étaient hors de portée.

« Mon Dieu, fit Lizzie, soulagée. Ça a été un moment pénible. »

La route tourna dans les bois : la taverne disparut

à leurs yeux. Au bout d'un moment, Lizzie remit les chevaux au pas. Mack s'approcha sur sa monture. «Nous avons oublié d'acheter de l'avoine», dit-il.

Mack était soulagé d'avoir échappé à ces forcenés, mais il regrettait la décision qu'avait prise Lizzie de revenir en arrière. Ils auraient dû passer la rivière et poursuivre leur chemin. Certes, la ferme de Burgo Marler semblait être dans le coin, mais ils auraient pu trouver un chemin qui contournait la ville ou la traverser discrètement de nuit. Il ne critiqua pourtant pas Lizzie : elle n'avait pas eu le temps de réfléchir.

Ils s'arrêtèrent là où ils avaient campé la nuit précédente, à l'endroit où la piste des Trois Entailles était coupée par un petit sentier. Ils amenèrent le chariot hors de la route et le dissimulèrent dans les bois : ils étaient maintenant des fugitifs avec la justice à leurs trousses.

Mack regarda sa carte : il décida qu'ils devraient revenir à Charlottesville et suivre la piste Séminole en direction du sud. Ils pourraient reprendre la route de l'ouest au bout d'un jour ou deux, et contourner largement Staunton.

Toutefois, au matin, l'idée vint à Mack que Dobbs pourrait bien se diriger également vers Charlottesville. Il aurait pu dépasser leur campement dissimulé dans les bois et arriver en ville avant eux. Il fit part à Lizzie de ses inquiétudes et proposa d'aller tout seul à cheval jusqu'à Charlottesville pour s'assurer que la voie était libre. Elle accepta.

Il poussa son cheval et arriva en ville avant le lever du soleil. Il mit sa monture au pas en approchant de la première maison. Tout était calme : rien ne bougeait qu'un vieux chien qui se grattait au milieu de la route. La porte de la taverne du Cygne était ouverte et de la fumée sortait de la cheminé. Mack mit pied à terre, attacha son cheval à un buisson, puis approcha prudemment de la taverne.

Personne au bar.

Peut-être Dobbs et son acolyte étaient-ils partis dans l'autre direction, vers Staunton.

Une odeur à vous faire venir l'eau à la bouche arrivait d'on ne sait où. En passant derrière, il vit une femme d'un certain âge qui faisait frire du bacon. « J'ai besoin d'acheter de l'avoine », dit-il.

Sans lever les yeux de sa poêle, elle dit : « Il y a un magasin en face du tribunal.

— Merci. Avez-vous vu Dobbs l'Œil mort ?

— Qui diable est-il, celui-là ?

— Peu importe.

— Vous voudriez manger quelque chose avant de partir ?

— Non, merci... je regrette de ne pas avoir le temps. »

Laissant son cheval, il monta la côte jusqu'au tribunal. De l'autre côté de la place, une construction plus petite avec une enseigne peinte à la diable annonçant Marchand de Grains. C'était fermé, mais dans un appentis, derrière, il trouva un homme à demi vêtu en train de se raser. « J'ai besoin d'acheter de l'avoine, répéta-t-il.

— Et moi, j'ai besoin de me raser.

— Je ne peux pas attendre. Vendez-moi deux sacs d'avoine maintenant ou bien je les achèterai au gué de South River. »

En grommelant, l'homme s'essuya le visage et emmena Mack dans le magasin.

« Pas d'étrangers en ville ? lui demanda Mack.

— Vous », répondit-il.

Il semblait bien que Dobbs n'était pas venu ici la nuit dernière.

Mack paya avec l'argent de Lizzie et chargea les deux grands sacs sur son dos. En sortant, il entendit des bruits de sabots et leva les yeux pour voir trois cavaliers qui arrivaient de l'est, à bonne allure.

Son cœur se mit à battre plus fort.

« Des amis à vous ? dit le marchant de grains.

– Non. »

Il descendit en hâte la pente. Les cavaliers s'arrêtèrent au Cygne. Mack ralentit le pas en approchant et rabattit son chapeau sur ses yeux. Comme ils mettaient pied à terre, il étudia leurs visages.

L'un d'eux était Jay Jamisson.

Mack jura sous cape. Jay les avait presque rattrapés, à cause de l'incident de la veille à South River.

Heureusement que Mack avait été prudent : il était donc prévenu. Il lui fallait maintenant retrouver son cheval et s'en aller sans être vu.

Il se rendit compte soudain que le cheval en question avait été volé à Jay et que ce dernier n'était qu'à quelques coudées du buisson auquel il avait attaché l'animal.

Jay adorait ses chevaux. Il lui suffirait d'un coup d'œil pour reconnaître que c'était le sien. Et il comprendrait aussitôt que les fuyards n'étaient pas loin.

Mack enjamba une clôture brisée pour s'engager dans un champ envahi de broussailles et se cacha derrière un buisson. Lennox était avec Jay et il y avait un troisième homme qu'il ne reconnut pas. Lennox attacha sa monture à côté de celle de Mack, dissimulant le cheval volé aux yeux de Jay. Lennox ne s'intéressait pas aux chevaux et ne reconnaîtrait pas l'animal. Jay attacha le sien auprès de celui de Lennox. Entre, entre donc ! criait Mack dans sa tête, mais Jay se retourna pour dire quelque chose à Lennox. Lennox répondit et le troisième homme éclata d'un rire gras. Une goutte de sueur ruissela sur le front de Mack, lui tomba dans l'œil et il cilla pour la faire partir. Quand sa vision s'éclaircit, les trois compères entraient dans la taverne du Cygne.

Il poussa un soupir de soulagement. Mais il n'était pas encore tiré d'affaire.

Il sortit des buissons, ployant toujours sous le poids des deux sacs d'avoine et traversa rapidement la route jusqu'à la taverne. Puis il posa les sacs sur le dos du cheval.

Il entendit quelqu'un derrière lui.

Il n'osait pas regarder. Il posa un pied sur l'étrier. Une voix dit alors : «Ho... vous !»

Lentement, Mack se retourna. C'était l'étranger qui l'avait interpellé. Il prit une profonde inspiration et dit : «Quoi ?

– Nous voulons manger quelque chose.

– Voyez la femme là-bas derrière.» Mack enfourcha son cheval.

«Hé !

– Quoi maintenant ?

– Est-ce qu'un chariot attelé de quatre chevaux est passé ici, avec une femme, une fillette et un homme ?»

Mack fit semblant de réfléchir. «Pas récemment», dit-il. Il éperonna son cheval et s'éloigna.

Il n'osa pas se retourner.

Une minute plus tard, il avait laissé le bourg derrière lui.

Il avait hâte de retrouver Lizzie et Peg, mais le poids de l'avoine le ralentissait : quand il arriva au carrefour, le soleil commençait à chauffer. Il quitta la route et descendit la petite piste jusqu'à leur campement caché. «Jay est à Charlottesville», dit-il dès qu'il aperçut Lizzie.

Elle pâlit. «Si près !

– Il va probablement suivre la piste des Trois Entailles et traverser les montagnes dans le courant de la journée. Et dès qu'il arrivera au gué de South River, il découvrira que nous avons fait demi-tour. Il n'aura qu'un jour et demi de retard sur nous. Nous allons devoir abandonner le chariot.

Et toutes nos provisions !

La plupart. Nous avons trois chevaux de rechange : nous prendrons tout ce qu'ils pourront porter.» Mack regarda l'étroite piste. «Au lieu de retourner à Charlottesville, nous pourrions essayer de suivre ce chemin en direction du sud. Ce doit être un raccourci qui rejoint la piste Séminole à quelques lieues de la ville. Les chevaux doivent pouvoir y passer.»

Lizzie n'était pas le genre à geindre. Elle prit un air décidé. « Bon, dit-elle d'un ton résolu. Commençons à décharger. »

Ils durent abandonner le soc de charrue, la malle de Lizzie pleine de vêtements chauds et une partie de la farine de maïs, mais ils réussirent à conserver les fusils, les outils et le grain. Ils attachèrent ensemble les chevaux de bât puis enfourchèrent les autres.

Vers le milieu de la matinée, ils étaient en route.

38

Trois jours durant, ils suivirent la vieille piste Séminole en direction du sud-ouest. Ils traversèrent une succession de vallées et de cols entre des montagnes couvertes de forêts luxuriantes. Ils passèrent devant des fermes isolées, mais ils virent peu de gens et pas un bourg. Ils chevauchaient à trois de front, les chevaux de bât suivant en file indienne. Mack commençait à avoir les fesses meurtries par la selle, mais, malgré cela, il exultait. Les montagnes étaient magnifiques, le soleil brillait et il était un homme libre.

Le matin du quatrième jour, en gravissant une colline, ils aperçurent dans la vallée en contrebas une large rivière aux eaux brunes, parsemée d'un chapelet de petites îles. Sur la rive opposée, il y avait un groupement de constructions en bois. Un large bac à fond plat était amarré à une jetée.

Mack tira sur les rênes. « À mon avis, c'est la rivière James, et ces maisons, c'est ce qu'on appelle le Bac de Lynch. »

Lizzie devina ses pensées. « Tu veux qu'on aille encore à l'ouest. »

Il acquiesça. « Voilà trois jours que nous n'avons

445

vu presque personne : Jay va avoir du mal à suivre notre piste. Mais si nous prenons ce bac, nous allons rencontrer le passeur, et il sera peut-être difficile d'éviter l'aubergiste, l'homme qui tient le magasin et tous les curieux du village.

– Bien réfléchi, dit Lizzie. Si nous quittons la route ici, il sera incapable de deviner quelle direction nous avons prise. »

Mack regarda sa carte. « La vallée monte vers le nord-ouest jusqu'à un col. Le col passé, nous devrions pouvoir rejoindre la piste qui part de Staunton et va vers le sud-ouest.

– Bien. »

Mack sourit à Peg qui restait silencieuse et indifférente. « Tu es d'accord ? dit-il, essayant de la faire participer à la décision.

– Comme tu voudras », dit-elle.

Elle semblait malheureuse et Mack supposa que c'était parce qu'elle avait peur d'être prise. Elle devait être épuisée aussi : il oubliait parfois qu'elle était si petite. « Courage, dit-il. Nous sommes en train de leur échapper ! » Elle détourna la tête. Il échangea un regard avec Lizzie qui eut un geste d'impuissance.

Ils obliquèrent en s'éloignant de la piste et descendirent à travers les bois pour atteindre la rivière à environ un quart de lieue en amont des maisons. Mack estima qu'on n'avait pas dû les voir.

Un chemin suivait la berge sur plusieurs milles en direction de l'ouest. Puis il s'éloignait de la rivière pour contourner une chaîne de collines. La route était difficile et ils devaient fréquemment mettre pied à terre pour mener les chevaux par des pentes rocailleuses, mais jamais Mack ne perdait ce grisant sentiment de liberté.

Ils terminèrent la journée auprès d'un ruisseau torrentueux. Lizzie abattit un petit cerf venu boire dans un creux de rocher. Mack le découpa et confectionna une broche pour faire rôtir un cuissot. Laissant Peg surveiller le feu, il alla laver dans l'eau ses mains tachées de sang.

Il descendit un peu en aval jusqu'à un endroit où une petite chute d'eau tombait dans une mare profonde. Il s'agenouilla au bord d'un rocher et se lava les mains dans l'eau qui tombait. Puis il décida de se baigner et ôta ses vêtements. Il était en train d'enlever sa culotte quand, en levant les yeux, il aperçut Lizzie.

« Chaque fois que je me déshabille pour sauter dans une rivière...

– Tu me trouves en train de t'observer ! »

Ils éclatèrent de rire tous les deux.

« Viens te baigner avec moi », dit-il.

Il sentit son cœur battre plus fort tandis qu'elle se déshabillait. Il contempla son corps avec amour. Elle se planta nue devant lui, en arborant sur son visage cet air qui voulait dire « et après ? ». Ils s'étreignirent et s'embrassèrent. Ils s'arrêtèrent pour reprendre haleine et une idée folle le traversa. Il regarda la mare dix pieds plus bas et dit : « On saute ?

– Non ! » fit-elle. Puis elle reprit : « Très bien ! »

Se tenant par la main, ils s'avancèrent au bord de la corniche rocheuse et sautèrent en riant à gorge déployée. Ils touchèrent l'eau se tenant toujours par la main. Mack se laissa couler et lâcha Lizzie. Quand il refit surface, il l'aperçut à quelques pieds de lui, reniflant, soufflant et riant en même temps. Ils nagèrent de conserve jusqu'à la rive jusqu'au moment où ils sentirent sous leurs pieds le lit de la rivière. Ils s'arrêtèrent alors pour reprendre haleine.

Mack l'attira vers lui. Avec un frisson d'excitation, il sentit contre les siennes les cuisses nues de Lizzie. Il n'avait pas envie de l'embrasser maintenant, il voulait regarder son visage. Il lui caressa les hanches. La main de Lizzie se referma autour de son sexe : elle regarda Mack dans les yeux avec un sourire radieux. Il avait l'impression qu'il allait exploser.

Elle passa les bras autour de son cou et leva les

jambes, lui ceinturant la taille de ses cuisses. Il prit solidement pied sur le lit de la rivière pour supporter son poids. Il la souleva un tout petit peu. Elle se tortilla légèrement et s'installa sur lui. Il glissa en elle aussi facilement que s'ils s'y entraînaient depuis des années.

Après la fraîcheur de l'eau, la chair de Lizzie contre la sienne lui semblait de l'huile brûlante. Il eut soudain le sentiment d'être dans un rêve. Il était en train de faire l'amour à la fille de Lady Hallim sous une cascade en Virginie : comment cela pouvait-il être réel ?

Elle lui enfonça sa langue dans la bouche et il l'aspira. Il se mit à rire, puis son visage redevint grave et elle prit un air concentré. Tirant sur le cou de Mack, elle se souleva, puis laissa son corps retomber à plusieurs reprises. Elle poussait des gémissements un peu rauques en fermant à demi les yeux. Il la regardait, fasciné.

Du coin de l'œil, il vit quelque chose bouger sur la berge. Il tourna la tête et aperçut une tache de couleur, qui disparut aussitôt. Quelqu'un les avait observés. Était-ce Peg ou bien un étranger ? Il savait qu'il devrait s'en inquiéter, mais les gémissements de Lizzie se faisaient plus forts et il chassa cette idée. Elle se mit à pousser des cris, ses cuisses l'enserraient suivant un rythme de plus en plus rapide, puis elle plaqua son corps contre celui de Mack et poussa un grand cri. Il la serra, secoué par la passion.

Quand ils regagnèrent le campement, Peg avait disparu.

Mack était inquiet. « J'ai cru apercevoir quelqu'un auprès de la mare quand nous faisions l'amour. C'était juste en passant et je n'aurais même pas pu dire si c'était un homme, une femme ou un enfant.

– Je suis certaine que c'était Peg, dit Lizzie. Je

pense qu'elle s'est enfuie. Elle est jalouse de moi parce que tu m'aimes. »

— Quoi ?

— Elle t'aime, Mack. Elle m'a annoncé qu'elle allait t'épouser. Bien sûr, ce n'est qu'un fantasme de petite fille, mais elle ne le sait pas. Voilà des jours qu'elle est malheureuse : je crois qu'elle nous a vus faire l'amour et qu'elle est partie. »

Mack avait l'horrible pressentiment que c'était vrai. Il imaginait ce que Peg avait pu ressentir et cette idée le torturait. Voilà maintenant que la pauvre enfant errait seule en pleine nuit dans les montagnes. « Oh, mon Dieu, qu'est-ce que nous allons faire ? fit-il.

— La chercher.

— Bien. » Mack se secoua. « En tout cas, elle n'a pas pris de cheval. Elle n'a pas pu aller bien loin. Nous allons la chercher ensemble. Fabriquons des torches. Elle est sans doute repartie sur nos traces. Je parierais que nous allons la retrouver endormie sous un buisson. »

Ils cherchèrent toute la nuit. Ils revinrent sur leurs pas pendant des heures, brandissant leurs torches dans les bois de part et d'autre de la piste sinueuse. Puis ils regagnèrent le camp, confectionnèrent de nouvelles torches et suivirent le cours d'eau, remontant la pente de la montagne, escaladant des rochers. Pas trace de Peg.

À l'aube, ils mangèrent un peu du cuissot de cerf, chargèrent les provisions sur les chevaux et repartirent.

Peut-être était-elle allée vers l'ouest. Mack espérait qu'ils allaient la rattraper en chemin. Mais, toute la matinée, ils avancèrent sans la trouver.

À midi, ils tombèrent sur une autre piste. Ce n'était qu'un chemin de terre, mais plus large qu'un chariot, et il y avait des traces de sabots dans la boue. Il allait du nord-est au sud-ouest et, dans le lointain, ils apercevaient une majestueuse chaîne de montagnes qui s'élevait dans le ciel bleu.

C'était la route qu'ils cherchaient, le chemin du col de Cumberland.

Le cœur lourd, ils prirent au sud-ouest et continuèrent leur chemin.

39

Le lendemain matin, Jay Jamisson emmena son cheval par la bride jusqu'à la rivière James et regarda sur l'autre rive le groupe de maisons qu'on appelait le Bac de Lynch.

Jay était épuisé, courbatu et découragé. Il éprouvait une violente antipathie pour Binns, la brute dont Lennox avait loué les services à Williamsburg. Il en avait assez de la mauvaise nourriture, de ses vêtements sales, des longues journées en selle, des courtes nuits à même le sol. Au cours de ces derniers jours, il avait connu tour à tour l'espoir et le désespoir comme les montées et les descentes sur les interminables sentiers de montagne qu'il suivait.

Il avait été follement excité en arrivant au gué de South River d'apprendre que Lizzie et ses complices avaient été contraints de faire demi-tour. Il se demandait toutefois comment ils l'avaient dépassé en chemin.

«Ils ont quitté la piste quelque part», avait dit Dobbo l'Œil mort d'un ton catégorique, tandis qu'ils étaient assis dans la taverne au bord de la rivière. Dobbs avait vu les trois fugitifs la veille : il avait reconnu Peg Knapp comme étant la condamnée disparue qui avait tué Burgo Marler.

Jay se dit qu'il devait avoir raison. «Mais sont-ils allés vers le nord ou vers le sud ? demanda-t-il d'un ton soucieux.

– Quand on veut échapper à la loi, c'est vers le sud qu'il faut aller : loin des shérifs, des tribunaux et des magistrats. »

Jay n'en était pas si sûr. Il pouvait y avoir des tas d'endroits dans les treize colonies où un groupe familial apparemment respectable – le mari, l'épouse et la servante – pouvait s'installer discrètement et disparaître bel et bien. Mais l'hypothèse de Dobbs semblait plus probable.

Il déclara à Dobbs, comme il le disait à qui voulait l'entendre, qu'il était prêt à verser une récompense de cinquante livres sterling à quiconque arrêterait les fugitifs. C'était sa mère qui lui avait donné cet argent – assez par ici pour acheter une petite ferme. Quand ils repartirent, Dobbs franchit le gué et partit vers l'ouest, en direction de Staunton. Jay espérait qu'il allait répandre la nouvelle à propos de la récompense. Si les fugitifs parvenaient on ne sait comment à échapper à Jay, peut-être d'autres pourraient-ils les capturer.

Jay retourna à Charlottesville, s'attendant à apprendre que Lizzie était passée par là et avait pris la direction du sud. Mais on n'avait pas revu le chariot. Jay en était réduit à supposer qu'ils avaient d'une façon ou d'une autre contourné Charlottesville et trouvé une autre route en direction de la piste Séminole. Pariant là-dessus, il avait entraîné son petit groupe sur la piste. La campagne était de plus en plus déserte : ils ne rencontrèrent personne qui se rappelât avoir vu un homme, une femme et une jeune fille sur la route.

Il espérait bien pourtant obtenir des renseignements ici, au Bac de Lynch.

Ils arrivèrent sur la rive et se mirent à crier au bord de l'eau. Une silhouette émergea d'un bâtiment. Une corde était tendue d'une rive à l'autre et le bac y était attaché d'une façon ingénieuse si bien que la force du courant faisait traverser la rivière à l'embarcation. Quand elle arriva de leur côté, Jay et ses compagnons firent monter leurs chevaux à bord. Le passeur régla ses cordages et le bac commença à traverser dans l'autre sens.

L'homme avait les vêtements sombres et l'air grave d'un quaker. Jay le paya et commença à lui poser des questions. «Nous cherchons un groupe de trois personnes : une jeune femme, un Écossais environ du même âge et une fillette de quatorze ans. Est-ce qu'ils sont passés par ici ? »

L'homme secoua la tête.

Jay sentit son cœur se serrer. Il se demanda s'il ne faisait pas complètement fausse route. «Quelqu'un aurait-il pu passer par ici sans que vous le voyiez ? »

L'homme prit son temps pour répondre. Il finit par dire : «Il faudrait que ce soit un sacré bon nageur.

– Supposez qu'ils aient traversé la rivière à un autre endroit ? »

Nouveau silence, puis il dit : «Alors, ils ne sont pas passés par ici. »

Pinky ricana et Lennox le fit taire d'un regard mauvais.

Jay inspecta la rivière et jura sous cape. Voilà six jours que personne n'avait vu Lizzie. On ne sait comment, elle avait réussi à lui échapper. Elle pouvait être n'importe où. Peut-être en Pennsylvanie. Peut-être avait-elle regagné l'Est et se trouvait-elle à bord d'un navire qui faisait route vers Londres. Il l'avait perdue. Elle s'était jouée de lui et l'avait privé de son héritage. Par Dieu, si jamais je la revois, je lui tirerai une balle dans la tête, se dit-il.

À vrai dire, il ne savait pas ce qu'il ferait s'il la rattrapait. La question ne cessait de le harceler tandis qu'il chevauchait par les pistes rocailleuses. Il savait qu'elle ne lui reviendrait pas de bon gré. Il devrait la ramener à la maison pieds et poings liés. Même après cela, peut-être ne lui céderait-elle pas : il serait sans doute obligé de la violer. Cette idée l'excitait étrangement. En chemin, il était troublé par des souvenirs lascifs : les caresses qu'ils échangeaient dans le grenier de la maison vide de Chapel Street en cachette de leurs mères. Lizzie bondissant sur le lit, nue et effrontée. Quand elle serait enceinte, comment l'obligerait-il à rester ? Pourrait-il la tenir enfermée jusqu'à ce qu'elle accouche ? Tout serait tellement plus simple si elle mourait. C'était possible, après tout : elle et McAsh allaient sûrement résister. Jay ne se sentait pas capable de tuer sa femme de sang-froid. Mais il pouvait espérer qu'elle serait tuée dans la bataille. Alors, il pourrait épouser une robuste serveuse, la mettre enceinte et s'embarquer pour Londres afin de réclamer son héritage.

Mais ce n'était là qu'un rêve. La réalité, c'était qu'il lui faudrait prendre une décision dès qu'il la rattraperait. Ou bien il la ramenait chez lui vivante, avec le risque qu'elle déjoue ses projets. Ou bien il fallait la tuer.

Comment se débarrasserait-il d'elle ? Il n'avait jamais tué personne. Même dans les moments où il détestait le plus fort Lizzie, il ne pouvait imaginer de plonger une épée dans ce corps qu'il avait tenu dans ses bras. Un jour il avait braqué son fusil sur son frère et pressé la détente. S'il devait tuer Lizzie, le mieux serait peut-être de l'abattre de loin, comme un cerf. Mais même cela, il n'était pas sûr d'en être capable.

Le bac aborda sur l'autre rive. Le long de l'appontement se trouvait un solide bâtiment de bois avec deux étages et un grenier. Plusieurs maisons bien construites s'alignaient sur la pente escarpée qui montait de la rivière. L'endroit avait l'air d'un petit bourg prospère. Comme ils débarquaient, le passeur lança : « Il y a quelqu'un qui vous attend dans la taverne.

– Qui nous attend ? fit Jay, stupéfait. Comment quelqu'un a-t-il su que nous venions ? »

Le passeur ne répondit qu'à la première question. « Un gaillard à l'air mauvais avec un œil fermé.

– Dobbs ! Comment est-il arrivé ici avant nous ?

– Et pourquoi ? ajouta Lennox.

– Demandez-le-lui », dit le passeur.

Cette nouvelle avait redonné courage à Jay et il avait hâte de résoudre cette énigme. « Vous autres, ordonna-t-il, occupez-vous des chevaux. Je vais aller voir Dobbs. »

La taverne, c'était le bâtiment de deux étages le long de l'appontement. Jay entra et aperçut Dobbs assis à une table en train de manger du ragoût dans une écuelle.

« Dobbs, que diable faites-vous ici ? »

Dobbs leva son œil valide et répondit, la bouche pleine : « Je viens réclamer la récompense, capitaine Jamisson.

– Qu'est-ce que vous racontez ?

– Regardez donc par là. » De la tête, il désigna le coin de la salle.

Là, ligotée à une chaise, se trouvait Peg Knapp.

Jay la dévisagea. Ça, c'était un coup de chance ! « D'où diable sort-elle ?

– Je l'ai trouvée sur la route, au sud de Staunton. »

Jay se rembrunit. « Dans quelle direction allait-elle ?

– Vers le nord, en direction de la ville. Moi, j'en sortais pour aller à Miller's Mill.

– Je me demande comment elle est arrivée là-bas.

– Je lui ai posé la question, mais elle ne veut rien dire. »

Jay regarda de nouveau la fillette et vit des meurtrissures sur son visage. Dobbs l'avait traitée sans douceur.

« Je vais vous dire ce que je pense, fit Dobbs. Ils sont venus presque jusqu'ici, mais ils n'ont pas traversé. Au lieu de ça, ils ont pris vers l'ouest. Ils ont dû abandonner leur chariot quelque part. Ils ont remonté à cheval la vallée de la rivière jusqu'à la route de Staunton.

– Mais vous avez retrouvé Peg toute seule.

– Oui.

– Alors, vous l'avez embarquée.

– Ça n'a pas été si facile, protesta Dobbs. Elle filait comme le vent et, chaque fois que je l'empoignais, elle me glissait entre les doigts. Mais j'étais à cheval et elle à pied : elle a fini par se fatiguer. »

Une femme quaker apparut et demanda à Jay s'il voulait manger quelque chose. Il la congédia d'un geste impatient : il avait trop hâte de questionner Dobbs. « Mais comment êtes-vous arrivé ici avant nous ? »

Il eut un grand sourire. « J'ai descendu la rivière sur un radeau.

– Ils ont dû se quereller, fit Jay, tout excité. Cette petite garce meurtrière a laissé les autres et pris la direction du nord. Ils ont dû prendre vers le sud. » Il plissa le front. « Où pensent-ils aller ?

– La route mène à Fort Chiswell. Après cela, il n'y a pas grand-chose en fait de terres cultivées. Plus au sud, il y a un endroit qui s'appelle Wolf Hills et, plus loin, on est en pays cherokee. Ils n'ont pas l'intention de devenir cherokees, alors à mon avis ils vont prendre vers l'ouest à Wolf Hills et se diriger vers les collines. Les chasseurs parlent d'un passage qu'on appelle le col de Cumberland qui mène de l'autre côté des montagnes, mais je ne suis jamais allé là-bas.

– Qu'y a-t-il sur l'autre versant ?

– Un pays désert, à ce qu'on dit. Bon terrain pour la chasse. Une sorte de no man's land entre les Cherokees et les Sioux. On appelle ça la Grande Plaine. »

Jay comprenait maintenant. Lizzie comptait commencer une vie nouvelle sur une terre inconnue. Mais elle n'y parviendrait pas, songea-t-il avec excitation. Il allait l'attraper et la ramener : morte ou vive.

« La fillette ne vaut pas grand-chose toute seule, dit-il à Dobbs. Il faut que vous nous aidiez à attraper les deux autres si vous voulez vos cinquante livres.

– Vous voulez que je sois votre guide ?

– Oui.

– Ils ont deux jours d'avance sur vous maintenant et, sans le chariot, ils peuvent voyager vite. Ça va

vous prendre une semaine ou davantage pour les rattraper.

– Si nous réussissons, vous avez la totalité des cinquante livres.

– J'espère que nous pourrons rattraper le temps
perdu avant qu'ils quittent la piste pour s'enfoncer
dans le désert.

– Amen», dit Jay.

40

Huit jours après que Peg se fut enfuie, Mack et Lizzie traversèrent une immense plaine plate pour
atteindre la puissante rivière Holston.

Mack exultait. Ils avaient franchi de nombreux tor-
rents et cours d'eau, mais il n'y avait aucun doute
dans son esprit. C'était le fleuve qu'ils cherchaient. Il
était beaucoup plus large que les autres, avec une île
allongée au milieu du courant. «C'est là, dit-il à Lizzie. Nous sommes à la lisière de la civilisation.»

Depuis quelques jours, ils se sentaient presque
seuls au monde. La veille, ils avaient vu un seul
homme blanc – un trappeur – et trois Indiens sur une
colline au loin: aujourd'hui, pas un Blanc et plusieurs groupes d'Indiens. Ceux-ci ne se montraient ni
amicaux ni hostiles: ils gardaient leurs distances.

Cela faisait longtemps que Mack et Lizzie n'avaient
pas longé un champ cultivé. À mesure que les fermes
se faisaient plus rares, le gibier était plus abondant.
Bisons, cerfs, lapins et des nuées d'oiseaux comes-
tibles: dindes, canards, bécasses et cailles. Lizzie en
tira plus qu'ils ne pouvaient en manger à eux deux.

Le temps avait été clément. Il avait plu une fois, et
ils avaient pataugé toute la journée dans la boue puis
frissonné toute la nuit, trempés jusqu'à l'os, mais, le

lendemain, le soleil les avait séchés. Ils étaient tout endoloris à force d'être en selle, ils étaient rompus, mais les chevaux tenaient bon, fortifiés par l'herbe grasse qui poussait partout et par l'avoine que Mack avait achetée à Charlottesville.

Aucun signe de Jay, mais cela ne voulait pas dire grand-chose : Mack était forcé de supposer qu'il les suivait toujours.

Ils firent boire les chevaux dans l'Holston et s'assirent pour se reposer sur la berge parsemée de rochers. La piste s'était perdue tandis qu'ils traversaient la plaine et, par-delà le fleuve, on n'apercevait aucune trace de route. Vers le nord, le terrain s'élevait régulièrement et, tout au loin, peut-être à quatre ou cinq lieues, une haute crête s'élevait dans le ciel, menaçante. C'était là qu'ils allaient.

« Il doit bien y avoir un col, dit Mack.

– Je n'en vois pas, fit Lizzie.

– Moi non plus.

– Il n'y en a pas là-bas...

– Nous en chercherons un autre », dit-il d'un ton résolu.

Il parlait avec assurance, mais, au fond, il était inquiet. Ils s'enfonçaient dans des terres vierges. Ils risquaient d'être attaqués par des lions des montagnes ou par des ours sauvages. Les Indiens pouvaient se révéler hostiles. Pour l'instant, avec un fusil, ils trouvaient de la nourriture en abondance, mais qu'arriverait-il en hiver ?

Il prit sa carte, même si elle se révélait de moins en moins exacte.

« Je regrette que nous n'ayons pas rencontré quelqu'un qui connaissait le chemin, fit Lizzie, inquiète.

– Nous en avons rencontré plusieurs, répondit-il.

– Et chacun nous a raconté une histoire différente.

– Ils ont quand même tous dépeint le même tableau, fit Mack. Les vallées sont toutes orientées du nord-est au sud-ouest, tout comme le montre la carte : nous devons nous diriger vers le nord-ouest, perpendiculairement aux rivières, en franchissant une série de hautes crêtes.

– Le problème va être de trouver les cols pour passer les chaînes montagneuses.

– Nous n'aurons qu'à zigzaguer. Chaque fois que nous verrons un col qui pourrait nous conduire vers le nord, nous passerons par là. Quand nous tomberons sur une montagne qui semble infranchissable, nous virerons à l'ouest et suivrons la vallée, en cherchant tout le temps la prochaine occasion de repartir vers le nord. Les cols ne sont peut-être pas à l'endroit marqué sur cette carte, mais ils sont là quelque part.

– Ma foi, dit-elle, il n'y a rien d'autre à faire qu'essayer.

– Si ça ne va pas, nous devrons retourner sur nos pas et essayer un autre chemin, voilà tout. »

Elle sourit. « J'aime mieux faire ça que des visites à Berkeley Square. »

Il lui rendit son sourire. Elle était prête à tout : c'était ce qu'il aimait chez elle. « Ça vaut mieux aussi qu'extraire du charbon. »

Le visage de Lizzie redevint grave. « Je regrette seulement que Peg ne soit pas là. »

Mack partageait son sentiment. Ils n'avaient pas vu trace de Peg après sa fuite.

Lizzie avait pleuré toute cette nuit-là : elle avait l'impression d'avoir perdu deux enfants, d'abord son bébé, et puis Peg. Ils ne savaient absolument pas où elle pouvait être, ni même si elle était encore en vie. Ils avaient fait tout leur possible pour la retrouver, mais ce n'était qu'une maigre consolation. Chaque fois qu'il pensait à elle, Mack en avait les larmes aux yeux.

Maintenant Lizzie et lui pouvaient faire l'amour toutes les nuits sous les étoiles. C'était le printemps, le temps était doux. Bientôt, ils bâtiraient leur maison et feraient l'amour à l'intérieur. Après cela, il faudrait faire des provisions de viande salée et de poisson fumé pour l'hiver. En attendant, il allait défricher un champ et semer leurs grains…

Il se leva.

«Ça a été une pause bien brève, dit Lizzie en se levant à son tour.

– Je serai plus content quand nous serons hors de vue de ce fleuve, dit Mack. Jay a pu deviner notre chemin jusqu'à maintenant, mais c'est ici que nous allons le semer.»

Tous deux regardèrent d'un air songeur la route par laquelle ils étaient venus. Personne en vue. Mais Jay était sur cette piste, quelque part, Mack en avait la certitude.

Puis il vit qu'on les observait.

Il avait aperçu un mouvement du coin de l'œil. Tendu, il tourna lentement la tête.

Deux Indiens étaient plantés à quelques pieds de là.

Les fugitifs étaient à la lisière nord du territoire cherokee et cela faisait trois jours qu'ils apercevaient de loin des indigènes, mais aucun d'eux ne les avait approchés.

Ceux-là étaient deux garçons d'environ seize ou dix-sept ans. Ils avaient les cheveux noirs et raides, la peau d'un brun rougeâtre caractéristique des indigènes d'Amérique, et ils portaient la tunique et les pantalons en peau de daim qu'avaient imités les nouveaux immigrants.

Le plus grand des deux brandit un gros poisson qui ressemblait à un saumon. «Je veux un couteau», dit-il.

Mack se dit qu'ils avaient dû le pêcher dans cette rivière. «Tu veux échanger?» fit Mack.

Le garçon sourit. «Je veux un couteau.

– Nous n'avons pas besoin de poisson, mais un guide nous serait bien utile. Je parie qu'il sait où se trouve le col.»

C'était une bonne idée. Ce serait un soulagement que de savoir où ils allaient. Mack s'empressa de proposer : «Veux-tu nous guider?»

Le garçon sourit, mais manifestement il ne comprenait pas. Son compagnon restait silencieux et immobile. Mack fit une nouvelle tentative. «Veux-tu être notre guide?»

L'Indien commençait à paraître déconcerté. «Pas échange aujourd'hui», dit-il d'un ton hésitant.

Mack eut un soupir déçu. Il se tourna vers Lizzie. «C'est un gosse entreprenant, dit-il à Lizzie, qui a appris quelques phrases d'anglais mais qui ne parle pas vraiment la langue.» Ce serait tout de même agaçant de se perdre par ici simplement parce qu'ils n'arrivaient pas à communiquer avec les gens du pays.

«Laisse-moi essayer», fit Lizzie.

Elle s'approcha d'un des chevaux de bât, ouvrit une sacoche en cuir et en retira un couteau à longue lame. Il avait été fabriqué à la forge de la plantation et la lettre «J», pour Jamisson, était marquée au fer dans le bois du manche. C'était un instrument rudimentaire comparé à ce qu'on pouvait acheter à Londres, mais à n'en pas douter c'était mieux que tout ce que les Cherokees pouvaient produire eux-mêmes. Elle le montra au garçon.

Il eut un grand sourire. «Je vais acheter ça», dit-il en tendant la main.

Lizzie recula.

Le jeune garçon offrit le poisson, mais elle le repoussa. Il parut de nouveau surpris.

«Regarde», fit Lizzie. Elle se pencha sur une grande pierre à la surface plate. Avec la pointe du couteau, elle se mit à gratter une image dans le rocher. D'abord, elle traça une ligne en zigzag. Elle désigna les sommets au loin, puis la ligne. «Ça, dit-elle, montagne.»

Mack était incapable de dire si le garçon comprenait ou pas.

Au pied de la montagne, elle dessina deux silhouettes rudimentaires, puis montra du doigt Mack et elle-même. «Ça, dit-elle, nous. Maintenant... regarde bien.» Elle dessina une seconde crête, puis une profonde entaille en V entre les deux. «Ça, le col», dit-elle. Enfin, elle dessina un personnage dans le V. «Nous avons besoin de trouver le col», dit-elle en se tournant pleine d'espoir vers le jeune Indien.

Mack retint son souffle.

«Je vais acheter ça», dit le garçon en tendant le poisson à Lizzie.

Mack poussa un gémissement.

«Ne perds pas espoir», lui lança Lizzie. Elle s'adressa de nouveau à l'Indien. «Voici la montagne. Ça, c'est nous. Ici, le col. Nous avons besoin de trouver le col.» Puis elle braqua son doigt sur lui. «Toi, tu nous conduis au col... et tu as le couteau.»

Il regarda les montagnes, puis le dessin, puis Lizzie. «Col», dit-il.

Lizzie montra de la main les montagnes.

Il dessina dans l'air la forme d'un V, puis parut y passer la main. «Col, répéta-t-il.

– Je vais acheter ça», dit Lizzie.

Le garçon eut un large sourire et acquiesça vigoureusement.

«Crois-tu, dit Mack, qu'il a compris?

– Je ne sais pas.» Elle hésita, puis prit son cheval par la bride et se mit à avancer. «On y va?» dit-elle au garçon d'un geste d'invite.

Il lui emboîta le pas.

«Alléluia!» fit Mack.

L'autre Indien suivit le mouvement.

Ils avancèrent en suivant la berge d'un torrent. Les chevaux se mirent au pas régulier qui leur avait fait parcourir quelque deux cents lieues en vingt-deux jours. Peu à peu, la montagne au loin parut plus grande, mais Mack ne voyait pas trace d'un col.

Le terrain montait sans trêve, mais le sol semblait moins accidenté et les chevaux allaient un peu plus vite. Mack comprit que les deux jeunes Indiens suivaient une piste qu'eux seuls pouvaient distinguer. Les laissant prendre la tête, ils continuèrent leur marche droit vers la crête.

Ils allèrent ainsi jusqu'au pied de la montagne.

Brusquement, ils tournèrent vers l'est puis, au grand soulagement de Mack, ils aperçurent le col. «Bien joué, le Pêcheur!» dit-il d'un ton joyeux.

Ils passèrent à gué une rivière et contournèrent la montagne pour déboucher sur l'autre versant. Le soleil se couchait quand ils se trouvèrent dans une étroite vallée où coulait un cours d'eau aux eaux rapides, large d'environ vingt-cinq pieds et qui allait vers le nord-est. Devant eux se dressait une autre crête. «Campons ici, dit Mack. Au matin, nous remonterons la vallée pour chercher un nouveau col.»

Mack se sentait bien. Ils n'avaient pas suivi de route précise et on ne voyait pas le col depuis la berge de la rivière : Jay ne pourrait absolument pas les suivre jusqu'ici. Il commença à croire qu'ils lui avaient enfin échappé.

Lizzie donna le couteau au plus grand des deux Indiens. «Merci, Pêcheur», dit-elle.

Mack espérait que les deux garçons allaient rester avec eux. Ils pourraient avoir tous les couteaux qu'ils voulaient s'ils étaient prêts à guider Mack et Lizzie à travers les montagnes. Mais ils tournèrent les talons et repartirent par où ils étaient venus, le plus grand des deux portant toujours son poisson.

Quelques instants plus tard, ils avaient disparu dans le crépuscule.

41

Jay était convaincu qu'ils allaient rattraper Lizzie aujourd'hui. Ils gardaient un train rapide et poussaient les chevaux. «Ils ne peuvent pas être bien loin», répétait-il sans cesse.

Il n'y avait toutefois aucune trace des fugitifs quand à la tombée de la nuit il arriva au bord de l'Holston. Il était furieux. «Nous ne pourrons pas continuer dans l'obscurité, dit-il tandis que ses hommes faisaient boire les chevaux. Je pensais que maintenant nous les aurions rattrapés.

– Calmez-vous, fit Lennox d'un ton sec, nous ne sommes pas loin derrière.» Plus le groupe s'éloignait de la civilisation, plus il devenait insolent.

Dobbs intervint : «On ne peut pas dire quelle direction ils ont prise à partir d'ici. Il n'y a pas de piste qui traverse les montagnes : à chaque idiot qui veut passer par là de trouver son chemin.»

Ils entravèrent les chevaux et attachèrent Peg à un arbre tandis que Lennox préparait de l'hominie pour le souper. Ils n'avaient pas vu de taverne depuis quatre jours et Jay était écœuré de manger la bouillie dont il nourrissait ses esclaves, mais il faisait trop sombre maintenant pour tirer du gibier. Ils étaient tous couverts d'ampoules et épuisés. Binns les avait lâchés à Fort Chiswell et Dobbs commençait maintenant à désespérer. «Je devrais renoncer et rentrer, dit-il. Ça ne vaut pas cinquante livres de se perdre dans les montagnes pour y mourir.»

Jay ne voulait pas le laisser partir : il était le seul à connaître un peu la région. «Mais nous n'avons pas encore rattrapé ma femme, protesta-t-il.

– Je me moque de votre femme.

– Attendez encore un jour. Tout le monde dit que la route pour franchir les montagnes est au nord d'ici. Voyons si nous pouvons trouver le col. Peut-être que nous la rattraperons demain.

– Et peut-être que nous perdons notre temps.»

Lennox versait dans les écuelles des cuillerées de porridge grumeleux. Dobbs détacha les mains de Peg pour lui permettre de manger, puis la ligota de nouveau et jeta sur elle une couverture. Personne ne se souciait de son bien-être, mais Dobbs voulait la ramener au shérif de Staunton : il avait l'air de croire que cette capture lui vaudrait l'admiration générale.

Lennox sortit de son sac une bouteille de rhum. Ils

s'enroulèrent dans leur couverture et se passèrent la bouteille tout en discutant de choses et d'autres. Les heures passèrent, la lune se leva. Jay sommeillait par à-coups. À un moment, il ouvrit les yeux et aperçut à la lueur du feu un visage inconnu.

Il avait si peur qu'il était incapable d'émettre un son. C'était un visage curieux, jeune mais étrange; il se rendit compte au bout de quelques instants que c'était un Indien.

Le visage souriait, mais pas à Jay. Suivant son regard, Jay constata qu'il était braqué sur Peg. Elle faisait des grimaces à l'Indien et, au bout d'une minute, Jay devina qu'elle essayait de l'inciter à la détacher.

Jay ne bougea pas et guetta.

Il constata qu'il y avait deux Indiens. Deux jeunes garçons.

L'un d'eux s'approcha sans bruit. Il avait à la main un gros poisson. Il le posa délicatement sur le sol, puis prit un couteau et se pencha sur Peg.

Lennox fut rapide comme un serpent: ce fut à peine si Jay vit ce qui se passait. Il y eut un mouvement confus, puis Lennox immobilisa le garçon d'une clé au bras. Le couteau tomba sur le sol. Peg poussa un cri de déception.

Le second Indien disparut.

Jay se leva. «Qu'est-ce que c'est que ça?»

Dobbs se frotta les yeux. «Juste un jeune Indien qui essaie de nous voler. Nous devrions le pendre pour donner une leçon aux autres.

— Pas encore, dit Lennox. Il a peut-être vu les gens que nous recherchons.»

Cette idée raviva les espoirs de Jay. Il se planta devant le garçon. «Dis quelque chose, sauvage.»

Lennox tordit plus violemment le bras de l'Indien. Celui-ci poussa un cri et protesta dans sa langue. «Parle anglais, aboya Lennox.

— Écoute-moi, fit Jay d'une voix forte. As-tu vu

deux personnes, un homme et une femme sur cette route ?

– Pas échange aujourd'hui, dit le garçon.

– Mais il parle anglais ! fit Dobbs.

– Je ne pense pas qu'il puisse nous dire quoi que ce soit, fit Jay, découragé.

– Oh, que si, fit Lennox. Dobbo, tiens-le-moi. » Dobbs s'approcha et Lennox ramassa le couteau que l'Indien avait laissé tomber. « Regardez-moi ça. C'est un des nôtres : il a la lettre "J" marquée au fer dans le manche. »

Jay regarda. C'était vrai. Le couteau avait été fabriqué à sa plantation ! « Alors, il a dû rencontrer Lizzie !

– Tout juste », fit Lennox.

Jay sentit l'espoir lui revenir.

Lennox brandit le couteau sous les yeux de l'Indien et dit : « Par où sont-ils passés, mon garçon ? »

L'autre se débattait, mais Dobbs le tenait solidement. « Pas échange aujourd'hui », dit-il d'une voix terrifiée.

Lennox saisit la main gauche de l'Indien. Il inséra la pointe du couteau sous l'ongle de l'index. « Par où ? » fit-il en lui arrachant l'ongle.

Le garçon et Peg poussèrent un hurlement au même instant.

« Arrêtez ! hurla Peg. Laissez-le tranquille ! »

Lennox lui prit l'autre main et lui arracha un autre ongle. Le garçon éclata en sanglots.

« Quel est le chemin vers le col ? fit Lennox.

– Col », dit le garçon. D'une main ensanglantée, il désigna le nord.

Jay poussa un soupir de satisfaction. « Tu peux nous emmener là-bas », déclara-t-il.

42

Mack rêvait qu'il traversait à pied une rivière pour arriver à un endroit qui s'appelait Liberté. L'eau était froide, le fond de la rivière caillouteux, et le courant était violent. Il continuait d'avancer, mais la berge ne s'approchait jamais et, à chaque pas, l'eau était plus profonde. Il savait malgré tout que, s'il continuait, il finirait par arriver là-bas. Mais l'eau était de plus en plus profonde : elle finit par se refermer au-dessus de sa tête.

Hors d'haleine, il s'éveilla. Il entendit un des chevaux hennir.

« Quelque chose les a dérangés », dit-il. Pas de réponse. Il se retourna et constata que Lizzie n'était pas auprès de lui.

Peut-être était-elle partie satisfaire un besoin naturel derrière un buisson, mais il avait un mauvais pressentiment. Il roula précipitamment pour se dégager de sa couverture et se leva.

Le ciel était strié de gris. Il apercevait les quatre juments et les deux étalons, tous figés sur place, comme s'ils avaient entendu au loin d'autres chevaux. Quelqu'un approchait.

« Lizzie ! » cria-t-il.

Là-dessus, Jay jaillit de derrière un arbre, un fusil braqué sur le cœur de Mack.

Mack s'immobilisa. Un instant plus tard, Sidney Lennox apparut, un pistolet dans chaque main.

Mack était planté là, désemparé. Il se sentait englouti par le désespoir comme par les eaux de la rivière dans son rêve. Au bout du compte, il ne s'était pas échappé : ils l'avaient rattrapé.

Mais où était Lizzie ?

Le borgne du gué de South River, Dobbo l'Œil mort, arriva à cheval, lui aussi armé d'un fusil. Peg était auprès de lui montée sur un autre cheval, les pieds attachés ensemble sous le ventre de sa monture pour l'empêcher de s'échapper. Elle ne semblait pas blessée mais elle avait l'air au comble du désespoir. Et Mack savait qu'elle se faisait des reproches. Le Pêcheur marchait auprès du cheval de Dobbs, attaché par une longue corde à la selle de celui-ci. C'était lui qui avait dû les conduire jusqu'ici. Il avait les mains couvertes de sang. Mack se rendit compte qu'on l'avait torturé. Il sentit monter en lui une vague de dégoût pour Jay et Lennox.

Jay contemplait les couvertures sur le sol. Manifestement, Mack et Lizzie avaient couché ensemble. «Porc infâme, dit-il, le visage crispé par la rage. Où est ma femme?»

Prenant son fusil par le canon, il en abattit la crosse sur la tête de Mack, lui assenant sur le côté du visage un coup à lui fracasser les os. Mack trébucha et tomba. «Où est-elle, sale gratteur de charbon, où est ma femme?»

Mack avait le goût du sang dans la bouche. «Je ne sais pas.

– Si tu ne sais pas, je pourrais aussi bien me donner la satisfaction de te loger une balle dans la tête!»

Mack comprit que Jay parlait sérieusement. Il sentit la sueur perler sur son front. Il éprouvait une violente envie de l'implorer de lui laisser la vie sauve, mais il serra les dents.

«Non…, hurla Peg, ne tirez pas… je vous en prie!»

Jay braqua son fusil sur la tête de Mack. Sa voix avait des accents hystériques. «Voilà pour toutes les fois où tu m'as défié!» cria-t-il.

Mack lut le meurtre dans ses yeux.

Lizzie était allongée à plat ventre sur un petit tertre herbeux derrière un rocher, son fusil à la main: elle attendait.

Elle avait repéré l'emplacement la nuit précédente,

après avoir inspecté la berge de la rivière et relevé des empreintes de cerfs. Au lever du jour, elle guettait, immobile, attendant que les animaux viennent boire.

Elle s'estimait assez habile avec un fusil pour les faire vivre tous les deux. Mack pourrait construire une maison, défricher des champs et semer du grain : il faudrait au moins un an avant de pouvoir récolter assez pour tout un hiver. Mais il y avait les trois gros sacs de sel parmi les provisions. Lizzie, assise dans la cuisine de High Glen House, avait souvent regardé Jeannie, la cuisinière, saler des jambons et des cuissots de gibier dans de grands barils. Elle savait aussi fumer le poisson. Il leur en faudrait beaucoup : au train où ils allaient, Mack et elle, il y aurait bientôt trois bouches à nourrir avant qu'une année se fût écoulée. Elle eut un sourire ravi.

Il y eut un mouvement sous les arbres. Quelques instants plus tard, un jeune cerf déboucha des bois et s'approcha à petits pas du bord de l'eau. Penchant la tête, il pointa la langue et se mit à boire.

Lizzie arma sans bruit la pierre de son fusil.

Elle n'avait pas eu le temps de viser qu'un autre cerf suivait le premier : au bout de quelques instants, ils étaient là douze ou quinze. Si tout le pays est comme ça, songea Lizzie, nous n'allons pas maigrir !

Elle ne voulait pas un gros cerf. Les chevaux étaient lourdement chargés et ne pourraient pas porter un surcroît de viande : d'ailleurs, les animaux plus jeunes étaient plus tendres. Elle repéra sa cible et visa, braquant le canon de son fusil sur l'épaule de l'animal, juste au-dessus du cœur. Elle respirait calmement et se força à ne pas bouger, comme elle l'avait appris là-bas, en Écosse.

Comme toujours, elle éprouva un regret fugitif pour le bel animal qu'elle allait anéantir. Puis elle pressa la détente.

Le coup de feu venait de plus haut dans la vallée, à six ou sept cents pieds de là.

Jay s'immobilisa, son arme toujours braquée sur Mack.

Les chevaux tressaillirent, mais le coup de feu venait de trop loin pour les effrayer sérieusement.

Dobbs calma sa monture, puis dit d'une voix traînante : «Si vous tirez maintenant, Jamisson, vous allez la mettre en garde et elle pourrait s'enfuir.»

Jay hésita, puis, lentement, abaissa son fusil.

Mack poussa un soupir de soulagement.

«Je vais partir à sa poursuite, dit Jay. Vous autres, restez ici.»

Mack comprit que, si seulement il pouvait la prévenir, elle aurait encore le temps de s'échapper. Il regretta presque que Jay n'eût pas tiré sur lui. Cela aurait pu sauver Lizzie.

Jay quitta la clairière et remonta la rivière, prêt à tirer.

Il faut que j'oblige l'un d'eux à faire feu, se dit Mack.

Il y avait un bon moyen d'y parvenir : s'enfuir.

Mais si je suis touché?

Que m'importe, plutôt mourir que d'être repris. Avant que la prudence ait pu affaiblir sa résolution, il s'élança en courant.

Il y eut un moment de silence stupéfait avant que personne eût compris ce qui se passait.

Puis Peg poussa un hurlement

Mack se précipitait vers les arbres, s'attendant à recevoir une balle dans le dos.

Il y eut une détonation, suivie d'une autre.

Mais il ne sentit rien. Les coups de feu l'avaient manqué.

Avant qu'il y en eût d'autres, il s'arrêta sur place et leva les mains en l'air.

Il avait réussi : il avait prévenu Lizzie.

Il se retourna lentement, les mains toujours levées. À toi maintenant, Lizzie, se dit-il. Bonne chance, mon amour.

Jay s'arrêta quand il entendit tirer. Cela venait de derrière lui. Ce n'était pas Lizzie qui avait fait feu, mais quelqu'un là-bas dans la clairière. Il attendit, mais il n'y eut pas d'autre fusillade.

Qu'est-ce que cela voulait dire ? McAsh n'aurait tout de même pas pu s'emparer d'un fusil et le charger. D'ailleurs, l'homme était un mineur : il ne connaissait rien aux armes à feu. Jay se dit que Lennox ou Dobbs avait dû tirer sur McAsh.

Quoi qu'il en fût, ce qui importait avant tout, c'était de capturer Lizzie.

Malheureusement les coups de feu l'avaient mise en garde.

Il connaissait sa femme. Qu'allait-elle faire ?

La patience et la prudence, ce n'était pas son genre. Elle hésitait rarement. Et elle réagissait avec rapidité et décision. À cet instant même, elle devait courir par ici. Elle serait presque de retour dans la clairière avant de penser à ralentir l'allure, à regarder devant elle et à faire un plan.

Il trouva un endroit d'où il avait une vue dégagée. Il se cacha parmi les buissons. Puis il arma la pierre de son fusil.

L'indécision le frappa comme une douleur soudaine. Qu'allait-il faire quand il l'apercevrait. S'il l'abattait, c'en serait fini de tous ses ennuis. Il essaya de prétendre qu'il chassait le cerf. Il viserait au cœur, juste sous l'épaule, pour tuer du premier coup.

Elle apparut. Moitié marchant, moitié courant, elle trébuchait sur le sol accidenté de la berge. Elle était de nouveau habillée en homme, mais il voyait son sein haleter d'épuisement. Elle portait deux fusils sous son bras.

Il la visa au cœur, mais il la revit nue, montée sur lui dans le lit de la maison de Chapel Street, ses seins frémissant tandis qu'ils faisaient l'amour : il ne parvint pas à tirer.

470

Quand elle fut à trente pieds de lui, il jaillit des broussailles.

Elle s'arrêta net et poussa un cri d'horreur.

« Bonjour, chérie », dit-il.

Elle lui lança un regard brûlant de haine. « Pourquoi ne pouviez-vous pas simplement me laisser partir ? dit-elle. Vous ne m'aimez pas !

– Non, mais j'ai besoin d'un fils », dit-il.

Elle le toisa d'un regard méprisant. « Plutôt mourir.

– C'est en effet l'autre alternative », dit-il.

Quand Lennox eut déchargé ses pistolets sur Mack, il y eut un moment de chaos.

Les chevaux, effrayés par ces coups de feu tirés si près, firent un écart. Celui de Peg s'enfuit au galop. Elle resta en selle mais n'avait aucun moyen de l'arrêter et ils disparurent parmi les arbres.

Le Pêcheur profita de la confusion pour intervenir.

Il se précipita sur le cheval de Dobbs, sauta en croupe derrière lui et s'efforça de le faire tomber.

Lennox lâcha ses pistolets et se précipita à la rescousse.

Mack d'un croche-pied le fit trébucher.

Dobbs était tombé de son cheval, mais il avait un pied coincé dans l'étrier. Le cheval, terrifié maintenant, partit au galop. Le Pêcheur se cramponna désespérément à son encolure. L'animal disparut, traînant Dobbs par terre derrière lui.

Avec une joie sauvage, Mack se tourna pour affronter Lennox. Ils n'étaient plus que tous les deux dans la clairière. On en était enfin arrivé à un combat à poings nus entre eux. Je vais le tuer, se dit Mack.

Lennox roula sur le sol et se releva, un couteau à la main.

Il se précipita sur Mack. Celui-ci l'évita et lui décocha un coup de pied dans le genou.

Boitillant, Lennox fonça vers lui. Cette fois, il fit une feinte avec le couteau, laissa Mack esquiver du mauvais côté et frappa de nouveau. Mack sentit une vive douleur au côté gauche. Il réussit à envoyer un violent coup de poing à Lennox, mais celui-ci ne lâchait pas le couteau.

Mack recula. Il était plus jeune et plus fort que Lennox, mais ce dernier avait sans doute une grande expérience de ce genre de combat. Dans un sursaut de panique, il comprit qu'il fallait changer de tactique.

Mack tourna les talons et fit quelques enjambées en courant, cherchant une arme. Son regard tomba sur une pierre grosse comme son poing. Il se pencha, la ramassa et se retourna.

Lennox se jeta sur lui.

Mack lança la pierre. Elle frappa Lennox en plein milieu du front et Mack poussa un cri de triomphe. Lennox vacilla, tout étourdi. Il fallait que Mack profite de son avantage : c'était maintenant le moment de désarmer son adversaire. Mack décocha un coup de pied qui toucha Lennox au coude droit. L'autre lâcha le couteau en gémissant.

Mack le tenait.

Il frappa de toutes ses forces Lennox au menton. Le coup lui fit mal à la main mais lui donna une profonde satisfaction. Lennox recula, la peur dans son regard, mais Mack ne le lâchait pas. Il le frappa au ventre, puis de chaque côté de la tête. Sonné et terrifié, Lennox vacillait sur ses pieds. Il était fini, mais Mack ne pouvait pas s'arrêter. Il voulait tuer cet homme. Il empoigna Lennox par les cheveux, l'obligea à baisser la tête et lui envoya un coup de genou en plein visage. Lennox poussa un hurlement et du sang lui jaillit du nez. Il tomba à genoux en toussant et en vomissant. Mack allait le frapper encore quand il entendit la voix de Jay lancer : « Arrête ou je la tue. »

Lizzie s'avança dans la carrière, suivie de Jay, qui appuyait le canon de son fusil contre la nuque de la jeune femme.

Mack regardait, pétrifié. Il voyait que le fusil de Jay était armé. Il suffisait que Jay trébuche et la balle ferait sauter la cervelle de Lizzie. Mack laissa là Lennox et s'approcha de Jay. Il était toujours empli d'une rage sauvage.

«Vous n'avez qu'une balle, lança-t-il à Jay en ricanant. Si vous tirez sur Lizzie, je vous tuerai.

– Alors peut-être que c'est toi que je devrais abattre, dit Jay.

– Mais oui, fit Mack comme un dément en continuant à avancer. Tirez-moi dessus.»

Jay fit pivoter son arme.

Mack éprouva une folle jubilation : le fusil n'était plus braqué sur Lizzie.

Jay visa Mack avec soin.

Il y eut un bruit bizarre et, tout d'un coup, un étroit cylindre de bois se planta dans la joue de Jay. Jay poussa un cri de douleur et lâcha son fusil.

Jay venait de recevoir une flèche en plein visage.

Mack sentit ses genoux se dérober sous lui.

Il entendit un nouveau sifflement et une seconde flèche vint transpercer le cou de Jay qui s'effondra sur le sol.

Dans la clairière débouchèrent le Pêcheur, son ami et Peg, suivis de cinq ou six Indiens portant des arcs.

Mack se mit à trembler de soulagement. Sans doute, quand Jay avait capturé le Pêcheur, l'autre Indien était-il allé chercher du secours. Les sauveteurs avaient dû rencontrer les chevaux emballés. Il ne savait pas ce qu'il était advenu de Dobbs, mais un des Indiens portait ses bottes.

Lizzie se planta au-dessus de Jay : elle le dévisagea, se couvrant la bouche d'une main. Mack s'approcha et la prit dans ses bras. Il regarda l'homme affalé sur le sol. Du sang coulait de sa bouche. La flèche lui avait percé une veine du cou.

«Il se meurt», dit Lizzie d'une voix tremblante.

Mack acquiesça.

Le Pêcheur désigna Lennox, toujours agenouillé. Les autres Indiens s'emparèrent de lui, le jetèrent au sol et le plaquèrent là. Il y eut une brève conversation entre le Pêcheur et l'aîné des autres Indiens. Le Pêcheur ne cessait de montrer ses ongles arrachés.

Le vieil Indien tira de sa ceinture une hachette. D'un mouvement rapide et puissant, il trancha la main droite de Lennox à la hauteur du poignet.

«Seigneur!» fit Mack.

Du sang jaillit du moignon et Lennox s'évanouit. L'homme ramassa la main coupée et, d'un air cérémonieux, l'offrit au Pêcheur.

Celui-ci la prit solennellement. Puis il se retourna et la lança au loin. Elle fila par-dessus les arbres pour retomber quelque part dans les bois.

Il y eut un murmure d'approbation parmi les Indiens.

«Main pour main, murmura Mack.

– Que Dieu leur pardonne», fit Lizzie.

Mais ils n'en avaient pas fini. Ils ramassèrent Lennox tout ensanglanté et l'installèrent au pied d'un arbre. Ils lui attachèrent une corde à la cheville, firent passer la corde par-dessus une branche de l'arbre et le hissèrent jusqu'à ce qu'il se retrouvât pendu, la tête en bas. Le sang giclait de son poignet tranché et se répandait en flaque sur le sol. Les Indiens faisaient cercle et contemplaient ce macabre spectacle. Ils semblaient disposés à regarder Lennox mourir. Cela rappela à Mack la foule assistant à une pendaison à Londres.

Peg s'approcha de Mack et Lizzie: «Il faudrait soigner les doigts du garçon indien.»

Lizzie détourna les yeux de son mari mourant.

«Vous n'avez pas quelque chose pour lui bander la main? fit Peg.

Lizzie acquiesça. «J'ai un onguent et un mouchoir. Je vais m'en occuper.

– Non, dit Peg d'un ton ferme. Laissez-moi faire.

– Comme tu voudras.»

Peg entraîna le Pêcheur jusqu'au torrent et commença à laver ses plaies.

«Mack», fit Lizzie.

Il se tourna vers elle. Elle sanglotait.

«Jay est mort», dit-elle.

Mack le regarda. Il était complètement blanc. Il ne saignait plus et il était immobile. Mack se pencha, cherchant son pouls. Rien.

«Je l'ai aimé jadis, fit Lizzie.

– Je sais.

– Je veux qu'on l'enterre.»

Mack alla prendre une pelle. Tandis que les Indiens regardaient Lennox se vider de son sang, Mack creusa une tombe. Lizzie et lui soulevèrent le corps de Jay et le déposèrent dans le trou. Lizzie se pencha et, avec précaution, retira les flèches du cadavre. Mack jeta des pelletées de terre par-dessus le corps et Lizzie se mit à couvrir la tombe de pierres.

Mack avait envie tout d'un coup de quitter cet endroit baigné de sang.

Il rassembla les chevaux. Il y en avait dix maintenant : les six de la plantation, auxquels s'ajoutaient les quatre que Jay et sa bande avaient amenés. Mack se dit soudain qu'il était un homme riche. Il possédait dix chevaux. Il se mit à charger les provisions.

Les Indiens commençaient à s'agiter. Lennox semblait mort. Ils quittèrent l'arbre et revinrent vers Mack. Le plus vieux s'adressa à lui. Mack ne comprit pas un mot, mais le ton était solennel. L'homme devait lui annoncer que justice avait été faite.

Ils étaient prêts à partir.

Le Pêcheur et Peg remontèrent ensemble du bord de l'eau. Mack regarda la main du garçon : Peg avait fait un joli travail d'infirmière.

Le Pêcheur dit quelque chose. Il s'ensuivit un échange assez vif en langue indienne. Tous les Indiens sauf le Pêcheur finirent par s'éloigner.

«Est-ce qu'il reste ?» demanda Mack à Peg.

Elle haussa les épaules.

Les autres Indiens s'en allèrent en suivant la vallée de la rivière en direction du soleil couchant et ils disparurent bientôt dans les bois.

Mack monta en selle. Le Pêcheur détacha un cheval de rechange de la file et l'enfourcha. Il passa devant. Peg chevauchait auprès de lui. Mack et Lizzie suivaient.

« Tu crois que le Pêcheur va nous guider ? dit Mack à Lizzie.

– Ça m'en a tout l'air.

– Mais il n'a rien demandé. Qu'est-ce qu'il peut bien vouloir ?

Lizzie regarda les deux jeunes gens qui montaient côte à côte. « Tu ne devines pas ? fit-elle.

– Oh ! fit Mack. Tu penses qu'il est amoureux d'elle.

– Je crois qu'il veut passer un peu plus de temps avec elle.

– Tiens donc. » Mack devint songeur.

Comme ils avançaient vers l'ouest en suivant la vallée, le soleil se leva derrière eux, projetant leurs ombres sur la terre devant eux.

C'était une large vallée d'altitude, par-delà la plus haute crête. Un torrent à l'eau pure et glacée bouillonnait le long de la vallée, grouillant de poissons. Les pentes des collines étaient couvertes d'une épaisse forêt giboyeuse. Sur la plus haute crête, un couple d'aigles dorés allait et venait, apportant au nid de la nourriture pour les petits.

« Ça me rappelle chez moi, fit Lizzie.

– Alors, nous allons l'appeler High Glen », répondit Mack.

Ils déchargèrent les chevaux dans la partie la plus plate du fond de la vallée, là où ils allaient construire une maison et défricher un champ. Ils dressèrent leur camp sur un carré d'herbe sèche au pied d'un arbre aux larges branches.

Peg et le Pêcheur fouillaient dans un sac pour trouver une scie quand Peg découvrit le collier de fer brisé. Elle le prit et le contempla d'un air intrigué. Elle regardait les lettres sans comprendre : elle n'avait pas appris à lire. « Pourquoi as-tu apporté ça ? » dit-elle.

Mack échangea un regard avec Lizzie. Tous deux se rappelaient la scène auprès de la rivière non loin de High Glen, là-bas, en Écosse, quand Lizzie avait posé à Mack la même question.

Ce jour-là, il fit à Peg la même réponse, mais cette fois il n'y avait pas d'amertume dans sa voix, rien que de l'espoir. « Pour ne jamais oublier, dit-il en souriant. Jamais. »

Remerciements

Pour leur précieux concours, je remercie :

Mes éditeurs, Suzanne Baboneau et Ann Patty ;

Mes documentalistes, Nicholas Courtney et Daniel Starer ;

Les historiens Anne Goldgar et Thad Tate ;

Ramsey Dow et John Brown-Wright des Houillères de Longannet ;

Lawrence Lambert du Scottish Mining Museum ;

Gordon et Dorothy Brown de Glen Lyon ;

Les Écossais, membres du Parlement, Gordon Brown, Martin O'Neill et feu John Smith ;

Ann Duncombe ;

Colin Tett ;

Barbara Follett, Emanuele Follett, Katya Follett et Kim Turner ;

Et, comme toujours, Al Zuckerman.

Composition réalisée par INTERLIGNE

Achevé d'imprimer en janvier 2007 en France sur Presse Offset par

C P I
Brodard & Taupin
La Flèche (Sarthe).
N° d'imprimeur : 37945 – N° d'éditeur : 79922
Dépôt légal 1re publication : novembre 1997
Édition 13 – janvier 2007
LIBRAIRIE GÉNÉRALE FRANÇAISE – 31, rue de Fleurus – 75278 Paris cedex 06.

31/4330/2